밤
끝으로의
여행

Voyage au bout de la nuit (1932)

Louis-Ferdinand Céline

밤 끝으로의 여행

Voyage au bout de la nuit
Louis-Ferdinand Céline

루이-훼르디낭 쎌린느 소설   이형식 옮김   ( )최측의농간

옮긴이 일러두기

1. 모든 외래어는 현지 발음에 가깝도록 표기하고, 라틴어는 추정되는 고전 라틴어 발음 규범을, 고대 그리스어는 에라스뮈스의 발음체계를 따랐다.
2. (ph, φ)음은 우리의 음운체계에 존재하지 않는지라, 혼동 여지의 유무, 인접한 철자와의 관련 및 관행 등을 고려하여 [ㅎ]음이나 [ㅍ]음으로 표기하였다.
3. th(θ)음 또한 f음과 같은 기준으로 고려하여 [ㄸ]음이나 [ㅆ]음 혹은 [ㅌ]음으로 표기하였다.
4. 특정 교단들이 변형시켜 사용하는 어휘들(수단, 가톨릭, 그리스도, 모세 등)은 원래의 발음대로 적었다. (쏘따나, 카톨릭, 크리스토스, 모쉐 등)
5. 우리말 어휘들 중 많은 것들은 실제로 통용되는 형태를 취하였다. (숫소, 생울타리, 우뢰 등)
6. 옮긴이 주석은 해당 구절 뒤에 윗첨자 형태로 병기하였다.

차례

밤
끝으로의
여행 7

옮긴이의 말 727
작품 연보 731

우리의 삶은 하나의 여로
한겨울 그리고 캄캄한 밤에,
한 가닥 빛도 없는 하늘에서
우리의 길을 찾아 헤매노라.

〈스위스 민병대의 노래〉, 1793년.

여행, 그것은 매우 유익하니, 상상에 끊임없는 활기를 주기 때문이다. 여타의 소득이란 실망과 피곤뿐이다. 우리들 각자의 여행은 순전히 상상적일 뿐이다. 그것이 여행의 힘이다.

여행은 삶에서 출발하여 죽음을 향해 간다. 사람들, 짐승들, 도시들, 기타 모든 사물들, 그 모든 것은 상상의 소산이다. 그것은 하나의 소설, 하나의 허구적 이야기에 불과하다. 절대 오류를 범하지 않는 리트레가 그렇게 말한다.

그리고 누구든 남 못지않게 여행을 할 수 있다. 눈을 감는 것으로 족하다.

그것은 삶의 저편에 속한다.

그것은 다음과 같이 발단되었다. 나는 절대 아무 말도 하지 않았다. 아무것도. 나에게 말을 시킨 사람은 아르뛰르 가나뜨이다. 학생이고, 역시 의과 대학생이며, 동료인 그 아르뛰르가. 우리는 끌리쉬 광장에서 만나곤 하였다. 그날은 점심식사 후였다. 녀석이 날 만나서 하고 싶은 말이 있단다. 나는 묵묵히 듣는다. "밖에 있지 말고 안으로 들어가자!" 녀석의 말이다. 나는 그와 함께 안으로 들어간다. 그렇게 했을 뿐이다. "이 테라스는 반숙 계란이나 먹는 곳이야! 이쪽으로 와!" 그렇게 허두를 연다. 그때, 우리는 거리에 행인이 단 하나도 없음을 깨닫는다. 더위 때문이다. 마차도, 아무것도 없다. 몹시 추울 때 역시 거리에는 아무도 없다. 그러한 현상에 대하여 녀석이 다음과 같이 말한 것을 아직도 기억하고 있다. "빠리 사람들은 항상 바쁜 듯 보이지만, 사실은, 아침부터 저녁까지 어슬렁거리고 있을 뿐이야. 그 증거는 너무 춥거나 너무 더울 때, 즉 어슬렁거리기에 좋지 않을 때, 그들이 감쪽같이 사라진다는 사실이야. 모두들 안에 틀어박혀 크림 커피나 맥주를 마시고 있지. 그리고는! 속도의 세기라고들 하지! 하지만 무슨 놈의 속도야? 위대한 변화라고 떠들지! 어떤 변화지? 실제로는 아무것도 변하지 않았어. 그들은 여전히 서로 치켜세우기를 계속할 뿐, 그것이 전부야. 전혀 새로울 것이 없어. 사용하는 말 역시 변한 것이 얼마 없어! 우연히 두세 마디, 그것도 하찮은…." 그 유익한 진실을 폭로하며 으쓱해진 우리들은, 황홀하여 그 자리에 앉아 까페에 있는 부인들을 느긋이 바라보고 있었다.

그 다음, 우리들의 대화는 바로 그날 아침, 강아지 전시회 개막

식에 참석한 뿌욍까레 대통령에게로 옮아갔다. 그리고 곧이어 그 기사가 실린 《시대》지로 어느새 대화가 번져갔다. "이봐, 《시대》지 야말로 으뜸가는 신문이야!" 아르뛰르 가나뜨, 녀석이 나를 놀리 듯 하는 말이다. "프랑스 민족을 옹호하는 일에는 둘도 없는 신문 이야! — 프랑스 민족에게는 그러한 신문이 절실하게 필요하지. 프랑스 민족이라는 것이 존재하지도 않으니까!" 나도 제법 아는 것이 있다는 사실을 녀석에게 과시하기 위하여 한마디도 지지 않 고 되받아쳤다.

— 아니야, 있어! 하나의 민족이! 그뿐만 아니라 훌륭한 민족이 야! 녀석이 우겨댔다. 심지어는 이 세상에서 가장 우수한 민족이 며, 그 사실을 부인하는 자는 누구든 오쟁이 질 놈이라는 것이다. 그리고는 나에게 고함을 쳐대기 시작한다. 물론 나는 끄떡도 않고 버티었다.

— 어림도 없는 소리야! 네가 민족이라고 하는 것, 그것은 단지 기근과 흑사병, 종기, 추위에 쫓겨 이곳까지 밀려온 거대한 덩어 리, 세계 도처에서 정복당해 쫓겨온, 눈곱투성이에 벼룩이 득실대 고, 오들오들 떠는, 나와 같은 부류의 떼거리일 뿐이야. 그들은 바 다가 막혀 더 멀리 갈 수 없었을 뿐이야. 바로 그것이 프랑스고, 또 프랑스인들이야.

— 바르다뮈, 그러자 녀석이 엄숙하게 그리고 조금 구슬프게 말 하였다. 우리의 선조들께서는 우리들에 비해 조금도 부끄러울 것 이 없어, 험담하지 마…!

— 옳은 말이야, 아르뛰르, 그 점에서는 네가 옳아! 앙심을 품었 으되 고분고분하며, 겁탈당하고, 약탈당하고, 내장까지 송두리째 뽑히면서도 언제나 멍청한 겁쟁이들이었으니, 우리 후손들에 비 해 추호도 손색이 없으시지! 지당한 말이야! 우리들은 전혀 바꿀

줄 몰라! 양말도, 상전도, 견해도. 혹은 바꾸더라도 항상 너무 늦어. 그래서 그럴 필요조차 없지. 천성적으로 충직하고, 그로인해 우리들 허섭스레기들은 속절없이 죽어가지! 무보수의 병사들, 모든 사람의 값싼 영웅들, 말하는 원숭이들, 하지만 끝내 홀로 시들어버리는 말만을 하는 우리들은, 가난이라는 임금의 귀여운 총신들이야. 그 임금이 우리들을 움켜잡고 있어! 얌전히 굴지 않으면 바짝 조이고… 그자의 손가락이 우리의 목을 감고 있어서 항상 말하기가 거북하고, 그리하여 먹고 사는 것을 중시한다면 정신을 바짝 차려야 해… 아무것도 아닌 일로 사람들의 목을 조르니까… 이건 도대체 사는 게 아니야…

— 하지만 사랑이 있어, 바르다뮈!

— 아르뛰르, 사랑이란 북슬개들의 발이나 닿을 수 있는 곳에 놓인 하느님이야. 그런데 나에게도 나름대로의 존엄성이 있어! 나의 대꾸였다.

— 그러면 네 자신에 대하여 이야기해보자. 너는 일개 무정부주의자야, 그게 전부야!

모든 경우에 조금 짓궂고, 견해에 있어서 앞선 모든 것을 지칭하고 있음이 분명하다.

— 맞았어, 허풍선이, 네 말대로 나는 무정부주의자야! 뿐만 아니라 그 가장 훌륭한 증거로, 응징적이며 사회적인 기도문 비슷한 것을 지었는데 틀림없이 네 마음에 들 거야. 「황금 날개!」 그것이 제목이야…! 그리고 나는 즉시 그에게 그것을 읊어준다.

모든 순간과 동전 한 푼까지도 헤아리시는 신, 절망하셨으되 돼지처럼 육감적이고 꿀꿀거리는 신. 황금 날개를 가진 돼지, 배때기를 하늘로 향한 채 애무를 기다리며 사방으로 추락하고 있는 돼지,

그가 바로 우리들의 주인이시다. 우리 서로 포옹합시다!

— 너의 그 허튼 글은 실제의 삶 앞에서는 지탱되지 못해. 나는 보수적이고, 또 정치를 좋아하지도 않아. 뿐만 아니라 조국이 언제든 조국을 위해 피를 흘리라고 요구하면, 나는 빈들거리지도 않을 것이고, 피를 바칠 준비가 되어 있어.

녀석이 내게 한 대답이다.

그런데 바로 그 순간, 전쟁이 정말 우리 두 사람 곁으로 어느새 다가오고 있었으며, 게다가 나의 머리가 평정을 잃고 있었다. 그 짧으나 격한 토론에 지쳤던 것이다. 뿐만 아니라 까페의 종업원 녀석이 팁 때문에 나를 치사한 놈으로 대하는 듯하여 몹시 격양되어 있기도 하였다. 드디어 아르뛰르와 나는 완벽한 화해에 이르렀다. 거의 모든 점에 있어서 견해를 같이하고 있었던 것이다.

— 맞아, 결국 네가 옳아, 내가 그렇게 타협적으로 동의하였다. 그러나 여하튼 우리들은 모두 거대한 배 밑창에 앉아 노를 젓고 있어. 너도 그 사실을 부정하지는 못할 거야…! 못 박힌 듯 옴짝달싹 못하고 앉아, 우리들 허섭스레기들이 모든 것을 이끌어 가고 있어! 그런데 우리들에게 돌아오는 것이 무엇이지? 아무것도 없어! 오직 몽둥이 찜질에다, 가난, 씨알 먹지 않는 허튼 말, 게다가 더러운 언사까지. 우리는 일합니다! 놈들이 그렇게 떠들지. 하지만 다른 그 무엇보다도 더욱 지저분한 것이 바로 그들의 일이야. 우리들은 배 밑창에 틀어박혀 아가리를 딱딱 벌리며 헐떡이고, 썩은 냄새를 풍기며, 사타구니 냄새 나는 땀을 질질 흘리고, 그게 전부야! 저 위 갑판 시원한 곳에는 나리들이, 각종 향수에 한껏 들떠 있는 발그레한 예쁜 계집들을 무릎 위에 앉혀 놓고 천하태평이지. 그리고는 우리들을 갑판 위로 불러올리지. 그 다음 모자를 높직하게 고쳐

쓰고, 다음과 같이 한바탕 아가리가 찢어져라 짖어대지. "썩은 시체 덩어리들아, 전쟁이야! 우리들은 제2번 조국에 있는 더러운 자들에게 접근해서 저들의 몸통을 날려버릴 것이다! 자! 서둘러! 필요한 것은 무엇이든 모두 배 안에 있다! 먼저 어디 한번 힘껏 짖어보자, 천지가 진동하게: '제1번 조국 만세' 멀리까지 들리도록! 가장 힘차게 짖는 자에게는 훈장과 착하신 예수님의 사료가 수여될 것이다! 젠장! 그리고 바다에서 뒈지고 싶지 않은 자들은, 언제고 이곳에서보다 훨씬 빨리 끝내 주는 육지로 가서 뒈질 수 있다!"^{제2번 조국과 제1번 조국은 각각 적국과 아국을 가리키는 듯하다}

— 정확히 그런 식이지! 완전히 누그러져 나긋나긋해진 아르뛰르가 동의하였다.

그런데 바로 그때, 우리가 자리를 차지하고 앉아 있던 까페 앞으로 일개 연대가 지나가기 시작하는데, 말을 탄 연대장이 선두에 섰고, 그 연대장은 친절하고 호방해 보이기까지 하였다! 나는 열광하여 한걸음에 내달았다.

— 정말 그러한지 직접 가봐야겠어! 아르뛰르에게 그렇게 소리치면서 나는 어느새 입영의 길로 들어섰다. 그것도 달음박질을 하듯이.

— 넌 보잘것없는 멍청이야… 훼르디낭! 우리들을 바라보고 있던 사람들이 나의 영웅적 행동에 대하여 나타낸 반응에 심사가 꼬였는지, 아르뛰르가 그렇게 대꾸하였다.

그가 내 행동을 그러한 식으로 생각한다는 사실에 마음이 상했으나 나의 발걸음은 멈추지 않았다. 나는 이미 돌이킬 수 없는 길로 들어서 있었다. "이미 들어섰으니 이대로 버티자!" 나의 독백이었다.

— 두고 보면 알 거야! 이 멍청아! 연대장의 꽁무니를 따라가는

연대와 그 음악에 휩쓸려 모퉁이를 돌아서기 직전, 내가 그에게 소리쳤다. 일은 바로 그렇게 벌어진 것이다.

그 다음 우리는 오랫동안 걸었다. 여전히 많은 거리가 나타났고, 안에 처박혀 있는 민간인들과 그들의 여편네들은 발코니에서, 역 앞에서, 교회당에서, 우리들에게 격려의 함성을 지르며 또 꽃을 던지기도 하였다. 애국자들이 많기도 하였다! 그리고는 애국자들이 줄어들기 시작하였다… 빗방울이 떨어졌고, 격려의 함성이 차츰 줄어들더니 곧이어 완전히 사라져, 길가에는 단 한 가닥 기척도 없었다.

결국 우리들뿐이란 말인가? 우리들끼리 앞서거니 뒤서거니 하면서? 음악도 멈췄다. "한마디로 더 우스꽝스럽게 되었군! 몽땅 다시 시작해야 할 판이군!" 일의 돌아가는 꼴을 깨닫게 된 나의 독백이었다. 도망칠 궁리를 하였다. 그러나 이미 때가 늦었다! 민간인들은 우리들 뒤로 조용히 문을 닫아버렸다. 우리들은 사로잡힌 생쥐들 꼴이었다.

한번 그곳에 끌려 들어가면 속수무책이다. 그들은 우리들에게 말을 타라고 하더니 두 달 후엔 다시 걸으라고 하였다. 아마 비용이 너무 비쌌기 때문인 듯하다. 그러던 어느 날 아침, 연대장이 자기의 말을 끌어오라 하였고, 전령 기병이 그 말을 타고 어디론가 떠났다. 그곳은 분명 우리들이 있던 대로 한가운데보다는 총알이 쉽사리 지나갈 수 없는 곳이었을 것이다. 연대장과 내가 결국 처하게 된 곳이 바로 그 대로 한가운데였으며, 나는 그가 하달한 명령들을 적어둔 기록부를 들고 그의 곁에 있었던 것이다.

저 멀리, 겨우 보일락 말락 하는 곳에, 우리들처럼 길 한가운데에 까만 점 두 개가 있었다. 그러나 그것은 십오 분여 전부터 정신없이 총을 쏘아대고 있는 두 사람의 독일인이었다.

우리의 연대장, 그는 아마 왜 저 두 사람이 총을 쏘아대는지 알고 있었을 것이고, 독일 사람들 역시 알고 있었을 테지만, 나로서는 정말 알 수가 없었다. 기억을 아무리 멀리 더듬어 보아도 내가 독일인들에게 저지른 짓은 아무것도 없었다. 그들을 대함에 나는 항상 친절했고 공손했다. 나는 독일인들을 좀 알았고, 심지어 어렸을 때 하노버 근교에서 그들의 학교에도 다녔다. 그들의 언어도 사용하였다. 그 시절, 그들은, 늑대의 눈처럼 뿌옇고 초점 없는 눈을 가진, 소리나 꽥꽥 지르던 꼬마 멍청이들이었다. 우리는 수업이 끝난 후 인근 숲속에 들어가 함께 계집아이들을 주물렀고, 활이나, 사 마르크면 살 수 있었던 권총을 함께 쏘기도 하였다. 또한 설탕탄 맥주를 마시기도 하였다. 그러나 그 시절과, 우리들에게 와서 먼저 말 한 마디 건네지 않고, 대로상에서 작은 상자에 틀어박혀 우리를 향해 총을 쏘아대는 현재 사이에는 상당한 공백, 아니 하나의 심연이 가로놓여 있었다. 너무나도 판이하였다.

전쟁이란 한마디로 가장 이해할 수 없는 것이었다. 그것이 계속되어서는 절대 안 된다고 여겨졌다.

도대체 이 사람들 내부에서 어떤 이상한 현상이 돌발했단 말인가? 나는 전혀 느끼지도 못하는 현상이? 나만이 그것을 감지하지 못하였음에 틀림없다….

그들을 대하는 나의 감정은 여전히 변함이 없었다. 어떤 일이 있더라도 그들의 포악한 행동을 이해하려 노력하고 싶었다. 그러나 멀리 달아나버리고 싶은 마음이 더 컸으니, 그 모든 것이 무시무시한 오류의 결과라는 생각이 거대하게, 확고하게, 항거할 수 없는 힘으로 밀어닥쳤기 때문이었다.

'이따위 말썽에서는 별수가 없어, 꺼져버리는 수밖에.' 나는 결국 그렇게 생각하기에 이르렀다….

우리들의 머리 위, 여름날의 뜨거운 대기 속에서는, 머리와 이 밀리미터의 간격을 두고, 혹은 관자놀이와는 아마 일 밀리미터의 간격을 두고, 누구든 닥치는 대로 죽이려는 탄환들이 긋는 긴 강철선들이 꼬리를 맞물며 유혹적으로 전율하고 있었다.

그 탄환들과 태양의 강렬한 빛 속에 휩싸였을 때만큼 내가 무용지물임을 절실히 느껴본 일은 없었다. 그 태양은 거대한, 온 누리를 뒤덮는 조소였다.

그 당시 내 나이는 스물이었다. 멀리 보이는 농가들은 텅 비어 있고, 교회당들 역시 활짝 열린 채 아무도 없어, 마을 사람들 모두 그날 하루 그 고장의 다른 편 마을 축제에 간 듯하였고, 그리하여 그들은 우리들을 믿고 그들의 전원이며 짐수레, 수레의 채, 밭, 정원, 도로, 나무들, 심지어 젖소, 개, 개의 사슬 등, 그들의 모든 소유물을 우리들에게 맡겨둔 듯하였다. 그리하여 그들이 없는 동안 우리가 하고 싶은 짓을 아무 거리낌 없이 자행할 수 있도록. 그들의 그러한 거취가 매우 친절해보였다. '하지만 그들이 타지로 가지 않았다면! ―나는 생각하였다― 여기에 아직도 사람들이 있다면, 분명 이토록 더러운 행태를 보이지는 않을 것이다! 이토록 형편없이 놀지들은 않을 것이다! 그들 앞이라면 감히 엄두도 내지 못하였을 것이다!' 그러나 우리들을 감시할 사람이 아무도 없었다! 모든 하객들이 돌아간 후 단둘이 남아서 갖은 돼지 같은 짓을 하는 신혼 남녀처럼 오직 우리들뿐이었다.

나 역시 (어느 나무 둥치 뒤에 은신한 채) 그토록 소문 자자한 데룰레드라는 놈의 꼴을 좀 보았으면 좋겠다고 생각하였으며, 특히 녀석의 배때기가 탄환 한 알을 삼켰을 때 어떤 짓을 하는가 세세히 관찰하고 싶었다.

길 위에 엎드려 고집스레 쏘아대고 있는 그 독일 녀석들의 사격 솜씨는 좋지 않았으나, 분명 그들은 쓰고 남아 팔아먹을 만큼 창고 가득히 탄환을 가지고 있는 듯하였다. 정녕 전쟁은 끝나지 않고 있었다! 우리의 연대장 이야기도 빼놓을 수 없는 바, 그는 아연실색케 할 만한 용맹을 떨치고 있었다! 그는 길 한가운데에서, 또 어지럽게 선을 긋고 있는 무수한 탄도 사이를 좌우로 혹은 전후로 어슬렁거리고 있었는데, 그 모습이 마치 역 승강장에서 조금 초조하게 어느 친구를 기다리고 있는 듯하였다.

나는 우선 전원을 도저히 전원으로 느낄 수 없었고 ―그 말은 지금 즉시 해야겠다― 끝날 줄 모르고 이어지는 진창, 사람 하나 얼씬하지 않는 집들, 어디로 가는지 모를 길 등, 모든 것이 오직 처량하게 보일 뿐이었다. 그런데 거기에 전쟁을 덧붙이면 더 이상 견딜 수 없는 노릇이다. 길 양편 언덕에서는 질풍이 일었고, 버드나무들은 저편에서 우리들 쪽으로 날아오는 가늘고 건조한 소음에 그 잎새 바람 소리를 뒤섞고 있었다. 그 미지의 병사들은 여전히 우리들을 명중시키지 못하고 있었으나, 수천의 죽음으로 우리들을 둘러싸고 있어 마치 우리가 죽음의 옷으로 몸을 감싸고 있는 듯하였다. 나는 감히 손끝 하나 꼼지락거리지 못하였다.

그 연대장 놈은 분명 하나의 괴물이었다! 이젠 아예 개만도 못하여, 자신의 저승길을 상상조차 못하였다! 틀림없이 그렇게 보였다. 동시에 나는 놈과 같은 것들, 즉 용감한 자들이 우리의 군대에 많을 것이고, 또한 저편 군대에도 못지않게 많을 것이라는 생각을 하였다. 얼마나 되는지 누가 알랴? 하나, 둘, 도합 수백만? 그 순간부터 나의 공포감은 광증으로 변했다. 저따위 인간들이 있는 한 그 지옥 같은 멍청이짓이 무한히 계속되리라는 생각 때문이었다… 그들이 왜 멈추겠는가? 인간과 사물에 내려진 선고를 그 이상 더 가혹하게 느껴본 일은 일찍이 없었다.

그렇다면 이 지상에서 나만이 유일한 겁쟁이란 말인가? 곰곰 생각해보았다. 그 순간의 두려움이란…! 영웅적이고 사슬이 풀린, 게다가 머리털 끝까지 무장을 한 이백만 명의 미치광이들 속에 휩쓸려 방황하고 있단 말인가? 철모를 쓴 놈, 철모를 쓰지 않은 놈, 말을 타지 않은 놈, 오토바이 탄 놈, 고래고래 소리 지르는 놈, 자동차 탄 놈, 씩씩거리는 놈, 마구 쏘아대는 놈, 음모를 꾸미는 놈, 날아다니는 놈, 무릎을 꿇고 있는 놈, 구덩이를 파는 놈, 숨는 놈, 오솔길에서 말을 타고 꺼덕거리는 놈, 폭음을 내는 놈, 그곳이 오두막집인 양 땅속에 틀어박혀 있는 놈들, 그 속에서 프랑스건, 독일이건, 대륙이건, 모든 것을, 숨 쉬는 것이라면 무엇이든 파괴하려는 놈들, 개들보다 더 미친, 그리고 자신들의 광증을 찬미하는(개들도 그런 짓은 하지 않는데), 수천 마리의 개들보다 수천 배나 더 미친, 그리하여 그만큼 더 사악한 놈들 속에 휩쓸려 있단 말인가! 우리들의 꼴이 진정 가관이었다! 분명 나는 이 세상을 끝장내려는 십자군 선단에 실려 가고 있다는 생각이 들었다.

관능에 딱지 떼지 못한 자가 있듯 끔찍한 짓에도 그러한 자가 있다. 내가 끌리쉬 광장을 떠나면서 어찌 이러한 끔찍함을 상상이나 할 수 있었겠는가? 실제 전쟁에 휩쓸려들기 전에야 누군들 인간의 영웅적이고 건들거리는 더러운 영혼 속에 내포된 모든 것을 예상이나 할 수 있었겠는가? 이제 나는 그 공동의 살육, 그 불더미를 향해 질주하는 거대한 덩어리 속에 꼼짝없이 잡혀 있었다… 그것은 저 깊은 심연으로부터 올라오고 있었고, 결국 닥치고야 말았다.

연대장은 여전히 꿈쩍도 하지 않았고, 바라보자니, 그는 언덕 위에서 장군이 보내는 메모들을 탄환이 빗발치듯 하는데도 천천히 읽은 다음 잘게 찢어버리곤 하였다. 그 어느 메모에도 이 더러운 짓을 즉각 멈추라는 명령은 없단 말인가? 오해가 있었노라고, 누가 상부로부터 그에게 전하는 말은 없단 말인가? 고약한 오류였노라고? 카드 패를 잘못 돌렸노라고? 실수였노라고? 살육을 자행하려 한 것이 아니라 다만 우스개 훈련을 하려고 한 것뿐이라고! 그러나 천만의 말씀이었다! "계속하시오, 연대장, 귀관은 유리한 거점을 확보하고 있소!" 우리들 모두의 두목인 사단장 앙트레 장군이 그에게 보내는 쪽지에는 분명 그렇게 적혀 있었을 것이고, 연대장은 매 오 분마다 연락병을 통해 장군으로부터 봉투 하나씩을 전달받고 있었는데, 연락병은 올 때마다 조금씩 더 새파랗게 질려 똥을 쌀 듯한 기색이었다. 그 소년을 얼마나 나의 겁쟁이 형제로 삼고 싶었던가! 그러나 우리에게는 형제애를 나눌 시간 또한 없었다.

결국 오류가 아니었다는 말인가? 피차간에 얼굴 한번 내보이지 않고 서로 마구 총질을 해대도록 시키는 일, 그 짓이 금지되지 않았다니! 한바탕 꾸지람거리도 되지 못하는 짓들 중의 하나였다. 마치 복권이나 약혼, 개떼를 동원한 기마 수렵처럼 분명 진지하신 분들에 의해 장려되고, 심지어 공인된 것이었다…! 말문이 막혔다. 나는 단번에 전쟁의 적나라한 실상을 발견하게 되었다. 나는 드디어 딱지를 떼었다. 그 멍청이짓의 정면과 윤곽을 정확히 보려면, 당시 내가 그랬던 것처럼 그 짓을 거의 홀로 직면해야 한다. 우리들과 저편 사람들 사이에 누군가 전쟁이라는 불을 붙였고, 이제 한창 타고 있는 것이었다! 마치 아아크 등 속에서 두 개의 탄소봉 사이에 전류가 흐르듯. 그런데 탄소봉은 도무지 꺼질 낌새를 보이지 않았다! 우리 모두, 아무리 교활해 보이지만 연대장 역시 다른 사람들처럼, 모두 탄소봉 위에 올려질 판이었고, 일단 저편의 전류가 그의 양 어깨 사이를 통과하면, 그의 싸구려 고깃덩이도 나의 고깃덩이로 요리한 불고기와 다름이 없을 것이다.

사형 선고를 받는 방법도 여러 가지가 있다. 아! 나 같은 천치가 당시 그곳에 있는 대신 감옥에 들어갈 수만 있었다면 무엇인들 선뜻 내어놓지 않았으랴! 가령 그러한 일이 아직도 쉬웠을 때, 앞날을 예견하여 시기를 놓치지 않고, 아무 곳에서든, 무엇이든 훔쳐서 절도죄로 투옥되었다면 얼마나 좋았으랴! 감옥에서는 아무 생각도 할 필요가 없다! 감옥에서는 살아나오지만 전쟁에서는 그렇지 못하다. 그 두 사실 이외의 모든 것은 말장난일 뿐이다.

단지 나에게 시간만 있으면 좋으련만, 그 시간이 더 이상 없었다! 훔칠 것도 없었다! 탄환이 지나가지 않는 조용하고 자그마한 감옥 속에 들어앉아 있다면 얼마나 좋을까! 나 스스로에게 중얼거려 보았다. 탄환이 절대 지나가지 않는! 나는 뜨거운 태양 아래, 완벽하게 준비된 감옥 하나를 알고 있었다. 꿈속의 감옥, 구체적으로 말해 생-제르맹의 감옥, 숲 가까이에 있는 그 감옥을 나는 잘 알고 있었으니, 옛날 그 근처를 자주 지나다녔기 때문이다. 사람이 이처럼 변할 수가! 그 시절 나는 어린애였고, 감옥이 무서웠다. 다시 말해 나는 아직 인간들의 정체를 모르고 있었다. 차후로는 절대 그들이 말하는 것, 그들이 생각하는 것을 믿지 않을 것이다. 언제나 인간들, 오직 그들만을 두려워해야 한다.

저 괴물들이 지쳐서 스스로 멈추려면 저들의 광증이 도대체 얼마나 더 계속되어야 할까? 저런 유의 광기는 얼마 동안이나 지속될 수 있을까? 수 개월? 수 년? 도대체 몇 년이나? 모든 사람, 모든 미치광이가 죽을 때까지? 마지막 한 사람이 죽을 때까지? 그리하여 사건이 절망적인 방향으로 돌아가고 있는 것을 본 나는, 모든 위험을 무릅쓰고 절체절명의 마지막 조처를 시도하기로 결심하였으니, 나 홀로 전쟁을 멈추게 해보겠다는 결심이었다! 최소한 내가 있던 그 구석에서나마.

연대장은 두어 발자국 떨어진 곳에서 어슬렁거리고 있었다. 내가 그에게 말을 걸 생각이었다. 전에는 단 한 번도 그러지 못했다. 그러나 이제 감행해야 할 순간이었다. 우리가 처해 있던 그 상황에서는 잃을 것이 아무것도 없었다. "뭔가?" 나의 대담한 개입에 매우 놀라 분명 그렇게 물을 것이라고 상상하였다. 그러고 나면 나는 내가 생각하는 바를 그대로 솔직하게 설명할 작정이었다. 그러면 그의 생각을 알 수 있을 것 같았다. 삶에 있어 가장 중요한 것은 자신의 생각을 서로 툭 털어놓는 일이다. 혼자보다는 둘이 하는 편이 낫다.

내가 그 결정적인 교섭을 하려는 바로 그 순간 걸어 다니는 기병대원(당시 우리들이 그렇게 불렀다) 하나가 축 처져 어기적거리며, 벨리사리오스처럼 철모를 뒤집어 손에 든 채 육상 선수의 발걸음으로 도착하였는데, 그는 덜덜 떨고 있었으며, 진흙투성이에다 얼굴은 다른 연락병보다 더욱 새파랗게 질려 있었다. 벨리사리오스는 비잔틴 제국의 명장이었으나, 황제와 궁정 대신들의 시기로 불행한 삶을 영위한 사람으로서, 불운의 상징으로 옛 문학 작품에 자주 등장하였다. 그러나 본 소설에 등장시킨 그의 모습을 어느 작품에서 차용하였는지, 또 어떤 이야기의 어느 장면에 연루된 것인지는 분명치 않다. 그 기병대원은 알아듣기 어려울 만큼 빠르게 무슨 말을 우물거렸으며, 무덤에서 빠져나오기라도 한 듯 엄청나게 괴로워하는 듯하였고, 또 마음에 심한 상처를 입은 듯하였다. 저 유령 역시 총알을 몹시 싫어한단 말인가? 그 역시 총알 생각하기를 나처럼 한단 말인가?

— 뭐야? 퉁명스럽게, 귀찮다는 듯, 그 유령에게 강철 같은 시선을 던지며, 연대장이 그의 말을 끊었다.

거의 규정을 무시한 복장에다, 겁에 질려 똥을 질질 싸듯 하는 그 구역질나는 기병대원을 보자, 우리의 연대장께서 몹시 역정이 났던 모양이다. 그는 두려워하는 꼴을 매우 싫어했다. 의심의 여지가 없었다. 게다가 특히, 마치 중절모인 양 철모를 손에 들고 있는 그 꼴이 전쟁에 앞장서 뛰어들고 있던 연대, 우리 전위연대에게 무참하게 해악을 끼친다고 생각한 듯하다. 그 걸어 다니는 기병대원 녀석이 전쟁 속으로 들어오며 전쟁에게 공손히 모자를 벗어 인사를 하는 꼴로 여겼을 듯도 하다.

그 모욕적인 시선을 보자, 휘청거리던 연락병은 그러한 상황에 맞게 새끼손가락을 바지 재봉선상에 가져다 놓으며 차렷 자세를 취했다. 그렇게 언덕 위에 뻣뻣이 섰으나 그는 여전히 기우뚱거렸고, 땀이 철모끈을 따라 흘러내리고 있었으며, 그의 턱뼈는 하도 심하게 떨려 꿈꾸는 개의 비명처럼 알아들을 수 없는 약한 고함을 내뿜을 뿐이었다. 그가 무슨 말을 하려고 하는 것인지, 울고 있는 것인지 분간할 수가 없었다.

길 저쪽 끝에 엎드려 있던 독일 녀석들이 그때 마침 연장을 바꾸었다. 그리하여 이제는 기관총을 가지고 그 바보짓을 계속하고 있었다. 녀석들은 마치 커다란 성냥갑인 듯 그 연장에 불을 그어댔고, 말벌처럼 윙윙대는 광적인 탄환들이 벌떼처럼 우리들 주위로 날아들었다.

그 경황에도 연락병은 알아들을 수 있는 말 몇 마디를 겨우 입에서 끄집어내었다:

─ 바루스 중사님이 조금 전에 전사하셨습니다, 연대장님. 그가 단숨에 내뱉었다.

─ 그래서?

─ 에트라프 방면 도로상에 있던 빵 수송 차량을 인수하러 갔다가 사망하셨습니다, 연대장님!

─ 그래서?

─ 파편에 맞아 산산조각이 났습니다!

─ 그래서 어쨌다는 거야, 젠장!

─ 이상입니다! 연대장님….

─ 그게 전부야?

─ 예, 이상입니다, 연대장님.

─ 그리고 빵은? 연대장이 물었다.

그것이 대화의 끝이었으니, 내 분명히 기억하건대 "그리고 빵은?" 그것이 연대장이 겨우 맺은 말이었다. 그것이 전부였다. 그 다음은 온통 불더미와, 그것에 뒤섞인 소음뿐. 그 소음은, 진정 존재할 수 있으리라고는 믿어지지 않는 소음이었다. 불길과 소음은 나의 눈, 귀, 코, 입을 가득 채워, 나 자신마저 불과 소음으로 변해버리고야 만 것으로 여겨졌다.

하지만 그렇지 않았다. 불길이 사라진 후에도 소음은 오랫동안

내 머릿속에 남아 있었고, 팔과 다리는 누가 뒤에서 잡고 뒤흔들기라도 하는 듯 마구 떨리고 있었다. 금세 내 몸뚱이에서 떨어져 나갈 듯하였으나, 결국 사지는 내 몸뚱이에 붙어 있었다. 한동안 눈을 찌르던 연기 속에는 화약과 유황의 매캐한 냄새가 남아 있어, 온 세상의 빈대와 벼룩을 몽땅 죽이려는 듯 우리들 주위를 맴돌고 있었다.

그 즉시 나는 조금 전 연락병이 와서 산산조각이 나버렸다고 전해준 바루스 중사를 생각하였다. 그것은 분명 좋은 소식이었다. 잘된 일이야! 나의 생각은 이러하였다: '우리 연대에서 더러운 놈 하나가 줄어든 거야!' 놈은 통조림 하나 때문에 나를 군법회의에 회부하려고 하였다. "각자 나름대로의 전쟁이 있어!" 나는 혼자 중얼거렸다. 그 측면에 있어서는 전쟁도 가끔 무엇엔가 공헌하는 것 같았다! 그 점은 시인해야 한다. 우리 연대에는 아직도 서너 명의 더러운 쓰레기들이 더 있었고, 나는 그들이 바루스처럼 파편을 만나게 되는 일이라면 그들을 기꺼이 도왔을 것이다.

연대장에 대해서는 나도 별 악의가 없었다. 하지만 그 역시 죽었다. 처음 정신을 차리는 순간에는 그가 보이지 않았다. 폭발로 인해 언덕 위로 날아가 모로 뻗어 그 걸어 다니는 기병대원, 그 연락병의 품에 안겨 있었는데, 연락병 역시 끝장이 나 있었다. 그 순간, 그리고 영원히 두 사람은 포옹을 하고 있었다. 하지만 기병대원의 머리는 없어졌고, 목 위로는 휑하니 뚫린 구멍 외에 아무것도 없었으며, 그 커다란 구멍에서는 냄비 속의 잼처럼 피가 꼴룩꼴룩 넘쳐흐르고 있었다. 연대장의 복부는 파열되어 있었고, 그 때문인지 얼굴은 더럽게 일그러져 있었다. 그 일이 벌어지던 순간 고통이 몹시 컸던 모양이다. 그에게는 참 안 된 일이었다! 전쟁 개시 첫 탄환에 가버렸으면 그러한 참사는 당하지 않았을 것이다.

그 모든 고깃덩이가 일제히 엄청난 피를 흘리고 있었다.

아직도 그 현장 좌우에서는 포탄이 작렬하고 있었다.

나는 더 이상 고집하지 않고, 또 꺼져버리기에 충분한 명분이 생겼음을 매우 기꺼워하며 그곳을 떠났다. 한바탕 보트놀이가 끝나 다리가 뻐근해졌을 때처럼 뒤뚱거리며 콧노래까지 불렀다. '포탄 한 방이야! 뭐라 해도 포탄 한 방이면 모든 일이 순식간에 정리돼.' 나는 그런 생각을 하였다. "아! 젠장! 아! 젠장…!" 나는 걸으며 줄곧 그렇게 중얼거렸다.

길 저편 끝에도 이제는 아무도 없었다. 독일 녀석들이 떠나버린 것이다. 그러나 그 참사를 통해 나는 이제부터는 나무들 사이로 걸어야 한다는 사실을 신속히 터득하고 있었다. 우리 연대에서 사망한 또 다른 사람들이 있는지 알아보기 위하여 나는 서둘러 부대 야영지로 향했다. 스스로 포로가 되는 훌륭한 방법도 있겠군! 한편 그러한 생각도 하였다… 여기저기에는 아직도 매캐한 연기가 둔덕에 걸려 있었다. "지금쯤은 모두들 죽었을까? 나 스스로에게 자문해보았다. 놈들이 도무지 아무것도 깨달으려 하지 않으니 차라리 일찌감치 몽땅 죽어버리는 것이 이롭고 또한 효율적이야… 그러면 이 바보짓이 즉시 끝나겠지… 각자 자기 고향으로 돌아갈 것이고… 의기양양, 끌리쉬 광장을 다시 지날 것이고… 한두 사람만이 살아서 돌아갈 것이다. 나의 희망대로… 착하고 멋진 녀석들만, 장군의 뒤를 따라, 나머지 다른 놈들은 연대장처럼 죽은 뒤에… 바루스처럼… 바나이유처럼(또 다른 멍청이다)… 등등. 사람들은 우리들을 훈장과 꽃으로 뒤덮을 것이고, 우리들은 그렇게 개선문을 통과할 것이다. 음식점에 들어가면 무료로 먹고, 무엇이든 무료, 평생 동안 무료일 것이다! 계산을 하려는 순간 우리들을 보고 영웅이라 할 것이다…! 조국의 수호자라고! 그 칭호 하나면 족할 것이다…! 돈 대신 작은 프랑스 국기 몇 장만 주면 될 것이다…! 계산대 아가씨는 영웅들의 돈을 거절할 뿐만 아니라, 우리들이 계산대 옆을 지날 때 오히려 키스를 곁들여 우리에게 돈을 줄 것이다. 그러니 살아남을 가치는 있어."

그렇게 도망을 치던 중 나는 팔에 피가 흐르고 있음을 발견하였다. 그러나 조금뿐, 전혀 충분할 만큼의 상처가 아닌, 단순한 찰과상일 뿐이었다. 결국 다시 시작해야 할 판이었다. 다시 비가 내리기 시작했고, 플랑드르의 들판은 더러운 물을 질질 흘리고 있었다. 오랫동안 걸었지만 아무도, 아무것도 만나지 못하였고, 오직 바람, 그리고 다시 햇빛, 그것들뿐이었다. 가끔, 어디에서 날아오는지는 모르겠으나 총알 하나가 우연인 듯, 그 적막 속에서 나를 노리고 날아오기도 하였다. 도대체 왜? 차후로는 절대, 앞으로 백 년을 더 산다 할지라도, 다시는 전원을 어슬렁거리지 않으리라 생각하였다. 내 스스로에게 그렇게 맹세하였다.

앞으로 계속 걸어가며 나는 전날 있었던 행사를 뇌리에 떠올렸다. 행사는 어느 동산 후면 초원에서 치러졌고, 연대장은 그의 굵직한 음성으로 전 연대원에게 연설을 하였었다. "용기를 가지라! 그의 말이었다… 용기를! 그리고 프랑스 만세!" 상상력이 결핍되었을 경우에는 죽는 것이 별일 아니지만, 상상력이 풍부한 사람에게는 죽는 것이 너무나 감당키 어려운 법이다. 나의 견해는 그러하였다. 그토록 많은 것을 그때처럼 일시에 깨달은 경우는 일찍이 없었다.

연대장에게는 상상력이라는 것이 전혀 없었다. 그 자신의 모든 불행, 특히 우리들의 불행은 모두 그로부터 비롯되었다. 죽음을 상상할 수 있었던 사람은 전 연대에서 결국 나 하나뿐이었단 말인가? 나는 나 자신의 죽음이 좀더 지연되는 편을 택하고 싶었다…

이십 년 후… 삼십 년 후… 아마 그 이상… 놈들이 바라듯 나 역시 휩쓸려 죽기보다는, 플랑드르의 진흙탕을 한입 가득 삼키며, 아니 파편에 귀밑까지 찢긴 입에 진흙탕을 가득 물고 죽기보다는… 각자 자신의 죽음에 대하여 나름대로의 견해를 가질 권리는 있다. 하지만 어디로 간단 말인가? 계속 앞으로만? 적에게 등을 돌리고? 그렇게 어정거리다가 헌병들의 갈고리에 걸려들면 나에게 돌아올 셈은 뻔하였다. 당장 그날 저녁 신속하게, 격식을 차리지 않고, 휴교한 학교 교실에서 나를 재판할 것이다. 우리들이 지나가는 곳에는 텅 빈 학교 교실들이 얼마든지 있었다. 선생님이 교실을 떠난 다음 아이들이 그런 짓을 하듯, 나를 가지고 재판놀이를 즐길 것이다. 하사관들은 교단 위에 앉아 있고, 나는 수갑을 찬 채 아동용 책상 앞에 서 있어야 할 것이다. 다음날 아침 나는 총살형에 처해질 것이고, 나는 열두 개의 총알에다 하나를 더 보태 삼킬 것이다. 그러면?

   그리고 나는 다시 연대장 생각을 하였다. 그의 흉갑, 기병대 투구, 콧수염을 갖춰, 내가 본 것처럼 총알과 파편이 쏟아지는 곳에서 어슬렁거리는 그 용감한 사람을 어느 쇼 극장에 출현시켰다면, 그것은 당시의 알함브라 궁을 채울 만한 광경이었을 것이고, 당시 최고의 스타였던 프라그송의 명성을 잠재웠을 것이다. 솔직히 나는 그따위 생각을 하고 있었다. 그러니 용기를 죽이자! 나는 스스로에게 그렇게 다짐하였다.

   여러 시간을 도망치듯, 또 조심스럽게 걸은 끝에 나는 어느 조그만 마을 앞에서 우리 편 병사들을 발견하였다. 그곳은 아군의 전진 초소였다. 그 인근에 주둔하고 있던 기병중대의 전초였다. 그들 중에는 단 하나도 죽은 사람이 없다고 누가 나에게 알려주었다. 모두 살아 있다는 것이다! 그런데 나는 엄청난 소식을 가지고 있었으니, "연대장이 전사했어!" 라고 초소 가까이에 이르자마자 소리쳤다. "연대장들은 얼마든지 있어!" 때마침 보초를 서며 사역 당번이기도 했던 삐스띨 하사가 비아냥거리며 대꾸했다.

— 죽은 연대장은 다른 사람으로 대치하게 내버려두고, 그동안 앙쁘이유와 케르동꿰프를 따라가 고기나 수령해 와. 각자 자루 두 개씩 가지고 가, 저 교회당 뒤야. 저쪽에 보이는… 너희들 그리고 어제처럼 속아서 뼈다귀만 휩쓸어오지 말고, 어둡기 전에 분대에 돌아올 수 있도록 똥통에서 재빨리 빠져나와, 더러운 놈들!

그리하여 세 사람은 다시 길을 떠났다.

'놈들에게 다시는 아무 말도 하지 말아야지!' 속이 뒤틀려 나는 그렇게 다짐하였다. 그따위 부류의 사람들에게는 무슨 이야기를 하든 헛수고이며, 내가 목격한 그 비극도 그 구역질나는 놈들에게는 아무 의미가 없다는 것을 절실히 깨달았다! 또한 그러한 비극이 사람들의 관심을 끌기에는 너무 늦었다는 사실도. 즉 일주일 전만 하였어도 연대장의 그러한 죽음을 사단 기사로 나의 사진을 곁들여 보도하였을 것이다. 백치 같은 놈들.

전 연대에 고기를 배급하던 곳은 벗나무 그늘 아래, 그러나 늦여름의 열기로 타들어가던 팔월의 초원이었다. 넓게 펼쳐 놓은 천막과 부대 조각 위에는, 심지어 풀 위에도 몇 킬로그램인지 헤아릴 수 없는, 흩어진 곱창과 노랗고 희끄무레한 기름덩이들이 송이송이 널브러져 있었고, 배를 갈라 그 내장이 서로 뒤엉킨 양들은 피를 흘려 주변 풀밭에 실개천을 만들고 있었으며, 반으로 잘려 나무에 걸려 있는 소를 상대로 네 사람의 연대 전속 푸주한은, 허드레 고기를 골라내느라고 연신 투덜거리며 칼싸움을 하고 있었다. 파리들이 새떼처럼 새까맣게 몰려와 합창을 하듯 윙윙거리는 그 속에서도 기름덩이 때문에, 특히 콩팥을 서로 차지하려고 각 분대 간에 심한 욕설이 오가고 있었다.

 게다가 사방에는 피투성이, 풀섶 여기저기에는 흐르다 고인 작은 피웅덩이들이 찔꺽거리고 있었다. 몇 발자국 떨어진 곳에서는 마지막 남은 돼지를 잡고 있었다. 벌써부터 어떤 사람 넷과 푸주한이 그 돼지에서 나올 내장을 놓고 말다툼을 벌이고 있었다.

 — 에이, 치사한 놈! 어제저녁에도 네놈이 소의 허릿고기를 슬쩍했지…!

 나무 둥치에 기대어 서서, 나는 식품을 놓고 벌이는 그 싸움박질에 겨우 두세 번 눈길을 던질 수 있었을 뿐, 조금이 아닌 기절할 때까지 토하고 싶은 메스꺼움 앞에 무너지고 말았다.

 들것에 실려 무사히 숙영지로 돌아오긴 했지만, 그 기회를 놓치지 않은 누군가가 나의 황갈색 천으로 만든 두 개의 부대를 날치기해 갔다.

 나는 하사의 퍼붓는 욕설 속에서 의식을 회복하였다. 전쟁은 끝나지 않고 있었다.

모든 것은 때가 되면 닥치는 법, 나 역시 그 팔월 말경에 하사가 되었다. 나는 연락병 다섯 사람을 대동하고 자주 앙트레 장군의 명령을 받으러 가곤 하였다. 그 두목은 몸집이 작고 말이 없는 편이었으며, 첫눈에는 잔인하지도 영웅적이지도 않은 듯 보였다. 하지만 경계하지 않을 수 없었다…. 그는 모든, 그 무엇보다도 자신의 안락을 제일 중요시하는 듯하였다. 그는 끊임없이 자신의 안락만을 생각하고 있었고, 그리하여 아군이 한 달 전부터 후퇴를 하며 전투를 하느라 정신을 못 차리는 상황에서도, 혹시 자기의 전령이 새로운 숙영지에 이르러, 어느 숙영지든 깨끗한 침대와 현대식 조리 시설을 갖추어 놓지 못하는 날엔 모든 사람에게 고함을 쳐댔다.

안락함만을 생각하는 그의 끊임없는 근심이 계급줄을 넷이나 달고 있는 참모장에게 많은 일을 안겨주었다. 안살림에 대한 앙트레 장군의 까다로운 각종 요구가 그를 몹시 성가시게 하고 있었다. 특히 참모장은 노랗게 뜬 안색에 극도로 악화된 위염과 변비증까지 겹쳐 식욕을 완전히 잃고 있었다. 그러함에도 불구하고 그는 장군의 식탁에 마주 앉아 반숙된 계란을 먹으며, 식사 때마다 장군의 푸념을 받아들여야 했다. 군인이면 군인이고, 아니면 아니어야 한다. 하지만 나는 도저히 그를 동정할 수 없었으니, 그가 장교로서는 몹시 더러운 놈이었기 때문이다. 평가는 분명하게 해야 한다. 길을 건너고 산을 넘어, 또 초원과 경작지를 지나 하루 종일 헤맨 끝이라도 결국 우리들은 장군께서 편안히 주무시도록 행군을 멈추곤 하였다. 우리는 장군을 위해 조용하고 안전하며 다른 부대가 아직 진을 치지 않은 마을을 찾았고, 또 언제나 그러한 마을을 발견해내었으며, 혹시 마을에 다른 부대가 이미 도착해서 걸어총을 완료한 후라 할지라도, 또는 별이 총총한 밤이라 할지라도 그들을 무작정 내몰았으며, 그들은 신속히 자리를 뜨곤 하였다.

마을은 참모부와 소속된 말들, 취사도구 상자들, 짐보따리들, 그리고 그 더러운 참모장의 전용이 되곤 하였다. 그 더러운 놈의 이름은 뺑송, 즉 뺑송 소령이었다. 지금쯤은 놈이 뻗어 버렸기를 간절히 바란다(그리고 편안한 죽음을 맞지 못하였기를). 그러나 지금 이야기하고 있는 그 시절에는 뺑송이란 자가 더럽게 살아 있었다. 그는 매일 저녁 우리 연락병들을 집합시킨 다음, 군기를 잡겠노라고 또는 사기를 진작시킨답시고 한바탕 힘차게 짖어대곤 하였다. 놈은 온종일 장군의 꽁무니에 매달려 끌려다니던 우리들을 다시 지옥 속으로 몰아넣었다. 걸어서! 말을 타고! 다시 걸어서! 그렇게 이리저리 분주하게 그의 명령들을 받들고 뛰어다녔는데, 일이 끝난 후 우리들을 물속에 처박아 죽였다 해도 놈이 우리들에게 한 짓보다는 나았을 것이다. 그것이 차라리 모든 사람들에게 더 편했을 것이다.

— 모두 꺼져버려! 너희들 연대로 복귀해! 즉각! 놈이 짖어대는 소리였다.

— 현재 연대의 위치는 어디입니까, 소령님? 우리가 물었다….

— 바르바니에 있어.

— 바르바니가 어디입니까?

— 저쪽이야!

그가 저쪽이라고 하며 가리키는 곳에는 오직 어둠뿐, 모든 다른 곳과 마찬가지로 거대한 어둠이 우리를 두어 발자국 앞에서부터 길을 삼켜 들어가고 있었고, 그 캄캄한 어둠의 한 틈새로 혓바닥만한 길 한 자락이 삐죽 나와 있었다.

그가 말하는 바르바니를 찾으려면 한 세계의 끝을 헤매어야 할 판이었다! 그 바르바니를 다시 찾으려면 적어도 일개 기병중대를 몽땅 희생시켜야 했을 것이다! 그것도 용맹스러운 병사들로만 짜인 일개 중대를! 그런데 전혀 용맹스럽지 못했고, 또 왜 용맹스러워야 하는지를 도저히 알 수 없었던 나는, 놈이 아무렇게나 지껄여대는 그 바르바니를 찾아갈 의욕이 물론 어느 누구보다도 없었다. 그가 하는 짓은, 마치 나에게 심한 욕설을 퍼부음으로써 나의 내부에 자살 욕구가 생기도록 하려는 것 같았다. 하지만 그따위 욕구란, 가지고 있는 사람이 있고 그렇지 않은 사람이 있다.

우리의 팔이 어깨에서 조금만 멀어져도 영영 보이지 않을 듯한 그 짙은 암흑에 대하여 내가 알고 있었던 유일한 것, 그러나 확실하게 알고 있었던 것은, 그 암흑이 거대하고 무수한 인간 살해의 의지를 함축하고 있다는 것이었다.

참모장의 그 아가리는 저녁이 되기가 무섭게 우리들을 저승길로 내몰았으며, 심지어 해질 무렵부터 놈이 그 일에 골몰하는 경우도 빈번하였다. 우리는 소극적으로나마 그에게 저항하려 하였고, 그리하여 고집스레 그의 말을 알아듣지 못하는 척하였으며, 어떻게든 그 평온한 숙영지에 붙어 있으려 최선을 다하곤 하였지만, 결국 나무들이 시야에서 사라질 무렵이면, 드디어 죽을 각오를 하고 떠날 수밖에 없었으니, 그 시각에 장군의 저녁식사 준비가 완료되기 때문이었다.

그 순간부터는 모든 것을 운수에 맡길 수밖에 없었다. 어떤 때는 우리 연대와 놈이 말하던 바르바니를 찾기도 하고, 어떤 때는 그러지 못하였다. 특히 우리가 우리 연대를 찾을 수 있었던 것은 실수 덕분이었으니, 우리가 멋모르고 접근할 때면 경비중대 보초들이 우리를 향해 사격을 가해왔기 때문이다. 그럴 때마다 우리는 고함을 쳐서 우리의 정체를 알렸고, 그 순간부터 수많은 귀리 포대와 엄청난 물통을 나르는 등 갖가지 사역으로 밤을 거의 지새우다시피 하였으며, 게다가 몰려오는 졸음에 쏟아지는 욕설마저 합세하여 우리는 정신이 몽롱하였다.

아침이 되면 그러나 어김없이 우리 연락반원 다섯 명은 모두 앙트레 장군 사령부로 전쟁을 계속하러 다시 떠났다.

그러나 대개의 경우 우리는 연대를 찾지 못했고, 그리하여 낯선 길 옆 마을이나 텅 빈 외딴 마을, 혹은 수상해 보이는 잡목숲 주변을 어슬렁거리며 날이 밝기를 기다리더라도 될 수 있는 한 그러한 곳들을 피하였는데, 그것은 독일군 순찰대를 우려하였기 때문이다. 그러나 아침을 기다리며 불가피하게 어디엔가는, 그 어둠 속 어디엔가는 우리 몸뚱이를 내던져놓아야 했다. 그 시절 이후 나는 보호 수렵구 속에 살고 있는 산토끼들의 심정을 알게 되었다.

연민이 우스꽝스러운 계기로 생기기도 한다. 우리가 만약 뼁송 소령에게 비겁하고 더러운 살인자라고 하였다면, 우리는 그를 무척 기쁘게 하였을 것인 바, 그 기쁨이란 그의 뒤를 한 치도 떠나지 않고 붙어 다니는 헌병대장을 시켜 우리들을 즉각 총살해버리는 것이었고, 헌병대장 역시 바로 그러한 일만 생각하고 있었다. 헌병대장이 이를 갈고 있었던 것은 독일군들이 아니었다.

따라서 우리는 매복에 걸려들 위험을 무릅쓰고라도 많은 밤을, 끝없이 연속되는 밤들을 지새워야 했다. 오직 하나의 희망이 있었다면, 그것은 점점 가망성이 희박해져가는 생환의 희망뿐, 그리고 또한 우리가 생환할 경우, 우리 모두와 똑같이 생겨먹었지만 아바나 해협에서 아가리를 딱 벌리고 쓰레기나 썩은 고기를 실은 배 주위를 선회하는 악어나 상어보다 더 더러운 인간을 이 지상에서 발견한 사실을 절대 잊지 않으리라는 희망이었다.

가장 큰 패배는 결국 망각하는 것이다. 특히 우리들을 거꾸러지게 하는 요인을 망각하는 것과, 또 인간이 어느 정도까지 미련할 수 있는지를 깨닫지 못한 채 뻗어버리는 것이 가장 큰 패배다. 우리가 무덤 구덩이 언저리에 이르러 잘난 체를 해서는 안 될 것이다. 그러나 또한 망각해서도 안 된다. 인간에게서 발견한 가장 사악한 것들은 단 한마디도 왜곡하지 말고 이야기해야 할 것이다. 그 다음 조용히 입을 다물고 구덩이 속으로 들어가는 것이다. 한 생애의 과업으로 그것이면 족하다.

나는 할 수만 있었다면 뺑송 소령을, 그리고 함께 붙어 다니던 헌병대장을 상어들 먹이로 주어 놈들이 사는 법을 배우게 하였을 것이다. 또한 내가 타던 말 역시 더 이상의 고통을 면하도록 그렇게 하였을 것이다. 그 가여운 짐승의 등가죽은 모두 닳아 없어져, 안장 밑 등판에는 내 두 손바닥 만한 살덩이가 벌겋게 드러나 진물이 흐르고 있었으며, 덮개 자락을 타고 흐르는 긴 고름 줄기는 오금까지 이르러 몹시 고통스러워하고 있었기 때문이다. 하지만 그 위에 올라앉아 하나, 둘… 박자를 맞춰가며 속보로 달려야 했다. 그러니 말은 달리며 온몸을 꿈틀거렸다. 하지만 말들이 사람보다는 더 참을성이 많다. 말의 몸뚱이는 달리면서 계속 물결처럼 출렁거렸다. 저녁에도 말을 밖에 매어둘 수밖에 없었다. 우리에 넣자니 상처에서 나오는 냄새가 하도 지독하여 숨이 막힐 지경이었다. 말의 등에 올라탈 때마다 그것이 어찌나 말에게 고통을 주었던지, 말은 마치 친절을 베풀 듯 몸을 납작 굽혔고, 그리하여 배가 무릎에 가 닿을 지경이었다. 영락없이 당나귀 등에 오르는 느낌이었다. 물론 훨씬 편했다. 그 사실 또한 진실대로 고백할 수밖에 없다. 우리들 자신 또한 머리와 어깨에 얹혀진 강철제 물건들로 인해 몹시 지쳐 있었다.

앙트레 장군은 자기 전용 주택에서 저녁식사를 기다리고 있었다. 식탁이 차려졌고, 등불도 제자리에 놓여졌다.

— 모두 꺼져버려, 젠장! 자기의 코 높이만큼 초롱불을 치켜들고 흔들어대는 뺑송이란 작자가 다시 한번 우리들에게 고함을 쳤다. 이제 식사를 해야겠어! 두 번 말하지 않겠어! 이 지저분한 것들이 도대체 언제 떠나려나! 그렇게 포효하기도 했다. 그 창백한 놈은 우리들을 그렇게 사지로 보내며, 광기에 들떠 뺨에 약간의 홍조를 띠기도 하였다.

어떤 때는 장군의 요리사가 우리에게 떠나기 직전 먹을 것을 슬쩍 건네주기도 하였는데, 장군은 처먹을 것이 너무 많았고, 그 까닭은 규정에 따라 자기 혼자 몫으로 매일 사십 인분의 식품을 배당받고 있었기 때문이다! 게다가 그는 젊지도 않았다. 은퇴를 눈앞에 두고 있는 나이였다. 심지어 걸을 때에는 무릎이 구부정해졌다. 콧수염도 염색을 해야만 했다.

우리가 떠나며 등불 아래서 보자니, 그의 관자놀이에는 빠리를 벗어나는 지역의 쎈느 강 굽이처럼 동맥들이 툭 불거져 어지러운 굴곡을 이루고 있었다. 사람들 말로는 그의 딸들이 모두 성년이 되었지만 아직 결혼을 하지 않았고, 그와 마찬가지로 재산도 별로 없다고 했다. 아마 그러한 이유로 그가 그토록 좀스러워 보였고, 또 자기의 습성을 조금만 거슬러도 으르렁대며, 어디를 가든 자기의 잠자리인 방석 바구니를 찾는 늙은 개처럼 보였을지도 모른다.

그는 아름다운 정원과 장미를 매우 좋아했고, 그리하여 어느 곳을 지나든 장미원만 있으면 그냥 지나치는 법이 없었다. 아무도 장군들만큼 장미를 좋아하지는 않는다. 그건 익히 알려진 사실이다.

어떻든 우리들은 길을 떠났다. 가장 큰 일은 말들을 달리도록 하는 것이었다. 그들은 우선 상처 때문에 움직이기를 두려워했고, 우리들과 어두움, 모든 것을 두려워했다. 우리들 역시 마찬가지였다! 우리들은 열 번이고 되돌아와 소령에게 길을 다시 물었다. 그때마다 번번이 그는 우리들을 건달이나 구역질나는 농땡이들로 취급하였다. 결국 말에 박차를 가해 경비대의 마지막 초소를 지나며 전령들에게 그날의 암호를 전해준 다음, 단숨에 그 더러운 모험, 임자 없는 그 고장의 암흑 속으로 뛰어들곤 하였다.

어두움의 장막 이 끝에서 저편 끝 사이를 수없이 헤맨 나머지, 결국 우리는 방향이나마 대충 짐작할 수 있게 되었다… 최소한 그렇게 믿었다. 어느 구름 조각이 다른 것보다 조금 더 투명한 듯하면, 우리는 즉시 무엇인가를 보았다고 우리들끼리 속삭였다… 그러나 우리들 각자의 앞에 있던 것들 중 확실한 것은 어지럽게 오가는 메아리뿐이었으니, 그것은 말들이 달리며 내는 소음의 메아리였고, 그 소음은 사람을 질식시키는 거대한, 지긋지긋한 소음이었다. 말들은 하늘 끝까지 치달리는 듯하였고, 이 지상에 있는 모든 말을 불러모으려는 듯하였으며, 그렇게 하여 우리들을 몽땅 죽이려는 것 같았다. 하기야 단 한 사람의 손과 한 자루의 소구경 소총만 있어도 능히 해낼 수 있는 일이었으니, 나무 둥치 뒤에 서서 총을 겨눈 채 우리들을 기다리기만 하면 그것으로 족하였을 것이다. 그리하여 나는 항상 우리가 볼 최초의 불빛이 곧 우리들의 최후를 초래할 총구의 불빛이리라 생각하였다.

전쟁은 사주일째 계속되었고, 모두들 극도로 지치고 또 가련한 처지였으며, 나는 피곤에 짓눌려 밤길에서의 두려움을 다시 잊기도 하였다. 밤낮없이, 하사관이라고 하는 그 작자들, 특히 초급 하사관들, 평소보다 더욱 멍청하고, 더욱 구역질나게 하며, 더욱 앙앙불락하던 그자들에 의해 들볶이는 혹독한 고초는, 결국 가장 끈덕진 병사들마저도 더 이상 살아야 하는지를 스스로에게 묻도록 만들고야 말았다.

아! 꺼져버리고 싶은 그 심정이란! 한숨 푹 자기 위하여! 매사 제치고! 잠을 자기 위하여 어디론가 떠날 방법이 진정 더 이상 존재하지 않는다면, 살고 싶은 욕구가 스스로 떠나버릴 것이다. 목숨이 붙어 있는 한 연대를 찾아나서는 척해야만 했다.

멍청이의 뇌수에 생각이라고 할 만한 것이 한 바퀴 돌려면 많은 일들이, 매우 잔혹한 일들이 그에게 닥쳐야 하는 법이다. 내가 세상에 태어나 처음으로 진지하게, 실질적이며 나와 직결된 것을 생각하게 한 사람은 의심할 여지없이 뺑송 소령, 그 지긋지긋한 상관이었다. 그리하여 내가 열광하여 뛰어들었던 국가들 간의 그 믿어지지 않는 사건에 등장한 치장물, 즉 온갖 보호 장비들에 짓눌려 무너질 듯 비틀거리면서도 나는 그에 대하여 무척이나 많은 생각을 하였다… 그 사실을 솔직히 고백한다.

우리들 앞에 드리워진 작은 그림자 하나하나가 모두, 우리들에게는 결판을 보고 뻗어버릴 수 있다는 약속이었다. 그러나 어떤 꼴로? 그러한 일에서 예상할 수 없는 일은 별로 없는 법, 오직 사형집행자의 군복뿐이었다. 우리 편 군복일까? 아니면 저편 군복일까?

나는 그 뺑송이란 자에게 결코 아무 짓도 한 것이 없다! 독일인들에게 그랬듯이…! 그런데 썩은 복숭아 같은 대가리에, 머리에서부터 배꼽까지 온통 번쩍이는 네 개의 계급줄을 걸치고, 까칠까칠한 콧수염과 삐죽 튀어나온 무릎, 젖소의 방울처럼 목에 걸린 쌍안경, 그리고 축척 1/1000의 지도까지 가지고 도대체 왜? 어떤 광기에 사로잡혔길래 다른 사람들을 죽음으로 내모는 것일까? 게다가 다른 사람들은 지도마저 가지고 있지 않았다.

우리 네 사람 기병대원들이 길에 나서면 마치 전 연대원의 반이 쏟아져 나온 듯 요란하였다. 네 시간 거리 밖에서도 들릴 만한 소음이었으며, 그것을 만약 듣지 못하였다면 아예 듣지 않으려 작정한 것임에 틀림없었다. 가능한 일이었다… 아마 독일인들도 우리들을 두려워하고 있었을지 모른다. 그 사정을 누가 알겠는가?

한 달 치의 졸음을 두 눈꺼풀에, 또 그만큼을 후두부에 싣고 돌아다녔으며, 게다가 수 킬로그램의 철물 조각들을 덧붙여야 했다.

나와 함께 다니던 기병대원들은 말주변이 별로 없었다. 무슨 말이든 몇 마디가 고작이었다. 그들은 군복무 때문에 브르따뉴의 두메에서 끌려온 소년들이었고, 그들이 가지고 있던 지식이란 학교에서 배운 것이 아니라 모두 연대에서 주워들은 것들뿐이었다. 그날 저녁 나는 바로 내 옆에 있던 케르쉬종이란 녀석과 함께 바르바니 마을에 대해 몇 마디 말을 나누어보려 하였다.

— 이봐, 케르쉬종. 내가 먼저 말을 걸었다. 여기가 아르덴느 지역이야, 알겠어…? 저 멀리 앞쪽에 뭐 보이는 것 없어? 나에겐 전혀 아무것도 보이지 않아….

— 똥구멍처럼 온통 깜깜해. 케르쉬종의 대꾸였고, 또 그것이 전부였다….

— 이봐, 낮에 혹시 바르바니에 대한 이야기 들은 것 없어? 어느 쪽이래? 내가 다시 물었다.

— 아니.

그리고는 아무 말이 없었다.

우리들은 좀처럼 바르바니에 이르지 못하였다. 우리들은 다만 같은 길을 아침까지 밤새도록 맴돌다, 쌍안경 걸친 자가 우리들을 기다리고 있던 그 마을로 되돌아가곤 하였다. 우리가 그곳에 도착할 때면, 놈이 모시고 있던 장군은 읍장의 집 앞에 있는 정자 아래서 커피를 마시고 있었다.

— 아! 젊음이란 얼마나 아름다운가, 뻥송! 늙은이는 우리가 지

나가는 것을 보며 자기의 참모장에게 큰 소리로 말하였다. 그 말을 하며 그는 자리에서 일어나 오줌을 싸러 갔고, 그 다음 뒷짐을 지고 구부정한 자세로 한 바퀴를 더 돌았다. 그날 아침 그는 몹시 지쳐 있었고, 그리하여 소곤거리듯 나에게 명령을 하달하였으며, 불면증에 시달린 듯하였다. 그의 방광에 문제가 있었다고들 하였다.

케르쉬종은 밤에 내가 질문을 던질 때마다 항상 같은 대답이었고, 그러한 말버릇이 결국에는 나의 재밋거리가 되고 말았다. 그는 어두움과 똥구멍 이야기를 두세 번 더 한 후 얼마 되지 않아 죽었는데, 우리가 잘못 들어선 마을에서 되돌아 나오던 중, 우리들을 적으로 오인한 프랑스 병사들에 의해 죽음을 당한 것이었다. 그 사실을 분명히 기억하고 있다.

케르쉬종이 죽은 지 며칠이 지나서야 비로소 문제를 검토하였고, 편법을 찾아내었는데, 우리들은 더 이상 어둠 속에서 길을 잃고 헤매지 않게 되었다는 사실에 만족하였다.

그리하여 이젠 우리들을 숙영지 밖으로 내쫓기만 하였다. 그 다음에는 군소리가 없었다. 우리들 또한 더 이상 투덜대지 않았다. "꺼져버려!" 평소와 다름없이 그 밀랍 상관이 고함을 쳤다.

— 예, 소령님!

그러고 나서 우리 다섯 사람은 일제히, 지체하지 않고, 포진지 쪽으로 떠났다. 누가 보았으면 즐겁게 버찌를 따러 가는 것으로 생각하였을 것이다. 그 방면은 기복이 많은 곳이었다. 구릉이 많았고, 구릉 위에는 포도밭이 펼쳐진 뫼즈 지역이었고, 초가을이지만 아직 포도는 익지 않았으며, 석 달 동안의 여름 날씨에 목조 건물로 형성된 마을들은 잘 말라 불이 잘 붙게 되어 있었다.

우리가 길을 잃고 헤매던 어느 날 밤에 그러한 사실을 발견하였다. 포진지 옆쪽에서는 어떤 마을이 계속해서 타고 있었다. 우리들은 가까이, 너무 가까이 다가가지 않고, 다만 상당히 먼 거리에서, 가령 십 킬로미터 혹은 십이 킬로미터 밖에서 마치 관람객처럼 바라보고만 있었다. 그 이후 거의 매일 밤, 그 무렵에는 지평선에 보이는 많은 마을들이 불길에 휩싸이는 일이 반복되었고, 우리들의 앞쪽, 양 측면, 어디를 보나 온 지역이 불타고 있어, 우리들은 우스꽝스런 축제의 불꽃에 둘러싸인 듯하였으며, 치솟는 불길은 구름을 핥는 듯하였다.

보자니 모든 것이 불길 속으로 들어가고 있었다. 교회당들, 헛간들, 모두 차례차례, 특히 낟가리들이 가장 세찬 불길을 가장 높게 뿜어내고 있었으며, 대들보들은 수염 같은 불티를 튀기며 칠흑 같은 하늘로 곤두섰다가는 다시 화염 속으로 처박혔.

마을이 타는 광경은 이십 킬로미터 밖에서도 선명하게 보였다. 신나는 광경이었다. 보잘것없는 촌구석에 처박혀 있어 낮에는 눈에 띄지도 않는 작은 외딴 마을, 그것이 밤에 타면서 만들어내는 풍경이란! 이루 상상조차 할 수 없는 장관이다! 노트르-담므가 타는 것이라고들 할 것이다! 작은 마을일지라도 밤새도록 타며, 급기야는 하나의 거대한 꽃처럼 보이다가, 그 다음 하나의 꽃봉오리로 변하고, 그리고는 아무것도 보이지 않는다.

연기만 꾸역꾸역 치밀면 그때가 아침이다.

말들은 안장을 얹은 채 허허벌판에서 우리들 곁에 내버려두었지만 꿈쩍도 하지 않았다. 우리들은 차례로 보초를 서는 사람을 제외하고 모두 풀밭에 곯아떨어졌다. 그러나 구경할 불이 있을 때에는 밤이 더 수월하게 지나갔고, 고통스럽지 않았으며, 쓸쓸하지도 않았다.

불에 탈 마을이 더 이상 남아 있지 않았다는 것이 매우 애석하였다… 한 달이 지난 후에는 그 고장에 단 하나의 마을도 남아 있지 않았다. 숲에다가도 대포질을 해댔다. 어떠한 숲도 일주일을 넘기지 못했다. 숲들도 아름다운 불길을 만들어내기는 하지만 별로 오래가지 못하였다.

그 무렵 이후 모든 포병 장비는 일제히 같은 방향으로 나아갔고, 민간인들은 반대 방향으로 피난길을 서둘렀다.

한마디로 우리들은 오도 가도 못하게 되어 있던 곳에 머무를 수밖에 없었다. 모두들 죽으러 가기 위하여 줄을 서고 있었다. 우리의 장군 역시 병사들이 얼씬거리지 않는 숙영지를 더 이상 구하지 못하였다. 결국 장군이건 아니건 모두 허허벌판에서 노숙을 하게 되었다. 조금이나마 용기가 남아 있던 사람들마저도 그것을 완전히 상실하고야 말았다.

병사들의 사기를 진작시키겠노라고 총살 집행반을 시켜 졸병들을 처형하기 시작한 것도, 또 헌병대장 놈 특유의 불가사의한 전쟁, 전쟁 중에서도 가장 진실한 그 전쟁을 잘 수행했다고 해서 놈이 수훈자로 공표되기 시작한 것도 모두 그 무렵부터였다.

얼마간 쉰 다음, 몇 주일 후, 우리들은 다시 말에 올라 북쪽을 향해 길을 떠났다. 추위도 우리를 따라왔다. 그때부터는 포병부대도 더 이상 우리 곁을 떠나지 않았다. 반면 독일군과는 별로 마주치는 일이 없었고, 있었다 하더라도 우연히, 산발적으로, 노란색과 초록색이 예쁘게 어우러진 군복을 입은 경기병들이나 저격병들 몇몇뿐이었다. 얼핏 보기에 우리가 그들을 찾아나서는 듯했지만, 우리는 그들이 보이자마자 더 멀리 피해가 버리곤 하였다. 그들과 마주칠 때마다 그들 중 혹은 우리 중에서 두셋의 기병들이 그 자리에 영원히 남곤 하였다. 그러면 자유로워진 그들의 말들은, 요란스럽게 번쩍이는 등자와 괴이하게 생긴 안장, 그리고 설날 아침 선물로 받은 지갑만큼이나 싱싱한 가죽 주머니를 등에 매단 채 멀리서, 홀가분한 듯, 우리들 쪽으로 무너지듯 질주해오곤 하였다. 우리 편 말들과 합류하기 위해 그처럼 달려오는 것이었고, 그들은 즉시 친해졌다. 말들은 정말 운도 좋지! 우리 인간들은 도저히 그렇게 할 수 없을 것이다!

어느 날 아침, 정찰을 마치고 돌아온 생땅쟝스 중위는 다른 장교들에게 어서 와보라고 하며, 농담이 아니라고 떠들었다. "두 놈을 검으로 해치웠어!" 주위에 몰려든 장교들에게 그렇게 말하며 그는 자기의 군도를 내보였고, 실제 그 군도의 가느다란 홈에는 피가 말라붙어 있었으며, 그 홈은 바로 그러한 경우를 위해 파놓은 듯 보였다.

— 참 멋있었어! 브라보, 생땅쟝스…! 여러분이 직접 그 광경을 보았다면! 전광석화 같았어! 오르똘랑 대위가 그를 치켜세웠다.

그 일이 오르똘랑의 중대에서 일어났던 것이다.

— 처음부터 끝까지 그 광경을 다 보았지! 멀리 있지 않았으니까! 목 전면에 일격, 그리고 우측에…! 똑! 한 놈이 먼저 떨어지고…! 다시, 이번에는 가슴팍에…! 왼쪽을! 그대로 관통! 여러분, 멋있는 시범이었지…! 생땅쟝스, 다시 한번 브라보! 두 놈의 창기병이었어! 여기에서 일 킬로미터 되는 곳이야! 두 녀석은 아직도 그곳에 처박혀 있지! 밭 한가운데에! 놈들에겐 전쟁도 끝이지, 그렇지, 생땅쟝스…? 아, 그 연속타! 놈들은 마치 토끼들처럼 안장을 비울 수밖에 없었지!

말을 타고 오랫동안 질주한 생땅쟝스 중위는 동료들의 경의와 칭찬을 겸손한 태도로 받아들였다. 오르똘랑이 그의 무훈을 보증하고 나선지라, 그는 안심이 되었고, 그리하여 슬그머니 자리를 떠나며 마치 장애물 비월 경기를 마친 사람처럼, 모여 있는 중대원들 주위를 말과 함께 천천히 한 바퀴 돈 다음 말을 이끌고 건초를 먹이러 갔다.

— 즉각 또 다른 정찰대를 보내야겠어, 같은 방향으로! 지체 없이! —흥분한 오르똘랑 대위는 부산을 떨어댔다— 그 두 녀석은 분명 이쪽으로 잘못 들어섰겠지만, 뒤에 딴 놈들이 틀림없이 또 있을 거야… 이봐, 자네, 바르다뮈 하사, 수하 네 사람을 데리고 그쪽으로 가봐!

대위가 내게 하는 말이었다.

— 그리고 놈들이 사격을 가해오면 놈들의 위치를 정확히 파악한 다음 내게 보고해! 브란덴부르크 놈들임에 틀림없어…!

현역병들의 말에 의하면, 오르똘랑 대위가 평화시에는 거의 병영에 나타나지 않았다고 한다. 그런데 이제 전쟁이 터지자, 그가 자신의 나태함을 본격적으로 회복하고 있다는 것이다. 실제 내가 보기에도 그는 지칠 줄 몰랐다. 다른 많은 미친놈들 중에서도 그의 왕성한 원기는 날이 갈수록 눈에 띄었다. 그가 코카인을 애용한다는 말도 있었다. 창백한 얼굴에다 눈자위에는 거무스레한 무리가 져 있었으며, 빈약한 다리에 실린 상체는 항상 안절부절 못하고, 발이 땅에 닿는 순간 처음에는 휘청거리다 다시 균형을 잡은 후, 용맹을 떨칠 만한 일을 찾아 미친 듯 밭고랑을 성큼성큼 걸었다. 그는 아마 적군의 대포 구멍에 가서 불을 붙여 오라고 우리를 보내기도 하였을 것이다. 그는 죽음과 동업을 하고 있었다. 죽음이 오르똘랑 대위와 계약을 맺고 있었노라 분명히 단언할 수 있을 만하였다.

그의 초기 젊은 시절은 (내가 알아본 바로는) 경마에 바쳐, 한 해에도 몇 번씩이나 갈비뼈를 부러뜨렸다고 한다. 그의 다리 역시 하도 자주 부러져, 또한 그리하여 걷는 일에 거의 사용하지 않아 장딴지가 없어지다시피 하였다. 걸을 때는, 마치 막대기들 끝을 밟고 걷듯 발걸음이 몹시 신경질적이고 힘들어보였다. 그가 턱없이 큰 망또를 걸치고 빗속에서 구부정하게 서 있는 모습을 본다면, 누구든 그를 경주마 뒤에 서 있는 유령으로 여겼을 것이다.

그 흉측스러운 사업의 초기에는, 다시 말해 팔월에는, 아니 구월까지도 길모퉁이나 숲 한구석은 우리들 선고받은 자들에게 다만 몇 시간 동안이나마, 혹은 며칠 동안도 매우 호의적이었다… 그리하여 그 무엇에 의해서도 방해받지 않으리라는 환상을 가지고 그러한 구석을 찾아 들어가, 가령 통조림 하나를 빵에 곁들여 끝까지 다 먹어치우면서도 그것이 마지막 통조림일지도 모른다는 불길한 예감에 시달리지 않을 수도 있었다. 그러나 시월부터는 그 작은 소강상태마저 완전히 끝나고, 싸라기눈이 갈수록 짙고 굵어지더니 파편과 총알이 곁들여 쏟아졌다. 머지않아 우리들은 심한 폭풍 속에 내던져질 것이고, 우리가 차마 보지 않으려 애쓰던 바로 그것이 우리들 코앞으로 다가와 오직 그것만이 보일 판이었으니, 그것은 우리들 자신의 죽음이었다.

초기에는 우리가 그토록 무서워하던 밤이 그리하여 비교적 훨씬 편하게 느껴졌다. 우리들은 결국 그것을 기다릴 뿐만 아니라 갈망하기에 이르렀다. 밤에는 낮보다 우리에게 사격을 가하기가 덜 용이했기 때문이다. 이제 우리가 믿을 수 있는 것은 그 작은 차이뿐이었다.

전쟁과 관련된 일에 있어서도 본질에 도달하기는 어려운 바, 환상이 오랫동안 저항하기 때문이다.

지나치게 불의 위협을 받은 고양이들은 결국 물속으로 뛰어들기 마련이다.

밤 동안 우리들은 가끔, 우연히, 여기저기에서 약간의 틈을 보물 찾듯 훔쳐냈고, 그것은 이제 존재하리라고 믿을 수조차 없게 된 시절, 모든 것이 너그럽고, 아무것도 기실 별로 대수롭지 않으며, 많은 기타의 일들이 순탄하게 이루어질 뿐만 아니라, 모든 것이 놀랄 만큼 비상하게 쾌적한 시절, 그 찬탄할 만한 평화 시절과 상당히 흡사하였다. 살아 있는 한 자락의 우단, 그 평화의 순간….

그러나 얼마 가지 않아 밤에도 역시, 예외 없이 무자비하게 쫓기는 짐승 꼴이 되어버렸다. 거의 항상 밤이면 고단함이 가중되었고, 고통이 추가되었으니, 그것은 오직 어두움 속에서 요기를 하고 한숨 얻어 자기 위해서였다. 식량은 수치스럽게 엉금엉금 기어서 또 육중하게 최전선에 도달하였으며, 고기와 포로들, 부상병들, 귀리, 쌀, 헌병들, 그리고 포도주까지 터질 듯이 실은 낡은 마차들은 절룩거리며 긴 행렬을 이루었고, 특히 등나무를 엮어 그 겉을 싼 커다란 포도주 병들은 불룩한데다 흔들거리고 있어 영락없이 남녀가 뒤엉켜 그 짓을 하고 있는 꼴이었다.

대포와 식량 짐바리 뒤에는 아군 죄수들과 적군 포로들이 뒤섞여 느림보 걸음을 하고 있었으며, 이런저런 다양한 선고를 받은 그들은 수갑을 찬 채 포승에 묶여 헌병들의 등자에 동여매어져 끌려가고 있었고, 그들 중 몇몇은 다음날 총살을 당하게 되어 있었지만 다른 사람들보다 더 처량해 보이지는 않았다. 그들 역시 그들에게 할당된, 그토록 소화가 안 되는 참치 통조림을 길섶에 앉아 먹으면서 호송대가 다시 출발하기를 기다렸으며(물론 그들에게는 그 먹은 것을 다 소화할 시간조차 남아 있지 않았다)—아무 영문도 모르는 채 스파이로 낙인찍힌 어느 민간인과 함께 묶여, 마지막 빵조각을 곁들여 먹고 있었다. 우리들 역시 그 민간인이 왜 스파이로 낙인찍혔는지 전혀 그 영문을 알 수가 없었다.

연대가 우리에게 가하는 고문은 야간 고문의 형태로 계속되었으니, 빛도 얼굴도 없는 마을의 좁은 골목길을 이리저리 더듬거리며, 사람의 몸뚱이보다 더 무거운 부대들을 허리가 휘도록 낯선 헛간에서 다른 헛간으로 옮기면서도 이곳저곳에서 욕설을 듣고 협박을 당해 어리둥절 정신을 수습치 못한 채 협박과 더러운 오줌통 속에서, 고문을 당했다는 그 역겨움을 삼키면서, 그리고 아무 이유도 모르면서, 마구 죽이거나 죽임을 당하는 일 외에는 아무것도 할 줄 모르게 된 그 사악한 떼거리들에 의해 철두철미 속은 채 최후를 맞게 되리라는 것 외에는 아무 다른 희망이 없었다.

오물 더미 사이에 뒹굴어져 있다가도 우리들은 하사관 나부랭이들의 욕설과 발길질로 다시 일으켜 세워졌고, 다른 화물 하치 작업장으로 내몰리곤 하였다.

기름덩이, 감자, 귀리, 설탕 등이 무더기로 들끓는 어두움 속에서 마을은 식량과 무수한 기병 분대들을 질질 흘리고 있었으며, 분대원들은 그 모든 것을 끙끙거리며 짊어지고 가다가 중간에 아무렇게나 내팽개치기도 하였다. 수송대는 탈출의 기회만을 제외하고는 모든 것을 가져다주었다.

사역반원들은 기진맥진하여 마차 주위에 털썩 주저앉기도 하였으며, 그때마다 보급계 하사관이 회중전등을 그 굼실거리는 유충들 위로 휘두르며 달려왔다. 그 원숭이 같은 놈은 어떠한 아수라장 속에서라도 물 먹일 곳을 찾아야 한다는 것이었다. 말들이 물을 마실 곳을! 그런데 나는 네 사람이 엉덩이는 물론 목까지 물속에 잠긴 채, 잠에 취해 기절한 듯 코를 고는 것도 보았다.

말들에게 물을 마시게 한 다음, 우리의 소속 분대가 있을 것이라고 믿어지는 농가와, 우리가 지나서 온 골목길들을 다시 찾아 헤매야 했다. 아무것도 찾지 못할 경우 차라리 홀가분했고, 다만 한 시간이라도 눈을 붙일 시간이 아직 남아 있으면 아무 담벼락이나 의지하여 길게 누워버렸다. 죽음을 당하는 것을 전문으로 하는 그 직업에서는 까다로워서도 아니 되며, 태평스런 생활이 계속되는 척해야 하는데, 그 거짓이 가장 어려운 일이다.

그 다음 화물 운송차들은 다시 후방으로 떠났다. 새벽을 피해 도망치듯, 수송대 역시 일그러진 바퀴들을 삐걱거리며 다시 출발하였고, 중도에 기습을 받아 산산조각이 나거나 그 당일로 몽땅 잿더미가 되거나, 혹은 옛 조각 작품에 있는 장면처럼 깡그리, 또 그것을 호송하는 헌병대 고릴라들, 말의 장구들, 목을 매달 그 재입대한 하사관 놈들, 사역병들, 렌즈콩, 그리고 다른 곡식 가루들도 남김없이 함께 약탈당해, 다시는 그 가루들을 끓이지도 못하고 영영 다시 보지도 못하게 되기를 바라는 나의 염원을 함께 싣고 떠나버렸다. 왜냐하면 거꾸러짐에 있어서도 기진하여 뻗는 경우가 있고, 또 다른 원인으로 뻗는 경우도 있지만, 그 모든 방법 중 가장 고통스러운 것은 보따리들을 짊어지고 가서 기껏 캄캄한 밤을 가득 채우다가 죽음에 이르는 방법이기 때문이다.

누군가가 그 더러운 것들을 마차의 차축까지 남김없이 파괴해 버리는 날만은 놈들이 최소한 우리들을 들볶지 않을 것이고, 또 그것이 단 하룻밤뿐이라 할지라도, 단 한 번만이라도 육신과 영혼이 흠뻑 잠을 잘 수 있으리라는 생각이 들었다.

가중된 악몽인 그 보급 작전은 전쟁이라는 거대한 괴물에 업힌 작은, 그러나 몹시 성가시게 구는 새끼괴물이었다. 앞에도, 좌우에도, 어디든 짐승 같은 놈들뿐이었다. 사방에 놈들을 배치해 놓은 것이었다. 집행이 연기된 사형수 꼴이었던 우리들은 실컷 잠을 자보고 싶은 욕구에서 영영 빠져나오지 못하였고, 그리하여 식사를 하는 시간이나 식사를 하려는 노력 등 모든 것이 덧붙여지는 고통일 뿐이었다. 낯익은 듯 보이는 냇물 한 줄기, 한 자락 담벼락을 의지하기도 하였지만… 내버려진 마을의 밤 속에서 다시 개로 변한 우리들은, 냄새에 의지하여 우리 분대가 있는 농가를 찾아내곤 하였다. 특히 가장 정확하게 우리들을 안내해주는 것은 똥내였다.

연대에 군림하는 증오의 수호신, 보급 담당 특무상사 놈은 당시 이 세상의 주인이었다. 장래에 대해 말하는 자는 악당이리니, 중요한 것은 현재뿐이었다. 그에게 훗날을 운운하는 것은 구더기를 향해 일장 연설을 하는 꼴이었다. 전쟁에 휩싸인 마을의 밤 속에, 그 특무상사는 이제 막 개장한 커다란 도살장으로 보낼 인간이란 동물들을 가둬두고 있었다. 그 특무상사는 왕이었다! 죽음의 왕! 특무상사 크르멜! 절대의! 더 강력한 왕은 없었다. 그와 대등하리만큼 강력한 자는 저편의 특무상사 하나밖에 없었다.

살아 있는 것이라곤 겁에 질린 고양이들 외에 아무것도 마을에 남아 있지 않았다. 의자, 안락의자, 찬장 등 가장 가벼운 것들에서 가장 무거운 것에 이르기까지, 모든 가구는 우선 완전히 부서진 것들로부터 시작하여 취사용 땔감으로 넘어갔다. 또한 나의 동료들은 등에 얹히는 것이라면 무엇이든 가져가버렸다. 머리 빗, 작은 램프, 찻잔, 잡동사니 들, 심지어 결혼식장에서 신부가 썼던 화관까지 몽땅 그들의 수중으로 들어갔다. 마치 아직도 몇 년을 더 살아야 한다는 듯싶었다. 그들은 재미로, 또는 아직도 살날이 많은 것처럼 보이기 위하여 마구 훔쳤다. 그것은 영원한 욕구다.

그들에게는 대포도 약간의 소음일 뿐이었다. 그렇기 때문에 전쟁이 지속될 수 있는 것이다. 전쟁을 직접 수행하는 자들조차 그것에 대하여 아무 생각을 하지 않는다. 배에 총알이 박힌 상태에서도 '아직 쓸 만한 것'이라면, 길바닥에 뒹구는 낡은 샌들조차도 그들은 서슴지 않고 주워들었을 것이다. 마치 산비탈 초지에서 죽어가면서도 풀을 뜯는 양처럼. 대부분의 사람들은 마지막 순간에 이르러서야 죽는다. 그러나 다른 이들은 이십 년 혹은 그 이상 앞서 시작하고, 또 그것에 맞춰 처신한다. 그들이 이 지상의 가여운 이들이다.

나로서는 물론 그토록 현명하지는 못하였지만, 반면 결정적으로 비겁해지기 위하여 상당히 실속을 차리고 있었다. 의심할 나위 없이 그러한 결심 덕분에 내가 다른 사람들에게 매우 침착한 듯한 인상을 주었던 것 같다. 또한 역시 같은 이유로 우리의 중대장 오르똘랑에게 강렬한 인상을 주었고, 그는 나에 대하여 이루 상상조차 할 수 없는 신뢰를 갖게 되었으며, 그날 밤 나에게 아주 까다로운 임무를 부여하기로 결심을 하게 되었다. 그는 나에게 은밀히 설명하기를, 우리가 주둔하고 있던 곳에서 십사 킬로미터 지점에 위치한 직조공업 도시인 누와르쉐르-쉬르-라-리스로 급히 말을 달려 날이 밝기 전에 도착하라는 것이었다. 나의 임무는 현장에 가서 직접 적의 유무를 확인하는 것이었다. 그날 아침부터 여러 사람을 연거푸 보냈지만 보고 내용들이 서로 엇갈렸기 때문이었다. 앙트레 장군이 그로 인해 몹시 조바심을 내고 있었던 것이다. 그 정찰 임무 수행을 위해 우리 소대에서 가장 고름을 적게 흘리는 말을 골라 타고 가도록 허락이 내렸다. 내가 홀로 있지 못한지도 상당히 오래전부터였다. 문득 여행을 떠나는 기분이었다. 그러나 그 해방도 순전히 나의 공상일 뿐이었다.

길을 떠나는 순간부터 무엇을 하든 극심한 피곤 때문에, 나는 내 자신의 죽음을 정확하게 또 세세하게 상상하기가 힘들었다. 나는 나무 한 그루 한 그루를 뒤로 하며, 내가 지닌 고철 덩어리들의 소음에 감싸여 앞으로 나아갔다. 나의 군도 하나가 내는 소음만 하여도 족히 피아노 한 대 소리만 하였다. 내 꼴이 불쌍해보였을지도 모르지만, 여하튼 분명했던 사실은 기괴하였다는 점이다.

나를 온통 심벌즈로 감싸서 그 적막 속으로 보내며 앙트레 장군은 도대체 무슨 생각을 하였을까? 내 생각을 하지 않았음은 분명하다.

사람들이 이야기하기를, 아즈테크족_{멕시코 북부의 인디언 부족}은 그들의 태양신전에서 일주일에 팔만 명 신도들의 배를 갈라 죽여서 구름신에게 바치며 비를 내려달라고 빌었다고 한다. 전쟁에 직접 뛰어들기 전에는 물론 믿기 어려운 이야기다. 그러나 전쟁 속에 휩쓸려 들고 나서 보면 모든 것이 스스로 설명되며, 아즈테크족과 타인의 육신에 대한 그들의 경시는 앙트레 장군이 나의 곱창을 대수롭지 않게 여기는 것과 다름없었고, 장군은 계급이 높아져 그 승진의 효과로 일종의 구체적인 신이 되어, 그 역시 혹독하리만큼 까다로운 일종의 작은 태양이 되어버렸다.

나에게는 지극히 작은 희망만이 남아 있었으니, 그것은 포로가 되었으면 하는 기대였다. 그 희망은 그러나 지극히 가느다란 한 가닥 실에 불과하였다. 그것마저 또한 밤 속에 드리워진 실낱이었으니, 그 상황이 쌍방간의 수인사를 전혀 허락지 않았기 때문이다. 그러한 상황에서는 총알이 인사보다 먼저 우리에게 들이닥치기 마련이다. 뿐만 아니라 원칙적으로 나에게 적대적이고, 또 나를 죽이기 위해 일부러 유럽의 저쪽 끝에서부터 달려온 그 군인에게 내가 무슨 할 말을 찾아낼 것인가…? 혹시 그가 잠시 머뭇거린다 할지라도(그 순간만이라도 나에게는 족하겠지만) 그에게 내가 무슨 말을 한단 말인가…? 그는 우선 무엇을 하던 사람일까? 상점의 평범한 점원? 재역 직업군인? 혹은 무덤구덩이 파는 인부? 민간인 신분일 때는 요리사였던 사람…? 말들은 훨씬 운이 좋다. 그들도 우리들처럼 전쟁을 감내해야 하기는 하지만, 아무도 그들에게 전쟁에 동의하거나 전쟁을 신봉하는 척하기를 요구하지 않기 때문이다. 가엾기는 하지만 한편 말들은 얼마나 자유로운가! 아! 그 열광이란 것! 그 매춘부! 오직 우리들 인간에게만 그것이 무엇일 뿐, 아무것도 아니다!

그 순간 길이 나의 시야에 선명하게 드러났고, 그 다음 길가 황토 위에 세워진 집들의 사각 윤곽과 그 부피, 달빛 때문에 하얗게 된 벽들, 그것들이 적막 속에 불규칙한 얼음덩이처럼 창백한 덩이들의 모습으로 나타났다. 이곳이 바로 모든 것의 종착지일까? 저들이 나에게 앙갚음을 한 다음 나는 이 적막 속에서 얼마만큼의 시간을 보내야 할까? 결말이 나기 전까지는? 그리고 어느 구덩이에서? 이 벽들 중 어느 벽 아래에서? 혹시 나를 끝장내버릴지도 모르지? 검으로 단 일격에? 저들이 사람의 손과 눈, 그리고 나머지 모든 것을 뽑기도 한다고들 하였다… 그와 유사한 여러 가지 음산한 이야기들을 하고 있지 않는가! 누가 알겠는가…? 말이 한 발만…

그 다음 다른 한 발… 그것으로 끝일 수 있지 않겠는가? 말이라고 하는 짐승들은 모두 철구두를 신겨 둘을 하나로 묶어 놓은 사람들처럼 종종걸음을 하며, 그 발걸음은 전혀 발이 맞지 않는 구보처럼 우스꽝스럽다.

두근거리는 나의 심장, 그 토끼는 갈빗대라는 작은 창살 뒤에서 발발 떨며 웅크리고 앉아 넋을 잃은 천치 꼴이었다.

에펠탑 꼭대기에서 몸을 던지면 그러한 느낌을 맛볼 수 있을 것이다. 그 순간 허공에서 자신을 추스르려고 할 것이다.

그 마을은 나에게 위협적으로 보이기는 했으나 전체가 그러한 것은 아니었다. 광장 한가운데에서 가느다란 분수 한 줄기가 오직 나만을 위해서 꼴록꼴록 흐르고 있었다.

그날 저녁 나는 모든 것을 나 혼자서 독차지하고 있었다. 나는 결국 달과 마을과 거대한 공포의 소유주였다. 다시 말에 박차를 가하려던 참이었다. 누와르쉐르-쉬르-라-리스는 아직도 최소한 한 시간은 더 가야 했는데, 그때 어느 날 은폐된 문 밖으로 불빛이 새어나오는 것이 보였다. 나는 그 불빛을 향해 곧장 다가갔으며, 그리하여 나는 나에게서 일종의 대담성을 발견하게 되었는데, 그것이 비록 터무니없는 우악스러움과 같은 성격을 가졌던 것은 사실이나 전혀 예상치 못하던 것이었다. 불빛은 순식간에 사라졌다. 그러나 나는 분명 그것을 보았다. 나는 문을 세차게 두드렸다. 끈덕지게 다시 두드리며, 그 어둠 속 깊숙이 처박혀 있는 미지의 사람들을 독일어와 프랑스어로 차례차례 목청이 찢어져라 불러댔다.

결국 문이 빠끔히 열리었다. 여닫이문이었다.

— 누구세요? 목소리가 들려왔다. 이제 나는 살았다.

— 기병대원입니다….

— 프랑스인이세요? 말하는 여인의 모습을 볼 수 있게 되었다.

― 예, 프랑스인….
― 여쭈어보는 이유는, 얼마 전에 독일 기병대원들이 이곳을 지나갔는데… 그들도 프랑스어를 사용하더군요….
― 하지만 저는, 프랑스인입니다….
― 아…!
그녀는 의심하는 기색이었다.
― 그들이 지금 어디에 있습니까?
내가 물었다.
― 여덟 시경 누와르쉐르로 돌아갔어요…. 그리고는 손가락으로 북쪽을 가리켰다.

소녀 하나와 숄, 하얀 앞치마가 그때 어둠 속으로부터 나타나 문지방까지 나왔다.
― 그들이 당신들에게 무슨 짓을 했습니까? 독일놈들이? 내가 소녀에게 물었다.
― 읍사무소 근처에 있는 집 한 채를 불 지르고 나서, 이곳에 와서는 창으로 내 동생의 배를 찔러 죽였어요… 그들이 지나가는 것을 구경하며 루즈 교 위에서 놀고 있었는데… 보세요…! 동생이 저기 있어요… 그녀가 나에게 가리켰다….

그녀는 울지도 않았다. 그녀는 조금 전 내가 본 그 불빛을 내던 초에 다시 불을 붙였다. 그러자 ―사실이었다― 한구석에 해병의 복장을 하고 매트 위에 누워 있는 자그마한 시신이 보였다. 촛불만큼이나 창백한 얼굴과 목 부위가 커다란 남색 사각 깃 밖으로 삐죽이 나와 있었다. 어린아이는 팔, 다리 등이 모두 오그라져, 온몸이 둥글게 휘어져 있었다. 창이 그의 배 한가운데를 찌르는 순간 죽음의 축 역할을 하였던 것이다. 그의 어머니는 시신 옆에 아버지와 함께 무릎을 꿇고 앉아 몹시 울고 있었다. 그리고는 모두 함께 슬피 통곡하였다. 하지만 나는 갈증이 심했다.

— 저에게 파실 포도주 한 병 없으십니까? 내가 물었다.

— 어머니에게 여쭤보세요… 아직 남은 것이 있는지 어머니가 아마 아실 거예요… 오늘 오후에 독일군들이 우리 포도주를 많이 가져갔으니까요….

그리고 모녀는 작은 목소리로 한참을 소곤거렸다.

— 남은 것이 없어요! 독일군들이 몽땅 가져갔어요. 소녀가 나에게 와서 자기 어머니의 말을 전했다… 하지만 우리가 그들에게 자발적으로 준 거예요, 그것도 많이….

— 아! 그렇구말구요, 그래서 잔뜩들 마셨지요! 별안간 울음을 멈춘 어머니가 거들었다. 모두들 매우 좋아하던데요….

— 틀림없이 백 병도 넘을 거요, 여전히 무릎을 꿇고 있던 아버지가 덧붙였다.

— 그러면 단 한 병도 없습니까? 희망을 버리지 못하고 다시 끈질기게 물었다. 너무나도 갈증이 심했기 때문이었다. 특히 톡 쏘는, 그래서 잠을 깨게 해주는 백포도주면 좋겠습니다. 대금은 기꺼이 지불하겠습니다….

— 아주 고급품밖에 없어요. 한 병에 오 프랑 하는…. 어머니가 동의하듯 말하였다.

— 좋습니다! 그리고 나는 주머니에서 오 프랑짜리 두툼한 주화 한 닢을 꺼냈다.

— 가서 한 병 가져와! 죽은 아이의 누이에게 어미가 조용히 명령을 내렸다.

죽은 아이의 누이가 촛불을 들고 떠나더니 얼마 후 은닉처에서 포도주 일 리터를 가지고 돌아왔다.

나는 잘 마셨고, 그 자리를 떠나는 일만 남았다.

— 저들이 다시 올까요? 다시 불안해져서 내가 물었다.

— 아마 그럴 것 같아요. 그러면 모든 것을 태워버릴 거예요…. 떠나면서 별렀어요…. 세 사람이 일제히 내 말에 대답하였다.

— 두고 보겠습니다….

— 참으로 용감하십니다… 저쪽이에요! 누와르쉐르-쉬르-라-리스 방향을 가리키며 아비가 말하였다… 내가 떠나는 것을 보려고 그는 길 한가운데까지 나왔다. 딸과 어미는 두려운 듯, 시신을 지키며 그 곁을 머물러 있었다.

— 어서 들어오세요! 모녀가 안에서 소리쳤다. 제발 들어와요, 죠제프, 당신이 길 가운데에서 무슨 볼일이 있어요, 어서….

— 당신은 정말 용감하십니다. 아비가 다시 나에게 말하면서 악수를 청했다.

나는 속보로 북쪽을 향해 다시 길을 떠났다.

— 우리들이 아직도 여기에 있다고 제발 그들에게 말하지 마세요! 딸이 다시 나와서 나에게 소리쳤다.

— 당신들이 계속 여기에 있으면 틀림없이 내일 그들이 그 사실을 알게 될 겁니다! 나는 나의 백 쑤를 지불한 사실이 유쾌하지 않았다. 1프랑은 20쑤, 1쑤는 5쌍띰이다. 오늘날에는 '쑤'라는 화폐 단위가 사용되지 않는다 나와 저들 사이에는 그 백 쑤라는 것밖에 아무것도 없다. 그러나 그들을 증오하고, 또 그들이 모두 거꾸러지기를 바라기에는 백 쑤면 족하다. 백 쑤가 있는 한 이 세상에는 잃을 사랑이 없다.

— 내일! 의구심에 사로잡힌 그들이 다시 한번 소리쳤다….

그들에게도 내일이란 까마득히 먼 것이었고, 그러한 내일이란 별 의미가 없었다. 우리 모두에게는 기실 한 시간을 더 살아남는 사실이 중요하였고, 모든 것이 살육될 운명에 처해진 세계 속에서의 단 한 시간, 그것은 이미 하나의 기적이었다.

나는 별로 오래 달리지 않았다. 나는 말을 속보로 몰아 나무 하나하나를 지나면서, 어느 순간이건 검문을 받거나 총격을 받을 것을 각오하고 있었다. 그런데 아무 일도 없었다.

새벽 두 시쯤은 되었음직했을 때, 나는 보통 걸음으로 어느 동산의 정상에 도달하였다. 그곳에 이르니 문득 저 아래쪽에 끝없이 이어진 가스등에 불이 밝혀져 있고, 내가 있던 방향 맨 앞쪽에는 환히 불이 켜진 역과 열차들, 간이식당 등이 보이는데, 아무 소리도 들려오지 않았다… 적막 그 자체였다. 모든 골목길, 간선도로에는 길 양편에 가로등이 켜져 있고, 시가지 전체가 환하게 밝혀져 있는데, 그 주위의 나머지 부분은 칠흑보다도, 허공보다도, 더욱 게걸스럽게 밤이 시가지를 둘러싸고 있어, 내 앞에 펼쳐져 있는 시가지 전체는 마치 누군가가 그 시가지에 불을 붙여 밤의 한가운데에서 흘린 듯 혹은 흩어 놓은 듯 보였다. 나는 말에서 내려 그 광경을 잠시 구경하려고 작은 둔덕 위에 앉았다.

하지만 독일군들이 누와르쉐르로 들어갔는지 여부는 알 수가 없었다. 그러나 그들이 들어갔을 경우, 그들은 항상 마구 불을 놓는다는 사실을 잘 알고 있었기 때문에, 만약 도시에 들어가서도 불을 놓지 않았다면 저들이 심상치 않은 일을 꾸미고 있으리라는 생각이 들었다.

대포 하나 보이지 않았다. 매우 수상쩍은 일이었다.

내가 타고 간 말도 주저앉으려고 하였다. 말이 고삐를 잡아당겨서 나는 그쪽으로 몸을 돌렸다. 내가 다시 시가지 쪽을 바라보았을 때, 무엇인가가 내 앞쪽에 있는 둔덕의 윤곽을 바꾸어 놓았다. 물론 대수롭지 않은 것 같았으나 너무나 선명하여, 나는 소리치지 않을 수 없었다. "이봐! 거기 누구야…?" 그림자의 움직임은 불과 몇 발자국 앞에 서 있었다… 누구든 사람임에는 틀림없었다….

― 그렇게 큰 소리로 짖어대지 마! 굵직하고 쉰 남자 목소리, 틀림없는 프랑스인의 목소리가 대꾸를 했다.

― 너도 낙오병이냐? 그가 같은 음성으로 물었다. 이제 그의 모습이 완연히 드러났다. 보병이었다. 투구의 면갑(面甲)은 '제대병의 것처럼' 다 부서져 있었다. 오랜 세월이 흘렀건만 나는 그 순간을, 특히 옛날 병사들이 축제 때면 직접 들어 올리던 과녁처럼 풀섶에서 문득 솟아오르던 그의 실루엣을 아직도 생생히 기억한다.

우리 두 사람은 서로 가까이 다가갔다. 나는 손에 권총을 빼어 들고 있었다. 조금 삐끗하였으면 나 역시 영문도 모르는 채 권총을 발사하였을 것이다.

― 이봐, 너 놈들 봤어? 그가 물었다.

― 아니, 하지만 정찰하러 이곳에 온 거야.

― 너 제145기병대 소속이냐?

― 그래, 너는?

― 난 예비역이야….

― 아! 나는 무의식중에 탄성을 발했다. 예비역이란 말에 놀랐던 것이다. 그는 전쟁이 시작된 이후 내가 만난 최초의 예비역 군인이었다. 우리들은 항상 현역 군인들과 함께 있었다. 아직 그의 얼굴이 분명히 보이지는 않았지만 벌써 그의 음성부터 우리들과는 달라서 더욱 구슬펐고, 따라서 우리들의 음성보다 더욱 신뢰감을 주었다. 그 이유로 해서 나는 조금이나마 그를 신뢰하지 않을 수 없게 되었다. 그 사실은 작으나마 귀중한 것이었다.

― 이젠 지긋지긋해, 독일놈들에게 가서 붙잡힐 거야. 그가 연거푸 말했다….

그는 아무것도 숨기지 않았다.

… 하지만 어떻게?

문득 그의 계획이, 특히 어떻게 포로가 되는 데 성공할 수 있는지가 무엇보다도 중요한 나의 관심사가 되었다.

— 아직 잘 모르지만….

— 도대체 어떻게 도망쳐 나왔지? …포로가 되는 건 쉽지 않아!

— 상관치 않겠어, 내 발로 놈들을 찾아가겠어.

— 전쟁이 두려워?— 두려워, 그리고 얼간이짓이야. 독일놈들은 상관치 않겠어. 그들이 나에게 무슨 짓을 했길래….

— 닥쳐, 혹시 저들이 우리들의 말을 듣고 있을지도 몰라…. 내가 그에게 말했다.

나는 독일군들에 대해 예의를 차리고 싶은 일종의 욕구 같은 것을 느끼고 있었다. 그가 내 앞에 있는 동안, 그 예비역이, 나는 왜 다른 사람들처럼 전쟁을 할 용기가 없는지 나에게 설명해주었으면 했다… 그러나 그는 아무 설명도 없이 지긋지긋하다는 말만 반복하였다.

그리고는 전날 새벽 그의 연대가 아군 보병 수색부대에 의해 궤멸된 일을 이야기해주었다. 그 수색대원들이 그의 중대를 적으로 오인하여 발포를 시작하였다는 것이다. 예정된 시각보다 세 시간이나 앞서 도착하였다는 것이다. 그리하여 피로에 지치고, 또 놀라 당황한 수색대원들이 그들을 벌집으로 만들어버렸다는 것이다. 나도 그러한 일을 당한 적이 있어서 그러한 상황을 이미 잘 알고 있었다.

— 내가 그 상황을 이용했다고 하겠지! 그가 덧붙였다. 로뱅송! 내 자신에게 말했지… 참, 로뱅송은 내 이름이야… 로뱅송 레옹!

— 자, 지금이 모든 위험을 무릅쓸 때야, 그렇지 않으면 영영 기회는 없어! …내 자신에게 말했지. 그렇지 않아? 그리하여 나는 작은 숲을 따라 걸었는데, 상상을 해봐, 그러던 중 우리 중대장을 만

났어… 어느 나무 둥치에 기대 서 있었는데, 그 피스톤^{대위}은 형편없이 부서져 있었어! …죽어가고 있는 중이었어… 두 손으로 바지를 움켜쥐고 마구 토하고 있었어… 온몸에서 피가 흐르고, 눈은 희번덕거리며… 곁에는 아무도 없었어. 그는 자신의 몫대로 호되게 당하고 있었어… "엄마! 엄마!" 죽어가면서도, 또 피오줌까지 싸면서 그는 그렇게 징징거리고 있었지…

"그만해! 엄마라니! 못난 녀석 같으니라구!" 내가 그에게 말했지… 그의 곁을 지나며, 아무렇지도 않게…! 바로 턱밑에서…! 나의 말이 그 머저리에게 극심한 고통을 주었을 것이라 하겠지…! 흥, 이봐…! 중대장에게 자기 생각을 말할 수 있는 것이 흔한 일은 아니야… 호기를 놓치지 말아야지. 드문 일이니까…! 그리고는 더 신속히 꺼져버리기 위해 모든 개인 장비와 무기마저 팽개쳐버렸지… 근처에 있던 늪 속에… 생각해봐, 네가 보다시피 나는 아무도 죽이고 싶지 않아. 나는 그런 일을 배우지 않았어… 평화시에도 나는 싸움질 같은 것은 좋아하지 않았어… 언제나 슬그머니 자리를 피했지… 그런데, 이해하겠지? 민간인 시절 나는 착실하게 공장에 다니려 노력했어… 심지어 판각 작업도 좀 했지만 그것도 좋아하지 않았어. 말다툼 때문이었지. 차라리 모두들 나를 잘 아는 거리에서 석간 신문을 파는 것이 더 좋았어. 프랑스 국립은행 근처… 이를테면 빅뜨와르 광장에서… 쁘띠-샹 로에서… 그것이 내 몫이었어… 절대 루브르 로와 빨레-루와얄 지역을 벗어나지 않았지. 네 눈에도 훤히 보일 거야… 아침에는 상인들의 심부름을 다니고… 오후에는 가끔 한 차례 배달을 하고 나서, 무엇이든 주물럭거려 만들곤 하였지… 심심풀이로… 하지만 무기는 질색이야…! 네가 무장을 하고 있는 것을 만약 독일군들이 본다면? 그렇지 않아? 넌 끝장이야! 반면, 지금 나처럼 엉망으로 풀어헤쳐버리면… 손에 아무것도 없이… 호주머니에 아무것도 없이… 저들은 너를 포로로 잡는 데 덜 힘이 들 것으로 여길 거야, 알아듣겠어? 상대가 어떤 자인지 잘 알게 될 테니까… 차라리 알몸으로 독일군들에게 접근할 수만 있다면 그것이 더 나을 텐데… 한 마리 말처럼! 그러면 저들은 우리가 어느 편 군인인지 식별할 수 없겠지…?

― 정말 그래!

나는 문득 나이가 묘안을 짜내는 데 있어서는 상당한 그 무엇이라는 사실을 깨달았다. 나이가 사람을 효율적으로 만드는 듯하다.

― 그들이 있는 곳이 저쪽이지? 우리 두 사람은 함께 우리가 성공할 가능성을 가늠해보며, 마치 지도를 들여다보듯 도시가 우리들 앞에 묵묵히 펼쳐놓은 불빛 찬연한 도면을 응시하며 그 속에서 우리의 미래를 찾았다.

― 자, 갈까?

우선 철로를 통과하는 것이 문제였다. 보초가 있다면 우리들에게 사격을 가할 것이다. 아마 그렇지 않을지도 모르지, 여하튼 두고 볼 일이다. 터널 위나 밑으로 통과해야 했다.

― 서둘러야 해. 로뱅송이란 작자가 덧붙였다…. 이런 일은 밤에 해야지, 낮에는 아무도 믿을 수가 없어. 모두들 잘 보이기 위해 일을 하니까. 알다시피 전쟁 중이라 할지라도 낮에는 장바닥처럼 법석을 떠니까… 네 말을 끌고 갈 거야? 나는 말을 끌고 가겠다고 하였다. 저들이 우리들을 받아들이는 꼴이 신통치 않을 경우 신속히 줄행랑을 놓으려는 신중한 대비책이었다. 우리들은 철로 건널목에 도착하여 붉은색과 흰색으로 칠을 한 커다란 가로대를 들어올렸다. 나는 그 따위로 생겨먹은 차단기를 전에는 단 한 번도 본 적이 없었다. 빠리 근교에는 그것과 유사한 것이 없었다.

― 저들이 이미 시내로 진입하였을 것이라고 생각하나?

— 분명해! 그가 말했다…. 군소리 말고 계속 걸어…!

이제 우리들은 정말로 용감한 자들만큼 용감할 수밖에 없었다. 자기가 내는 소음으로 우리들의 등을 떠밀 듯하면서 우리들의 뒤를 느긋이 따라오는 말 때문이었으니, 들리느니 말이 내는 소음뿐이었다. 똑! 그리고 똑! 말발굽의 징 소리였다. 말은 전혀 무심하게 아무 일도 없다는 듯이 발을 마구 내딛어 요란한 반향음을 일으키고 있었다.

로뱅송이란 자는 그런데 밤만을 믿고 그러한 상황에서 빠져나오려 시도하는 것일까…? 우리는 텅 빈 길 한가운데로 태연히, 보통 걸음으로, 게다가 훈련받을 때처럼 발을 맞추며 걸었다.

사실 로뱅송의 견해가 옳았다. 낮에는 지상으로부터 하늘 끝까지 모든 것이 무자비하였다. 우리가 기왕 대로상을 활보하고 있는 바에야 우리 두 사람 모두 비적대적인 기색을 나타내야 했으며, 심지어 마치 외출했다가 귀대하는 것처럼 천연덕스러워야 했다. "제1경기병 연대가 몽땅 포로가 되었다는 얘기 들었어…? 릴르에서…? 들리는 소문에 의하면 그들도 우리들처럼 이렇게 시내로 진입하고 있었대, 아무것도 모르는 채, 게다가! 연대장이 선두에 서서… 시내 간선 도로에서 그만 포위를 당했다더군…! 앞과 뒤가 동시에 막혀버렸다더군…! 꼼짝달싹 못하고… 사로잡힌 쥐새끼들 꼴이었지…! 쥐새끼들! 쉬운 일이라 하겠지!"

— 아 멍청이들…!

— 아! 젠장! 젠장…! 우리 두 사람은 그토록 훌륭하게, 깨끗하게, 결정적으로 포로가 된 그 사건에 대해 입을 다물지 못하였다. 게거품을 물고 그 이야기만 하였다… 상점들은 모두 덧문들을 닫아걸고 있었으며, 앞에 작은 정원을 갖추고 있는 주택들도 마찬가지였다. 모든 것이 깨끗이 정돈되어 있었다. 그러나 우체국을 지났

을 때, 그 주택들 중 다른 집들보다 좀더 하얀 집 한 채는 아래위층 모두 창문마다 불을 밝히고 있었다. 우리는 무심코 그 집 출입문으로 갔다. 여전히 말을 끌고. 뚱뚱하고 수염이 덥수룩한 남자가 문을 열었다. "내가 누와르쉐르 시장입니다 —우리가 묻지도 않았는데, 문을 열자마자 그렇게 자신을 소개하였다— 독일군을 기다리고 있는 중입니다!" 그리고는 그 시장이라는 자가 우리들의 얼굴을 확인하려고 달빛 아래로 나왔다. 우리들이 독일군이 아니라 틀림없는 프랑스군임을 확인하자 그의 어조와 태도는 조금 전처럼 그토록 엄숙하지 않고, 다만 친근감만을 나타냈다. 또한 어색한 기색이기도 하였다. 물론 그는 더 이상 우리 프랑스군을 기다리지 않았고, 우리 두 사람이 어떤 의미에서는 그가 이미 내린 결심, 그가 취해야 할 여러 조치들에 거슬려 도착하였다는 것이다. 독일군은 그날 밤 누와르쉐르에 입성하게 되어 있었고, 그는 이미 그 사실을 통고받았으며, 벌써부터 도청과 협의하여 적의 연대장 숙소와 앰뷸런스 주차장 등, 모든 것을 준비하여 놓았다는 것이다… 그런데 지금 그들이 들이닥친다면? 우리가 그곳에 있을 때? 일이 시끄러워질 수밖에! 여러 복잡한 문제들이 야기될 판이었다… 물론 그가 노골적으로 그러한 말을 하지는 않았지만, 그러한 생각을 하고 있음이 분명하였다.

그리고 나서 그는 시 전체의 이익에 대해서 우리에게 열심히 설명하기 시작하였다. 그 밤중에, 우리가 이제 갈 길을 잃은 그곳에서. 오직 시 전체의 이익에 대해서만… 자기의 직무, 그러한 것이 있는지는 모르지만, 그의 신성한 직무에 맡겨진 누와르쉐르의 예술적 유산에 대해… 저들이 만약 15세기의 교회당을 불태워버린다면 어찌하느냐는 것이었다. 인근 꽁데-쉬르-이제르의 교회당처럼…! 단순히 기분이 나빠서… 우리가 그곳에 있는 것을 보고

홧김에… 시장은 우리가 짊어져야 할 모든 책임을 우리들이 실감 토록 해주었다… 우리들이 무심한 어린 병사들이라는 것이었 다…! 독일군들은 아직도 적군들이 쏘다니는 수상쩍은 도시들을 좋아하지 않는다는 것이었다. 잘 알려진 사실이라는 것이었다….

그가 그렇게 낮은 목소리로 이야기를 하고 있는 동안, 그의 부인 과 통통하고 구미를 돋우는 금발의 두 딸은 가끔 한마디씩을 던지 며 그의 말에 강한 동의를 표하였다… 한마디로 그들 모두 우리들 을 내쫓고 있는 중이었다. 우리들 사이에는 감상적이고 고고학적 인 가치들이 문득 활기차게 마구 나부꼈는데, 아무도 그 밤중에 누 와르쉐르에서는 이의를 제기할 사람이 없었기 때문이다… 애국의 열정에 불타고, 윤리적이며, 우리들이 하고 있던 말에 의해 더욱 고조되었던 그 가치들은, 그 순간 시장이 붙잡으려 애를 쓰던 유령 들이었으며, 그 유령들은 우리들 모두의 두려움과 이기심 그리고 또한 엄연한 진실에 의해 정복되어 이내 희미해지고 있었다. 그 감 동적인 노력으로 누와르쉐르 시장은 기진맥진한 상태였으며, 우 리 두 사람의 의무는 어디에 가서 뒈지든 즉시 그곳에서 꺼져버리 는 것이라고 우리들을 열렬히 설득하고 있었다. 물론 우리의 뺑송 소령보다는 덜 거칠었지만, 단호하기는 마찬가지였다. 의심할 여 지없이 그가 내세우는 그 강력한 명분에 대항할 만한 것이라곤 죽 지 않고, 또 아무것도 불더미에 처넣지 않으려는 우리 두 사람의 작은 욕망뿐이었다. 그러나 그러한 것들은 너무나 하잘것없었고, 특히 전쟁 중에는 그러한 것들을 드러내놓고 떠들 수 없었다. 그리 하여 우리들은 다른 텅 빈 길로 돌아섰다. 내가 그날 밤 만난 모든 사람들은 여지없이 자신들의 영혼을 내 앞에 드러내었다.

— 이것이 내 운수야! 우리가 발길을 돌릴 때 로뱅송이 한마디 하였다. 이봐, 네가 만약 독일군이기만 했어도, 너는 착하기도 한

녀석이니까, 네가 나를 포로로 잡았을 것이고, 그랬다면 일이 훌륭하게 이루어졌을 텐데… 전쟁에서는 자기 몸 하나 처치하기가 이토록 힘들어!

— 그럼 너는. 내가 그에게 말했다. 만약 네가 독일군이었다면, 너 또한 나를 포로로 잡지 않았겠어? 그리고 저들의 무공훈장을 받았겠지! 그 무공훈장이 독일어로는 참 괴상하게 불릴 거야, 그렇지?

우리가 그렇게 걷는 중에도 여전히 우리를 포로로 잡고자 하는 사람이 아무도 없어서, 우리들은 결국 길 옆 구석 공원으로 들어가 벤치 위에 앉은 다음, 로뱅송 레옹이 아침부터 주머니에 넣고 다니며 주무르고, 그리하여 덥혀진 참치 통조림을 먹었다. 멀리서 대포 소리가 들려왔다. 그러나 아주 먼 곳이었다. 적대 관계에 있는 쌍방이 각자 제자리에 주저앉아 있어, 이곳에 있는 우리들을 조용히 내버려두었으면!

그 다음 우리들은 강변 부두를 따라 걸었다. 그리고는 반쯤 하역을 마친 커다란 거룻배 언저리 강물에다 길게 오줌을 갈겼다. 우리는 여전히 말의 고삐를 잡아끌며, 마치 커다란 개 한 마리를 끌고 가듯 말이 우리들 뒤를 따라오게 하였다. 그런데 다리 근처, 단칸 건물인 사공의 집 안 매트 위에 프랑스 군인 한 사람이 홀로 죽어 자빠져 있었는데, 기병대 소령이었고 상판은 약간 로뱅송을 닮아 있었다.

— 너는 저 자가 못생겼다고 하겠지만! 로뱅송이 말했다. 나는 시신들을 좋아하지 않아….

— 가장 기이한 일은 저 자가 너를 좀 닮았다는 사실이야. 내가 대꾸하였다. 그의 코도 네 것처럼 길고, 너 또한 그보다 더 젊지는 못해….

― 네 눈에 그렇게 보이는 것은, 피곤으로 인해 모든 사람이 조금씩 서로 닮아졌기 때문이야. 하지만 네가 전에 나를 보았다면… 일요일마다 자전거를 타던 시절에…! 나도 잘생긴 녀석이었지! 이봐, 나도 장딴지가 실했었지! 운동을 하면, 알겠어? 허벅지 발육도 좋아지지…!

시신을 들여다보려고 그어 들었던 성냥개비가 다 타서, 우리들은 다시 밖으로 나왔다.

― 보다시피 너무 늦었어, 그렇지…!

회색과 초록색이 섞인 하나의 기다란 선이 벌써 멀리 도시 경계 지역의 밤 속에서 구릉의 능선을 선명히 부각시키고 있었다. 날이 밝고 있었다! 추가되는 또 하나의 하루! 점점 비좁아지고만 있던 굴렁쇠 같은 나날들, 어지러운 탄도와 기관총 탄환으로 가득 채워진 다른 숱한 날들을 뚫고 지나왔듯이, 다가오고 있는 이날도 또한 헤쳐 지나가야 한다.

― 오늘 밤 이곳에 다시 올 거야? 말해봐. 그가 떠나며 나에게 물었다.

― 이보게, 우리에게 다음날 밤이란 없다네…! 그대가 장군인 줄 아나?

― 나는 아무 생각도 없어. 그가 말했다…. 아무 생각도, 알아듣겠지…! 오직 죽지 않을 생각뿐이야… 그것이면 족해… 하루를 벌면 그것이 하루 더 사는 것이라 생각하지!

― 그대 말이 옳아… 또 만나, 그리고 행운을…!

― 너에게도 행운이! 아마 다시 만나겠지!

우리는 각자 다시 전쟁으로 돌아갔다. 그 이후 무수한 일들이 닥쳤지만, 이제 그것들을 이야기하기란 쉽지 않다. 오늘날 사람들은 이미 그것들을 더 이상 이해하지 못할 것이기 때문이다.

사람들에게 잘 보이고 대접을 받기 위해서는 민간인들과 서둘러 친숙해져야만 했으니, 전쟁이 진척되어 감에 따라 그들이 점점 사악해져 가고 있었기 때문이다. 나는 빠리로 돌아오면서 그러한 사실을 즉시 간파하였으며, 또한 그들의 여편네들은 궁둥이에 불이 붙은 듯 바삐 뛰어다니고, 남편들은 염치없이 아가리를 찢어져라 벌려 닥치는 대로 삼킬 기세로 엉덩이건 주머니건 사방에 손을 뻗치고 있다는 사실 또한 발견하였다.

후방에서는 전쟁터에 간 사람들의 유산을 물려받고 있었으며, 영광을, 그리고 그것을 용하게 또 별 괴로움 없이 감당하는 예법을 잽싸게들 터득하고 있었다.

어머니들은 어떤 경우에는 간호사로, 어떤 경우에는 순교자로서 검은색 긴 베일을 항상 걸치고 다녔으며, 담당 장관이 각 동사무소 직원으로 하여금 그녀들에게 적시에 나누어주도록 한 하찮은 자격증도 그 베일처럼 자나 깨나 지니고 다녔다. 한마디로 모든 일이 스스로 궤도를 잡아 잘 돌아가고 있었다.

신경을 쓴 장례식에서는 그럴싸하게 슬퍼하기도 하였으며, 그러나 그동안에도 유산과 다음 휴가, 예쁘장하며 뜨겁다고 소문난 과부를 생각하고, 자신은 아직 더, 상대적이긴 하지만 아주 오래 살, 아마 절대 죽지 아니할 생각에 골몰하고 있었다… 그 속들을 누가 다 알겠는가?

그렇게 장례 행렬을 따라가고 있노라면 모든 사람들이 모자를 벗어 인사를 하였다. 기분 좋은 일이었다. 그 순간이 바로 몸가짐을 단정히 하고, 격에 맞는 기색을 취하며, 큰 소리로 시시덕거리지 않고 오직 속으로만 즐거워해야 할 때이다. 그것은 허용된 일이다. 속에서 이루어지는 것은 무엇이든 허용된 일이다.

전시에는 중이층에서 춤을 추지 않고 지하실에서 춤들을 추었다. 참전용사들이 그것을 허용하였을 뿐만 아니라, 한술 더 떠 그것을 매우 좋아하였다. 그들은 후방에 돌아오기가 무섭게 그것을 요구하였고, 아무도 그러한 태도를 수상쩍다고 생각하지 않았다. 기실 진정 의심스러운 것은 용맹뿐이다. 자신의 몸을 가지고 용맹한 것일까? 차라리 구더기에게 용맹스러우라고 해보시지. 그것도 연분홍색에, 창백하며, 흐물흐물한 것이 우리와 똑같으니까.

나로서는 더 이상 불평할 것이 없었다. 나는 뿐만 아니라, 내가 입은 부상과 기타 모든 것 덕분으로 얻은 무공훈장의 힘을 빌려 딱지를 떼고 있는 중이었다. 내가 회복기에 있는 동안 그 훈장을 병원까지 가져다 준 것이었다. 그리고 바로 그날 나는 극장에 가게 되었고, 막간에 그것을 민간인들에게 보여주었다. 반응이 대단하였다. 빠리에서는 처음 보는 훈장이라고들 하였다. 하나의 떠들썩한 사건이었다!

아메리카에서 온 귀엽고 아담한 롤라를 오페라-코믹 극장의 관객 휴게실에서 알게 된 것도 그 훈장 사건을 계기로 해서였고, 내가 세상 물정을 완전히 알게 된 것도 그녀로 인해서였다.

우리가 삶을 생략한 채 보낼 수 있을 그 숱한 세월 중 그처럼 중요한, 특이한 날짜가 존재하는 법이다. 오페라-코믹 극장에서 훈장 사건이 있던 날이 나의 생애에서는 결정적인 날이다.

롤라로 인해, 그녀를 만나자마자 던졌던 그러나 그녀가 대꾸를 하는 둥 마는 둥 했던 그 질문들로 인해, 나는 미국에 대해 잔뜩 호기심을 가지게 되었다. 그러한 식으로 여로에 뛰어들게 되면, 할 수 있을 때 또 사정이 되는 대로 돌아오는 법인데….

지금 내가 이야기하고 있는 그 시절, 빠리에서는 모두들 그녀의 깜찍한 제복을 갖고 싶어 했다. 제복을 입지 않은 사람들의 대부분은 중립주의자 아니면 스파이들이었고, 그 두 부류의 사람들은 기실 거의 같은 자들이었다. 롤라는 정말 귀엽게 생긴 공식 제복을 입고 있었는데, 소매나 베레모 등 사방에 작은 적십자로 치장을 하였고, 베레모는 그녀의 굼실거리는 머리채 위에 항상 비스듬히 장난스럽게 얹혀 있었다. 그녀는 우리 프랑스를 구하는 일을, 자신의 힘이 닿는 데까지, 하지만 온 정성을 다해 돕기 위하여 왔다고 호텔 지배인에게 털어놓았다! 우리 두 사람은 즉시 서로를 이해하긴 했지만 그것이 완벽하지는 못하였다. 나에게는 가슴의 열정이라는 것이 몹시 비위에 맞지 않았기 때문이다. 나는 단순한 육체적 열정이 더 좋았다. 가슴이란 것은 극도로 경계해야 한다. 사람들이 전쟁터에서 그것을 나로 하여금 터득하도록 하였으며, 더구나 그 터득 과정은 어떠하였던가! 그리하여 내가 그 터득한 것을 망각한다는 것은 어림도 없는 일이었다.

롤라의 심성은 부드럽고, 연약하며, 열광적이었다. 그녀의 몸매는 귀엽고 매우 나긋나긋하였으며, 또한 나도 당연히 그녀의 전부를 있는 그대로 받아들였어야 했다. 누가 뭐래도 롤라는 귀여운 아가씨였다. 다만 우리들 사이에는 전쟁이라는 그 빌어먹을 거대한 광증이 있었고, 그것이 사랑하고 있는 사람, 그렇지 못한 사람, 모두를 휘잡아 인류의 반에 해당하는 사람들로 하여금 나머지 반을 도살장으로 내몰도록 하고 있었다. 그리하여 불가피하게 그 광증이 인간들 간의 관계를 거북하게 만들고 있었다. 그럭저럭 회복 단계에 들어서고 있었으며, 그러나 전투라는 그 뜨거운 무덤으로 되돌아갈 생각은 추호도 하고 있지 않던 나에게는, 시내를 걸으며 한 발자국 한 발자국 걸음을 옮길 때마다 우리들이 학살당하는 그 우스꽝스러운 장면이 꼴사납게 눈앞을 어른거렸다. 이악스러운 교활함이 사방에 거대하게 자리를 잡고 있었다.

그러나 나에게는 그곳을 탈출해 나올 가망성이 거의 없었다. 그곳을 빠져나오는 데 불가결한 인간관계가 전혀 없었기 때문이다. 내가 아는 사람들이란 가여운 사람들, 즉 죽어도 누구 하나 관심을 기울이지 않는 그러한 사람들뿐이었다. 롤라가 있긴 했지만, 내가 후방부대 근무령을 얻어내는 일에서는 그녀에게 아무것도 기대할 수가 없었다. 간호사였지만, 아마 오르똘랑을 제외하고는 그 매력적인 아가씨보다 더 투혼에 넘치는 사람을 상상조차 할 수 없었다. 온갖 영웅적 행위들이 뒤섞인 그 끈적거리는 잡탕 속을 헤치고 나오기 전이었다면, 그녀의 잔느 다르끄 같은 기상이 나를 흥분시키고 교화시켰을지도 모르겠으나, 이제, 내가 끌리쉬 광장에서 입대한 이후, 나는 그것이 말이건 행동이건 모든 용맹성 앞에서는 겁에 질린 듯 무뚝뚝해져버린 상태였다. 나는 치유된 것이었다, 완벽히 치유된 것이었다.

파견된 미군 예하 여성 복무자들의 편의를 위해 롤라가 소속되어 있던 간호단이 파리츠 호텔에 숙소를 정했으며, 게다가 모든 일에 있어서 특히 그녀에게 친절을 베풀기 위해(그녀는 그럴싸한 사람들과의 교류가 많았다) 특별 부서의 운영이, 그것도 호텔 안에서 그녀에게 맡겨졌다. 그 특별 부서란 빠리 소재 각 병원에 공급할 사과튀김을 만드는 부서였다. 롤라는 그 하찮은 임무를 상당한 열성을 가지고 수행해내었으며, 그 열성이 얼마 후 매우 좋지않은 결과를 가져오고야 말았다.

사실 롤라는 세상에 태어난 후 단 한 번도 튀김이라는 것을 만들어 본 적이 없었다. 그리하여 그녀는 몇몇 직업 요리사를 고용하였고, 몇 번의 시험 요리 끝에 알맞게 수분을 함유하고 황금색을 띤 달콤한 튀김을 즉시 필요한 곳에 배달할 수 있도록 준비를 완료하였다. 그리하여 롤라에게는 그것들을 각 병원으로 보내기 전에 먼저 맛을 보는 일밖에 다른 일이 없었다. 매일 아침 롤라는 열 시경, 목욕을 한 후, 지하실 곁 깊숙한 곳에 자리 잡은 주방으로 내려왔다. 그것도, 분명히 말하지만 미국을 떠나기 전 샌프란시스코에 사는 남자친구가 준, 검은색과 노란색이 배합된 일본식 기모노만을 걸치고 매일 아침 같은 일을 반복하였다.

대체로 모든 것이 완벽하게 돌아가고 있었으며, 우리측이 전쟁을 승리로 이끌어가고 있었다. 그런데 어느 날 점심시간에 그녀를 보자니, 그녀는 마음이 몹시 상한 듯 어느 접시도 손끝 하나 건드리지 않았다. 그녀에게 어떤 불행이 닥치지 않았나, 급성 질환에 걸리지 않았나, 문득 근심이 되었다. 나는 그녀에게 간곡히 말하기를, 항상 주의를 게을리하지 않는 나의 마음을 믿고 모든 것을 속시원하게 털어놓으라고 하였다.

한 달 동안 꼬박꼬박 튀김을 시식하였더니 롤라의 체중이 이 파운드나 늘었다는 것이었다! 그녀의 가느다란 허리띠가 한 구멍 더 늘어나, 그 참사를 증언해주었다. 그녀의 눈에 눈물이 고였다. 최선을 다해 그녀를 위로하며, 우리는 택시를 타고, 몹시 동요되어 여러 곳에 흩어져 있는 약방들을 뒤지며 돌아다녔다. 우연히도 그 무심한 저울들은 모두 한결같이 이 파운드가 틀림없이 늘었다고 확인해주었다. 그리하여 나는 그녀에게 그 직책을, 그녀와는 반대로 통통해지려고 하는 동료에게 넘겨버리라고 넌지시 말하였다. 롤라는 그러한 타협책에 아예 귀를 막았고, 뿐만 아니라 그것을 하나의 수치, 하나의 진정한 자포자기라 생각하였다. 그녀의 먼 선조께서 1677년 보스턴에 입항했던 메이플라워호의 일원이었던 사실을 나에게 알려준 것이 그 사건을 계기로 해서였고, 따라서 그러한 명성을 생각할 때, 비록 보잘것없지만 신성한 그 튀김의 의무를 회피할 수 없다고 하였다.

그날 이후 그녀는 항상 치아 끝으로만 튀김을 시식하였는데, 그녀의 치아는 매우 고르고 귀여웠다. 뚱뚱해지지 않을까 하는 그 두려움이 그녀의 모든 즐거움을 망쳐버렸다. 그녀는 시들어갔다. 얼마 가지 않아 그녀는 내가 포탄을 두려워하는 것만큼이나 튀김을 두려워하게 되었다. 그리하여 우리들은 가능한 한 자주 건강을 위해, 또 그 튀김 때문에 강변이나 대로변을 이리저리 함께 산책하였다. 그러나 다시는 나폴리텐 과자점에 발을 들여놓지 않았으니, 튀김 못지않게 여인들을 뚱뚱하게 만드는 아이스크림 때문이었다.

방 안에 온통 엷은 하늘색이며, 옆에 목욕실이 딸려 있는 그녀의 방보다 더 안락한 거처는 상상조차 해본 적이 없었다. 친구들의 사진과 헌사가 사방에 붙어 있었는데, 여자는 별로 없고 남자가 많았으며, 남자들은 그녀의 취향에 맞는 갈색 곱슬머리를 가진 미남들이었고, 그녀는 그들의 아름다운 눈과 애정 어리고 엄숙한 또 모두 변치 않겠다는 헌사들에 대해 나에게 이야기해주었다. 처음에는 그 모든 허수아비들 틈에 있는 것이 예의상 좀 거북하였으나, 얼마 안 가서 익숙해졌다.

내가 그녀를 포옹하다 잠깐 멈추기가 무섭게 그녀는 다시 전쟁이나 튀김 이야기를 꺼냈다. 프랑스는 우리들의 대화에서 중요한 자리를 차지하였다. 롤라에게는 아직도 프랑스가 시간과 공간 속에서 그 경계가 명확치 않은 기사도의 본질로 보였으며, 그 본질이 당시 위험스러울 정도로 손상을 입었기 때문에 더욱 그녀를 흥분시킨다고 하였다. 그러나 나는, 누가 나에게 프랑스 이야기만 하면 어쩔 수 없이 즉각 나의 곱창부터 생각하였는데, 당시 나는 열광에 관련된 것에 대해서는 매우 신중하였기 때문이다. 각자는 나름대로 특유의 두려움을 가지고 있는 법이다. 하지만 그녀가 성행위에 대해서만은 매우 호의적이었기 때문에 나는 그녀의 말을 절대 반박하지 않고 듣기만 하였다. 그러나 영혼의 문제의 있어서만은 내가 그녀를 별로 만족시키지 못하였다. 그녀는 내가 온통 전율하며 휘황하게 빛나기를 바랐겠지만, 나로서는, 나의 내심에서는, 내가 왜 그 숭고한 상태에 있어야 하는지 전혀 상상할 수 없었으며, 오히려 나의 눈에는 그 반대의 기분에 머물러 있어야 할 수천의 부정할 수 없는 이유들만이 선명하게 보였다.

롤라는 한마디로 생의 좋은 편, 즉 특혜와 건강, 모든 보장이 확실한 편에 선 사람들, 또한 장차 오래 살 사람들처럼, 오직 행복과 낙관주의에 대해서만 줄곧 횡설수설하였다.

그녀는 잡동사니 영혼 이야기로 나의 머리를 지끈거리게 하고 있었으니, 그녀의 입은 그것들로 가득 차 있었다. 영혼이란 육체가 건강할 때는 육체의 허영이며 또한 쾌락이지만, 그것이 병들었을 때나 매사가 잘못 돌아갈 때는 육체를 벗어나고 싶은 욕망이기도 하다. 그 두 태도 중 사람들은 어떤 특정 순간에 자기를 기분 좋게 하는 것을 택할 뿐이며, 그 이상 아무것도 아니다! 그 둘 중 어느 하나를 선택할 수만 있다면 별문제가 없다. 그러나 나는 선택조차 할 수 없었으니, 나의 주사위는 이미 던져져 있었기 때문이다! 나는 진실을 속속들이 알고 있었으며, 심지어 내 자신의 죽음이 이를테면 나의 뒤를 한 발 한 발 바싹 따라오고 있었다. 나는 유예 상태의 피살자라는 나의 운명 이외의 다른 것을 생각하기가 어려웠고, 그러한 운명을 모든 사람들은 지극히 정상적인 것으로 생각하고 있었다.

그렇게 지연되고, 정신이 맑으며 육신이 멀쩡한 상태에서 진행되는 임종, 그 진행 동안에는 절대적인 진실 이외에는 아무것도 이해할 수 없는 그 임종, 그 임종을 겪어보지 않고서는 사람들이 하는 말의 진의를 절대 알 수 없다.

나의 결론은, 독일군들이 우리가 있던 빠리로 언제든 몰려와 호텔, 튀김, 롤라, 뛸르리 공원, 장관들, 그들의 애지중지하는 친구들, 아카데미 프랑세즈, 루브르 궁, 백화점들, 그 모두를 학살하고 약탈하고 불태울 수도 있으며, 도시 전체를 덮쳐 진정 더 이상 불결한 것을 추가할 수 없을 만큼 썩어 뭉그러진 그 장바닥에 하느님의 우뢰와 지옥의 화염을 쏟아붓는다고 해도, 나만은 잃을 것이 아무것도 없을 뿐만 아니라 모든 것이 득일 것이라는 생각이었다.

소유주의 집이 불탄다 해도 우리는 별로 잃을 것이 없는 법이다. 항상 같은 사람은 아니라 할지라도 언제고 또 다른 주인, 독일인이건 프랑스인이건, 영국인, 중국인이건, 그 다른 주인이 때가 되면 지불요구서를 내밀 것이고… 마르크화로, 아니면 프랑화로 지불해야 할까? 지불할 때가 되면…

한마디로 나의 정신 상태는 더럽게 악화되어 있었다. 내가 전쟁에 대하여 생각하는 바를 롤라에게 말하였다면 그녀는 나를 하나의 괴물로 여겼을 것이고, 내가 그녀의 가장 은밀한 곳에서 느끼던 달콤함으로부터 나를 추방하였을 것이다. 그리하여 나는 그녀에게 속을 털어놓지 않으려 조심하였다. 뿐만 아니라 나는 얼마간의 어려움과 경쟁의식을 겪고 있었다. 몇몇 장교들이 나에게서 롤라를 채가려 하고 있었다. 그들은 그놈의 레지옹도뇌르라는 훈장으로 무장들을 하고 있어서 그들과의 경쟁은 두려운 일이었다. 그런데 그 무렵 미국의 신문들은 그 레지옹도뇌르 훈장을 가지고 요란히 떠들어대고 있었다. 내가 두세 번 연거푸 오쟁이를 졌던 그 무렵, 바로 그때 그 경박한 아가씨가 더 큰 효용성을 나에게서 발견하지 않았다면 우리의 관계는 위기를 맞았을 것인데, 그 효용성이란 내가 그녀 대신 아침마다 튀김을 시식하는 것이었다.

마지막 순간에 얻은 그 전문직이 나를 구출해주었다. 내가 그녀의 직무를 대행하는 것을 그녀는 기꺼이 받아들였다. 나 역시 누구 못지않은 참전용사였고, 따라서 신임을 전제로 한 그 임무를 수행할 자격이 있지 않았던가! 그 순간 이후 우리들은 연인 사이였을 뿐만 아니라 동업자 사이기도 하였다. 현대는 그러한 식으로 시작되었다.

그녀의 육체가 나에게는 고갈되지 않는 기쁨이었다. 그 아메리카의 육체를 아무리 섭렵하여도 나는 싫증이 나지 않았다. 나는 참으로 더러운 돼지였다. 그리고 돼지로 남아 있었다.

뿐만 아니라 나는, 우아함에 있어서 그토록 과감하고 그토록 고혹적인 정서적 열정을 갖춘 육체를 산출해낼 수 있는 나라는, 틀림없이 생리학적 의미의 또 다른 중요한 비밀을 드러내 주리라는 기분 좋고 고무적인 확신마저 갖게 되었다.

롤라를 애무하고 더듬고 주무르던 나머지, 나는 조만간 진정한 순례를 위해 미국 여행을 떠나기로 작정하였다. 기실 나는 잠시도 멈추거나 쉬지 않고(하지만 집요하게 상반되고 괴로운 생활을 통해) 그 심오한, 신비로운 해부학적 탐험을 성공적으로 해냈다.

그리하여 나는 롤라의 꽁무니 근처에서 신대륙의 메시지를 받았다. 물론 롤라가 몸뚱이만을 가지고 있었던 것은 아니다. 작고 귀여우며, 야생 고양이의 눈처럼 꼬리가 약간 치올려진, 회색이 감도는 푸른 눈 때문에 조금 잔인해보이는 얼굴이 그녀를 더욱 돋보이게 장식하고 있었다.

그녀의 얼굴을 바라보기만 하여도 마치 신 포도주나 규석의 맛에 의해 촉발된 듯, 나의 입에는 군침이 돌았다. 그녀의 눈은 대체적으로 냉혹하였으며, 빠리에서 볼 수 있는 상업적이며 동양적인 프라고나르 풍의 상냥한 생기에 의해 반짝거리지도 않았다.^{프라고나르는 18세기 프랑스 화가로, 처음에는 역사적 사건을 주로 그렸으나, 그 분야를 버리고 연인들의 정감 묘사에 치중하였다}

우리들은 호텔 옆 카페에서 가장 자주 만났다. 점점 그 수가 늘고 있던 부상자들은 절름거리며 도로를 마구 건너다녔고, 그들 중 대부분은 옷깃을 마구 풀어헤치고 다녔다. 그들을 위해 의연금 모금 운동이 일어나고 있었는데, 이런 사람들 혹은 저런 사람들을 위한다는 명분들이 분분했지만 대부분 그 운동을 주도하는 사람들을 위해서였다. 거짓말하고, 남녀가 그 짓 하고, 죽는 것이 당시 삶의 전부였다. 다른 일을 시도하는 것이 아예 금지된 듯하였다. 신문에서건, 벽보에서건, 걸으면서도, 말을 타고 가면서도, 마차를 타고서도, 모두들 미친 듯, 상상을 초월하여, 우스꽝스러움과 어처구니없음이 무색하리만큼 거짓말들을 하였다. 모든 사람들이 그 길로 들어서 있었다. 누가 가장 엄청난 거짓말을 하는지 경쟁들을 하고 있었다. 얼마 가지 않아 그 도시에는 더 이상 진실이 존재하지 않았다.

1914년까지 그곳에 존재했던 얼마 되지 않는 진실을 이제는 수치스러워하게 되었다. 손에 닿는 모든 것, 설탕, 비행기, 샌들, 잼, 사진 등 모두가 가짜였고, 사람들이 읽는 것, 삼키는 것, 빠는 것, 찬양하는 것, 선포하는 것, 거부하는 것, 금지하는 것, 그 모든 것이 증오심에 이글거리는 유령들, 속임수, 그리고 가장행렬 같았다. 반역자들마저도 가짜였다. 속이고 또 믿으려는 광증이 옴처럼 전염되고 있었다. 귀여운 롤라는 프랑스어를 몇 마디밖에 몰랐다. 그러나 그녀는 애국심이 강했다. "우리가 반드시 이길 거야…!" "마들롱, 어서…!" 눈물겨운 정경이었다.

그녀는 다른 모든 여인들과 마찬가지로, 다른 사람들을 위해 용감해야 한다는 유행이 닥치기가 무섭게 우리들의 죽음에 고집스럽게, 염치없이 관심을 보이고 있었다.

그런데 나는 마침 공교롭게도 나를 전쟁으로부터 멀리 데려가줄 것들에 대해 입맛을 다시고 있었으니! 나는 수차례에 걸쳐 롤라에게 그녀의 고향 아메리카에 대해 여러 가지를 물었다. 그러나 번번이 그녀는 지극히 막연하고, 거드름 빼는, 불분명한 논평으로 일관하였으며, 그것들은 모두 나의 뇌리에 화려한 인상을 주려는 경향을 띠고 있었다.

그러나 당시 나는 인상이란 것들을 믿지 않았다. 사람들이 인상으로 나를 한 번은 속였지만, 더 이상 감언이설로 나를 속이지는 못할 것이다.

나는 그녀의 육체를 믿었지만 그녀의 지성은 믿지 않았다. 나는 롤라를 전쟁의 이면에, 내 인생의 이면에 숨어 있던 매력적인 복병으로 간주하고 있었다.

그녀는 모자의 깃털 장식, 화려한 취주악, 나의 사랑 로렌느, 그리고 미지근한 박애주의 등, 《쁘띠 주르날》의 사고방식을 가지고 나의 극심한 괴로움을 유유히 건너가고 있었다 쁘띠 주르날은 당시의 대중잡지나 일간지인 듯함… 그동안 나는 그녀에게 점점 더 빈번하게 예의를 차렸는데, 성관계를 갖다 내가 그녀에게 확언하기를, 그것이 그녀를 더 날씬하게 해줄 것이라고 하였기 때문이었다. 그러나 그녀는 그 목적을 달성함에 있어서, 우리가 함께하던 장거리 산책을 더 신뢰하고 있었다. 나는 그 산책을 지긋지긋하게 여겼다. 그러나 그녀는 고집을 부렸다.

그리하여 우리들은 매일 오후 몇 시간씩 불로뉴 숲을 운동하듯 쏘다녔으며, 그것을 우리들은 '호수 일주'라 하였다.

자연이란 무시무시한 것이어서, 비록 그것이 불로뉴 숲처럼 완전히 길들여졌다 하더라도 골수 도시인들에게는 여전히 일종의 번민을 가져다준다. 그리하여 그들이 자연 속에 들어오면 비교적 선선히 내심을 털어놓게 된다. 비록 습기 차고 철책에 둘러싸여 있으며, 게다가 끈적거리고 풀 한 포기 없다 할지라도, 나무들 사이를 산책하는 도시인들 내부에서 억제할 수 없는 추억들이 굽이치게 하는 데는 불로뉴 숲 만한 곳도 없다. 롤라 역시 그 우수에 차고 비밀을 털어놓고 싶은 설렘을 회피하지 못하였다. 그렇게 산책을 하며 그녀는 뉴욕에서의 생활, 그곳에 있는 친구들, 기타 수천 가지 일 들을 거의 솔직하게 이야기해주었다.

나는 그녀의 삶을 채우고 있는 듯 보이는 달러라든지, 약혼, 이혼, 의상과 보석의 구입 등으로 얽힌 복잡한 이야기 중에서 그럴싸한 것을 도저히 분별해낼 수 없었다.

어느 날 우리는 경마장 쪽으로 갔다. 그 근처에서는 아직도 많은 삯마차와 당나귀를 탄 아이들, 먼지를 일으키는 다른 무리의 아이들, 휴가를 얻은 병사들이 미어지게 탄 자동차들을 만날 수 있었는데, 병사들은 달리면서도 오솔길을 걷는 한가한 여인들을 서둘러 찾고 있었으며, 먼지를 더욱 심하게 일으켰고, 어서 가서 저녁을 먹고 여자와 교접하느라 마음이 바빠 동요되고, 끈적끈적 땀을 흘리고, 눈이 벌게 가지고 살피며, 무더운 날씨와 생명에 대한 욕망 때문에 안달하고 있었다. 그들은 흥분되어서뿐만 아니라 더위 때문에도 땀을 흘리고 있었다.

불로뉴 숲은 평상시보다 관리가 소홀하여 거의 방치된 상태였고, 그 관리도 중단된 상태에 있었다.

— 이곳이 전쟁 전에는 참 아름다웠겠지요…? 롤라가 말했다.

우아했겠지요…? 훼르디낭, 이야기해주세요…! 여기에서 경마를 했나요…? 우리 고향 뉴욕에서처럼…?

사실을 말하자면, 전쟁 전에 나는 경마장에 단 한 번도 가본 적이 없었지만, 나는 즉각 그녀의 무료함을 달래주기 위하여, 다른 사람들이 나에게 들려준 이야기 중 이것저것을 마구 가져다 경마에 관한 수백 개의 현란한 세부 사항들을 꾸며내었다. 의상들… 우아한 여인들… 눈부신 마차들… 경주마들의 출발… 경쾌하고 시원스런 나팔 소리… 도랑 건너뛰기… 공화국 대통령… 내기꾼들을 뒤덮던 열기… 등.

  나의 완벽한 묘사가 그녀의 마음에 썩 들어, 그 꾸며낸 이야기가 결국 우리 두 사람 사이를 가깝게 해주었다. 그 순간 이후 롤라는, 그것이 비록 나의 경우에는 감춰져 있더라도, 우리 두 사람의 공통 취향을 발견해낸 것으로 믿었으니, 그것은 다름 아닌 사교계의 화려함에 대한 취향이었다. 그리하여 그녀는 감동을 억제치 못하고 나를 포옹하였는데, 그러한 경우는 매우 드문 일이었다. 그 사실은 반드시 말해 두어야겠다. 그리고는 한 시절 유행했던 것들에 서려 있는 우수가 그녀를 감동시켰다. 각자 나름대로의 방법으로 흐르는 세월을 슬퍼하는 법이다. 롤라는 사라진 유행들을 통해 세월의 덧없음을 깨닫고 있었다.

  ― 훼르디낭. 그녀가 물었다. 이제 또 이 경마장에서 다시 경기가 벌어질까요?

  ― 전쟁이 끝나면, 틀림없이, 롤라….

  ― 확실치는 않지요, 그렇지 않아요?

  ― 물론, 확실치는 않지만….

  롱샹에서 다시는 영영 경마를 하지 못할 수도 있다는 그 개연성이 그녀의 마음을 산란하게 만들었다. 롱샹은 불로뉴 숲 속에 있는 옛 경마장이다 세상의 슬픔은 힘닿는 대로 사람들을 사로잡지만, 거의 항상 그들을 사로잡는 데 성공하고야 마는 듯하다.

— 전쟁이 아직도 오랫동안 계속된다고 가정해보세요, 훼르디낭, 가령 여러 해 동안… 그러면 나에게는 너무 늦어요… 다시 이곳에 오려면… 내 말 이해하시겠어요, 훼르디낭…? 아시다시피 나는 이곳처럼 아름다운 곳들을 아주 좋아해요… 사교적이고…우아한… 그때는 너무 늦을 거예요… 영원히 너무 늦을 거예요… 아마… 훼르디낭, 그때면 나도 늙어버리겠지요… 각종 모임이 다시 시작될 때면… 나는 이미 늙어버렸을 거예요… 너무 늦을 거예요, 훼르디낭, 두고 보시면 알 거예요… 너무 늦을 거라는 예감이 들어요….

이제 그녀는 조금 전과는 딴판으로 절망에 빠져버렸다. 나는 그녀를 안심시키기 위해 생각해낼 수 있는 모든 희망을 그녀에게 안겨주었다… 그녀가 기껏 나이 스물셋밖에 되지 않았다는 둥… 전쟁이 곧 끝날 거라는 둥… 아름다운 시절이 다시 돌아올 것이며… 전만큼, 아니 전보다 더 아름다운… 적어도 그녀에게만은… 그녀는 예쁘기 때문에… 허송한 세월도! 별 큰 손상 없이 복구될 것이라고…! 그녀에 대한 경의… 찬미가 그리 쉽사리 고갈되지는 않을 것이라고… 그녀는 내 마음을 기쁘게 하려는 듯, 더 이상 괴로워하지 않는 듯한 기색을 보였다.

— 아직 더 걸어야 하나요? 그녀가 물었다.

— 날씬해지려면?

— 아! 참 그래요, 깜빡 잊었어요….

우리는 롱샹을 떠났다. 근처에서 놀던 아이들도 모두 돌아갔다. 남은 것은 먼지뿐이었다. 휴가 중인 병사들은 아직도 행복을 쫓아다니고 있었으나, 그 행복이 마이요 쪽 동산으로 몰려갔는지, 그들은 이제 대수림에서 벗어나 있었다. 대수림은 불로뉴 숲에 있는 교목수림을 가리킨다

우리는 생-끌루 방향으로 제방을 따라 걷고 있었으며, 제방은

가을 대기에서 피어오르는 춤추는 듯한 안개 자락으로 뒤덮여 있었다. 다리 근처에는 몇몇 커다란 거룻배가 석탄을 잔뜩 실어 뱃전까지 물속에 처박힌 채, 그 콧등을 강변 나무들에 대고 있었다.

공원의 나무들은 거대한 부채처럼 철책을 넘어 밖으로 널브러져 있었다. 그 나무들에는 부드러운 풍만함과 위대한 몽상의 원동력이 있다. 다만 나는 그것들이 매복처로 사용되는 것을 경험한 이후부터 그것들마저 믿지 못하게 되었을 뿐이었다. 각 나무 뒤에 주검 하나씩이 있는 것처럼 생각되었다. 분수대 방향으로 난 길 양편에는 분홍빛으로 물든 나무둥치들이 도열해 있었다. 소다수를 파는 가두매점 앞에서는 늙은 여인이 저녁나절의 모든 그림자들을 자기의 치마폭 주위로 모으고 있는 듯하였다. 그곳에서 조금 떨어진 옆길에는 어두운 색 천으로 덮은 장방형의 입방체, 즉 전쟁으로 인해 문득 중단된 축제를 위해 세워졌던 가건물들이 찢긴 채 펄럭이고 있었고, 정적만이 그것들을 가득 메우고 있었다.

— 사람들이 자취를 감춘 지 벌써 일 년째야! 소다수를 파는 늙은 여인이 우리들에게 상기시켜 주듯 말했다… 나는 습관이 되어 아직도 이곳에 오지만… 이곳에 사람들이 많이들 왔었는데…!

노파는 그동안에 무슨 일이 일어났는지 전혀 영문을 몰랐고, 오직 사람들이 오지 않는다는 사실만을 깨닫고 있었다. 롤라는 그 텅 빈 천막들 근처로 가보자고 하였다. 참으로 괴이하고 서글픈 욕구였다.

우리들이 가까이 가보니 가건물은 이십여 개쯤 되었는데, 유리창까지 갖춘 큰 것들도 있고, 작은 것들은 더 많았으며, 당과류 매점, 복권 판매점 등으로 사용되던 것들이었고, 심지어 극장도 있었는데, 사방에 구멍이 뚫려 썰렁하였다. 나무와 나무들 사이에는 사방에 가건물들이 있었는데, 그것들 중 오솔길 쪽에 있던 것은 천막

한 조각 없이 벌거숭이였다.

천막들은 벌써 낙엽과 진흙탕을 향해 기울고 있었다. 우리들은 다른 어느 것들보다도 심하게 기울어진, 맨 끝쪽에 있는 천막 앞에서 걸음을 멈추었는데, 그것은 마치 돛을 미친 듯이 펄럭이며 마지막 돛줄이 끊어지기 직전에 있는 선박처럼, 몰아치는 바람 속에서 기우뚱거리고 있었다. 그 가건물의 정면에는 그것의 옛 명칭이 초록과 붉은색으로 쓰여 있었다. 사격장이었고, '국제 사격장'이 그 명칭이었다.

돌보는 사람은 물론 아무도 없었다. 주인은 아마 다른 가건물의 주인들과 함께, 또 옛날의 고객들과 함께 어디에선가 총을 쏘고 있었을 것이다.

그 사격장의 작은 과녁들이 받은 실탄 세례란! 모두 하얀 점들로 벌집처럼 되어 있었다! 과녁들은 결혼식 장면을 회화적으로 나타내고 있었다. 맨 앞줄에는 신부와 약혼자이며 군인인 그녀의 사촌을 함석판으로 만들어 세워놓았는데, 약혼자의 아가리는 찢어져라 크고 붉게 칠해져 있었다. 그 뒷줄에는 하객들을 도열해놓았는데, 사람들의 머리가 정상이던 시절에는 틀림없이 그 하객들을 무수히 반복해 살해하였을 것이다.

— 훼르디낭, 당신은 사격을 매우 잘하시겠지요? 아직도 이곳에서 축제가 열린다면 당신과 한번 시합을 해보겠는데…! 그렇지요? 훼르디낭, 사격 잘하시지요?

— 아니, 별로 신통치 않아요….

결혼식 장면 뒤쪽 마지막 줄은 온통 울긋불긋하였는데, 그것은 깃발이 꽂힌 동사무소 건물이었다. 그 장치가 작동하던 시절에는 작은 종소리와 함께 열리던 창문을 통해 건물 안으로, 또 심지어 함석으로 만든 깃발을 향해서도 사격을 가하였음에 틀림없다. 또한 그 옆 경사면에는, 끌리쉬 광장에서 우리 연대가 그랬듯이, 일개 연대가 파이프들과 작은 풍선들 사이를 행진하고 있었는데, 그 모든 것 위로 맘껏들 실탄을 퍼부었을 것이고, 이제는 나에게도 마구 쏘아대고 있었으며, 어제도, 내일도….

— 롤라, 나에게도 쏘아대고 있어! 나는 스스로를 억제치 못하고 그녀에게 고함을 쳤다.

— 어서 가요! 그러자 그녀가 말했다…. 바보 같은 말씀을 하세요. 훼르디낭, 우리 두 사람 모두 감기 걸리겠어요.

우리들은 넓은 루와얄 산책로를 따라 진흙탕을 피해가며 생-끌루 방면으로 내려왔고, 그녀가 내 손을 잡아 나를 부축하였는데, 그녀의 손은 귀엽고 작았지만, 나는 그 산책로의 그늘 속에 남겨둔 함석으로 만든 결혼식 장면 이외에는 다른 아무것도 더 이상 생각할 수 없었다. 나는 심지어 롤라를 포옹하는 것마저 잊고 있었는데, 나 자신도 어찌할 수 없는 일이었다. 나는 내 자신이 이상해짐을 느꼈다. 내가 믿기에는 바로 그때부터 나의 머릿속에 가득 차 있던 생각들 때문에 나의 머리를 진정시키기가 어려워진 것 같다.

우리가 생-끌루 교에 이르렀을 때 날이 완전히 어두워졌다.

— 훼르디낭, 뒤발 식당에 가서 저녁식사 하시겠어요? 뒤발 식당 좋아하시잖아요… 기분전환이 될 거예요… 그곳에 가면 항상 많은 사람들도 만나고… 물론 제 방에서 식사하시는 편을 택하지 않으신다면? — 그녀는 그날 저녁 매우 싹싹하게 굴었다. 우리들은 결국 뒤발 식당 쪽으로 결정을 내렸다. 그러나 우리가 테이블에 앉는 순간, 그 식당 전체가 온통 미친 것처럼 보였다. 내 주위에 열을 지어 앉아 있는 모든 사람이, 그들 역시 처먹고들 있는 중에 사방에서 총알이 날아와 자신들을 덮쳐 주기를 기다리는 듯한 인상을 나에게 주었다.

― 모두들 피하시오! 내가 그들에게 경고하였다. 즉시 꺼져버려요! 쏘아댈 거예요! 여러분들을 죽이려 해요! 우리 모두를 죽일 거예요!

사람들이 서둘러 나를 롤라의 숙소인 호텔로 데려왔다. 어디를 보나 나의 눈에는 같은 것뿐이었다. 파리츠 호텔 복도에서 열을 지어 오가는 모든 사람이 총알 세례를 받으러 가는 것 같았고, 커다란 계산대 뒤에 있는 종업원들 역시 바로 그 짓을 당하기 위하여 태어난 것 같았으며, 심지어 파리츠 호텔 저 아래에서 하늘처럼 파랗고 태양처럼 황금빛을 띤 제복을 입고 있는 녀석, 사람들이 수위라고 부르는 그 자, 그리고 군인들, 어슬렁대는 장교들, 수위의 것보다는 덜 아름답지만 역시 제복을 입은 장군들, 그들 주위 사방에 온통 총알이 빗발치듯 하여 그 누구도 그곳을 빠져나오지 못할 것 같았다. 그것은 이제 장난이 아니었다.

― 사격을 가해 오려 해요! 내가 소리쳤다. 홀 한가운데서, 목청껏, 곧 사격을 가해 와요! 모두들 꺼져버려요…! 그러고 나서 창가로 가 다시 고함을 쳐댔다. 나는 강박 증세에 사로잡혀 있었다. 진정 한바탕 소동이었다. "가여운 병사!" 누군가가 중얼거렸다. 수위가 나를 다독거려 친절히 바로 데려갔다. 그가 나에게 술을 먹였고, 나는 잘 마셨다. 그후 헌병들이 나를 연행하러 왔는데, 그들은 더 포악하게 굴었다. '국제 사격장'에도 헌병들이 있었는데. 내 눈으로 분명히 보았는데, 롤라는 나를 포옹하고 나서, 그들이 나를 수갑을 채워 연행해 가도록 도왔다.

내가 공포감 때문에 병이 났으며, 신열이 있고, 미쳐버렸다는 병원 측의 설명이었다. 가능한 일이었다. 우리가 이 세상에 처해 있을 때 할 수 있는 최선의 일은, 이 세상을 빠져나오는 것이 아니겠는가? 미쳤건 그렇지 않건, 공포증이 있건 없건.

그 사건을 가지고 법석들을 떨었다. 어떤 사람들은 이렇게 말하였다. "이놈은 무정부주의자야, 따라서 총살해야 해, 지금이 바로 그때야, 즉각, 머뭇거릴 것 없어, 교수형에 처해서는 안 돼, 전쟁 중이니까…! 그러나 참을성이 더 많은 자들도 있어서, 그들은 내가 단순히 매독에 걸렸고, 진정 머리가 돌았기 때문에 전쟁이 끝날 때까지 나를 가두어두거나, 그렇지 않으면 최소한 몇 개월 동안만이라도 격리시키자고 하였다. 그들은 미치지 않아 정신이 말짱하기 때문에, 자신들이 전쟁을 수행하는 동안 나를 치료하겠다는 것이었다. 정신이 멀쩡한 사람 취급을 받기 위해서는 더럽게 뻔뻔스러운 것 만한 것이 없다는 사실을 입증한 사건이다. 뻔뻔스럽기만 하면 그것으로 족한 바 거의 모든 것이 예외 없이 허용되며, 다수가 자기편인데, 미치고 미치지 않았음을 심사하고 결정하는 것은 바로 다수이다.

그러나 나에 대한 진단 결과는 모호하다는 것이었다. 그리하여 상부에서는 나를 얼마동안 더 관찰하기로 결정을 내렸다. 나의 귀여운 연인 롤라는 가끔 나를 면회할 수 있는 허락을 얻었고, 나의 어머니도 마찬가지였다. 그것이 전부였다.

우리들 정신이상자들은 이씨-레-물리노에 있는 어느 고등학교에 수용되었는데, 그곳은 애국적 이상에 결함이 있거나 혹은 진정 정신병에 걸린 나와 같은 부류의 병사들을 받아들여, 각 경우에 따라 부드럽게 혹은 거칠게 다뤄 광증의 사실 여부가 밝혀질 때까지 병사들을 쥐어짜기 위해 설치된 장소였다. 우리들을 몹시 심하게 다루지는 않았지만, 그러나 우리들은 말이 없되 거대한 귀들을 갖춘 간호요원들의 끊임없는 감시를 받고 있음을 느꼈다.

얼마간 감시 하에 있다가 병사들은 남모르게 그곳을 떠나 정신병원이나 최전선 혹은 처형장으로 가버렸다.

나는 그 수상쩍은 수용소에 모여 있던 나의 동료들 중 누가, 구내식당에서 소곤거리다가 짐짓 미친 체하는 것이라고 비밀을 털어놓다가 유령이 되기 위해 그곳을 떠날 것인가를 혼자 생각해보곤 하였다.

수용소 입구 철책 근처 수위실 안에는 여자 수위가 자리를 잡고 앉아 보리 사탕과 오렌지, 그리고 단추를 다는 데 소용되는 간단한 바느질 도구를 팔고 있었다. 그 외에 그녀가 우리들에게 덧붙여 팔던 것은 쾌락이었다. 하사관들에게는 그것을 십 프랑에 팔았다. 누구든 그것을 구입할 수 있었다. 다만, 흔히 그 쾌락의 순간에 털어놓기 마련인 속내 이야기만 조심하면 되었다. 헤픈 감정의 노출에는 엄청난 대가가 따를 수도 있었다. 자기에게 털어놓은 이야기를 그녀는 한 마디도 빼놓지 않고 수석 군의관에게 고해 바쳤고, 그것은 다시 군법회의 조서에 그대로 기록되었다. 그 털어놓은 속내 이야기를 가지고, 그녀가 아직 나이 스물도 안 된 북아프리카 기병대 하사 한 사람과, 위장병을 유발하기 위하여 못을 삼킨 공병대 예비역 한 사람, 그리고 전선에서 어떻게 전신마비 증세를 유발시키는지를 그녀에게 털어놓은 히스테리 환자를 총살형에 처하게 했는지는 이미 증명되다시피 한 일이었다… 내 경우 역시 나의 진상을 탐색하기 위하여, 그녀는 어느 날 밤, 나에게 여섯 아이를 둔 어느 아버지의 인사기록부를 내밀며, 그 사람이 전사했고 따라서 그것이 후방으로 배속 받는 데 유용할 것이라고 하였다. 한마디로 사악한 계집이었다. 하지만 침대에서는 지극히 황홀한 사업 수완을 보였고, 그리하여 모두들 그 침대를 다시 찾았으며, 그녀는 우리들에게 많은 기쁨을 제공하였다. 잡년으로서는 그야말로 진품이었다.

하기야 맘껏 즐기려면 그러한 잡년이어야 하지 않겠는가! 그 요리, 즉 뒤꽁무니 요리에서는 누가 뭐래도 악랄함이, 마치 좋은 소스에 넣는 후추처럼 불가결하며, 또 그것이 관계를 밀착시킨다.

우리가 수용되어 있던 고등학교 건물 전면으로는 널찍하게 펼쳐진 구릉이 있어, 여름철에는 황금색으로 변해 나무들로 둘러싸여 있었으며, 그곳에서 보면 영광스러운 풍경, 즉 빠리 시가지가 장엄하게 시야에 들어왔다. 목요일마다 우리들을 면회하러 오는 방문객들이 기다리는 곳이 그곳이었고, 그들 중 한 사람인 롤라는 어김없이 나에게 과자와 충고, 담배를 가져다주었다.

우리들은 매일 아침 의사를 만났다. 그들은 친절하게 이것저것을 캐물었지만, 그들이 무슨 생각을 하고 있는지는 알 길이 없었다. 그들은 항상 더할 나위 없이 친절한 얼굴이었지만, 우리들 주위에 사형 선고를 몰고 다녔다.

그곳에 수용되어 관찰 대상이 되었던 자들 중 많은 환자들은, 그 부드러운 분위기 속에서 다른 사람들보다 더 다감해져, 결국 그 상태가 더욱 악화되었고, 그리하여 한밤중에 잠을 자기는커녕 벌떡 일어나 공동 침실을 마구 헤집고 돌아다녔으며, 마치 위험이 도사리고 있는 산자락 위에 처한 듯, 희망과 절망 사이에서 잔뜩 웅크린 채 벌벌 떨며 자기들 자신의 고뇌에 고함을 치며 항거하였다. 그들은 여러 날 동안 그렇게 고통스러워하다가, 어느 날 저녁 문득 스스로 저 아래로 추락하여 제 발로 수석 군의관을 찾아가 모든 것을 고백하였다. 그 다음 우리들은 그들을 영영 다시 보지 못하였다. 나 역시 평정을 유지하지 못하였다. 그러나 약할 때 우리에게 힘을 주는 것은, 우리가 가장 두려워하는 사람들이 가지고 있으리라고 믿기 쉬운 모든 신비한 마력을, 그 가장 작은 것까지 그들에게서 벗겨버리는 일이다. 그들을 있는 그대로 평가절하 하여, 즉 모든 관점에서 평가하는 법을 배워야 한다. 그것이 우리들을 구출하여 해방시키며, 우리가 상상할 수 있는 것 이상으로 우리들을 방어해준다. 그것은 우리에게 또 다른 하나의 우리 자신을 가져다준다. 우리는 둘이 되는 것이다.

그 순간부터는 그들의 어떤 행위도 우리를 약화시키고, 우리로 하여금 시간을 낭비케 하는 그 더러운 마력을 더 이상 발휘하지 못하게 된다. 또한 그들의 코미디 역시 우리를 조금도 기분 좋게 해주지 못하고, 우리의 내면적 발전에 전혀 유익하지 못함은 천박한 돼지의 코미디와 별 다름이 없다.

내 옆 침대에는 역시 자원입대한 하사 한 사람이 누워 있었다. 팔월 이전에는 뚜렌느의 어느 고등학교 선생님이었고, 그곳에서 역사와 지리를 가르쳤노라고 그가 나에게 말해주었다. 그런데 전쟁을 몇 개월 치르고 난 후, 그 선생님이 둘도 없는 도둑으로 둔갑하였다는 것이다. 자기의 연대 수송대, 경리국 수송차, 중대 보급창고 등, 어디서든 통조림만 있으면 마구 훔쳐내는 그의 도벽을 아무도 더 이상 막을 수 없었다는 것이다.

그리하여 군법회의에 계류된 채, 그는 우리들과 함께 그곳까지 흘러와 처박히게 된 것이다. 하지만 가족들이 포탄 때문에 그가 놀라 정신이 돌았다고 악착같이 주장하는 바람에, 예심에서 그의 판결을 한 달 두 달 늦추고 있는 중이었다. 그는 나에게 많은 말을 하지 않았다. 그는 자기 수염에 빗질을 하는 데 여러 시간을 보냈고, 그가 나에게 말을 하는 경우에는 항상 같은 이야기였는데, 그것은 자기의 부인이 더 이상 아이를 갖지 못하도록 하는 방법, 자신이 고안해내었다고 하는 그 방법에 관한 이야기뿐이었다. 그가 진정 미친 사람이었을까? 거꾸로 된 세상이 도래하여, 왜 서로 죽여야 하느냐고 의문을 제기하는 행위 자체가 미친 짓으로 간주되는 시절에는 아주 쉽게 광인 취급을 받을 수 있음은 너무나 당연하다. 또한 그것을 당연시한다 하더라도, 그러나 대대적인 능지처참이라는 사태를 피하느냐 그러지 못하느냐가 관건일 경우, 어떤 사람들의 뇌리에서는 찬연한 상상적 노력이 펼쳐지기 마련이다.

모든 흥미로운 일은 반드시 어둠 속에서 진행된다. 따라서 사람들의 진정한 역사에 대해서는 아무것도 알 수 없다.

그 선생님은 자기의 이름이 프랭샤르라고 하였다. 그는 자신의 경동맥, 허파, 안구신경 등을 안전하게 보존하기 위하여 나름대로 어떤 결정을 내렸을까? 바로 그것이 본질적인 질문이며, 진정 인간적이며 효율적인 인간으로 남기 위하여 우리 인간들끼리 서로 기탄없이 던졌어야 할 질문이다. 그러나 우리들은 너무나 상반된 곳에 있었고, 어처구니없는 이상 속에서 비척거리며, 호전적이며 정신 나간 평범한 자들, 연기를 잔뜩 마셔 몽롱해진 그 쥐새끼들의 감시 하에 놓여 있었고, 다만 미친 듯 불붙은 배에서 뛰쳐나오려 애를 썼지만, 우리들에게는 주도면밀한 합동 작전도, 상호 간의 신뢰도 없었다.

전쟁에 혼비백산하여 우리들은 또 다른 광증에 사로잡혀 있었으니, 그 광증이란 곧 공포증이었다. 전쟁의 이면과 표면이다.

그 보편화된 광증 속에서도, 또 나를 물론 의심하면서도 프랭샤르는 나에게 상당한 호의를 보였다.

우리가 있던 곳, 우리 모두가 처해 있던 그 곤란한 상황에서는 우정도 신뢰도 존재할 수 없었다. 각자 자신의 목숨을 부지하는 데 유리한 말만을 했으니, 모든 것이 혹은 거의 모든 것이 항상 끄나풀들에 의해 그대로 보고되었기 때문이다.

가끔 우리들 중 한 사람이 사라지곤 하였다. 즉 그의 사건 구성이 성립되었다는 뜻이었으며, 그 사건은 군법회의에서 결판이 내려져 비리비에 있는 처형장이나 전선, 가장 운이 좋은 사람의 경우 끌라마르의 정신병원으로 낙착되었다.

다른 군인들이 그곳에 끊임없이 도착하였고, 그들은 모든 병과를 망라하였으며, 젊은이, 거의 늙은이가 다 된 사람, 겁쟁이, 배짱이 두둑한 사람 등이 뒤섞여 있었다. 그리하여 그들의 아내와 부모들, 눈을 휘둥그레 뜬 어린 자식들이 목요일마다 면회를 왔다.

그 모든 사람들이, 특히 저녁나절이면 면회소에서 펑펑 울어댔다. 그들의 아내와 어린 자식들이 면회가 끝나, 가스등이 켜진 창백한 복도를 통해 무거운 발걸음을 이끌고 돌아갈 때면, 전쟁에 휩쓸린 이 세상의 무력함이 그곳에 와 구슬피 울었다. 그들은 거대한 울보들의 무리를 형성하였다. 그 이상의 아무것도 아닌, 역겨운 무리였다.

롤라에게는 그런 따위의 감옥으로 나를 보러 오는 것이 또 다른 하나의 흥밋거리였다. 우리 두 사람은 울지 않았다. 우리들만은 눈물을 얻을 곳이 아무 데에도 없었다.

— 훼르디낭, 당신이 정말로 미쳤다는 것이 사실이에요? 어느 목요일 그녀가 나에게 물었다.

— 그래요! 내가 고백하였다.

— 그러면 당신을 이곳에서 치료해주겠지요?

— 공포증을 치료할 수는 없어, 롤라.

— 그토록 두렵단 말이에요?

— 그 이상이야, 롤라, 너무 두려워, 알겠어? 그래서 내가 훗날 나의 죽음이 두려워 죽게 될지라도 특히 나를 화장하지 않았으면 좋겠어! 나를 땅속에 내버려두어, 묘지에서 조용히 썩어가며 혹시 다시 살 준비를 하고 있도록 해주었으면 좋겠어… 혹시 누가 알아! 그러나 나를 태워 한 줌 재로 만들어버리면, 롤라, 이해하겠지,

그때는 끝이야, 영영 끝이야… 뭐라 해도 역시 온전한 해골이 사람을 좀 닮았으니… 그것이 재보다는 역시 다시 살 채비를 더 갖추고 있을 테니… 재로 변하면 끝장이야…! 어떻게 생각해…?

그런데 전쟁은….

— 오! 당신 정말 겁쟁이군요, 훼르디낭! 당신 정말 쥐새끼처럼 역겨워요….

— 그래, 완전한 겁쟁이야, 롤라, 나는 전쟁과 그 속에 포함된 모든 것을 거부해… 나는 전쟁을 한탄하지도 않아… 나는 체념도 하지 않아… 전쟁 때문에 질질 짜지도 않아… 그것을, 또 그것에 종사하는 자들을 단호히 거절하며, 그들이나 전쟁에 관해서는 일체 상관하고 싶지 않아. 그들의 수가 구억구천오백만이고 나는 혼자일지라도 틀린 쪽은 그들이야, 롤라. 그리고 옳은 사람은 나야, 자신이 진실로 원하는 것을 아는 사람은 나 혼자뿐이니까. 내가 원하는 것은 더 이상 죽지 않는 거야.

— 전쟁을 거부하다니, 말도 안 돼요, 훼르디낭! 자기네 조국이 위험에 처해 있는데 전쟁을 거부할 사람은 미친 자들과 비겁자들뿐이에요….

— 그렇다면 미친놈들과 겁쟁이들 만세! 아니, 차라리 미친놈들과 겁쟁이들만 살아남기를! 가령 롤라, 백년전쟁 중에 죽은 병사들 중 단 한 사람의 이름이나마 기억하고 있어…? 그 숱한 이름들 중 단 하나라도 알아보려고 해본 적이 있어…? 아니지, 그렇지 않아…? 절대 시도해본 적이 없지? 그들이 당신에게 이름도 알려지지 않고, 관심도 없기는, 우리들 앞에 놓인 서진(書鎭)이나 당신이 아침마다 배설하는 똥과 다름이 없으며, 당신에게 생소하기는 오히려 그것들보다 더해… 그러니 그들이 헛되이 죽었음을 분명히 깨달아야 해, 롤라! 정말 헛되이, 그 천치들이! 당신 앞에서 단언

하건대! 이미 증명되었어! 중요한 것은 삶뿐이야. 일만 년 후면, 내가 당신과 내기를 하겠는데, 지금 우리에게 이토록 엄청난 듯 보이는 이 전쟁도 완전히 망각될 거야… 겨우 십여 인의 학자들이 가끔, 여기저기서, 이 전쟁을 유명하게 만든 주요 대학살의 날짜를 놓고 쓸데없는 싸움질을 벌이는 것이 고작일 거야… 몇 세기, 몇 해, 심지어 몇 시간 후, 인간들이 이러저러한 사건들에 관해 지금까지 찾아내는 데 성공한 것이라곤 고작 그 날짜뿐이야… 나는 미래를 믿지 않아, 롤라….

나의 수치스러운 상태를 가지고 내가 어느 정도까지 허세를 부리는지를 간파하였을 때, 그녀는 문득 나를 눈곱만치도 측은하게 여기지 않게 되었다… 그녀는 나를 경멸스럽다고 판단하였다. 결정적으로.

그녀는 그 자리에서 나와 헤어지겠다는 결의를 보였다. 너무한 일이었다. 그날 저녁 수용소 문까지 그녀를 배웅했건만, 그녀는 나를 포옹해주지 않았다.

사형선고를 받은 목숨을 걸고 싸울 처지에 놓인 사람이 그와 동시에 사명감을 갖지 않았다는 사실을 인정하기가 그녀에게는 결단코 불가능하였다. 내가 우리의 튀김 소식을 물었을 때에도 그녀는 대답이 없었다.

내무반에 돌아오니 프랭샤르는 창문 앞에서 병사들에 둘러싸여 가스등 불빛에 자기가 고안한 안경을 시험해보고 있었다. 그것은 여름휴가 중 해변에서 우연히 떠오른 생각이었노라고 그가 우리들에게 설명을 했고, 이제 여름철이니 낮에 정원에서 그것을 쓰고 다닐 생각이라 하였다. 정원은 광활하게 넓었고, 또한 촉각을 곤두세운 간호반에 의해 철저히 감시되고 있었다. 다음날 프랭샤르는 자기와 함께 구릉에 나가 그 멋있는 안경을 시험해보자고 나를 졸라댔다. 오후의 햇살이 불투명한 유리로 보호된 프랭샤르의 얼굴에서 번쩍거렸고, 그의 콧구멍 근처 부위가 거의 투명하며 그가 숨을 가쁘게 몰아쉰다는 사실을 그때 처음 알게 되었다.

— 친구여. 그가 털어놓았다. 세월은 흘러갈 뿐, 나를 변화시키지는 않는다네… 나의 양심은 도저히 후회의 영역에 들어갈 줄 몰라. 고맙게도 나는 그 소심함으로부터 해방되었다네… 이 세상에서 중요한 것은 범죄가 아니라네… 사람들은 그것을 포기한 지 오래되었다네… 중요한 것은 실수야… 그런데 내가 실수를 하나 저질렀다네… 돌이킬 수 없는….

— 통조림을 훔침으로써?

— 그래, 나는 그것이 약은 짓이라고 생각했지, 상상해봐! 전투를 모면하려고, 또 그리하여 수치스러우나 살아서, 마치 오랜 잠수 끝에 기진맥진해서 수면으로 떠오르듯 평화로운 시절로 돌아오기 위하여… 거의 성공할 뻔했지… 그러나 전쟁이 정말 너무 오래 끌어… 전쟁이 지연됨에 따라, 몹시 구역질나는 자들조차 조국은 역겨워하지 않는 듯해… 우리의 조국은 모든 희생물을, 그것들이 어디에서 오든, 모든 고기를 다 흡향하기 시작했어… 순교자들의 선택에 있어 무한히 관대해졌어! 이제는 무기를 들 자격이 없는 병사도, 특히 무기에 깔려 무기에 의해 죽을 자격이 없는 병사도 더 이상 존재하지 않아… 최근 소식인데, 나까지 영웅으로 만들겠다는 거야…! 통조림 절도 행위까지 용서하기 시작한 것을 보면, 대량 학살의 광기가 몹시 심한 증세를 보이는 듯해! 내가 무슨 말을 하고 있지? 아예 망각하기 시작한 것 같아! 분명 우리는 날마다 거대한 강도 집단을 찬양하는 습관이 있으며, 그들의 풍요를 온 세계가 우리와 함께 숭배하고, 하지만 그들의 존재 실태를 조금만 가까이에서 관찰해보면 날마다 반복되는 범행의 연속임이 명백하게

드러나는데, 그러나 그 사람들이 영광과 명예와 권력을 누리고, 그들의 범행 모두를 법이 인정한다네, 반면 역사를 아무리 멀리 거슬러 올라가 살펴보아도 —알다시피 나는 역사를 알기 때문에 봉급을 받았지— 누룽지나 햄 따위 등, 하잘것없는 음식물을 훔친, 죄가 가벼운 좀도둑이 엄격한 박해와 사회의 냉엄한 배척, 중벌, 자동적인 불명예와 씻을 수 없는 수치를 당한다는 사실은 모든 것이 입증하고 있다네. 그것은 두 가지 이유 때문인데, 첫째 그러한 죄를 저지르는 사람들은 일반적으로 가난한데, 그러한 신분 자체가 이미 결정적인 흠을 전제하고 있기 때문이며, 둘째 그들의 행위가 사회에 대한 무언의 비난을 내포하고 있기 때문이라네. 그리하여 가난한 자의 절도 행위는 개인적인 회수 행위가 되어가고 있다네, 내 말 이해하겠지… 우리가 어디로 갈 수 있겠는가? 또한 이 세상 어느 하늘 아래에서든지 사회 보위의 수단으로서뿐만 아니라, 특히 모든 불운한 자들은 주어진 자리에 얌전히 앉아서 또 수세기 동안, 끝이 없는 가난과 기아에 죽어가는 자신의 운명을 기꺼이 받아들이고 꼼짝도 하지 말라는 경고로서, 보잘것없는 좀도둑들에 대한 박해가 극도로 엄하게 가해진다네… 하지만 지금까지 우리의 공화국 내에서는 그 좀도둑들에게 유리한 것 한 가지가 남아 있었으니, 그것은 애국적인 무기를 들 수 있는 명예를 박탈당하는 이점이었네. 그러나 내일부터는 상황이 바뀌어 나 같은 도둑이, 군대 내의 내 자리로 다시 돌아가야 한다네… 그것이 하달된 명령이라네… 상부에서는 저들이 말하는 소위 '한때의 실수'를 불문에 부치기로 결정하였다는데, 그것은, 잘 듣게, '가족의 명예'라 이름 붙인 그것을 고려하여 취한 조치라네. 관대하기도 하지! 내가 묻겠는데, 동무, 도대체 뒤범벅이 되어 날아다니는 프랑스와 독일의 총알들을 내 가족이 여과시키고 선별해주겠는가…? 그 일은 오직 나 혼자 해야 하지 않겠어? 또한 내가 죽었을 때, 내 가족의 명예가 나를 부활시키겠는가? …잘 듣게, 전쟁의 잡동사니 일들이 모두 끝난 뒤, 나의 가족이 어떻게 할지 나는 훤히 알고 있네… 모든 일은 결국 그 끝이 있게 마련이니. 그러면 다시 돌아온 여름날의 잔디밭 위에서 즐겁게 깡충거리는, 쾌청한 일요일에 뛰노는 우리 가족의 모습이 여기에서도 훤히 보인다네… 그동안 그들의 발밑 삼 피트 깊이 땅속에서는 이 아빠가 구더기를 잔뜩 뒤집어쓰고, 7월 14일에 일 킬로그램의 똥덩이가 풍기는 것보다 더 지독한 냄새를 풍기며 송두리째, 이상야릇하게 썩어가고 있을 테지… 이름조차 모르는 농부의 밭고랑을 비옥하게 만드는 일, 그것이 진정한 병사의 진정한 미래라네! 아! 동무여! 내 단언하건대, 이 세계는 이 세계를 조롱하는 거대한 사업체에 불과하다네! 그대는 젊어. 극도로 첨예한 이 몇 순간이 그대의 가슴속에 제발 여러 해 동안 간직되길 비네! 내 말 잘 듣게, 동무여, 우리 사회의 모든 살인적 위선을 찬연하게 장식하고 있는 그 중대한 몸짓, 즉 '불쌍한 사람의 생존 조건, 그의 운명… 등에 대한 동정,' 그 몸짓의 중대성이 그대의 폐부 깊숙이 침투하지 않은 채 그것을 흘려보내지 않도록 하게. 힘없고 선량한 사람들이여, 내 당신들에게 이르노니, 언제나 박해당하고, 착취당하고, 땀을 질질 흘리는, 인생의 멍청이들이여, 내 당신들에게 경고하노니, 이 세상의 힘센 자들이 당신들을 좋아하기 시작하는 날에는, 머지않아 당신들을 소시지 굽듯 전쟁터의 이글거리는 불길 위에 내던질 것이오. 그러한 몸짓이 바로 징조라오… 틀림없을 것이오. 루이 14세는, 적어도 이 점만은 기억하시길, 착한 백성과 완전히 절교하는 것도 개의치 않았다오. 루이 15세 역시 마찬가지였소. 그는 고작 백성들로 자신의 항문 언저리를 더럽혔을 뿐이오. 물론 그 시절 잘 살지는 못하였소. 불쌍한 사람들이 결코 잘 산 일은 단 한 번도 없지만. 그러나 오늘날의 폭군들처럼 불쌍한 사람들의 곱창을 뽑아내려고 집요하고 악착스럽게 굴지는 않았다오. 당신들에게 분명히 말하건대, 오직 이권이나 가학증세에 이끌려서만 백성을 생각하는 힘센 자들, 그들이 당신들을 무시할 때라야 비로소 약한 자들은 휴식을 얻을 수 있다오… 철학자들, 착한 백성들에게 쓸데없는 이야기를 해주기 시작한 자들은 바로 그들이오… 겨우 교리문답밖에 모르고 있던 백성들에게! 그들은, 자기들이 외쳤듯이 백성들을 교육하기 시작하였소… 아! 백성들에게 계시해 줄 진리가 많기도 했지! 게다가 아름답기까지 한! 낡아 떨어지지 않은! 빛나는! 그 진리들 앞에서 모두들 황홀해하였소! 이거야! 바로 이거야! 선량한 백성들이 그렇게 말하기 시작하였지요. 틀림없이 바로 이거야! 그러니 우리 모두 이것을 위해 죽읍시다! 백성들은 이제 죽기만을 바라게 되었소! 그렇게 시작된 것이오. "디드로 만세!" 그렇게들 짖어대더니, 그 다음에는 "브라보 볼떼르!" 적어도 철학자들은 그러했지! 또한 그토록 승리에 승리를 엮어낸 까르노 역시 만세! 그리고 모두 만세! 착한 백성들이 무지와 우상 숭배 속에서 죽어가도록 내버려두지 않은 마음씨 좋은 자들이 바로 저들이오! 그들이 백성들에게 자유의 길을 가리켜주고! 그들을 해방시키고! 질질 끌지도 않았소! 우선 모든 사람이 신문을 읽을 줄 알아야 한다며! 그것이 구원이라며! 하느님 맙소사! 게다가 전속력으로! 더 이상 문맹자는 없을지어다! 더 이상 문맹자가 존재해서는 아니 되며! 오직 시민병들만! 투표를 하는! 읽을 줄 아는! 또한 전투를 하는! 그리고 행군도 하는! 그리고 군중에게 키스를 보내는! 착한 백성들은 어느새 그 체제에 알맞게 무르익어 버렸소. 그런데, 자유로워지려는 그 열광이 무엇엔가는 쓰여져야 하지 않겠소? 당똥이 공연히 웅변을 쏟아낸 것은 아니오. 지금도 들리는 듯한, 폐부 깊숙이 파고든 그 몇 마디 아가리질로, 그는 단 한 번의 손짓으로 착한 백성들을 동원하였소! 그리고 그것이 최초의 광신적 자유군대의 첫 출발이었소! 그들이, 뒤무리에가 플랑드르 지방으로 끌고 가 총알받이로 만든 투표권을 가진 무보수의 첫 멍청이들이었소! 전대미문의 그 이상주의적 장난에 뒤늦게 뛰어들었던 뒤무리에 자신은, 결국 돈을 택하여 탈영하고 말았소. 1793년 북부군 사령관으로 홀랜드를 침공했다가, 같은 해 3월 루뱅에서 패전한 후, 혁명의회에 의해 반역 혐의를 받게 되자 프러시아로 망명했던 사건을 암시하는 듯함 그가 우리의 마지막 용병이었소… 공짜 군인이란 것이 당시에는 매우 새로운 것이었소… 너무나 새로웠기 때문에 괴테도, 제아무리 괴테라 할지라도, 발미에 도착하여서는 그들의 모습에 현혹당했다오. 1792년 뒤무리에와 켈러만이 프랑스 공화국 군대를 이끌고 프러시아 군대를 격파한 곳. 전투를 참관했던 괴테는 다음과 같은 유명한 말을 남겼다. "오늘 이곳에서 세계사의 새로운 기원이 시작되었다" 애국이라는 전대미문의 그 허구를 수호하기 위하여, 프러시아의 왕에게로 달려와 곱창을 뽑힌, 누더기를 걸치고 정열에 들뜬 그 떼거리들 앞에서, 괴테는 자신이 아직 배워야 할 것이 많다는 감회에 잠겼던 것이오. "오늘 새로운 세기가 시작됩니다!" 그의 기질적 습성대로 거창하게, 그가 외쳤소. 하지만 터무니없는 소리! 그 이후에는, 그 제도가 하도 탁월하여 획일적인 영웅들을 대량으로 생산해냈고, 그 제도가 완벽한 까닭에 생산 비용은 날이 갈수록 저렴해지게 되었다오. 그리하여 모두들 자신들이 한 일을 잘한 짓이라 생각하게 되었소. 비스마르크, 두 나뽈레옹, 바레스는 물론, 여기사(騎士) 엘자도 못지않게. 대개혁으로 인해 쪼그라든 케케묵은 구름덩이에 불과하며, 이미 오래전부터 주교의 돼지저금통으로 압축되어버린 그 천국의 종교가 깃발의 종교로 대체되고 말았소. 전에는 광신적 유행이 "예수 만세! 이단자들을 화형에!" 등이었지만, 사실 이단자들은 매우 드물었고, 또 모두 자의적이었소… 그런데 우리가 살고 있는 이 시대에는 "섬유질 없는 선모(仙茅)들을 교수형에! 즙 없는 레몬들도! 물정 모르는 독자들도! 수백만이 일제히 우익으로!" 등을 거대한 떼거리가 외쳐대며 각종 사명감을 가지라고 선동하고 있소. 선모는 손가락을 의미하며, 레몬은 사상의 형성처로서 머리를 가리킨다. 즉 나약한 사람, 이데올로기가 없는 사람 등을 의미한다 싸우기를 원치 않고, 그 누구도 살해하지 않으려는 사람들, 즉 썩은 냄새 나는 평화주의자들은 모두 덮쳐 능지처참하라는 것이오! 그들의 몸통에서 우선 곱창을 잡아 뽑고, 눈구멍에서 눈알을 뽑으며, 그들의 진물 나는 더러운 삶에서 수명을 단축시켜, 그들이 사는 법을 배우도록 해주라는 것이오! 뿐만 아니라 그들이 무더기로 뒈져 모두 슈크림이 되어버린 후, 피를 흘리고, 초산 속에서 연기를 뿜으며 타버리도록 하자는 것인데, 이는 우리의 조국이 더욱 사랑받고, 즐거워하며, 더욱 달콤해지도록 하기 위함이라는 것이오! 그런데 만약 그들 중에 이 숭고한 일들을 이해하려 하지 않는 추잡한 자들이 있다면, 그들은 다른 자들과 함께 묘지로 가서, 그러나 묘지의 떳떳한 자리가 아닌 저 발치 구석으로 가서, 이상도 없는 더러운 비겁자들의 묘비명 아래 묻히라는 것이오. 왜냐하면 그 구역질나는 비겁자들은, 의젓한 주검들을 위해 묘지 중앙 열에 지역 주민들이 경매에 붙여 세운 기념비의 그늘 한 자락에 묻힐 그 찬연한 권리뿐만 아니라, 그리하여 이번 일요일 도지사 집에 와서 오줌을 깔기고, 점심식사 후 무덤들을 향해 한바탕 아가리를 전율시킬 장관의 메아리를, 조금이나마 거둬들일 권리마저 상실하였기 때문이라는 것이오…

그러나 정원 저쪽에서 누군가 프랭샤르를 불렀다. 수석 군의관이 간호병을 시켜 급히 그를 찾아오라고 한 것이었다.

— 곧 갑니다. 프랭샤르가 대답하였다. 그리고는 시험삼아 내 앞

에서 펼치던 그 연설문 초고를 나에게 넘겨 주자마자 발길을 돌렸다. 엉터리 배우의 대사였다.

나는 프랭샤르를 다시는 보지 못하였다. 그는 지성인들의 단점을 가지고 있었으니, 그것은 경박하다는 것이었다. 그 사나이는 너무 많은 것들을 알고 있어서 그것들이 그를 뒤죽박죽 만들어놓고 있었다. 스스로를 자극하고, 그리하여 결단을 내리기 위해서는 많은 잡동사니 기교를 필요로 하고 있었다.

이제 생각해보니, 그가 떠나버린 그 저녁나절이 벌써 먼 옛날이다. 하지만 그 추억은 생생하다. 수용소의 정원을 둘러싸고 있던 시가지의 집들이, 어둠이 닥치기 직전 모든 사물이 그러하듯, 다시 한번 선명하게 떼어낸 듯 부각되고 있었다. 나무들은 땅거미 속에서 점점 커져 하늘로 올라가 밤과 다시 합류하고 있었다.

나는 프랭샤르의 소식을 알려고, 즉 사람들이 당시 말하듯 정말 그가 '사라져'버렸는지를 알아보기 위하여서는 아무 일도 하지 않았다. 하지만 그가 정말 사라져버린 편이 더 나을 듯하다.

우리의 분노어린 평화가 전쟁이 한창일 때에도 벌써 그 씨앗을 뿌리고 있었다. 그 히스테리 증상의 평화가 장차 어떻게 될 것인지, 그것이 벌써 올림피아 캬바레에서 심하게 동요하는 것을 보기만 하여도 그 앞날을 예측할 수 있었다. 저 아래 으슥한 지하 댄싱홀에서는 그것이 먼지와 절망 속에서 깜둥이-유대-색슨 음악의 형태로 발을 동동 구르고 있었다. 영국인들과 흑인들이 뒤섞여 있었다. 길게 늘어놓은 진홍색 쏘파에는 어디를 보나 담배를 피우며, 고함을 치는, 우수에 잠긴, 그러나 군복을 입은, 중동인들과 러시아인들도 있었다. 이제는 기억에 떠올리기조차 힘든 그 제복들이 바로 오늘의 씨앗이었으며, 아직도 자라고 있는 그것은 결국 썩어 한 더미 퇴비로 변할 것이지만 아직 한동안은 더 버틸 것이다.

매주 올림피아 캬바레에서 몇 시간씩 충분히 욕정을 달군 우리들은, 그 다음 차례로 이제는 없어진 폴리-베르제르 뒤, 풀어놓은 개들이 암캐들을 데리고 와 일을 보던 막다른 골목 베레시나로, 내의와 장갑과 책 등을 파는 에로뜨 부인의 점포를 단체로 방문하곤 하였다.

우리들은 전 세계가 발작적으로 위협하고 있던 우리의 행복을 더듬어 찾아 그곳에 가곤 하였다. 우리들은 그러한 욕구를 수치스러워하였지만, 그러나 어쩔 수 없이 그 일을 감행해야 했다. 사랑을 포기하기가 생명을 포기하기보다 더 어렵다. 이 세상에서는 죽이는 일로 혹은 찬미하는 일로 세월을 보내며, 그 두 일을 병행한다. "그대를 증오해! 그대를 열렬히 사랑해!" 스스로를 방어하고, 서로 수작하고, 그 다음 스스로를 지속시키는 것이 엄청나게 유쾌한 일인 양, 그것이 마치 결국에는 우리들을 영원한 존재로 만들어주기라도 하는 양 광적으로, 어떠한 대가를 치르고라도 자신의 생명을 다음 세기의 두 발 달린 동물에게 넘겨준다. 어떠한 일이 있어도 서로 포옹하려는 욕구는 가려운 곳을 긁고 싶은 욕구와 다름없다.

이제 나의 정신적 증세는 나아지고 있었지만 군에서의 내 처지는 여전히 불분명한 상태였다. 가끔 나에게 시내 외출을 허용하기도 하였다. 이미 말한 대로 우리가 단골로 찾아가던 내 판매상은 에로뜨 부인이라는 여자였다. 그녀의 이마는 좁고 또 하도 편협해 보이며, 처음에는 그녀 앞에 있기가 불편할 지경이었으나, 반면 입술은 미소를 띠고 통통하여 그 다음에는 도저히 그녀를 피해 달아날 길이 없었다. 기막힌 능변과 잊을 수 없는 뜨거움 뒤에, 그녀는 단순하고 탐욕스러우며 철저히 상업적인 일련의 의도를 감추고 있었다.

그녀는 단 몇 달 만에 연합군 덕분에, 특히 그녀의 아랫배 덕분에 큰 재산을 모으기 시작하였다. 그녀는 전 해에 나팔관염 수술을 받을 때, 난소를 제거해버렸다고 했다. 그녀를 해방시킨 그 거세가 재산을 가져다 준 것이다. 여성 임질(淋疾) 중에는 하늘의 도움 같은 것도 있는 법이다. 항상 임신 공포증으로 세월을 보내는 여인은 일종의 성불구자에 불과하며, 따라서 절대 크게 성공할 수 없다.

노인들은, 심지어 젊은이들까지 책과 내의류를 파는 몇몇 상점 안쪽에서 쉽게 또 싼 값으로 성교를 즐길 수 있다고 믿었으며, 나 역시 당시에는 그렇게 생각하였다. 이십여 년 전에는 그것이 사실이었다. 그러나 그 이후 많은 풍습이, 특히 가장 즐거운 것 중에서도 그것이 사라져버리고 말았다. 앵글로-색슨의 청교주의가 날이 갈수록 우리들을 건조하게 만들고, 상점 안쪽에서의 즉흥적 성관계마저 거의 그 명맥을 끊어 놓았다. 그리하여 모든 것은 결혼과, 또는 징계로 귀착된다.

에로뜨 부인은 선 채로 하는 값싼 성행위, 그 마지막 남은 방종을 효율적으로 이용하는 데 성공하였다. 어떤 한가한 경매품 평가인이 어느 일요일 그 앞을 지나다 상점으로 들어서게 되었는데, 이후 그곳에 계속해서 머물게 된 것이다. 그는 조금 망령기가 있었으며, 그 증세가 변할 줄 몰랐다. 그들의 행복은 아무 잡음도 유발하지 않았다. 숭고하고 애국적인 희생을 외치는 미친 듯한 신문들의 그늘 아래에서는 철저하게 계산되고, 용의주도함으로 양념을 한 삶이, 그 어느 때보다도 약삭빠르게 계속되고 있었다. 그것이 빛과 어두움 같은, 같은 메달의 표면과 이면이었다.

경매품 평가인은 가까운 친구들의 자본을 홀랜드에 투자하고 있었는데, 두 사람의 관계가 친숙해지자 에로뜨 부인의 돈을 또 투자하게 되었다. 그녀는 넥타이, 브래지어, 내의류 등을 팔고 있었기 때문에 남녀 고객들을 동시에 유지하고 있었으며, 특히 그들이 자주 상점을 찾도록 자극하였다.

국제적 혹은 내국인들 간의 만남이 커튼의 장밋빛 그늘에서, 또 상점 여주인의 그칠 줄 모르는 재담 속에서 무수히 이루어졌으며, 수다스럽고 사람을 기절시킬 만큼 향수를 뒤집어쓴 여주인의 사람됨은, 극도로 시들어버린 간염 환자라도 노골적인 탕아로 만들 만하였다. 그 뒤죽박죽 어수선한 속에서도 에로뜨 부인은 정신을 잃기는커녕 애정 판매에서 십일조를 거둬들이고, 또 갖은 험담과 암시, 배반 등을 동원하여 짝을 지어주기도 하고 갈라놓기도 함으로써 자기 주변에서 숱한 사랑이 이루어지게 하였기 때문에, 현금으로 자신의 몫을 단단히 챙기고 있었다.

그녀는 행복과 비극을 끊임없이 창조해내고 있었다. 그녀는 숱한 사랑의 삶을 잘 경영하고 있었다. 그 덕분으로 장사는 더욱 호황을 누렸다.

그 자신 이미 반 유령이었던 프루스트는, 사교계 사람들, 텅 빈 사람들, 욕망의 유령들, 끊임없이 바또(Antoine Watteau)를 기다리며 갈팡질팡하는 사람들, 있음직하지 않는 퀴테라 섬을 무기력하게 찾아 헤매는 사람들, 그 모든 사람 주위를 감싸고 있는 의식과 갖은 절차 속에 숨겨져 있는 극도의 허망함과 심연을 비할 데 없이 집요하게 파헤치느라, 결국 그 속에서 미아가 되어버렸다. 그러나 그 출신이 민중적이고 실질적이었던 에로뜨 부인은, 짐승스럽고 정확하며 왕성한 식욕으로 두 발을 튼튼하게 땅에 딛고 있었다. 작가가 열거하고 있는 사교계 사람들의 제 측면은 프루스트가 소설 『잃어버린 시절을 찾아서』에서 묘사하고 있는 사교계 사람들의 모습이다. 특히 베르뒤랭 부인이나 게르망뜨 공작 부인 등, 사교계를 주도하는 여인들이 뚜쟁이 역할을 담당한다는 사실 때문에 작품의 이 부분에 프루스트가 언급된 듯하다. 바또와 퀴테라 섬이 등장한 이유는 바또의 작품인 『퀴테라 섬으로의 출범』을 암시하기 위함이며, 주지하는 바와 같이 퀴테라 섬은 방만한 사랑과 관능을 상징한다. 또한 뭇 탕아와 탕녀들의 이상향이기도 하다

사람들이 냉혹한 것은 오직 그들이 고통을 받기 때문인 듯하지만, 그러나 그 고통이 멈춘 순간부터 그들이 좀더 나은 사람이 되기까지에는 오랜 시간이 필요한 듯하다. 그리하여 에로뜨 부인이 거둔 물질적, 관능적 성공도 아직은 그녀의 정복자적 기질을 완화시켜 줄 만한 시간을 가져다주지 못하고 있었다.

그녀가 인근의 대부분 여자 점포주들보다 더 성질이 사나운 것은 아니었지만, 그 반대의 모습을 드러내는 데 수고를 아끼지 않았기 때문에, 사람들은 유독 그녀의 일을 기억하고 있다. 그녀의 상점은 만남의 장소였을 뿐만 아니라 부와 사치의 세계로 들어가는 은밀한 통로였으며, 나의 절실한 갈망에도 불구하고 그때까지 나는 그곳에 단 한 번도 들어가보지 못하였다. 물론 최초로 단 한 번

은밀한 틈입을 시도하여 보았으나, 즉각 또 괴롭게 추방당하고 말았다.

빠리에서는 부자들이 함께 모여 사는데, 한 덩어리를 이룬 그들의 구역은 도시라는 케이크의 한 조각으로서, 그 뾰족한 끝이 루브르 궁에 닿아 있고, 한편 둥그스름한 가장자리는 오뙤이유 교와 뽀르트 데 떼른느떼른느 관문 사이의 숲에 둘러싸여 있다.빠리 제16구 바로 그 부분이 도시의 가장 맛있는 조각이다. 나머지는 고통과 두엄가난에 불과하다.

처음 부자들이 사는 곳을 지나갈 때에는 다른 구역들과 별 차이를 발견할 수 없다. 길들이 좀더 깨끗하다는 사실, 그것이 전부다. 그들의 집 안을 구경하려면, 우연이나 친교에 의지할 수밖에 없다.

에로뜨 부인의 상점을 통하면 그 보호 구역에 다른 사람들보다 조금 일찍 침투할 수 있었다. 그 특혜 받은 구역에서 내려와 그녀의 상점에서 팬티나 셔츠 등을 사기도 하고, 겸하여 에로뜨 부인이 의도적으로 유인해 온 잘생긴 여배우들이나 여자 음악가들, 그 야심에 찬 여자들을 마음에 드는 대로 골라 희롱하던 아르헨티나 남자들 덕분이었다.

흔히들 말하듯, 줄 것이라곤 젊음밖에 없던 내가 그 여자들 중 하나에게 너무 지나치게 달라붙기 시작하였다. 그곳에서는 그녀를 귀여운 뮈진느라고 불렀다.

베레시나 골목에서는, 마치 빠리의 두 대로 사이에 여러 해 전부터 처박혀 있는 진정한 작은 시골인 양 점포와 점포를 매개로 하여 모든 사람이 서로를 잘 알고 있었다. 다시 말해, 그들은 서로를 엿보고, 광증에 가깝도록 서로를 인간적으로 험담하였다.

전쟁 전에는 살림살이와 관련, 상인들끼리 궁핍하고 절망적으로 검소한 생활에 대하여 서로 토론도 하였다. 가난에 기인한 시련들 중 그 상인들을 주기적으로 괴롭히던 것은, 마구 쌓아 놓은 진열장들 때문에 오후 네 시만 되어도 어둑어둑하여 가스등의 도움을 빌려야 한다는 것이었다. 그러나 반면 후미진 곳에, 거북한 제안을 할 수 있는 분위기가 자연스럽게 마련되기도 하였다.

온갖 노력에도 불구하고 많은 상점들이 전쟁으로 인해 파산 지경으로 치닫고 있었으나, 반대로 에로뜨 부인의 상점만은 아르헨티나 젊은이들과 푼돈을 모아 가지고 있던 장교들, 그리고 그녀의 정부인 경매품 평가인의 각종 조언에 힘입어 호황을 누리고 있었는데, 그것을 가지고 인근의 모든 사람이, 쉽게 상상할 수 있는 일이지만, 차마 입에 담지 못할 말로 논평들을 하였다.

예를 들어 바로 그 무렵, 112번지에 있던 그 유명한 제과점은 동원령의 후유증으로 대부분의 고객을 일시에 잃었다. 팔목이 긴 장갑을 끼고 과자의 맛을 즐기러 오던 여인들은, 말들이 모두 징발당하는 바람에 걸어서 올 수밖에 없는 처지에 놓였고, 그리하여 다시 오지 않았다. 그녀들은 이제 영영 다시 오지 않을 것이 분명하였다. 한편 악보 제본을 업으로 삼고 있던 쌍바네는, 그를 항상 사로잡고 있던 욕구, 즉 아무 병사건 만나면 비역질을 즐기고 싶은 욕구를 문득 억제치 못하게 되었다. 어느 날 저녁 운수 나쁘게 그를 들쑤신 그 대담성이 몇몇 애국자들에게는 씻을 수 없는 죄로 보였고, 그들은 우선 그에게 간첩죄를 뒤집어씌웠다. 그는 결국 상점의 문을 닫고야 말았다.

반면 26번지에서 그때까지 공공연히 혹은 은밀히 팔 수 있는 고무 제품 일체를 전문으로 취급하던 노처녀 에르망스는, 그녀가 당시 독일에서 수입해 오던 콘돔 확보에 극심한 어려움을 겪지만 않았더라도 당시 상황 덕분에 훌륭하게 꾸려나갈 수 있었을 것이다.

결국 에로뜨 부인 혼자만, 고급 린네르와 대중용 린네르를 함께 생산하게 된 신세기의 문턱에서 쉽게 번영으로 진입하였다.

상점 간에는 신랄하고 외설적인 익명의 편지들이 무수히 오갔다. 에로뜨 부인은 그러나 자신의 심심풀이로 고위층 인사들을 택하였다. 그 일에 있어서도 그녀는 자신의 기질적 근간을 이루고 있던 강렬한 야심을 드러내었다. 예를 들어 그녀는 원로원 의장에게 다른 일이 아닌, 오직 그의 부인이 바람을 피우고 있다는 말을 하기 위하여 익명의 편지를 보냈고, 빼땡 원수에게는 사전을 뒤져가며 영문으로 편지를 보내 그가 미친 듯 노하게 만들었다. 그녀가 받는 편지? 깃털에 물 뿌리기였다! 에로뜨 부인 역시 자기 몫으로 냄새가 별로 좋지 않은 익명의 편지를 날마다 한 뭉치씩 받았다. 편지를 받고 그녀는 약 십 분쯤 놀란 듯 생각에 잠기다가는 어떻게든, 무슨 수단을 동원하든 항상, 그리고 튼튼하게 자신의 균형을 되찾았다. 그녀의 내면적 삶에는 의심이라는 것에 할애한 자리가 없었고, 진실을 위한 여백은 더더구나 없었기 때문이다.

그녀의 여자 단골손님들과 그녀의 후원을 받는 여자들 중에는 별로 알려지지 않은 예술가들이 상당수 있었는데, 부유하기보다는 대부분 빚을 짊어진 사람들이었다. 에로뜨 부인은 그녀들 모두에게 조언을 아끼지 않았고, 그녀들은 그것에 흡족해하였으며, 그녀들 중 뮈진느가 내 눈에는 가장 귀여워보였다. 진정 어린 천사 음악가, 바이올린을 연주하는 사랑의 여신, 혹은 약삭빠른 사랑의 여신이었음을 그녀가 나에게 증명해보였다. 천국에서가 아니라 이 지상에서 성공하고자 하는 악착스러운 욕망에 가득 차, 내가 그녀를 알게 되었을 무렵, 그녀는 잡동사니 쇼의 작은 단역에서 빠리 고유의, 그러나 잊혀진 가장 귀여운 특색들을 유감없이 발휘하고 있었다.

그녀는 즉흥적이고 서정적이며 선율이 감미로운 서곡에 맞춰

바이올린을 들고 등장하고곤 하였다. 아름답고 까다로운 일종의 상류 사회풍 유행이었다.

내가 그녀에게 바친 순정으로 인해 나의 시간은 문득 광란적으로 되어버렸으며, 병원으로부터 그녀가 극장에서 나오는 순간까지의 시간은 도약하듯 흘렀다. 물론 나 혼자만이 그녀를 기다리는 경우는 거의 없었다. 많은 육군들이 악착스럽게 그녀를 호리고 있었고, 비행사들은 좀더 용이하게 그녀를 유혹하였으나, 유혹의 월계관은 결국 아르헨티나 젊은이들에게 돌아가곤 하였다. 그들의 냉동육 무역은 급증한 신병 징집 덕분으로 엄청난 호황을 누리고 있었다. 귀여운 뮈진느는 상업주의가 만연하던 그 시절을 최대한 효율적으로 이용하고 있었다. 그녀가 옳았다. 아르헨티나인들은 이제 더 이상 존재하지 않는다.

나는 전혀 이해할 수가 없었다. 나는 여인, 금전, 사상 등, 모든 것, 모든 사람과의 관계에서 오쟁이만 졌다. 지금도, 전에 잘 알고 지내던 대부분 사람들과의 경우처럼 약 이 년에 한 번쯤 우연히 뮈진느와 마주치는 일이 있다. 하나의 얼굴이, 비록 가장 행복한 순간일지라도, 달고 다니는 추함을 본능적으로 착오 없이 첫눈에 알아보는 데는 두 해의 간격이 필요하다.

처음 순간에는 잠시 그 앞에서 머뭇거리지만, 얼굴 전체로 확산되어 가는 추한 부조화와 함께 변모한 얼굴을 있는 그대로 받아들이게 된다. 두 해라는 세월에 의해 끌로 파여진, 세심하게 또 서서히 만들어진 그 풍자화를 인정해야 한다. 그 흘러간 시간, 즉 우리들 자신의 화폭을 받아들여야 한다. 그래야만 비로소 우리는 우리 스스로를 완전히 알아보았으며(처음 대하는 순간 외국 화폐를 받으려면 주저하듯), 길을 잘못 들어서지 않았고, 아무와도 공모하지 않은 채 두 해 동안을 더, 그 진실한 길, 놓칠 수 없는 길, 부패의 길을 충실히 따라왔노라고 말할 수 있는 것이다. 그것이 전부다.

뮈진느는 그렇게 우연히 만날 때마다 나의 커다란 머리통이 무서웠던지, 몸을 돌려 나를 회피하며 어떻게 해서든 나로부터 도망치려는 듯하였다… 분명, 일련의 과거지사 때문에 내가 그녀에게 좋지 않은 냄새를 풍겼기 때문이지만, 그러나 너무 여러 해 전부터 나는 그녀의 이력을 알고 있어, 그녀가 무슨 짓을 하건 소용이 없으며, 이제 더 이상 나를 도저히 피할 수 없다. 그녀는 마치 괴물을 마주한 듯, 불쑥 나타난 내 앞에 거북한 기색으로 멈추고 만다. 그녀는 그토록 섬세하면서도, 마치 결함 없는 플러그를 잘못 꽂듯 재치 없고 우둔한 질문들을 나에게 던질 의무가 자신에게 있다고 믿는다. 여자들은 하인의 기질을 가지고 있다. 그러나 그녀는 아마 그녀가 실제 느끼는 것 이상의 반감을 단지 상상할 뿐일지도 모른다. 그것이 나에게 남는 일종의 위안이다. 나는 단지 그녀에게 내가 추잡한 자라는 막연한 추측만을 심어줄지 모른다. 내가 혹시 그러한 부류의 예술가일지도 모른다. 여하튼 아름다움에 못지않게 추함 속에도 예술의 가능성이 왜 없겠는가? 그것 역시 연마해야 할 예술 분야이다. 그뿐이다.

나는 그 귀여운 뮈진느가 멍청이라고 오랫동안 믿어왔지만, 사실 그것은 거절당한 허풍쟁이의 견해일 뿐이었다. 잘 알다시피 전쟁 전에는 오늘날보다 모두들 훨씬 더 무지하고, 또 미련하면서 자존심만 강하였다. 이 세상의 보편적인 일들, 무의식적으로 이루어지는 것들을 거의 전혀 모르고들 있었다… 더구나 나 같은 부류의 보잘것없는 얼간이들은 오늘날보다 더욱 쉽게 방광을 초롱불로 믿었다. 터무니 없는 말을 참말로 믿다 그토록 귀여운 뮈진느에게 반해 있음으로써 그것이 나에게 모든 힘을, 우선, 그리고 특히 나에게 결여된 용기를 주리라고 생각하였다. 그 모든 것을, 나의 연인 뮈진느가 그토록 예쁘고, 또 그토록 멋있는 음악가이기 때문에! 사랑이란 술과 같아서 무력하고 취해 있을수록 그만큼 자신이 강하고 약은 줄로 생각하며, 자신의 권리를 확신한다.

전사한 많은 영웅들의 사촌누이였던 에로뜨 부인은, 자신이 사는 뒷골목 밖으로 나올 때는 정식 상복을 입었으며, 게다가 정부인 경매품 평가인이 질투가 심해 그녀가 시내에 나가는 일은 매우 드물었다. 우리들은 상점 안쪽에 있는 식당에 모여 앉곤 하였는데, 사업이 번창하면서 그 식당은 작은 쌀롱의 구색을 갖추게 되었다. 자주 그곳에 모여 가스등 아래에서, 조용히, 점잖게 대화를 나누고, 기분을 전환하곤 하였다. 귀여운 뮈진느는 피아노 앞에 앉아 고전음악으로, 고뇌스러웠던 그 시절에 합당하도록 오직 고전음악만으로, 우리를 황홀케 하였다. 우리들은 숱날 날들의 오후를 그곳에 틀어박혀 보내며, 경매품 평가인을 중심으로 팔꿈치를 서로 맞대고 앉아 우리들의 비밀, 근심, 희망 등을 함께 다독거렸다.

고용한 지 얼마 되지 않은 에로뜨 부인의 하녀는, 그곳을 출입하는 사람들이 언제쯤이나 결혼을 하려 작정할 것인지를 가장 궁금하게 여겼다. 그녀의 고향에서는 자유로운 결합^{야합}을 상상조차 못 하였기 때문이었다. 그곳을 출입하는 그 많은 아르헨티나 젊은이들, 장교들, 코를 킁킁거리는 고객들이 그녀의 내부에 거의 동물적인 불안감을 야기시켰다.

뮈진느는 점점 더 빈번하게 남아메리카 고객들의 독차지가 되곤 하였다. 그리하여 그들의 집 하인 식당으로 가서 자주 나의 연인을 기다리다 보니, 결국에는 그 나라들의 모든 내막과 부리는 사람들을 속속들이 알게 되었다. 게다가 그 나리들의 안방 심부름꾼들은 나를 뚜쟁이로 믿고 있었다. 그 다음에는 그 집의 모든 사람이, 나뿐만 아니라 뮈진느를 포함한 에로뜨 부인의 모든 단골손님들을 뚜쟁이라고 생각하였다. 그러한 사태에 대해서는 나 자신도 어쩔 수 없었다. 하기야 언젠가는 사람들이 우리를 결국 어떤 부류에 넣기 마련이니까.

나는 또다시 군 당국으로부터 이 개월간의 병가를 얻어냈고, 심지어 군에서도 나의 예편을 거론하게 되었다. 뮈진느와 나는 비양꾸르로 가서 함께 기거하기로 결정하였다. 그러나 기실 그러한 결정은 나를 따돌리기 위한 구실에 불과하였으니, 그녀는 우리가 빠리로부터 멀리 떨어져 산다는 점을 최대한 이용하여 날이 갈수록 빈번히 집에 돌아오지 않았다. 그녀는 언제나 빠리에 머물 새로운 핑계를 찾아내곤 하였다.

비양꾸르의 밤들은 평온하였으나, 가끔 그 실없는 공습경보 소리에 동요되어, 덕분에 그곳 주민들은 그럴싸한 전율을 맛보기도 하였다. 어둠이 깔리면 나는 나의 연인을 기다리며 그르넬 교까지 산책을 나갔는데, 그곳에는 어둠이 강 위로부터 철교의 판자 바닥까지 올라오고 있었으며, 묵주처럼 정연하게 캄캄한 어둠 속에 펼쳐질 전철의 등불, 그리고 거대한 철제덩이가 천둥소리를 내며 빠씨 부두에 있는 육중한 건물의 허리 부분에 가서 처박히곤 하였다. '육중한 건물'은 빠씨 지하철 역사를 가리킨다. '그르넬 교'는 오늘날의 비르하케임 교를 가리키는 듯한데, 지하철이 다리를 건너 역사로 들어가는 순간, 처박히는 듯한 인상을 준다

모든 도시에는 그곳처럼 어처구니없이 추한 구석들이 있어, 그러한 곳에 가면 거의 항상 자기 혼자 뿐 다른 사람들을 만나지 못한다.

뮈진느는 결국 우리의 집이라고 하는 그곳에 일주일에 한 번쯤 돌아오게 되었다. 그녀는 점점 더 빈번히 여가수들과 어울려 아르헨티나 젊은이들의 거처를 드나들었다. 그녀는 영화관에서 연주를 하며 생활비를 벌 수도 있었고, 또 그러면 내가 그녀를 마중하

러 가기도 더 쉬웠겠으나, 영화관들의 분위기가 처량하고 보수도 좋지 않은 반면, 아르헨티나인들은 쾌활하고 보수도 좋았다.

나에게는 설상가상으로, 뜻하지 않게 '군인 극장'이라는 것이 생겼다. 뮈진느는 이내 국방부를 드나들며 수백 명의 군인들과 교분을 맺었으며, 점점 더 빈번히 전선으로 가서 아군 병사들을 위로하였고, 어떤 경우에는 그 일을 몇 주일씩 계속하였다. 그녀는 그녀의 다리가 잘 보이는 자리에 위치한 참모부 요원들의 관람석 앞에서 소나타와 아다지오를 정성스럽게 연주하였다. 병사들은 지휘관들의 뒤쪽 계단식 좌석에 가축들처럼 몰려 앉아 선율의 메아리만을 즐겼다. 그 다음 그녀는 군사 지역의 여러 호텔에서 매우 복잡한 여러 날 밤을 보냈다. 어느 날 그녀는 우리들의 위대한 장군들 중 하나가 서명한 영웅 증서를 휴대하고, 전선으로부터 무척 명랑해져서 돌아왔다. 그 증명서가 그녀의 결정적인 성공의 근간이 되었다.

아르헨티나 젊은이들 사이에서 그녀는 자신을 단번에 인기의 절정에 올려놓았다. 모두들 그녀를 축하했다. 그토록 귀여운 전쟁 바이올리니스트, 나의 뮈진느를 미친 듯이 좋아했다! 그토록 싱싱하며 곱슬머리였고, 게다가 그녀는 영웅이었다. 그 아르헨티나인들은 자신들의 배를 채워준 사실에 감사하여, 우리 군대의 두목들에게 자신들이 찬미하는 것, 잡낭에나 넣을 하찮은 물건이 아닌 그것을 진상하였고, 그것 즉 나의 뮈진느가 진본 증명서와 귀여운 어린애 얼굴, 날렵하고 영광스런 작은 손가락과 함께 돌아오자 서로 다투어, 마치 경매하듯 그녀를 좋아하기 시작하였다. 영웅적 시는 전쟁에 참가하지 않는 사람들과, 특히 전쟁이 막대한 부자로 만들어주는 사람들을 항거할 수 없는 힘으로 사로잡는다. 그것은 불변의 법칙이다.

아! 꾀바른 영웅적 행동, 고백하건대 정말 정신을 잃을 지경이다! 고 귀여운 것이 프랑스적이고 호전적인 용맹을 하도 아름답게, 그들의 구미에 맞도록 여성화시켰기 때문에, 리오에서 온 그 난봉꾼들은 자기들의 명성과 부를 그녀에게 아낌없이 바쳤다. 사실을 고백하건대, 뮈진느는 자질구레한 전쟁 에피소드를 뒤섞어 특유의 멋진 레퍼토리를 만들어낼 줄 알았으며, 그것이 마치 비스듬히 아무렇게나 머리에 얹은 모자처럼 그녀에게 잘 어울렸다. 그녀의 교묘한 솜씨가 심지어 나마저도 놀라게 하는 경우가 잦았으며, 그녀의 연주를 듣고 있노라면, 거짓말 솜씨에 있어서는 나 역시 그녀에 비하면 한낱 서툰 가장꾼에 불과하다는 사실을 고백할 수밖에 없었다. 그녀는 자신이 열심히 찾아낸 것들을 적당히 멀리 떨어진 비극의 원경(遠境)에 놓을 줄 아는 재능을 가지고 있었으며, 그것들은 모두 귀하고 감동적인 것들로 변하여 그대로 남아 있었다. 내가 문득 깨달은 바지만, 실제 전투에 참가한 우리들은 그 허튼 거짓말에 있어서 거칠다고 할 만큼 일시적이고 개략적이었다. 하지만 나의 아름다운 연인은 영원 속에서 작업을 수행하고 있었다. 어떤 그림이건 그 전경(前景)은 항상 흉하기 마련이며, 따라서 예술은 작가가 작품의 초점을 원경 속에, 포착할 수 없는 것 속에, 거짓이 피신하는 그곳에, 인간의 유일한 사랑 즉 사실에서 채취한 꿈속에 놓기를 요구한다는 끌로드 로랭의 말을 믿지 않을 수 없다. 우리의 그 비참한 본질을 간파할 줄 아는 여인은, 우리들이 애지중지하는 불가결한 여인, 우리의 절대적인 희망이 되기에 어렵지 않다. 우리는 그녀 곁을 떠나지 못하고, 그녀가 우리의 거짓 투성이 존재 이유를 보존시켜 주기를 기다리지만, 그녀는 느긋이 자기의 그 마술적 기능을 수행하면서 넉넉한 생활비를 번다. 뮈진느는 본능적으로 그것을 놓치지 않았다.

우리는 그녀가 상대하는 아르헨티나인들을 떼른느 교 쪽, 그리고 특히 불로뉴 숲 언저리에 있는 단독 저택에서 만났는데, 그 저택들은 아늑하게 밀폐되고 화려하였으며, 더구나 겨울 날씨에는 하도 쾌적한 열기가 감돌아, 길에서 집 안으로 들어서는 순간 모든 생각이 우리의 뜻과는 상관없이 문득 낙천적으로 바뀌었다.

극도로 두려운 절망에 빠져 나는, 이미 이야기한 바와 같이 가능한 한 자주 하인 식당으로 가서 나의 여자 친구를 기다리는 엄청난 실수를 범하였다. 어떤 때는 아침까지 참고 기다렸으며, 물론 몹시 졸음에 시달렸으나 질투가 잠을 쫓아주었고, 또한 하인들이 아낌없이 주는 백포도주도 졸음을 쫓는 데 일조를 하였다. 그들 아르헨티나 상전들을 나는 거의 보지 못하였으며, 그들의 노랫소리와 시끄러운 에스빠냐어, 그리고 끊임없이 계속되는, 그러나 대부분은 뮈진느의 손이 아닌 다른 손들이 연주하는 피아노 소리만이 들려왔다. 도대체 그동안 그 잡년은 자기의 손으로 무슨 짓을 하고 있었단 말인가?

아침이 되어 문 앞에서 우리가 다시 마주치면, 그녀는 나를 보는 순간 눈살을 찌푸리곤 하였다. 그 시절 나는 아직도 짐승처럼 자연스러워, 한 조각 뼈다귀인 양 나의 예쁜 고것을 아가리에서 놓치고 싶지 않았을 뿐이다.

사람은 서툰 짓들로 젊음의 상당 부분을 허송하기 마련이다. 나의 연인이 머지않아 나를 완전히 내동댕이치리라는 것이 확연해지고 있었다. 당시 나는 아직 전혀 상이한 두 부류의 인간, 즉 부자들과 가난한 자들이 별개로 존재한다는 사실을 깨닫지 못하고 있었다. 다른 많은 일에 있어서도 마찬가지지만, 내가 속해 있는 부류 속에 얌전히 붙어 있는 법, 만지거나 특히 애착하기 전에 물건이나 사람의 값을 먼저 물어보아야 한다는 사실 등을 내가 깨닫기까지에는 이십 년의 세월과 전쟁이 있어야 했다.

그리하여 하인 식당에서 나의 하인 친구들과 함께 몸을 녹이면서도, 나는 나의 머리 위에서 아르헨티나의 신들이 춤을 추고 있다는 현실을 깨닫지 못하였다. 그들이 독일인이건, 프랑스인이건, 중국인이건, 그것은 아무래도 중요치 않고, 다만 그들이 신들이라는 사실, 부자들이라는 사실, 바로 그것을 깨달았어야 했다. 그들은 저 위에서 뮈진느와 함께 있고, 그동안 나는 밑에서 아무것도 아닌 것들과 함께 있다는 사실을, 뮈진느는 진지하게 자신의 장래를 생각하고 있었으며, 그녀는 그 장래를 하나의 신과 함께하는 편을 택하였다. 나 역시 물론 나의 장래를 생각하고 있었으나, 그것은 일종의 광증 속에서였으니, 나는 항상 남몰래, 전쟁에서 죽지 않을까 하는 두려움과, 또 평화 시라도 굶어 죽지 않을까 하는 공포감에 사로잡혀 있었기 때문이다. 나는 사형 집행유예 상태에 있었는데, 한 여자를 사랑하고 있었던 것이다. 그것은 단순한 하나의 악몽이 아니었다. 우리들이 있던 곳에서 멀지 않은 곳에, 일백 킬로미터도 안 되는 곳에 용맹스러우며 잘 무장된, 잘 훈련된 수백만의 인간들이 나를 죽이려 기다리고 있었으며, 프랑스인들 역시 만약 내 몸뚱이가 상대편 사람들의 손에 유혈이 낭자한 걸레쪽으로 변하는 것을 내가 원치 않을 경우에는, 내 몸뚱이를 끝장내주려 기다리고 있었다.

가난한 자가 뻗는 방법이 이 세상에 두 가지가 있으니, 그 하나는 평화 시 동류들의 완전한 무관심에 의해서이며, 다른 하나는 전쟁 발발시 같은 자들의 살인 편집증에 의해서이다. 혹시 가난한 자들을 생각하기 시작하는 경우가 있다 하더라도, 그들이 먼저 꿈꾸는 것은 가난한 자들을 고문하는 일뿐 다른 것은 아무것도 없다. 피를 낭자하게 흘리는 사람들만이 그들의 구미를 돋우니, 아! 더러운 것들! 그 점에 있어서는 프랭샤르의 말이 옳았다. 도살장이 바로 코앞에 있는 상황에서는 자신의 미래 일들을 걸고 투기를 하지 않는 법이며, 남은 날들을 오직 사랑할 생각 외의 다른 일에 바칠 생각을 하지 않는 법이니, 오직 그것만이 머지않아 위아래로부터 산 채로 가죽을 벗길 자신의 육신을 조금이나마 잊게 하는 유일한 방법이기 때문이다.

뮈진느가 나를 회피함에 따라 나는 나 자신을 이상주의자로 생각하였는데, 거창한 말로 감싸놓은 자신의 보잘것없는 본능들을 흔히 그렇게 칭한다. 나의 병가 기간도 거의 끝나가고 있었다. 신문들은 연일 북을 치듯 요란하게 모든 전투 가능한 남자들을 전선으로 부르고 있었는데, 물론 그 누구보다도 권세 있는 사람들과의 교분이 없는 자들이 그 첫 대상이었다. 전쟁에서 이기는 것만을 생각해야 한다는 것이 공식화된 견해였다.

뮈진느 역시 롤라처럼 내가 전선으로 숨 가쁘게 돌아가 그곳에 처박혀 있기를 갈망하였으나, 내가 전선으로 복귀하기를 지체하는 기색을 보이자 자기가 손수 일을 서둘러 처리하기로 결정을 내렸다. 하지만 그러한 것이 평소 그녀의 일 처리 방법은 아니었다.

어느 날 저녁인가, 우리들이 예외적으로 함께 비양꾸르로 돌아오는데, 문득 소방수들이 나팔을 불며 지나가고, 우리가 거처하고 있는 건물의 입주자들이 모두, 어떤 쩨펠린 폭격기에 대한 예의인지는 모르겠으나, 일제히 서둘러 지하실로 뛰어든다. 한 동네가 몽땅 잠옷 바람으로 촛불을 앞세우고, 순전한 상상에 가까운 위험을 피하느라 병아리 부르는 암탉처럼 꼬꼬거리며 땅속으로 사라지며 피우는 그 부산함은 겁먹은 암탉들 같기도 하고, 미련하며 고분고분한 양들 같기도 한 인간들의 괴로운 경박성을 여실히 드러내주고 있었다. 그 따위 괴물스러운 경박함은 인간 사회를 가장 인내심 있게, 가장 집요하게 사랑하는 사람들에게도 역겨움을 느끼게 할 것이다.

첫 경보 나팔소리에 뮈진느는 얼마 전 〈군인 극장〉이 공인한 자신의 영웅적 측면을 까마득히 잊었다. 그녀는 지하철이든 하수도든 아무 곳이나 안전한 곳, 가장 깊숙한 곳으로, 특히 지체하지 말고 즉각 함께 뛰어들자고 졸라댔다! 뚱뚱한 자 홀쭉한 자, 경박한 자, 점잖은 자 할 것 없이 모든 입주자들이 황급히 안전한 구멍 속으로 쏟아져 들어가는 꼴을 보고 있으려니, 그 정경이 문득 나에게 무관심을 야기시켰다. 비겁하다든가 혹은 용감하다든가 하는 말은 별 의미가 없다. 여기에서는 한 마리 토끼이다가 저곳에 가서는 영웅이더라도 항상 같은 인간일 뿐, 그가 저곳에서보다 이곳에서 생각을 덜하는 것도 아니다. 돈 버는 일이 아닌 모든 것은 단연코 까마득히 인간을 초월한다. 사느냐 죽느냐 하는 모든 문제는 관심 밖의 일이다. 심지어 자신의 죽음에 대해서도 인간의 생각은 터무니없고 뒤죽박죽이다. 인간이 이해하는 것은 금전과 극장뿐이다.

내가 고집을 피우니 뮈진느는 눈물을 질질 짜고 있었다. 다른 입주자들이 함께 가자고 우리들을 재촉하여, 나는 결국 뜻을 굽히고야 말았다. 지하실 선택에 관해서는 여러 제안이 나왔다. 푸줏간의 지하실이 결국 최대 다수의 동의를 얻었는데, 그 지하실이 같은 건물 내의 어느 지하실보다 깊은 곳에 있다는 주장이었다. 지하실 문턱에 이르는 순간 나에게는 잘 알려진 지독한 냄새가 물씬 풍겨왔고, 그 냄새는 도저히 견딜 수 없는 것이었다.

— 쇠갈고리마다 고기가 걸려 있는 저 속으로 정말 내려가야겠어, 뮈진느? 내가 물었다.

— 왜 안 돼? 그녀가 매우 놀라 내 말에 대꾸했다.

— 하지만 나는, 나에게는 잊지 못할 추억들이 있어. 그래서 나

는 다시 올라갔으면 좋겠어….

— 그래서 나가겠다는 거야?

— 끝나는 즉시 네가 나 있는 곳으로 오면 돼!

— 하지만 오랫동안 계속될 수도 있는데….

— 나는 차라리 저 위에서 너를 기다리는 것이 좋겠어. 나는 고기를 좋아하지 않아. 게다가 곧 끝날 거야.

경보가 계속되는 동안, 구석진 곳에 안전하게 은신한 같은 건물 입주자들은 쾌활하게 서로 인사들을 나누었다. 실내복 바람으로 마지막에 도착한 몇몇 부인들은 우아하고 절도 있게 그 냄새나는 천장 쪽으로 바싹 다가갔고, 푸줏간 주인과 그 안주인은 그녀들에게 자리를 선뜻 내주며 상품의 보관에 불가결한 인공 냉각장치 때문에 너무 춥다고 극구 사죄하였다.

뮈진느는 다른 사람들과 함께 사라졌다. 나는 위층 우리의 거처에서 밤새도록, 다음날 온종일, 일 년 동안… 그녀를 기다렸다. 그녀는 영영 나를 찾으러 다시 나타나지 않았다.

나로서도 그 무렵부터 점점 만족할 줄 모르는 사람이 되어가고 있었으며, 나의 뇌리에는 오직 두 가지 생각만이 있었다. 내 목숨을 건지는 일과 아메리카로 떠나는 일이었다. 그러나 전쟁으로부터 빠져나오는 일이 우선 과제였고, 그 일이 수 개월 동안 나를 숨 가쁘게 하였다.

"대포를! 남자들을! 탄약을!" 애국자들은 전혀 지치는 기색도 없이 그렇게 요구하였다. 가여운 벨기에와 천진스러운 어린 알자스를 독일의 멍에로부터 빼내지 않고서는 잠을 이룰 수 없었던 것 같다. 우리 중 가장 훌륭한 사람들이 제대로 호흡도 못하고, 먹지도 못하며, 교접도 못하도록 방해하는 집념이 바로 그 과업이었노라고 누군가가 확신 있게 말하였다. 하지만 그 과업도 생존자들이 돈벌이를 하는 것만은 막지 못하는 것 같았다. 후방에 있던 사람들의 사기는 드높았다고 말할 수 있었다.

우리들은 각자 자기 연대로 신속히 복귀해야 할 입장이었다. 그러나 나의 경우는 첫 진단에서 아직 평균 이하의 상태라는 판정이 내려져, 뼈나 신경에 이상이 있는 자들을 수용하는 다른 병원으로 가는 것이 최선의 길이라고 하였다. 어느 날 아침 우리들은 여섯이 함께 수용소를 나섰는데, 포병 셋과 기병대원 셋이었으며, 우리 모두 부상당하고 병들어 상실된 용맹과 파괴된 반사작용, 그리고 부서진 팔을 복구시켜 줄 바로 그곳을 찾아나선 것이었다. 우리는 먼저 당시의 모든 부상병들처럼 진단을 받기 위하여 발-드-그라스 병원으로 갔는데, 배불뚝이처럼 지붕이 둥글고 장엄하며, 나무들이 덥수룩한 수염처럼 둘러싸고 있는 그 옛 수도원은, 이제는 아마 영원히 없어져 버렸을 발 냄새와 지푸라기 냄새, 등유 냄새가 뒤섞여 복도마다 합승마차 속의 냄새가 진동하였다. 우리들은 발-드-그라스 병원에서도 오래 견디지 못하고, 과중한 업무에 지치고 비듬투성이인 두 명의 관리장교에게 한바탕 호된 욕을 얻어먹은 다음, 군법회의 소속 장교들로부터 갖은 협박을 받으며 다른 관리인들에 의해 길바닥으로 내동댕이쳐졌다. 우리들을 받아들일 자리가 없다는 것이었다. 그들은 도시 변두리 지역에 있는 어느 보루병원를 막연하게 일러주었다.

선술집과 병원을 닥치는 대로 번갈아 방문하며, 크림 커피와 압생뜨를 번갈아 마셔 가면서, 우리 여섯 사람은 우리들과 같은 부류의 무능력한 영웅들을 전문으로 취급하는 것으로 보이는, 그 새로운 안식처를 찾아 무턱대로 헤매고 다녔다.

우리 여섯 사람 가운데 오직 한 사람만이 재산이라고 할 만한 것을 약간 가지고 있었는데, 그는 그 재산을 몽땅 양철제 뻬르노 비스킷 통에 담아 가지고 다녔다. 뻬르노 상표가 당시에는 매우 유명하였으나, 이제는 그 상표 이야기를 들을 수 없다. 우리의 그 동료는 양철통 속에 담배와, 특히 칫솔 하나를 넣어 가지고 다녔는데, 치아를 닦고 손질하는 것이 당시에는 흔치 않은 일이라 우리들은 그를 놀려댔으며, 심지어 그 별난 섬세함을 꼬집어 그를 동성연애자로 취급하였다.

여러 차례의 헛걸음 끝에, 자정쯤 우리들은 드디어 '43'이라는 번호가 붙은 비쎄트르 병원, 칠흑 같은 어둠에 덮여 있는 그 언덕에 도착하였다. 그곳이 올바른 우리의 행선지였다.

경상 환자들과 노인들을 수용하기 위하여 이제 막 병원 시설을 갖춘 곳이었다. 정원 공사는 아직 마무리조차 되지 않은 상태였다.

우리가 도착하였을 때, 군인 전용 건물에는 여자 수위 한 사람이 있을 뿐 아직 입원자는 없었다. 비가 억수같이 퍼붓고 있었다. 우리의 소리를 듣자 수위는 처음엔 두려워하였으나, 우리가 도착하면서 즉각 그녀의 엉덩이를 주무르자'적시에 적의한 말을 한다'는 뜻의 속어적 표현이다 쾌활하게 웃었다.

― 독일 군인들인 줄 알았어요! 그녀가 말했다.

― 그들은 아주 먼 곳에 있어요. 우리들의 대답이었다.

― 어디가 아파서들 오셨어요? 그녀가 근심스러운 듯 물었다.

― 온몸이, 그러나 찌찌는 아니에요!찌찌는 원래 어린아이들의 용어로, 남자의 성기를 가리킨다. 속어에서는 여자의 그것을 가리키는 경우도 있다 포병 병사의 대꾸였다. 그 대꾸가 진정 훌륭한 기지라 할 만하였고, 여자 수위는 그 농담을 매우 좋아하였다. 이후 그 보루에는 빈민구제사업본부에서 보낸 늙은이들이 우리들과 함께 기거하였다. 그들을 위해 서둘러 수 킬로미터의 유리창이 달린 건물 하나를 지었고, 전쟁이 끝날 때까지 그들을 곤충들처럼 그 속에 가두어두었다. 보루 주위 언덕 위에는

비좁은 택지들이 불쑥 솟아 있었고, 즐비하게 지어 놓은 임시 오두막집에서는 더러운 흙탕이 도망치듯 마구 꿰져 나오고 있었다. 그 오두막집들의 빈 터에서 간간이 상추 한 포기 혹은 라디 서너 뿌리가 자라고 있었고, 그것들에 징그러운 괄태충이 들러붙어 소유주들에게 그 영광을 돌리고 있었다.

우리들의 병원은 깨끗하였다. 그러나 초기 몇 주일 동안에 그곳의 모든 것을 서둘러 보아야만 깨끗함을 알 수 있었으니, 모든 물건의 간수와 보살핌에 있어서는 아예 관심들이 없었을 뿐만 아니라, 모두들 지저분하기 짝이 없는 자들이었기 때문이다. 우리들은 달빛을 받으며 철제 침대에 되는 대로 뒹굴어져 잠을 잤고, 설치한 지 얼마 되지 않은 병원이라 전기도 아직 그곳에 이르지 않은 형편이었다.

우리가 눈을 떴을 때, 우리들의 새 우두머리 군의관이 와서 자기 소개를 하였으며, 밖으로 온갖 친절을 드러내는 것으로 보아 우리들을 매우 만족스럽게 대하는 기색이었다. 그는 나름대로 행복스러워할 이유가 있었으니, 얼마 전 계급줄 네 개를 달았기 때문이다. 뿐만 아니라 그 사나이는 보석처럼 산뜻하고 신비한, 이 세상에서 가장 아름다운 눈을 가지고 있어, 그를 온갖 상냥스러움과 교태로 감싸며, 자기들의 우두머리 군의관을 터럭 하나라도 잃을세라 애지중지하는 네 사람의 매력적인 무보수 자원 간호사들을 감동시키는 데 그 눈을 자주 사용하였다. 그는 처음 대하는 순간부터 우리들의 정신 상태를 즉각 파악하였다. 별 격식 없이 우리 중 한 사람의 어깨를 친숙하게, 부정어린 동작으로 잡아 흔들며, 또 격려하는 음성으로 그는 우리들이 씩씩하게, 그리고 신속히 전선으로 돌아가 아가리를 부서뜨리도록 하는_{죽는다는 뜻이다} 가장 **빠른** 길과 규칙을 시원스레 보여주었다.

어디에서 왔건 저들은 결단코 그것만을 생각하고 있었다. 그것을 몹시 좋아들 하는 것 같았다. 그것은 분명 새로운 악이었다. "프랑스는, 친구들이여, 그대들을 신뢰하였고, 프랑스는 여인들 중 가장 아름다운 여인입니다! 그가 읊어댔다. 프랑스는 가장 비열하고 구역질나는 침략의 희생물입니다. 프랑스는 자기의 아이들에게 복수를 해달라고 요구할 권리를 가지고 있습니다! 또한 가장 숭고한 희생의 값을 치르더라도, 그 강토가 완전히 회복될 것을 요구할 권리가 있습니다! 여기에 있는 우리들 모두는 우리의 의무를 충실히 이행할 것입니다! 친구들이여, 그대들의 의무를 충실히 이행해 주시오! 우리들의 지식과 기술은 모두 그대들의 것입니다! 여러분의 것입니다! 그것들로부터 나오는 모든 방편은 그대들의 치유에 활용될 것입니다! 그대들의 성의에 의지하여, 그대들 역시 우리들을 도와주기 바랍니다! 나는 압니다, 여러분이 성의를 다하리라는 것을! 또한 머지않아 그대들 모두 참호 속에 있는 그대들의 귀한 전우들 곁으로 되돌아갈 수 있으리라는 것을! 그대들의 성스러운 자리로! 우리의 사랑스러운 국토를 방위하기 위하여! 프랑스 만세! 전진!" 그는 병사들에게 제법 말을 할 줄 알았다.

우리들은 각자 그의 연설을 들으며 침대 발치에서 차렷 자세를 취하고 있었다. 그의 뒤에서는, 그의 예쁜 간호사들 중 갈색 머리를 한 간호사가 벅차서 오는 감동을 억제치 못하여 몇 방울 눈물까지 흘렸다. 다른 동료 간호사들이 서둘러 그녀 주위로 몰려들었다: "귀여운 것! 귀여운 것! 내가 확신해… 그는 틀림없이 돌아올 거야, 내 말 들어봐…!"

그녀를 열심히 위로하던, 통통하고 금발인 간호사는 그녀의 사촌들 중 하나였다. 그녀를 팔로 감싸 부축하고 우리들 곁을 지나며, 통통한 간호사는 자기의 예쁜 사촌과 약혼한 사람이 해군의 동원령을 받고 최근 출정했기 때문에 그러는 것이라고 나에게 그 사연을 털어놓았다. 그녀들의 우두머리는 몹시 당황하여, 자신의 간략하나 감격적인 연설로 인해 파급된 아름답고 비극적인 감동을 완화시키려 애를 썼다. 때문에 그는 그녀 앞에서 당황하고, 또 마음이 아픈 듯 멍청히 서 있었다. 분명 정열적임에 틀림없는 그 훌륭한 여인의 가슴에, 감성과 애정 덩어리인 그 가슴에 너무나 고통스러운 불안을 일깨워 놓은 것이다. "우리가 알았다면, 선생님! 미리 말씀드렸을 터인데… 두 사람은 서로 너무나 사랑하였어요! 그것을 아셨다면…!" 금발의 사촌이 그 경황에도 소곤거렸다… 간호사들과 그 우두머리는 여전히 소곤거리며, 또 잡담을 하며 복도를 통해 사라졌다. 우리들은 더 이상 안중에도 없었다.

나는 그 화려한 눈을 가진 사나이가 한 연설의 의미를 다시 뇌리에 떠올리며 그것을 이해해보려 노력하였으나, 그의 말들이 나에게 비감함을 자아내기는커녕 그것들을 곰곰이 생각해볼수록 오히려 죽을 지경으로 나를 메슥거리게 하기에 유례없이 적합한 것들처럼 보였다. 다른 동료들의 견해도 그러하였다. 하지만 그들은 그 외에 나처럼 일종의 경멸과 모욕을 그의 말에서 발견하지는 못하였다. 그들은 우리들 주위의 삶에서 무슨 일이 일어나고 있는지를 별로 이해하려 하는 것 같지 않았다. 다만, 그것도 겨우 이 세상의 일상적인 광증이 몇 달 전부터 하도 엄청난 비율로 증대되어, 우리가 그 어떤 안정된 것에도 우리의 삶을 의지할 수 없게 되었다는 사실만을 감지하고 있었다.

이곳 병원에서도 플랑드르의 밤처럼 죽음이 우리들을 괴롭히고 있었다. 다만 여기에서는 관리당국의 감시가 일단 우리의 덜덜 떨고 있는 껍데기몸뚱이에 죽음을 던져 놓으면 그것이 불가피하기는 전선에서와 마찬가지이지만, 그 죽음이 좀더 멀리에서 우리들을 위협하고 있을 뿐이었다.

이곳에서는 물론 우리들에게 고함을 쳐대지도 않았고, 심지어 부드럽게 말하며, 항상 죽음 이외의 이야기들만 하였다. 그러나 우리의 사형 선고는 서명을 하라고 내미는 모든 서류 귀퉁이에, 베푸는 모든 배려 속에 선명하게 드리워져 있었다. 훈장… 팔찌… 가장 짧은 외출… 어떤 충고건… 우리들은 내일 떠나야 할 사람들을 모아둔 커다란 저장고 속에 갇혀 헤아려지고, 감시받으며, 번호가 매겨짐을 느끼고 있었다. 그런데 우리들 주위에 있는 모든 민간인들과 의료 종사원들은 우리들에 비해 훨씬 홀가분해보였다… 간호사들, 그 잡년들은 우리들과 운명을 같이하지 않았고, 우리들과는 대조적으로 오래 살 일을, 더 오래 살며 사랑할 일을, 분명 산책할 일을, 그리고 천 번 만 번 교접을 하고 또 할 일만을 생각하고 있었다. 우리들은 장차 이름 모를 진흙탕 속에 처박혀, 또 어떤 모습으로 뻗을지 모르는데, 그 천사 같은 년들은 각자, 마치 도형수가 훗날의 짧은 사랑의 일정에 집착하듯 나름대로 회음부 속의 계획에 골몰하고 있었다.

그때가 되면 년들은 감상에 젖은 회고의 한숨을 지을 것이고, 그 한숨이 년들을 더욱 매혹적으로 만들어줄 것이다. 그리고 년들은 감동된 침묵으로 비극적이었던 전쟁 시절과, 추억 속에 다시 떠오르는 사람들을 회고할 것이다…. "그 귀여운 바르다뮈 생각나세요, 기침을 멈추게 해주려고 진땀을 빼던…? 정서가 무척 불안했지요, 가여운 것… 지금은 어떻게 되었는지…? 땅거미 질 시각이면 년들이 나를 생각하며 그렇게들 말할 것이다.

적절하게 삽입된 시적 회한들은, 달빛 아래에서 너울거리는 머리채처럼 여인에게 잘 어울린다.

그녀들의 말 한 마디, 염려 하나에서 이제부터는 다음과 같은 의미를 간파할 수밖에 없었다. "착한 군인아, 너는 어차피 뒈질 거야… 뻗을 거야… 지금은 전시야… 각자 자신의 삶이 있어… 각자의 역할이 있고… 각자의 죽음이 있어… 우리가 너의 절망을 함께 나누는 듯하지만… 그러나 사람은 그 누구의 죽음도 함께할 수 없어… 영혼이건 육체건 모두 건강해야 해. 모든 것은 즐김의 수단일 뿐, 그 이상도 그 이하도 아니야. 그런데 우리들은 아름답고, 존경받으며, 건강하고, 교육을 잘 받은, 단단한 처녀들이야… 우리들에게는 모든 것이 자동 생물학이고, 즐거운 광경이며, 그것들이 쾌락으로 변하지! 우리들의 건강이 그렇게 되기를 요구하지! 그리고 고뇌라는 그 추한 방종이 우리들에게는 불가능한 일이야… 우리들에게는 흥분제가 필요해, 오직 흥분제만이… 초라한 병졸들이여, 그대들은 순식간에 망각될 거야… 그러니 얌전히들 굴고, 어서 뒈져… 그리하여 전쟁이 끝나고, 우리들은 각자 그대들의 사랑스런 장교들 중 한 사람과 결혼을 할 수 있도록… 특히 갈색 머리를 가진 사람과…! 아빠가 항상 말씀하시는 우리의 조국 만세…! 그이가 전쟁에서 돌아올 때 사랑은 얼마나 멋있을까…! 우리의 귀여운 남편은 훈장을 받겠지…! 유명해지겠지… 우리의 결혼식이 거행되는 그 아름다운 날, 졸병이여, 그대가 아직 살아 있다면, 그이의 가죽 장화에 구두약을 칠해줄 수 있겠지… 졸병이여, 그러면 우리의 행복에 그대 역시 행복해하지 않겠는가…?"

매일 아침 우리들은 자기의 간호사들을 대동하고 나타나는 우두머리 의사를 보고 또 보았다. 그가 의학을 연구하는 학자라는 사실도 알게 되었다. 우리들 전용 건물 주위에는 옆 구호소 늙은이들이 몰려와 발을 동동 구르며 안을 들여다보려고 껑충껑충 뛰었으나 모두 허사였다. 그들은 돌아가 이 방 저 방을 다니며 카리에스[骨瘍]와 욕설을 마구 내뱉었다. 자질구레한 험담과 비방의 운반꾼들이었다. 질척거리는 울타리 속 깊숙이 갇히듯, 여기 공식화된 그들의 가난 속에 갇힌 채, 그 늙은 노동자들은 오랜 세월의 굴종 끝에 그들의 영혼 주위에 침전되는 온갖 배설물을 가축들이 사료 먹듯 열심히 주워 먹고 있었다. 그들의 무기력한 증오는 공동 거실의 오줌 냄새 나는 한가함 속에서 썩은 냄새를 풍기고 있었다. 그들은 그 마지막 가냘프게 떨리는 기력을, 자신들에게 남은 약간의 쾌락과 숨결을 해치고 파괴하는 데 사용하고 있었다.

숭고한 쾌락이여! 그들의 말라비틀어진 껍데기 속에는 철두철미하게 심술궂지 않은 인자는 단 하나도 남아 있지 않았다.

그 보루의 공동 변소를 우리들 병사들과 그 늙은이들이 함께 사용해야 한다는 결정이 내려지자마자 그들은 일제히 우리들을 적대시하기 시작하였고, 그러면서도 십자형 유리창 가에 방치된 담배나 장의자 끝에 뒹구는 굳은 빵조각을 얻으러 일제히 또 끊임없이 몰려왔다. 또한 식사 시간이면 그들의 양피지처럼 쪼글쪼글한 얼굴들이 우리의 식당 유리창에 와서 찰싹 붙어 있곤 하였다. 눈곱이 낀 콧마루 주름살 사이로는 탐욕스러운 늙은 쥐의 가느다란 시선이 새어나오고 있었다. 그 불구자들 중 하나는 유독 다른 사람들보다 더 약삭빠르고 사악해보였는데, 그는 우리들을 위로한답시고 와서는 자기 젊은 시절에 유행했던 가요를 불러주었으며, 사람들은 그를 비루에뜨 할아버지라고 불렀다. 그는 담배만 준다면 무슨 일을 시키건, 정말 무슨 짓이든 다 하였으나, 단 하루도 쉬는 법이 없는 그곳 보루의 신원 불명 시체 공시장公示場 앞을 지나는 일만은 예외였다. 그리하여 사람들이 자주 하던 농담들 중 하나가, 산책삼아 그를 그곳으로 데려간다는 내용의 것이었다. "들어가시지 않겠어요?" 공시장 앞에 당도하였을 때 그렇게 묻곤 하였다. 그러면 몹시 화를 내며 재빨리 도망을 쳤고, 또 하도 멀리 숨어버려 그 비루에뜨 할아버지를 최소한 이틀간은 아무도 볼 수 없었다. 그가 죽음을 얼핏 본 것이다.

아름다운 눈을 가진 우리의 우두머리 의사 베스똥브 교수는, 우리들의 사기를 되살려주기 위하여 번쩍거리는 전기 기계들로 이루어진 매우 복잡한 장치 일습을 설치토록 하였고, 그리하여 우리들은 정기적으로 그 방전류를 쐬어야 했으며, 그는 그 망광방전芒光妨電이 몸을 건강하게 해준다면서, 만약 그 전류를 거부하면 병원에서 내쫓겠다고 얼러댔다. 그 베스똥브란 자는 매우 부유한 것 같았다. 그 값비싼 잡동사니 전기 사형기구들을 사 들이려면 부유해야만 했기 때문이다. 정계의 거물인 그의 장인이, 정부가 토지를 매입하는 과정에서 크게 한탕 해먹었기 때문에 그에게 후한 인심을 썼다고 한다.

그 모든 것을 우리들에게 유리한 방향으로 이용해야 했다. 모든 것은 스스로 해결되는 법이다. 범죄건, 형벌이건. 우리는 그를 있는 그대로 인정할 뿐, 그를 구태여 증오하지 않았다. 그는 우리의 신경조직을 극도로 세밀하게 검사하며, 예의바르고 친숙한 어조로 이것저것을 물었다. 세심하게 초점을 맞춘 그의 친절이, 그를 돕고 있던 모두 명문 출신인 간호사들을 감미로울 만큼 즐겁게 해주었다. 그녀들, 고 귀여운 것들은 매일 아침 그의 숭고한 친절의 과시를 즐길 순간을 기다렸고, 그것이 그녀들의 까까'몹시 좋아하는 것'을 뜻하는 아이들의 용어였다. 결국 우리들 모두 한 편의 연극 속에서 우리의 역할을 해내고 있었으며, 베스똥브 자신은 지극히 친절한 인간애를 갖춘 자비로운 학자의 역을 스스로 선택하였고, 그 모든 것이 무언의 합의하에 이루어졌다.

그 새 병원에서 나는 재역 하사관인 브랑르도르 중사와 같은 방을 쓰게 되었다. 그는 이미 여러 병원을 거쳐 온 사람이었다. 그 구멍 뚫린 창자를 질질 끌며 수개월 전부터 병원 넷을 거쳤다.

그렇게 여러 병원을 전전하는 동안 간호사들의 적극적인 동정을 유발하고, 그 다음 그것을 지속시키는 방법을 터득하였다. 브랑르도르는 피를 토하고, 피오줌과 피똥 싸기를 자주 하였으며, 또한 호흡이 몹시 곤란하였다. 하지만 그것만으로는 항상 그와 같은 부류의 다른 많은 사람들을 접하는 의료진의 특별한 배려를 얻기에 충분치 못하였다. 숨이 가빠서 헐떡일 때, 혹시 의사나 간호사가 근처를 지나가면 "승리! 승리! 우리가 승리할 거야!"라고 브랑르도르는 외쳤으며, 경우에 따라서는 숨넘어가는 소리로 중얼거리기도 하였다. 그러한 식으로 그 열렬한 호전적 문학 허구에 스스로를 부합시킴으로써, 즉 적시 적절한 연출의 효과에 힘입어 그는 가장 높은 도덕 점수를 누리고 있었다. 그는 바로 그 수단을 비책으로 가지고 있었던 것이다.

어디에든 극장투성이였으니 어차피 연극은 해야 할 판이었고, 따라서 브랑르도르가 하던 짓은 지당한 것이었다. 사실, 우연히 무대 위에 오른 무기력한 관람객보다 더 멍청하고 또 짜증나게 하는 것은 없다. 일단 그 위에 올라갔으면, 그렇지 않은가? 음성을 가다듬고, 활기를 띠며 연기를 펼치기로 결단을 내려야 하며, 그러지 못하면 사라져야 한다. 특히 여자들은 멋진 장면을 요구하며, 그 잡년들은 당황하는 아마추어들에 대해서는 무자비하기 짝이 없다. 전쟁은 난소卵巢들에게, 그것들이 요구하기도 하지만, 많은 소설적 주인공들을 가져다주며, 따라서 그러한 영웅이 아닌 자들은 스스로를 영웅인 듯 나타내 보이거나, 그렇게 하지 못할 경우 가장 더럽고 불명예스러운 운명을 감수해야 한다.

그 새로운 수용소에서 일주일을 보낸 후, 우리들은 우리들의 언동을 시급히 바꾸어야 한다는 사실을 깨달았고, 브랑르도르의 도움으로(그는 민간인 시절 여자 속옷 판매상인이었다) 두려움에 떨며 숨을 곳만 찾던 바로 그 사람들이, 그곳에 도착할 때만 해도 도살장전쟁터의 수치스러운 추억에 사로잡혀 있던 바로 그 사람들이, 내가 보증하건대 모두 욕설과 끔찍한 언사로 무장을 하고, 승리를 결의한 흉악스런 젊은이들의 떼거리로 변모해버렸다. 흉측한 언어가 실제 우리들의 언어가 되었으며, 그것이 너무나 자극적이어서 그 귀부인들께서도 가끔 얼굴을 붉힐 지경이었지만, 그러나 그녀들은 절대 불평을 하지 않았으니, 하나의 병사가 그 무엇도 아랑곳하지 않을 때 그만큼 더 용맹하며, 그러한 경우 상스럽기가 예사인데, 병사가 상스러우면 상스러울수록 그만큼 용감한 것이 너무나 당연하기 때문이었다.

처음에는 아무리 최선을 다해 브랑르도르의 흉내를 내려 해도 우리들의 애국적 언동은 아직 수준에 이르지 못하였고, 별 설득력도 없었다. 우리가 제법 완벽한 모습을 갖추기 위해서는 일주일, 아니 이주일간의 집중적 반복 연습이 필요하였다.

우리의 의사, 교수자격증을 획득한 베스똥브 교수, 그 학자가, 우리들의 그 눈부신 사기의 진작을 관찰하고서는 지체하지 않고, 우리들을 격려한다는 명목으로 부모들의 방문을 필두로 다른 몇몇 사람들의 방문을 허락하기로 결정을 내렸다.

내가 들은 바에 의하면, 천부적 재질을 가진 어떤 병사들은 전투 현장에 휩쓸렸을 때 일종의 도취감, 심지어 강렬한 관능마저 느낀다고 하였다. 나 자신 그러한 종류의 특수 관능을 상상해 보려 노력했지만, 나는 그 상상만으로 즉시 병이 나 적어도 일주일을 자리에 누워 있게 되었다. 내 자신이 누구를 죽인다는 사실이 너무나 불가능해 보였기 때문에, 차라리 그 짓을 아예 포기하고 내가 즉시 모든 것을 끝내는 편이 나을 듯하였다. 나에게 그러한 취향을 심어

주려 이미 모든 짓들을 다 하였으니, 나에겐 경험이 부족했던 것이 아니고 천부의 재능이 없었던 것이다. 나에게는 아마 서서히 입문하는 과정이 필요하였을 것이다.

나는 어느 날 내가 원하는 만큼, 또 절박한 상황이 요구하는 만큼 용감해지기 위하여, 나의 육체와 정신이 느끼는 어려움들을 베스뚱브 교수에게 털어놓기로 결정하였다. 나는 혹시 그가 나를 뻔뻔스러운 놈, 허튼 수다쟁이로 생각하지 않을까 조금 두려워했다… 그러나 전혀 그렇지 않았다. 정반대였다! 그 석학께서는 내가 그 발작적 솔직성을 놓치지 않고, 나의 정신적 불안을 자신에게 열어 보여 준 사실에 매우 만족한다고 자기의 소회를 털어놓았다.

— 바르다뮈, 나의 친구여, 이제 많이 나아지고 있어요! 단지 나아지고 있을 뿐이에요! —그의 결론은 다음과 같았다— 당신이 순전히 자발적으로 나에게 와서 털어놓은 이 고백, 나는 그것을, 바르다뮈, 당신의 정신 상태가 괄목할 만큼 호전되었다는 고무적인 징후라고 생각해요… 뿐만 아니라, 제정 시대 병사들에게서 사기의 급격한 저하 현상을 관찰한 겸손하지만 날카로운 보데스깽 역시 이미 1802년에, 오늘날 학생들에 의해 부당하게 무시되며 이제는 고전이 되어버린 그의 연구보고서에서 유사한 현상을 요약 기술하고 있는데, 그 보고서에서 그는, 다시 말하지만 정신적 회복기에 있는 환자에게서 나타나는 그 어느 징후보다도 고무적인 징후, 소위 '고백' 충동이라는 발작 증세를 정확하고 상세하게 지적하고 있어요… 우리의 위대한 뒤프레 또한 거의 일 세기 후에 그와 같은 증상에 관해, 이제는 유명해진 자신의 술어집을 완성하였는데, 그 책에서는 유사한 발작증세가 '추억들의 집합' 증세라는 항에 기술되어 있고, 저자에 의하면 그 발작 증세는 치료 행위가 올바르게 이루어졌을 경우 불안한 관념 작용의 대대적인 와해와 의식 영역

의 결정적인 해방 직전에 나타난다고 하는데, 결국 뒤의 것들은 정신적 회복 과정에 있어서 부차적인 현상에 불과해요. 뒤프레는 한편 그토록 비유적 표현이 풍부하며, 또한 그의 독점물이기도 한 술어집에서, 매우 강렬한 희열감과 제반 관계 행위의 매우 현격한 재개, 특히 수면의 재개, 그리하여 여러 날을 계속 잠 속에 빠져드는 경우가 있는, 그러한 현상들을 동반하는 그 증세에 '해방의 사유적 설사'라는 명칭을 부여했어요. 그 다음 단계는 생식 기능의 비정상적 과다 활동인데, 그것이 하도 심하여 전에는 불감증 환자이던 사람이 '관능적 허가증'에 사로잡히는 경우가 드물지 않아요. 그리하여 다음과 같은 표현이 만들어진 거예요. "환자는 회복 단계로 들어서는 것이 아니라 그곳으로 달려든다!" 이것이 바로, 그렇지 않아요? 회수적(回收的) 승리를 의미하는 멋있는 묘사적 용어이며, 지난 세기에 살았던 우리 프랑스의 또 다른 위대한 정신과 의사인 필리베르 마르쥬똥이, 공포증에 걸렸다가 회복기에 들어선 환자에게서 발견되는 모든 정상적 행위의 성공적 재개 현상을 바로 그 표현으로 규정하였어요… 당신의 경우, 따라서 바르다뮈, 나는 이제부터 당신을 진정한 회복기 환자로 간주하겠어요… 바르다뮈, 우리가 이토록 만족스러운 결론에 도달하였으니, 바로 내일 군심리학회에서 내가 인간 정신의 기본적 제 특질에 관한 연구 논문을 발표하는데, 관심 있어요…? 내가 생각하기에 이 논문은 매우 훌륭해요.

— 물론입니다, 선생님, 그러한 문제들에 관심이 큽니다….

— 그렇다면 좋아요. 나는 그 논문에서, 요약해 말하자면, 바르다뮈, 다음과 같은 주장을 펴려고 해요: 전쟁이 발발하기 전에는 정신과 의사에게 인간은 하나의 닫힌 미지의 존재, 그리고 그 정신 작용의 모든 근원은 수수께끼로 남아 있었다….

― 저의 보잘것없는 견해 역시 그러합니다, 선생님….

― 전쟁은, 이해하겠어요? 바르다뮈, 신경체계를 시험해 볼 비할 데 없이 좋은 방법들을 우리들에게 제공함으로써 인간 정신의 탁월한 계시자 역할을 해요! 우리들은 최근에 드러난 여러 병리 현상을 발견하기 위하여 수세기 동안을 명상에 잠겨 그 위에 엎드려 있어야 했고, 수세기 동안 끈덕진 연구에 몰입해왔어요… 그 점을 솔직히 고백합시다… 하지만 오늘날까지 우리들은 인간의 감성적 보물과 정신적 보물을 막연히 추측해 왔을 뿐이에요! 그러나 이제, 전쟁 덕분으로 모든 것이 이루어졌어요…! 물론 고통스러우나, 한편 과학을 위해서는 결정적이며 천행이기도 한 강제 침입의 결과, 우리들은 그 보물의 가장 내밀한 부분까지 침투하게 되었어요! 그 비밀이 드러나는 첫 순간부터, 나 베스똥브가 보기에는 현대의 심리학자들과 인간 탐구자들의 의무가 무엇인지 의심할 여지가 없어졌어요! 우리들이 가지고 있는 모든 심리학적 개념들의 총체적 혁신이 불가피하게 되었어요!

그것은 나 바르다뮈의 견해이기도 하였다.

― 사실 저 역시, 선생님, 그랬으면 좋겠어요….

― 아! 바르다뮈, 내가 말하지 않아도 당신 역시 그렇게 생각하지! 인간 속에는, 아시겠지요, 선과 악이 균형을 이루고 있는데, 한편에는 이기주의가 다른 한편에는 이타주의가 양립하면서… 선민들 속에는, 그러나 이타주의가 이기주의보다 더 많지요. 내 말 맞아요? 그것이 맞아요?

― 맞습니다, 선생님, 바로 그것입니다….

― 그렇다면 바르다뮈, 내가 당신에게 묻겠는데, 선민 속에 있는 알려진 본질들 중에서 그의 이타주의를 자극하고, 또 그것이 유감없이 발휘되도록 하는 본질이 어느 것일 수 있다고 생각하나요?

― 애국심입니다, 선생님!

― 아! 보시다시피, 내가 당신에게 그 말을 요구하지도 않는데! 당신은 나를 완벽하게 이해하고 있어요… 바르다뮈! 애국심과 그것의 필연적 귀결인 영광이, 의심의 여지없이 그것의 증거예요!

― 옳은 말씀입니다!

― 아! 이 점을 주시하세요, 우리의 이름 없는 병사들은 전쟁 초기부터 모든 궤변과 그것들의 부속 개념들, 특히 생존 본능이라는 궤변으로부터 자신들을 해방시킬 줄 알았어요. 그들은 본능적으로 또 단숨에 달려가 우리들의 진정한 존재 이유, 즉 우리의 조국과 혼연일체가 되었어요. 그 진리에 도달함에 있어 지성은 불필요할 뿐만 아니라, 바르다뮈, 오히려 장애가 돼요! 조국은 심정 상의 진리이며, 모든 본질적 진리의 경우에서처럼 민중은 절대 그 진리를 알아보지 못하는 경우가 없어요! 바로 그것에서 엉터리 학자는 방황을 하지만….

― 아름답습니다, 선생님! 너무 아름답습니다! 고대 미술품입니다!

베스뚱브란 자는 거의 정겹도록 나의 두 손을 꼬옥 잡았다.

부정父情어린 음성으로 그는 나를 위해 몇 마디 더 했다: "바로 그렇게 육체와 정신을 전기電氣로, 애국적 윤리의 강력한 조제로, 윤리적 강장제를 실질적으로 주사함으로써, 바르다뮈, 나는 나의 환자들을 치료하려는 거예요!"

― 선생님의 뜻을 이해하겠습니다!

실제 나는 점점 실상을 확연히 이해하고 있었다.

그의 앞에서 물러나와 나는 지체하지 않고 건강을 회복한 동료들과 함께, 새로 건립한 교회당에서 드리는 미사에 참석하러 갔다. 그때 정문 뒤에서 자신의 높아진 사기를 과시하며, 마침 여자 수위의 딸에게 체조를 가르쳐주고 있는 브랑르도르가 보였다. 그가 나를 부르기에 나는 곧바로 그에게로 갔다.

오후에는 우리가 그곳에 입원한 후 처음으로 빠리에서 부모들이 면회를 왔고, 그 다음주부터는 매주 면회가 허락되었다.

나도 어머니에게 편지를 썼다. 어머니는 나를 다시 만나 매우 행복해하였고, 드디어 자기의 강아지를 돌려받은 암캐처럼 질금질금 눈물을 쨨다. 그녀는 또한 포옹을 함으로써 나를 크게 돕는다고 믿고 있었음에 틀림없으나, 그러나 여전히 암캐보다는 하등 상태에 있었으니, 사람들이 그녀에게서 나를 빼앗아 가려고 하는 말들을 모두 믿고 있었기 때문이다. 암캐는 적어도 자신이 느끼는 것만을 믿는다. 어느 날 오후 어머니와 나는 병원 근처, 겨우 윤곽만 잡아 놓은, 그리고 가스등에는 아직 페인트칠도 하지 않은 길들, 땀을 흘리듯 물이 질척거리고, 걸어 놓은 걸레쪽들과 가난한 사람들의 셔츠 등으로 얼룩덜룩한 창문들이 난 기다란 벽들 사이로 뚫린 길들을 어슬렁거리며, 한낮에 이글거리며 튀는 저질 비계의 폭우 소리 즉 식용유 이글거리는 소리를 들어가며 병원 주위를 멀리 한 바퀴 빙 돌았다. 도시를 둘러싸고 있는 그 커다란 무기력한 체념 속에서, 도시 속 사치의 거짓이 몰려와 뗏국물을 질질 흘리며, 결국 썩어버리는 그곳에서, 도시는 진정 보고자 하는 사람들에게 쓰레기통들로 만들어진 자신의 커다란 엉덩이를 드러내놓고 있었다. 온갖 냄새를 풍겨, 산책을 하면서도 사람들이 피해 가는 공장들도 있고, 어떤 공장들은 도저히 현실이라 믿기 어려웠으며, 그것들을 둘러싸고 있는 대기조차 더 이상 썩기를 거부하고 있었다. 바로 옆에는 높이가 같지 않은 두 개의 높은 굴뚝 사이에서 작은 규모의 장터연예단 기구들이 곰팡이를 피고 있었고, 그러나 무관심과 가난, 음악에 의해 이끌려 왔다가 내침을 받고 억제당하는 구루

병 걸린 어린 코흘리개들, 몇 주일 동안이건 그것들을 갈망하는 그 아이들에게는 칠이 벗겨진 목마들조차 너무 값비싸다.

그곳 사람들을 애도하여 끊임없이 와서 슬피 우는 그곳의 진실을 멀리 밀쳐버리기 위하여 모두 안간힘들을 쓴다. 무슨 짓을 하건, 아무리 마셔도, 게다가 적포도주를 마셔도, 잉크처럼 짙은 하늘은 변두리의 자욱한 연기에게는 거대한 늪인 양 그 위에 굳게 닫혀, 그곳에 그대로 있을 뿐이다.

길바닥은 그 끈적거리는 진흙탕으로 인해 우리의 피로를 가중시키고, 그곳 실생활의 모습은 호텔들과 공장들에 가려져 굳게 닫혀 있었다. 그곳의 벽들은 이미 관곽이나 다름없었다. 롤라는 영영 떠났고, 뮈진느 역시 떠났으니, 나에게는 아무도 없었다. 그래서 어머니에게 편지를 썼던 것이며, 그것은 단지 누구인가를 보기 위함일 뿐이었다. 나이 스물이었는데 나에게는 벌써 과거밖에 없었다. 어머니와 나는 많은 길들을, 일요일의 거리를 함께 쏘다녔다. 어머니는 자기의 장사에 관한 자질구레한 일들, 시내에서, 자기 주위에서, 전쟁에 관해 오가는 이야기들을 나에게 들려주었다. 전쟁이란 처량하고 '두렵기도 하지만', 용기가 있으면 그것을 잘 겪어낼 수 있다는 것이었다. 전사자들도 그녀에게는 경마장에서 일어나는 사고 이상의 것이 아니었고, 그리하여 전쟁에서도 몸의 균형을 잘 유지할진대는 절대 쓰러지지 않는다는 것이었다. 한편 그녀 자신은 전쟁에서 새로운 하나의 큰 아픔을 발견하였다는 것이며, 그러나 그것을 너무 세세히 들추어내지 않으려 애를 썼다. 그 아픔이 그녀에게 일종의 두려움을 느끼게 한다는 것이었다. 그 아픔은 그녀가 도저히 이해할 수 없는 무시무시한 일들로 가득 차 있다는 것이었다. 그녀는 내심 깊숙이, 자신과 같이 보잘것없는 사람들은 모든 고통을 감내하기 위하여 태어났고, 그것이 이 지상에서 자기들이 맡은 역할이며, 그리하여 최근 모든 것이 그토록 악화되고 있는 큰 원인도 자기들에 의해 저질러져 누적된 많은 잘못들에 있다고 믿고 있었다… 그 보잘것없는 사람들이 분명 멍청이 짓들을 저질렀고, 물론 무의식중에 저지르긴 했어도 역시 그들의 죄이며, 따라서 이처럼 전쟁의 고통을 감수하며 자신들의 추한 행위들을 속죄할 기회를 부여하는 것이 참으로 친절한 배려라고 하였다… 진정 나의 어머니는 '어찌해 볼 수 없는' 분이었다.

체념해버린 그리고 비극적인 그 낙천주의가 그녀의 신앙이었고, 그녀 천성의 밑바탕을 이루고 있었다.

우리 두 사람은 비를 맞으며 도로 부지를 따라 걷고 있었다. 인도 부분은 움푹 파여 보이지 않고, 길가의 어린 물푸레나무들은 겨울바람에 파르르 떠는 가지들 사이에 빗방울들을 오래 간직하고 있어 가냘픈 요정의 나라를 연출하고 있었다. 병원으로 가는 길은 최근에 지은 많은 호텔들 앞을 지나는데, 어떤 것들은 이미 간판을 걸었고, 다른 것들은 아직 그 수고조차 하지 않고 있었다. 다만 '단기 대여'라는 글귀만이 나붙어 있었다. 전쟁이 일거에 그곳들을 채우고 있던 도급자들과 노동자들을 휩쓸어 가버린 것이다. 그 세입자들은 더 이상 그곳에 돌아와 죽지 않을 것이다. 죽는 것 또한 일이지만, 그들은 그 임무를 밖에서 수행할 것이다.

어머니는 나를 다시 병원으로 데리고 가며 계속 눈물을 짰다. 그녀는 나의 죽음이라는 사고를 동의할 뿐만 아니라 순순히 받아들이지만, 내가 그녀만큼 체념할 수 있는지 그 점이 의구스럽다는 것이었다. 그녀는 빠리 기예전문학교에 보관되어 있는 그 멋있는 미터 자만큼이나 숙명을 믿고 있었는데, 젊었던 시절 그녀의 잡화상에서 사용하던 자가 그 멋있는 원기(原器)를 추호의 착오도 없이 복제한 것이라는 사실을 알았기 때문에, 항상 나에게 그 미터 자이야기를 존경심 넘치는 어조로 들려주곤 하였다.

　망쳐진 그 전원의 택지들 사이에는 아직도 여기저기 빈 터와 경작지가 남아 있었고, 새로 지은 집들 사이의 틈바구니에 끼인 듯 몇몇 늙은 촌사람들이 그 자투리땅에 들러붙어 있었다. 저녁나절 병원으로 돌아가기 전에 시간이 좀 남으면, 어머니와 나는 흐물거리되 또한 오톨도톨한 그것, 시신들이 썩도록 파묻기도 하지만 또한 빵이 나오는 그 흙이라는 것을 악착스레 파헤치고 있는 기이한 촌사람들을 구경하러 가곤 하였다. "흙이 무척 단단하겠어!" 그들을 바라볼 때마다 어머니는 몹시 당황한 듯 그렇게 말하였다. 비참함에 관해 그녀는 자신의 비참함을 닮은, 즉 도시의 비참함밖에 모르고 있었으며, 그리하여 시골의 비참함은 어떨까 상상해보려 애를 쓰곤 하였다. 나의 어머니에게서 내가 발견한 유일한 호기심은 바로 그 의문이었으며, 그것이면 그녀의 일요일 하루 파적거리로 충분하였다. 그녀는 그 의문을 안은 채 도시로 돌아갔다.

　롤라로부터도, 또한 뮈진느로부터도 나는 더 이상 아무 소식을 받지 못하였다. 그 잡년들은 분명 미소 짓는 명령, 그러나 나머지 우리들, 제상(祭床)에 올려질 우리들 고깃덩이들은 무자비하게 제거해버리는 그 명령이 지배하는 상황의 유리한 편에 머물고 있음이 틀림없었다. 두 번에 걸쳐 그렇게 나는 인질들을 가두어둔 장소로 이끌려 갔다. 오직 시간과 기다림만이 문제였다. 주사위는 이미 던져진 상태였다.

나의 병원 동료 브랑드도르, 그 중사는 이미 내가 이야기한 바대로 간호사들 사이에서 지속적인 인기를 누리고 있었으며, 온통 붕대로 감싸인 채 낙천주의가 온몸에 철철 넘쳐흐르고 있었다. 병원에서는 모두들 그를 부러워했고, 그의 거취를 흉내 냈다. 남에게 내보일 만해지고 또한 사기가 구역질날 만한 상태가 전혀 아니자, 우리들 역시 사교계의 저명인사들과 빠리 행정당국의 고위층 인사들의 방문을 받기 시작하였다. 베스뚱브 교수의 신경의학연구소가 강도 높은 애국적 정열의 진정한 산실, 즉 진정한 요람이라는 소문이 쌀롱에서 쌀롱으로 퍼져 나갔던 것이다. 그리하여 방문객 접견일에는 많은 주교뿐만 아니라 이딸리아의 어느 공작 부인, 어느 군수품 제조업자, 그리고 얼마 안 가서 빠리 오페라 당국자들, 프랑스 국립극장 소속 인물들이 대거 우리들을 방문했다. 모두들 현장에서 우리들을 감상하려고 온 것이다. 둘도 없으리만큼 훌륭하게 시를 낭송하던 코메디 프랑세즈에 전속된 어느 아름다운 여배우는, 특별히 나의 머리맡으로 다시 와서 유난히 영웅적인 시를 낭송해주었다. 그녀가 시를 낭송하는 동안 불그레하고 헝클어진 그녀의 모발(살결이 잘 어울렸다)에 이상한 파동이 흐르고 있었으며, 그 파동은 진동하면서 나의 회음부에까지 곧바로 다다랐다. 그 여신이 나의 무훈에 관하여 물었을 때, 나는 폐부를 찌르는 많은 이야기를 상세하게 들려주었고, 그 순간 이후 그녀는 더 이상 나에게서 눈을 떼지 못하였다. 너무나 감동한 나머지, 그녀는 자신의 찬미자들 중 하나인 어느 시인으로 하여금 나의 이야기 중 가장 강렬한 부분을 시로 노래할 수 있도록 허락해달라고 요청했다. 나는 서둘러 동의했다. 그 소식을 들은 베스똥브 교수는 그러한 계획에 특히 호의적이었다. 그는 심지어 그 사건을 계기로, 또 같은 날 그 유명한 《일뤼스트레 나시오날》'국립 화보'라는 뜻이다 특파원들과 인터뷰를 가졌고, 특파원들은 그 아름다운 코메디 프랑세즈 전속 여배우와 우리들 모두를 병원 현관 앞 층계에 세워놓고 사진을 찍기도 하였다. "지금 우리들이 처해 있는 이 비극적 시절에는, 우리들에게 위대한 영웅전에 대한 취향을 다시 불어넣어 주는 것이 시인들의 가장 숭고한 의무입니다!" 그 비극적 시절을 단 한 순간도 놓치지 않는다는 베스똥브 교수가 외쳐댔다. "이제 더 이상 조잡스럽고 쩨쩨한 언어의 조합에 매달려 있을 때가 아닙니다! 말라비틀어진 문학들을 타도합시다! 위대하고 숭고한 전투의 굉음 가운데에서 하나의 새로운 영혼이 우리들 속에 피어났습니다! 위대한 애국적 부활의 도약이 그것을 요구하고 있습니다! 우리의 영광에게는 가장 드높은 정상의 자리가 약속되어 있습니다…! 우리는 영웅전의 거대한 숨결을 요구합니다…! 나는 개인적으로 내가 이끄는 이 병원에서, 지금 이 순간 시인과 우리의 영웅들 중 한 사람 사이에 숭고한 창조적 협력이 이루어지고 있음을 찬양하는 바입니다!"

그러한 상황에서 나보다 상상력이 조금 둔하고 또 사진도 함께 찍지 못한 나의 같은 방 동료 브랑르도르는, 그 사건을 계기로 격렬하고 끈덕진 질투심을 품게 되었다. 그때부터 그는 용맹의 월계관을 놓고 나를 상대로 매우 야만적으로 다투기 시작하였다. 그는 끊임없이 새로운 이야기들을 상상해내며 능력 이상의 실력을 발휘했고, 그리하여 아무도 더 이상 그를 만류하지 못하였으며, 그의 용맹은 광증과 흡사하였다.

나로서는 더 강렬한 것을 찾아낸다든가, 그 어처구니없으리만큼 지나친 이야기에 무엇을 덧붙인다는 것이 매우 어려웠다. 그러나 병원에서는 아무도 포기하지 않았고, 우리들 중 경쟁심에 사로잡혀 새로운 '전쟁 이야기'를 더 잘 만들어내는 사람이 숭고한 모습으로 부각되게 되어 있었다. 우리들은 허구적인 인물들의 몸뚱이를 빌려 위대한 무훈 소설 속에서 살고 있었으며, 그 속에서 광증에 사로잡힌 채 우리들의 고깃덩이와 영혼을 염려하여 두려움에 떨고 있었다. 누구든 진실을 알아차렸다면 아마 기가 막혔을 것이다. 바야흐로 전쟁은 무르익어 있었다.

우리의 위대한 친구 베스똥브는 그 외에도 외국의 많은 저명인사들의 방문을 받았으며, 그들은 과학자, 중립주의자, 회의론자, 호기심 많은 구경꾼 들이었다. 전쟁성에서 온 감찰관들은 말쑥한 차림에 검을 차고, 군 생활이 연장되어 더욱 젊어진 듯, 또한 새로 추가된 수당에 흡족한 듯 우리들의 방을 으쓱거리며 한 바퀴 돌아나갔다. 그 감찰관들 또한 훈장과 칭찬에 있어서 인색하지 않았다. 모든 일이 순조로웠다. 베스똥브와 그가 돌보는 부상병들은 보건성의 영광이 되었다.

코메디 프랑세즈에 전속되어 있는 나의 아름다운 후견인은 얼마 되지 않아 나를 보려고 몸소 다시 왔고, 그동안 그녀의 단골 시인은 나의 영웅담을 시에 담아 완성하였다. 창백하고 항상 불안스러운 기색을 띤 그 젊은이를 결국 극장 복도의 어느 모퉁이에서 직접 만나게 되었다. 그가 나에게 털어놓기를, 자기 심장의 신경섬유가 너무나 약하여 의사들마저 그의 삶이 기적이라고 하였다는 것이다. 그리하여 허약한 사람들을 항상 염려하는 그 의사들이, 그를 군대로부터 멀리 떼어 놓았다는 것이다. 그 보답으로, 그 켈트 시인_{영웅들의 무훈을 노래하던 시인들}은 자신의 건강과 최후의 정신적 힘이 겪을 위험을 무릅쓰고 우리들을 위하여, '우리의 승리를 위한 정신적 대포'를 주조하기 시작하였다는 것이다. 따라서 나머지 다른 모든 것처럼, 잊을 수 없는 시구로 만들어진 훌륭한 무기라는 것이다.

그 일을 놓고 나는 불평할 생각이 없었다. 부인할 수 없는 다른 많은 용감한 병사들 중 나를 자기 작품의 주인공으로 선택하였으니! 솔직히 고백하건대, 나는 임금과 같은 대접을 받았다. 정말 장엄하였다. 소위 시 낭송회라고 하는 그 행사가, 어느 날 오후 바로 코메디 프랑세즈 그곳에서 있었다. 우리의 병원이 몽땅 초대를 받았다. 나의 적갈색 머리 여배우가, 그 파르르 떠는 낭송자가 거창한 몸짓으로, 삼색 기장^{프랑스 국기}으로 허리를 감아 기장의 주름마저 관능적으로 변화시킨 채 무대 위로 올라섰을 때, 그 동작은 곧 일제히 기립한 청중들에게 보내는, 좀체 멈추지 않을 환영의 갈채를 시작하라는 신호였다. 나는 물론 마음의 준비가 되어 있었다. 그러나 나의 그 눈부시게 아름다운 연인이 감격한 듯 목소리를 떨며 그렇게 분발시키고, 내가 그녀를 위해 꾸며낸 일화 속에 내포된 모든 비극을 더욱 실감나게 하기 위하여 심지어 비명까지 지르는 것을 들었을 때, 나의 놀라움은 절실하였고, 그 경악을 내 옆에 있던 사람들에게 감출 수가 없었다. 그녀의 시인은 분명 여러 부분에서 나의 상상력에 충분한 보상을 하였고, 뿐만 아니라 자신의 현란한 운(韻)과 어마어마한 형용사들의 도움을 받아 나의 상상력을 엄청나게 미화시켰는데, 그 운과 형용사들이 찬탄의 무거운 침묵 위에 장엄하게 다시 내려앉고 있었다. 그 시의 가장 열렬한 부분에, 즉 그 절정에 도달하자, 브라르도르와 나 그리고 다른 몇몇 부상병이 앉아 있던 좌석을 향해, 낭송자는 자신의 눈부신 두 팔을 뻗으며, 우리들 중 가장 영웅적인 사람에게 자신을 바치려는 듯한 몸짓을 보였다. 시인은 그 부분에서, 내가 그에게 들려준 내 용맹성의 환상적인 진면목을 충실하게 묘사했던 것이다. 그 내용이 무엇이었는지 물론 지금은 기억이 희미하지만, 시시한 것은 아니었다. 다행히 그 용맹성을 노래한 이야기에 믿을 수 없는 내용은 없었다. 청중은 그러한 예술적 봉헌의 의미를 알아차렸고, 그리하여 장내가 일제히 우리들이 있던 곳으로 시선을 돌려 환호하며, 열광하여 발을 구르면서 그 시의 주인공이 나서기를 요구하였다.

브랑르도르는 우리들이 앉아 있던 칸막이 좌석을 독점하다시피 하고 있었으며, 우리들보다 앞으로 비죽 튀어나와 있었는데, 자기 몸에 감아 놓은 붕대로 우리 모두를 거의 완전히 가리울 수 있었기 때문이다. 더러운 놈이 일부러 그렇게 했던 것이다.

그러나 우리 동료들 중 두 사람은 그의 등 뒤 의자 위로 기어 올라가, 그 서슬에도 그의 머리와 어깨 너머로 군중의 찬양을 받았다. 그들에게도 우뢰 같은 박수를 보냈다.

"하지만 이건 내 이야기야! 오직 나 혼자만의!" 그 순간 하마터면 그렇게 소리칠 뻔하였다. 그러나 나는 브랑르도르라는 녀석을 잘 알고 있었다. 그랬더라면 우리는 사람들 앞에서 서로 욕지거리를 퍼붓고, 아마 주먹다짐을 하였을 것이다. 결국 쟁반^{까페의 보이가 손님}_{들로부터 받는 술값이나 음료수값}은 녀석 차지가 되었다. 녀석이 영웅으로 인정되었다. 그는 자기가 바라던 바대로 의기양양하게 홀로 엄청난 찬양을 받아들였다. 패배자인 나머지는 무대 뒤 출연자 대기소로 몰려가는 수밖에 없었고, 우리들은 그렇게 했으며, 그곳에서 다행스럽게도 다시 축하를 받았다. 그런대로 위안은 되었다. 그러나 영감을 고취하던 우리의 여배우는 자기의 의상실에 홀로 있지 않았다. 그녀 곁에는 그 시인, 그녀의 시인, 우리의 시인이 서 있었다. 그 역시 그녀처럼 젊은 병사들을 좋아한다고 하였다. 그들은 아주 예술적으로 그러한 점을 나에게 납득시키려 하였다. 그들은 아주 예술적으로 그러한 점을 나에게 납득시키려 하였다. 어려운 일이었다. 그 사실을 수차례 반복 설명하였지만, 나는 그들의 친절한 설명을 아예 들은 체도 하지 않았다. 모든 일이 순조롭게 처리될 수도 있었는데, 결국 손해를 본 사람은 나였다. 그 두 사람은 영향력도 컸다. 나는 천치처럼 화를 내며 불쑥 그 자리를 떠났다. 내가 너무 젊었었다.

요약하건대, 비행사들이 나에게서 롤라를 유혹해갔고, 아르헨티나인들이 뮈진느를 약탈해갔으며, 그 섬세한 성도착자가 나의 눈부시게 아름다운 여배우를 가로채었다. 어찌할 바를 모르다가 사람들이 복도의 마지막 등불을 끄는 동안 나는 코메디 프랑세즈를 떠나 홀로, 전차도 타지 않고, 밤길을 걸어 끈적거리는 진흙탕 속에, 즉 거친 변두리 지역 깊숙한 곳에 처박혀 있는 쥐덫으로, 우리의 병원으로 다시 돌아왔다.

솔직히 말해, 나의 머리가 단 한 번도 단단한 적이 없었다는 ~~정상인 때가 없었다는 뜻이다~~ 사실은 나 스스로도 인정한다. 그러나 이제는 사소한 일에도 자주 현기증이 덮쳐, 그로 인해 자칫 지나가는 마차 밑으로 굴러떨어질 지경이었다. 나는 전쟁 속에서 비척거리고 있었다. 병원에 있는 동안, 용돈은 나의 어머니가 매주 어렵게 구해주던 단 몇 프랑밖에 기대할 것이 없었다. 그리하여 내 나름대로, 상황이 허락되기가 무섭게 이리저리 기대해 볼 만한 곳으로 약간의 추가 용돈을 찾아 나서기 시작하였다. 옛날 나를 고용했던 사람들 중 하나가 우선 그 문제 해결에 적합한 인물로 떠올랐고, 이내 나의 방문을 받았다.

마들렌느 가에 있는 보석상인 로제 뻬따의 상점에서 전쟁 발발 조금 전에 보조 고용인의 자격으로, 얼마 동안인지는 확실치 않지만 일을 하였다는 기억이 때맞게 되살아난 것이다. 그 구역질나는 보석상인의 집에서 임시 고용인의 자격으로 내가 하던 일은 무수히 많고 또 다양한, 상점에서 사용하는 은제 그릇들을 닦는 것이었고, 특히 축제 때에는 그것들을 끊임없이 뒤척거리고, 또 그 보존이 어려워 더욱 일이 힘들었다.

고되고 도대체 끝이 없는 학업을 계속하고 있던(번번이 실패하는 시험 때문에) 시절, 대학의 강의가 끝나기가 무섭게 나는 굽을 모아 뻬따 씨의 상점 뒷방으로 달려가, 그곳에서 두세 시간 동안 그 집의 초콜릿 끓이개들을 상대로 칼싸움을 하듯 '에스빠냐 백토'~~백악(白堊)을 가리킨다~~라는 것으로 그것들을 저녁식사 때까지 닦았다.

나의 노동 대가로, 비록 주방에서긴 하지만 나는 배불리 먹을 수 있었다. 나의 또 다른 일은, 강의 시간 전에 상점을 지키는 개들을 산책시키고 오줌을 누이는 것이었다. 그 모든 일에 대한 월간 보수는 40프랑이었다. 뻬따 상점은 수천 개의 다이아몬드로 인해 비농로 쪽 모퉁이 부분이 온통 휘황하게 반짝였는데, 그 다이아몬드 하나하나의 값이 나의 수십 년 봉급과 같은 액수였다. 그 보석들은 아직도 여전히 그곳에서 반짝이고 있다. 동원령이 내려지자 군속 발령을 받은 우리의 주인 뻬따는 전적으로 어느 장관 밑에서 일을 하게 되었고, 가끔 그의 자동차를 운전하기도 하였다. 그러나 다른 한편으로, 이 경우 전적으로 비공식적인 일이지만, 뻬따는 그 부처에 보석을 공급함으로써 필수요원들 중 하나가 되었다. 그 고위 관리께서는 보석 시장에 투기를 하여 재미를 톡톡히 보고 있었다. 어찌 된 영문인지 전쟁이 가열될 수록 보석 수요는 증가하고 있었다. 뻬따 씨는 밀어닥치는 주문 때문에 그것을 미처 감당치 못하는 경우도 종종 있었다.

뻬따 씨가 과로했을 때는, 그를 괴롭히는 피곤으로 인해 총명한 기색을 조금이나마 띠는 경우가 있지만, 그것은 오직 그러한 순간에만 나타나는 현상이었다. 그러나 휴식을 취하고 난 후에는 그의 얼굴이, 그 윤곽선의 부인할 수 없는 섬세함에도 불구하고 백치같이 평온한 조화를 이루고 있어, 그 얼굴에 대한 절망적인 추억을 영원히 간직하지 않기란 어려웠다.

그의 아내 뻬따 부인은 그 집의 금고와 한덩어리가 되어 있었다. 즉 금고 곁을 한시도 떠나지 않았다. 그녀를 기를 때 아예 보석상인의 아내로 만들 작정이었던 것 같았다. 많은 부모들의 야심이다. 그녀는 자기의 의무를, 의무 전부를 샅샅이 알고 있었다. 금고가 번창함에 따라 그들 부부의 생활도 행복스러웠다. 뻬따 부인은 전혀 못생긴 편이 아니었고, 오히려 다른 많은 여인들처럼 예쁠 수도 있는 여인이었지만, 단지 그녀가 너무나 신중하고 너무나 경계심이 많아 머리를 조금 지나치게 자주 빗는다든가, 조금 지나치게 헤프고 급작스런 미소를 짓는다든가, 조금 지나치게 빨리 혹은 은근히 행동함에도 불구하고 삶의 언저리에서 멈춰버리듯 아름다움의 언저리에 멈춰 있었다. 그러한 인간 속에 숨어 있는 지나치게 계산된 것, 그리고 어떠한 경우이건 그러한 사람이 접근해 올 때 느끼는 거북스러움의 이유가 포착되는 순간 역정이 나는 법이다. 자신들에게 접근하는 사람들 내부에 상인들이 유발시키는 본능적인 혐오감은, 아무것도 그 누구에게 팔지 않는 사람들이, 아무리 자신들은 초라할지라도 느낄 수 있는 귀중한 위안 중 하나다.

자기의 장사에 대한 옹색한 근심들이 뿌따 부인을 송두리째 사로잡고 있었으며, 그것은 에로뜨 부인의 경우와 같았으나 전혀 유형이 달라, 마치 절대신이 수녀들의 육체와 정신을 사로잡고 있는 것과 같았다.

하지만 가끔은 우리의 주인마님도 당시의 상황에 대하여 작으나마 근심이라고 할 만한 것을 느끼기도 하였다. 그리하여 전쟁터에 자식을 내보낸 부모들을 우연히 생각하는 일도 있었다. "이 전쟁이 다 큰 아이들을 둔 사람들에게는 얼마나 큰 불행이겠어요!"

― 말을 하기 전에 제발 신중히 생각해요! 그 감상적인 말을 들은 그녀의 남편이, 언제나 각오가 되어 있다는 단호한 어조로 즉각 대꾸했다. 프랑스는 여하튼 수호되어야 하지 않겠어?

그토록 착한 심성을 가진 사람들, 그러나 무엇보다도 애국자이며, 한마디로 금욕주의자들인 그 사람들은, 전쟁 중에도 매일 밤 그들의 상점에 있는 수백만 금, 프랑스의 재산 위에서 편안히 잠들고 있었다.

가끔 드나드는 사창가에서도 뿌따 씨는 몹시 까다롭게 굴었고,

인심이 후한 사람으로 취급되지 않기를 원했다. "아가씨, 나는 영국 사람이 아니야." 그는 들어서는 순간부터 그렇게 경고하곤 하였다. "나는 일에 정통해! 나는 바쁠 것이 없는 프랑스 병사야!" 서두를 여는 그의 포고문은 그러하였다! 여인들은 쾌락을 취하는 그의 그 현명한 방법을 매우 좋아하였다. 향락주의자이되 쉽게 속지 않는 성숙한 남자였다. 그는 그 세계의 사람들을 잘 안다는 점을 이용하여, 주식 투자를 신뢰하지 않던 포주 보좌역포주 다음 서열의 인물로, 매춘 여성들을 감시하는 일을 맡은 여자과 손을 잡고 몇 건의 보석 거래를 성사시키기도 하였다. 뾔따 씨는 군대 문제에 있어서도 놀랄 만한 수완을 보여, 처음에는 임시 예비역이더니 이내 영구 징집 유예자로 둔갑해버렸다. 곧이어 무수히 진단을 받으러 드나들더니 결국 완전히 자유롭게 되었다. 그가 자기의 삶에 있어서 가장 큰 기쁨 중 하나로 꼽고 있던 것은, 아름다운 장딴지들을 감상하고, 나아가 가능하면 그것들을 손으로 만져보는 일이었다. 그것은 적어도 하나의 쾌락으로서, 그 사실만으로 그는 오직 장사에만 골몰해 있던 그의 아내보다 우월하였다. 같은 신분과 자질을 가진 경우, 남자측이 아무리 완고하고 썩어버렸다 해도 여자보다는 남자에게 불안과 설렘이 더 많은 듯하다. 한마디로 뾔따에게는 약간의 예술가적 기질이 있었다. 예술에 있어서는, 많은 남자들이 그의 경우처럼 항상 장딴지에 대한 편집증에 멈추고 만다. 뾔따 부인은 아이를 갖지 않은 것을 다행으로 여기고 있었다. 그녀는 자신이 아기를 갖지 못한다는 사실에 대해 하도 자주 만족감을 드러낸 나머지, 결국 그녀의 남편도 자기들의 만족감을 포주 보좌역에게 드러내고야 말았다. "하지만 누군가의 아이들은 그곳으로 가야 하지 않아요, 그것이 의무니까!" 그러자 그녀가 그렇게 대꾸하였다. 전쟁이 많은 의무를 수반한다는 것은 사실이다.

뻬따가 자동차 운전을 해주는 그 장관도 자식이 없었다. 장관들에게는 자식이 없는 법이다.

또 다른 보조 고용원이 나와 같은 시기에, 즉 1913년경에 상점의 자질구레한 일들을 하고 있었다. 쟝 부와르즈라는 녀석이었는데, 그는 저녁이면 작은 극장 이곳저곳을 다니며 단역을 맡았고, 오후에는 뻬따의 상점에서 배달원 일을 했다. 그 역시 극히 보잘것없는 보수에 만족하고 있었다. 그러나 그는 지하철 덕분에 그런대로 잘 꾸려 가고 있었다. 배달을 나갈 때마다 걸어 다녔지만, 거의 지하철을 타는 것만큼이나 빨랐다. 그리하여 그는 지하철 요금을 자기 주머니에 챙겼다. 몽땅 그의 부수입이 되었다. 그는 발 냄새를 조금, 아니 몹시 심하게 풍겼으나, 스스로 그 사실을 알고 있었으며, 그리하여 나로 하여금 상점 안에 손님들이 없을 때를 알려달라고 해서, 손님들에게 폐를 끼치지 않고 상점 안으로 들어와 뻬따 부인과 조용히 결산을 하곤 하였다. 입금이 끝나면 즉각 그를 내가 있던 상점 뒷방으로 보냈다. 그의 발은 전쟁 동안에도 혁혁한 공을 세웠다. 그는 자기의 연대에서 가장 빠른 연락병으로 꼽혔다. 입원해 있는 동안 그는 비쎄트르 병원으로 나를 보러 왔고, 바로 그때 우리들은 함께 옛 주인을 두드려 보러^{돈을 빌리러} 가자고 결정을 내렸다. 말이 나오자 즉각 행동으로 옮겨졌다. 우리가 마들렌느 가에 도착하였을 때, 막 진열을 마치고들 있었다….

— 이럴 수가! 아! 자네들이군! 뻬따 씨는 우리들을 보자 조금 놀라는 기색이었다. 여하튼 기뻐요! 들어와요! 자네, 부와르즈, 건강해 보이는데! 아주 좋아! 그런데 자네, 바르다뮈, 자네는 어디 아픈 것 같아, 이 사람아! 하지만! 자네들은 젊어! 건강은 곧 회복될 거야! 자네들은 누가 뭐라 해도 운이 좋아! 누가 뭐라고 짓까불어대도 자네들은 찬연한 세월을 살고 있어, 그렇지? 저 높은 곳에

서? 그리고 창공에서! 내 친구들이여, 이것은 모두 역사의 필연이야, 아니면 내가 역사를 모르는 것이겠지! 게다가 어떤 역사인가!

우리는 뻐따 씨의 말에 아무 대꾸도 하지 않았다. 그를 두드리기 전에, 그가 하고 싶은 말을 모두 하도록 내버려두었다… 그러자 그가 계속했다:

— 아! 고되지, 동감이야, 참호 속 생활이…! 사실이야! 하지만 이곳 역시 꼴좋게 고되단 말이야, 알겠지…! 부상을 당했나, 자네들? 나는 기진맥진한 상태야! 나는 시내에서 야간 근무를 이 년 전부터 해왔어! 짐작들 하겠나? 생각 좀 해봐! 완전히 기진해버렸어! 뻗었어! 아! 빠리의 밤거리라니! 불빛 하나 없고, 나의 젊은 친구들이여… 그곳에서 자동차를 몰고 다니기란, 게다가 그 속에 장관 하나를 태우고! 뿐만 아니라 고속으로! 자네들은 상상조차 못할 걸세…! 하룻밤에 열 번은 죽을 것이지…!

— 그래요, 뻐따 부인이 토를 달았다. 게다가 어떤 때는 장관의 부인을 태우고 다니기도 해요….

— 아! 그래요, 게다가 그 짓이 아직도 끝나지 않고….

— 끔찍한 일입니다! 우리들이 일시에 대꾸하였다.

— 그리고 개들은 어찌되었나요? 부와르즈가 예의를 차리느라 개들의 안부를 물었다. 어떻게 했나요? 지금도 뛸르리 공원에서 산책을 시키나요?

— 사람을 시켜 모두 때려죽였네! 놈들이 나에게 너무 많은 잘못을 저질렀어! 상점에는 적합지 않아…! 독일 양치기견들 흔히들 셰퍼드라고 하는 개를 가리킨다. 한편 콜리라고 하는 개는 갈리아 양치기견이라 부른다은!

— 불행한 일이에요! 그의 아내가 애석해하였다. 하지만 지금 기르고 있는 새로 구해 온 개들은 아주 유순해요, 스코틀랜드 원산이지요…. 콜리의 원산지는 스코틀랜드지만 프랑스인들은 갈리아, 즉 프랑스 양치기견이라 부른다

냄새가 좀 나지요… 반면 우리가 기르던 독일 양치기견들은, 부와르즈, 기억하지요…? 전혀 냄새를 풍기지 않았어요. 상점의 문을 닫은 채 그것들을 안에 놓아둘 수 있었는데, 심지어 비가 온 후에도….

— 아! 그래요. 뻬따 씨가 덧붙였다. 이 빌어먹을 부와르즈의 발 같지는 않았지! 쟝, 자네의 발은 여전히 냄새를 풍기나? 빌어먹을 부와르즈!

— 아직도 조금은 풍기는 것 같습니다. 부와르즈가 대답했다. 그때 손님들이 들어왔다.

— 친구들, 자네들을 더 잡아두지는 않겠네. 쟝을 가능한 한 빨리 상점에서 내보낼 생각만 하던 뻬따 씨의 말이다. 특히 건강에 조심들 하구! 어디에서들 오는 중인지는 묻지 않겠네! 절대! 국토방위가 최우선이지, 그것이 내 생각일세!

국토방위라는 말을 하면서 뻬따란 작자는 거스름돈을 내어줄 때처럼 매우 근엄한 기색을 띠었다… 그러한 식으로 우리들을 내쫓고 있었다. 떠날 때 뻬따 부인이 우리들에게 각각 이십 프랑씩을 주었다. 윤이 나도록 닦아 요트처럼 번쩍이는 그 상점 안으로 우리는 감히 다시 들어갈 엄두를 내지 못하였으니, 그 고운 융단 위에서 우리의 군화가 괴물처럼 보였기 때문이었다.

— 아! 저 애들 좀 봐요, 로제, 두 녀석 다! 망측스럽기도 하지…! 이젠 예의도 몰라요! 꼭 무엇을 밟은 녀석들 같아요! 뻬따 부인이 탄성을 올렸다.

— 다시 나아질 거요! 그토록 적은 경비로 우리들을 떨쳐버린 사실에 몹시 만족하여, 뻬따 씨가 친절하고 너그러운 투로 대꾸하였다.

길로 나선 다음 곰곰 생각해보니, 우리들이 각자 가지고 있는 이십 프랑으로는 단 얼마도 견디지 못할 것 같았다. 그러나 부와르즈에게는 또 다른 묘안이 있었다.

— 우리가 뫼즈 지방에 있을 때 전사한 친구의 어머니 집으로 가자. 그가 내게 말했다. 나는 일주일에 한 번씩 꼬박꼬박 그의 양친 집에 가서 그들의 아들이 어떻게 죽었는지를 이야기해주지… 돈이 많은 사람들이야… 갈 때마다 그의 어머니는 나에게 수백 프랑씩 줘… 그것이 자기들에게는 기쁜 일이라며… 자, 이제 알겠지….

— 그 사람들 집에 가서 나는 무얼 하지? 그 어머니에게 나는 무슨 말을 하지?

— 그의 어머니에게 너도 그를 보았다고 말하면 돼… 그러면 너에게도 일백 프랑쯤 줄 거야… 정말 돈이 많은 사람들이야! 정말이야! 그리고 뿌따 같은 야비한 사람들도 아니야… 그들은 전혀 달라….

— 기꺼이 가겠다만, 그러나 그녀가 나에게 상세한 질문을 하지 않겠어? 확신해…? 나는 그의 아들을 알지도 못하는데… 만약 그녀가 질문이라도 하면 나는 허우적거리고 말텐데….

— 아니야, 아니야, 상관없어. 너는 나와 똑같은 말만 하면 돼… 그저 예, 예, 하기만 하면 그만이야… 걱정할 것 없어! 그녀는 슬픔에 잠겨 있어, 알아듣겠지. 그래서 그 여인은 자기 아들의 이야기만 하면 그저 만족이야… 그녀가 원하는 것은 오직 그것뿐이야. 아무 이야기든… 손이나 발의 못이 아니야 어려운 일이 아니야….

나는 선뜻 결단을 내릴 수가 없었다. 그러나 유난히 얻기 쉬워 보이며, 또 하늘이 주시는 것처럼 보이는 그 일백 프랑을 몹시 갖고 싶었다.

— 좋아. 결국 내가 결단을 내렸다…. 하지만 미리 말해두겠는데, 나는 아무 이야기도 꾸며내지 않는 거야! 약속하지? 나는 다만

너와 같은 이야기만 하겠어, 그게 전부야… 우선 그 녀석이 어떻게 죽었지?

— 골통 한복판에 파편 하나가 날아왔지, 그것도 작은 것이 아닌, 가랑스라는 곳이었어… 뫼즈 지방에 있는 어느 강가에서… 녀석의 '그것'은 영영 못 찾았어! 그것은 단순한 추억이 아니야, 뭐랄까… 하지만 녀석은 키가 크고, 균형이 잘 잡혔으며, 게다가 기운도 세고 운동도 잘했는데, 그러나 파편 앞에서는, 응? 전혀 맥을 못 추더군!

— 그건 사실이야!

— 너에게 말이지만, 녀석은 이 세상으로부터 깨끗이 씻겨 나갔어… 그의 어머니는 아직도 그 사실을 믿지 못하고 있어! 내가 이야기하고 또 이야기해도 아무 소용없어… 그녀는 그가 다만 사라졌다는 거야… 그 따위 생각을 하다니 참으로 천치 같아… 사라졌다고…! 물론 그녀의 잘못은 아니지. 그녀는 그 파편이란 것을 본 적도 없고, 그래서 사람이 허공으로 방귀처럼 날아올랐다가 그 다음 끝장이라는 것을, 특히 그것이 자기 아들이라는 것을, 도저히 이해하지 못해….

— 물론이지!

— 우선, 나는 두 주일 동안 그들의 집에 가지 못했어… 그러나 너도 알게 될 거야. 내가 그 집에 도착하면, 그의 어머니가 즉각 나를 응접실로 맞아들이고, 또 그들의 집이 무척 아름답다는 것을. 너는 모르지, 꼭 극장 같아. 커튼이며 융단, 거울 들이 사방에 하도 많아서… 일백 프랑 정도는, 너도 짐작하겠지만 그들에게는 아무 것도 아닐 거야… 내가 일백 쑤^{오 프랑}쯤 쓰는 정도겠지… 오늘은 아마 이백 프랑도 선뜻 내놓을 거야… 두 주일 전부터 나를 보지 못하였으니… 황금빛 단추 달린 옷을 입은 하인들도 보게 될 거야….

앙리-마르땡 로에 이르리 우리들은 왼편으로 돌아 조금 더 걸었다. 드디어 작은 사유지 오솔길의 나무들 가운데 있는 철책문 앞에 당도하였다.

— 이것 좀 봐! 우리가 철책 가까이에 이르렀을 때 부와르즈가 말했다. 일종의 성 같아… 내가 너한테 말했지… 아버지는 철도청의 거물이라더군… 알려진 기름^{유력자, 세력가}이래….

— 혹시 역장은 아니래? 내가 농담으로 한마디 했다.^{"역장은 오쟁이를 졌다네…"로 시작되는 노래를 암시하는 것이다}

— 실없는 소리 마… 그가 저기 내려오는군. 우리 쪽으로 오고 있어….

그러나 그가 가리키는 나이 지긋한 남자는 곧바로 우리들이 있는 곳으로 오지 않고, 어떤 병사와 이야기를 나누며 잔디밭 주위를 구부정히 걷고 있었다. 우리들은 그곳으로 달려갔다. 나는 즉각 그 병사가 누구인지를 알아볼 수 있었다. 그는 내가 정찰을 나갔던 날 밤 누와르쉐르-쉬르-라-리스에서 만났던 바로 그 예비역 군인이었다. 나는 또한 거의 동시에, 그가 나에게 가르쳐주었던 로뱅송이란 이름도 기억해냈다.

— 너 저 넝마주이^{보병}를 아니? 부와르즈가 내게 물었다.

— 응, 알아.

— 아마 그들의 친구 중 하나일 거야… 죽은 녀석의 어머니 이야기를 하고 있음에 틀림없어. 내가 그녀를 보러 가는 것을 방해나 하지 않았으면 좋겠는데… 항상 돈을 주는 사람은 그녀기 때문이야….

노신사는 우리들에게로 다가왔다. 그의 음성은 떨리고 있었다.

— 나의 귀한 친구여, 그가 부와르즈에게 말했다. 당신이 지난번에 다녀간 후, 애석하게도 나의 처가 쓰러졌음을 알리게 되어 매

우 마음 아픕니다… 지난 목요일, 우리들은 그녀를 잠시 혼자 있게 놓아두었어요. 그녀가 원했기 때문에… 그녀는 하염없이 울고 있었어요….

그는 차마 말끝을 맺지 못하였다. 그러더니 별안간 몸을 돌려 가버렸다.

— 자네를 알아보겠는걸. 노신사가 우리들로부터 상당히 멀어졌을 때 내가 로뱅송에게 말하였다.

— 나도 자네를….

— 할망구에게 무슨 일이 생겼지? 내가 그에게 물었다.

— 음, 그저께 스스로 목을 매었어, 그렇게 끝났어! 그가 내 말에 대답했다. 그런데 젠장 자네는 호두^{하찮은 속맥} 이야기하듯 해! 그리고는 덧붙이기를… 그녀가 나의 대모였는데…! 나의 행운이었는데, 젠장! 내 몫의 유산은 턱도 없어! 처음으로 휴가를 얻어서 왔는데…! 게다가 나는 육 개월 전부터 이 날을 기다려왔어…!

부와르즈와 나는 로뱅송에게 닥친 그 불행한 이야기를 들으며 터져 나오는 웃음을 억제할 수가 없었다. 더러운 날벼락치고는 으뜸이었다. 다만 그녀의 죽음으로 우리의 이백 프랑도 받지 못하게 되었다. 우리들은 정황에 맞는 새로운 엉터리 이야기를 기껏 꾸며놓았는데. 문득 우리들 모두 만족스럽지 못하게 되었다.

— 자네가 주둥이에 밀가루를 발랐단 말이지, 응, 엉큼한 친구! 어렵게 기어올랐다가 문득 상자 속으로 처박히게 된 그의 처지를 놓고 우리들은 로뱅송을 콕콕 찔러댔다. 몽땅 삼켜버릴 수 있다고 믿었단 말이지, 응? 그 늙은이들을 구슬려, 그 풍성한 식사를? 뿐만 아니라 그 대모마저도 삼켜버릴 것으로 믿고 있었겠지…? 젠장, 잘 되었군…!¹ ^{'주둥이에 밀가루를 바른다'는 말은 어떤 청을 들어주리라 철석같이 믿는다는 뜻이다}

하지만 그렇게 깔깔대면서 잔디밭이나 바라보고 있을 수가 없어서, 우리 세 사람은 그르넬 로를 향해 걷기 시작하였다. 세 사람이 가지고 있던 돈을 모아서 헤아려 보았으나 단 얼마 되지 않았다. 우리들은 각각 그날 저녁으로 병원이나 폐품 창고^{후방 수비대}로 돌아가야 했고, 셋이서 선술집에 들러 함께 식사를 하고도 몇 푼쯤 남을 만한 돈은 있었으나, 싸구려 유곽에 '올라갈' 만한 액수는 아니었다. 하지만 식사 후 우리들은 싸구려 사창굴에 들어가, 다만 아래층에서 한 잔씩 하는 것으로 만족했다.^{싸구려 선술집에서 술을 마시다가 그곳에 있는 여자와 합의가 이루어지면 즉시 이층에 마련된 유곽으로 함께 올라가곤 하는 매음 형태는, 오늘날에도 유럽의 많은 도시에 남아 있다}

— 너를 다시 만나서 기뻐. 로뱅송이 나에게 말했다. 하지만 소포^{뚜쟁이}에게 넘겨진 여자, 즉 그 젊은이의 어머니 이야기는…! 어쨌든 그 생각만 하면, 젠장, 바로 내가 도착하는 날 목을 매다니…! 나는 그녀를 잊지 않겠어…! 나라면 목을 매겠어…? 슬픔 때문에…? 나는 그 짓을 하려면 평생을 기다려야 할 거야…! 그리고 너는…?

— 부자들은 다른 사람들보다 감수성이 더 풍부해. 부와르즈가 말했다….

부와르즈는 따스한 심성의 소유자였다. 그가 말을 계속했다: "나에게 육 프랑만 있으면 저기 보이는 저 갈색 머리 여자와 함께 올라가겠는데…."

— 어서 가봐. 우리들이 선뜻 응했다. 그리고 우리에게는 그녀의 빠는 솜씨가 좋은지 이야기나 해주어….

다만 아무리 우리들의 주머니를 뒤져도, 그가 그녀를 차지할 만한 돈이 없었다. 각자 커피 한 잔과, 까시스 두어 잔씩 마실 만한 돈밖에 남아 있지 않았다. 잔을 핥고^{마시다} 난 다음 우리들은 다시 어슬렁거리기 시작하였다!

방돔 광장에서 우리는 서로 헤어졌다. 각자 자기 갈 길로 떠나는 것이었다. 헤어지면서도 서로 얼굴을 잘 볼 수가 없었고, 말도 나지막이 했다. 울림이 너무 심했기 때문이다. 한 가닥 불빛도 없었다. 철저히 금지되어 있었다.

쟝 부와르즈, 나는 그를 영영 다시 보지 못하였다. 로뱅송은 그 후에도 자주 만났지만, 쟝 부와르즈는 쏨므 지역에서 가스에 중독되었고, 해변으로 가서 끝장을 보았다. 이 년 후, 브르따뉴에 있는 해군 요양원에서 초기에 두어 번은 편지를 보내더니 그 다음엔 소식이 끊겼다. 그 전에는 바다를 단 한 번도 본 적이 없었던 그였다. "얼마나 아름다운지 너는 상상도 못할 거야." 편지에 그렇게 썼다.

"해수욕을 조금씩 하는데, 내 발에는 참 좋아. 그러나 내 목소리는 이제 영영 가버린 것 같아." 그 사실이 몹시 마음에 걸리는 모양이었다. 그는 내심 언젠가는 극장의 합창단에 들어갈 야심을 품고 있었다.

단역보다는 합창단원들의 보수가 더 좋았고, 그 일이 더 예술적이기도 하였다.

기름들군대의 고위층, 장군들이 결국 나를 포기하게 되었고, 그리하여 나는 나의 곱창생명을 구할 수 있게 되었으나, 나의 머리에는 영원한 낙인이 찍히게 되었다. 할 말이 없다. "꺼져버려…! 그들이 내게 그렇게 말했다. 너는 아무짝에도 쓸모없어…!"

— 아프리카로! 나는 속으로 그렇게 외쳤다. 멀면 멀수록 좋다! 나를 태우고 떠난 배는 꼬르세르 레위니연합사략선단이란 뜻이다 회사 소속의 평범한 배였다. 면제품, 장교들, 관리들 등, 각종 화물을 싣고 열대 지방으로 떠나는 배였다.

그 배는 하도 낡아서, 그것의 건조일이 새겨진 동판마저 상갑판에서 떼어버린 상태였다. 그 건조 일자가 하도 옛날로 거슬러 올라가 승객들이 겁을 먹거나, 기가 막혀 웃지 않을까 저어했던 모양이었다.

식민지에 가서 새사람이 되도록 노력해보라고 그렇게 나를 태워 보낸 것이다. 나의 장래를 생각해 준 그 사람들은 내가 한 몫 잡기를 기대하고 있었다. 나는 꺼져버릴 생각밖에 없었다. 그러나 특히 부자가 아닐 때는 유용한 사람인 척해야 하고, 다른 한편 내 학업을 마치지 못한 상태였기 때문에 그런 식으로 한없이 내뺄 수만은 없는 처지였다. 아메리카로 건너갈 만큼 충분한 돈도 가지고 있지 않았다. "아프리카로 가거라!" 그리하여 나 스스로에게 그렇게 말한 다음, 조금만 절제하고 행동을 조심하면 얼마 안 되어 재산을 모을 수 있다고들 하는 열대 지방으로 고분고분 실려 가도록 내버려둔 것이다.

그러한 전망들이 나를 꿈에 사로잡히게 하였다. 나는 별로 가진 것이 없었으나, 의심할 여지없이 점잖은 행실, 겸손한 태도, 공손함, 항상 시간을 못 지키지 않을까 하는 두려움, 인생에 있어서 절대 다른 사람보다 앞서지 않으려는 배려, 그리고 섬세함 등만은 있었다….

광증에 사로잡힌 국제적 도살장에서 살아 도망쳐 나올 수 있었다는 사실이, 기민함과 신중함이라는 면에서는 하나의 중요한 참고 자료로 간주될 수 있는 것이다. 그러나 여행 이야기로 돌아가자. 우리가 유럽의 해역을 항해하는 동안에는 좋지 않은 기미가 전혀 보이지 않았다. 승객들은 중갑판 밑 W.-C.^{원문의 표기대로 옮겨 적는다}나 흡연실에 몇 명씩 모여 경계하는 눈빛을 주고받고 코를 킁킁거리며 우글거리고 있었다. 우글거리는 소리는 아침부터 저녁까지, 온통 각종 험담과 욕설뿐이었다. 모두들 무료함을 달래다가는 꾸벅꾸벅 졸고, 다시 게거품을 물고 욕설을 퍼붓기를 반복하면서도 두고 온 유럽을 아쉬워하는 기색들은 없었다.

우리가 탄 배는 아미랄 브라그똥^{브라그똥 기함이란 뜻이다}이란 명칭을 가지고 있었다. 그것이 미지근한 바다 위에 떠 있을 수 있었던 것은 오직 그 페인트칠 덕분이었음에 틀림없다. 과일의 껍질처럼 겹겹이 입혀진 페인트칠이, 아미랄 브라그똥호에다가 양파와 같은 식으로 제 이의 선체를 만들어 입힌 것이다. 우리들은 도저히 탐험할 수 없는 원시림과, 독한 기운과, 사람의 발길이 닿지 않은 적막 등이 있는 진정한, 거대한 아프리카를 향해, 또 끝이 없는 강들이 교차하는 지점에서 빈둥거리는 깜둥이 절대 독재자들을 향해서 향해를 하고 있었다. '뻴레뜨' 칼날 한 보따리를 가지고 나는 그들과 흥정하여 기다란 상아, 깃 색깔이 현란한 새들, 나이 어린 여자 노예들을 바꿀 작정이었다. 약속된 바나 다름없었다. 인생이 이만하면! 회사 대리점들, 빌딩들, 철도, 기타 누가들^{편의시설들}로 인해 껍질이 벗겨진 아프리카와는 전혀 다른 아프리카로! 아! 전혀 다른. 우리들은 진정한 아프리카의 국물을 맛보러 가고 있었다! 아미랄 브라그똥호에 타고 있던, 그 술에 젖은 승객들 모두가!

그러나 뽀르뚜갈 해안을 지나면서부터 일이 망가지기 시작하였다. 어느 날 아침 잠에서 깨어났을 때, 우리들은 한없이 미지근하고 불안한 한증실 분위기에 꼼짝할 수 없이 짓눌린 듯하였다. 유리잔의 물, 바다, 대기, 침대 시트, 우리가 흘리는 땀, 모두가 후덥지근하고 뜨끈뜨끈하였다. 이제부터는 밤이건 낮이건 바의 위스키에 넣은 얼음덩이 외에는 시원한 것을 만질 수도, 그것에 엉덩이를 붙일 수도, 그것을 목에 넣을 수도 없었다. 그리하여 더러운 절망이 아미랄 브라그똥호의 승객들을 덮쳤고, 그들은 더 이상 바를 떠나지 못하게 되었으며, 선풍기에 홀려 그 앞에 못 박힌 듯, 작은 얼음덩이에 용접된 듯, 카드놀이가 끝나면 위협적인 언사를 주고받다가 다시 후회를 하는 등, 뒤죽박죽이었다.

상황은 오래 버티지 못하였다. 그 열기의 절망적인 교착 상태 속에서, 그 선박에 타고 있던 모든 인간 화물들은 하나의 거대한 음주벽 덩어리로 뒤엉켜버렸다. 우리는 욕조 밑바닥 민물에 담가 놓은 문어들처럼 갑판 위에서 흐물거리고 있었다. 백인들의 곤혹스러운 천성이, 그들의 진정한 천성이 전쟁에서처럼 자극되고 해방되어, 결국에는 고삐가 완전히 풀려 본격적으로 표면에 떠올라 자리를 잡는 꼴을 보게 된 것도 그 순간부터였다. 열대의 한증막 속에 들어온 본능들은, 영락없이 팔월만 되면 감옥의 갈라진 벽 틈에서 번성하는 두꺼비나 독사 들 꼴이었다. 유럽의 추위 속에서는, 북쪽의 삼가는 음침함 속에서는, 살육의 현장이 아닐 경우 우리 형제들의 그 우글거리는 잔혹성을 그저 추측할 수 있을 뿐이지만, 열대의 더러운 열병이 그들을 들뜨게 하기가 무섭게, 그들의 썩은 본성이 일시에 표면을 뒤덮고 만다. 그러면 모두들 단추를 풀어헤치게 되고, 더러운 짓이 기세를 잡아 우리들을 덮어버린다. 그것은 생리적 증언이다. 일과 추위가 더 이상 우리를 억제하지 않고 잠시나마 그 바이스를 풀어주면, 그 순간 우리 백인들에게서 발견할 수 있는 것은 명랑한 해변에서 바닷물이 물러간 다음 발견하는 진실, 즉 무겁게 썩는 갯벌, 게들, 썩은 물고기, 똥덩어리 등이다.

그리하여 뽀르뚜갈을 지나자, 배에 타고 있던 모든 사람은 알코올의 도움을 받아, 또한 특히 군인들이나 공무원들처럼 그 여행이 완전 무료라는 사실이 촉발시켜 주는 느긋한 기분의 도움을 받아, 일제히 미친 듯 자신들의 본능을 해방시키기 시작하였다. 공짜로 사 주 동안 먹여주고, 재워주고, 술까지 마시도록 해준다고 해보자. 생각만 하여도, 그 경제적인 이유로 미칠 노릇이 아니겠는가? 그 배에서 요금을 지불한 유일한 승객이었던 나는, 따라서 그 특이함이 알려지자마자 유난히 뻔뻔스럽고 비위에 거슬리는 자로 소문이 나버렸다.

내가 식민지에 근무하는 사람들의 세계를 조금이나마 알고 있었다면, 마르세이유에서 출항할 때, 나라는 이 자격 없는 동승자가 선박의 이곳저곳에서 항상 눈에 띄면, 계급이 가장 높은, 그 식민지 주둔 보병 장교 앞에 나아가 무릎을 꿇고 그의 용서와 관용을 빌었을 것이며, 뿐만 아니라 더욱 안전을 기하기 위하여 가장 나이가 많은 관리의 발 아래 엎드려 자비를 구하기도 하였을지 모른다. 그랬더라면 그 이상야릇한 승객들이 나에게 별 피해를 입히지 않고 자기네들 중의 일원으로 받아들여 주었을지도 모른다. 그러나 물정을 모르고, 그들 주위에서 무의식중에 호흡할 권리를 주장한 것이 하마터면 내 목숨을 앗아갈 뻔하였다.

겁은 많으면 많을수록 좋다. 약간의 꾀바름 덕분으로 나는 나에게 남아 있던 자존심만을 잃었을 뿐이다. 사건은 다음과 같이 진행되었다. 카나리아 섬을 지나고 얼마 후, 선실 급사 한 사람이 나에게 귀띔해 주기를, 사람들이 모두 나를 거만하고 무례한 자로 여긴다는 것이었다… 내가 뚜쟁이짓 아니면 남색질을 하는 자라고 혐의를 두고 있다는 것이었다… 심지어 코카인 중독자일 것이라고… 그러나 그런 것들은 하찮은 장식에 불과하였다… 그들의 생각은 멋대로 달려 내가 가장 흉악한 범죄를 저지르고, 그 여파를 피해 프랑스에서 탈출한 자라고 생각하게 되었다. 그러나 나는 아직 내 시련의 문턱에 겨우 와 있었을 뿐이었다. 요금을 지불하고 승선한 사람들, 즉 그 유명한 식민지 '연감'에 등재된 프랑스 식민지 근무자들이 아니어서, 군인들의 무료 혜택이나 관리들의 편의를 누리지 못하는 사람들은 몹시 까다로운 절차를 거쳐 그 배에 태우며, 또 태우더라도 박대가 심하다는 그 항로의 관례를 알게 된 것도 그때였다.

여하튼 일개 민간인으로서 그러한 곳을 하는 일 없이 어슬렁거릴 만한 뚜렷한 이유가 없다는 것이었다… 스파이라는 둥, 범죄혐의자라는 둥, 장교들은 눈을 희번덕이며, 여인들은 알겠다는 식으로 미소를 지으며 나를 흘겨볼 수천 가지의 이유들을 찾아냈다. 얼마 안 되어, 이번에는 급사들까지도 고무된 듯 나의 등 뒤에서 몹시 신랄한 험담을 주고받게 되었다. 그리하여 그 배에서 내가 가장 더럽고 참기 어려운 짐승의 콧방울 미련하고 기분 나쁜 자이라는 사실을 아무도 의심치 않기에 이르렀다. 이상이 나에게 약속된 미래였다.

나는 간장병에 걸리고 이가 빠진, 가봉의 우체국 직원 네 사람과 같은 식탁에 앉곤 하였다. 항해 초기에는 흥허물 없이 친근하게 굴더니, 그 다음에는 단 한 마디도 나에게 말을 건네지 않았다. 다시 말해 나는 묵시적 합의에 따라, 그들의 공동 감시 하에 놓이게 된 것이었다. 그리하여 이제부터는 나의 선실에서 나올 때마다 극도로 조심을 해야만 했다. 공기는 하도 뜨겁게 달구어져, 그것이 피부에 닿을 때는 마치 뜨거운 고체가 짓누르는 듯하였다. 실오라기 하나 걸치지 않은 알몸으로 선실의 출입문 빗장을 질러 놓은 다음, 나는 꼼짝도 하지 않고 틀어박혀 저 악마 같은 승객들이 나를 처치하기 위해 어떤 계획들을 짜고 있을지 애써 상상해보았다. 배 안에 내가 아는 사람이라곤 하나도 없었는데, 모두들 나를 알아보는 듯하였다. 나의 인상착의가, 마치 모든 신문에 공표된 유명한 범죄자의 인상착의처럼 그들의 뇌리에 즉각 선명하게 아로새겨진 듯하였다.

나의 뜻과는 상관없이, 나는 수세기를 두고 사방에서 손가락질당하는, 모든 사람이 그 소문을 들어 알고 있는 인류의 수치, 그 '치사하고 구역질나는 더러운 놈', 그 불가결한 자의 역할을 맡고 있었다. 그 소문은 마치 항상 구구하고 종잡을 수 없어, 일단 이 지상에 내려와 인간의 삶 속에 유포되면 영영 그 실체가 포착되지 않는 악마나 하느님에 관한 소문과 같았다. 그 '더러운 놈'을 격리시켜 신상을 확인하고 꼼짝 못하게 붙잡아두려면, 비좁은 선상에서가 아니면 만날 수 없는 예외적 상황이 필요했던 것이다.

모든 사람에게 파급되었고, 또 윤리적인 진정한 기쁨이 아미랄 브라그똥호 선상에 전해졌다. 그 '더러운 놈'은 운명의 손아귀를 벗어나지 못하게 되어 있었다. 그놈은 바로 나였다.

그 사건 하나만으로도 그 여행의 밑천은 톡톡히 뽑은 셈이다. 그 자발적인 적들 가운데 틀어박혀 나는 그럭저럭, 그들이 알아채지 못하는 사이에 그들 하나하나의 신분을 알아보려 노력하였다. 그 목적을 달성하기 위하여, 특히 아침나절에 나는 내 선실의 현창을 통하여 그들을 안전하게 엿보았다. 조반 전에 시원한 바람을 쐬며,

햇빛 아래에서 투명해진 잠옷만 입고 치골(恥骨)에서 눈썹까지, 그리고 직장(直腸)에서 발바닥까지 북실거리는 털로 뒤덮인 채, 손에는 술잔을 들고 갑판 난간 옆에서 게으르게 뒹굴면서, 나의 적들은 트림을 하며 벌써부터 주위에다 온통 토해놓을 기세였고, 특히 선장의 두 눈은 새벽부터 그의 간이 괴롭히고 있어서 툭 불거져 나온 채 충혈되어 있었다. 그는 잠에서 깨어나기만 하면 어김없이 다른 망나니들에게 내 소식을 물었고, 또 나를 '한 덩이 가래침처럼' 갑판의 '난간 밖으로' 날려버리지 않았느냐고 묻곤 하였다. 그 시늉을 해보이기 위하여, 그는 동시에 포말이 일고 있는 바닷속을 향해 침을 내뱉곤 하였다. 그 무슨 농담이란 말인가!

 아미랄호는 거의 앞으로 나아가지 못하고 제자리에서 웅웅거리면서 좌우로 요동질을 칠뿐이었다. 그것은 여행이 아니라 차라리 일종의 중병이었다. 아침마다 구수회담에 참가하는 자들을 나의 구석에서 살펴보자니 그들 모두 중병에 걸려 있는 것 같았다. 학질, 알코올 중독, 매독 등에 걸려 있는 것이 분명하였으며, 십 미터 밖에서도 역력히 보이는 저들의 불가피한 파멸이 불안에 떨고 있던 나를 조금은 위안해주었다. 결국 정복될 자들은 내가 아니라 저들 마타모로스꼬르네유의 희극「희극적 환상」에서, 저항할 힘이 없는 무어족을 학살하며 허세를 부리는 주인공. 일반명사화 되어 허풍꾼, 거짓 용사 등을 의미한다들이었다…! 저들이 아직도 대가리를 깝죽거리고 있을 뿐, 그것이 전부다! 그것이 유일한 차이였다! 그들의 피를 빨아대며, 그들의 혈관에 영영 떠나지 않을 독을 듬뿍 넣어주는 일은 모기들이 맡고 있었다… 트레포네마매독의 병원체가 이미 그들의 동맥을 줄질하듯 갉아내고 있었다… 알코올이 그들의 간을 파먹고 있었다… 태양이 그들의 콩팥에 금이 가도록 해놓고 있었다… 사면발이들이 털마다 들러붙어 있었고, 습진이 뱃가죽을 뒤덮고 있었다. 이글거리는 태양빛이 그들의 망막을 굽고 있었다…! 얼마 가지 않아 그들에게 남을 것이라곤! 한 줌의 뇌수… 그것을 무엇에 쓰지? 내 그대들에게 묻노라… 그들이 지금 찾아가고 있는 곳에 이르러? 자살하는데? 그들이 찾아가고 있는 곳에서 그 뇌수가 할 일은 그것뿐이다… 심심풀이가 없는 나라에서 늙어가는 것이 유쾌한 일이 아니라는 것은 새삼 말할 필요조차 없다… 뒷면의 수은과 주석이 파랗게 변한 거울 속에 어리는 점점 전락해가는, 꼴불견의 자기 모습만을 들여다보아야 하는 나라에서… 초목이 무성한 곳에서는, 게다가 특히 몹시 더울 때에는 썩는 속도 역시 빠르게 마련이다.

북쪽 나라에서는 최소한 고깃덩이만이라도 보존된다. 북쪽 나라 사람들은 영원히 창백한 색깔을 간직한다. 죽은 스웨덴 사람과 잠을 설친 젊은이 사이에는 거의 아무런 차이도 없다. 그러나 식민지 근무자는 임지에 도착하여 단 하루가 지나지 않아 구더기가 득실거리게 된다. 그 부지런한 국수들^{구더기}은 오직 그들이 도착하기만을 기다리고, 그리하여 삶의 저 너머에 이르러서야 그들을 놓아준다. 그때에는 유충 자루들에 불과하다.

예정된 첫 육지, 브라가망스에 닻을 내리려면 아직도 일주일은 더 항해를 해야 했다. 나는 폭발물 상자 속에 들어앉아 있는 느낌이었다. 나는 그들과 함께 식탁 앞에 앉거나, 그들이 점거하고 있는 중갑판을 가로지르는 일을 피하기 위하여 거의 식사를 끊고 있었다. 나는 한 마디의 말도 더 이상 하지 않았다. 아무도 내가 선실 밖에 나와 어슬렁거리는 것을 보지 못하게 되었다. 선박 안에 여전히 머물러 있으면서도 나처럼 그토록 흔적조차 없기란 어려운 일이었다.

한 가정의 아버지였던 나의 선실 담당 급사는, 그 화려한 식민지 주둔군 장교들이 내가 걸려들기만 하면 따귀를 때린 다음 뱃전 밖으로 던져버리자고 술잔을 나누며 맹세하였다는 사실을 자청하여 귀띔해주었다. 내가 그에게 그 이유를 묻자, 그 역시 영문을 모르겠다며 오히려 나에게 무슨 짓을 저질렀기에 그 지경에 이르렀느냐고 물었다. 우리 두 사람은 도저히 그 의문을 풀 수가 없었다. 그 의문은 좀체 풀릴 것 같지 않았다. 죄가 있다면, 그것은 나의 상판이 좀 밉살스럽다는 것뿐이었는데.

그토록 만족시키기 어려운 사람들과 함께 여행을 하는 실수를 다시는 범하지 않을 것이다. 그들은 또한 너무나 한가하였고, 자기네들끼리 삼십 일 동안을 갇혀 있었기 때문에 하찮은 일을 가지고도 열들을 내었다. 어디 그뿐인가. 일상생활에 있어서도 우리로 인해 거북해하는 모든 사람, 가령 지하철을 타려고 줄지어 늘어선 이들 중 우리의 뒤에서 시간에 쫓겨 초조해하는 사람들, 우리의 아파트 앞을 지나가는 이들 중 아파트를 가지고 있지 못한 사람들, 우리가 소변을 어서 마치기를 기다리며 사타구니를 조이고 있는 사람들, 그리고 우리의 자식들, 기타 많은 다른 사람들, 최소한 일백여 명이 넘는 사람들이 날마다 우리의 죽음을 갈망하고 있다는 사실을 곰곰 생각해보자. 그러한 일은 끊임없이 계속된다. 그리하여 우리는 그것에 익숙해진다. 반면 선박 위에서는 그러한 조바심이 더욱 선명해지고, 따라서 더욱 거북스러워진다.

약한 불에 서서히 덥혀진 그 한증막 속에서는, 그 데쳐진 사람들의 몸에서 배어나는 비계기름이 더욱 농도 짙게 찐득거리고, 이제 곧 그들과 그들의 운명을 삼켜버릴 식민지의 거대한 고독에 대한 예감이, 그들로 하여금 죽어가는 사람들처럼 비명을 지르게 한다. 그들은 서로 엉겨 붙고, 물어뜯으며, 개들 교미하듯 서로 당기다가게 침을 흘리며 축 늘어진다. 선상에서 나의 중요성은 날마다 놀라우리만큼 증대되고 있었다. 내가 간혹 식탁에 나타날라치면, 아무리 그 행차를 은밀히 또 조용히 하려 모든 노력을 다하여도 그것은 진정 커다란 사건이었다. 내가 식당에 들어서는 순간 일백이십 명의 승객들이 일제히 움찔 놀랐고, 이내 수군거리기 시작하였다… 선장의 식탁에 둘러앉아 거나해지도록 연거푸 반주를 들이킨 식민지 주둔군 장교들, 우체국 수납계원들, 특히 콩고로 부임하는 초등학교 여선생들, 즉 아미랄 브라그똥호가 싣고 가던 그 정선된 상품들은, 악의적인 추측과 험구 일색인 추론을 거듭한 끝에, 결국 나를 악마같이 중요한 인물로 승화시켜 놓고야 말았다.

마르세이유에서 출항할 때만 해도 나는 일개 미미한 몽상가에 지나지 않았으나, 이제는 알코올 중독자들과 조바심하는 질膣,즉여자들들을 역정이 나도록 한곳에 처담아 놓은 결과, 전의 모습을 찾아볼 수 없을 만큼 매혹적인 명성에 휩싸이게 되었다.

항해 초기에는 기꺼이 나와 악수를 하던 그 배의 선장, 무사마귀가 덕지덕지 난 그 밀수꾼이 이제는 나와 우연히 마주쳐도 마치 더러운 사건에 연루되어 수배중인, 따라서 이미 죄인으로 취급되는 그러한 사람을 피하듯, 아예 나를 아는 척도 하지 않았다. …도대체 무슨 죄란 말인가? 사람들의 증오가 아무 위험을 수반하지 않을 때, 그들의 그 우둔한 짓은 즉시 확신을 얻으며, 그 동기는 얼마든지 스스로 등장하는 법이다.

내가 그 짙은 악의 속에서 허우적이며 얼핏 간파한 사실은, 초등학교 선생 아가씨들 중 하나가 그 책동에서 여성들을 선동하고 있었다는 것이다. 그 잡년은 콩고로 돌아가는 중이었고, 나는 그녀의 그 여행이 뒈지러 가는 길이기를 간절히 바랐다. 그녀는 식민지 주둔군 장교들 곁을 거의 떠나지 않았는데, 놈들은 색깔이 요란한 천으로 상반신을 주물 뜨듯 휘감고 있었으며, 게다가 다음 기항지에 이르기 전에 나를 더러운 괄태충처럼 밟아죽이겠다는 서약으로 치장하고 있었다. 주위에서는, 내가 납작해져도 정상적인 형태일 때처럼 흉측스러울까 궁금해들 하고 있었다. 한마디로 나를 가지고 즐기고들 있었다. 그 아가씨는 장교들의 활기에 불을 붙이면서 아미랄 브라그똥호의 갑판에 질풍을 부르고 있었으며, 그들이 나의 그 무례함을 영원히 고쳐주고, 미친 듯이 두들겨 패서 감히 존재하려 했던 나의 죄를 벌하며, 그리하여 내가 피투성이에 온몸이 상처로 뒤덮인 채, 그녀가 그 근육의 활동과 찬연한 노기를 감상하고 싶어 하는 녀석들의 장화와 주먹 아래 엎드려 헐떡이면서, 꿈틀대면서 자비를 구하는 꼴을 볼 때까지는 휴식을 취하려 하지 않았다. 그녀가 기다리던 것은 거친 살육 장면이었으며, 걸레처럼 후줄근해진 그녀의 난소는 벌써 생기를 느끼는 듯하였다. 그 살육 장면이 그녀에게는 고릴라에게 겁탈을 당하는 것만큼의 가치가 있는 듯했다. 시간은 쉬지 않고 흐르고 있었는데, 투우를 너무 오랫동안 지체하는 것은 위험한 일이다. 나는 황소였다. 선박의 밑바닥 화물창까지 온통 들떠서, 선박 전체가 재촉을 하고 있었다.

바다는 우리들을 볼트로 조인 그 경기장 속에 가두어 놓고 있었다. 심지어 기관사들까지도 모두 그 행사 소식을 알고 있었다. 그리고 다음 기항지까지는 단 삼 일, 그 운명의 삼 일밖에 남아 있지 않았기 때문에 여러 명의 투우사들이 서로 다투어 나섰다. 그리하여 내가 소동을 피해 달아나면, 그럴수록 그들은 더욱 공격적으로 변하여 나를 절박한 궁지로 몰아넣었다. 나를 제물로 바치겠다는 제관들은 벌써부터 예행연습까지 하고 있었다. 그들은 어느 날 두 개의 선실 사이에 장막을 치고 그 뒤로 나를 몰아넣었다. 나는 겨우 도망을 치긴 하였으나, 그 이후부터는 화장실에 가는 것이 목숨을 거는 일과 다름없었다. 그리하여 뱃길이 삼 일밖에 남지 않게 되었을 때, 나는 그 삼 일 동안 나의 모든 자연적 욕구 충족을 아예 포기해버렸다. 나에게는 현창(舷窓)이면 족했다. 나의 주위에 있는 모든 것이 증오와 권태로 나를 짓누르고 있었다. 선상의 권태란 정말 믿어지지 않는, 온 세상을 뒤덮고 있는 듯한 것이라는 점도 지적해두어야겠다. 그 권태는 바다와 배, 그리고 온 하늘을 뒤덮는다. 아무리 튼튼한 사람도 그것으로 인해 괴상해지며, 심지어 홀린 듯 얼이 빠진다.

희생물을 바치는 제사! 나는 그 제단에 오를 판이었다. 어느 날 저녁, 허기증에 몹시 시달린 나머지 모든 것을 무릅쓰고 식사를 하러 갔는데, 식사 후 드디어 일이 구체화되었다. 식사 도중 입을 닦기 위하여 호주머니에서 손수건조차 감히 꺼내지 못하고, 나는 시종 접시에 코를 박고 있었다. 아무도 나만큼 처먹으면서 그토록 조심스러워하지는 않았다. 앉아 있는 동안 기관실로부터 끊임없는, 그리고 잔잔한 진동이 나의 꽁무니로 전달되고 있었다. 같은 식탁에 앉은 사람들이 놀랍게도 나에게 결투라든가 칼끝으로 찌르기 등에 대하여 태연하고 친절하게 이야기하기 시작하였고, 또 나에게 이런저런 질문을 하는 것으로 보아 그들은 나에 관하여 결정된 모종의 조치를 모두 알고 있는 것 같았다… 또한 바로 그 순간 콩고로 돌아가는 그 여선생, 입 냄새가 몹시 고약한 그녀가 휴게실 쪽으로 갔다. 그 경황에도 나는, 그녀가 요란하게 치장을 한 성긴 레이스로 만든 실내복을 입고, 경련하듯 서둘러 피아노 앞으로 다가서서 모든 주음(主音)을 생략하며 특정의 몇몇 곡조를 연주하는 것을 볼 수 있었다. 분위기는 몹시 히스테릭하고, 동시에 은밀하게 변화해버렸다.

나는 선실로 피신하기 위하여 단걸음에 그곳을 향해 달렸다. 나의 선실에 거의 다다랐을 때, 식민지 주둔군 대위들 중 가장 뚱뚱하고 힘이 세어 보이는 자가 내 앞을 조용히, 그러나 단호하게 딱

막아섰다. "갑판으로 올라갑시다." 그가 나에게 명령조로 말하였다. 그곳에서 갑판은 불과 몇 발자국밖에 되지 않았다. 그 행사를 치르기 위해서 그는 황금빛 줄무늬가 찬란한 군모를 갖추어 쓰고, 목 부위로부터 양복 바지 앞쪽의 터진 부분까지 단추를 꼭 채우고 있었다. 출항한 이후 그때까지 단 한 번도 하지 않던 짓이었다. 우리는 결국 비극적 의식의 현장에 임하고 있었다. 심장은 배꼽 부분까지 두근거렸고, 나는 겁을 잔뜩 집어먹고 있었다.

그러한 전조, 그 비정상적인 단정함이 나로 하여금 느리고 고통스러운 사형의 집행을 예감케 해주었다. 그 사나이는 마치 누군가가 내 앞에 문득 가져다 놓은 그 고집스럽고, 회피할 수 없으며, 살인적인 전쟁의 한 조각처럼 보였다.

그의 뒤에는 하급 장교 넷이 중갑판으로 통하는 문을 꽉 막고 서서, 그 운명의 신에게로 모든 주의를 집중하고 있었다.

따라서 더 이상 도망칠 방법은 없었다. 나에게 던져진 다음과 같은 힐문은 분명 용의주도하게 준비된 것 같았다. "선생, 당신 앞에 있는 이 사람은 식민지 주둔군 소속 프레미종 대위요! 당신이 취한 그 언어도단의 행위에 분노한 나의 동료들과 이 배에 타고 있는 승객들의 이름으로, 나는 당신에게 정식으로 결투를 신청하는 바이오…! 당신이 마르세이유에서 출발한 이후 우리들에 관하여 한 몇 가지 이야기들은 도저히 용납할 수 없는 것들이오…! 자, 이제 당신의 불만거리들을 큰 목소리로 또박또박 이야기할 때가 되었소…! 이십일 일 동안 당신이 그토록 소곤거리며 수치스럽게 소문을 내던 것을 모든 사람 앞에 공표할 때가! 이제 당신이 생각하는 바를 우리들에게 솔직하게 말할 때가…."

나는 그의 말을 들으며 커다란 안도감에 사로잡혔다. 달아날 구멍도 없이 죽음을 당하지나 않을까 두려워하였는데, 그 대위가 최소한 말을 건넴으로써 그들은 나에게 모면할 수단을 하나 제공하고 있었던 것이다. 나는 그 뜻하지 않던 기회를 놓칠세라 악착같이 그것에 들러붙었다. 아무리 비굴해질 수 있는 것이라 할지라도, 그것을 정확히 간파하는 사람에게는 하나의 훌륭한 희망의 계기가 되는 법이다. 그것이 나의 지론이다. 어떤 수단으로 죽음을 모면하든, 그 수단을 놓고 까다롭게 굴어서는 아니 되며, 자신에게 가해지는 박해의 이유를 알려고 시간을 낭비해서도 아니 된다. 현명한 사람은 우선 죽음을 모면하는 것으로 만족해한다.

— 대위! 그 순간 가능한 한 확신에 찬 목소리로 내가 그에게 대답하였다. 엄청난 오류를 범할 뻔하였소! 당신이 도대체 어떻게! 나 이 사람이! 그따위 배신적인 감정을 가질 수 있다고 생각하였단 말이오? 정말 부당한 일이오! 나에게는 몹시 괴로운 일이오, 대위! 도대체 어떻게? 어제까지만 해도 우리의 사랑스런 조국을 수호하던 내가! 여러 해 동안 무수한 전투를 겪으며 당신의 피에 나의 피를 섞던 내가! 대위, 나에게 이 무슨 부당한 짓이란 말이오!

그리고 나는 그곳에 모인 다른 사람들을 향해 다음과 같이 말하였다:

— 도대체 어떤 추잡스러운 험담에 여러분께서 희생이 되신 겁니까? 결국 여러분의 형제인 내가, 영웅적인 장교들 여러분에 대하여 악착스럽게 추잡스러운 험담을 유포하였다고 생각하다니요! 지나친 일입니다! 정말 지나친 생각입니다! 더구나 여러분 용사들이, 발군의 용사들이 비할 데 없이 용감하게 우리의 여원한 식민제국의 신성한 수호 임무에 임하는 이 순간에! 나는 말을 계속하였다. — 우리 민족의 가장 찬연한 병사들이 불후의 영광으로 스스로를 덮고 있는 이때에! 또 다른 무수한 망쟁1866-1025, 프랑스의 장군, 훼데르브1828-1916, 주로 프랑스령 식민지에서 복무한 프랑스의 장군, 갈리에니1849-1916,

프랑스의 군인이며 행정가. 사후 프랑스 대원수로 추존됨들이…! 아! 대위! 내가? 그러한 짓을?

나는 문득 말을 끊었다. 나의 말이 감동적이었기를 기대하였다. 다행히도 잠시 동안이나마 그러한 것 같았다. 그리하여 더 이상 지체하지 않고 상호간에 오가던 그 횡설수설이 잠정적으로 멈춘 틈을 이용하여, 나는 그에게로 곧바로 다가가서 감동한 듯 두 손을 꼬옥 잡았다.

그의 두 손을 나의 손아귀에 움켜잡고 있으니 조금 마음이 놓였다. 그의 손을 잡은 채, 또한 그가 백 번 천 번 옳다고 하면서 나는 입심 좋게 해명을 계속하였고, 이제부터는 우리들이 모든 것을 능란하게 다시 시작할 수 있을 것이라고 그에게 확언하였다! 오직 나의 선천적인, 바보스러운 소심증이 그 어이없는 오해의 근원이라고! 나의 행동이 분명 용사들과 매력적인 인물들로 이루어진 남녀 승객들에게는 상상조차 할 수 없는 경멸로 보일 수도 있었을 것이라고…! 천우신조로, 위대한 성품과 재능을 갖춘 분들이 모두 모인 그 회중에서… 그 선박의 꽃인 탁월한 여자 음악가들을 포함하여…! 그렇게 공개적으로 사죄하면서, 나는 결론적으로 그들이 지체하지 않고, 또 아무 제한 없이 그 애국적이고 형제애 넘치는 명랑한 집단의 품에 나를 받아들여 주기를 호소하였다… 그러면 그 순간부터, 또 영원히 그 집단 내에서 아주 상냥한 인물이 되도록 노력하겠노라고 하면서… 물론 나는 그의 손을 놓아주지 않은 채 나의 웅변을 가열시켰다.

사람을 죽이지 않는 한 군인이란 하나의 어린애다. 적당히 얼버무려 군인을 속이기란 아주 쉬운 일이다. 평소에 생각하는 습관이 없기 때문에, 누가 자기에게 말을 하기가 무섭게 그 말을 이해하기 위하여, 그는 엄청난 노력을 할 수밖에 없다. 프레미종 대위는 나를 죽이는 것도, 술을 마시는 중도 아니었고, 손도 발도 꼼짝하지 않으며 오직 생각하는 일에만 전념하고 있었다. 그에게는 그 일이 엄청나게 과중하였다. 기실 나는 그의 머리통을 움켜잡고 있었던 것이다.

그 사죄의 시련이 계속되는 동안 점진적으로, 이미 떠날 준비가 되어 있던 나의 자존심이 더욱 희미해지더니 곧이어 나를 놓아버리고, 드디어 완전히, 즉 공식적으로 나를 내동댕이침을 느꼈다. 누가 무슨 말을 하건 그 순간은 매우 기분 좋은 순간이다. 그 사건 이후 물론 심리적으로, 나는 결정적으로 무한히 자유롭고 경쾌한 사람이 되었다. 우리가 살아가는 동안, 곤경에서 빠져나오기 위해서는 두려움이 필요한 경우가 가장 흔할 것이다. 그날 이후 나는 다른 무기나 다른 힘을 원하지 않게 되었다.

나의 피를 닦아 준 다음, 흩어진 나의 이빨들로 공기놀이를 하려고 온 그 군바리의 동료들 역시 이제는 어찌할 바를 모르는 채 허공에 떠다니든 단어들이나 붙잡는 것으로 알아들을 수 없는 말을 이해하려 애쓰다 만족해야 했다. 누구를 죽인다는 소식을 듣고 흥분하여 달려온 민간인들은 더러운 상판들을 하고 있었다. 온 힘을 다하여 서정적인 음조를 견지할 뿐 나 자신, 내가 하고 있는 말이 무엇인지 모르던 나는, 여전히 대위의 손을 잡은 채 아미랄 브라그똥호가 추진기의 작동 순간마다 숨을 헐떡이며 가르고 지나가는 흐물흐물한 안개 속에 하나의 이상적인 지점을 정해놓고 그것을 응시할 뿐이었다. 드디어 위험을 무릅쓰고, 팔 하나를 머리 위로 올려 휘두르면서, 그리하여 대위의 손을, 다만 하나만을 놓아주면서, 나는 연설의 결론을 향해 돌진하였다: "용감한 사람들끼리는, 장교 여러분, 결국 서로 이해하게 되는 것 아닙니까? 그러니 프랑스 만세, 빌어먹을! 프랑스 만세!" 그것은 브랑르도르 상사가 애용하던 수단이었다. 이번 경우에도 그 수단은 성공적이었다. 프랑스가 나의 목숨을 구해 준 유일한 경우였고, 그때까지는 그 반대였다. 나는 청중들이 조금 망설이는 것을 간파하였다. 그러나 일개 장교 신분으로, 아무리 기분이 나쁘다 할지라도 공공연히 민간인의 뺨을 때리기는 어려운 일이다. 더구나 나는 바로 그 순간 '프랑스 만세!'를 힘차게 외쳤다. 그러한 망설임이 나의 목숨을 구해주었다.

나는 모여 있던 장교들 중에서 닥치는 대로 두 사람의 팔을 힘차게 잡아끌며, 모두들 바로 가서 나의 건강과 우리들의 화해를 축하하는 잔치를 벌이자고 그곳에 있던 모든 사람을 초빙하였다. 그 용감무쌍한 자들은 단 일 분도 버티지 못하였고, 그리하여 우리들은 두 시간 동안이나 함께 퍼마셨다. 오직 그 배에 타고 있던 암컷들만이 말없이, 또 점점 실망하는 기색으로 우리의 동정을 살피고 있었다. 특히 다른 사람들보다도 그 악착스러운 피아니스트 여선생, 그 하이에나가 여자 승객들이 모여 있는 곳 한가운데에서 서성거리는 것이 보였다. 그 잡년들은 내가 잔꾀를 부려 함정을 벗어나지 않았나 의심하고 있었으며, 또 다른 모퉁이에서 나를 포획할 궁리를 하고 있었다. 그동안 우리 남자들은 헛되이 요란한 소음만 뿜어내는 선풍기 밑에서 한없이 퍼마시고 있었으며, 선풍기는 카나리아 섬을 지날 때부터 미친 듯이 솜덩이 같은 미지근한 대기를 짓이기고 있었다. 그 상황에서도 나는 새 친구들을 위하여 각종 수다를, 쉬운 재담을 계속 찾아내야 했다. 혹시 실수를 저지를까 두려워하며 침이 마르도록 그들의 애국심을 찬양하였고, 그 영웅들에게 한 사람씩 차례로 이야기를, 특히 식민지에서 떨친 그들의 용맹에 관한 이야기를 해 달라고 청하고 또 청하였다. 그것은 마치 음란한 짓 같아서, 무용담은 어느 시대 어느 나라에서건 군바리들의 구미를 돋우기 마련이다. 장교건 아니건 남자들과의 관계에서 일종의 평화, 비록 깨지기 쉬운 휴전임은 사실이나 그래도 귀중한 그 평화를 얻기 위해서 가장 필요한 것은, 어떠한 상황에서건 그들에게 자신들의 이야기를 늘어놓고 또 자신들의 천치 같은 허풍 속에서 뒹굴도록 해주는 일이다. 이지적인 허풍이란 없다. 그것은 하나의 본능이다. 허풍쟁이 아닌 남자 또한 없다. 인간이 서로를 기꺼이 용서하는 경우는, 찬사만을 늘어놓는 신바닥 흙털개 굽실거리기만 하는 천박한 자의 역할 속에서 뿐이다. 그 군인들을 상대로 해서는 힘들여 상상을 해낼 필요조차 없었다. 그저 끊임없이 경탄하는 기색만 드러내면 그만이었다. 전쟁 이야기를 해 달라고 청하고 또 청하기란 쉬운 일이다. 여행 친구들은 거듭되는 나의 요청을 뒤집어쓰다시피 하였다. 나는 병원에서의 그 호시절로 되돌아간 것 같았다. 그들의 이야기 하나하나가 끝날 때마다 나는 브랑르도르에게서 배운 대로, 거창한 말 한 마디로 동감 표하기를 잊지 않았다: "그야말로 역사의 아름다운 한 페이지야!" 그 말보다 더 큰 효력을 발휘하는 것은 없다. 슬쩍 끼어들어 그 일원이 된 예의 집단은 나를 조금씩 흥미 있는 인물로 판단하기 시작하였다. 그 사나이들은 내가 전에 들은 것에 못지않은, 그리고 훗날 병원 동료들과 상상력 경쟁을 하면서 나 자신이 떠벌리던 것에 못지않은 전쟁에 관한 허튼 이야기들을 마구 늘어놓기 시작하였다. 다만 그 배경은 달라서, 그들의 거짓말들은 보쥬 지방이나 플랑드르 지방 대신 콩고의 숲속을 헤매며 나부끼고 있었다.

조금 전 썩은 냄새를 풍기는 나를 제거하여 배를 정화하겠노라 자원해 나섰던 프레미종 대위는, 그 누구보다도 주의를 집중하여 다른 사람의 말을 경청하는 나의 태도를 본 이후, 나에게서 수천 가지 장점을 발견하기 시작하였다. 그의 동맥피의 흐름은 나의 탁월한 천사의 효력에 힘입어 문득 유연해진 듯하였고, 눈빛이 밝아졌고, 고질적인 알코올 중독자에게서 발견되는 그의 주름지고 핏발 선 두 눈은 드디어 그 멍청함을 젖히고 반짝이기 시작하였다. 또한 자신의 가치에 대하여 홀로 마음속 깊은 곳에 품었던, 그리하여 몹시 의기소침할 때마다 그를 휩싸던 그 의심이, 나의 명석하고 정확한 논평의 효력에 힘입어 얼마 동안이나마 아주 기막히게 소멸되었다.

진정 나는 희열의 창조자였다! 모두들 흡족해하였다. 그 고통스러운 습기에도 불구하고 생활을 즐겁게 만들 줄 아는 사람은 오직 나 하나뿐이었다! 게다가 말하는 사람을 황홀하게 만들 만큼 나는 그의 말을 경청하지 않았던가?

우리가 그처럼 횡설수설하는 동안 아미랄 브라그똥호는 더욱 저속으로 항진하고 있었으며, 국물에 빠져 꾸물거리고 있었다. 주위에는 단 한 가닥의 바람도 없었고, 우리들은 해안을 따라 너무나도 둔중하게 움직이고 있었기 때문에 마치 당밀(糖蜜) 속을 헤쳐 나아가고 있는 것 같았다.

선박의 위 하늘 역시 당밀, 녹아버린 검은 고약 그 자체였고, 나는 그것을 탐욕스럽게 곁눈질하고 있었다. 비록 땀을 질질 흘리고 신음을 하면서라도, 아니 어떠한 상태로라도 밤 속으로 되돌아가는 편을 택하고 싶었다! 프레미종은 자기의 이야기를 계속하고 있었다. 육지가 아주 가까운 듯했다. 그러나 나의 탈출 계획이 수천의 불안감을 안겨주었다… 우리의 대화에서는 조금씩 군대 이야기가 줄어들고 대신 음담이 그 자리를 메우더니, 그다음에는 노골적으로 더러운 이야기들투성이가 되어버렸고, 결국 대화의 맥이 끊겨 어디에서부터 이야기를 이어가야 할지 모르게 되었다. 나의 초대 손님들은 하나둘씩 대화를 포기하고 잠에 곯아떨어져 더럽게 코를 골아대고 있었다. 꺼져버리든가 영영 포기하든가를 결정해야 할 순간이었다. 이 세상에서 가장 사악하고 공격적인 기관들에게 자연이 강제로 부과한 잔혹성의 일시적 정지 상태를 그냥 놓쳐버려서는 아니 된다.

우리들은 이제 해안에서 얼마 되지 않는 곳에 닻을 내렸다. 보이는 것이라곤 해변을 따라 깜박이는 몇 개의 등불뿐이었다.

우리의 배 둘레로 짖어대듯 고함을 쳐대는 깜둥이들을 실은 일백여 척의 카누가 잽싸게 몰려들었다. 그 흑인들은 일제히 갑판 위로 기어 올라와 도울 일거리를 찾았다. 나는 은밀히 준비해두었던 몇 개의 보따리를 순식간에 승강대가 있는 곳으로 옮긴 다음, 어둠 때문에 얼굴도 거동도 보이지 않는 사공들 중 하나를 따라서 줄행랑쳤다. 승강대 아래, 즉 출렁이는 수면에 이르렀을 때, 나는 우리가 닿은 곳이 어디인지 몰라 불안해졌다.

— 여기가 어디오? 내가 물었다.

— 방볼라-포르-고노입니다! 그림자가 대답하였다.

우리들은 노를 힘껏 저으며 자유로이 부유하기 시작하였다. 더 빨리 가기 위하여 나도 그를 도왔다.

그렇게 도망을 치면서도 나는 다시 한번 배 위에 있는 나의 위험스러운 친구들을 바라보았다. 중갑판의 초롱불빛 아래에서 결국 마비증세와 위염에 녹초가 되어, 그들은 깊은 잠 속에 으르렁거리면서 헤매며 발효하기를 계속하고 있었다. 포식을 한 후 나둥그러져 있는 그들의 모습은 모두 비슷하였다. 장교들, 관리들, 기술자들, 장사꾼들, 여드름투성이인 놈, 뚱뚱한 놈, 푸르뎅뎅한 놈, 모두 뒤섞이니 그놈이 그놈이었다. 개들이 잠들었을 때는 늑대들과 비슷하다.

조금 후 나는 육지와, 나무 밑에서는 더욱 짙은 밤과, 그리고 그 밤 뒤에 있는 정적 속의 모든 음모들을 다시 만났다.

방볼라-브라가망스의 식민지에서는 총독이 모든 사람 위에 군림하고 있었다. 그의 수하에 있는 군인들과 관리들은, 그가 혹시 황송스럽게도 자신들에게 눈길이라도 주면 감히 숨도 크게 쉬지 못하였다.

그 명사들보다도 훨씬 낮은 지위에 있던 현지 정착 상인들은, 유럽에서보다 더 용이하게 도둑질하고 또 번창하는 것 같았다. 그 영토 안에서는 코코넛 한 개, 땅콩 한 알도 그 약탈자들의 손아귀를 벗어나지 못하였다. 관리들은 지치고 질병에 시달림에 따라, 사람들이 자기들을 그곳에 보내놓고 단지 직급만 올려주고 채워야 할 문서 용지만을 줄 뿐, 돈은 거의 한 푼도 주지 않은 채 아예 방치해 버리고 말았다는 사실을 깨닫고들 있었다. 그리하여 그들은 상인들을 곁눈질하고 있었다._{선망의 눈으로 보다} 그 두 부류들보다도 더욱 멍청한 군인들은 식민 정책의 영광을 처먹으며 살아가고 있었으며, 그것을 소화시키기 위하여 많은 양의 키니네와 수 킬로미터에 달하는 군율만을 게걸스럽게 삼키고 있었다.

모든 사람이 온도계의 눈금이 낮아지기를 기다리던 나머지, 점점 미련해지고 있었다. 충분히 이해할 수 있는 일이다. 또한 개인적 혹은 집단적 적대행위가 군인들과 관리들 간에, 그리고는 관리들과 상인들 간에, 그 다음에는 관리들과 상인들의 잠정적 연합체와 군인들 간에, 또 그 다음에는 그 모두의 연합체와 깜둥이들 간에, 결국에는 깜둥이들과 깜둥이들 간에 끊임없이, 또 괴이하게 계속되었다. 그리하여 학질과 갈증, 더위에 소진되고 얼마 남지 않은 에너지마저도 서로 물어뜯는 악착스러운 증오로 완전히 고갈되어, 본토에서 온 많은 식민지 주민들이 마치 전갈들처럼 스스로의 독에 중독되어 결국 죽어갔다.

하지만 그 지독한 무정부 상태도, 마치 바구니 속에 갇힌 게들처럼 철저히 봉쇄된 치안망 속에 들어가 있었다. 관리들은 헛되이 거품만 내뿜을 뿐, 게다가 총독은 자기의 식민지를 계속 절대 복속 상태로 유지하기 위하여 자신이 필요로 하는 꾀죄죄한 민병대원들과, 또 그만큼의 가난이 해안 지역으로 내몬, 장사꾼들에 의해 거덜이 난, 그리하여 먹을 것을 찾아서 몰려온 깜둥이들을 규합할 방도를 알고 있었다. 그렇게 주위 모은 신병들에게는 총독을 찬양할 권리와 그 예절을 가르쳤다. 총독은 자기의 재산을 전부 황금으로 바꾸어 그 정복 위에다 펼쳐놓은 듯했고, 훈장을 많이 달고 있었다는 뜻이다 특히 그의 머리털은 차치하고라도 태양빛이 그 위로 비칠 때면 우리의 눈을 의심케 하는 장관이었다.

총독은 매년 비쉬 산 광천수를 수송해다 마셨고, 읽는 것이라곤 정부 발행 관보뿐이었다. 많은 관리들이 언젠가는 자기네들의 부인과 잠자리를 함께 할지도 모른다는 희망 속에서 살았지만, 총독은 여자를 좋아하지 않았다. 그는 아무것도 좋아하지 않았다. 황열병이 휩쓸고 지나갈 때에도, 그자를 땅에 묻기를 갈망하던 그토록 많은 사람들이 그 역질에 파리떼처럼 나자빠져도 그는 번번이 마술에 걸린 듯 건강하게 살아남았다.

어느 해 7월 14일 축제 때, 그가 자기 관저 수비대 전열 앞을 토인 기병대원들의 경호를 받아가며 커다란 국기에 앞서서 말을 타고 꺼덕거리며 나아가고 있을 때, 분명 열에 들뜬 듯한 어느 상사 한 명이 그의 말 앞으로 뛰어들어 "물러섯! 이 오쟁이 진 놈아!"라고 고함을 친 사건을 모두들 기억하고 있었다. 그러한 행위에 그는 심한 충격을 받은 듯하였지만, 그 사건은 흐지부지 불문에 부쳐졌다고 한다.

열대의 사람들이나 사물들을 평정한 의식을 가지고 바라보기는 어렵다. 그것들에게서 발산되는 다양한 색채 때문이다. 색채들이건 사물들이건 모두 비등 상태에 있다. 작은 정어리 통조림 깡통 하나가 열려서 한낮 길 한복판에 놓이면 어찌나 다양한 빛을 발산하는지, 그것을 바라보는 눈에는 커다란 사고만큼이나 중대하게 보인다. 정신을 바싹 차려야 한다. 그곳에서는 사람들만이 히스테릭해지는 것이 아니라 사물들 역시 그러하다. 밤이 되었다 해서 삶이 그다지 견딜 만해지는 것이 아니라, 어둠이 내려앉기가 무섭게 그 어둠을 모기떼가 점령해버린다. 하나, 둘, 혹은 백이 아니라 수조에 이르는 모기들이다. 그러한 조건에서 무사히 빠져나오는 것이 종족 보존을 위한 하나의 진정한 과업이다. 낮에는 사육제의 괴이한 인형 꼴, 밤에는 조리_{모기들에게 무수히 물려 몸이 조리처럼 구멍투성이가 된다는 뜻}, 그야말로 소리 없는 전쟁이다.

우리가 피신해 들어간, 그리고 거의 안전해 보이는 오두막집이 드디어 조용해지면, 이번에는 흰개미들이, 그 흉측한 것들이 건물을 공략하여 오두막의 기둥들을 삼켜버릴 듯 쉬지 않고 파먹는다. 그 위험한 레이스 덩어리에 회오리바람이라도 불어닥친다면, 모든 길바닥이 온통 하얀 수증기로 덮인 듯할 것이다.

내가 흘러가 닿은 곳, 브라가망스의 엉성한 수도는 그렇게 숲과 바다 사이에 모습을 드러내고 있었으나, 그 주제에도 은행이며 사창가, 까페, 테라스, 심지어 고용 알선 사무실까지, 또한 산책을 할 수 있도록 훼데르브 공원과 뷔죠 거리 등을 조성해놓아 하나의 작은 도시로서 손색이 없을 만큼 갖추고 꾸며져 있었으며, 도시는 유충들로 뒤덮이고 여러 대에 걸쳐 약삭빠른 주둔군 병사들과 관리들에 의해 짓밟힌 거친 절벽, 그 한가운데에서 번쩍이는 아무렇게 나 지어놓은 건물의 집단이었다.

군인들은 다섯 시쯤 되면 술잔 주위에 둘러앉아 으르렁거리고 있었는데, 내가 도착한 바로 그 무렵 술값이 인상되었다. 소비자들은 대표를 뽑아 술집 주인들이 압생뜨나 까시스의 잔 당 가격을 멋대로 인상하지 못하도록 포고령을 내려 달라고 요청하기 위하여, 그들을 총독에게로 파견하려 하고 있었다. 술집에 자주 드나드는 몇몇 사람의 말에 의하면, 얼음 때문에 우리의 식민지 개척이 점점 어려워지고 있다는 것이었다. 식민지에 얼음이 도입되었다는 사실, 그것은 식민지 개척자들이 연약해지기 시작한 신호였다. 얼음이 도입되자, 이제부터는 아예 습관적으로 얼음덩이를 넣은 술잔에 용접된 듯 붙어 앉아서, 어느 식민지 종사자건 기후 조건을 오직 자신의 극기적 노력만으로 제압하기를 포기해버리게 되었다. 지나는 길에 돌이켜보건대, 훼데르브나 스텐리, 마르샹 등은 여러 해 동안 오직 맥주와 포도주, 미지근한 흙탕물만 마시면서도 그것들을 훌륭한 음료로 생각하였다. 모든 비밀은 바로 그 속에 있다. 한 나라가 식민지를 잃는 것도 바로 그렇게 해서다.

길가에 늘어선 허술한 주택들과는 대조적으로 거의 도발적이다시피 한, 수액 덕분에 무성하던 종려나무 밑에 숨겨진, 다른 많은 사실들 또한 알게 되었다. 그곳에 가렌느-브종 빠리 서북부, 발드와즈 지방의 소읍. 빈민층 사람들이 모여 살던 공업 지역과 다른 유일한 점은 그 엄청나게 무성한 녹음뿐이었다.

밤이 되면, 시장하되 뱃속에는 황열병만 가득한 모기떼가 구름처럼 날아다니는 사이로 토인 창녀들의 손님 끌기가 그 절정에 달하였다. 수단 출신 여인들도 그녀들이 가지고 있는 유일한 재산, 즉 허리 근처만 가린 치마 밑에 있는 그것을 산책 나온 사람들에게 팔고 있었다. 비싸지 않은 가격으로 한 가족을 몽땅 한두 시간쯤

집어삼킬 수 있었다. 나로서는 이 사타구니 저 사타구니를 옮겨 다니며 빈둥거렸으면 좋으련만, 어쩔 수 없이 일자리를 얻을 만한 곳을 찾아 나서기로 결심하였다.

누군가 나에게 알려 주기를, 소 콩고 주재 뽀르뒤리에르사 사장이, 비록 경험은 없어도 밀림지대 속에 있는 자기의 대리점을 경영할 만한 사람을 찾고 있는 중이라 하였다. 나는 지체하지 않고 그를 찾아가, 아직 능력은 부족하더라도 열성을 다하여 봉사하겠다고 하였다. 사장은 나를 별로 반기는 기색이 아니었다. 그 편집광은 ―그를 그렇게 칭할 수밖에 없다― 총독부에서 멀지 않은 곳의 널찍한 목조 초가에 살고 있었다. 그는 쳐다보지도 않은 채 나의 과거에 대해 퉁명스럽게 몇 가지 질문을 하더니, 천진스러운 답변에 조금 누그러져 나에 대한 멸시가 관대한 태도로 바뀌는 듯하였다. 그러면서도 나에게 자리를 권할 때는 아직 아니라고 판단하고 있는 듯하였다.

― 당신의 서류를 보니 의학 지식이 좀 있다고요? 그가 그 사실을 짚어 말하였다.

그 분야의 공부를 시작한 것이 사실이라고 대답하였다.

― 그렇다면 그 지식이 당신에게 아주 유용할 거요! 위스키 좀 들겠소?

나는 술을 마시지 않는다고 하였다. "담배라도 피우겠소?" 그 제의도 역시 사양하였다. 나의 그러한 절제에 그는 깜짝 놀라는 기색이었다. 심지어 뿌루퉁해지기까지 하였다.

― 나는 술도 안 마시고 담배도 안 피우는 고용원들을 별로 좋아하지 않는데… 혹시 당신 남색가요? …아니에요? 안됐군! …남색가들은 다른 사람들에 비해 도벽이 적은데… 경험을 통해 알게 된 사실이오… 그들은 자기들끼리 서로 집착할 뿐이지… 남색가들의

그러한 장점, 그 유리한 점을 보편적인 특징으로 간파하고 있는 듯 하였고, 그는 다시 말을 이었다… 당신은 그 반대임을 입증하겠지…! 그리고는 다른 말을 끌어다 붙이면서: 덥지요, 그렇지 않소? 익숙해질 거요! 어떻든 익숙해져야 하니까! 그리고 여행은 어떠하였소?

— 몹시 불쾌하였습니다! 내가 솔직히 대꾸하였다.

— 음, 여보게 친구, 당신은 아직 아무것도 보지 못했소. 당신이 비코밈보에서 일 년쯤 살아보면 이 나라에 대해 나에게 할 이야기가 많을 거요. 비코밈보란 곳은 지금 있는 그 사기꾼 후임으로 내가 당신을 보내려고 하는 곳이오….

그가 부리는 깜둥이 여자는 탁자 곁에 웅크리고 앉아서 자신의 발을 만지작거리며 작은 나무 동강으로 문질러대고 있었다.

— 어서 가, 이 순대^{행실이 나쁜 여자를 가리킨다}야! 상전이 그녀에게 쏘아붙였다. 가서 보이^{흑인 남자 하인을 가리킨다}를 찾아와! 그리고 가는 길에 얼음도!

찾아오라고 한 보이가 느림보 걸음으로 나타났다. 사장은 몹시 화가 나, 그가 도착하자 벌떡 일어서더니 따귀를 힘차게 두어 대 후려친 다음, 그의 아랫배를 소리가 나도록 두어 번 걷어찼다.

— 이 사람들 때문에 결국은 내가 뒈질 거야! 사장은 한숨을 지으며 예언하듯 말하였다. 그리고는 풀기 없는 노란색 천으로 싼 안락의자에 다시 풀썩 주저앉았다.

— 이봐, 친구, 탁자 위에 있는… 내 채찍과 키니네를 이리 줘… 문득 친절해지고, 또 자신이 휘두른 폭력 덕분에 잠시나마 홀가분해진 듯 그가 말하였다… 내가 이렇게 흥분해서는 안 되는데… 성질을 부리는 것은 멍청한 짓이야….

그의 집에서는 강 연안의 항구가 한눈에 내려다보였고, 저 멀리 아래쪽에서는 강물이 반짝이고 있었는데, 먼지가 어찌나 빽빽하고 자욱한지, 항구에서 작업하는 소리는 선명히 들려와도 그 움직임은 잘 보이지 않았다. 연안에서는 마치 수직으로 오르내리는 개미들처럼, 욕설이 오가는 속에서 물건을 가득 담은 커다란 바구니를 머리에 이고서 균형을 잡으며 가늘고 출렁거리는 사다리를 기어오르면서, 깜둥이들이 여러 줄을 이루어 여기저기 하역용 경사면에 들러붙어 끝이 없는 하역 작업을 하느라고 땀을 뻘뻘 흘리면서 말다툼을 하고 있었다.

붉은 먼지 사이로 꿈틀거리는 염주알들처럼 오가는 모습들이 보였다. 일을 하고 있는 그 형체들 중 몇몇은 등에 작고 검은 점 하나씩을 더 짊어지고 있었는데, 그것들은 보충 짐보따리인 아이들을 등에 업고서 캐비지 야자 자루들을 운반하느라 땀을 질질 흘리고 있는 어머니들이었다. 개미들이 그처럼 일을 할 수 있을지 의문이다.

— 누구든 이곳은 항상 일요일이라고 생각하지 않겠소…? 사장이 농담을 하며 말을 계속하였다. 날씨도 명랑하고! 청증하고! 암컷들은 언제나 알몸이고! 당신도 보셨지? 예쁜 암컷들을? 빠리에서 이곳에 처음 도착해보면 참 우습지 않소? 그런데 우리들은! 항상 백색 양달령으로 만든 옷을 갖춰 입고! 마치 해수욕장에서처럼! 그렇게 차려입으니 멋있지 않소? 영락없는 성체배령자들이지! 당신에게 말하건대 이곳은 항상 축제판이오! 틀림없는 팔월 십오일 성모 승천 축일로서, 프랑스 농촌 지역에서는 밀 수확이 끝나고 아직 포도 따기가 시작되지 않은 가장 한가한 시기다. 옛 카톨릭에서 8월 15일을 성모 승천 축일로 삼은 것도 그러한 이유에서였다! 또한 사하라 사막에 이르기까지 모두 이곳과 같아요! 생각해보시오!

그리고 그는 말을 멈추더니 한숨을 짓고, 웅얼거리며 "빌어먹을!"이라는 욕소리를 두세 번 반복하다가 수건으로 얼굴의 땀을 닦고 나서 대화를 계속하였다.
 ─ 회사 일로 당신이 갈 곳은 밀림지역이고, 몹시 습하오… 이곳에서 열흘 쯤의 거리에 있고… 처음엔 바다가 나타나고… 다음은 강이오. 보게 되겠지만 강은 온통 시뻘겋고… 그 강 저편에는 에스빠냐인들이 있지… 그곳 대리점에서 현재 근무하고 있는 자는 아주 추잡한 놈이오, 잘 유념해 두시오… 우리 두 사람뿐이라… 당신에게 말하는데… 그 썩은 퇴비 같은 놈은 우리에게 보고서를 보낼 방법이 없다는 것이오! 방법이! 아무리 거듭 독촉을 하여도 헛일…! 사람이란 홀로 있으면 오랫동안 정직하기가 어렵지! 가보시오! 당신도 깨닫게 될 것이오! 당신 역시 그것을 깨닫게 될 것이오…! 몸이 아프다고 우리에게 편지를 보냈소… 그렇고말고! 암! 아프다고! 나 역시 아파요! 몸이 아프다는 것이 도대체 무슨 뜻이지? 모두가 병들었는데! 당신도 병들 거요, 게다가 머지않아! 그것은 이유가 될 수 없어! 그가 앓고 있다는 사실은 문제가 되지 않아…! 회사가 우선이야! 임지에 도착하거든 재고품 파악하는 일을 특히 잊지 마시오…! 대리점에서는 삼 개월분의 식량과, 최소한 일 년분의 상품이 있을 거요… 그 일을 잊지 말도록 하시오…! 특히 밤에 그곳으로 떠나지 않도록 하시오… 경계해야 하오! 바다로 당신을 맞으러 보낼 그의 수하 깜둥이들이 당신을 물속에 처박아버릴지도 모르오. 놈이 분명 그들을 잘 길들여 놓았을 거요! 그들 역시 놈에 못지않은 불한당들이오! 나는 확신하오! 놈이 깜둥이들에게 당신에 관해 몇 마디 지령을 내렸을 거요…! 이곳에서는 흔히 있는 일이지! 그러니 떠나기 전에 당신의 키니네, 당신 전용의 키니네, 당신의 것을 챙겨두시오… 놈이 사용하는 키니네에다 다른 무엇을 슬쩍 섞어 놓았을지도 모르니!
 사장은 주의사항들을 일러주느라 지친 듯 자리에서 일어나 나를 내보냈다. 우리들 머리 위 함석 지붕은 그 무게가 이천 톤이나 되는 듯, 엄청난 열을 우리의 머리 위쪽에 간직하고 있었다. 우리 두 사람은 하도 더워서 모두 얼굴을 찡그리고 있었다. 더위에 질식해 곧 뻗어버릴 것만 같았다. 그가 덧붙였다:

— 바르다뮈, 출발 전에 아마 다시 만날 필요는 없을 거요! 여기에서는 모든 것이 사람을 피곤하게 만들어요! 하지만 당신이 떠나기 전에 창고로 가서 채비가 제대로 되었는지 살펴볼지도 모르겠소…! 그곳에 도착하면 편지를 보내도록 하겠소… 한 달에 한 번씩 그곳으로 우편물이 떠나니까… 출발지는 여기요… 자, 행운을 빌어요…!

그리고 나서 그는 모자와 상의 사이 그늘 속으로 모습을 감췄다. 그의 목 뒷부분에 두 개의 구부린 손가락처럼 힘줄이 불쑥 솟아 머리 부분에 닿아 있는 것이 선명하게 드러났다. 그가 다시 나에게로 고개로 돌렸다:

— 다른 녀석에게 신속히 이곳으로 복귀하라고 전해주시오…! 내가 몇 마디 할 말이 있다고…! 도중에 지체하지 말라고…! 아! 싸구려 고깃덩이! 특히 오는 도중에 놈이 뒈져서는 안 돼…! 그래서는 정말 유감이야! 아! 그 퇴비 더미!

그의 심부름을 하는 깜둥이 하나가 커다란 등불을 들고 내 앞에 서서, 약속된 그 멋있는 비코밈보로 떠날 때까지 유숙할 곳으로 나를 안내했다.

우리는 가로수가 늘어선 길을 따라 걷고 있었는데, 그곳에 있는 사람들 모두 땅거미가 진 후에 산책을 나온 것 같았다. 등대선의 경적 소리에 매질을 당한 밤이 사방을 뒤덮고 있었으며, 그것은 다시 딸꾹질처럼 위축되고 뒤죽박죽인 노랫소리에 의해 불규칙하게 잘리고 있었는데, 그 밤은 항상 너무 급하게 두드려대는 북소리를 격렬한 심장으로 가지고 있는, 더운 나라의 칠흑 같은 거대한 밤이었다.

나의 젊은 안내자는 맨발로 유연하게 달음질치고 있었다. 근처 덤불숲 속에는 유럽 사람들이 있는 듯 공격적이고 꾸민, 그리하여 금방 식별되는 백인들의 목소리, 잡담을 하고 있는 소리가 들려왔다. 우리의 등불을 보고서 몰려든 곤충 떼를 박쥐들이 끊임없이 밭고랑처럼 가르고 지나가며 퍼덕거렸다. 귀뚜라미들이 일제히 귀가 멍멍할 정도로 소음을 내고 있는 것으로 보아, 나뭇잎 하나하나마다 최소한 한 마리씩은 숨어 있는 듯하였다.

오르막길의 중턱, 두 개의 도로가 교차하는 지점에 이르러 우리는 발길을 멈추었다. 일단의 흑인 보병대원들이 커다랗고 물결치는 듯한 삼색 깃발에 덮인 관 하나를 땅에 내려놓은 채 입씨름들을 하고 있었기 때문이다.

병원에서 죽은 사람의 시신이었는데, 그들은 그것을 어디에 매장해야 할지 결정을 내리지 못하고 있었다. 상부의 명령이 명확치 않았다는 것이다. 그들 중 일부는 아래쪽 평지에 묻자 하고, 다른 사람들은 위쪽 묘지에 묻어야 한다며 고집을 부렸다. 여하튼 서로 합의는 보아야 할 형편이었다. 그리하여 보이와 나도 그 일에 말참견을 하게 되었다.

드디어 시신을 운반하던 사람들은, 내려가는 것이 더 편하다는 생각으로 위쪽보다는 아래쪽 묘지를 택하기로 결정하였다. 도중에 우리는 그 외에 백인 젊은이 셋을 만났는데, 그들은 유럽에 있을 때 일요일이면 럭비 경기장을 찾아다니는 공격적이고 조금 창백한, 열렬한 관객들의 족속에 속하는 자들이었다. 그들 역시 나처럼 뽀르뒤리에르사의 고용원들이었는데, 아직 완공되지 않은 숙소로 가는 길을 친절히 가르쳐주었으며, 그 숙소에는 쉽게 분해하여 운반할 수 있는 임시 침대가 준비되어 있노라고 알려주었다.

우리는 그곳을 향해 다시 떠났다. 그 가건물은 식사도구 몇 점과 임시 침대만을 갖추었을 뿐, 거의 텅 비어 있었다. 실오라기처럼 가늘고 흔들거리는 그 물건 위에 몸을 펴고 눕자마자 이십여 마리의 박쥐가 구석구석에서 쏟아져 나와, 불안에 떨며 쉬고 있는 내 위를 윙윙거리며 날아다니는 것이 마치 수십 개의 부채로 예포를 쏘는 것 같았다.

나를 안내한 깜둥이 녀석은 가던 길을 되돌아와 은밀한 봉사를 하겠노라 제안하였고, 그날 저녁에는 별로 기분이 나지 않는 터라 거절하였더니, 실망한 듯 자기의 누이를 소개하겠다고 하였다. 그 밤중에 녀석이 어떻게 자기 누이를 찾아올지, 나로서는 호기심을 가질 만도 한 일이었다.

마을에서 들려오는 북소리는 이미 산산이 부서져 조각난 인내심마저 파열시키고 있었다. 수천 마리의 부지런한 모기들이 추호의 유예도 허락지 않고 나의 허벅지를 점령해버렸으나, 전갈들과 이제 막 사냥을 시작한 것으로 보이는 독사들 때문에 나는 감히 발 하나도 땅바닥 위로 내려놓지 못하였다. 독사들은 특히 쥐를 좋아하였고, 그것들이 쥐를 먹어치우는 소리가 들려왔으며, 벽에서건 마룻바닥에서건 혹은 천장에서건 사방에서 그것들이 전율하는 소리가 들려왔다.

드디어 달이 떴고, 그러자 집구석이 조금 조용해졌다. 한마디로 식민지에서의 생활은 편치가 않았다.

하지만 그 가마솥의 다음날이 밝아왔다. 유럽으로 돌아가고 싶은 거대한 욕구가 나의 몸과 정신을 엄습해왔다. 당장에 떨치고 떠나버리고 싶었지만 오직 돈이 없을 뿐이었다. 딱 질색이었다. 게다가 그토록 유쾌한 곳처럼 묘사된 비코밈보의 임지로 떠날 때까지,

내가 포르-고노에 머물 수 있는 기간은 겨우 일주일뿐이었다.

포르-고노에서 총독부 청사 다음으로 가장 큰 건물은 병원이었다. 시내 어느 쪽으로 가더라도 그 건물과 다시 조우하게 되어 있었다. 단 일백 미터를 걷지 않아서 멀리 페놀의 악취를 풍기는 그 부속 건물들 중의 하나를 만나게 되어 있었다. 나는 가끔 부두의 하역장까지 내려가, 뽀르뒤리에르사가 프랑스에서 고용하여 데려온 빈혈증세가 있는 듯 창백한 어린 동료 사원들이 일하는 모습을 구경하곤 하였다. 한편으로는 선박에서 짐을 내리고 다른 한편으로는 짐을 실으며, 쉬지 않고 일하는 그들의 서두는 모습은 호전적 광기마저 띠고 있었다. "선박이 정해져 있으면 그 비용이 얼마나 많이 드는데!" 그들은 마치 자기네 돈이라도 되는 듯 진정 상심하여 그렇게 되뇌고 있었다.

그들은 혹은 하역부들을 광란하듯 들볶아대고 있었다. 의심할 여지없이 열정적이었다. 그러나 또한 열성적인 만큼 비열하고 악랄하였다. 한마디로 잘 선별해 온, 이상적인 열광자들, 황금 같은 고용원들이었다. 주인에게 열성인 아들들, 나의 어머니께서 하나 갖고 싶어 하셨을 아들들, 하나만이라도 그녀 몫으로 가져 모든 사람 앞에서 자랑스러워하실 수 있는, 손색없이 합법적인 아들들이었다.

그 어린 초벌품들초심자들은 적도 하의 아프리카로 와서 자기들의 고깃덩이와 피, 생명, 젊음을 고용주에게 바치고 있었고, 일당 이십이 프랑(고용 회사가 운영하는 합숙소에 기거하는 자들의 보수는 그보다도 적었다)에 만족하는, 여하튼 만족하는 순교자들이었으며, 일천만 번째의 모기마저 그들의 마지막 적혈구를 호시탐탐 노리고 있었다.

식민지는 그 어린 고용원들을 사람에 따라 뚱뚱하게 만들거나 혹은 홀쭉하게 만들지만, 여하튼 그들 모두를 잡아둔다. 태양 아래서 죽어가는 길은 오직 둘뿐, 비계 낀 길과 깡마른 길뿐이다. 다른 길은 없다. 그 둘 중 하나를 선택할 수도 있겠으나, 뚱뚱해지는 길과 가죽이 뼈에 푹 꺼져 달라붙는 길을 선택하는 것은 각자의 기질에 달려 있다.

저 위, 붉은 절벽 위, 1만 킬로그램의 태양이 실린 함석 지붕 아래에서 자기의 깜둥이년과 악마처럼 요동질을 치고 있는 사장 역시 이미 예정된 운명을 피할 수는 없으리라. 그는 홀쭉한 부류에 속하였다. 단지 그는 몸부림을 치고 있을 뿐이었다. 그는 기후를 제압하고 있는 듯이 보였다. 외관일 뿐이었다! 실제로는 다른 사람들보다 오히려 더 심하게 풍화되고 있었다.

사람들은 그가 이 년 만에 한밑천 잡을 멋진 사취 계획을 가지고 있다고들 하였다… 그러나 그가 아무리 밤낮을 가리지 않고 열심히 회사를 속인다 하더라도, 자기의 계획을 실현할 시간은 영영 얻지 못할 것이 뻔하였다. 이미 그에 앞서 스물두 명의 사장들이 각각 그 룰렛 게임 같은 계획을 가지고 한밑천 잡으려 시도한 바 있었다. 그러나 저 멀리, 더 높은 곳, 빠리의 몽세 로에서 사장을 감시하던 주주들에게는 이미 모든 것이 잘 알려져 있었고, 사장의 하는 꼴을 보고서 미소 짓고 있었을 따름이다. 어린애가 노는 모습처럼 보였기 때문이었다. 그 누구보다도 악랄한 도적떼인 주주들 역시 사장이 매독 환자이며, 또 열대에서 극도로 고통을 받고 있으면서 키니네와 창연(蒼鉛)을 고막을 터질 지경까지, 또 비소(砒素)를 잇몸이 몽땅 너덜거릴 지경까지 마구 삼켜댄다는 사실을 잘 알고 있었다.

사장의 월급은 본사의 회계과에서 지불하고 있었는데, 월급이라야 돼지의 월급이었다.

나의 어린 동료 고용원들은 자기들끼리도 일체 자신들의 생각을 서로 드러내지 않았다. 고작 사상의 누룽지처럼 굽고 또 구운, 고착된, 일률적인 표현들만을 주고받을 뿐이었다. "근심해서는 안 돼!" 그들의 입버릇이었다. "해치우고 말 거야…!" "총대리인이 오쟁이를 졌다지…!" "깜둥이들은 담배쌈지처럼 들볶아야 해!" 등.

저녁이 되어 마지막 고역^{작업}을 치르고 나면, 우리들은 로셸 출신의 땅데르노라고 하는 보조 관리와 함께 술잔 주위에 다시 모이곤 하였다. 땅데르노가 상인들과 어울리는 것은 오직 술을 얻어 마시기 위해서였다. 그럴 수밖에 없었다. 명예의 실추였다. 그에게는 돈이 한 푼도 없었다. 식민지 사회의 계급 서열에서 그가 맡은 직책은 최하위였다. 그는 밀림지대에 도로를 건설하는 공사를 지휘하고 있었다. 원주민들은 그가 거느린 민병대원들의 몽둥이세례를 받으며 일을 하였다. 그러나 땅데르노가 뚫어 놓은 새 도로로는 단 한 사람의 백인도 지나다니는 일이 없고, 한편 흑인들은 발각되어 세금을 내는 것이 싫어 도로보다는 자기들에게 익숙한 밀림 속의 오솔길을 택하였으며, 또한 땅데르노가 만든 그 국도가 실제로 별 용도가 없었기 때문에, 도로는 단 한 달이 못 되어 급속히 자라는 초목 속으로 사라져버리곤 하였다.

— 지난해에는 도로 일백이십이 킬로미터를 잃었어! — 그 환상적인 개척자는 자신이 만든 도로에 관하여 자진해서 우리에게 일러주었다. — 믿고 싶으면 믿으라구…!

내가 그곳에 머무는 동안 땅데르노에게서 발견한 단 하나의 자랑거리는 지극히 소박한 허세로서, 그늘에서도 기온이 섭씨 사십사 도나 되는 그곳에서 감기에 걸리는 유일한 유럽인이라는 것이었다… 그 특이함이 그에게 결여된 많은 것들을 심적으로 보상해 주었다… "또 암소처럼 감기에 걸렸어!" 술자리에서 그가 매우 자랑스럽게 감기 소식을 전했다. "그런 일은 나에게만 생기지! ─ 이 땅데르노라는 사람, 굉장한 친구야!" 주위에 모여 있던 변변찮은 무리들 중 몇몇이 감탄한 듯 소리쳤다. 그러한 만족감이나마 전혀 아무것도 없는 것보다는 나았다. 무엇이 되었든, 허세에 있어서는 전혀 아무것도 없는 것보다는 낫다.

뽀르뒤리에르사에 고용된 어린 봉급쟁이들의 또 다른 심심풀이들 중 하나는, 누구의 신열이 더 높은가를 겨루는 것이었다. 어려운 경기는 아니었지만, 며칠을 두고 서로 도전하였기 때문에 많은 시간을 요하였다. 저녁이 되면, 신열 역시 거의 날마다 찾아오기 때문에 가장 자신의 체온을 측정하였다. "이봐, 난 삼십구 도야…! 젠장, 염려 마, 내가 원한 것처럼 난 사십 도야!"

그 측정치들은 정확하고, 또 모두 규칙을 준수한 것들이었다. 반사경 빛 아래에서 체온계들을 서로 비교하였다. 승리자는 부들부들 떨며 개가를 불렀다. "하도 땀을 흘려서 더 이상 오줌을 눌 수가 없어!" 모든 선수 중 가장 수척한, '충분한 자유가 없어' 수도원을 탈출해서 그곳까지 왔다는 아리에쥬 출신의 몹시 야윈 동료 고용원이 솔직하게 말하였다. 하지만 시간은 흘러갔고, 그런데도 그 동료들 중 누구 하나 비코밈보에서 나와 임무를 교대할 그자가 정확히 어떤 부류에 속하는지를 말해주지 못하였다.

"괴상한 친구야!" 그들이 나에게 알려 준 것이라곤 그 말이 고작이었다.

─ 식민지에서는 처음에 너의 장점을 최대한 드러내야 해! 가장 신열이 높았던 아리에쥬 출신 꼬마가 나에게 조언을 해주었다. 여기에서는 이것 아니면 저것이니까! 사장에게는 황금처럼 귀한 존재가 아니면 나머지는 모두 썩은 퇴비야! 또한 유념해두어, 즉각 판정이 되지!

나는 '썩은 퇴비'나, 그보다도 못한 부류로 판정될까 정말 두려웠다.

그 어린 흑인 노예상인들, 내 친구들은 뽀르뒤리에르사의 또 다른 동료 한 사람에게 나를 데리고 갔는데, 그 사람의 경우는 특히 이 이야기에서 언급될 만한 가치가 있다. 그는 유럽인들의 거주 지역 중심부에서 지점 경영자로 일하고 있었는데, 피로에 곰팡이가 슬고, 기름때가 번들거리며, 무너져 가고 있던 그는, 이 년 동안 물결 모양의 함석 지붕 아래에서 끊임없이 구워진 나머지 끔찍하게 건조된 자신의 눈 때문에 모든 종류의 빛을 두려워하고 있었다. 그는 아침에 눈을 뜨려면 삼십 분 이상을 필요로 하였고, 사물을 조금 선명하게 보려면 다른 삼십 분이 더 소요된다고 하였다. 어떤 광선이건 자신에게는 고통스럽다고 하였다. 옴에 걸린 거대한 한 마리 두더지였다.

더위에 헐떡이며 고통을 받는 것이, 또한 훔치는 것 역시 그에게는 제 이의 직업이 되어버렸다. 누군가가 혹시 단번에 건강하게 만들어 주고, 염치를 회복토록 해준다면 그는 몹시 당황하였을 것이다. 현지 사장에 대한 그의 증오심은, 그토록 오랜 세월이 지난 오늘에 이르러 돌이켜 보아도 내가 하나의 인간에게서 관찰할 수 있었던 가장 강렬한 정열들 중의 하나다. 사장에 관련된 경우 상상할 수조차 없는 광증이 그를 뒤흔들어 놓았고, 고통을 받는 중에도 티끌만한 일만 있으면 엄청난 광기를 부리며 연신 머리끝부터 발끝까지를 긁어대곤 하였다.

그는 온몸을 돌아가며, 즉 몸통을 선회하듯 척추 아래 끝으로부터 목 부위까지를 쉬지 않고 긁어댔다. 피부와, 심지어 진피(眞皮)까지도 피 묻은 손톱으로 밭고랑처럼 만들어놓았으며, 그러면서도 한편으로는 많은 고객들, 대부분이 거의 알몸이다시피 한 깜둥이 고객들 맞기를 멈추지 않았다.

그는 몸을 긁지 않는 나머지 다른 손을, 어두컴컴한 속에서도 이리저리 여러 은닉처에 바쁘게 집어넣고 있었다. 그리고는 냄새 고약한 엽연초, 습기 찬 성냥, 정어리 통조림, 당밀, 알코올 함유량이 높은 깡통 맥주 등, 고객에서 필요한 물건들을 추호의 착오도 없이, 경이로우리만큼 능란하고 신속하게 각 은닉처로부터 꺼내었으며, 그러다가도 가령 바지 속 깊숙한 곳을 긁고 싶은 광증이 그를 사로잡으면 문득 그것들을 다시 놓아버리곤 하였다. 그럴 때마다 그는 팔 전체를 깊숙이 바지 속으로 처넣었으며, 손은 이내 항상 그러한 경우에 대비하여 열어놓은 바지의 앞 트여진 부분으로 불쑥 솟아나오곤 하였다.

피부를 파먹어 들어가던 그 병을 그는 그 지역 사람들 식으로 '꼬로꼬로'라고 하였다. "아! 이 더러운 꼬로꼬로! 그 추잡한 사장 놈이 아직 이 꼬로꼬로에 걸리지 않았다는 것을 생각할 때마다… 그가 미친 듯 화를 냈다. 내 배가 더 아파…! 놈에게는 꼬로꼬로조차 붙지 않아…! 너무나 썩어버렸기 때문이지. 그 뚜쟁이 놈, 그놈은 인간이 아니라 전염병이야…! 진정한 똥덩어리야…!"

그의 주위에 모여 있던 사람들이 일시에 재미있다는 듯 웃음을 터뜨렸고, 깜둥이 고객들도 경쟁을 하듯 웃어댔다. 그 친구는 우리에게 약간의 두려움마저 느끼게 했다. 그에게도 친구가 하나 있었으니, 뽀르뒤리에르사를 위해 트럭을 운전하는, 천식증이 있고 머리가 희끗희끗한, 몸집이 작은 사람이었다. 그는 항상 우리들에게 얼음을 가져다주었는데, 분명 부두에 정박 중인 이 배 저 배에서 훔친 것임에 틀림없었다.

우리는 계산대에서 그의 건강을 기원하는 술잔을 부딪쳤으며, 그때마다 주위에 둘러서 있던 흑인 고객들은 부러움에 군침을 흘렸다. 감히 우리 백인들 가까이 접근하는 그 원주민 고객들은 상당히 똑똑하게 훈련된, 한마디로 선택된 부류의 사람들이었다. 아직 때를 덜 벗은 다른 깜둥이들은 멀찌감치 서 있는 편을 택하였다. 그것은 본능이었다. 그러나 그들 중 가장 약삭빠르고 심하게 오염된 자들은 상점의 심부름꾼이 되기도 하였다. 상점 안에서 다른 흑인들에게 열광하듯 욕설을 퍼붓는 자들이 바로 깜둥이 심부름꾼들이었다. '꼬로꼬로'에 걸린 우리의 동료는 삼림지대로부터 축축한 덩어리 상태로 자루에 담아 가져오는 갓 채취한, 즉 가공하지 않은 고무를 사곤 하였다.

그의 이야기를 들으며 지루한 줄 모르고 그곳에 있는데, 고무를 채집하는 어느 가족이 수줍어하며 문간에 와서 못 박힌 듯 서 있었다. 주름진 얼굴에 오렌지색 짧은 허리옷을 두르고, 밀림에 길을 내는 데 쓰이는 긴 칼을 든 채 아버지가 다른 식구들의 선두에 서 있었다.

그 야만인은 감히 들어서지를 못하였다. 그러자 원주민 심부름꾼 하나가 그에게 들어오라고 하였다. "이리 와, 깜둥이야! 이리 좀 와 봐! 우리가 야만인들을 잡아먹지는 않으니까!" 이 말에 그들은 마침내 결단을 내렸다. 그들은 한증막 같은 그 막사 안으로 들어섰고, 우리의 그 '꼬로꼬로' 환자는 안쪽 구석에서 폭풍우처럼 으르렁댔다.

그 흑인은 아직 상점이란 것을, 아니 백인조차도 본 적이 없는 기색이었다. 그의 처들 중 하나가 눈을 내리깔고, 생고무가 가득 담긴 커다란 바구니를 머리에 이고 따라 들어왔다.

수집 담당 심부름꾼들이 위엄 있게 바구니를 움켜잡더니 그 속에 들어 있는 것을 수평저울에 달았다. 그 야만인은 다른 모든 것과 마찬가지로 그 저울이라는 물건이 무엇인지 전혀 이해하지 못하였다. 그의 처는 여전히 얼굴을 들지 못하였다. 그 가족의 나머지 다른 깜둥이들은 눈을 휘둥그레 뜬 채 밖에서 그 두 사람을 기다렸다. 그들 역시, 어린애들을 포함한 모든 사람을 들어오라고 하여 구경을 하도록 하였다.

그들이 밀림을 벗어나 도시에 있는 백인들 가까이 오기는 이번이 처음이었다. 그만한 양의 고무를 채취하기 위해서는 여러 사람이 오래전부터 일을 하였음에 틀림없었다. 따라서 그 결과가 그들 모두에게는 큰 관심사였음에 틀림없었다. 나무둥치에 걸어 놓은 작은 종지에 고무가 땀처럼 방울방울 흘러 고이는 데에는 오랜 시간이 소요된다. 두 달을 기다려도 단 한 잔을 채우지 못하는 경우가 흔하다.

중량을 달고 난 후, 우리의 그 긁적거리는 환자는 어리둥절해 있는 흑인 가장을 계산대 뒤로 데리고 가 연필로 계산을 한 뒤 은화 몇 닢을 그의 손에 쥐어 주었다! 그리고는 "꺼져버려! 네 계산은 끝났어…!" 라고 내뱉었다.

어린 백인 친구들이 그 광경을 보고 일제히 배를 잡고 웃었다. 그가 사업을 훌륭하게 해냈다는 뜻이었다. 깜둥이는 오렌지색 짧은 허리옷을 성기 주위에 두른 채 계산대 앞에, 당황한 듯 꼼짝도 하지 않고 서 있었다.

— 너, 돈이 무엇인지 몰라? 야만인이라서? — 그 어처구니없는 거래에 분명 길들여진 약삭빠른 심부름꾼 하나가 그를 깨우기라도 하려는 듯 소리쳤다. — 너 프랑스어 할 줄 몰라? 아직도 고릴라가 있어, 응…? 너 아직 할 말이 있어, 응? 쿠스 쿠스? 마빌리아? 너 불알 있지! 부쉬맨! 얼간이!^{이상은 프랑스어를 엉터리로 구사하는 흑인 심부름꾼의 말로서, 고릴라, 쿠스 쿠스, 마빌리아, 부쉬맨 등은 욕설인 듯하나 분명치 않다}

그러나 그 야만인은 손에 은화를 쥔 채 우리들 앞에 계속 서 있었다. 그에게 용기가 있었다면 그곳을 떠났으련만, 그는 감히 그렇게 하지를 못하였다.

— 너 그 돈으로 무엇을 살 거야? '긁적거리는 환자'가 때맞추어 끼어들었다. 내 이런 얼간이는 아주 오래전부터 못 봤어. 이 얼간이가 아주 멀리서 온 모양이야! 뭘 원해? 네 돈 이리 줘!

그는 거의 강제로 돈을 다시 뺏은 다음, 계산대 뒤 은닉처로 가서 솜씨 좋게 짙은 초록색 손수건 하나를 꺼내 오더니, 그것을 흑인의 손에 구겨서 쥐어주었다.

깜둥이 가장은 그 손수건을 가지고 가버릴까 말까 망설이고 있었다. 그러자 긁적거리는 환자가 한술 더 떴다. 그는 분명 정복자들의 모든 장사 수완을 잘 알고 있었다. 흑인 아이들 중 한 아이의 눈앞에서 그 커다란 초록색 천을 흔들어 보이며 말하였다. "이것 예쁘지 않아? 말해봐, 꼬마야. 오 나의 귀여운 꼬마 아가씨, 꼬마 화냥년, 꼬마 순대^{행실 나쁜 여자}, 말해봐, 이런 손수건 많이 보았지?" 그러고 나서 그는 그 아이의 목에 강제로 손수건을 둘러주었다. 아이의 의상을 돌보아주는 것이었다.

야만인 가족은 이제 초록색 면직물로 만든 그 위대한 물건으로 치장을 한 어린아이를 물끄러미 바라보고 있었다… 손수건이 가족의 수중으로 들어왔으니 이제 더 이상 할 일이 없었다. 그 물건을 받아들고 가버리는 수밖에 없었다.

그리하여 모든 식구가 천천히 물러나 문지방을 넘어섰고, 가장이 마지막으로 무슨 말을 하려고 다시 몸을 돌리려는데, 심부름꾼들 중 장화를 신은 가장 교활한 자가 그의 엉덩이 한가운데를 발로 힘껏 찼다.

훼데르브 로 건너편 목련나무 아래에 말없이 다시 모인 그 작은 부족은, 우리가 술잔을 비우는 것을 바라보고 있었다. 조금 전 자기네들에게 닥친 일들을 이해하려 애를 쓰고 있는 것 같았다.
 우리에게 술대접을 한 사람은 '꼬로꼬로' 환자였다. 그는 우리들을 위해 축음기까지 돌렸다. 그의 상점에는 없는 것이 없었다. 그의 상점은 전쟁터의 수송대를 연상시켰다.

뽀르뒤리에르사의 창고나 농장에서는 내가 입사할 무렵, 이미 이야기한 바와 같이 엄청나게 많은 깜둥이들과 나와 같은 부류의 어린 백인들이 일을 하고 있었다. 원주민들은 몽둥이세례를 퍼붓지 않으면 거의 작동을 하지 않을 만큼 자신들의 존엄성을 간직하고 있었으나, 반면 백인들은 공교육에 의해 완벽하게 다듬어진 사람들인지라 스스로 작동하였다.

몽둥이는 결국 그것을 휘두르는 사람을 지쳐버리게 하지만, 누구나 권력과 부를 누릴 수 있으리라는 희망, 백인들에게 주입된 그 희망은 아무 경비도, 전혀 아무 경비도 들지 않는다. 더 이상 고대 이집트나 타르타르의 폭군들 이야기를 우리들 앞에서 떠들지 마라! 그 태고의 아마추어들은, 직립 동물로 하여금 자신의 가장 큰 노력을 노동에 쏟도록 하는 기술에 있어서는 보잘것없는 허풍선이 협잡꾼들에 불과하였다. 그 원시인들은 노예를 '…씨'라는 존칭을 써서 부르거나 가끔 투표를 하도록 할 줄도 몰랐고, 신문을 구독하게 하거나, 특히 그로 하여금 분노를 삭이도록 하기 위하여 전쟁터로 끌어갈 줄도 몰랐다. 내가 그 사정을 좀 알거니와, 20세기의 예수교도는 자기 앞으로 어느 연대가 지나가면 더 이상 자신을 제어하지 못한다. 그 광경을 보는 순간 너무나 많은 생각들이 그의 내부에서 용솟음치기 때문이다.

아울러 나 자신에 관련시켜 그러한 생각을 하는 과정에서, 나는 앞으로 나 자신을 철저히 감시할 것과, 그 다음 철저히 입을 다무는 법, 탈출하고픈 욕구를 감쪽같이 감추는 법, 가능하면 또 어떠한 일이 있어도 뽀르뒤리에르사에서 일을 순조롭게 하는 법 등을 배우기로 결심하였다. 단 일 분도 허송할 시간이 없었다.

우리 회사의 격납고 주변, 질퍽거리는 강변에는 음흉스럽게 매복하고 있는 악어떼가 항시 자리를 잡고 있었다. 마치 금속으로 만들어진 것 같은 그것들은, 깜둥이들 역시 그러하였지만 광란하는 그 열기를 즐기는 것 같았다.

한낮이면 부두를 뒤덮고 있는 그 일꾼들의 요란한 움직임, 몹시 흥분해 까악까악거리는 깜둥이들의 그 혼잡이, 과연 있을 수 있는 일인지 자문해보지 않을 수 없었다.

삼림지대의 임지로 떠나기 전 자루에 번호를 매기는 일에 익숙해져야 했고, 그리하여 나는 회사의 중앙 격납고 속에서 다른 점원들과 함께 두 개의 커다란 수평저울 사이에서, 누더기를 걸치고 농포에 덮인 채 노래를 부르는 깜둥이들의 그 알칼리성암모니아 냄새를 풍기는 떼거리 한가운데 꼼짝 못한 채 갇혀서, 점진적으로 가스 자살하는 훈련을 쌓아야 했다. 모두들 각자 꽁무니에 작은 먼지구름 덩이를 달고 다니며 그것을 박자에 맞춰 뒤흔들어 놓았다. 운반 담당계원의 둔탁한 채찍소리가 그 실한 등짝들 위에 마구 떨어졌지만 항거도 불평도 없었다. 어처구니없는 바보들의 수동성이었다. 채찍의 고통을 그 먼지투성이 도가니 속의 찌는 듯한 공기처럼 단순하게 견디고 있었다.

사장은 언제나 도발적인 기세로, 내가 번호 매기기와 속임수 저울질에 있어 실질적인 기술적 진보를 이루었는지 확인하기 위하여 가끔 들르곤 하였다.

그는 몽둥이를 휘둘러 원주민들의 물결을 헤치고 저울이 있는 곳까지 오기도 하였다. "바르다뮈. 그가 의욕에 차 있던 어느 날 아침 나에게 말하였다. 우리를 둘러싸고 있는 이 깜둥이들, 저들이 보이지요? 그렇지요…? 그런데 어언 삼십여 년 전, 내가 소 토고에 도착하였을 때, 저들은 오직 사냥과 고기잡이, 그리고 부족들 간의 살육만으로 살고 있었어요. 더러운 것들…! 내가 처음 이름 없는 대리점장이었을 시절, 나는 저들이 승리를 거둔 다음, 피가 흐르는 인간의 고기를 가득 담은 일백여 개의 바구니들을 마을로 가지고 돌아와 몽땅 뱃속에 처넣는 것을, 내가 지금 당신에게 말하는 그대로 보았어요…! 바르다뮈, 내 말 들리지요…! 피가 철철 흐르는! 자기네 적들의 고기를! 축제라고…! 오늘날엔 더 이상 승리도 없어요! 우리들이 여기 와 있으니! 부족도 이젠 없어요! 더 이상의 아니꼬운 거만도! 겉치레도! 오직 일손과 땅콩만이 있을 뿐! 모두 일터로! 더 이상 사냥도 없어요! 총도! 땅콩과 고무뿐…! 세금을 내려면! 더 많은 고무와 땅콩이 우리들에게 돌아오도록 하기 위한 세금이라네! 인생은 그런 거야, 바르다뮈! 땅콩! 땅콩과 고무…! 그리고, 이봐요, 똥바 장군이 우리 쪽으로 오고 있군."

정말 똥바 장군이 우리를 만나러 오고 있었다. 그는 거대한 태양열에 짓눌려 곧 무너질 듯한 늙은이였다.

그 장군은 엄밀히 말해 군인이 아니었고, 그렇지만 아직 민간인도 아니었다. 뽀르뒤리에르사와 절친한 관계인지라 그가 행정 당국과 회사 간의 가교 역할을 맡고 있었다. 비록 쌍방이 항상 경쟁 관계에 있고 영원한 적대 관계에 있다 하더라도, 그 두 집단 간의 상호 연락은 불가결한 것이다. 그 상황에서도 똥바 장군은 기막힌 솜씨를 보였다. 다른 것들은 차치하고라도, 그는 고위층에서도 해결할 수 없는 문제라고 단정했던 적의 재산을 매각한 최근의 그 더러운 사건에서 무사히 빠져나왔다.

전쟁 초기에 똥바 장군은 귀를 조금 찢겼고, 그리하여 샤를르와 전투 직후 명예로운 휴가를 얻었다. 그리고는 '더 큰 프랑스'에 봉사하기 위하여 그 휴가를 즉각 투자하였다. 베르덩 전투가 끝난

지 이미 오래건만, 그 전투가 아직도 그를 괴롭히고 있었다.샤를르와 전투는 1914년에, 베르덩 전투는 1916년에 있었던 프랑스군과 독일군 간의 전투이다. 특히 베르덩 전투는 프랑스군의 주력 부대를 그곳에 묶어두기 위하여 독일의 팔켄하인, 크론프린츠 등이 1916년 2월부터 수 개월간 공격을 늦추지 않던 곳으로, 쌍방에서 도합 칠십만의 전사자를 낸 처절한 전투였다. 그리하여 '베르덩의 지옥'이라고 지칭되기도 하는 전투다 그는 전보 쪽지들을 항상 손아귀에 쥐고 주무르곤 하였다. "그들은 버텨낼 거야, 우리의 털보들이! 그들은 버텨내!"털보는 제1차 세계대전에 참전한 프랑스 군인들을 뜻한다 …격납고 속이 너무 덥고, 또 전투는 우리들이 있는 곳으로부터 너무나 멀리서 벌어지고 있었기 때문에, 우리는 똥바 장군에게 더 이상 전투 결과를 점치느라 골치를 썩이시지 말라고 권유하였다. 하지만 예의상 사장과 나는 합창하듯 "그들은 정말 훌륭합니다!"라고 하였고, 그 말을 듣자 똥바는 우리들 곁을 떠났다.

사장 역시 얼마 후 꽉 차 있는 상판들을 포악스럽게 헤쳐 다른 길을 낸 다음 더러운 먼지 속으로 사라졌다.

숯불처럼 이글거리는 눈에다 회사를 집어삼키려는 강렬한 욕심이 그를 불태우고 있었으며, 그리하여 나도 그가 조금은 두려웠다. 그가 곁에 있으면 마음의 평정을 찾기가 어려웠다. 내가 그를 보지 못하였다면 이 세상에 그처럼 극도로 팽배된 탐욕을 품은 인간 뼈다귀가 존재한다는 사실을 믿을 수 없었을 것이다. 그는 우리들에게 절대로 큰 목소리로 말하는 법이 없었고, 오직 암시적으로만 말하였으며, 그리하여 그는 오직 음모를 획책하고 엿보고 열심히 배반하기 위해서만 생각하며, 또 살아가고 있는 듯하였다. 사장 외의 다른 모든 고용원을 합쳐도, 그들 또한 분명 게으르지만은 않은데, 그 혼자서 훔치고 속이는 것에 이르지 못한다고들 하였다. 믿기 어렵지 않은 일이었다.

포르-고노에서의 실습이 계속되는 동안에도 나는 얼마간의 여가를 얻어 시가지라고 할 만한 곳을 어슬렁거리곤 하였는데, 그곳에서 내가 발견한 탐나는 단 한 곳, 그곳은 병원이었다.

사람이 어느 곳이건 처음 도착할라치면 우선 그의 내부에 야심이 일기 마련이다. 그러나 나는 환자가 될, 오직 환자가 될 취향만을 가지고 있었다. 각자 나름대로의 취향을 가지고 있는 법이다. 나는 그 처량한, 후미진, 보호된, 희망을 주는 병원 건물들 주위를 어슬렁거리다가 그 건물들과 그곳에 감도는 항생제 냄새로부터 내키지 않는 발길을 돌리곤 하였다. 조심스러운 작은 새들과, 현란한 색채를 띤 겁 많은 도마뱀들이 노닐고 있어 더욱 경쾌해 보이는 잔디밭이 그 거처를 둘러싸고 있었다. 일종의 '지상낙원'이었다.

깜둥이들의 느긋한 꾸물거림, 너무 느린 동작, 그 아내들의 넘칠 듯 불쑥 나온 배 등에는 쉽게 익숙해진다. 깜둥이 소굴에서는 가난과 끊임없는 허품, 외설스러운 체념의 냄새가 나는데, 한마디로 우리나라의 가난한 사람들의 소굴과 다를 바 없지만, 단지 아이들이 더 많고, 더러운 누더기나마 더 적으며, 주위에 적포도주가 적다는 것이 다른 점이다.

그렇게 병원 냄새를 깊이 들이마시고 코를 킁킁거린 다음, 나는 원주민 떼거리를 따라 식민지의 음란한 난봉꾼들이 재미를 볼 수 있도록 어느 상인이 중심가 근처에 세운, 일종의 빠고다 같은 건물 앞으로 가서 잠시 동안 서 있곤 하였다.

밤이면 포르-고노의 유족한 백인들이 그곳에 나타나 술을 퍼마시며, 게다가 하품을 하거나 느긋이 트림을 하면서 도박에 열중하였다. 이백 프랑을 내고 예쁜 여주인을 집어삼키기도 하였다. 그 난봉꾼들이 몸을 긁는 데는 입고 있던 바지가 말할 수 없이 큰 장애물이었으며, 그리하여 바지의 멜빵이 끊임없이 떨어져나가곤 하였다.

밤이 되면 원주민 거리의 주민들의 몽땅 쏟아져 나와 빠고다 앞으로 몰려 들어서는, 이미 그 선이 녹슨 피아노 주위에 모여 엉터리 왈츠를 마지못해 들으며 끼득끼득 즐거워하는 백인들을 바라보고, 또 그들이 내는 소리를 들으면서, 절대 지칠 줄을 몰랐다. 여주인은 음악을 들으며 마음이 흐뭇해져 춤을 추고 싶다는 기색을 나타내기도 하였다.

나는 여러 날 동안 애를 쓴 끝에 드디어 그녀와 은밀히 몇 마디 이야기를 나누게 되었다. 그녀는 나에게 털어놓기를, 자기의 월경이 삼 주 이상 계속된다고 하였다. 열대 기후 탓이라고 하였다. 게다가 술손님들이 그녀를 아예 탈진시킨다고 하였다. 그들과 자주 그 짓을 하는 것은 아니지만, 빠고다의 술값이 좀 비싼 편이라 술꾼들이 술값만을 내고 그 짓까지 하려 들며, 그리하여 돌아갈 때에는 그녀의 볼기를 심하게 꼬집는다는 것이었다. 특히 그러한 이유 때문에 피곤하다는 것이었다.

그 장사치 여인은 그곳 식민지에서 일어나고 있는 모든 일, 열병에 시달리는 장교들과, 베란다 밑 한없이 움푹 들어간 안락 의자 속에 처박혀, 역시 그칠 줄 모르는 월경에 녹아 시름에 빠져 있는 관리들의 몇 안 되는 부인들 사이에 맺어지는 절망적인 사랑들을 잘 알고 있었다.

포르-고노의 거리와 사무실들, 상점들 모두를 상처 입은 욕망들이 질펀하게 덮고 있었다. 그 더러운 기온과, 그리하여 견디기 어려우리만큼 모든 것이 흐물거리는 그 속에서도 유럽에서 하는 모든 짓을 그대로 하는 것이 그 미치광이들의 가장 중요한 관심사고, 만족이며, 불만이었다.

모든 정원의 무성한 식물들은 공격적이고 표독스러워서, 그것들을 울타리 안에 가둬놓기가 어려웠고, 결국 각 집의 둘레에는 미친 듯 퍼지는 상추 같은 나뭇잎들이 무성하게 피어났으며, 굳어버린 계란 흰자위 같은 집 속에서는 누르께한 유럽인들이 썩어가고 있었다. 그리하여 포르-고노에서 가장 활기차고 많은 사람들이 오가는 화꼬다 로 양편에는, 관리들의 수만큼 가득 찬 샐러드 바구니가 죽 늘어서 있었다.

저녁이면 나는 분명 영영 완공되지 않을 숙소로 어김없이 돌아왔고, 그 변태적인 보이가 작은 뼈다귀 같은 나의 침대를 준비해주곤 하였다. 보이 녀석은 나를 잡으려 덫을 놓곤 하였으며, 고양이처럼 음탕한 그는 나와 가족처럼 친밀해지기를 원하였다. 하지만 나는 그보다 훨씬 더 절실한 관심사들에 골몰해 있었으며, 특히 그 찌는 듯한 사육제로부터 내가 얻어낼 수 있던 유일한 휴전, 즉 다만 얼마 동안이라도 병원으로 피신하는 문제에만 골몰해 있었다.

평화 시에도 전시처럼, 나는 그 경박한 짓을 할 만한 처지가 전혀 아니었다. 그 외에 사장의 요리사로부터 들어온, 진지하고 새로운 또 다른 음란한 제안들마저도 나에게는 지극히 무미건조해보였다.

나는 명령에 따라 어떠한 일이 있어도 밀림으로 가서 그 후임을 맡아야 할, 그 부정직하다는 고용인에 대해 정확히 알아보기 위하여 뽀르뒤리에르사에 고용된 어린 동료들을 마지막으로 하나씩 만나 보았다. 결과는 헛된 잡담뿐이었다.

황혼녘이면 수백 가지의 비방과 험담, 중상과 웅웅거리는, 화꼬다 로 끝에 있는 훼데르브 까페 역시 알맹이 있는 이야기는 아무것도 가져다주지 못하였다. 오직 막연한 인상들뿐이었다. 쓰레기통 가득히 처넣어야 할 인상들만이, 여러 색깔의 조명 램프들을 상감해놓은 그 희미함 속에서 소란을 떨고 있었다. 바람은 레이스 같은 거대한 종려수를 흔들어 구름 같은 모기떼를 찻잔 받침 속으로 쏟아 넣고 있었다. 주위에서 오가는 말들 속에서는 총독이 그 높은 직위 때문에 단연 주도권을 누리고 있었다. 그의 씻지 못할 야비함이 식사 전 반주처럼 펼쳐지는 대화의 기저를 이루고 있었으며, 그토록 메스꺼워하기 잘하는 식민지의 간(肝)들이 그동안 안정을 찾고 있었다.

총 십여 대에 이르는 포르-고노에 있는 모든 자동차가, 그 시각이면 테라스 앞을 오갔다. 언제 보아도 그 자동차들은 절대 먼 곳까지 가는 것 같지 않았다. 훼데르브 광장에는 그 정교한 치장을 비롯해서 무성한 식물들, 프랑스 남부지방의 광란하는 군청 소재지를 연상시키는 무성한 아귀다툼 등, 특유의 활기찬 분위기가 있었다. 십여 대의 자동차들은 훼데르브 광장을 떠나는가 싶으면 단 오 분 만에 그곳으로 다시 돌아와 표백하지 않은 천에 감싸인 유럽산 빈혈증에 걸린 짐짝들, 아이스크림처럼 허약하고 깨지기 쉬운 그 존재들을 싣고 같은 경로를 따라 다시 한번 주행하곤 하였다.

식민지 종사자들은 그렇게 얼굴을 맞대고 수 주일, 수 년을 보내다, 급기야는 서로 증오하기에 지쳐버려 아예 처다보지도 않을 지경에 이르고 있었다. 몇몇 장교들은 가족을 데리고 산책을 하곤 하였고, 그들의 가족들은 군인들이나 민간인들의 인사에 혹시 답례를 못하는 경우가 있을까 조심하였으며, 부인들은 특수 월경대를 몸에 꼭 조여 찼고, 일종의 통통한 유럽산 구더기들처럼 괴로워하는 아이들은 나름대로 더위 때문에 끊임없이 설사로 녹아들고 있었다.

명령을 내리려면 께삐모 프랑스 장교의 군모 만으로는 충분치 않다. 그 외에 군대가 있어야 한다. 포르-고노의 날씨 속에서는, 유럽에서 온 장교들이 버터보다 더 비참하게 녹아버렸다. 그곳에서는 일개 대대가 마치 커피 속에 넣은 설탕 같아서, 눈을 씻고 들여다보면 볼수록 그 흔적조차 보이지 않았다. 주둔군의 대부분 군인들은 터럭마다, 몸의 은밀한 부분마다, 기생충들을 뒤집어쓴 채 말라리아 열을 가라앉히며 항상 병원에 처박혀 있었고, 심지어는 여러 분대가 몽땅 담배와 파리 들 사이에서 뒹굴며 곰팡내 나는 침대 시트 속에서 발작적인 열을 악용하여, 세심하게 자극되고 구슬려져 자위행위를 하곤 하였다. 그로 인하여 그 가여운 악동들, 그 수치스러운 칠성파 시인들 옛 알렉산드리아에 살았던 7인의 시인들, 혹은 문예부흥기의 프랑스 7인의 시인들, 또는 특이한 사람들의 집단을 가리키는 말이다은, 초록색 덧문으로 인해 평온한 미명 속에서 녹초가 되어 게거품을 흘리고 있었다. 그들은 명예로운 성좌에서 떨어져 상점의 보잘것없는 고용원들과 뒤섞인 재역 군인들이었으니 —당시 병원은 군인과 민간인을 혼합 수용하고 있었다—, 각각 밀림과 상관들을 피해서 도주한 쫓기는 신세들이었다.

모든 것이 마비되는 소택지에서의 긴 낮잠 시간 동안에는 날씨가 하도 더워 파리들도 휴식을 취한다. 침대 양편으로 뻗쳐 나온 핏기 없는 팔들 끝에는 때투성이의 소설책들이 걸려 있는데, 예외 없이 많은 지면이 뜯겨 나간 것들로서, 단 한 번도 휴지를 충분히 가져보지 못한 이질 환자들 때문에, 게다가 그 착하신 하느님을 경외하지 않은 부분들을 자기네 멋대로 검열하여 찢어버리는 성질 고약한 수녀들 때문에, 어느 소설책이건 반쯤은 사라져버렸다. 군인들로부터 옮아온 사면발이들이, 다른 모든 사람처럼 수녀들을 괴롭혔다. 수녀들은 몸을 좀더 시원스레 긁기 위하여, 당일 아침에 죽은 시체가 더위 때문에 아직 식지도 않은 채 놓여 있는 칸막이 뒤로 가서 치마를 걷어올리곤 하였다.

병원이 아무리 음산하다 해도 식민지에서는 외부의 사람들, 상전들을 피할 수 있는, 잠시나마 자신이 사람들로부터 망각될 수 있는 유일한 장소였다. 노예 상태가 잠시 멈추는 곳, 따라서 가장 중요한 그곳이 내가 얻을 수 있는 유일한 행복이었다.

나는 입원 조건과 의사들의 습관, 그들의 괴벽 등을 조사해두었다. 밀림지대로 떠난다는 생각을 하면 절망과 저항감만이 치솟았고, 그리하여 출발도 하기 전부터 어떠한 열병이든 내 곁을 지나면 가능한 한 조속히 그 병에 걸려 포르-고노로 환자가 되어 돌아오고, 또 하도 야위고 구역질나는 몰골이 되어서, 저들이 나를 받아들일 뿐만 아니라 아예 귀국시켜버리도록 하리라고 작정하였다. 나는 환자가 되는 유명한 방법들을 이미 알고 있었지만, 식민지 특유의 새로운 방법들을 첨가해서 배워두었다.

나는 수천의 어려움들을 극복할 각오를 하고 있었으니, 뽀르뒤리에르사의 사장이나 군부대 지휘관들은, 야위고, 또 지린내 나는 침대 틈바구니에 숨어서 카드놀이를 할 만큼 공포에 사로잡힌 그들의 먹이들을 끝까지 추격하여 포위망을 좁혀서, 결국 소굴로부터 이끌어내는 일에 지칠 줄을 몰랐기 때문이었다.

필요한 온갖 수단을 다 동원하여 병원에서 썩어가기로 한 나의 결심을 결국 그들도 깨닫게 될 것이다. 게다가 대부분의 경우 자신의 식민지 생활을 병원에서 영원히 끝내지 않는 한, 병원에 머무는 것은 모두 단기간이었다. 열병에 걸린 자들 중 뛰어나게 약삭빠르고 악랄하며 과단성으로 무장된 자들은, 본국으로 가는 수송선에 슬며시 잠입하는 경우도 있었다. 그것은 달콤한 기적이었다. 입원한 대부분의 환자들은, 결국 더 이상의 꾀를 짜내지 못하고 규정에 승복하면서 밀림지대로 되돌아가 남은 마지막 몇 킬로그램의 고깃덩이를 그 속에 던져버렸다. 병원에 있는 동안 키니네가 그들을 완전히 구더기들에게 넘겨주는 경우, 병원의 부속 사제가 오후 여섯 시경 그들의 눈을 대강 감겨주고, 그를 돕는 네 명의 세네갈인이 그 창백한 유해를 둘둘 말아 싸서는 포르-고노의 교회당 근처에 있는 붉은 진흙투성이의 묘지로 운반해가곤 하였는데, 물결처럼 주름진 함석으로 지붕을 인 그 교회당 속이 어찌나 더운지 열대지방보다 더 열대였고, 그리하여 아무도 그 교회당에 두 번 연속해 들어가는 사람이 없었다. 교회당 속에 서 있으려면 개처럼 혀를 빼물고 헉헉거려야 했다.

요구받은 모든 일을 하느라고 진정 고통을 당한 이들은 그렇게 떠난다. 젊은 시절에는 나비였다가, 애벌레구더기로 종말을 맞는 격이다.

나는 이곳저곳에서 알아볼 세부사항들을 더 알아보면서 구체적인 윤곽을 포착하려 노력하였다. 하지만 사장이 나에게 묘사해 준 비코밈보는 여전히 신뢰가 가지 않았다. 그러나 종합해보건대, 그것은 시험 단계에 있는 대리점이고, 적어도 열흘 정도의 거리만큼 해안으로부터 멀리 진출하려는 시도의 일환으로서, 원주민들과 그들이 사는 밀림에 둘러싸여 아예 격리된 대리점이며, 사람들은 그 숲을 짐승들과 각종 질병이 우글거리는 거대한 보호구역처럼 나에게 묘사해주었다.

나는 그들이, 다른 사람들이, 즉 무기력 증세와 공격성을 번갈아 나타내는 뽀르뒤리에르사의 어린 친구들이 나의 행운을 다만 부러워하는 것은 아닐까 하고 자문해보았다. 그들의 우둔한 언행은 (그들에게는 그것밖에 없었다) 마신 술의 질과 받은 편지들, 당일 상실한 상당히 큰 양의 희망 등에 의해 좌우되었다. 시들면 시들수록 더욱 으스대는 것이 그들에게서 발견할 수 있는 일반적 법칙이었다. 유령이 되어버린다 해도(전쟁터에서 오르똘랑이 그러했듯) 그들은 더욱 뻔뻔스러워졌을 것이다.

술판은 보통 세 시간 이상 계속되었다. 술자리에서는 우선 모든 대화의 축이었던 총독, 그 다음 훔칠 수 있는 물건과 훔칠 수 없는 물건, 그리고 성에 관한 이야기가 항상 오갔다. 그것들이 식민지의 깃발을 형성하는 세 가지 색채였다.^{프랑스의 국기가 삼색기인 사실을, 또한 그 각 색채가 상징으로 채택되었던 사실을 암시하는 말이다} 현지 관리들은 횡령에만 몰두해 있는 군인들과 고관들의 배임 행위를 노골적으로 비난하였으나, 군인들 역시 지지 않고 반격을 가했다. 한편 상인들은, 자신들의 직책을 통해서 이득을 보는 모든 자들을 위선적인 사기꾼이나 약탈자 들로 규정하고 있었다. 또한 총독의 경우, 이미 십여 년 전부터 본국 소환의 소문이 매일 아침 떠돌고, 게다가 오래전부터 그 현재 독재자에 관한 구체적이고 끔찍한 욕설을 담은 십여 통의 익명 편지가 주무 장관에게로 매주 날아가지만, 그의 실총(失寵)을 통보하는, 그 기다리는 전보는 영영 오지 않고 있었다.

  깜둥이들은 운 좋게도 양파 껍질과 같은 피부를 가지고 있는 반면, 흰둥이는 시큼한 국물^{포도주를 가리키는 듯하다}과 성글게 뜨개질한 셔츠 사이에 갇혀 독성만 풍기고 있다. 따라서 누구든 접근하면 액운이 따른다. 하지만 나는 이미 아미랄 브라그똥호를 탄 이후 잘 훈련되어 있었다.

  단 며칠 동안에 나는 사장의 과거에 대하여 상당히 많은 사실을 알게 되었다! 해군기지의 감옥보다도 더 많은 비열한 짓들로 가득 찬 그의 과거에 대하여! 그의 과거 속에는 없는 것이 없었으며, 심지어 추측하건대, 찬연한 사법적 오류^{범법 행위, 범죄}들도 있었던 것 같다. 사실 그의 상판이 부정할 수 없도록 그 본색을 폭로하고 있었으니, 살인범의 괴로워하는 얼굴, 아니 그보다는 오히려 아무에게도 혐의를 씌우지 않는 표현을 쓰자면, 또 결국 같은 의미이기는 하지만, 자신의 야망을 달성하기에 몹시 급급한, 경솔한 사람의 얼굴이었다.

낮잠들을 자는 시간, 훼데르브 로를 따라 지나가자면 장교들이나 식민지 관리들의 부인들이 집 안 그늘에 나둥그러져 있는 광경이 여기저기에서 눈에 띄었는데, 더운 날씨가 그녀들을 남자들보다 훨씬 더 벗겨 놓았으며, 교태 넘치게 머뭇거리는 작은 목소리에 엄청나게 관대한 미소를 머금었고, 창백한 얼굴에는 온통 분을 뒤집어쓰고 있었다. 그 땅에 옮겨심어 놓은 그 부르주아 여인들은, 모든 것을 스스로 헤쳐 나아가야 했던 빠고다의 여주인보다 용기도 없었고, 옷차림도 단정치 못하였다. 뽀르뒤리에르사는 또한 나와 유사한 어린 백인 고용원들을 대량으로 소모하고 있었으니, 소택지 근처 밀림 속에 있던 여러 대리점에서 계절마다 십여 명의 그 열등 인간들을 잃곤 하였다.

아침이 되면, 날마다 군과 회사에서 병원 사무실까지 사람이 찾아와 자기네들의 인원을 돌려보내 달라고 징징거렸다. 대위 하나가 찾아와, 학질에 걸려 카드놀이만 하고 있는 상사 세 명과 매독에 걸린 하사 두 명이 작전을 수행하는 데 필요한 기간요원이라며, 그들을 즉시 돌려보내 달라고 병원 관리인을 협박하며 욕설을 퍼붓지 않는 날이 없었다. 그러나 그가 찾는 그 꾀병 부리는 병사들이 모두 죽었노라고 하면, 관리인을 조용히 내버려두고 돌아가면서 빠고다에 들러 다른 날보다 조금 더 퍼마시곤 하였다.

그 녹음과 그 기후, 더위, 모기떼 속으로 인간들과 세월, 모든 사물이 사라지는 것을 얼핏 볼 시간밖에 없었다. 모든 것이, 구역질 나는 일이지만 잘게 부서진 가루로, 조각으로 사지가 잘려, 회한의 형태로, 작은 물방울이 되어 그것들 속으로 사라져갔으며, 모든 것이 태양 아래서 죽고, 빛과 색깔의 소용돌이 속에서 모든 취향과 세월도 함께 녹아버려 그것들 속으로 들어갔다. 대기에는 눈부시게 번쩍이는 고통밖에 없었다.

해안을 따라 임지 부근까지 나를 태우고 갈 작은 화물선이 포르-고노 근처에 드디어 닻을 내렸다. 선박의 이름은 파파우타였다. 포구 내를 왕래하기 위해 건조된 평평한 작은 배였다. 파파우타에 사용되는 연료는 나무였다. 선상의 유일한 백인인 나에게는 식당과 변소 사이에 있는 한 구석을 할애하여 주었다. 항해가 어찌나 느린지, 처음에는 정박지를 빠져나가는 동안 조심을 하느라 그런 줄 알았다. 그러나 도무지 더 빨리 가지를 않았다. 그 파파우타 호는 믿을 수 없으리만큼 힘이 없었다. 우리는 너울거리는 수증기를 발산하는 열기 속에 끝없이 뻗어 있는, 작은 나무들이 무성한 회색의 띠, 그 해안을 바라보며 그렇게 항해를 계속하였다. 무슨 유람이란 말인가! 파파우타호는 바닷물을 온통 자기의 몸에서 땀으로 쏟아낸 듯, 몹시 괴롭게 물결을 가르고 있었다. 그 배는 작은 파도 하나하나를, 마치 상처에 붕대를 감을 때처럼 조심스럽게 부수고 있었다. 배의 운항자는 멀리서 보니 흑백 혼혈아 같았다. '같았다'고 하는 이유는, 그 높아 보이는 선교까지 올라가 내 눈으로 직접 확인할 원기를 단 한 번도 내보지 못하였기 때문이다. 나는 유일한 승객들인 깜둥이들과 함께 이물에서 고물로 통하는 통로의 그늘에 갇혀 있었으니, 태양빛이 오후 다섯 시경까지 갑판을 점령하고 있었기 때문이다. 태양이 우리의 눈을 통해 머리를 돌게 하지 않으려면 쥐처럼 눈을 가늘게 떠야 한다. 다섯 시가 지나면 수평선을 한 바퀴 휘 둘러볼 수가 있다. 그 순간이 곧 쾌적한 삶의 순간이다. 그 회색빛 술 장식, 저 멀리 수면에 잇닿은, 나무가 수북한 고장, 으깨어진 팔의 밑부분같이 너덜거리는 그곳이 나에게는 아무 관심도 없었다. 그 대기를 호흡하는 것조차 구역질이 났으니, 밤에도 대기는 여전히 미지근하여 곰팡이 낀 바다 같았다. 그 모든 김빠진 것들, 게다가 배의 기계가 내뿜는 냄새와, 낮이면 한쪽은 너무 탁한 황토색, 다른 한쪽은 너무 푸른색을 띠는 물결 등이 합세하여 나의 속을 뒤집어놓았다. 물론 살기등등한 군인들은 적었지만, 아미랄 브라그똥호보다도 더욱 견디기 어려웠다.

마침내 나의 행선지로 가는 항구로 접근해갔다. 누군가 그곳 지명이 '또뽀'라고 나에게 알려주었다. 그 기름이 둥둥 뜬 설거지물 위에서 기관이 꺼지고, 연기를 토해내며 후들거리기를, 통조림으로 식사를 네 번이나 하는 동안 계속한 끝에 파파우타는 드디어 접안하는 데 성공하였다.

털이 숭숭 돋은 제방 위에, 섶으로 지붕을 인 커다란 집 세 채가 자태를 드러냈다. 멀리서 보면 첫눈에는 상당히 마음이 끌릴 만하였다. 나의 임지가 있는 밀림 한가운데로 가기 위하여 작은 배를 타고 거슬러 올라가야 할, 모래가 많은 큰 강의 하구라고 누가 다시 설명을 해주었다. 해변에 있는 그 기지 즉 또뽀에서는, 식민지 생활에 대한 나의 비장한 결심을 공고히 하는 데 필요한 단 며칠밖에 머물 수 없었다. 이미 합의한 바였다.

우리는 뱃머리를 엉성한 선창가에 대었고, 파파우타는 선창에 닿기도 전에 그 불쑥 나온 복부로 난간을 쓸어버렸다. 지금도 기억이 분명하건대, 선창은 대나무로 만들어져 있었다. 그 선창은 나름대로의 사연을 가지고 있었는데, 그 내막을 들어보니, 날렵하고 민첩하기 그지없는 수천 마리의 연체동물들이 들러붙어 그것을 갉아먹는 바람에 매월 다시 만들어야 한다는 것이었다. 그 끊임없이 반복되는 선창 가설 공사가 또뽀 기지 및 인근 지역 사령관인 그라파 중위가 고심하여 책임져야 하는, 절망적인 근심거리이기도 하다는 것이었다. 파파우타가 그 항구에 입항하는 것은 월 일 회인데, 연체동물들이 선창을 먹어치우는 데는 한 달 이상이 걸리지 않는다는 것이었다.

도착하자 그라파 중위는 나의 서류를 받아들고 그 진위를 확인한 다음, 그 내용을 새 기록부에 기재하고 나서 나에게 술을 한잔 권하였다. 내가 지난 이 년 만에 또뽀에 온 첫 손님이라고 털어놓았다. 아무도 또뽀에 오지 않는다는 것이었다. 또뽀에 올 아무 이유가 없다는 것이었다. 그라파 중위의 지휘를 받으며 알씨드 상사가 복무하고 있다고 하였다. 그렇게 격리된 상황에서도 그 두 사람은 별로 사이가 좋지 않다고 하였다. "항상 내 부하를 경계해야 합니다. 처음 만나는 순간부터 그라파 중위가 나에게 귀띔해주었다. 나와 무람없이 지내려는 경향이 있기 때문입니다!"

그 한적한 곳에서 억지로 사건들을 상상해내려 해도 그것들이 너무나 그럴싸하지 않기 때문에, 알씨드 상사는 아예 미리부터 보고서에 '이상 없음'이라 기재하고, 그것에 그라파 중위가 서명을 하면, 파파우타호가 꼬박꼬박 총독에게 그 보고서를 가져간다는 것이었다.

주위의 간석지와 밀림의 중간 지역에는 트리파노소마_{척추동물의 혈액 속에 기생하며, 수면병 등을 유발한다}와 주기적으로 덮치는 기근에, 곰팡이가 슬고, 죽고, 얼이 빠진 몇몇 부족이 고인 물처럼 썩어가고 있었는데, 그러함에도 불구하고 그 부족들은 보잘것없는 세금이나마 내고 있었다. 물론 몽둥이세례가 두려워서였다. 그 부족들의 몇몇 젊은이들을 민병대원으로 선발한 다음, 그들을 파견하여 몽둥이를 휘두르게 하고 있었다. 민병대원 수는 열둘에 달하였다.

내가 그들에 관한 이야기를 할 수 있음은, 그 생활을 샅샅이 보았기 때문이다. 그라파 중위는 그 운수 좋은 녀석들을 자기 식으로 무장시킨 다음, 쌀밥을 거르지 않고 먹였다. 열두 사람에게 공용으로 총 한 자루를 지급하였으니, 그것은 신중한 조처였다! 그리고 작은 국기 한 장, 그것 역시 열두 사람 공용이었다. 군화는 없었다.

그러나 이 세상에서는 모든 것이 상대적이고, 비교에 그 기반을 두고 있는지라, 그 지역에서 선발된 원주민들은 그라파가 모든 일을 훌륭하게 처결한다고 생각하고 있었다. 그라파는 밀림에 염증을 느껴 찾아오는 밀림의 아들들, 그 의용병들과 열성파들을 매일같이 되돌려보내야 했다.

마을 근처에서는 사냥을 하여도 별로 잡히는 것이 없었고, 그 흔한 영양(羚羊)조차 없이 일 주일에 잡아먹는 것이라곤 노파 하나에 불과하였다. 매일 아침 일곱 시만 되면, 알씨드가 거느린 민병대원들은 훈련을 시작하였다. 나는 그가 내어준 그의 오두막 한구석에 유숙하고 있었기에, 관람석 제 일 전열에서 그 아라비아 기병대의 기예(騎藝)를 구경할 수 있었다. 이 세상 어느 군대에도 더 훌륭한 의욕을 가진 병사들은 없었을 것이다. 알씨드의 구령에 따라 모래 위를 네 사람씩, 여덟 사람씩, 그 다음에는 열두 사람이 함께 짝을 지어 큰 걸음으로 행진하며, 그 원시인들은 배낭과 군화의 총검을 소지하고 있다고 상상하면서, 더욱 기가 막힌 일은, 그것들을 실제 사용하는 흉내를 내며 엄청나게 힘들을 쏟고 있었다. 그토록 거칠고 또 가까이에 있는 자연으로부터 이제 막 빠져나온 그들은, 카키색 반바지를 본뜬 지극히 간단한 옷 하나씩만을 걸치고 있었다. 나머지 모든 것은 그들 자신이 상상해야 했고, 또 그렇게 되었다. 알씨드의 단호한 명령에 따라 그 부지런한 전사들은 자기들의 가상적인 배낭을 땅에 내려놓은 다음, 아무것도 없는 곳을 향해 달려가며 환상 속의 적들에게 환상 속의 총검을 휘둘러댔다. 그들은 옷의 단추를 푸는 시늉을 한 다음 보이지 않는 걸어총 동작을 취하더니, 또 다른 신호에 따라 열을 내어 일제사격을 하는 시늉을 하였다. 그렇게 흩어졌다가는 구체적 몸짓을 하고, 발작적이며 또 광적으로 허튼 동작들을 레이스 짜듯 섬세하게 연출하느라 골몰해 있는 그들을 바라보고 있노라니 무기력감 내지 의기소침 증세까지 엄습해왔다. 특히 또뽀에서는 맹렬한 열기와 숨막힘이, 잘 닦이고 연계된 바다와 강이라는 두 개의 커다란 거울 사이에 있는 모래밭 위에 완벽하게 농축 집결되어 있기 때문에, 마치 이제 막 태양에서 떨어져 나온 조각 위에 강제로 앉혀 놓은 것 같다고, 누구든 자신의 꽁무니영덩이를 걸고 단언할 수 있을 것이다.

그러나 그 혹심한 조건들도 알씨드의 고함을 막지는 못하였다. 그 반대였다. 그의 고함은 그 환상적인 훈련 현장 위를 굽이쳐 나아가, 저 멀리 열대의 숲 언저리에 있는 삼나무의 위용 넘치는 정상까지 이르렀다. 그의 "차렷!" 구령은 삼나무들 저 너머까지 천둥소리처럼 튀어 굴러갔다.

훈련이 계속되는 동안 그라파 중위는 재판을 준비하였다. 재판 이야기는 조금 뒤에 다시 하겠다. 그는 또한 멀리에서 꼼짝도 하지 않고, 또 자기 오두막의 그늘에 앉아서 그 빌어먹을 선창 건조 작업을 감시하였다. 파파우타가 도착할 때마다, 그는 낙관도 하고 회의도 하면서 부하들에게 지급할 완벽한 장비가 도착하기를 기대하곤 하였다. 그 장비를 이 년 전부터 요청하였으나 헛일이었다는 것이다. 자신이 코르시카 출신이기 때문에, 그라파는 거느리고 있는 민병들이 거의 벌거벗고 있는 모습을 바라보면서 다른 누구보다도 아마 더 모욕감을 느꼈을 것이다.

우리의 오두막, 즉 알씨드의 오두막 속에서는 자질구레한 물건들과 각종 잉여 식품들의 암거래가 거의 공공연하게 이루어지고 있었다. 하긴 또뽀에서 이루어지는 모든 암거래는 알씨드의 손을 거치고 있었으니, 그가 잎담배 및 포장된 담배, 몇 리터의 술, 몇 미터의 면직물 등, 그곳에서는 유일한 작은 보급 창고를 손아귀에 쥐고 있었기 때문이다.

또뽀의 열두 민병대원들은 눈에 띌 정도로 알씨드에게 호감을 가지고 있었는데, 그가 한없이 고함을 쳐대고 또는 부당하게 구둣발로 꽁무니를 마구 차는데도 그러하였다. 그가 아무리 자신들을 구박하여도, 그 나체주의자 군인들은 그에게서 부정할 수 없는 커다란 유사점을 발견해내었으니, 그것은 도저히 치유될 수 없는 선천적인 가난이었다. 그리고 비록 검다 하여도, 담배가 그들 사이를 불가피하게 좁혀주었다. 나는 유럽을 떠날 때 신문 몇 매를 가지고 있었다. 알씨드는 유럽 소식에 관심을 가져보려는 욕구로 신문들을 훑어보았지만, 잡다한 내용이 실린 지면에 주의를 집중하려 세 번이나 다시 시작해보았음에도 불구하고 그것들을 다 읽지 못하였다. "나는 이제, 사실, 뉴스 따위에는 관심이 없어요! 그처럼 헛되이 애를 쓰던 끝에 그가 고백하였다. 이곳에 온 지 삼 년이나 되었어요!" 물론 알씨드가 은둔자 흉내를 내면서 나에게 강한 인상을 주자는 것은 아니었다. 절대 아니다. 다만 자기에 대한 이 세상 전체의 증명된 포악성과 무관심이, 이제 재역 군인 상사인 그로 하여금 또뽀 밖의 온 세상을 영원히 도달할 수 없는 일종의 달세계로 간주하게끔 강요하고 있었던 것이다.

뿐만 아니라 알씨드는 남을 돕기를 좋아하며 또 관대한, 매우 착한 천성의 소유자였다. 나는 그러한 사실을 훗날, 조금 뒤늦게야 깨달았다. 무서운 체념이, 군대나 혹은 군대 밖에서도, 가여운 사람들로 하여금 다른 이들을 살리는 것 못지않게 쉽사리 죽이도록 하기도 하는 그 기본적 특질이 그를 짓누르고 있었다. 절대로, 혹은 거의 절대로, 그 힘없는 사람들은 자신들이 감내하는 모든 일의 이유를 묻지 않는다. 그들은 자기들끼리 서로 증오하며, 또 그것으로 만족한다.

우리의 오두막 주위, 타는 듯 뜨겁고 무자비한 모래톱에는 초록색이며 분홍색 혹은 진홍색의 작고 싱싱한, 그러나 잠깐 피었다 지는 꽃들이, 유럽에서는 특정 도자기류에 그려져 있는 일종의 메꽃들이 여기저기 흩어져 자라고 있었다. 그 꽃들은 줄기 끝에 얹혀 꽃잎을 달은 채 길기만 한 고약한 한낮을 견디고, 저녁나절 미지근한 첫 미풍에 활짝 열려 귀엽게 떨곤 하였다.

어느 날 그것들을 따서 작은 꽃다발을 열심히 만들고 있는 것을 본 알씨드가 나에게 일러주었다: "그것들을 따기는 하되, 그 작은 잡년들, 그것들에게 물을 뿌리지는 마, 금방 죽어버리니까… 아주 연약해서, 우리가 부대 아이들로 하여금 랑부이예에서 기르게 하던 '태양'해바라기과는 같지 않아! 그것들에다가는 오줌을 눌 수도 있었지! …그것들은 오줌까지도 몽땅 흡수해버렸지! 하긴 꽃들도 사람들처럼… 뚱뚱하면 뚱뚱할수록 멍청하지!" 마지막 말은 물론 그라파 중위를 두고 한 것인데, 그의 몸은 비대하고 흉하였으며, 손은 뭉툭한 데다 시뻘겋고 우악스러웠다. 아무것도 이해할 능력이 없는 우둔한 사람의 손이었다. 게다가 그라파는 무엇이든 이해하려고 하지도 않았다.

나는 두 주일 동안 또뽀에 머물렀는데, 그동안 알씨드와 일상생활 및 식사를 함께하였을 뿐만 아니라 침대 벼룩과 모래 벼룩(두 종류 모두), 키니네, 미지근하고 설사를 유발하는 우물물 등까지도 모두 함께 나누었다.

어느 날 그라파 중위는 그야말로 뜻밖에, 친절하게도 자기 집에서 커피나 함께 마시자고 나를 초청하였다. 그라파는 질투심이 많아서 자기와 동거하고 있는 원주민 여자를 아무에게도 보여주지 않았다. 그리하여 자기의 깜둥이 여인이 고향 마을로 부모를 만나러 간 날을 택해 나를 초대한 것이었다. 그날은 또한 그가 재판을 열고 주관하는 날이었다. 그는 나를 놀래게 해주고 싶었던 것이다.

그의 오두막 주위에는 아침부터 소송인들이 몰려들었는데, 허리 아래만 가린 원주민 옷들로 색깔이 요란하고 삐약거리는 증인들로 얼룩덜룩한 잡동사니 떼거리들이었다. 재판을 받을 사람들과 구경꾼들이 둥글게 그어 놓은 금 안에 뒤섞여 서서, 마늘과 자단, 썩은 버터, 사프란 맛이 나는 땀 냄새 등을 고약하게 풍기고 있었다. 알씨드 휘하의 민병들처럼, 그곳에 모인 인간들은 모두 우선 가공의 세계에 사로잡혀 광란적으로 지랄하는 것을 중요하게 여기는 듯하였다. 그들은 자신들의 머리 위에 휘몰아치는 논쟁의 질풍 속으로 움켜쥔 주먹을 휘두르며, 딱딱이캐스터네츠 소리 같은 그들의 방언을 귀가 따갑게 쏟아놓고 있었다.

불평하듯 삐걱거리는 등나무 안락의자에 깊숙이 처박혀 앉아 있던 그라파 중위는, 그렇게 몰려 있는 오합지졸들을 바라보며 미소를 지었다. 그는 그곳을 통치하면서 기지에 배속된 통역관에 의지하고 있었는데, 그 통역관은 자기의 습관대로 또 목청이 터져라, 믿기 어려우리만큼 어처구니없는 청원 사항들을 더듬더듬 그에게 전달했다.

이번 사건은, 딸이 적법하게 팔렸는데도 그 남편에게 넘겨주지 않은 부모가, 그간 몸값으로 받은 양을 간직하고 있던 딸이 그 오빠에게 살해되었다는 이유로, 남편에게 다시 돌려주기를 거절한 한 마리 양에 관련된 것이었다. 그 외에도 다른 더욱 복잡한 하소연이 첨부되었다. 우리들이 앉아 있는 곳에서 내려다보자니, 그 이해와 관습에 관한 문제에 열을 올리고 있는 일백여 상판들이, 이빨을 드러내고서 깜둥이 언어를 조금씩 혹은 콸콸 쏟아놓고 있었다.

더위는 그 절정에 달하고 있었다. 그리하여 혹시 대참변이 닥치지 않을까 걱정이 되어 지붕 끝 하늘을 살폈다. 소나기조차 퍼부을 기미가 없었다.

― 내가 저것들을 즉각 합의에 이르도록 해야지! 뜨거운 날씨와 장황한 입씨름에 지친 그라파가 단안을 내렸다. 신부의 아비는 어디 있는가…? 그자를 데려와!

― 여기 있습니다! 이미 쭈글쭈글하고, 로마인들 식으로 제법 위엄 있게 허리 아래 가리개로 몸을 감싼 늙은 깜둥이 하나를, 이십여 명의 패거리가 앞으로 떼밀며 대답하였다. 그 늙은이는 주먹을 꼭 쥔 채, 자기 주위에서 떠들고 있는 사실들을 하나하나 또박또박 짚어나갔다. 그는 전혀 무엇을 호소하러 그곳에 온 것이 아니라, 그보다는 차라리 오래전부터 긍정적인 결과는 아예 기대하지도 않던 그 재판을 계기로 기분을 좀 전환하러 온 것 같았다.

― 자, 어서! 그라파가 명령을 내렸다. 이십 대! 즉각 시행해! 이 늙은 뚜쟁이에게 몽둥이 이십 대를 먹여…! 그 하잘것없는 양 이야기를 가지고 두 달 전부터 목요일마다 와서 나를 귀찮게 한 결과가 어떤 것인지 깨닫게 될 거야!

건장한 민병대원 넷이 늙은이에게로 다가갔다. 그는 처음엔 무슨 뜻인지 몰라 어리둥절하더니, 그 다음에는 단 한 번도 매를 맞아보지 않은, 겁에 질린 늙은 짐승의 그것처럼 충혈된 눈을 희번덕였다. 그가 항거하려 하지 않은 것은 사실이지만, 그러나 그 형벌을 가능한 한 적은 고통을 느끼며 받기 위해서는 어떤 자세를 취해야 하는지 또한 모르고 있었다.

민병대원들은 그가 걸치고 있던 천을 마구잡이로 잡아당겼다. 그들 중 둘은 반드시 무릎을 꿇어야 한다고 주장하는 반면, 나머지 다른 민병대원들은 그에게 배를 깔고 엎드리라고 호령하였다. 그들은 드디어 합의에 도달하여, 그 늙은이를 땅바닥에 납작 엎드리게 한 다음 허리 가리개를 걷어올리고, 튼튼한 당나귀라도 일주일쯤은 비명을 지르도록 할 만한 몽둥이로 그의 등과 쭈글쭈글한 엉덩이를 단번에 후려치기로 하였다. 그의 배 주위에 있는 고운 모래가 피로 절꺽거렸고, 그 몸을 꿈틀거리고 비명을 지르며 입으로 모래를 뱉어내는 모습은, 마치 재미로 가하는 고문을 당하고 있는 커다란 새끼 밴 난쟁이 사냥개와 같았다.

몽둥이질이 계속되는 동안 구경꾼들은 모두 입을 다물었다. 들리는 것이라곤 태형을 가하는 소리뿐이었다. 일이 끝나자, 흠씬 얻어터진 늙은이는 몸을 일으켜 주위에 흩어진 로마식 허리옷을 주섬주섬 챙겼다. 그의 입과 코, 특히 등줄기에서 엄청난 양의 피가 흐르고 있었다. 떼거리는 장례식을 거행하는 사람들의 목소리로, 수천의 욕설과 논평을 웅얼거리며 늙은이를 데리고 사라져갔다.

그라파 중위는 여송연에 다시 불을 붙였다. 그는 내 앞에서 그러한 일들과는 거리를 두고 초연하려 하였다. 그가 다른 사람들보다 더 폭군적이었다는 뜻이 아니라, 다만 그는 누가 자기로 하여금 생각을 하도록 강요하는 것을 싫어하였다는 말이다. 생각을 한다는 것이 그에게는 귀찮은 일이었다. 사법적 직분을 수행함에 있어서 특히 그를 역정나게 하는 일은, 사람들이 자기에게 질문을 하는 것이었다.

우리는 같은 날, 회수된 지참금 문제, 약속된 음식물 문제… 의심의 여지가 있는 약속이지만… 친자 확인이 되지 않은 아이들 문제 등… 기타 다른 재판 끝에 시행된 잊지 못할 형벌 장면 둘을 더 참관하였다.

— 아! 내가 얼마나 자기들의 소송질에 무관심한지를 알면, 놈들이 그 축 처진 불알처럼 얼빠진 일들을 가지고 내게 똥칠을 하듯 귀찮게 굴기 위해, 일부러 자기들의 밀림을 떠나 이곳까지 오지는 않으련만…! 내가 자기들에게 나의 자질구레한 일들을 일일이 알려주던가? 그라파가 결론짓듯 말하였다. 하지만, 그가 다시 말을

이었다. 그 지저분한 놈들이 나의 재판에 재미를 붙이고 있다는 생각이 들어요…! 이 년 전부터 저들로 하여금 재판에 역겨움을 느끼도록 해주려 노력했지만, 목요일만 되면 어김없이 다시 찾아와요… 젊은이, 내 말을 믿기 어렵겠지만, 언제나 왔던 놈들이 다시 와요…! 뭐랄까, 도착증세가 있는 놈들이지…!

그 다음 우리의 이야기는 뚤루즈로 옮겨졌는데, 그는 휴가를 항상 그곳에 가서 보낸다고 하였으며, 육 년 후 은퇴하면 그곳에 가서 살 생각이라고 하였다. 이미 그렇게 작정해두었다고 하였다. 우리들은 느긋하게 깔바도스 잔을 기울이고 있었는데, 바로 그때 어떤 형벌을 받게 되어 있었는지는 모르지만, 여하튼 형벌을 치르기에는 너무 늦은 시각에 깜둥이 하나가 나타나서 우리의 대화를 중단시켰다. 다른 사람들이 돌아간 지 두 시간이나 지난 시각에, 자청하여 몽둥이찜질을 당하러 나타난 것이다. 그는 자기의 마을을 떠나 밀림을 거쳐, 오직 그 목적으로 꼬박 이틀 밤낮을 달려왔다며, 몹시 실망한 듯 돌아갈 눈치가 아니었다. 그러나 그는 행형 시간에 대어 오지 못하였고, 그라파는 행형 시간을 엄수하는 데 있어서는 추호의 예외도 허락하지 않았다. "녀석에게는 안 된 일이지만! 지난번에 그냥 돌아가지 말았어야지…! 저 구역질나는 놈에게 지난주 목요일에 오십 대의 몽둥이질을 선고했지…!"

그러나 고객은 항상 그럴 만한 이유가 있었노라고 항변하였다. 즉 자기 어머니를 매장하기 위하여 서둘러 마을로 돌아가야 했다는 것이다. 그에게는 어머니가 셋인가 넷쯤 있다고 하였다. 항의가 계속되었다.

— 다음번 법정에서 처리하겠어!

하지만 그 고객은 자기 마을로 돌아갔다가 다음 목요일까지 돌아오려면 시간이 빠듯하다고 하였다. 그는 항의를 계속하였다. 떼를 쓰며 고집을 부렸다. 하는 수 없이 그 마조키스트의 궁둥이를 힘껏 발로 차서 내쫓을 수밖에 없었다. 그 발길질이 그에게는 즐거웠으나 그래도 충분치는 못한 듯했다… 결국 그는 표류하듯 알씨드의 집으로 흘러갔고, 알씨드는 기회를 이용하여 입담배며 갑담배, 코담배 일습을 그 마조키스트에게 팔았다.

그 다양한 사건들로 충분히 기분전환을 하고 나서, 나는 그라파에게 떠나겠다는 인사를 하였고, 그 역시 때맞춰 자기의 오두막 안쪽으로 낮잠을 자러 들어갈 참이었는데, 그곳에는 벌써부터 마을에서 돌아온 그의 원주민 아내가 휴식을 취하고 있었다. 그 깜둥이 여인은 한 쌍의 눈부신 젖가슴을 가지고 있었는데, 가봉에서 수녀들로부터 교육도 잘 받았다고 한다. 그 젊은 여인은 프랑스어를 재재거리며 능숙하게 구사할 뿐만 아니라, 키니네를 잼에 섞어 남편에게 올릴 줄도 알고, 남편의 발바닥 깊숙이 처박혀 있는 '모래 벼룩'을 구슬리어 잡을 줄도 알았다. '재재거린다'는 말은 의성어로서, 프랑스어의 [ʒ]나 [s]음에 해당하는 철자를 [z]로 발음하는 현상을 가리킨다. 또한 '모래 벼룩'의 암컷은 피부 깊숙이 파고들어 기생하면서 그 부위에 종기를 유발하기도 한다. 그녀는 그 식민지 주둔 군인을 즐겁게 해줄 일백 가지 방법을 알고 있었는데, 선택하는 방법에 따라서, 그를 지치게 하기도 하고 지치지 않고 즐겁게 하기도 하는 등 자유자재였다.

알씨드는 나를 기다리고 있었다. 그는 비위가 조금 뒤틀려 있었다. 그라파 중위가 나를 초대한 사실이 그로 하여금 나에게 커다란 비밀들을 털어놓도록 하였음이 분명했다. 내가 요청하지도 않았는데, 그는 서둘러 김이 무럭무럭 나는 그라파의 똥투성이 모습을 폭로하였다. 나는 그저 내 견해 역시 그렇다고만 대꾸하였다. 알씨드의 약점은, 군율을 무시하고 인근 밀림의 깜둥이들뿐만 아니라, 심지어 자기 휘하의 열두 원주민 병사들과도 암거래를 하고 있다는 사실이었다. 그는 그 몇 안 되는 집단에게 일반 판매용 담배를 무자비하게 공급하였다. 그리하여 그 민병대원들이 자기네 몫의 담배를 받고 나면, 지급받아야 할 급료가 단 한 푼도 남아 있지 않았다. 모두 담배 연기로 사라진 것이다. 그들은 심지어 앞당겨 피워버리기도 하였다. 그 지역에 유통되는 지극히 적은 현금을 고려할 때, 그러한 밀거래가 세금 징수에 차질을 가져온다고 그라파는 주장하고 있었다.

그라파 중위는 신중한 사람인지라, 자기가 다스리고 있던 또뽀에서 추문이 유포되는 것을 원치 않았다. 그러나 결국에는, 아마 시샘도 작용했겠지만, 그도 상을 찌푸렸다. 그는 원주민들 소유의 모든 유동자산이 그대로 남아 있기를 바랐을 터인즉, 그것은 물론 세금 징수를 위해서였음이 분명하다. 각자 나름대로의 됨됨이와 자기 특유의 야심을 가지고 있는 법이다.

처음에는 자기들의 급료를 담보로 해서 담배를 제공받는 그 방식이, 이젠 오직 알씨드의 담배를 피우기 위해서만 일을 하게 되어버린 그 민병대원들에게는 놀랍고 믿을 수 없는 일처럼 보였지만, 결국 엉덩이를 발길로 자주 차이다 보니 그것에 아예 익숙해져 있었다. 이제는 아예 자기들의 급료를 받으러 갈 생각조차 하지 않았고, 그들의 상상적 훈련을 중단하고 쉬는 동안에 알씨드의 오두막 언저리, 그 생명력 강한 작은 꽃들 사이에 앉아서 태평스레 자기들의 급료를 앞당겨 피우고 있었다.

비록 지극히 작은 곳이기는 하였지만, 또뽀에는 두 형태의 문명이 자리 잡고 있었으니, 그 하나는 고대 로마식 문명인 그라파 중위의 문명으로서, 정복된 자에게 채찍질을 가하며 공물을 짜내어, 알씨드의 증언에 따르건대, 그 수치스럽고 사적인 용도에 쓰려는 한 부분을 착복하는 방법이 있고, 다른 하나는 알씨드 고유의 방법으로서, 그것은 더욱 복잡하여, 그 속에서는 이미 제 이 단계 문명화의 징후가 나타나고 있었으니, 가령 각 민병대원 속에서 새 고객 하나씩이 탄생하는, 한마디로 무역과 군사력의 혼합인, 훨씬 더 근대적이고 위선적인 바로 우리들의 문명이었다.

그곳 지리에 관해 말하자면, 그라파 중위는, 그가 기지에 보유하고 있는 몇 장의 대략적인 지도에만 의지하여 자기에게 맡겨진 광대한 영토를 대강 파악하고 있을 뿐이었다. 그는 또한 그 영토의 현황에 대해 더 이상 알고자 하는 욕구도 가지고 있지 않았다. 나무들이라든지, 숲 등은 보나마나 뻔한 것, 더구나 그것들은 멀리서도 잘 보이지 않는가.

그 거대한 탕약^{소택지?}의 무성한 수림 속과 은밀한 구석에 숨겨진 채 몇몇 부족이 극도로 작은 집단으로 흩어져 언제나 썩은 타피오카로 배를 채우며, 무수한 토템들로 인해 멍청해져 벼룩과 파리들 사이에서 썩어가고 있었다…. 완벽하게 순진하고, 천진스럽게 인간을 잡아먹으며, 기근에 놀라고, 수천 가지 페스트^{질병}가 휩쓸어 피해를 준 부족들이었다. 그들에게 접근할 가치라곤 아무것도 없었다. 고통스럽기만 하고, 또한 아무 반향도 없을 것이 뻔한데, 행정의 손길을 그곳까지 뻗치는 것은 그 무엇으로도 정당화할 수 없었다. 그곳 통치 업무에서 잠시 손을 멈추고 쉴 때면, 그라파는 바다 쪽으로 몸을 돌려 어느 날엔가 자신이 문득 나타났고, 또 모든 일이 순조롭게 진행된다면 어느 날엔가는 떠나야 할 수평선을 응시하곤 하였다….

그곳이 비록 나에게 친숙해지고, 심지어 쾌적해지기까지 했지만, 강을 따라 며칠만 항해를 하고 밀림 속을 편력하면 나를 기다리고 있을, 나에게 약속된 그 상점을 향해 결국 또뽀를 떠나야 할 일을 생각해야 했다.

알씨드와는 아주 좋은 사이가 되었다. 우리는 함께 그의 오두막 앞에서 우글거리는 상어의 일종인 톱날고기를 잡으려 시도해보기도 하였다. 그러한 놀이에서는 그 역시 나만큼이나 서툴렀다. 우리는 아무것도 잡지 못하였다.

오두막에 있는 가구라곤 그의 분해할 수 있는 침대, 나의 침대, 그리고 비어 있기도 하고 물건이 가득 차 있기도 한 궤짝 몇 개뿐이었다. 암거래 덕분에 그는 적지않은 돈을 저축해 둔 것 같았다.

— 그 돈을 어디에 두지…? 내가 그에게 여러 차례에 걸쳐 물었다. 너의 그 더러운 돈을 어디에다 감추지? 그의 성미를 돋우려는 말이었다. — 고향에 돌아가 그것으로 한바탕 흥청거려 볼 작정이야? 나는 그를 계속해서 놀렸다. 또한 그 빼놓을 수 없는 '토마토 통조림'을 함께 먹을 때마다, 그가 보르도에 돌아가 갈보집마다 돌아다니며 유례없이 질탕하게 노는 장면을 상상해내어, 최소한 스무 번씩은 이야기를 해주었다. 그는 아무 대꾸도 하지 않았다. 내가 자기에게 그러한 이야기를 하는 것이 재미있다는 듯, 그는 다만 웃기만 하였다.

훈련과 재판 외에 또뽀에는 전혀 다른 일이 없었고, 따라서 나는 다른 이야깃거리도 없었던지라 어쩔 수 없이 같은 농담을 반복하였다.

그곳에서의 체류가 끝나갈 무렵, 문득 뻬따 씨에게 편지를 내어 돈을 빌려달라고 할 생각이 났다. 편지는 알씨드가 다음에 파파우타가 기항할 때 부쳐주겠다고 하였다. 알씨드의 필기구들은 전에 브랑르도르가 가지고 있던 것과 똑같은 비스킷 상자 속에 있었다. 재역 상사들은 결국 같은 습성을 지니고 있는 것 같았다. 그런데 내가 자기의 상자를 열려고 하는 것을 보자, 그는 그것을 저지하려는 듯한 몸짓을 보여 나를 놀라게 하였다. 나는 문득 쑥스러워졌다. 그가 왜 저지하려는지 알 수 없어서 나는 상자를 다시 탁자 위에 놓았다. "아! 열어, 어서! 아무것도 아니야!" 그가 말하였다. 뚜껑 안쪽에는 어린 소녀의 사진 하나가 붙어 있었다. 얼굴만 찍은 사진이었는데, 그 당시의 다른 소녀들처럼 긴 곱슬머리를 한 아주 유순한 얼굴이었다. 나는 종이와 펜을 잡은 다음 얼른 상자를 다시 닫았다. 나의 경솔한 행동이 매우 쑥스러웠다. 그러나 또한 그 일이 왜 그토록 그를 뒤흔들어 놓았는지 궁금하기도 하였다.

나는 즉각, 그가 이제껏 나에게 이야기하기를 회피한 그의 아이일 것이라고 상상하였다. 나는 더 이상 묻지 않았으나, 나의 등 뒤에서는, 그때까지 내가 그에게서 들어보지 못하던 괴이한 목소리로, 그 사진에 관하여 무엇인가를 이야기하는 소리가 들렸다. 그는 더듬거리고 있었다. 나는 어찌할 바를 몰랐다. 그가 나에게 자신의 이야기를 털어놓으려 하는데, 분명 그를 도와주어야 할 상황이었다. 그 거북한 순간을 넘기기 위해서 어떻게 해야 좋을지 몰랐다. 듣기에 몹시 괴로운 고백일 것이라는 확신이 있었기 때문이다. 진정 고백을 듣고 싶진 않았다.

— 아무것도 아니야! 그의 음성이 다시 들려왔다. 내 형님의 딸이야… 내외가 모두 돌아가셨어….

— 아이의 부모 말이야…?

— 그래, 저 애 부모….

— 그러면 지금은 누가 그녀를 양육하지? 네 어머니? 관심을 표하기 위하여 단지 그렇게 물었을 뿐이다.

— 우리 어머니 역시 안 계셔….

— 그러면 누가?

— 내가!

알씨드는 마치 몹시 실례되는 일을 저지르기라도 한 듯, 얼굴을 붉히며 히죽히죽 웃었다. 그는 서둘러 말을 계속하였다.

― 말하자면… 내막을 설명해줄게… 보르도에 있는 수녀들에게 맡겨 양육토록 하였지… 가난한 이들을 돌보는 수녀들이 아니고, 내 말뜻 알지…! '괜찮은' 수녀들에게… 모든 것을 내가 맡고 있으니 별 걱정 없어. 그 애에게 부족한 것이 없도록 해주고 싶어! 그 애 이름은 지네뜨라고 해… 아주 상냥한 소녀야… 자기 엄마처럼… 나에게 편지도 쓰고, 모든 일에서 괄목할 만큼 향상하고 있는데, 단지, 자네도 알다시피 그와 같은 기숙학교는 비싸서… 특히 이제는 그 애 나이 열 살이야… 그 애가 또한 피아노도 배웠으면 좋겠어… 피아노에 대해 어떻게 생각해…? 여자아이들에게는 피아노가 좋지? 그렇지…? 그렇게 생각지 않아…? 그리고 영어는? 영어 역시 유용하겠지…? 자네, 영어 할 줄 아나…?

관대하지 못하다고 자기의 잘못을 고백하는 동안, 나는 그의 반짝이는 작은 콧수염, 특이한 눈썹, 까맣게 탄 피부 등, 알씨드를 더욱 가까이에서 응시하기 시작하였다. 섬세하고 겸손한 알씨드! 자기의 눈곱 만한 봉급… 하찮은 수당, 보잘것없는 암거래에서 얻은 소득… 수개월 동안, 수년 동안, 그 지옥 같은 또뽀에서, 그것들을 얼마나 절약하고 또 절약하였으랴…! 나는 그에게 대꾸할 말을 찾지 못하였다. 내가 비록 사람을 판단할 능력은 없었지만, 그의 심성이 나를 까마득히 능가하기에, 나의 얼굴은 온통 빨갛게 달아올랐다… 알씨드 곁에 놓고 보면, 나는 무능력하고, 둔중하며, 허영투성이인, 일개 야비한 낯짝에 불과하였다… 이러쿵저러쿵 이론의 여지가 없었다. 너무나 분명하였다.

나는 더 이상 그에게 감히 말을 걸 수조차 없었으니, 내 자신 문득 그에게 말을 건넬 자격이 없다고 느꼈기 때문이다. 어제까지만 하더라도 그를 대수롭지 않게 여기며, 심지어 멸시까지 하던 내가.

— 나는 참 운이 없었어. 그는 자신의 고백이 나를 얼마나 당황케 하였는지 전혀 눈치채지 못하고 말을 계속하였다. 생각해봐, 이 년 전 그 애가 소아마비에 걸렸어… 상상을 해봐… 소아마비란 것이 어떤 병인지 알아?

그리고 나서 그는, 어린애의 왼쪽 다리가 무척 쇠약해져 보르도에 있는 전문가로부터 전기치료를 받고 있는 중이라고 나에게 설명해주었다.

— 다시 정상으로 회복될까…? 그가 근심스런 어조로 말하였다.

시간이 지나고, 또 전기치료를 받으면 완벽하게 회복된다고 그를 안심시켰다. 그는 아이의 죽은 어머니에 관한 이야기와, 아이의 불구 상태에 대해 아주 조심스럽게 말을 하였다. 비록 멀리 있지만, 혹시 아이에게 마음의 상처를 주지 않을까 두려워하고 있었다.

— 그 아이가 병든 후 보러 갔던가?

— 아니… 계속 여기 있었어.

— 곧 보러 갈 생각인가?

— 삼 년 내에는 어려울 것 같아… 잘 알겠지만, 나는 이곳에서 장사를 하고 있어… 그 아이에겐 큰 도움이 되지… 만약 지금 내가 휴가를 떠나면, 내가 다시 돌아왔을 때, 이 자리는 다른 사람이 차지하고 있을 거야… 특히 저 미련한 놈이 이곳에 있는 한….

그리하여 알씨드는 편지 몇 통과 그 작은 사진 한 장밖에 가지고 있지 않으면서, 그 어린 조카딸을 위하여 복무기간을 삼 년에서 육 년으로 연장 신청하였던 것이다. "마음에 걸리는 것은 그 아이와 방학을 함께 보내 줄 사람이 그곳에 아무도 없다는 사실이야… 어린 소녀에게는 가혹한 일이지…." 우리가 자리에 누웠을 때 그가 다시 그렇게 말하였다.

분명 알씨드는 자기 마음 내키는 대로, 다시 말해 지극히 자연스럽게 숭고함 속으로 진입하고 있었으며, 천사들과 친숙해져 있었지만, 그는 전혀 그러한 기색을 나타내지 않았다. 그는 그 막연한 친척인 한 어린 소녀에게, 거의 아무 의구심도 없이 수년간의 고초, 그 찌는 듯한 단조로움 속에서 자신의 가여운 생을 파괴하는 희생을, 아무 조건 없이, 아무 흥정도 하지 않고, 자신의 착한 마음이 얻는 그 이익 외의 다른 어떤 이권도 생각지 않고, 몽땅 바치고 있었다. 그는 그토록 멀리 있는 그 어린 소녀에게, 온 세상을 뒤바꿔 놓을 만한 사랑을 베풀고 있었으나, 그것이 밖으로 드러나지는 않았다.

촛불 빛 아래에서 그는 어느 순간 잠이 들었다. 나는 호기심을 이기지 못하고, 불빛이 밝혀주는 그의 용모를 바라보려 내 잠자리에서 몸을 다시 일으켰다. 그도 다른 여느 사람처럼 무심히 잠을 자고 있었다. 지극히 평범한 모습이었다. 하지만 선한 사람들과 악한 사람들을 분간할 수 있도록 해주는 무엇이 있다면, 그것 또한 나쁘지는 않을 것이다.

밀림으로 침투하기 위해서는 두 가지 방법을 취할 수 있는데, 그 중 하나가 쥐들이 건초 더미 속에 터널을 만들 듯, 밀림의 수목을 자르며 터널을 내는 것이다. 그것은 사람을 질식시킬 위험이 있는 방법이다. 그 방법은 딱 질색이었다. 또 다른 방법은, 움푹 파낸 나무 둥치 밑바닥에 납작 쪼그리고 앉아서 노를 저어 무수한 굴곡과 수림을 지나, 그러한 상태로 여러 날 동안을 무방비상태로 자신을 햇볕에 맡겨놓은 채, 종착지를 눈이 빠지게 기다리며 강을 거슬러 올라가는 수모를 감수하는 것이다. 그리고 결국에는 그 까악까악 거리는 깜둥이들 때문에 얼이 빠져, 겨우 몸을 추스린 채 목적지에 이르는 것이다.

언제나 출발할 때에는, 사공들이 노를 젓기 전에 시간을 끌기 마련이다. 싸움질 때문이다. 우선 노깃 한 끝을 물에 담그고, 그 다음 두세 번의 율동적인 고함과 그것에 화답하는 숲, 물결, 스르르 미끄러지고, 두 번 그리고 세 번의 노질, 다시 머뭇거리노라면 물결이 일고, 더듬거리고, 뒤를 힐끔 바라보면 저 멀리 바다가 납작하게 펼쳐져 멀어져가며, 앞에는 미끈한 것이 길게 펼쳐져 있어 그것에 쟁기질을 하며 나아가고, 그리고 아직도 알씨드가 선창에 가물가물 멀리 보이는데, 이미 강의 수증기 속으로 거의 다 빨려 들어가 종각 모양의 커다란 모자 밑에는 한 조각 얼굴, 작은 치즈 인형뿐, 알씨드의 나머지 하체 부분은 이미 기괴한 추억 속으로 사라진 듯 그의 군복 속에 펄럭인다.

이상이 또뽀라고 하는 그 지역이 내게 남겨준 전부이다.

그 이글거리는 작은 마을을, 베이지색 물이 흐르는 그 음험한 강의 날카로운 낫끝으로부터 내가 떠난 후에도 오랫동안 보호할 수 있었을까? 그리고 벼룩들이 우글거리는 그 오두막 세 채는 여전히 서 있을까? 그리고 새로운 그라파들과 이름 모를 알씨드들이 아직도 새로 모집한 민병대원들에게 그 허황된 전투 훈련을 시키고 있을까? 그 소박한 재판이 아직도 시행되고 있을까? 우리가 그토록 애써 마시려 노력하던 그 물은 여전히 썩은 냄새가 날까? 여전히 미지근할까? 한 차례 마시고 나면 일주일 동안 입에서 구역질이 날 만큼… 그리고 여전히 빙고(氷庫)가 없을까? 그리고 복용한 키니네로 인하여 귓속에서 그칠 줄 모르고 들려오던 뒝벌 소리와 파리들의 윙윙거리는 소리 간의 싸움은? 황산염은? 염산염은? '뒝벌 소리'와 '파리' 소리 간의 '싸움'이란, 그 두 소리가 마치 다투듯, 경쟁하듯, 사람을 괴롭히는 상황을 가리킨다. '황산염'은 식물에 사용하던 곤충 방제용 약품 원료이며, '염산염'은 식수 정화에 사용되었다? …그러나 무엇보다도 그 한증막 속에서 건조되고, 또 농포를 뒤집어쓴 채 사는 깜둥이들이 아직도 존재할까? 아마 벌써부터 없어졌을지 모른다.

아마 그 모든 것이 이젠 단 하나도 남아 있지 않을지도 모른다. 소 콩고가, 어느 회오리바람 몰아치던 저녁에 진흙투성이 혓바닥으로 또뽀를 거세게 핥고 지나가 모든 것이 끝장났을지도 모른다. 아주 완벽하게 끝장이 나서 그 지명마저 지도에서 사라지고, 결국 나 혼자만이 남아 알씨드를 회고하는지도 모른다… 또한 그의 조카딸 역시 그를 완전히 잊었을지도 모른다… 그라파 중위는 그리워하던 뚤루즈를 영영 다시 보지 못하였을지도 모른다… 우기만 되면 항상 사구(砂丘)를 넘보던 밀림이 모든 것을 다시 집어삼키고, 모든 것을, 심지어 물을 뿌리지 말라고 알씨드가 나에게 일러주던, 모래 위에 문득 피어나던 그 작은 꽃들까지도, 그 울창한 마호가니 그늘이 몽땅 짓밟아 버렸을지도 모른다…. 아무것도 존재하지 않을지도 모른다.

 그 강을 거슬러 올라가던 열흘간이 어떠하였는지, 나는 그 일을 오랫동안 잊지 못할 것이다… 통나무배의 움푹한 곳에 처박혀 진흙탕의 물결을 감시하며, 표류하는 거대한 나뭇가지들을 유연하게 피하면서 그것들 사이로 잠깐 생겼다 사라지는 통로를 그때 그때 찾아 나아가며 보낸 그 열흘을. 도형수들의 고역이었다.

 황혼녘이 지나면 우리들은 바위가 많은 곳[岬]에 정박하곤 하였다. 어느 날 아침, 드디어 우리들은 그 더러운 원시적인 통나무배를 버리고 오솔길을 따라 밀림으로 들어섰는데, 그 오솔길은 초록색을 띠고 축축한 음지 속으로 구불구불 뻗어가고 있었으며, 단지 여기저기 울창한 나뭇잎으로 지은 끝없는 교회당들의 천장을 뚫고 들어오는 햇살 한 가닥이, 그것 위에 빛을 던지고 있을 뿐이었다. 괴물처럼 쓰러진 나무들이 우리 일행으로 하여금 수없이 길을 돌아가게 하였다. 나무들이 쓰러져 움푹 파인 공간 속에서는, 지하철 열차 한 열이 자유자재로 움직일 만하였다.

 어느 순간 환한 빛이 우리들 앞에 문득 나타나는가 싶더니, 우리들은 개간된 평지 앞에 다다랐고, 그곳에서 다시 경사면을 기어 올라가야 했다. 한 차례의 또 다른 고역이었다. 고지대에 도달해 보니 그곳은 끝없이 펼쳐져 있는 숲을 왕관처럼 뒤집어쓰고 있었으며, 노랗고 빨갛고 초록색을 띤 숲의 나무 끝들은 양떼처럼 굼실거리며 언덕과 골짜기들을 뒤덮고, 그것들을 압착하고 있어, 마치 숲이 하늘과 바다만큼이나 흉물스럽게 풍요로워 보였다. 우리가 찾아온 그 사나이가 거처하는 곳은 아직 조금 더 멀리… 다른 작은 골짜기에 있다고 누가 나에게 가르쳐주었다. 그 사나이는 정말 그곳에서 우리를 기다리고 있었다.

 두 개의 거대한 바위 사이에다 그는 일종의 대피호 같은 것을 만들어놓고 그 속에 거처하고 있었는데, 가장 지독하고 광란적인 동쪽 회오리바람을 피하기 위한 조처였다고 그가 나에게 일러주었다. 나는 물론 그것이 하나의 유리한 점이라는 사실을 인정하고 싶었지만, 그러나 오두막 그 자체만은 분명 가장 누추한 최하위 범주에 속하는 것이었으며, 말이 거처지, 사방이 온통 올이 풀려 너덜거리고 있었다. 그곳의 거처가 거의 그와 유사할 것이라고 각오를 했던 바이기는 하지만, 그러나 현실은 나의 예상을 훨씬 능가하고 있었다.

내가 그 친구에게는 몹시 절망하는 것처럼 보였던지, 그는 나에게 상당히 퉁명스럽게 말을 건네, 생각에 잠겨 있던 나로 하여금 문득 정신을 차리게 하였다. "이봐요, 이곳에 있는 것이 전쟁터보다는 나을 거요! 이곳에서는 어떻든 자의에 따라 꾸려나갈 수 있어요! 제대로 먹지 못한다는 점, 그것은 사실이오. 또한 마실 것이라곤 흙탕물뿐이지만, 반면 맘껏 잠을 잘 수 있어요… 이봐, 친구, 여기엔 대포도 없어요! 총알 또한 없고! 한마디로 사업을 하는 것이오!" 그는 사장과 거의 비슷한 말을 하고 있었지만, 알씨드처럼 눈빛은 그늘져 있었다.

나이는 삼십 줄에 들어선 듯했고, 턱수염이 덥수룩하였다… 처음 도착하는 순간에는 그를 자세히 관찰하지 못하였는데, 그가 나에게 남겨주게 되어 있던, 그리하여 어쩌면 수년 동안 나의 은신처가 될 그 거처가, 처음 도착하는 순간 하도 나를 어이없게 만들었기 때문이다… 그러나 곧이어 그를 자세히 뜯어보고 있자니, 그의 얼굴은 많은 풍파를 피하지 못할 그러한 얼굴, 윤곽이 뚜렷한 용모였고, 심지어, 가령 크고 둥그스름한 코와 거룻배처럼 퉁퉁한 뺨을 가진 사람처럼 운명의 물결을 유연하게 철썩거리며 재잘거리듯 타고 나아가지 못하고, 삶의 현장에 너무 가까이 뛰어 들어가는 그런 반항아들의 얼굴이었다. 그는 한마디로 불행을 타고난 사람이었다.

— 사실이에요, 내가 대꾸하였다, 전쟁보다 더 참혹한 것은 없지요!

일단 속내 이야기로는 그 정도로 족한 듯했고, 더 이상 털어놓을 마음도 없었다. 그러나 그는 계속 그 이야기를 하였다.

— 특히 지금 전쟁을 너무 오래 끌고 있어요… 그가 덧붙였다. 여하튼, 알게 되겠지만, 이곳엔 별 재미가 없어요! 아무 할 일이 없어요… 일종의 휴가 같아요… 이곳엔 오직 휴가뿐이에요! 그렇지요…! 하지만 결국 각자의 기질에 달렸지요. 나로서는 아무 말도 못하겠어요….

— 그리고 식수는? 내가 물었다. 내 스스로 직접 나의 컵에 부은 누르께한 물이 나를 불안하게 하였고, 마셔보니 뜨듯하고 구역질 나는 것이 또뽀의 물과 같았다. 사흘 후면 진흙이 밑바닥을 덮을 듯하였다.

— 이게 물이오? 물로 인한 고통이 다시 시작될 참이었다.

— 그래요, 이곳에는 그것밖에 없어요, 그리고 빗물… 다만 이제 비가 오면 오두막이 오래 견디지 못할 거요. 오두막이 어떤 상태에 있는지 보이지요?

내가 보기에도 뻔하였다.

— 식량으로는, 그가 계속하였다, 통조림밖에 없으며, 나는 일 년 전부터 그것만을 먹고 있어요… 그로 인해 죽지는 않았어요…! 어떤 의미에서는 그것이 간편하기는 하지만, 몸에 좋지 않아요. 물론 원주민들은 썩은 타피오카만을 먹어대지만, 그것은 그들의 사정이고, 또 그들은 그것을 좋아해요… 삼 개월 전부터 나는 무엇이든 다시 쏟아내요… 설사 때문이죠. 아마 열병 때문이기도 하고,

여하튼 나는 둘 다 가지고 있어요… 특히 오후 다섯 시쯤이면 더욱 분명히 알 수 있어요… 나에게 열병이 있다는 걸 알 수 있는 것은 그때쯤이니, 열로 말하자면, 그렇지 않아요? 이 지방의 평상 기온보다 신열이 더 높기는 어려우니까…! 결국 열병에 걸렸다는 사실을 알려주는 것은 대부분의 경우 오한이지요… 그리고 또는 평소보다 권태를 덜 느낄 때지요… 하지만 그것도 각자의 기질 나름이지요… 기분을 돋우기 위해 술을 마셨을 경우도 있으니까… 하지만 나는 술을 좋아하지 않아요… 술을 견디지 못해요….

그는 자신이 '기질'이라고 칭하는 그것을 매우 중요시하는 것 같았다.

그 외에, 그가 그곳에 아직 머무는 동안, 그는 몇 가지 다른 사항들을 나에게 친절히 일러주었다: "낮에는 더위가 견디기 어려운 것이지만, 그러나 밤에는 소음이 더 견디기 어려워요… 믿을 수 없을 정도예요… 서로 붙기 위해 혹은 서로 잡아먹기 위해 쫓고 쫓기는 육지 동물들이라고 하는데, 나는 물론 아무것도 모르지만… 항상 소동이에요…! 그것들 중 특히 소란스러운 것이 하이에나들인데…! 그것들은 오두막 가까이까지 접근해요… 그것들 소리를 직접 듣게 될 거예요… 다른 소리와는 절대 혼동하지 않을 거예요… 키니네를 먹은 후에 들려오는 소리와는 같지 않아요… 가끔은 키니네로 인한 소리와 새의 소리, 커다란 파리 소리를 혼동할 수도 있지요… 그런 일은 있을 수 있지요… 반면 하이에나들은 요란하게 웃어대지요… 우리들의 고기 냄새를 킁킁거리며 맡고 있는 것이지요… 그것들이 웃는 것도 고기 냄새 때문이에요…! 그 짐승들은 우리가 어서 뻗어버리길 초조하게 기다리지요…! 사람들 말로는, 그것들의 눈이 번쩍이는 것을 볼 수도 있답니다… 그것들은 썩은 고기를 좋아해요… 나는 아직 그것들의 눈을 보지 못했어요…

어떤 의미에서는 유감이에요….”
 ─ 이곳은 참 재미있군요! 내가 대꾸하였다.
 그러나 야간의 심심풀이가 그것만은 아니었다.
 ─ 그 외에 마을이 있어요, 그가 덧붙였다…. 마을에는 깜둥이가 단 일백 명도 안 되는데, 그 비역쟁이들이 일만 명이나 되는 듯 소란을 피우죠…! 지내보시면 알게 될 거요…! 아! 혹시 북소리를 들어보고 싶어서 왔다면 제대로 찾아오신 거요…! 왜냐하면 이곳에서는, 달이 떴다고 그 놀이를 하는가 하면, 어떤 때는 달이 없어졌다고 해서 또 그 놀이를 하지요… 여하튼 항상 무슨 핑계든 있어요! 그 더러운 놈들이 우리들을 귀찮게 하기 위하여 짐승들과 공모를 한 것 같아요! 당신에게 터놓고 말하지만, 귀찮아서 뻗을 지경까지! 내가 몹시 지치지만 않았다면 한 방 되게 먹여 그것들을 몽땅 죽여버리겠는데… 하지만 아직 나는 귓구멍을 솜으로 틀어막는 편을 택하지요… 전에, 나의 의약품 상자에 아직 바셀린이 남아 있었을 때에는 솜에다 그것을 조금 발랐지만, 지금은 그것 대신 바나나 기름을 발라요. 바나나 기름 역시 좋아요… 그 순대 껍질들^{흑인들}은 그 짓을 하다가 흥이 나면 항상 술을 퍼마셔요! 나는 기름 바른 솜만 있으면 항상 아예 신경조차 쓰지 않아요! 아무 소리도 들리지 않으니까! 당신도 곧 깨닫게 되겠지만, 깜둥이들은 거의 뒈져서 썩어버린 거나 다름없어요! 낮에는 온종일 웅크리고 있어서, 나무 둥치로 가서 오줌을 누기 위하여 자리에서 일어날 기운이나마 있을지 믿어지지 않지만, 밤만 되면 즉각 가관이에요! 온통 사악해지고! 발작을 하며! 극도로 히스테릭해져요! 밤의 상당 부분이 히스테릭해져요! 당신에게 분명히 말하건대, 깜둥이라는 것들이 그러해요! 결론적으로 더러운 것들이에요… 뭐랄까, 퇴화한 것들이지요…!

— 당신에게 물건을 사러 자주 오나요?

— 물건을 산다고요? 아! 정신 차리세요! 저들이 당신의 것을 훔치기 전에 먼저 저들의 것을 훔치는 것, 그게 장사라는 것이고, 또 그것이 전부예요! 밤에는 내가 기름을 잘 바른 솜으로 양쪽 귀를 다 막고 있으니, 그들은 전혀 나를 개의치 않아요! 그들이 무슨 예의를 차리려 한다면 그건 잘못이지, 그렇지 않아요…? 게다가 당신이 보다시피, 내 오두막에는 출입문도 없어, 그들 마음대로 골라가지요… 그들에게는 여기가 신나는 곳이지요….

— 하지만 재고 목록은? 나는 그 구체적인 이야기에 깜짝 놀라서 그에게 물었다. 사장께서는 이곳에 도착하는 즉시 상세하게 재고 목록을 작성하라고 신신당부하셨는데!

— 내 생각에는, 그러나 그가 아주 태연하게 말하였다, 그 사장이 지지리도 못난 녀석이에요… 감히 당신에게 말씀드리건대….

— 하지만 돌아가는 길에 포르-고노에서 그를 만나야 하지 않습니까?

— 포르-고노도, 사장도, 영영 다시 보지 않을 거요… 이봐요, 어리숙한 친구, 밀림은 광대해요….

— 그렇다면 어디로 갈 작정입니까?

— 혹시 누가 당신에게 물으면 아무것도 모른다고 대답하세요! 하지만 당신이 궁금해하는 듯하니 더 늦기 전에, 당신에게 귀하고 유익한 조언을 해드리겠소! '뽀르뒤리에르사'가 당신의 일에 무심하듯, 당신 역시 회사의 일에 마음을 쓰지 말아요. 그리고 회사가 당신을 귀찮게 하는 것만큼 재빨리 달린다면 도망치면, 당장 지금 이 자리에서 미리 장담하거니와, 당신은 틀림없이 '그랑프리'를 거머쥐게 될 거요…! 그러니 내가 당신에게 약간의 현금을 남겨주는 것을 다행으로 여기고, 더 요구하지 말아요…! 당신에게 상품을

맡아서 관리하라고 한 것이 사실이라면… 사장에게는 상품이 아무것도 남아 있지 않더라고 답하시오, 그러면 그만이오…! 혹시 그가 당신의 말을 믿지 않더라도, 그것 역시 별로 중요하지 않아요…! 어차피 사람들은 우리 모두를 이미 도둑놈들로 생각하고 있어요! 결국 우리가 약간의 이익을 취하더라도, 그 사실이 사람들이 우리들에 관해 가지고 있는 견해에 아무 변화를 주지 않아요… 게다가 사장 역시 그 누구보다도 계략에 밝으니, 당신이 겁낼 필요는 없으며, 또한 사장이 하는 짓에 이의를 제기할 필요도 없어요! 이상이 내 견해요! 당신 견해도 그런가요? 이곳까지 굴러오려면 아버지 어머니도 가리지 않고 죽일 준비가 되어 있어야 한다는 사실을 모두들 잘 알고 있어요! 그런데…?

나는 그가 나에게 들려준 것들이 사실이라고 확신할 수는 없지만, 나의 그 선임자가 소문난 재칼^{다른 사람이 애써 얻은 결실을 빼앗으려 덤벼드는 자}일 것이라는 인상을 순간적으로 받았다.

나는 도저히 마음의 평정을 얻을 수가 없었다. '또다시 더러운 사건에 걸려드는구나.' 나는 속으로 개탄하였고, 나의 그러한 심정은 시간이 갈수록 더욱 강렬해졌다. 나는 그 해적과의 대화를 멈추었다.

오두막 한구석에서 나는 그가 나에게 남겨두려고 했던 상품들이 뒤죽박죽 쌓여 있는 것을 우연히 발견하였는데, 주로 하잘것없는 면제품들이었다… 반면 원주민용 허리옷과 운동화는 열두 개씩 묶여 있었고, 통에 든 후추, 램프들, 관장기 하나, 그리고 특히 엄청난 양의 '보르도식' 까쓸레 통조림, '끌리쉬 광장' 풍경을 그려 넣은 우편엽서들도 있었다. _{'까쓸레'는 거위, 오리, 돼지, 양 등의 고기를 얇게 저며 흰콩과 함께 돌솥에 넣어 장시간 끓인, 프랑스 남서부 지방 특유의 음식이다. 뚤루즈가 그 원산지다}

— 기둥 옆에 내가 깜둥이들로부터 사둔 고무와 상아가 있을 거

야… 처음에는 힘들었어. 그리고 참, 여기 삼백 프랑… 자네에게 치를 계산이야.

나는 그것이 무슨 계산을 말하는지 영문을 몰랐으나, 그에게 그것이 무엇이냐고 묻기를 포기하였다.

— 아마 자네도 앞으로 몇 번 물물교환을 하게 될 거야. 그가 나에게 일러주었다. 이곳에서는 돈이 필요 없으니까. 돈은 줄행랑을 놓을 때에만 유용하지….

그러고 나서 그는 농담을 하며 웃기 시작하였다. 나 역시 그 순간만은 그의 기분을 상하게 하고 싶지 않아서, 마치 내가 몹시 만족한 듯, 그를 따라 같이 웃었다.

비록 수개월 전부터 궁핍의 침체 상태에 빠져 있었지만, 그는 매우 복잡하게 구성된 하인들로 둘러싸여 있었고, 특히 그들 중 대부분은 어린 소년들로서, 그들은 집안에 단 하나밖에 없는 순가락이나 유일한 컵을 그에게 집어주고, 혹은 끊임없이 항상 살갗을 파고드는 모래벼룩들을 섬세한 솜씨로 그의 발바닥에서 빼내어주는 일을 열성으로 하고 있었다. 그 대가로 그는 수시로 그의 손을 그들의 허벅지 사이로 친절하게 집어넣곤 하였다. 그가 손수 하는 유일한 일은 자기의 몸을 긁는 것이었는데, 그는 포르-고노에 있는 상점 주인처럼 경이로우리만큼 날렵하게 그 일을 해냈으며, 그러한 일은 오직 식민지에서만 볼 수 있는 것이다.

그가 나에게 남겨준 가구들은 능란한 솜씨가 부서진 비누 상자로 만들어낸 것들, 즉 의자, 조그만 원탁, 안락의자 등이었다. 그 음험한 자는 또한 우리의 밀림 속 오두막집으로 끊임없이 몸을 꿈틀거리고 거품을 뿜으며 몰려드는, 마갑(馬甲)을 입힌 듯 얼룩덜룩하고 둔중한 벌레들을 날렵한 발끝으로, 재미삼아 단번에 멀리 던져버리는 방법을 나에게 가르쳐주었다. 혹시 서툴러서 그것들을 으스러뜨리는 날이면! 일주일 동안은 계속해서, 그 잊을 수 없는 체액에서 서서히 발산되는 극도로 고약한 냄새로 벌을 받게 된다고 하였다. 그 둔중하고 흉측한 벌레가 이 지상에 현존하는 모든 동물 중 가장 오래된 생명체라는 사실을 그가 어느 잡지에서 읽었노라고 하였다. 그 벌레들의 기원이 제2지질기^{중생대}까지 거슬러 올라간다고 그는 주장하였다. "우리 인간들도 훗날 그 벌레들만큼 오래되면, 여보게, 우리들 역시 그처럼 냄새를 풍기지 않을까?" 그의 말이었다.

그 아프리카 지옥 속에서의 황혼은 명성 그대로였다. 그 장관을 외면할 수가 없었다. 매번 태양을 처참하게 살해하는 것 같은 비극적 장면이기도 하였다. 다만 하나의 인간이 홀로 감당하기에는 벅찬 경탄의 대상이었다. 하늘은 이 끝에서 저 끝까지 온통 분출된 진홍색으로 얼룩져 한 시간 동안 펼쳐지고, 그다음 나무들 가운데서 초록색이 터져 나와 지상에서 하늘에 뜬 초저녁별까지, 연이어 전율하면서 상승하였다. 그 다음 회색이 모든 지평선을 점령하고, 그 다음 붉은색이 다시 나타나지만, 이제는 지친 듯 오래가지 못하였다. 그 장관은 그렇게 끝나곤 하였다.

모든 색깔은, 마치 백 번이나 사용한 누더기옷처럼 갈가리 찢기고 색이 바래 밀림 위로 다시 떨어졌다. 매일 정확히 오후 여섯 시에 그러한 일이 일어났다.

그러고 나면 밤이 자기의 괴물들을 거느리고, 수천 마리 두꺼비들의 아가리가 내는 소음 한가운데에서 춤을 추기 시작하였다.

밀림은 그것들의 신호를 기다렸다는 듯, 즉각 그의 가장 깊은 구석으로부터 전율하고, 휘파람 소리를 내며, 포효하기 시작하였다. 밀림은 영락없는 일종의 거대한 역, 불빛 하나 없이 무수한 사랑이 이루어지는, 터질 듯이 팽배한 역사(驛舍)였다. 나무들은 온통 처먹는 소리, 속절없이 발기하였다가 사그러지는 소리, 외설스러운 소음으로 잔뜩 부풀어 있었다. 오두막 속에 있던 우리들이 서로 상대방의 말을 알아들을 수 없을 지경이었다. 내 동료가 나의 말을 알아듣도록 하기 위해서는, 나 역시 탁자 위로 그를 향해 고개를 빼고 부엉이처럼 고함을 쳐대야 했다. 전원을 좋아하지 않던 나로서는 꼴좋게 대접을 받은 셈이다.

— 성함이 뭐죠? 로뱅송이라고 조금 전에 말씀하시지 않았나요? 내가 그에게 물었다.

나의 동료는, 그 지역 일대의 원주민들이 질병이라고 하는 질병은 모두 걸려 거의 기진맥진한 상태이며, 따라서 그 초라한 것들이, 어떤 형태의 거래에도 뛰어들 형편이 아니라는 말을 나에게 반복하고 있었다. 우리가 깜둥이들 이야기를 하고 있는 동안, 등불 주위에 몰려들어 그것에 부딪치는 파리들과 기타 곤충들이 어찌나 크고 어찌나 많은지, 또 어찌나 질풍처럼 몰려드는지, 결국 등불을 끌 수밖에 없었다.

내가 등불을 끄기 직전, 그 로뱅송이란 자의 얼굴이, 곤충들로 얽어진 그물에 가려진 채 한 번 더 내 시야에 나타났다. 그 순간 이전만 하여도 그의 용모가 나에게 아무것도 구체적인 것을 상기시켜 주지 않은 반면, 문득 그 용모가 나의 기억 속에 미묘하게 자리 잡은 것도 아마 그 때문인 듯하다. 어둠 속에서 그는 계속하여 나에게 말을 하고 있었으며, 그동안 나는 그의 목소리가 가지고 있는 음색이 마치, 세월과 내가 살아온 날 앞에 굳게 닫힌 문 밖에서 들리는 부름인 양, 그것을 가지고 나의 과거로 거슬러 올라가면서 내가 도대체 어디에서 그 인간을 만날 수 있었을지 자문하고 있었다. 그러나 나는 아무것도 찾아낼 수 없었다. 아무도 나에게 대답을 해주지 않았다. 변화된 형상들 사이를 더듬거리며 가다가는 길을 잃을 수도 있다. 자신의 과거 속에 틀어박혀 더 이상 움직이지 않는 것, 그것이 사물이건 사람이건, 우리가 가지고 있는 그것은 두려운 대상이다. 살아 있으되 우리가 세월의 지하 납골당 속에 굴러다니도록 내버려둔 그 사람들은, 이미 죽은 사람들과 함께 너무나 잘 자고 있기 때문에 하나의 같은 어둠이 벌써 그들을 함께 뒤섞어버린다.

늙어가다 보면, 살아 있는 사람들과 죽은 사람들 중 누구를 깨워야 할지 더 이상 알 수 없게 된다.

그 로뱅송이란 자를 내가 어디에서 보았던가 하는 생각에 골몰해 있을 때, 무섭게 과장된 일종의 웃음소리가 멀지 않은 곳 어둠 속에서 들려와 나는 소스라치게 놀랐다. 그리고는 문득 멈췄다. 그가 나에게 알려준 바대로 분명 하이에나들이었다.

그 다음에는 마을의 흑인들 소리, 그들의 북소리, 속이 빈 통나무를 맞부딪쳐 내는 그 단조로운 소리, 흰개미 소리뿐이었다.

특히 점점 선명하게, 나를 집요하게 괴롭히는 것은 그 로뱅송이라는 이름이었다. 우리들은 어둠 속에서 유럽과, 돈이 생기면 언제나 대령시킬 수 있는 그곳의 식사, 그리고 젠장 그 음료수! 그토록 시원한 음료수! 등에 관해 이야기했다. 우리들은 이제 나 홀로 남아야 할, 그것도 아마 수년 동안 항상 그 '까쑬레'만 먹으며 지내야 할 훗날에 대하여는 아무 이야기도 하지 않았다…. 차라리 전쟁이 낫지 않을까? 전쟁이 더 끔찍한 것은 분명했다. 전쟁이 더 끔찍하지…! 그 자신도 동감이었지만… 그 역시 전쟁에 참가하였다고 하며… 그런데도 그는 그곳을 떠나려는 참이었다… 여하튼 그 밀림에 진절머리가 난다며… 나는 그를 다시 전쟁 이야기 쪽으로 유도하려 노력하였다. 그러나 그는 슬그머니 빠져나가곤 하였다.

이윽고 우리가 그 나뭇잎과 엉성한 칸막이로 얽어 놓은 폐허의 한구석에서 각자 자리에 눕는 순간, 그는 별 격식 없이 나에게 고백하기를, 아무리 심사숙고해보아도 거의 일 년 전부터 영위해온 까쑬레만 먹고 사는 그 생활보다는, 남의 물건을 외상으로 사서 현금을 받고 팔아치운 죄로 법정에 서는 편이 나으리라는 것이었다. 그러나 나는 이미 결심이 굳어 있었다.

— 귀마개 솜을 가지고 계시지 않지요? 그가 다시 한번 나에게 물었다… 가지고 계시지 않으면 침구에서 떨어진 보풀에다 바나나를 이겨서 하나 만드세요. 아주 훌륭한 귀마개가 될 겁니다… 나는 저놈의 암소들(멍청이들 혹은 주책없는 자들)이 꽥꽥거리는 소리를 듣고 싶지 않아요!

그 소란 속에 모든 것이 있으되 암소만은 없었지만, 그는 부정확하고 총칭적인 그 어휘를 택하였다.

그 귀마개 솜이라는 물건이 순간적으로 나를 경악케 하였는 바, 그가 어떤 더러운 음모를 그 속에 감추고 있으리라는 생각 때문이었다. 나는 그가 금고에 남아 있는 것을 몽땅 가져가기에 앞서, 간이침대에 누워 있는 나를 먼저 살해하는 일부터 시작하리라는, 걷잡을 수 없는 두려움에 사로잡혀 있었다. 그러한 생각으로 인해 숨이 답답할 지경이었다. 하지만 어찌한단 말인가? 부를까? 누구를? 마을에 사는 식인종들을…? 이대로 영영 사라지는 것일까? 사실 나는 이미 거의 사라진 상태였다! 빠리에서는 재산이나 다른 사람의 도움, 유산 등이 없을 경우 존속하기가 어렵고, 영영 사라지지 않기가 몹시 고통스럽다… 그런데 여기서는? 누가 이곳 비코밈보까지, 물에다 침을 뱉기 위해서나마 오는 수고를 감수하겠으며, 더구나 나의 추억을 더듬기 위해 오겠는가? 아무도 없으리라는 것은 너무도 뻔하다.

극도의 불안과 안도감이 교차하며 여러 시간이 흘렀다. 그는 코를 골지 않았다. 모든 소음, 밀림에서 들려오는 서로 부르는 소리들, 그것들로 인해 그의 숨소리를 들을 수가 없었다. 나에게는 숨이 필요 없었다. 그동안 고집스레 생각에 잠긴 덕분으로, 로뱅송이란 그 이름이 드디어 내가 언젠가 대한 적이 있는 하나의 몸뚱이와 걸음걸이, 음성을 나에게 드러내 보여 주었다…. 그리고 곧이어, 내가 막 졸음에 겨워 잠이 들려는 찰나 하나의 개체가 문득 나의 침대 앞에 불쑥 일어섰고, 나는 그의 추억을 포착하였다. 물론 오두막에 있던 그가 아니라 누와르쉐르-쉬르-라-리스의 사나이, 저 멀리 플랑드르에서 함께 전쟁으로부터 빠져나갈 구멍을 찾아 헤매던 그날, 그날 밤의 변두리에서 내가 동행하였던, 그리고 그 다음 빠리에서 만났던 바로 그 로뱅송의 추억이었다…. 모든 추억이 생생하게 되살아났다. 수년간의 세월이 단번에 뇌리를 스쳐 지나갔다. 나는 심한 두통에 시달렸고, 통증이 심했다…. 정체를 알게 된 이제, 바로 그 자임을 확인한 이제, 두려움이 나를 사로잡는 것을 억제할 수 없었다. 그도 나를 알아보았을까? 여하튼 그는 나의 함구와 공모를 기대해도 좋았다.

— 로뱅송! 로뱅송! 마치 좋은 소식이라도 그에게 전하려는 듯, 나는 그를 활기찬 목소리로 불렀다. 이봐, 친구! 이봐 로뱅송…! 아무 대꾸가 없다.

심장이 격렬하게 두근거렸고, 나는 벌떡 몸을 일으켜 간이식당 밥통, 즉 복부에 더러운 일격을 맞을 것에 대비했다… 그러나 아무 반응이 없다. 그리하여 대담해진 나는 장님처럼 더듬거리며 그가 누웠던 오두막 안의 다른 쪽 끝까지 가보았다. 그는 이미 떠나고 없었다.

나는 이따금 성냥 한 개비씩을 그어대며 날이 밝기를 기다렸다. 불기둥을 쏟으며 날이 밝아왔고, 뒤를 이어 깜둥이 하인들이

왁자지껄 웃으며 몰려와 거대한 무용지물 덩이를 나에게 제공하였다. 하지만 그들의 명랑함만은 예외였다. 그들은 벌써 나에게 태평스러워지는 법을 가르치려 하고 있었다. 나는 머리를 짜내어 고안해 낸 일련의 몸짓으로, 로뱅송이 사라져 내가 얼마나 근심이 되는지를 그들에게 이해시켜 보려 하였지만 모두 헛일, 그들은 전혀 그 사건을 염두에조차 두지 않는 기색이었다. 사실 눈에 보이지 않는 것에 마음을 쓴다는 사실, 그 근심 속에는 상당량의 광기가 포함되어 있다. 여하튼 나에게는 그 사건에서 특히 마음이 쓰이는 것이 그 금고였다. 그런데 금고를 가져가버린 사람을 다시 볼 수 있는 경우는 그리 흔치 않다… 그러한 상황을 고려할 때, 오직 나를 살해할 목적이 아니라면 로뱅송이 그곳에 다시 돌아오기를 포기할 것이라는 결론이 내려졌다. 나에게는 그만큼 이익인 셈이었다.

그렇다면 그곳 세상이 몽땅 나 혼자의 몫이었다! 장차 나는 아무 때고 마음 내키는 대로 그 광막한 녹음, 자연을 좋아하는 사람들에게는 찬연하게 타오르는 염장 식품처럼 보일 수도 있는, 그 진홍색과 대리석처럼 노란색 태양의 표면에 혹은 그 심연에 자유로이 오갈 수도 있게 되었다. 그러나 나는 자연을 결단코 좋아하지 않았다. 열대지방의 시(詩)에 나는 역겨움을 느끼고 있었다. 누가 무슨 말을 하든 그곳은 영원히 모기들과 표범들의 나라일 것이다. 모든 것은 각자 자기의 자리가 있는 법이다.

나는 다시 나의 오두막으로 되돌아와, 머지않아 닥칠 회오리바람에 대비하여 오두막을 반듯하게 다시 세워놓으려 하였다. 그러나 오두막을 튼튼히 보강하는 작업 역시 포기해야만 했다. 그 얼개를 이루고 있는 물건 어느 것 하나 다시 똑바로 서기는커녕 곧 무너져버릴 형편이었으며, 구더기가 우글거리는 지붕의 섶은 다 흩어져, 나의 거처는 쓸 만한 간이변소 구실도 못할 판이었다.

흐느적거리는 걸음으로 그 삼림 지대에 몇 바퀴 원을 그은 다음, 나는 오두막으로 돌아와 축 처져 입을 다물 수밖에 없었다. 태양 때문이었다. 항상 태양 때문이다. 모든 것이 입을 다물고, 정오쯤이면 모든 것이 타버리지 않을까 겁을 먹는데, 풀이건 짐승이건 사람이건 자칫하면 타버릴 판이다. 그야말로 정오의 졸도다.

단 하나뿐인 나의 닭, 로뱅송이 남겨준 그 유일한 닭 역시 그 시각을 두려워하여 나와 함께 집 안으로 들어오곤 하였다. 닭은 그렇게 어슬렁거리며, 독사를 보기만 하면 꼬꼬거리고, 개처럼 나를 따라다니며, 삼 주일 동안을 나와 함께 살았다. 몹시 권태롭던 어느 날 나는 그것을 먹어치웠다. 아무 맛도 없었다. 고기가 옥양목처럼, 태양 아래에서 역시 색이 바랜 탓이다. 또한 내가 몹시 심하게 앓게 된 것도 그 닭 때문인 듯하다. 즉 그 닭으로 식사를 하고 난 다음날, 나는 몸을 가눌 수조차 없었다. 정오쯤 되어 노망한 늙은이처럼, 나는 조그만 약품 상자가 있는 곳으로 기어갔다. 상자 속에는 옥도정기와 북-남 지도 하나가 있을 뿐이었다.'북-남 지도'란 어떤 지도의 고유 명칭인 듯한데 식민지 개척기에 제작되었던 지도명인 듯하다 고객들을 상점에서 거의 만나지 못하였으며, 다만 끊임없이 손짓 발짓만 하며 콜라 열매를 씹는, 음탕하고 학질에 걸린 흑인 구경꾼들만 눈에 띨 뿐이었다. 이제 내가 병들어 누워 있으니, 깜둥이들은 내 주위에 우르르 몰려들어, 나의 그 가여운 낯짝을 놓고 이러쿵저러쿵 토론들을 하는 모양이었다. 나의 병세는 극도로 악화되어, 나는 더 이상 두 다리가 필요 없을 듯한 느낌이었고, 그것들은 쓸모없는 그리고 조금은 우스꽝스러운 물건들처럼 침대 가장자리에 아무렇게나 걸려 있었다.

포르-고노로부터, 즉 사장으로부터 오는 우편물이라곤 욕지거리와 멍청이 같은 소리로 가득 찬, 썩은 냄새가 나고 또 협박적이기도 한 편지들뿐이었다. 상인들은 크건 작건 자신들이 자기들의 직업 활동에서 매우 약삭빠르다고 자부하지만, 실제로는 대개의 경우 아무도 능가할 수 없는 얼간이들임을 입증해준다. 어머니는 내가 전쟁터에 있을 때처럼, 건강에 유념하라는 격려의 말을 프랑스로부터 보내왔다. 내가 단두대의 칼날 아래에 목을 늘이고 있는 순간이라 해도, 어머니는 내가 스카프를 매지 않았다고 꾸중을 하셨을 것이다. 단두대에서 처형할 때는, 칼날이 단번에 목을 자르도록 하기 위하여 처형당하는 사람의 목 부위를 말끔히 치위주게 되어 있다 그녀는 어느 편지에서건 기회를 놓치지 않고, 나로 하여금 이 세상이 너그럽고, 또 그리하여 자신이 나를 잉태한 것은 잘한 일이라고 믿도록 하기 위하여 애를 쓰셨다. 그녀가 가상하는 그 섭리, 그것은 모든 어머니의 태만을 은폐하는 기만술책이다. 사장과 나의 어머니가 보내오는 그 모든 하찮은 넋두리에 아무 대꾸도 하지 않기란 아주 쉬웠다. 다만 나의 그러한 태도 역시 상황을 호전시키지는 못하였다.

로뱅송은 그 허술한 상점에 있던 거의 모든 것을 이미 다 절취해버렸으며, 또한 그 말을 한들 누가 믿겠는가? 상세한 보고서를 작성해서 우송한다? 그것이 무슨 소용이겠는가? 또 누구에게 보낸단 말인가? 사장에게? 한편 나는 매일 저녁 다섯 시경이면 극심한 신열로 오들오들 떨었고, 그리하여 형체뿐인 나의 침대는 진정한 용두질꾼의 침대처럼 흔들렸다. 마을에 사는 깜둥이들은 나의 상점과 오두막을 기탄없이 점거하곤 하였다. 내가 그들을 부른 것이 아닌데, 하지만 그들을 돌려보내기란 너무 벅찬 일이었다. 그들은 담배통을 마구 주무르는가 하면, 마지막 남은 허리옷들을 입어보고, 치수를 가늠해보고, 마구 약취해가면서, 게다가 나의 상점이 문을 닫을 때 그렇게 가져갈 수 있느냐고 묻기까지 하면서, 남은 물건들 주위에서 싸움박질을 벌였다. 땅바닥에 흥건히 넘쳐 질척거리는 생고무는 밀림의 참외, 즉 지린내 나는 배의 맛인 그 들척지근한 파파야와 뒤섞였고, 특히 당시 제비콩 대신 그 파파야를 어찌나 먹어댔던지, 십오 년이 지난 지금도 그 생각만 하면 속이 메스꺼워진다.

나는 내가 어느 정도의 무력 증세에 빠져 있는가 상상해보려 노력하였지만 도저히 불가능하였다. "모두들 도둑질이야!" 로뱅송이 사라지기 전에 나에게 세 번이나 반복해서 일러준 말이다. 그것은 또한 사장의 견해이기도 하였다. 열병에 시달리는 중에는 그러한 말들이 마치 찌르듯 나를 괴롭혔다. "너 스스로 헤쳐나가야 해!"…그런 말도 해주었다. 나는 몸을 일으켜보려 하였다. 그것마저 뜻대로 되지 않았다. 마실 물은, 그의 말대로 흙탕물, 아니 수렁 그 자체였다. 깜둥이 아이들이 크고 작은 많은 바나나와 오렌지를, 그리고 그놈의 파파야는 항상 빼놓지 않고 나에게 가져왔으나, 그것들 중 어느 것을 먹든, 아니 무엇을 먹든 나는 심한 북통에 시달렸다! 땅덩이 전체라도 몽땅 통하고 싶은 심정이었다.

고통이 조금 완화되었다는 느낌이 들자마자, 또한 그리하여 얼떨떨한 상태에서 깨어나자마자 이번에는 더러운 공포감이, 즉 뽀르뒤리에르사에 보고를 해야 한다는 그 두려움이 나를 몽땅 사로잡았다. 그 저주나 일삼는 자들에게 내가 무슨 말을 한단 말인가? 그들이 어찌 나를 믿겠는가? 그들은 분명 나를 체포하도록 할 것이다! 그러면 누가 나를 심판하겠는가? 군법회의에서처럼, 어디에서 가져왔는지조차 모를 무시무시한 법률로 무장한 특수 족속들, 절대 그 법률의 진정한 취지 따위는 아예 알려주지도 않고, 우리로 하여금 피를 흘리며, 지옥 위에 깎아지른 듯 걸려 있는 오솔길을, 우리 가여운 자들로 하여금 죽음에 이르도록 하는 그 길을 기어오르도록 하면서 재미있어하는 그 자들일 것이다. 법이라 하는 것은 고통의 위대한 월궁月宮: 달의 여신, 즉 '루나의 정원'을 옮긴 것이다. 문맥상 쾌락의 장소, 즉 매음굴을 뜻하는 듯하다이다. 가여운 자가 그것에 한번 걸려들기만 하면, 그의 비명은 수세기를 두고 사람들의 귀에 들려온다.

  나는 애써 정신을 차려 포르-고노에서 나를 기다리고 있는 것을 상상하기보다는, 차라리 섭씨 사십 도의 신열에 들떠 후들후들 떨고, 게침을 흘리면서 멍청하게 앉아 있는 편을 택하였다. 신열로 인해 아예 삶을 보지 못하도록, 나는 더 이상 키니네도 복용하지 않았다. 자신의 수중에 있는 것으로 도취 상태에 들어갈 수밖에 없는 법이다. 내가 그렇게 여러 날을, 수 주일을, 지글지글 끓고 있는 동안 가지고 있던 성냥도 바닥이 났다. 애초부터 성냥은 넉넉지 못하였다. 로뱅송이 떠나며 남긴 것은 '보르도식 까쑬레'뿐이었다. 그것만은 그가 상당히 남겨주었다고 할 수 있었다. 내가 여러 통을 토했으니까. 또한 그러한 결과에 도달하기 위하여서는 여하튼 그것들을 데워야 했다.

  성냥이 고갈됨으로써 그것이 나에게는 하나의 작은 심심풀이 계기가 되었으니, 나의 취사 담당자가 두 개의 부싯돌과 마른 풀을 가지고 불을 붙이는 것을 바라보는 재미가 그것이었다. 또한 그가 불을 붙이는 것을 바라보던 중 착상이 떠올랐다. 극심한 신열에 시달리는 동안 나에게 떠오른 생각은 조금 기이한 형태를 띠었다. 비록 나는 태어날 때부터 매사에 서툴렀지만, 일주일간의 노력 끝에 나 역시 여느 깜둥이처럼 두 개의 날카로운 돌을 가지고 불을 붙일 수 있게 되었다. 결국 나는 원시 상태에서 내 스스로 모든 일을 헤쳐나가기 시작한 것이다. 불이 가장 중요한 것이고, 그 다음 사냥할 일이 남았으나, 나는 전혀 의욕이 없었다. 나에게는 부싯돌로 얻은 불만 있으면 족하였다. 나는 정성을 다하여 불을 얻는 연습에 골몰하였다. 날마다 할 일이란 그 짓밖에 없었다. 그 '중생대' 벌레를 튕겨버리는 기술은 별로 늘지 않았다. 그 기술을 아직 완전히 터득하지 못하고 있었다. 나는 벌써 여러 마리를 실수로 터뜨렸다. 나는 아예 관심조차 두지 않았다. 나는 그들이 멋대로 친구처럼 오두막 안으로 들어오도록 내버려두었다. 거센 폭풍우가 연속하여 두 번 닥쳐왔는데, 두 번째 것은 줄곧 사흘 동안을, 특히 사흘 밤을 계속하였다. 드디어 양철통에 고인 빗물을 마셨다. 미지근한 것은 사실이지만, 그러나… 재고품 중에 섞여 있던 직물들은, 소낙비를 맞아 녹아버린 듯 멋대로 뒤섞여 흉측한 상품으로 변했다.

호의적인 깜둥이들은 밀림에서 칡넝쿨 타래를 끊어다가 오두막을 땅에 비끄러매려 하였으나 모두 헛일, 칸막이로 사용된 섶은 바람이 조금만 불어도 마치 새의 부러진 날개처럼 지붕 위로 마구 미친 듯 펄럭거렸다. 별 도리가 없었다. 모든 것이 결국 장난이었다.

내가 파산 지경에 이르자, 흑인들은 애건 어른이건 나와 완전히 친숙하게 지내기로 작정들을 하였다. 그들은 신바람이 났다. 커다란 재밋거리였다. 그들은 나의 집을(그렇게 말할 수 있다면) 마음대로 드나들었다. 완전 자유였다. 우리들은 서로 깊이 이해한다는 표시로 신호를 교환하였다. 열병에 걸리지만 않았어도 나는 그들의 언어를 배우기 시작하였을 것이다. 나에게 시간이 없었던 것이다. 부싯돌로 불을 얻는 기술이 많이 향상되기는 하였지만, 아직 나는 그들의 가장 훌륭한 방법, 즉 신속하게 불을 붙이는 방법을 터득하지 못하였다. 많은 불똥이 아직도 내 눈으로 튀었고, 그것을 보고 흑인들은 폭소를 터뜨렸다.

열병 때문에 '분해할 수 있는' 침대에 누워 곰팡이가 피게 할 때, 혹은 나의 그 원시적인 부싯돌을 두드릴 때를 제외하고는, 나는 오직 '쁘르뒤리에르'에 보낼 보고서 생각에만 사로잡혀 있었다. 부정확한 결산보고서로 인한 두려움으로부터 스스로를 해방시키기가 그토록 어렵다니, 참으로 신기한 일이다. 분명 나는 그 공포증을 어머니로부터 물려받았고, 어머니는 툭하면 되뇌시던 그 옛말로 나를 오염시키셨던 것이다. "처음에는 계란 하나를 훔치다가… 소를 한 마리 훔치고, 결국에는 자기의 어미를 살해하는 법이지." 그 따위 하찮은 것들을 떨쳐버리기가 그토록 어렵다. 그러한 것들을 너무 어렸을 때 귀담아들었기 때문이며, 훗날 그것들이 심각한 순간에 일거에 몰려와 우리들을 꼼짝 못하게 공포의 도가니로 몰아넣는 것이다. 그 나약함이여! 그것들로부터 스스로를 해방시키기 위해서는 상황의 불가항력적인 힘을 믿을 수밖에 없다. 다행히도 그 상황의 힘이란 것은 거대하다. 속수무책으로 기다리는 동안, 대리점과 나는 심연으로 깊숙이 빠져들어 가고 있었다. 소나기가 지나갈 때마다 더욱 끈적거리고 탁해지는 진흙탕 속으로 머지않아 사라져버릴 판이었다. 우기에 접어들었던 것이다. 어제까지만 해도 바위처럼 보이던 것이 오늘은 흐물거리는 똥덩이에 불과하였다. 어디를 가든 축 늘어진 나뭇가지에서는 미지근한 물이 폭포처럼 쏟아져 오두막 속이건 그 주위건 사방에 흥건히 고여, 마치 오랫동안 말랐던 하상(河床) 같았다. 싸구려 상품들, 나의 온갖 희망, 결산 장부, 그리고 역시 끈적거리는 열병, 그 모든 것이 뒤섞여 녹아서 죽이 되어버렸다. 빗발은 어찌나 촘촘한지, 그것이 얼굴을 후려칠 때에는 흡사 미지근한 입마개로 입을 꽉 틀어막는 것 같았다. 그 대홍수 속에서도 짐승들은 개의치 않는 듯 서로를 찾아 분주히 오갔고, 밤꾀꼬리들 역시 재칼들 못지않게 소란을 피웠다.

 나의 어머니는 정직성에 관련된 속담만 알고 계셨던 것이 아니라, 내가 적시에 기억해낸 것인데, 집에서 사용한 붕대를 태우실 때마다 다음과 같이 말씀하시곤 하였다. "불이 모든 것을 정화하느니라!" 운명의 진로에서 조우하는 모든 경우에 합당한 말을 누구든 자기의 어머니에게서 얼마든지 구할 수 있다. 다만 적절히 선택할 줄만 알면 된다.

드디어 그 순간이 왔다. 내가 고른 부싯돌은 신통치 않아 별로 날카롭지 못했고, 그리하여 불똥은 내 손아귀를 벗어나지 못하였다. 그러나 이윽고 습기에도 불구하고 첫 상품에 불이 붙었다. 그것은 물에 흠뻑 젖은 양말 재고품이었다. 해가 진 후에 그 일이 시행되었다. 불길은 신속히 맹렬하게 타올랐다. 마을 원주민들은 그 모닥불 주위에 몰려와 요란스레 떠들어댔다. 로뱅송이 사두었던 생고무는 불길 한가운데서 이글거리고 있었으며, 그 냄새는 쎈느 강변 그르넬에서 있었던 전화국 화재를 다시 생각나게 하였다. 나는 그토록 연가를 잘 부르시던 샤를르 아저씨와 함께 그 유명한 화재를 함께 구경하러 갔었다. 그 화재는 내가 아직 어렸던 시절, 빠리 만국박람회가 개최되던 바로 전 해에 일어났다.1889년 박람회를 가리킨다 냄새와 불꽃만큼 많은 추억들로 하여금 스스로를 드러내게 하는 것은 없다. 나의 오두막 역시 조금도 다름없이 냄새를 피웠다. 비록 물에 잠긴 듯 흠뻑 젖어 있었으나 오두막은 남김없이, 그 속에 있던 상품들과 함께 거침없이 타버렸다. 결산은 완벽하게 된 셈이다. 밀림도 모처럼 입을 다물었다. 완벽한 정적이었다. 부엉이들, 표범들, 두꺼비들, 앵무새들도 그 광경을 맘껏 구경하였을 것이다. 그들을 대경실색케 하는 데는 그것이 필요하다. 밀림은 지금쯤 다시 몰려와, 그 천둥처럼 무성한 녹음으로 모든 잔해를 뒤덮었을 것이다. 나는 나의 작은 보따리와 휴대용 침대, 그 삼백 프랑, 그리고 여행 기간 중 사용할 식량으로 그 끔찍한 '까쑬레'만을 건져냈다.

한 시간 동안 계속된 화재 끝에 나의 그 공중변소는 거의 아무것도 남기지 않았다. 빗발 아래에서 가끔 깜박이는 몇 가닥 불꽃, 그리고 모든 절망적인 상황에서 어김없이 풍기는 그 냄새, 이 세상의 모든 혼란 상황으로부터 어김없이 피어오르는 냄새, 연기를 뿜고 있는 화약의 냄새, 물큰 풍기는 그 냄새 속에서 창끝으로 재를 뒤적이는 몇몇 데데한 깜둥이들뿐이었다.

남은 일은, 서둘러 그곳에서 꺼져버리는 것밖에 없었다. 그 길로 곧장 포르-고노로 돌아갈까? 그곳으로 가서 내가 저지른 짓과 그 사건의 상황을 설명해볼까? 나는 망설였다…… 그러나 오래 끌지는 않았다. 사람은 아무것도 설명할 수 없다. 이 세상은 마치 잠자는 사람이 뒤척이면서 무의식중에 벼룩을 죽이듯, 뒤척이면서 우리들을 깔아죽인다. 그러니 포르-고노로 간다는 것은, 다른 모든 사람들처럼 바보스럽게 죽는 꼴이 될 것이라고 생각하였다. 사람들을 신뢰한다는 것, 그것은 이미 자신을 얼마간 죽인다는 것을 의미한다.

내가 놓여 있던 처지를 무릅쓰고 나는 이미 로뱅송이 간, 모든 불행이 가로막고 있는 그 방향, 즉 내 앞에 놓여 있던 그 밀림 속으로 들어가기로 작정하였다.

길을 가는 동안에도 밀림 속에서는 짐승들의 울부짖는 소리, 그들의 트레몰로, 서로 부르는 소리가 들려왔지만, 나는 짐승들을 거의 보지 못하였으며, 언젠가 한 번은 내가 은신해 있던 곳 근처에서 체구가 작은 멧돼지를 밟을 뻔한 적이 있으나, 그것은 들리는 소리에 비하면 하잘것없는 것이었다. 질풍 같은 울부짖음, 서로 부르는 소리, 포효 소리를 듣고 있노라면 수백, 수천 마리의 짐승들이 아주 가까운 곳에서 우글거리는 것 같았다. 하지만 그 굉음의 현장으로 다가가 보면 아무것도 보이지 않고, 오직 결혼식장의 신부처럼 요란한 깃털에 싸여 거동이 부자연스러운 푸른 뿔닭만이 꼬꼬거리며 이 가지에서 저 가지로 거북스럽게 뛰어다니는 꼴이, 마치 그것들에게 무슨 사고가 닥친 것 같았다.

그 아래 교목들 밑에 자라는 키 작은 나무들을 덮고 있는 곰팡이 위에는, 무겁고 넓적하며 '청첩장'처럼 문양이 그려진 나비들이 날개를 펴느라 애를 쓰며 파르르 떨고 있었고, 또 그 밑에서는 우리들이 황색 진흙탕 속에서 어기적거리며 걷고 있었다. 우리들은 앞으로 나아가기가 몹시 힘들었으며, 특히 여러 개의 자루를 잇대어 꿰매서 만든 들것에 깜둥이들이 나를 태워 운반해야 했기 때문에 더욱 그러하였다. 우리가 질척거리는 강의 지류들을 건너는 동안, 그들은 나를 흙탕물 속에 던져버릴 수도 있었을 것이다. 그들이 왜 그런 짓을 하지 않았을까? 나는 그 이유를 훨씬 후에야 알게 되었다. 혹은 그들의 관습대로 나를 먹어치울 수도 있지 않았는가?

가끔 나는 그 동행자들에게 우물거리며 질문을 했으나, 그들의 대답은 시종 한 가지뿐이었다: 예, 예, 그들은 심술궂게 굴지 않았다. 착한 사람들이었다. 설사가 조금 뜸해지는가 싶으면 곧이어 심한 열이 다시 나를 덮쳐왔다. 그렇게 여행을 하는 동안 내가 얼마나 아팠는지, 이루 형언할 수 없을 정도다.

심지어 사물을 명료하게 볼 수 없을 지경에까지 이르렀고, 아니 모든 것이 초록색으로 보였다. 밤이면 지상의 모든 짐승이 몰려와 우리의 야영지를 둘러쌌고, 그리하여 우리들은 모닥불을 하나 지폈다. 그러함에도 불구하고 우리들의 숨통을 조이고 있던 거대한 검은 장막을 꿰뚫고 지나가는 울부짖음이 여기저기에서 들려왔다. 목을 물려 피를 흘리는 짐승 한 마리가, 인간과 불을 그토록 싫어하면서도 우리들에게 다가와 하소연하던 일도 있었다.

나흘째 되는 날부터는 심한 열 때문에 나의 뇌리에서 사물들이, 그리고 사람들의 편린이 어처구니없게 뒤섞이고, 몇 가닥 결심과 절망이 끊임없이 교차되어, 나는 더 이상 어느 것이 현실인지를 분간해보려는 노력마저 포기해버렸다.

하지만 오늘에 이르러 그 당시를 생각해보건대, 우리가 어느 날 아침 두 강이 합류하는 지점, 자갈밭에서 만난 그 털보 백인은 분명 존재하지 않았던가? 심지어 그 근처의 폭포에서 들려오던 그 거대한 굉음도 분명 듣지 않았던가? 그 역시 알씨드와 같은 유형의 사나이였지만, 그는 에스빠냐군의 상사였다. 그럭저럭 무수한 오솔길을 거친 끝에, 우리들은 까스띠야 왕실의 옛 영지인 리오 델 리오 식민지에 도착한 것이다. 가난한 군인이었던 그 에스빠냐인 역시 오두막 하나를 가지고 있었다. 내가 겪은 모든 불행과 나의 오두막을 처치한 이야기를 들려주자, 어렴풋한 기억이지만 그는 매우 재미있다는 듯 웃어댄 것 같다! 사실 그의 오두막은 조금 나아 보였다. 그러나 큰 차이는 없었다. 그의 특이한 고민거리는 붉은개미들이었다. 고 작은 잡년들이 자기들의 연례 이동을 위해 그의 오두막을 통로로 선택하였으며, 거의 두 달 전부터 쉬지 않고 오두막을 통과하고 있다는 것이었다.

개미들은 거의 모든 공간을 점령해버려 집 안에서 돌아눕기조차 힘들며, 혹시 그것들을 건드리기라도 하는 날이면 심하게 물어뜯는다는 것이었다.

내가 까쑬레를 주니 그는 몹시 만족스러워하였는데, 그 이유를 알고 보니 그는 삼 년 전부터 오직 토마토만 먹고 살았다는 것이다. 나는 할 말을 잊었다. 그는 이미 혼자서 삼천 통 이상을 먹었노라고 나에게 알려주었다. 그것을 여러 방법으로 조미하는 일에도 지쳐서, 그는 이제 계란 양 끝에 구멍을 뚫듯, 뚜껑 양쪽에 두 개의 구멍을 뚫은 다음 꿀꺽 삼켜버리는, 이 세상에서 가장 간단한 방법을 취하고 있었다.

붉은개미들은 새로운 통조림이 생겼다는 사실을 알기가 무섭게 아예 까쑬레 깡통 주위에 보초들을 세웠다. 깡통의 뚜껑을 열어 굴러다니게 내버려두어서는 절대 아니 되었으니, 만약 그렇게 하였다면 붉은개미의 족속 전체가 오두막 안으로 몰려들어왔을 것이다. 그것들처럼 철저한 공산주의자는 없다. 또한 그것들은 그 에스빠냐인마저 삼켜버렸을 것이다.

나는 그 오두막 주인으로부터 리오 델 리오의 수도가 싼따뻬따로 불린다는 사실을 알았고, 그 연안에서는 그 시가지와 항구로 유명할 뿐만 아니라, 장거리 항해용 범선들의 장비를 갖추는 곳으로 타지역에까지 널리 알려져 있다고 하였다.

우리가 따라서 오던 길이 바로 그곳으로 이어져 있었으며, 사흘 밤낮만 계속하여 걸으면 그곳에 닿는다고 하였다. 나의 광증^{심한 열병}을 치료하는 문제와 관련, 나는 혹시 내 병을 치료할 만한 토속 의약품을 알고 있느냐고 그 에스빠냐인에게 물었다. 나의 머리는 더럽게 혼란스러웠다. 그러나 그는 그따위 물건들은 아예 입에 올리기조차 싫어하였다. 에스빠냐의 식민지 종사자로서는 기이하리만큼 아프리카를 혐오하여, 그는 화장실에 갈 때마다 바나나 나뭇잎을 사용하는 대신 《볼레띤 데 아스뚜리아스》라는 잡지를 그 용도에 맞게 잘라 쌓아두고 쓸 정도였다. 역시 알씨드처럼 그는 더 이상 신문을 아예 읽지 않았다.

삼 년 전부터 개미들과 자신의 몇몇 특이한 습성, 철지난 신문과 잡지 들, 그리고 하도 억세어 마치 제 이의 인물 같은 그 무서운 에스빠냐 억양 등에 둘러싸여 살아온지라, 그를 격동시키기란 매우 힘들었다. 그러나 그가 수하의 깜둥이들을 꾸짖을 때에는 폭풍우 같았다. 아가리질에 있어서는 알씨드도 그에 비하면 존재조차 없을 성싶었다. 그 에스빠냐인이 어찌나 내 마음에 들었던지, 나는 가지고 있던 까쑬레를 몽땅 그에게 주어버렸다. 감사의 표시로 그는 까스띠야 왕실의 가문家紋이 찍힌 점박이 종이에다 십 분 이상이나 걸릴 만큼 정성을 다해 서명을 해가며 멋있는 여권을 나에게 하나 만들어주었다.

싼따뻬따로 가는 도중 길을 잃을 염려는 없었으니, 그가 말한 것처럼 앞으로 곧장 가기만 하면 되었다. 우리가 그곳까지 어떻게 도달하였는지 지금은 기억이 나지 않으나, 한 가지 분명한 사실은 누군가가 나를 어떤 사제의 손에 넘겼다는 사실인데, 그 사제는 이미 폐인이 되다시피 한지라, 그가 내 곁에 있다는 사실을 느낄 때마다 나는 일종의 상대적인 용기가 생겨남을 의식할 수 있었다. 그러나 그것도 그리 오래 가지는 못하였다.

싼따뻬따 시는 바위 절벽 옆구리에 바다를 마주하고 매달리듯 붙어 있었으며, 온통 초록색인 그 도시는 실로 가관이었다. 항구에서 바라보면 물론 기막힌 장관이고, 또 멀리서 보면 화려하기도 하였지만, 가까이 다가가보면 포르-고노처럼 지치고, 끊임없이 농포를 질질 흘리며, 열기에 익어가는 고깃덩이에 불과하였다. 나의 작은 카라반을 형성했던 깜둥이들을 나는 약간 맑은 정신이 들었을 때 모두 돌려보냈다. 그들은 광대한 밀림을 가로질러서 그곳에 이르렀으며, 그리하여 돌아가는 도중에 생명이 무사할까 근심이라고들 하였다. 그들은 나와 헤어지면서 그러한 이유로 미리부터 눈물을 흘렸지만, 나에게는 그들의 처지를 함께 걱정할 만큼의 힘조차 없었다. 너무 극심한 고통에 시달렸고, 너무나 많은 땀을 흘렸던 것이다. 또한 그 증상이 아직 멈추지 않은 상태였다.

내가 기억하건대, 분명 그 도시에 많이 거주하였던 까마귀처럼 까악까악거리는 자들^{카톨릭 사제들}이 내가 도착한 순간부터 밤이건 낮이건, 사제관에 특별히 마련한 나의 침대 주위로 몰려와 어슬렁거렸는데, 싼따뻬따에는 당시 오락거리가 별로 없었던 듯하다. 사제가 나의 컵에 탕약을 부어 줄 때에는 기다란 황금빛 십자가가 그의 배 위에서 흔들렸고, 나의 머리맡으로 다가올 때마다 그의 쏘따나^{카톨릭 사제의 긴 겉옷} 안쪽으로부터 주화 소리가 요란스럽게 들려 왔다. 그러나 그곳 주민들과 대화를 나눈다는 것은 엄두조차 낼 수 없는 일이었으니, 몇 마디만 더듬거려도 나는 극도로 기진해버리곤 하였다.

나는 이제 끝장이라고 생각하였으며, 그리하여 사제관의 창문을 통하여 이 세상의 인지할 수 있는 것은 무엇이든 조금이나마 다시 한번 바라보려고 노력하였다. 오늘에 이르러 내가 그때 바라본 정원들을 상스럽고 어처구니없는 오류를 범하지 않고 묘사할 수 있다고는 감히 말할 수 없을 것 같다. 태양, 그것만은 분명한 사실이지만 항상 여일하여, 마치 거대한 가마솥을 사람의 얼굴 정면에 활짝 열어놓은 듯하였고, 그 밑에도 다시 태양, 그리고 미친 듯한 나무들, 가로수가 있는 산책로들, 떡갈나무처럼 활짝 피어 있는 일종의 양상추들, 그리고 서너 포기만 합치면 우리나라의 보통 마로니에 크기와 비슷할 민들레류가 있었다. 그 외에도 오물 더미 속에는 스패니얼 만한 두꺼비 한두 마리가 있어, 쫓기듯 이 덤불 저 덤불로 뛰어다니고 있었다.

모든 사람들과 공장들, 사물들은 냄새와 함께 그 종말을 고한다. 우리가 겪은 모든 우여곡절은 코를 통하여 떠나버린다. 나는 아예 눈을 감아버렸는데, 정말 더 이상 눈을 뜰 기운이 없었기 때문이다. 그러자 아프리카의 그 고약한 냄새가 하룻밤을 넘길 때마다 점점 약해졌다. 썩은 흙과 바짓가랑이, 그리고 사프란 가루가 뒤섞인 그 무거운 냄새를 다시 찾기가 점점 어려워졌다. '바짓가랑이'는 '바짓가랑이 냄새'로 읽어야 할 듯하다

무량의 시간, 과거, 그리고 다시 그 무량의 시간, 그리고는 뒤이어 내가 무수한 충격과 거듭되는 혈액 유도 치료법을 감당한 순간이 왔고, 그 다음 좀더 규칙적인 동요가 있었는데 그것은 마치 요람을 흔들어 나를 달래는 듯하였다… '무량의 시간'이란 그 흐름의 방향도, 흐름 자체도 없는 영원한 정적 상태의 시간, 오직 개념뿐인 시간, 즉 순수 시간을 가리키는데, 작가가 단지 '시간'이라고만 쓴 것을 그렇게 옮긴 것이다

내가 누워 있었던 것은 분명한데, 그러나 움직이는 물질 위에 누워 있었다. 나는 되는 대로 내버려두었고, 그 다음 토하고 나서 다시 깨어나다가는 이내 잠들어버렸다. 바다 위에 떠 있었던 것이다. 나는 진흙덩이처럼 기진맥진해 있었기 때문에 밧줄과 타르의 그 새로운 냄새를 포착할 기운조차 없었다. 내가 생명 없는 짐짝처럼 놓여 있던, 활짝 열린 현창 바로 밑 구석은 시원하였다. 나를 그곳에 혼자 내버려둔 것이다. 분명 항해는 계속되고 있었다… 그러나 그것이 어떤 항해란 말인가? 나의 콧등 바로 위, 목재로 만든 갑판

에서는 오가는 발자국 소리, 그리고 사람들의 말소리, 뱃전에 와서 철석거리며 부서지는 파도 소리가 들려왔다.

우리가 어디에 있건, 꺼져 가던 생명이 우리의 머리맡으로 되돌아올 때에는 돼지같이 더러운 속임수 형태를 띠지 않는 경우가 매우 드물다. 싼따뻬따의 사람들이 나에게 써먹은 속임수가 그 대표적인 예다. 그들은 나의 처지를 이용하여, 이미 거의 폐인이 되다시피 한 나를 범선의 선원으로 팔아넘기지 않았던가? 그것은 솔직히 시인하건대, 그 뱃전이 우뚝하니 높고 모든 노가 가지런히 정돈된, 그리고 진홍색의 아름다운 돛을 왕관처럼 쓴 멋진 범선, 여기저기 황금색이 번쩍이며, 장교들 용으로 푹신한 안락의자도 갖춘, 그리고 뱃머리에는 폴로 경기 의상을 입은 인환따 꼼비따의 모습을 대구의 간유로 그린 거대한 초상화가 걸린 튼튼한 배였다. 뒤에 들은 설명에 의하건대, 그 왕녀가 자신의 이름으로, 젖가슴으로, 왕실의 영광으로 우리들을 실어가던 그 선박을 수호해준다는 것이었다. 비위를 맞추는 이야기였다.

내가 겪고 있는 사건을 곰곰이 생각해 볼 때, 나는 아직도 개처럼 앓고 있으며 모든 것이 빙빙 도는데, 깜둥이들이 데려간 그 사제의 집에 남아 있었다 해도 결국 나는 죽었을 것이다… 포르-고노로 돌아갔다면? 결산보고와 관련하여 '십오 년'을 면치 못하였을 것이다… 적어도 이곳에서는 움직이고 있고, 그 자체가 이미 희망이었다… 인환따 꼼비따의 선장이 닻을 올리는 순간에, 비록 헐값이긴 해도 사제로부터 나를 산 그 과단성은 잘 생각해볼 일이다. 선장은 자신이 수중에 가지고 있던 돈을 몽땅 그 거래에 걸었던 것이다. 그는 아무것도 건지지 못할 수도 있었다… 그는 바다의 대기가 나의 원기를 회복시켜주는 데에 유익하리라는 사실에 투기를 한 것이다. 그는 마땅히 그 보상을 받았다. 그는 머지않아 소득을 올릴 수 있게 되었으니, 벌써 나의 병세가 호전되고 있었으며, 그도 그것을 만족스러워하는 듯했기 때문이다. 물론 아직도 나는 엄청난 광기를 보이고 있었으나, 그 광기에는 이미 어떤 논리가 있었다… 내가 눈을 뜬 순간 이후, 선장은 나의 방으로 자주 나를 보러 왔으며, 깃털이 달린 모자까지 쓰고 치장을 하였다. 여하튼 그렇게 보였다.

나를 덮치고 있던 열병에도 불구하고, 내가 누워 있던 매트에서 몸을 일으키려 애쓰는 모습을 보고 그는 매우 재미있어하였다. 그때마다 나는 번번이 토하곤 하였다. "자, 똥강아지, 머지않아 당신도 다른 사람들과 함께 노를 젓게 될 거요!" 그가 예언하였다. 매우 친절한 배려였다. 그리고는 엉덩이가 아니라 목덜미를 작은 막대기로 다정하게 툭툭 치면서 폭소를 터뜨렸다. 그는 나 역시 덩달아 재미있어하기를, 또한 나를 매입함으로써 그가 성공리에 쟁취한 거래를 함께 기뻐해 주기를 바랐다.

선상의 음식은 상당히 그럴듯한 것처럼 보였다. 나는 여전히 말을 더듬거렸다. 선장이 예언한 것처럼 나는 빠른 속도로 기운을 회복하여, 가끔 동료들과 어울려 노를 저을 수 있게 되었다. 그러나 동료 열이 있으면 나는 그들을 백으로 보는 착각을 일으켰다.

항해하는 동안에는 별로 힘이 들지 않았으니, 대부분의 경우 돛을 이용해 항해를 하였기 때문이다. 선실에서의 생활 조건은, 일요일 열차의 하등 객실에 탄 평범한 여행객들에게 부여된 조건보다 더 구역질나는 것은 아니었다. 또한 내가 아프리카로 오기 위하여 아미랄 브라그똥호에서 감내해야 했던 조건보다 훨씬 덜 위험하였다. 대서양을 동쪽에서 서쪽으로 가로질러 항해하는 동안 우리들은 항상 돛을 활짝 펴고 있었다. 기온도 내려갔다. 선실에서는 별 불평들이 없었다. 다만 여행이 조금 길다고만 생각하였다. 나

개인으로서는 영원히 다시 보지 않아도 좋을 만큼 바다와 밀림의 풍경을 이미 충분히 구경한 처지였다.

나는 우리가 하고 있던 항해의 목적과 방법을 선장에게 상세히 물어보고 싶었지만, 건강이 현격하게 회복된 이후부터 그는 나의 운명에 대하여 아무런 관심도 나타내지 않았다. 게다가 어떤 대화를 이어가기에는 아직도 내가 늙은이처럼 너무 같은 말을 되뇌곤 하였다. 나는 그를 상전처럼 먼발치에서 바라볼 수밖에 없었다.

선상에 있는 동안 나는 노 젓는 선원들 속에서 로뱅송을 찾기 시작하였고, 그리하여 밤이면 그 정적 속에서 여러 차례에 걸쳐 큰소리로 그를 부르기도 하였다. 그러나 몇 마디 욕설과 협박하는 말이 들려올 뿐, 아무도 나의 부름에 응하지 않았다.

그러나 내가 겪은 사건의 상황과 그 세부 정황을 곰곰이 생각해 보면 볼수록, 그도 역시 싼따뻬따에서 같은 짓들을 하였을 가능성이 커보였다. 다만 로뱅송은 그때 배의 다른 쪽에서 노를 젓고 있을 것 같았다. 밀림 속의 깜둥이들이 모두 그 장사와 음모에 합세하고 있었음이 틀림없다. 각자 자기의 차례가 있는 법이니, 그것은 공평하다. 각자 생존해야 하며, 사물이건 사람이건 즉각 먹어치우지 않는 것은 팔기 위해서 잡아야 한다. 원주민들의 나에 대한 상대적인 친절의 실체가 가장 더러운 방법으로 밝혀졌다.

인환따 꼼비따호는 뱃밀미를 일으키며 수 주일 동안 대서양의 물결 위를 굴러갔고, 그러던 중 어느 아름다운 저녁나절 주위가 별안간 조용해졌다. 나의 광기도 멈추었다. 우리들은 닻 주위에서 질척거리고 있었다. 다음날 잠에서 깨어나 현창을 열면서 우리들은 목적지에 도달하였음을 깨달았다. 눈앞에 펼쳐진 것은 참으로 더러운 풍경이었다!

실로 놀라움이란 바로 그런 것을 지칭하는 말이리라! 안개 속에서 발견한 것은 하도 경악스러워 처음엔 우리의 눈을 믿으려 들지 않았고, 하지만 그 다음 모든 것이 우리들 앞에 완연히 드러났을 때, 비록 노 젓는 노예들에 불과했지만 우리들은 정면에 있는 그 꼴을 보면서 마구 웃어대기 시작하였다….

  저들의 도시가 꼼짝도 하지 않고 뻣뻣이 서 있는 꼴을 상상해보라. 뉴욕은 서 있는 도시다. 우리들은 물론 많은 도시들, 또 아름다운 도시들, 항구들, 그리고 유명한 항구들을 이미 보아왔다. 그러나 우리들의 나라에서는 도시들이 해안에 있건 강변에 있건 모두 누워 있고, 자연 경관을 따라 길게 뻗어 있으면서 여행객들을 기다리는데, 그에 반해 이 아메리카의 것은 까무러쳐 자빠지지 않고 뻣뻣이 버티고 서 있었으며, 전혀 고분고분하지도 않고, 우리들에게 공포감을 줄 만큼 뻣뻣하였다.

  그 꼴을 보고 우리들은 천치들처럼 마구 웃어댔다. 하나의 도시가 뻣뻣이 서 있는 꼴은 진정 우스꽝스럽다. 그러나 우리들은 그 풍경을 바라보며 겨우 목만 밖으로 내놓고 웃었다. 회색과 분홍색이 뒤섞인 짙은 안개를 뚫고 난바다로부터 밀려오는 추위 때문이었으며, 안개는 우리들의 바지를 들추고 파고듦에 있어 신속하고 찌르는 듯하였고, 그 장벽의 틈바구니들, 즉 도시의 길들로는 바람에 밀려 구름이 휩쓸려 들어가고 있었다. 우리의 범선은 그 좁은 선체를 선창에 대고 있었으며, 그곳으로는 똥물이 흘러와 바다로 들어오면서, 끝없이 이어지는 게걸스럽고 헐떡이는 작은 배들과 예인선들 밑에서 절벅거리고 있었다.

초라한 사람은 어디에 상륙하든 여의치 못하지만, 일개 선원에게는 더욱 그러하며, 특히 아메리카 사람들은 유럽에서 온 선원들을 몹시 싫어한다. "모두 무정부주의자들이야." 그들이 하는 말이다. 결국 그들은 돈을 듬뿍 가지고 구경을 하러 오는 사람들만을 자기들 나라에 받아들이려 한다. 유럽의 모든 돈은 달러의 아들들이기 때문이다.

이미 다른 사람들이 시도하여 성공하였듯이, 나 역시 포구를 헤엄쳐 건너가서 부두에 도달하면 즉시 "달러 만세! 달러 만세!"라고 외쳐대는 방법도 아마 시도해 볼 수 있었으리라. 그것은 하나의 항용 수단이다. 그러한 식으로 상륙하여 훗날 큰 재산을 모은 사람들도 많다. 그러나 떠도는 소문일 뿐 확실치는 않다. 꿈속에서는 그보다 더 터무니없는 일들도 일어난다. 나는 광기 외에 머릿속에 또 다른 계략을 가지고 있었다.

선상에 있는 동안 벼룩들을 정확하게 헤아리는 법을 배워둔지라(그것들을 잡는 방법뿐만 아니라 합산을 하기도 하고 뺄셈을 하기도 하는 등, 한마디로 그것들의 통계를 내는 방법까지 배운지라), 나는 겉보기에 아무것도 아닌 것 같은 그 까다로운, 그러나 분명 하나의 당당한 기술인 그 직업을 이용하고 싶었다. 아메리카인들에 대하여 누가 무슨 말을 하든, 최소한 기술에 있어서는 그들이 탁월한 감식력을 가지고 있다. 그들이 나의 벼룩 계산법을 미칠 듯이 좋아할 것이라고 나는 미리부터 확신하고 있었다. 나의 생각으로는 그 방법이 절대 실패할 것 같지 않았다.

내가 저들에게 가서 그 일을 가지고 봉사하겠노라 제안하려는 참이었는데, 별안간 우리의 범선에 명령이 하달되기를, 그 인근, 뉴욕에서 동쪽으로 2마일쯤 되는 곳에 있는 조용한 포구, 격리된 작은 마을로부터 지호지간에 있는 안전한 내포로 가서 사십여 일간 검역을 기다리라는 것이었다.

그리하여 우리들은 그곳으로 가서 감시를 받으며 수 주일 동안을 머물러 있어야 했고, 그러다 보니 새로운 습관들이 생기게 되었다. 그 중 하나가 매일 저녁식사를 마친 후, 우리들 중 몇 사람이 마을로 건너가 물을 길어오는 일이었다. 목적을 달성하기 위해서는 나 역시 그 일원이 되어야만 했다.

동료들은 내가 무슨 짓을 하려는지 잘 알고 있었지만, 그들에게는 그러한 모험이 별로 내키지 않는 모양이었다. "녀석이 미쳤어, 그러나 위험한 놈은 아니야." 그들의 말이었다. 인환따 꼼비따호에서는 먹는 것도 괜찮았고, 우리 동료들에게 몽둥이질을 가하기는 하였지만 과히 심하지는 않아 그럭저럭 지낼 만하였다. 평범한 노동이었다. 게다가 기막힌 이득이 있었으니, 절대 그들을 범선에서 쫓아내는 일이 없었으며, 또한 그들의 나이 예순둘이 되면 약간의 퇴직금을 지불하겠노라는 국왕의 언약이 있었다는 것이다. 그러한 전망에 그들은 만족스러워했고, 그것이 그들을 꿈에 젖게 하였으며, 게다가 좀더 자유스러움을 느끼기 위하여 일요일이면 투표놀이를 즐기기도 하였다.

수주일의 격리 기간 동안 그들은 중갑판에서 일제히 고함을 쳐대는가 하면, 싸움박질을 하고, 비역질을 하기도 하였다. 그들이 나와 함께 탈출을 시도하지 않은 이유는, 내가 홀딱 반해 있던 그 아메리카에 대한 이야기를 싫어하였으며, 그곳을 알려고 조차 하지 않았기 때문이었다. 각자에겐 싫어하는 괴물이 있는 법, 그들에게는 아메리카가 곧 검은 짐승 몹시 싫어하는 사람이나 사물이었다. 그들은 심지어 나로 하여금 아메리카에 대해 구역질을 느끼도록 하려 애를 쓰기도 하였다. 나는 그들에게 지금쯤은 큰 부자가 되어 있을 나의 귀여운 롤라를 위시하여, 사업계에서 기반을 잡았음에 틀림없을 로뱅송 등, 많은 그 나라 사람들을 알고 있노라 열심히 설득하였지만 모두 헛일, 그들은 미국에 대한 혐오와 불쾌함, 증오심을 바꾸지 못하였다. "너는 끊임없이 비역질을 당할 거야." 그들의 대꾸였다. 어느 날 나는 그들과 함께 마을로 물을 길러 가는 척하다가, 그들에게 우리의 배로 돌아가지 않겠다고 말하였다. 안녕!

그들은 모두 심성이 착한 사람들이었고, 부지런한 사람들이었으며, 마지막으로 다시 한 번 나의 뜻에 동의하지 않는다고 말하였지만, 그럼에도 불구하고 내가 용기를 잃지 않을 것과, 행운을, 그리고 많은 쾌락을 누리기를, 그들 식으로 빌어주었다. "어서 가! 떠나! 그러나 다시 한 번 경고하건대, 너 같은 이투성이에게는 그리 좋은 취미가 아니야! 너의 열병이 너를 돌게 만든 거야! 너는 너의 그 아메리카로부터 곧 되돌아올 거야, 그것도 우리들보다 더 비참한 상태로! 너의 취향 때문에 너는 망할 거야! 배우고 싶다고? 너의 신분으로서는 이미 너무 많은 것을 알고 있어!" 그들이 내게 한 말이다.

그 인근에 나의 친구들이 있으며, 또한 그들이 나를 기다리고 있다고 하였지만, 모두 헛일이었다. 나 역시 말을 더듬거렸다.

— 친구들이라고? 그들의 반응이었다. 친구들이라고? 하지만 네 친구들이라고 하는 그 자들은 너의 상관에 아무 관심도 없어! 네 친구들은 이미 오래전에 너를 잊었어…!

— 하지만 난 아메리카인들을 직접 내 눈으로 보고 싶단 말이야! 그렇게 내가 속절없이 우겨댔다. 그리고 심지어 아메리카인들은 다른 곳에서는 볼 수 없는 여자들을 데리고 산다고까지 주장해 보았다…!

— 이봐 통나무^{명청이}, 우리들과 함께 돌아가! 그들의 대꾸였다. 다시 말하지만, 가 볼 가치도 없어! 네 병세만 지금보다 더 악화될

거야! 우리들이 즉시 너에게 아메리카인들이 어떤 인간들인지 얘기해주지! 그들은 모두 백만장자가 아니면 짐승의 썩은 시체야! 그 중간은 존재하지 않아! 지금의 네 꼴로 도착하면 분명 백만장자들은 구경조차 못할 거야! 하지만 짐승의 썩은 시체들 놈팡이들, 더러운 놈들만은 얼마든지 있어, 그것들로 하여금 너를 삼켜버리도록 할 거야! 그 점에 대해서는 안심해도 좋아! 또한 지체할 것도 없이 즉각…!

이상이 동료들이 나에게 베푼 대접이었다. 그 패배자들, 비역쟁이들, 열등인간들이 결국에는 모두 나의 비위를 심하게 뒤집어놓았다. "모두 꺼져버려! 내가 그들에게 응수하였다. 너희들이 웅얼거리는 것은 오직 질투 때문, 그것이 전부야! 아메리카인들이 나를 죽이는지 어디 두고 보자! 그러나 한 가지 분명한 것은, 그들 모두 너희들처럼, 너희들 두 다리 사이에 있는 작은 화덕, 그것도 아주 물렁물렁한 화덕에 불과하다는 사실이야!"'화덕'은 남성의 성기를 가리키는 듯하고, 성기는 속어에서 '멍청이' '바보' 등을 의미한다

나는 그렇게 내뱉었다! 속이 후련하였다!

밤이 되자 범선에서 휘파람을 불어 그들에게 돌아오라는 신호를 보냈다. 그들은 한 사람, 즉 내가 빠진 채 호흡을 맞추어 노를 젓기 시작하였다. 나는 그들의 소리가 전혀 들리지 않을 때까지 기다렸고, 그 다음 백까지 속으로 센 후에 마을까지 힘껏 달렸다. 마을은 아담한데다 조명이 잘 되어 있었고, 사용해주기만을 기다리는 목조 가옥들이 역시 쥐죽은 듯 고요한 교회당 좌우로 배치되어 있었다. 다만 나는 오한을 느끼고 있었는데, 나의 열병 외에 두려움 때문이기도 하였다. 여기저기서 가끔 해군 병사와 마주치기도 하였지만 별로 신경을 쓰는 것 같지 않았고, 심지어 어린아이들, 그리고 예쁘게 잘 빠진 계집애도 하나 보았다. 아메리카! 드디어 나

는 도착했던 것이다. 그 숱한 무미건조한 우여곡절 끝에 바라보기만 하여도 즐거운 것은 바로 그것이다. 그것은 마치 하나의 과일처럼 우리들에게 생명을 되돌려준다. 내가 도달한 곳은 아무 용도가 없는 그 유일한 마을이었다. 해군 가족들로 이루어진 그 작은 기지가 그 마을의 모든 설비와 함께 마을을 잘 간수하고 있었는데, 혹시 우리들이 타고 온 배와 같은 것이 흑사병을 싣고 와 옆의 큰 항구를 위협하게 될 경우에 대비하기 위함이었다.

그런 사태가 벌어질 경우 옆 도시에 사는 사람들이 감염되지 않도록, 최대한 많은 외국인들이 그 기지에서 뻗도록 하기 위함이었다. 그들은 심지어 근처에 묘지까지 준비해놓고, 꽃도 심어두었다. 그리고는 기다리고 있었다. 기다린 지 육십 년이 되었지만, 그들은 아무 일도 하지 않고 오직 기다릴 뿐이었다.

비어 있는 작은 오두막 하나가 눈에 띄길래 나는 그 속으로 기어들어가 즉시 잠을 청했고, 아침에 눈을 뜨니 골목마다 어깨가 떡 벌어지고 균형이 잡힌 해병들이 널려 있는데, 그들은 비를 휘두르며 통에 담아 온 물을 나의 은신처 주위뿐만 아니라 그 공상적인 도시의 모든 교차로에 마구 뿌리고 있었다. 나는 태연한 척하려 애를 썼으나 헛일, 하도 배가 고파서 모든 것을 무릅쓰고 음식 냄새가 나는 곳으로 다가갔다.

발각되어 나의 신분을 확인하기로 굳게 작정한 두 명의 순찰대원에게 꼼짝 못하고 잡힌 것은 그곳이었다. 나를 즉각 바다에 던져버리자는 논의도 있었다. 나는 가장 빠른 길로 검역소장에게로 끌려갔으며, 그러나 두려워 벌벌 떨지는 않았으며, 또 비록 끊임없는 역경 속에서 배짱도 웬만큼 두둑해졌지만, 깜짝 놀랄 만큼 기발한 수를 내기에는 아직도 심한 열병에 시달리고 있었다. 나는 오히려 허허벌판을 헤매고 있었으며 정신이 혼미한 상태에 있었으며, 용기도 없었다.

차라리 의식을 잃는 편이 나았다. 그런데 바로 그 일이 일어났다. 검역소 사무실에서 뒤에 의식을 회복하고 보니, 밝은 색 복장을 한 부인들이 남자들과 근무 교대를 하였고, 나는 그녀들의 막연하고 호의적인 심문을 받았으며, 그 심문에 매우 만족스러워했던 것 같다. 그러나 이 세상에서는 어떠한 관용도 오래 지속되지 않는 법, 다음 날부터 남자들은 다시 감옥 이야기를 하기 시작하였다. 그 틈을 이용하여 나는 넌지시 벼룩 이야기를 꺼냈다… 내가 그것들을 기가 막히게 잘 잡는다고… 그것들을 헤아릴 줄도 알며… 그리고 그 기생충들을 분류하여 진정한 통계수치로 제시하는 것이 내 일이라고… 나는 나의 거조가 감시원들의 호기심을 자극하고, 또 그들로 하여금 상을 찌푸리게 함을 간파하였다. 모두 나의 말을 유심히 들었다. 그러나 그들이 나의 말을 믿을지는 전혀 별개의 일이었다.

드디어 그 기지 사령관이 모습을 보였다. 그를 '써젼 제너럴'^{해군의무감}이라고들 불렀는데, 어느 물고기에 어울리는 이름 같았다. 그의 행동은 거칠었으나 다른 자들보다 더 단호하였다. "젊은이, 우리들에게 무슨 이야기를 하고 있지? 하하…!" 그는 그러한 듣기 좋은 말로 나의 속셈을 드러내려 하였다. 그러나 나는 즉각 응수하여, 이미 준비해두었던 변론을 줄줄 외우듯 그의 앞에 펼쳐 놓았다. "나는 벼룩 조사를 중요하게 생각합니다! 그것은 문명의 한 요소인 바, 그 조사가 귀중한 통계자료의 기초가 되기 때문입니다…! 진보적인 국가라 한다면, 자기 나라에 있는 벼룩들의 수를 성별로, 연령별로, 연도별로, 그리고 계절별로 파악하고 있어야 합니다…."

— 그만, 그만! 수다는 그만 피우고, 젊은이! 써젼 제너럴이 나의 말을 끊었다. 이미 전에도 유럽의 젊은 녀석들이 몰려와 비슷한

거짓말들을 떠벌렸지만, 그들 모두 악질적인 무정부주의자들이었네… 아니 그들은 무정부주의조차 신봉하지 않았지! 이제 허풍은 그만…! 내일, 맞은편 엘리스 섬에 있는 샤워 센터에서 이주민들을 상대로 시험 삼아 일을 해보게! 나의 부관인 군의관 미스취프 씨가 자네의 말이 거짓인지 아닌지를 나에게 보고할 걸세. 두 달 전부터 미스취프 씨가 나에게 '벼룩 파악' 요원을 한 사람 지원해달라고 조르고 있으니까. 우선 시험 삼아 그의 사무실로 가보게! 해산! 만약 자네가 우리들을 속인 것이 드러나면 물속에 처박아버리겠네! 해산! 그리고 조심해!

이미 무수한 상관들로부터 해산 명령을 받는 데 익숙했던지라, 나는 그 아메리카의 당국자 앞에서도, 우선 그의 앞으로 나의 막대기^{을경}를 불쑥 내민 다음 군대식 경례 등 모든 것을 곁들여 잽싸게 "뒤로 돌아!" 자세를 취해, 나의 꽁무니를 그에게 보여주었다.

나는 그 통계라는 수단이, 다른 어떤 수단에 못지않게 내가 뉴욕에 접근하는 데 유용하리라고 생각하였다. 다음날이 되자, 사령관이 말하던 그의 부관 미스취프는 내가 할 일을 간략하게 설명해주었는데, 뚱뚱하고 누르께한 그 사나이는 근시가 심하여 두꺼운 색안경을 쓰고 있었다. 그는 야수들이 자기들의 사냥감을 그 움직임만 보고 식별해내는 방식으로 나를 알아보았을 것이니, 그가 쓰고 있던 안경을 가지고는 도저히 미세한 것들을 볼 수 없었을 것이기 때문이다.

우리들은 일을 함에 있어서 서로 뜻이 맞았으며, 나의 실습이 거의 끝나갈 무렵에는 그 미스취프가 나에게 상당한 호감을 가졌던 것 같다. 잘 보이지 않는다는 사실만으로 이미 호감을 가질 만한 충분한 이유가 되었으며, 게다가 벼룩을 잡는 그 놀랄 만한 기술이 그를 매료시켰던 것 같다. 벼룩들을, 그것도 가장 고집이 세고, 각

질화되었으며, 가장 신경질적인 것들을 곽에 잡아넣는 일에 있어서는 기지에서 나를 따를 사람이 없었으며, 나는 이주민의 몸에서 벼룩을 잡는 순간에 그것들을 즉각 성별로 구분할 수 있는 경지에까지 이르렀다. 그것은 기막힌 작업이었다. 나 자신 그렇게 평가할 수 있다… 미스취프도 결국에는 나의 능란한 솜씨를 전적으로 신임하게 되었다.

저녁 무렵이면, 온 종일 하도 많은 벼룩을 터뜨려 죽인 나머지 엄지와 인지에 멍이 들 지경인데도 나의 일과는 아직 끝나지 않았으니, 가장 중요한 일이 남아 있었기 때문이며, 그 일이란 폴란드 벼룩, 유고슬라비아 벼룩, 에스빠냐 벼룩, 혹은 뻬루 사면발이, 크리미아 옴… 등, 그날 그날의 상황을 분류하여 집계하는 작업이었다. 망가져 가는 인간의 몸뚱이에서 은밀하게 혹은 찌르면서 움직이는 모든 것은 나의 손톱 밑으로 사라졌다. 그것은 보다시피, 거창하면서 동시에 시시콜콜한 사업이었다. 우리가 그날 그날 작성한 통계자료는 뉴욕에 있는, 벼룩 계산용 전기계산기를 갖추고 있는 특별 부서에서 집계되었다. 우리들의 통계자료를 그곳으로 가지고 가서 집계하거나 검토하기 위하여, 날마다 검역소로부터 예인선 한 척이 포구를 가로질러 건너갔다.

그렇게 여러 날이 흘렀으며, 나도 건강을 조금씩 회복해가고 있었다. 그러나 그 편안한 생활 속에서 내가 광증과 열병을 상실해감에 따라, 모험과 새로운 허튼 짓에 대한 구미가 억제할 수 없으리만큼 강렬하게 동했다. 체온이 37도일 때에는 모든 것이 하찮은 것처럼 보이는 법이다.

하지만 나는 장교와 하사관들이 함께 식사를 하는 기지 식당에서 잘 먹으며, 한없이 태평스럽게 그 상태에서 머물러 있을 수도 있었다. 게다가 괄목할만한 점은, 나이 열여섯에 한창 피어나던 미스취프 부관의 딸이 오후 다섯 시가 지나면 극도로 짧은 스커트를 입고 우리 사무실 앞에서 테니스를 친다는 사실이었다. 그녀의 다리로 말하자면, 그보다 더 잘 빠진 것을 본 일이 거의 없을 정도였고, 아직은 약간 사내아이들의 다리 같기도 하였지만, 그러면서도 벌써 그 섬세함이란 막 피어나는 살의 아름다움 자체였다. 행복을 예감케 하는 진정한 도발이었으며, 이미 희열이 약속된 듯 자지러질 듯한 비명이 절로 새어나올 지경이었다. 기지 파견대의 젊은 해군장교들은 거의 그녀 곁을 떠나지 않았다.

그 건달들은 가령 내가 하고 있던 유익한 일과 같은 것, 즉 자신들이 그곳에서 어정거려야 할 이유를 가지고 있지 않았다! 나는 그들이 나의 고 귀여운 우상 주변에서 펼치는 수작 하나하나를 놓치지 않고 살폈다. 어떤 때는 그들의 수작 때문에 하루에도 몇 번씩 분노로 창백해지기도 하였다. 그러던 끝에 나 역시 밤에는 해병 행세를 할 수도 있으리라고 생각하기에 이르렀다. 내가 그러한 희망을 내심 무르익히고 있던 중, 이십삼 주째 토요일, 사건들이 급전직하로 발전하였다. 우리의 일일통계를 가지고 날마다 뉴욕을 왕래하던 아르메니아 출신 동료가, 알래스카의 탐광자들이 사용하는 개들에 기생하는 벼룩을 파악하는 요원으로 문득 영전된 것이었다.

영전이라면 영전이라고 할 만한 것으로서, 그는 매우 황홀해하였다. 사실 알래스카의 개들은 귀한 존재들이다. 사람들은 여전히 그것들을 필요로 한다. 그리하여 그것들을 정성스럽게 보살핀다. 반면 이주민들은 어떻게 되든 거들떠보지도 않는다. 언제나 과잉 상태이기 때문이다.

그가 떠나 버리자 이제 우리가 집계한 것을 뉴욕으로 가져갈 사람이 없었던 터, 사무실에서는 별다른 까다로운 절차 없이 나를 그의 후임자로 지명하였다. 상관인 미스취프는, 내가 출발하던 순간 나의 손을 잡으며, 뉴욕 시에 가서는 사려 깊고 예의바르게 처신하라고 당부하였다. 그것이 그 순박한 사람으로부터 내가 들었던 마지막 충고였고, 그는 마치 아예 만난 적도 없었던 것처럼 나를 영영 다시 보지 못하게 되었다. 뉴욕의 부두에 도착하자마자 비가 물기둥처럼 퍼부어 우리들 몸에서 찔꺽거렸고, 다시 나의 얇은 상의를 뚫고 속으로 스며들었으며, 통계서류들도 마구 적셔, 그것들이 나의 손아귀에서 차츰 녹아들고 있었다. 그 경황에도 나는 서류의 일부를 두툼하게 꽁꽁 뭉쳐 호주머니에 삐죽 솟아나오도록 찔러 넣어, 그런대로 도회지의 사업가들 흉내를 내었으며, 그런 모습으로 두려움과 설렘에 휩쓸려 또 다른 숱한 모험을 찾아 급한 발걸음을 옮겼다.

사방을 온통 가로막고 서 있는 장벽으로 코끝을 들어 보니, 너무나도 많은 창문들 때문에 현기증이 날 지경이었고, 창문들은 어느 곳을 보나 모두 비슷하여 구역질이 날 지경이었다.

입은 것이 허술하여 추위에 덜덜 떨며, 나는 그 벽면에 뚫린 가장 어둑한 틈바구니를 찾아 발걸음을 재촉하였으며, 그렇게 행인들 속에 휩쓸려버리면 내가 그들의 눈에 잘 띄지 않으리라고 생각하였다. 그러나 부질없는 수치심이었다. 아무것도 근심할 것이 없었다. 내가 골라서 들어선 골목, 모든 길 중에서 진정 가장 좁은 길, 우리나라의 웬만한 도랑보다 더 넓지 않은 길, 그리고 몹시 지저분하며, 질척거리고, 어둠이 가득 찬 그 길에는 깡마른 자들, 뚱뚱한 자들, 뭇사람들이 뒤섞여 지나다니고 있었기 때문에, 나는 그 숱한 인파에 이끌려 가는 한 점 그림자에 불과하였다. 그들도 나처럼 모두 코를 밑으로 처박고(고개를 숙이고), 틀림없이 일터를 향해 시가지로 가고 있었다. 그들은 이 세상 어디에나 있는 가여운 사람들이었다.

나는 마치 행선지가 있기라도 한 듯 길을 찾는 척하면서 행로를 바꾸어 오른쪽에 있는 좀더 환한 길로 들어섰다. 길 이름은 '브로드웨이'였다. 길 이름은 표지판에서 읽었다. 저 위, 건물들의 마지막 층 위에는 갈매기들과 몇 조각구름에 섞여 햇빛이 조금 남아 있었다. 우리들은 그 밑바닥의 어슴푸레한 미광 속으로 걸어 들어가고 있었는데, 울창한 숲 속의 빛처럼 병색이 짙고 또 희뿌연 회색이라 길은 마치 더러운 솜을 커다란 덩어리로 뭉쳐놓은 것 같았다.

길, 그것은 끝이 없는 슬픈 상처, 우리들을, 또 각양각색의 고통을 양쪽 변두리로 넘치도록 가득 담은 채, 이 세상의 모든 길과 마찬가지로 그 끝이 보이지 않는다.

자동차들은 지나다니지 않았고, 오직 사람들뿐, 끊임없이 이어지는 사람들의 행렬뿐이었다.

훗날 누군가 나에게 설명해주기를, 그곳은 아주 귀중한 거리, 황금이 거주하는 거리라 하였으며, 그곳을 맨해튼이라 하였다. 그곳은 교회당에 들어갈 때처럼 걸어서만 들어간다. 그곳이 바로 오늘날 은행가의 세계적 심장부다. 하지만 그곳을 지나면서 침을 뱉는 자들도 있다. 상당한 배짱이 있어야 한다.

그곳은 황금으로 가득 찬 거리, 하나의 진정한 기적으로서, 심지어 문틈을 통해서도 그 기적의 소리를 들을 수 있는 바, 그것은 달러를 구기는 소리, 그 달러는 항상 너무 가벼워 진정한 성령이며, 피보다 더 귀중하다.

처지가 어떠하든, 나는 현금을 지키고 있는 고용인들을 구경하러 갔고, 그 신전 안으로 들어가 그들에게 말을 걸기도 하였다. 그들은 처량하였고, 보수는 형편없었다.

신자들이 그들의 은행으로 들어간다 해서, 그들이 마음 내키는 대로 그곳을 이용한다고 믿어서는 안 된다. 전혀 그렇지 않다. 그들은 작은 쇠창살을 통해 많은 것들을 웅얼거리며, 달러에게 말을 하며, 고백성사를 치른다. 소음도 별로 없고, 등불의 빛은 은은하며, 높다란 아치들 사이에는 아주 작은 창구 하나뿐, 그것이 전부다. 그들은 성체의 빵 카톨릭 미사에 사용되는 예수의 몸을 상징하는 얇고 둥근 작은 빵. 미사 후 그것을 신자들의 입에 넣어준다. 본문에서는 은행에서 인출한 현금을 가리킨다 을 삼키지 않는다. 그들은 그것을 심장 위에 올려놓는다. 상의 왼편 속주머니에 넣는다 나는 그들을 바라보며 무한정 감탄만 하고 있을 수가 없었다. 반들반들한 그늘로 이루어진, 칸막이벽 사이로 뚫린 길로 걸어가는 사람들을 열심히 따라가야 했다.

별안간, 우리가 따라가던 길이 마치 빛의 늪을 향해 뚫린 커다란 균열 부위처럼 넓어졌다. 우리가 도달한 곳은, 무수한 괴물들처럼 늘어서 있는 집들 사이에 끼여 있는, 태양빛이 비치는 하나의 커다란 청록색 공간이었다. 숲속의 빈 터 같은 그 공간 한가운데에는 전원적 분위기를 풍기는 집이 한 채 서 있었고, 집 주위에는 가여운 잔디가 심어져 있었다.

나는 그 군중 속에서, 내 곁에 있던 여러 사람들에게 그 건물이 무엇이냐고 물었지만, 대부분의 사람들은 아예 들은 체도 하지 않았다. 그들에게는 허송할 시간이 없었던 것이다. 하지만 바로 내 곁을 지나던 어느 소년이 나에게 일러주기를, 그 건물은 옛 식민지 시절에 지은 시청 건물이며, 그것이 유일한 역사적 유물이라고 덧붙여 설명해주었다… 그 오아시스의 둘레에는 벤치까지 갖춘 작은 공원이 조성되어 있었으며, 그 벤치에 앉아 옛 시청 건물을 편안히 바라볼 수 있게 되어 있었다. 내가 그곳에 도착하였을 때에는 다른 구경거리가 없었다.

나는 그곳에서 한 시간을 족히 머물러 있었는데, 그 다음 그 어슴푸레한 빛으로부터, 끊겼다가 다시 이어지는 그 침울한 군중의 행렬로부터, 정오쯤 완벽하게 아름다운 여인들이 눈사태처럼 쏟아져 나왔다.

이 얼마나 기막힌 발견인가! 감동적인 아메리카여! 그 황홀감! 롤라의 추억! 그녀라는 견본이 나를 속인 것은 아니었다! 그 견본은 진실이었다!

나는 순례지의 심장부에 도달하고 있었다. 그리하여 내가 만약 그 순간에도 끊임없이 꿈틀대던 식욕 때문에 고통을 받고 있지만 않았다면, 나는 아마 내가 초자연적인 미학적 계시의 순간에 도달한 것으로 믿었을 것이다. 내가 발견한, 끊임없이 밀려오던 그 아름다움들미녀들이, 나에게 약간의 자신감과 편안함만 있었더라면, 비속한 인간의 조건으로부터 나를 빼낼 수 있었을 것이다. 결국 내가 기적의 한가운데에 있다고 믿을 수 없었던 오직 한 가지 이유는, 샌드위치 한 조각이 없었기 때문이다. 그러나 그 샌드위치가 나에게는 얼마나 절실하였던가!

그러나 내 눈앞에 펼쳐진 것들은 얼마나 우아한 유연함이었던가! 믿어지지 않는 우아함! 뜻하지 않게 발견한 하모니! 위험스러운 뉘앙스! 모든 위험들의 완성품! 그 숱한 금발의 여인들 속에서 얼굴과 몸매가 던져 오는 모든 가능한 약속의 완성품! 그 갈색 머리의 여인들! 그리고 그 띠띠엔느들!이탈리아의 화가 띠치아노가 그린 전설이나 신화 속의 여인들을 가리킨다. 대표적인 여인들로 쌀로메, 다나에, 베누스 등을 들 수 있는데, 그의 그림 속에서는 심지어 성모 마리아마저도 부드러운 피부, 풍성한 몸매 등 그 육감적인 특징이 부각되어 있다 게다가 그곳에 나타난 여인들보다 더 많은 여인들이 있지 않은가! 그리스가 다시 시작되는 것이 아닐까?아름다움과 방만한 관능이 유감없이 펼쳐지던 고대 그리스, 특히 신화시대의 그리스를 가리킨다 내가 때맞춰 왔구나!

그러나 내가 그녀들 바로 옆 벤치에 앉아 있었음에도, 그녀들은 내가 존재한다는 사실조차 알아채지 못하는 듯하였고, 그럴수록 그녀들이 나에게는 문득 나타난 여신들처럼 보였다. 물론 고백하건대, 나는 키니네에 중독된 채 음욕과 신비감이 복합된 찬미와 또 허기증 때문에 침을 질질 흘리고 있었다. 사람이 자신의 껍데기를 홀딱 벗고 빠져나올 수만 있다면, 바로 그 순간 내가 그렇게 하였을 것이고, 그 다음에는 영영 다시 껍데기 속으로 들어가지 않았을 것이다. 껍데기 속에 머물러 있을 아무 이유가 없었다.

현실로 믿어지지 않던 그 여점원들은 나를 데려가 승화시킬 수도 있었으니, 그녀들의 몸짓 하나, 말 한 마디가 즉각 또 몽땅, 나를 꿈의 세계로 보내버렸을 것이다. 그러나 분명 그녀들에게는 다른 임무가 있었던 것 같다.

내가 그처럼 어리둥절해 있는 동안, 시간은 한 시간, 두 시간, 쉬지 않고 흘렀다. 나는 더 이상 아무것도 기대하지 않았다.

창자놀이라는 것이 있다. 우리나라의 시골에서, 사람들이 뜨내기 부랑자들에게 속임수를 쓰며 장난을 치는 것을 여러분들도 보았을 것이다. 사람들은 낡은 동전 지갑 속에 닭의 썩은 창자를 잔뜩 집어넣는다. 그런데, 내가 분명히 말하건대, 인간이란 바로 그 동전 지갑과 같으며, 다만 더 통통하고, 움직이며, 탐욕스러울 뿐, 또 그 속에 꿈을 하나 가지고 있다는 것뿐이다.

내가 신중해야 했고, 아껴두었던 얼마 안 되는 돈을 쉽게 축내어서도 안 되었다. 가진 돈은 많지 않았다. 그 돈을 헤아려 볼 엄두도 내지 못하였다. 게다가 모든 것이 둘로 보여 헤아릴 수도 없었다. 나는 다만 그 얇고 두려움에 떠는 지폐들, 그 쓸모없는 통계와 함께 주머니 속에 있던 지폐 쪽지들을 천을 통해서 손가락 끝으로 느껴 볼 뿐이었다.

  그곳으로는 남자들도 지나갔는데, 특히 분홍색 목재로 깎아 만든 듯한 얼굴, 건조하고 단조로운 시선, 보통의 것과는 달리 넓적하고 거친 턱뼈 등을 가진 젊은이들이 많았다… 분명 그리하여 저들의 여인들은 그러한 턱을 좋아하는가 보다. 그 길에 있는 남자들과 여자들은 각기 가는 방향이 다른 것 같았다. 여인들은 각 진열장에 조금씩, 깔끔하게, 종류별로 놓인 핸드백이며 머플러, 작은 실크 제품 등에 넋을 빼앗겨, 오직 상점의 진열장들만을 바라보고 있었다. 그 군중 속에 노인들은 많지 않았다. 쌍쌍이 걷는 사람들도 별로 없었다. 내가 벤치에 여러 시간 동안 혼자 꼼짝도 하지 않고 앉아서 사람들이 지나가는 것을 바라보고 있어도, 누구 하나 괴이하게 여기는 것 같지 않았다. 그러나 어느 순간인가, 도로 한가운데에 잉크병처럼 서 있던 경찰관이, 내가 좋지 않은 계획을 세우고 있지 않을까 나를 의심하기 시작하였다. 그의 기색에 완연히 그 의심이 드러나 있었다.

  우리가 어디에 있건 당국의 관심을 끌게 되면, 즉각 사라져버리는 것이 상책이다. 구구한 설명이 필요하다. 구멍 속으로! 스스로에게 나는 그렇게 말하였다.

  내가 앉아 있던 벤치 바로 오른쪽 보도에, 우리나라의 지하철 입구처럼 널찍한 구멍 하나가 보였다. 그 구멍이 내게 좋을 듯 보였고, 입구는 널찍하며, 계단은 온통 분홍색 대리석이었다. 나는 이미 행인들이 그 구멍 속으로 사라졌다가 다시 나오는 것을 보았다. 그들은 그 지하 공간으로 일들을 보러가는 것이었다. 나는 지체하지 않고 마음을 정하였다. 들어가 보니, 일이 치러지고 있는 실내 역시 대리석으로 치장되어 있었다. 일종의 수영장 같았으나 물을 넣지 않은 수영장, 자신들의 오물 냄새 속에서 단추를 풀어헤치고,

모든 사람이 보는 앞에서 야만스러운 소음을 내며, 더러운 물건들을 밀어내느라고 얼굴이 새빨개진 사람들 위로 내려앉아 스러지며 죽어가는, 여과된 햇빛만이 가득 찬 더러운 수영장이었다.

남자들끼리 그저 그렇게, 체면도 없이, 주위에 둘러서 있는 사람들의 웃음소리를 들어가며, 마치 축구 경기 중인 양 서로를 격려하면서 일들을 치르고 있었다. 그곳에 도착하면, 힘겨루기라도 하려는 듯 우선 상의부터 벗었다. 즉 옷차림부터 가다듬었으니, 그것은 일종의 경건한 의식이었다.

그 다음 옷매무새를 충분히 흐트러뜨리고 나서 트림을 하고, 또 더 지저분한 소리를 내면서, 정신병원 안마당에 모여 있는 미치광이들처럼 온갖 몸짓을 하며, 그들은 대변용 구멍 위에 자리를 잡고 앉았다. 새로 도착하는 자들은, 길에서부터 계단을 내려오는 동안 수천 가지 구역질나는 농담에 답례를 해야 하였지만, 그래도 그들은 모두 매우 기쁜 듯한 기색이었다.

남자들이 저 위 보도에서는 몸가짐을 엄격히, 심지어 서글프게 가져야 했던 만큼 소란스럽게 어울려 자신들의 곱창을 비울 수 있다는 전망이, 그만큼 더 그들을 해방시키고 흐뭇하게 해주는 것 같았다.

커다랗게 얼룩진 변소의 문들은 모두 돌쩌귀에서 뽑혀 매달려 있었다. 어떤 사람은 이 칸에서 저 칸으로 오가며 실없는 수다를 떨고, 빈 자리를 기다리는 자들은 굵직한 여송연을 피우며, 두 손으로 찡그린 상판을 감싸고 악착스럽게 작업에 몰두하고 있는, 먼저 자리를 차지한 자들의 어깨를 툭툭 두드려 주고 있었다. 많은 사람들이 부상자들이나 임산부들처럼 끙끙 앓는 소리를 냈다. 어떤 자는 그 변비증 환자들에게 기발한 고문을 가하겠노라 얼러대기도 하였다.

쏴 하는 물소리가 빈 자리 하나가 생겼음을 알리면, 그 빈 벌집 구멍 주위에서는 고함소리가 들리고, 대개의 경우 동전을 던져서 먼저 들어갈 사람을 정하였다. 신문을 다 읽기가 무섭게, 그것이 비록 작은 방석만큼이나 두꺼워도, 그 곧은 창자 노동자들의 소요 속에서 순식간에 녹아 없어졌다. 담배 연기 때문에 얼굴들은 잘 보이지가 않았다. 나는 그들에게서 나는 냄새 때문에 감히 그들 가까이 다가가지 못하였다.

그 현격한 대조는 한 이방인을 당황케 하기에 족하였다. 흉허물 없이 옷을 풀어헤치며, 내장을 가지고 기막히도록 친숙하게들 구는데, 길에서는 그토록 완벽하게 스스로를 제약하다니! 나는 그저 어리둥절할 뿐이었다.

나는 내가 앉아 있던 벤치로 돌아와 쉬기 위하여, 같은 계단을 통해 햇빛 아래로 다시 올라왔다. 나는 소화와 상스러움이라는 두 현상을 뜻하지 않게 만끽하였다. 신나는 똥 공산주의의 발견이었다. 나는 하나의 같은 사건이 가지고 있는 그토록 상이한 여러 측면들을 각자 제자리에 내버려두었다. 그것들을 분석할 기운도, 종합할 기운도 없었다. 나의 거역할 수 없는 욕구는 잠을 자는 것이었다. 달콤하고 또 드문 광증이었다!

그리하여 나는 인접한 길로 접어드는 행인들의 뒤를 따라 다시 걸었고, 우리들의 발걸음은 군중을 갈라놓는 상점들의 진열대 때문에 고르지 못하였다. 문득 어느 호텔의 출입문이 내 앞에 열려 있었고, 그것이 군중의 물결에 커다란 파문을 일으켰다. 널찍한 회전문으로 사람들이 쏟아져 나와 보도 위에 흥건하게 찔꺽거렸고, 그 순간 나는 회전문에 의해 덥썩 물려 반대 방향으로 빨려 들어가 어느새 안쪽의 커다란 홀 한가운데 서 있었다.

처음에는 놀라울 뿐… 모든 것을 어림대로 짐작해야 했으며, 건물의 웅장함과 실내의 크기를 상상하는 수밖에 없었으니, 모든 일이 가려진 전등불 주위에서 진행되었기 때문이며, 또한 상당한 시간이 흐른 뒤에야 그곳에 익숙해지기 때문이었다.

그 어슴푸레한 빛 속에는 많은 젊은 여인들이 보석상자 속의 보석들처럼 안락의자에 깊숙이 앉아 있었다. 그 주위에는 남자들이 조심스럽게, 아무 말 없이, 그 여인들과 일정한 거리를 두고, 호기심과 두려움에 사로잡힌 듯, 꼬고 있는 다리들의 열을 따라 좌우로 오락가락하고 있었다. 내 눈에는, 그 기막힌 여인들이 그곳에 앉아서 매우 중대하고 값비싼 사건들을 기다리고 있는 것 같았다. 그녀들이 나를 생각하고 있지 않음은 분명하였다. 나 역시 그러나, 손끝으로 느낄 수 있는 그 긴 유혹의 행렬 앞을 도망가듯 신속히 지나가보았다.

옷자락을 걷어 올리고, 일렬로 놓인 안락의자에 앉아 있던 그 진귀한 여인들이 백여 명은 족히 되었기 때문에, 그리하여 그 앞을 지나며 나의 기질에는 너무 강한 아름다움의 양식을 지나치게 흡수하였기 때문에, 내가 접수부에 도달하였을 때에는 꿈을 꾸는 듯 비틀거렸다.

책상 앞에 앉아 있던, 고무를 입힌 듯 매끈매끈한 사무원이 불쑥 나에게 방 하나를 내주었다. 나는 그 호텔에서 가장 작은 방으로 정하였다. 그때 나는 오십여 달러밖에 가지고 있지 않았으며, 아무 생각도, 자신감도 없었다.

나는 그 사무원이 나에게 준 방이 정말 아메리카에서 가장 작은 방이기를 바랐다. 왜냐하면 그 호텔, 즉 라우프 캘빈 호텔은, 대륙에서 가장 설비가 좋은 고급 호텔 중에서도 으뜸으로, 손님이 많은 호텔이라는 광고를 보았기 때문이었다.

머리를 들어 위를 보니 끝없이 이어진 화려한 공간! 그리고 바로 내 곁 안락의자들 속에는 연속적 겁탈을 부추기는 유혹들! 어인 심연이란 말인가! 그 위험! 가난한 자의 미학적 고초는 도무지 그 끝이 없단 말인가? 게다가 허기증보다 더 끈질기다는 말인가? 그러나 그 속으로 넘어져 휩쓸려들 시간이 없었다. 접수부 사람들은 어느새 날렵하게 열쇠 하나를 나에게 건네주었고, 그것이 손아귀에 가득 차 묵직하였다. 나는 더 이상 감히 꼼짝도 못하였다.

젊은 여단장의 복장을 모방한 옷을 입은, 약삭빠르게 생긴 어린 사내아이 하나가 어둠 속에서 불쑥 내 앞에 나타났다. 강압적인 사령관 같았다. 접수부의 그 매끈매끈한 사무원이 가지고 있던 금속제 종을 세 번 두드리니, 나를 담당한 사내아이가 휘파람을 불기 시작하였다. 나를 발송하는 것이었다.편지를 보내듯, 정해진 방으로 보내다 **출발** 신호였다. 우리들은 줄행랑을 놓았다.

처음에는 복도로 들어서서 시커먼 모습으로 단호하게, 지하철 차량처럼 씩씩하게 걸었다. 사내아이가 운전사 격이었다. 구석 하나가 나타나더니 모퉁이 하나, 그 다음 또 다른 모퉁이가 나타났다. 지체되지는 않았다. 우리는 우리의 선로를 조금 안쪽으로 구부렸다. 거침없이 나아간다. 승강기가 나타난다. 전속력으로 질주. 이제 도착했나? 아니다. 다시 복도 하나가 나타난다. 더욱 어두운 것이, 벽은 온통 흑단(黑檀)으로 뒤덮인 듯하다. 살펴볼 시간도 없다. 꼬마 녀석은 휘파람을 불며 나의 보잘것없는 보따리를 들고 간다. 나는 그에게 감히 아무것도 묻지 못한다. 그저 가야한다는 사실을 나는 분명히 깨닫고 있다. 그 암흑 속 여기저기, 우리가 지나가는 길목에는 붉은색 전구와 초록색 전구가 명령을 하달한다. 황금빛 긴 선은 문들을 가리킨다. 번호 1800과 그 다음 3000을 지난 지 이미 오래되었으나 우리들은 여전히 우리들의 극복할 수 없는 운명에 이끌려가고 있었다. 정복을 입은 그 소년은, 마치 본능에 이끌려가듯 자기의 무명골(無名骨)^{허리 끝과 허벅지 상단 사이에 있는 한 쌍의 뼈. 고대 로마의 해부학이 그 명칭을 부여하지 못하였다 하여 무명골이라 하며, 일명 관골(髖骨)이라고도 한다}을 따라 어둠 속을 걷고 있었다. 그 동굴 속에서는 소년에게 부족한 것이 아무것도 없는 것 같았다. 우리들이 깜둥이 남자 하나와, 역시 검둥이인 청소부 여인 한 사람을 지나칠 때, 소년의 휘파람은 비탄조로 바뀌었다. 그것이 전부였다.

걸음을 재촉하려 애를 쓴 나머지, 나는 단조로운 복도를 지나는 도중, 검역소를 탈출할 때 이미 얼마 남아 있지 않았던 균형 감각을 잃고 말았다. 나의 오두막이 아프리카의 바람에 풀려 미지근한 홍수 속으로 흩어져 버렸듯이, 나 역시 풀어져 흩어졌다. 나는 그 호텔 속에서 급류처럼 밀어닥치는 미지의 감각에 사로잡혀 있었다. 두 형태의 인간 사이에는 허공 속에서 몸부림치게 되는 순간이 있다.

별안간, 예고도 없이 사내아이는 문득 멈추며 제자리에서 몸의 방향을 바꾸었다. 드디어 도착한 것이었다. 나는 어떤 문에 가서 부딪쳤고, 그것이 나의 방, 흑단으로 벽을 장식한 하나의 상자였다. 약간의 빛이, 탁자 위에 놓인 불안하고 푸르스름한 램프 주위를 감싸고 있을 뿐 아무것도 없었다. "라우프 캘빈 호텔의 지배인은 투숙객에게 따스한 우정을 약속하며, 투숙객이 뉴욕에 체류하는 전 기간 동안, 시종 유쾌하시도록 개인적 배려를 아끼지 않겠습니다." 분명 거만하기 짝이 없는 그러한 문구를 읽고 나자, 나의 무기력증은 더욱 증대되었다.

나 홀로 남겨지자 일은 더욱 악화되었다. 아메리카가 몽땅 그 방으로 몰려와 나를 귀찮게 하며, 엄청난 질문들을 던지고, 나를 숱한 더러운 예감 속으로 처박았다.

침대 위에 불안스럽게 누워 나는 우선 그 유폐된 공간 속의 어슴푸레함과 친숙해지려 노력하였다. 창문 쪽에서 정기적으로 들려오는 우르릉거리는 소리에 벽들이 진동하였다. 교각 위를 지나는 메트로^{도시 전철}였다. 그것은 잘게 다진, 그리고 파르르 떠는 고기^{승객}들를 가득 싣고 포탄처럼 맞은편 두 도로 사이를 겅둥겅둥 뛰면서, 이 거리 저 거리 광증에 사로잡힌 도시를 꺼떡거리며 가로지르고 있었다. 저 멀리, 홍수처럼 몰려 있는 건축물들의 골조 바로 위에 그 껍데기가 문득 멈춰서 파르르 떠는 것이 보였고, 그것이 시속 일백 킬로미터로 벽들을 해방시켜주었건만^{지나쳤건만}, 그 반향음은 아직도 멀리서부터 이 벽 저 벽으로 옮겨 다니며 우르릉거리고 있었다. 그렇게 허탈증에 빠져 있는 사이에 저녁식사 시간이 되었고, 그 다음 취침 시간이 닥쳐왔다.

나를 얼빠지게 하는 것은 특히 미친 듯 달리는 전철이었다. 우물처럼 움푹 파인 안뜰 저 건너편 벽에는 하나, 둘, 그 다음 십여 개의 방에 불이 밝혀졌다. 그것들 중 몇몇은 그 안에서 일어나는 일들을 선명하게 드러내보였다. 잠자리에 드는 부부들이었다. 아메리카인들 역시 우리나라 사람들처럼 고된 일과 후에는 모두 실의에 빠져 있는 듯하였다. 여인들의 허벅지는 매우 실하고 또 희다. 최소한 내가 본 여인들은 그러하다. 대부분의 사내들은 자리에 눕기 전에 여송연을 피우며 면도를 하였다.

그들은 침대에 들면서 먼저 안경을 벗고, 그 다음 틀니를 빼서 유리컵 속에 넣는 등, 모든 물건들을 정돈하였다. 그들은 거리에서와 마찬가지로 남녀 간에 별로 말을 하지 않는 것 같았다. 몸집이 큰 유순한 짐승들, 권태에 익숙해진 짐승들 같았다. 내가 기다리던 그 짓을 불을 켜놓은 채 하는 사람들은 모두 두 쌍뿐, 그나마 전혀 격렬하지 않았다. 다른 여인들은 남편이 화장을 마치기를 기다리며 침대에서 사탕을 먹고 있었다. 그 다음 모두들 불을 껐다.

잠자리에 드는 사람들의 모습은 서글프다. 그들은 매사가 멋대로 흘러가도 전혀 개의치 않으며, 자신들이 왜 그 처지에 있는지를 이해하려 노력조차 하지 않음이 분명하다. 그들에게는 어쨌든 그게 그것이다. 아메리카인들이건 아니건, 잠자리에 드는 사람들은 모두 간이 부은 자들, 멍텅구리들, 전혀 반발심이 없는 자들이며, 그들은 아무렇게든 잠을 잔다. 그들은 항상 심간이 편안하다.

나는 분명치 않은 것들을 너무 많이 보았기 때문에 도무지 만족할 수가 없었다. 나는 너무 많은 것을 알고 있었으되, 한편 충분히 알지 못하기도 하였다. 나가야지, 다시 나가야지, 나는 그렇게 나 스스로에게 중얼거렸다. 혹시 로뱅송을 만날지도 몰라. 분명 멍청한 생각이었으나, 그것이 다시 밖으로 나갈 명분으로 나 자신에게 제시한 이유였고, 게다가 나의 작은 침대 속에서 한없이 뒤척였지만, 단 한 가닥 실낱 같은 졸음도 걸려들지 않았다. 그러한 때에는 자위행위를 하여도 위안이나 즐거움을 맛보지 못한다. 진정한 절망의 순간이다.

더욱 나쁜 것은 자신이 전날 하던 일, 그리고 이미 너무 오래전부터 해오던 그 일을 할 힘을 다음날 어떻게 충분히 얻을 것이며, 그 모든 천치 같은 일들, 아무 결과도 얻지 못하는 수천 가지 계획들, 우리를 기진케 하는 궁핍으로부터 탈출하려는 시도에 필요한 힘을 어디에서 얻을 것인가를 스스로에게 물으며 생각에 골몰하는 경우다. 그 궁핍으로부터 탈피하려는 시도는 항상 실패로 귀결되고, 그리하여 운명은 결코 극복될 수 없다는 사실을 다시 한 번 절감하면서 매일 저녁, 세월이 흐를수록 더욱 덧없고 더욱 치사해지는 그 다음날의 고뇌 밑으로, 황량한 벽 밑으로, 다시 추락해야 한다는 사실을 깨닫는 경우다.

반역자처럼, 그러한 최악의 경우를 들고 와서 우리를 위협하는 것은 또한 우리의 나이일 수도 있다. 나이가 들면, 자신 속에 삶으로 하여금 춤을 추게 해줄 만한 음악을 더 이상 간직하고 있지 못한다. 바로 그것이다. 젊음은 이미 이 세상 끝, 진실의 침묵 속으로 가서 죽어버렸다. 그러니, 광기라는 충분한 금액을 지니고 있지 못한데, 모든 이들에게 묻노니, 밖으로 나간들 어디로 가겠는가? 그 끝이 없는 임종, 그것이 진실이다. 이 세상의 진실은 죽음이다. 죽을 것인가, 혹은 거짓말을 할 것인가, 둘 중 하나를 선택해야 한다. 그러나 나는 단 한 번도 나 자신을 죽일 수가 없었다.

따라서 최선책은 그 작은 자살, 즉 거리로 나가는 것이었다. 사람은 각자 졸음을 쟁취하고 끼니를 때우는 나름대로의 천부적 재능과 그 방법을 가지고 있다. 다음날 나의 누룽지빵누룽지,즉식량를 버는 데 필요한 힘을 얻기 위해서는 어떻게든 잠을 이루는 데 성공해야만 했다. 다음날 일거리를 찾는 데 필요한 만큼이라도 원기를 회복해야 했고, 따라서 즉각 잠이라는 미지의 세계로 건너가야만 했다. 그러나 일단 모든 것을 의심하기 시작하면, 특히 사람들이 우리에게 불어넣은 공포심 때문에 잠을 이루기란 쉬운 일이 아니다.

나는 다시 옷을 입고 그럭저럭 승강기까지 도달하였으나 정신은 노망한 사람처럼 흐리멍덩하였다. 홀에서는 다시 한 번, 이번에는 다른, 섬세하고 근엄한 얼굴에 강렬하게 유혹하는 다리를 가진 고혹적인 수수께끼들미지의 여인들 앞을 지나쳐야 했다. 한마디로 여신들, 그러나 손님을 끄는 여신들이었다. 서로 간에 통사정을 하며 이해를 촉구해 볼만도 하였다. 그러나 나는 누가 나를 불러세울까 두려웠다. 일이 번잡해질 것이 두려웠다. 가난한 자의 모든 욕망은 대개 감옥행으로 이어지기 때문이다. 그리하여 다시 거리로 휩쓸려 들어갔다. 조금 전에 보던 인파는 아니었다. 이 군중은 보도를 따라 양떼처럼 굼실대며, 마치 덜 삭막한 나라, 즐기는 나라, 저녁의 나라에 도달한 듯 과감성을 조금 더 발휘하고 있었다.

그들은 저 멀리 어둠 속, 꿈틀거리며 여러 색을 띤 뱀 모양으로 걸린 불빛을 향해 나아가고 있었다. 인근의 모든 골목으로부터 사람들이 쏟아져 들어오고 있었다. 이만한 군중이라면, 예를 들어 그들이 가지고 있는 손수건 혹은 실크 양말만 하더라도 상당한 달러가 되겠는걸! 나 혼자 그렇게 생각하였다. 아니 담배만 치더라도! 그러나 다시 말해, 우리가 그 엄청난 돈 속을 산책한다 할지라도, 그렇다 해서 요기를 하는 데 필요한 단 한 푼이나마 우리 수중에 들어오지는 않는다. 집들이 서로 격리되어 있듯이, 사람들과 사람들이 얼마나 서로를 금지하는가를 생각하면 절망할 수밖에 없다.

나 역시 별 생각 없이 그 불빛을 향해 발걸음을 옮겼으며, 이르러 보니 영화관 하나가 있었고, 그 바로 옆에 다른 하나가 또 있었으며, 그 옆으로 다시 하나, 그러한 식으로 그 길가에는 영화관들이 줄을 지어 있었다. 각 영화관 앞을 지날 때마다 인파로부터 큰 덩어리 하나씩이 사라졌다. 나는 콤비네이션 차림의 여인들 사진이 붙어 있는 영화관 하나를 골랐는데, 여인들의 그 허벅지란! 신사 여러분! 묵직하고! 풍만하며! 뚜렷한 허벅지! 그리고 윗부분에는 허벅지와의 대조를 살려 그린 듯한 귀여운 얼굴들, 연필로 그린 섬세하고 가냘픈 얼굴들, 단 하나의 이음매도, 허술하게 다룬 부분이 없는, 가필이 필요 없는 얼굴들, 확언컨대 완벽하며 귀여우면서도 탄탄하고 윤곽이 뚜렷한 얼굴들이 보였다. 그것은 생명이 피어나게 할 수 있는 것들 중에서 가장 위험한 것, 미의 진정한 경솔함, 존재할 수 있는 것들 중 가장 신성하고 심오한 조화의 폭로였다.

내가 들어간 영화관은 편안하고 부드러우며 따뜻하였다. 음량이 풍성한 오르간 소리, 따뜻하게 덥혀진 교회당에서 들려오는 것처럼 부드러운, 그리하여 여인의 허벅지 같은 오르간 소리, 단 한 순간도 놓치지 않고, 모두들 뜨거운 용서의 도가니 속으로 잠긴다. 모두 자신들을 그 상태에 그렇게 내버려두기만 하였더라면, 이 세상이 이제 막 관용으로 탈바꿈하고 난 것으로 아마 믿을 수도 있었을 것이다. 그 영화관 속에서 우리들은 우리들의 진정한 모습을 거의 되찾았다.

그 다음 숱한 꿈들이 어둠 속으로 날아올라, 움직이는 빛이 만들어낸 신기루 속으로 들어가 활활 탄다. 영사막 위에서 일어나는 일들은 온전히 살아 있는 것이 아니며, 그리하여 가난한 사람들, 꿈들, 죽은 사람들을 위해 그 속에 혼란스러운 하나의 커다란 공간이 남는다. 영화관에서 나서면 우리를 기다리고 있을 삶을 통과하기 위하여, 사물과 인간 들의 잔인함을 뚫고 지나가며 단 며칠이나마 더 견디기 위하여, 서둘러 그 꿈을 맘껏 섭취해두어야 한다. 그 꿈들 중, 사람들은 자기의 영혼을 가장 효과적으로 덥혀주는 것을 택한다. 솔직히 고백하건대, 나의 영혼을 덥혀주는 것은 돼지들풍만한 육체, 즉 여인들이다. 거만하게 굴어서는 안 된다. 하나의 기적에서 자기가 거둘 수 있는 것만을 가져가면 그만이다. 한 번 보면 도저히 잊을 수 없을 젖가슴과 목덜미를 가진 어느 금발의 여인이, 자신의 고독을 주제로 한 노래를 가지고 나와 영사막의 침묵을 깨뜨렸다. 노래를 들으며 그녀와 함께 눈물을 흘릴 만도 하였다.

바로 이거야! 그것이 우리에게 얼마나 활기를 주는가! 나는 적어도 이틀분의 용기가 벌써 나의 고깃덩이 속에 가득 참을 느낄 수 있었다. 나는 영화관에 불이 다시 켜지기를 기다리지도 않았다. 이제 그 찬탄할 만한 영혼의 광증을 조금이나마 흡수하였으니, 결단코 잠을 이룰 준비가 되어 있었다.

라우프 캘빈 호텔에 돌아와 내가 호텔 문지기에게 인사를 하였음에도, 그는 우리나라의 호텔 문지기들처럼 나에게 잘 자라는 인사를 하지 않았다. 그러나 나는 그의 결례에도 전혀 개의치 않았다. 하나의 강력한 내적 생명은 그 스스로 충족하며, 이십 년 된 빙산의 무리도 녹일 수 있다.

　나의 방에 돌아와 눈을 감기가 무섭게 영화관에서 본 금발의 여인이 즉각, 오직 나만을 위해 자신의 절망을 노래하는 곡 전부를 다시 한 번 불러주었다. 다시 말해, 그녀가 나를 잠재움에 있어 나는 그녀를 거들었고, 나는 그 일을 상당히 성공적으로 달성하였다… 나는 더 이상 혼자가 아니었다… 혼자 잠을 자기는 불가능하다….

아메리카에서 값싸게 끼니를 때우려면, 속에 소시지 하나를 넣은 뜨거운 빵 하나를 직접 사서 먹으면 되고, 그것이 편리하며, 골목 귀퉁이에서 파는데 가격도 전혀 비싸지 않다. 물론 가난한 사람들이 사는 거리에서 식사를 하는 것이 조금도 나에게는 거북하지 않으나, 부자들의 몫인 고 아름다운 계집들을 도저히 만날 수 없다는 점, 바로 그 사실이 나에게는 몹시 고통스러웠다. 그것들을 보지 못할 바에야 더 이상 수고스럽게 음식을 먹을 필요조차 없을 것이다.

라우프 캘빈 호텔에서는, 그 입구의 두터운 융단 위를 어슬렁거리며, 너무나도 예쁜 그 여인들 중에서 누군가를 찾는 시늉을 할 수도 있었으며, 그 모호한 분위기에도 차츰 태연스럽게 적응할 수 있게 되었다. 생각해보면 인환따 꼼비따호의 친구들이 옳았고, 겪어 보니, 내가 나같이 초라한 놈에게 어울리는 진지한 취향을 가지고 있지 못하다는 사실도 깨달았다. 범선의 동료들이 나를 꾸짖어 고래고래 소리를 지른 것은 당연한 일이었다. 그동안에도 여전히 용기는 회복되지 않고 있었다. 나는 열심히 영화관들을 이곳저곳으로 찾아다니며 반복해서 상당한 농도의 양분을 섭취하였으나, 그것은 기껏 한두 번의 산책에 충당할 정도의 원기에 불과하였다. 더 이상은 없었다. 물론 나는 아프리카에서 상당히 거친 고독을 맛보았지만, 그러나 이 아메리카의 개미탑 혼잡한 거리 속에서 겪는 고립은 더욱 견디기 어려운 양상을 띠었다.

전에도 나는 항상 나 자신이 텅 비지 않을까, 즉 이 세상에 존재할 아무 이유를 갖지 못하게 되지 않을까를 몹시 두려워하였다. 그런데 이제는 구체적인 사실들에 직면하여 나 자신의 공허^{무가치}를 절실히 깨닫게 되었다. 내가 꾀죄죄한 습관에 사로잡혀 지내던 곳과 너무나도 상이한 그 환경 속에서, 나는 즉각 용해되어 버리고 말았다. 간단히 말해 나는 거의 존재하지 않는 상태에까지 접근해 있었다. 그리하여 사람들이 나에게 친근한 이야기를 건네기를 멈추는 순간부터는 그 무엇도 내가 일종의 억제할 수 없는 권태, 달콤하면서도 무시무시한 영혼의 파멸 속으로 침잠하는 것을 만류하지 못한다는 사실을 깨달았다. 내가 발견한 것은 일종의 구토증이었다.

그 모험에 내가 가지고 있던 마지막 달러를 써버린 그 전날 밤에도, 나는 여전히 극심한 권태에 사로잡혀 있었다. 그리고 권태가 어찌나 심하던지, 나는 가장 시급한 미봉책을 궁리해보는 일마저 거부하였다. 우리 인간은 본질적으로 하도 경박해서, 우리들로 하여금 죽지 못하게끔 해주는 것은 오직 오락뿐이다. 나로서는, 절망적인 열정으로 오직 영화에만 달라붙어 있었다.

내가 묵고 있던 호텔의 정신착란을 일으킬 것 같은 어둠으로부터 빠져나와, 나는 그 인근, 현기증을 일으키는 집들이 따분한 카니발 행렬처럼 늘어서 있는 번화가로 몇 번 산책을 나가 보았다. 끝없이 펼쳐진 건물들의 벽면, 단조롭게 이어지는 포석들, 벽돌들, 회랑들, 상점들, 또 상점들, 온갖 약속과 외설스러운 부스럼으로 가득 찬 광고를 뱉어내는 그 종양, 이 세상을 좀먹는 그 암덩이 앞에 서면 나의 무력감은 더욱 깊어졌다. 광고들은 무수히 반복해 지껄여대는 거짓말들이었다.

나는 강 쪽으로 난 골목길들을, 그리고 또 다른 골목길들을 두루 쏘다녔는데, 그 골목의 넓이는 평범한 수준, 다시 말해 내가 있던 보도에서 건너편 건물의 유리창을 모조리 깰 수 있을 정도의 넓이였다.

끊임없이 계속되는 튀김질 냄새가 온통 거리를 뒤덮고 있었으며, 상점들은 도둑이 두려워 아예 상품을 진열조차 하지 않았다. 모든 정경이 내가 근무하던 빌르쥐프 빠리 동남쪽에 있는 소도시의 병원 인근을 연상시켰으며, 심지어 보도에 즐비한, 무릎이 붓고 다리가 안쪽으로 휜 어린애들과 아코디온들까지도 그러하였다. 내가 비록 그곳에 그들과 함께 머문다 할지라도, 그 가난한 사람들은 나를 먹여살리지 못할 것이고, 또한 내가 항상 그들을 보아왔지만, 그들의 극심한 가난이 나에게 공포감을 주어왔다. 그리하여 결국 나는 번화가 쪽으로 발길을 돌렸다. "더러운 놈! 그러면서 나는 내 자신을 향해 중얼거렸다. 실상은 네 녀석도 용기가 없어!" 우리의 거짓 울음 타인을 불쌍히 여기는 척하며 우는 흉내를 내는 행위을 영원히 근절할 만한 용기가 없을 때, 우리는 어쩔 수 없이 날마다 조금씩 자신의 실체를 깨닫게 된다.

전차 한 대가 허드슨 강을 따라 시 중심부를 향해 가고 있었는데, 바퀴들마다 털털거리고 몸통의 껍데기가 온통 겁을 먹은 듯 떨리는 낡은 차량이었다. 그 전차가 구간을 주파하는 데는 한 시간이 족히 걸렸다. 승객들은 조바심 내는 기색도 없이, 차량 입구에 놓인 커피 빻는 기계처럼 생긴 동전 기계 앞에서 요금 지불이라는 복잡한 의식을 거행하고 있었다. 전차 운전사는 우리나라의 운전사들처럼 '발칸 반도 민병대 포로들'의 제복을 입고, 승객들이 의식을 거행하는 것을 바라보고 있었다.

드디어 우리는 시 중심가에 도착했고, 나는 극도로 휘둘린 채 그 민중적 산책으로부터 돌아오며, 잡힐 듯하면서도 잡히지 않는 홀에 두 줄로 앉아 있는 고갈되지 않을 미녀들 앞을, 여전히 몽상과 욕망에 사로잡힌 채 지나쳤다.

로 잘 알 수 있고, 또 그것으로부터만 자신을 해방시킬 수 있다. 내가 하도 많은 꿈을 품었다가는 다시 곁으로 밀어놓은 나머지, 나의 의식은 수천의 균열로 온통 갈라지고 흉측하게 와해되어 마치 문틈으로 새어 들어오는 바람 같았다.

줄을 서서 기다리면서도 나는 식당의 그 젊은 여인들과 지극히 대수롭지 않은 대화마저 감히 시도하지 못하였다. 나는 그저 얌전히, 아무 말 없이 쟁반을 들고 서 있기만 하였다. 푸딩과 제비콩이 가득 들어 있는 움푹한 도자기 앞을 지날 차례가 되었을 때, 나는 나에게 퍼주는 것을 남김없이 다 받았다. 그 간이식당은 어찌나 깨끗하고 조명이 잘 되어 있었던지, 그곳에 서 있으면 마치 한 마리 파리가 우유 표면에 떠 있듯 그 모자이크 표면에 둥둥 떠 있는 듯한 느낌이었다.

간호사 차림을 한 여종업원들이 국수 그릇, 쌀밥 그릇, 스튜 그릇 뒤에 각각 한 사람씩 서 있었다. 각자 자기의 전문 분야를 맡고 있는 것이었다. 나는 가장 예쁜 종업원이 나눠주는 음식으로 나의 식기를 채웠다. 유감스럽게도 그녀들은 손님들에게 미소를 짓지 않았다. 음식을 받으면 즉시 자리에 가 조용히 앉아 다음 사람에게 차례를 넘겨주어야 했다. 마치 수술실을 가로지르듯, 자기의 쟁반을 똑바로 들고 조심스럽게들 걷는다. 내가 묵고 있던 라우프 캘빈 호텔이나, 금색 가장자리 장식을 한 흑단으로 벽을 덮은 나의 작은 방과는 전혀 딴판이었다.

그러나 우리들 고객에게 그토록 흥건하게 밝은 빛을 뿌리고, 우리들 처지로서는 일상화된 어둠으로부터 잠시나마 우리들을 이끌어내는 것은 저들이 세운 계책의 일환이었다. 식당 주인에게는 나름대로의 생각이 있었던 것이다. 나는 이미 짐작하고 있었다. 그토록 여러 날 동안 음침한 곳에 있다가 단번에 불빛의 급류 속에 잠기면, 우리들 내부에 기이한 반응이 일어난다. 그것이 나에게는 일종의 약한 광증을 첨가해주었다. 사실 나에게는 심한 광증이 일어나서는 안 되었다.

내가 차지한 작은 식탁, 화산암으로 만든 그 식탁 밑에 나는 나의 두 발을 감출 수가 없었다. 나의 발은 사방으로 삐죽삐죽 벗어나 있었다. 그 순간만은 나의 두 발이 다른 곳에 가 있어 주었으면 좋을 것 같았다. 진열대 저쪽에서, 즉 길에서 줄을 서서 기다리는 사람들이 우리들을 바라보고 있었기 때문이다. 그들은 우리가 먹기를 마친 다음, 자신들이 다시 식탁을 차지하기 위하여 기다리는 중이었다. 바로 그러한 효과를 위해, 그리하여 그들의 식욕을 자극하기 위하여, 우리들에게 조명을 밝게 해주고 우리들을 돋보이게 하였던 것이니, 우리들이 결국 살아 있는 광고물인 셈이었다. 내 케이크 위에 놓인 딸기에는 어찌나 현란한 반사광들이 감돌고 있었던지, 나는 그것들을 선뜻 입에 넣을 수가 없었다.

그 누구도 아메리카의 상혼에 걸려들면 다시 빠져나올 수 없다.

눈부신 화로들과 나의 거북스러운 처지에도 불구하고, 나는 우리들이 앉아 있던 식탁 근처에서 오가는 매우 예쁘장한 여종업원 하나를 발견하였고, 그녀의 귀여운 동작들을 단 하나도 놓치지 않기로 마음을 정하였다.

그녀가 나의 접시를 바꿔 줄 차례가 되었을 때, 나는 그녀의 특이한 눈매를 상세히 관찰할 수 있었는데, 그녀의 눈꼬리는 우리나라 여인들의 눈꼬리보다 훨씬 가늘고 또 치솟아 있었다. 눈꺼풀 역시 관자놀이 쪽 눈썹 방향으로 가볍게 물결치고 있었다. 한마디로 그것은 일종의 잔인함, 그러나 적당량의 잔인성, 포옹하여 입맞춤을 하고 싶은 잔인성이었으며, 어떻든 구미를 돋우는 라인 강 지역 포도주처럼 은은한 쓴맛이었다.

그녀가 내 곁으로 다가왔을 때, 나는 마치 내가 그녀를 누군지 알아보는 듯한 은근한 표정을 지었다. 그녀는 흡사 한 마리 순진한 짐승처럼 아무 감정 없이, 그러나 이상하다는 듯 나를 유심히 바라보았다. "이제 드디어 어쩔 수 없이 나에게 시선을 던진 첫 아메리카 여인이 여기 있구나!" 나는 홀로 그렇게 생각하였다.

반사광이 가득 찬 파이도 다 먹은지라, 파이는 식사를 마무리 짓는 후식이다 이제 내 자리를 다른 사람에게 내어주어야 했다. 그리하여 조금 비틀거리며 출구 쪽으로 곧게 난 길을 내버려둔 채, 또한 우리들과 우리의 주머닛돈을 기다리고 있던 계산대의 남자는 한편에 내버려두고, 용기를 내어 엄정한 불빛의 물결 속에서는 몹시 야릇하게 보일 테지만, 나는 그 금발의 여인에게로 다가갔다.

지글거리며 끓고 있는 음식 그릇을 앞에 놓고 각자 자기 자리에 서 있던 스물다섯 명의 여종업원들은, 내가 길을 잘못 들어섰다고 일제히 알려주었다. 진열대 밖에서 기다리고 있던 사람들이 한 덩어리가 되어 움찔하는 것이 보였고, 나 다음에 식사를 시작하게 되어 있던 사람들 역시 엉거주춤하였다. 내가 질서를 깨트린 것이다. 내 주위에 있던 사람들이 놀란 듯 일제히 소리쳤다. "또 외국인이 겠지!" 그들의 말이었다.

그러나 나에게는 나름대로의 중요한 생각이 있었으니, 나는 나에게 시중을 들던 그 예쁜 여자를 놓치고 싶지 않았던 것이다. 고귀여운 것이 나를 바라보았다. 그녀에게는 안됐지만 어쩔 수 없었다. 혼자 있는 것에 신물이 났다! 더 이상의 몽상도 싫다! 동정도 지긋지긋하다! 오직 접촉뿐이다! "아가씨, 당신은 나를 전혀 모르시겠지만 나는 이미 당신을 사랑하고 있습니다. 우리 결혼할까요…?" 나는 그렇게 가장 솔직한 태도로 그녀에게 말을 걸었다.

그녀의 대답은 영영 나에게까지 이르지 못하였다. 바로 그 순간에 역시 흰색 복장을 한 거인 경비원이 나타나, 마치 자신의 실체를 잠시 잊었던 개인 양, 한 치의 착오도 없이, 힘들이지 않고, 욕설도 퍼붓지 않고, 포악스럽지도 않게, 나를 밤의 어둠 속으로 밀어냈다.

그 모든 일들이 자연스럽게 진행되었으며, 나는 아무 할 말이 없었다.

나는 라우프 캘빈 호텔을 향해 발길을 옮겼다.

나의 방에 돌아오니 항상 똑같은 천둥소리가 질풍처럼 들려왔다. 우선 우뢰 같은 전철은 멀리서부터 우리들을 향해 돌진하며, 마치 도시 전체를 부수기라도 할 듯한 기세로 자신의 도수관(導水管)연이어 있는 객차들을 이끌고 지나갔고, 그 사이사이에는 저 아래 도로에서 들려오는 기계들의 불협화음, 게다가 꿈틀거리며 멈칫거리는, 항상 권태로운, 항상 다시 떠나는, 그러다 다시 머뭇거리듯 하다가 되돌아오는 군중의 그 흐물거리는 웅얼거림도 뒤섞여 들려왔다. 도시 속에서 흐물거리는, 인간들로 쏜 거대한 죽덩이었다.

내가 머물고 있던 그 높은 곳에서는 그들을 향해 무엇이든 맘껏 외쳐댈 수 있었다. 내가 실제 그렇게 해보았다. 그들을 보면 구역질이 났다. 낮 시간에, 그들의 면전에 있을 때에는 그들에게 무슨 말을 할 배짱이 없었지만, 내가 머물고 있던 그곳에서라면 아무 위험이 없었고, 그리하여 나는 외쳐댔다: "사람 살려! 사람 살려!" 오직 그들의 반응을 살피기 위해서였다. 그 외침이 그들에게 어떤 작용을 일으키는가를 보기 위해서였다. 인간들은 자기네 삶과 밤, 그리고 낮을 그저 앞으로 밀고 나아가고만 있었다. 삶은 인간들에게 모든 것을 감춘다. 인간들은 자신들이 내는 소음에 파묻혀 아무 것도 듣지 못한다. 그들은 아예 개의치도 않는다. 도시가 크면 클수록, 또 높으면 높을수록, 그만큼 인간들은 매사에 개의치 않는다. 내가 여러분들에게 그 사실을 분명히 전한다. 내가 직접 시도해보았다. 노력할 필요조차 없다.

내가 롤라를 찾아 나선 것은 오직 금전적 이유 때문이었다. 얼마나 다급하고 거역할 수 없는 이유였던가! 그토록 가련하게 궁핍하지만 않았어도 나의 귀여운 친구라는 고 잡년을 다시는 만나지 않고, 늙어 사라지도록 내버려두었을 텐데! 결국 나를 대함에 있어서, 지금 곰곰이 생각해보아도 의심할 여지가 없지만 그녀는 가장 더럽게 건방진 태도를 보였다.

우리의 삶에 끼어들었던 존재들의 이기주의는, 우리가 늙어서 그들을 다시 생각해 볼 때마다 부인할 수 없는 것으로, 즉 옛 모습 그대로, 강철이나 백금, 아니 세월 그 자체보다도 더 끈질기게 존속한다는 사실을 보여준다.

젊었을 동안에는 가장 삭막한 무관심이나 개 같은 야비함을 보고도, 그것들이 기상천외한 정열이나 서투른 로망티즘의 징후일 것이라고 관대하게 생각한다. 그러나 세월이 흘러, 삶이 그럭저럭이나마 섭씨 37도를 유지하기 위하여^{존속하기 위하여} 요구하는 간계와 잔혹성, 악의 등을 보고 난 다음에는 비로소 깨달음에 이르게 되고, 나아가 한 사람의 과거가 내포하고 있는 온갖 더러운 짓들을 이해할 수 있는 위치에 이르게 된다. 그 사실을 깨닫기 위해서는 모든 걸 제쳐두고, 오직 자신과 또 자신이 어떤 오물로 변해버렸는지를 솔직하게 응시하는 것으로 족하다. 그 순간까지 살아왔으니 자신의 시(詩)는 몽땅 삼켜버렸고, 그리하여 더 이상의 신비도, 어리석은 말도 남아 있지 않을 것이다. 인생이란 아무것도 아니라는 사실이 드러날 것이다.

나는 천신만고 끝에 77번가에 있는 건물 이십삼 층에서 나의 고

야비한 연인을 찾아냈다. 우리가 어떤 사람에게 도움을 청하려 할 때, 그 순간 그가 우리 내부에 야기시키는 역겨움이란 이루 형언할 수 없다. 내 상상으로는 그녀의 집이 화려하고 편안할 것 같았다.

미리부터 영화관에서 필요한 용량을 흠뻑 섭취해두었기 때문에, 나는 정신적으로 거의 준비가 되어 있었고, 또 뉴욕에 상륙하던 순간부터 나를 감싸고 있던 침체 상태에서 서서히 벗어나고 있던 터라 첫 대면은 예상했던 것보다 불쾌하지 않았다. 롤라는 나를 다시 보는 순간 크게 놀라는 기색이 아니었고, 다만 내 얼굴을 알아보자 조금 귀찮아하는 듯하였다.

나는 우리가 공유하고 있던 과거의 이야기들을 가능한 한 신중한 어휘들로, 그 이야기 중에서도 전쟁을, 그러나 너무 강조하지는 않고, 주제로 떠올려 한가한 대화를 시작하며 허두를 열었다. 나는 바로 그 순간 가장 중대한 오류를 범하였다. 그녀는 전쟁 이야기를 영영 다시 듣기조차 싫어하고 있었던 것이다. 전쟁 이야기가 자신을 더욱 늙게 만든다는 것이었다. 기분이 상하여 내 말을 받아치듯, 그녀는 내가 나이 때문에 벌써 주름이 생기고, 뚱뚱해졌으며, 우스꽝스럽게 변해버렸다고 하였다. 우리들의 상견례는 그러하였다. 고 더러운 계집이 그따위 말로 나에게 상처를 입히려고 하다니! 나는 그녀의 비열하고 버릇없는 말을 지적조차 하지 않았다.

그녀의 가구들은 특이하게 치장되어 있지 않았으나 명랑한 분위기가 있어 견딜만하였다. 특히 라우프 캘빈 호텔에서 나온 직후인지라 더욱 그렇게 보였다.

짧은 기간에 행운을 잡는 방법이나 그 과정에는 항상 어떤 마술이 개입되어 있는 것처럼 보인다. 뮈진느와 에로뜨 부인이 신분 상승을 이룩한 이후, 나는 엉덩이가 가난한 사람의 작은 금광이라는 사실을 알게 되었다. 여인들의 그 급작스러운 허물벗기[변신]에 나는 경탄을 금할 수 없었고, 그리하여 롤라가 사는 건물에도 여자 안내원이 있었다면, 그 수다를 듣기 위하여 내가 가지고 있던 마지막 일 달러라도 그녀에게 주었을 것이다.

그러나 그녀가 사는 건물에는 여자 안내원이 없었다. 아니 전 도시에 여자 안내원이라는 것이 없었다. 여자 안내원이 없는 도시에는 소문도 없는 법, 그러한 도시는 후추도 소금도 넣지 않은 국처럼 무미하고 따분하며 볼품없는 스튜 같다. 오! 달콤한 그 부스러기들여자 안내원들의 입에서 흘러나오는 소문들! 규방에서, 주방에서, 지붕 밑방에서, 땀처럼 송송 배어나는 잡동사니, 얼룩들, 그 다음 날마다 생생하게 여자 안내원에게로 폭포처럼 줄줄 흘러드는 그것들, 얼마나 달콤한 지옥인가! 우리나라의 어떤 여자 안내원들이 일에 짓눌려 쓰러지며, 그녀들의 말을 간략하게 하며, 헛기침을 잘 한다든지, 아주 재미있고, 멍청한 듯 한 것은, 그 순교자들이 엄청난 진실에 소진되어 얼이 빠졌기 때문이다.

극도의 가난에 대항하기 위해서는, 솔직히 고백하건대, 무슨 짓이든 가리지 않고 시도해보아야 하며, 싸구려 포도주건, 용두질이건, 영화건, 그 무엇에라도 도취해야 하고, 또 그것이 의무다. 까다로워서도 아니 되며, 아메리카에서 흔히들 말하듯 '특별하게' 굴어서도 안 된다. 우리나라 여자 안내원들은 자기의 마음을 사로잡아 심장을 따스하게 해주는 사람들에게는 언제든, 아무 조건 없이, 무슨 짓이든 저지를 수 있고 세상을 몽땅 폭파할 수 있을 듯한 증오를 털어놓는다. 그런데 뉴욕에는 활력소인 그 고추가 전혀 없다. 보잘것없으되 생생하며 아무도 부정할 수 없는 그 고추, 그것 없이는 인간의 기지가 질식하여, 기껏 막연한 험담이나 늘어놓고 창백한 비방이나 우물거려야 할 운명에 처해지고 만다. 여자 안내원이 없다면 물어뜯고, 상처를 주고, 후벼 파고, 근심을 안겨주고, 보편적 증오를 어김없이 증대시키며, 여자 안내원의 자질구레한 그러나 부정할 수 없는 수천 가지의 수다로 그 증오심에 불을 붙이는, 그 역할을 담당할 것이 아무것도 없다.

자신의 거처로 뜻하지 않은 순간에 찾아가자, 롤라가 나로 하여금 다시 한번 새로운 구역질을 느끼게 할 만큼 나의 당혹감 역시 컸으며, 나는 야비하고 혐오스럽기만 한 그녀의 성공과 오만이 내포하고 있는 그 상스러움 위에다 나의 내장 속에 있는 모든 것을 토해버리고 싶었다. 또한 그 구토증에 즉각 감염되어 뮈진느의 추억 역시 그 순간 혐오스럽고 적대적인 것이 되어버렸다. 그 두 여인에 대한 강렬한 증오가 나의 내부에 태동하였고, 그 증오는 아직도 지속되고 있으며, 나의 존재 이유에 흡수되어 한 덩어리가 되었다. 내가 롤라에 대한 현재의, 그리고 미래의 관용으로부터 벗어나는 데 필요한 일련의 입증자료가 없을 뿐이다. 지나온 날의 삶을 재현할 수는 없는 법이다.

진정한 용기는 용서하는 데 있지 않다. 사람들은 항상 지나치게 용서한다! 게다가 그 용서는 아무 소용없으며, 그렇다는 증거가 너무나 많다. 흔히들 하녀를 모든 인간들 끝에, 제일 마지막 서열에 놓았다! 공연히 그렇게 한 것은 아니다. 그 사실을 절대 잊지 말자. 언젠가는, 어느 날 밤, 행복한 사람들이 잠자는 동안 그들을 진정 잠들어버리게 하고, 다시 말하지만, 그들이나 그들의 행복과 영원히 손을 끊어야 할 것이다. 그 다음날 사람들은 더 이상 그들의 행복을 이야기하지 않게 될 것이고, 그러면 우리는 하녀와 동시에 원하는 만큼 자유롭게 불행해질 수 있을 것이다. 하지만 내가 무슨 이야기를 하고 있지? 롤라는 거의 반나체로 실내를 가로질러 오락가락하고 있었으며, 그녀의 몸은 아직도 나에게 강렬한 욕정을 유발하고 있었다. 화려한 육체는 언제나 하나의 강간행위를 내포하고 있으며, 부와 사치 속으로의 귀하고 직접적이며 내밀한 침입 가능성을 잠재태로 가지고 있다. 더구나 그렇게 침입하여 얻은 것은 다시 빼앗길 위험도 없다.

그녀는 아마 나를 쫓아낼 구실을 찾기 위해 오직 내가 어떤 짓을 해주기만을 기다리고 있었던 것 같다. 그러나 무엇보다도 나를 조심시킨 것은 그 더러운 허기증이었다. 우선 무엇이건 먹어야 했다. 게다가 그녀는 자기 일상생활의 하찮은 이야기들을 끊임없이 늘어놓고 있었다. 늘어놓을 거짓말이 없다면 이삼 세대 동안은 이 세상을 깨끗이 닫아버려야 할 것이다. 사람들은 더 이상 서로 간에 할 이야기가 없을 것이다. 어느 순간 그녀는 그녀의 그 잘난 아메리카에 대하여 어떻게 생각하느냐고 나에게 물었다. 나는 그녀에게 고백하기를, 내가 하도 허약해지고 또 공포감에 사로잡혀 누구든, 또 무엇이든 두려워하게 되었다고 하였으며, 그녀의 나라가 그 어떤 직접적이고 불가사의하며 보이지 않는 위협보다도 나를 공포의 도가니로 몰아넣고 있었으며, 특히 나에게는 그 나라의 상징으로 보이는, 나에 대한 그 거대한 무관심이 두렵다고 하였다.

나는 당장 끼닛거리를 벌어야 할 처지였고, 따라서 모든 감상적인 유희를 최단시일 내에 극복해야 한다고 그녀에게 솔직하게 털어놓았다. 뿐만 아니라 그 감상주의를 극복함에 있어서 내가 너무 느림을 고백하면서, 혹시 그녀가… 관계하고 있는 사람들 중에서… 사람을 쓸 만한 고용주가 있을 경우 나를 추천해주면 은혜를 잊지 않겠노라 하였다… 그것도 가능한 한 빨리… 아주 보잘것없는 보수라도 좋으니까… 그 외에도 나는 갖은 아첨과 객설을 그녀 앞에 늘어놓았다. 그녀는 별것 아니나 실례가 되는 나의 제안을 탐탁히 여기지 않았다. 처음부터 그녀는 나를 낙담시키는 기색을 보였다. 나에게 일자리나 도움을 줄 만한 사람과 전혀 친분이 없다고 하였다. 결국 어쩔 수 없이 우리들은 일반적으로 살아가는 이야기와, 특히 그녀의 살아가는 형편으로 대화의 방향을 돌렸다.

우리들이 그러한 상태에서 심리적으로 또 육체적으로 서로를 엿보고 있을 때, 누군가 초인종을 울렸다. 그리곤 곧이어, 한 순간의 유예도 없이 여자 넷이 실내로 쏟아져 들어오는데 모두 화장을 짙게 하고, 무르익었으며, 근육질과 보석들이 치렁치렁 한 덩어리가 되어 둔중하게 매달려 있고, 아주 스스럼없이들 굴었다. 그녀들에게 나를 간단히 소개한 후에, 몹시 거북스러워하던 롤라는(눈에 보일 만큼 역력하였다) 그녀들을 다른 방으로 데려가려 하였으나, 그녀들은 롤라의 신경질을 돋우면서 일제히 나의 관심을 끌려 하였고, 또 자기들이 유럽에 대하여 알고 있는 것들을 몽땅 내 앞에 쏟아놓으려 하였다. 유럽이란 한물가고 음탕하고 탐욕스러운 미치광이들이 우글거리는 낡은 정원이라는 것이었다. 그녀들은 샤바네와 앵발리드에 관한 이야기를 줄줄 외우듯 쏟아놓았다.

나는 그 두 곳 중 어디에도 가보지 못하였다고 하였다. 샤바네에 가려면 비용이 너무 들고, 앵발리드는 집에서 너무 멀기 때문이라고 하였다. 샤바네는 빠리 시 한복판, 국립도서관 근처에 있는 고급 사창가로, 외교관이나 고위 관리 들이 출입하던 곳으로 유명하며, 앵발리드는 전쟁기념관, 나뽈레옹 1세의 묘지 등으로 유명한 유적지다 그러자 흔히 그러한 경우에 우리들에게 쏟아지는 것보다도 더 바보스러운, 기계적이고 진부한 그놈의 조국애라는 것이 그녀들의 입에서 쏟아져 나와 무더기로 나를 덮쳤다.

나는 그녀들이 사는 도시가 몹시 기분 나쁘다고 반격을 가하였다. 구역질나는, 엉망이 된 장바닥, 그런데도 고집스레 다시 세우려고들 낑낑거리는 장터라고….

허튼 기교와 상투적인 표현 들을 동원하여 장광설을 늘어놓으면서도, 나는 나를 짓누르고 있는 신체적 그리고 정신적 쇠약증세의 원인이 학질 외에 또 다른 곳에 있음을 명확히 간파할 수 있었다. 그 원인은 학질뿐만 아니라 습관의 변화에도 있었으며, 그것은 즉 내가 새로운 환경 속에 있는 새로운 얼굴들과 또 다른 화법, 다른 거짓말 등을 인정하는 법을 배워야 한다는 사실이었다. 게으름이란 것은 거의 생명만큼이나 강하다. 우리가 연출해야 하는 새로운 희극의 저속함이 우리를 짓밟고, 결국 우리가 다시 시작하는 데 더 필요한 것은 용기가 아니라 비겁함이다. 타향살이라는 것, 이방인이라는 것은 바로 그것, 즉 먼저 살던 고장의 습관들이 우리를 버렸으되 다른 새로운 습관들이 아직 충분히 우리를 얼빠지게 해놓지 않은 개인적 세월의 선상에서 존재태를 있는 그대로, 우리의 오성이 예외적으로 명석하게 지속되는 오랜 시간 동안 냉혹하게 관찰하는 것, 그것이 곧 타향살이다.

그러한 순간에는, 우리가 비록 쇠약하더라도, 모든 것들이 몰려와 우리의 그 흉악한 절망감을 강화시켜 사물들과 사람들, 미래를, 다시 말해 그야말로 아무것도 아닌 앙상한 뼈다귀들을 그러나 좋아하고, 아끼고, 보호하고, 또 그것들이 실제 존재하는 양 생기를 불어넣어야 할 그것들을 있는 그대로 냉혹하게 분별하기를 강요한다.

다른 나라에 가면 조금 괴이하게 들든 낯선 사람들이 주위에 몰려들고, 몇몇 작은 허세도 사라지며, 오만도 그 이유를 상실하고, 그 나라 특유의 거짓말, 일상의 소문에, 다른 무엇이 더 없어도, 우리의 머리는 돌고, 의심이 우리를 유인하며, 무한이, 우스꽝스러운 작은 무한이, 우리 앞에 열리면 우리는 그 속에 빠져버린다….

여행이란 그 아무것도 아닌 것, 멍청이들에겐 하나의 작은 현기증인 바로 그것을 찾아나서는 행위이다….

내가 롤라를 찾아온 그 네 여인들 앞에서 그렇게 고백하며 장-

자끄*루쏘*? 흉내를 좀 내자, 그녀들은 마구 웃어댔다. 그녀들은 나에게 무수한 이름들을 붙여주었는데, 그 이름들은 아메리카식으로 형태가 변한데다 또 미끈거리고 외설스러운 그녀들의 발음 때문에 겨우 알아들을 수 있을 정도였다. 열광한 암코양이들이었다.

깜둥이 하인이 차를 대접하려고 실내로 들어서자 우리들은 입을 다물었다.

그러나 찾아온 여인들 중 하나는 다른 여인들보다 통찰력이 뛰어났음에 틀림없었으니, 그녀는 내가 신열로 떨고 있으며 심상치 않은 갈증에 시달리고 있을 것이라고 사람들에게 큰 소리로 알렸다. 비록 신열로 오들오들 떨고 있었지만 간식은 마음에 썩 들었다. 그 샌드위치 몇 조각이 나의 목숨을 구했다고 말할 수 있을 듯하다.

외부와 차단된 빠리의 주택들이 갖고 있는 상대적인 장점들에 관한 대화가 이어졌으나, 나는 그 대화에 끼어드는 수고를 회피하였다. 그 아름다운 여인들은 복잡하게 섞은 여러 가지 술을 곁들여 마셨고, 결국 그 술의 영향으로 뜨거워지고 속내 이야기를 터놓게 되더니, 드디어 '결혼'이라는 것을 놓고 얼굴에 핏발들을 세웠다. 내 비록 차려놓은 진수성찬에 몰두해 있기는 했지만, 그것이 매우 특이한 결혼, 나이 어린 아이들 간의 결혼이라는 사실과, 또 그녀들이 수수료를 받는다는 사실을 얼핏 간파할 수 있었다.

롤라는 그러한 이야기에 내가 몹시 신경을 곤두세우며 호기심에 차 있다는 것을 감지하였다. 그녀는 사나우리만큼 나를 뚫어지게 바라보았다. 그녀는 더 이상 술도 마시지 않았다. 롤라가 알고 있는 이곳 남자들, 아메리카 남자들은, 나처럼 호기심을 갖는 죄를 절대 범하지 않는 모양이다. 나는 조금 괴로운 상태로 그녀의 감시를 받고 있었다. 하지만 그녀들에게 수천 가지 질문을 던지고 싶은 충동은 매우 강하였다.

　술기운에 흥분되고 성적으로 원기를 얻은 그 여인들이 육중하게 움직이면서 결국 우리들만 남겨놓고 떠났다. 그녀들은 기이하리만큼 우아하면서도 추잡스러운 에로티즘에 대하여 장광설을 늘어놓으며 흥겨워하였다. 나는 그녀들에게서 무엇인가 엘리자베스 여왕 시대의 특질을 막연히나마 느꼈고, 특히 나의 생식기 끝에 닿으면 매우 소중하고 농축된 것처럼 느껴질 그 전율을 직접 느껴보고 싶은 욕구가 간절하였다. 그러나 여행중에는 결정적일 수도 있는 그 생리적 성체배령, 그 생명의 메시지를, 나는 그저 막연히 예감할 수 있을 뿐, 그리하여 회한은 더욱 깊어지고 슬픔만 증대될 뿐이었다. 나를 엄습해 오는 것은 도저히 치유할 수 없는 우울증이었다.

　그녀들이 문지방을 넘어서자마자 롤라는 노골적으로 분노를 터뜨렸다. 그 막간극이 몹시 불쾌하였던 모양이다. 나는 그저 잠자코만 있었다.

　— 아! 마녀들! 몇 분이 흐른 뒤에 그녀가 욕설을 내뱉었다.

　— 그녀들을 어디에서 알게 되었지요? 내가 물었다.

　— 아주 오래된 친구들이에요….

　그녀는 더 이상의 내막을 이야기할 기분이 아닌 것 같았다.

　그녀들이 롤라를 대하는 상당히 거만한 태도로 보아, 그 여인들은 어떤 특정 분야에서 롤라를 압도하고 있으며, 심지어 아무도 부인할 수 없는 권위를 누리고 있는 것 같았다. 하지만 나는 그 내막을 영영 알아내지 못하였다.

　롤라는 시내에 가야 할 일이 있다고 하였으며, 아직도 허기증이 풀리지 않았으면 무엇이든 천천히 더 먹으면서 집에서 자기가 돌아올 때까지 기다리라고 하였다. 나는 숙박료도 지불하지 않고 라우프 캘빈 호텔을 나왔으며, 또 그곳으로 돌아갈 의도도 없었던 차라, 삭막한 거리로 나서기 전에 단 몇 순간이나마 따스한 인정 속에 머물러 있도록 해준 그녀의 허락을 매우 만족스러워하였다. 게다가 조상님들이시여! 그 거리가 어떤 거리인가…!

혼자 남게 되자, 나는 지체하지 않고 깜둥이가 시중을 들기 위하여 나타났던 쪽으로 복도를 따라가 보았다. 주방으로 가는 중도에서 우리는 마주쳤고, 나는 그에게 악수를 청하였다. 나를 신뢰하는 기색으로 그는 자기의 주방으로 나를 데리고 갔는데, 그곳은 모든 것이 깨끗하게 정돈되어 있었으며, 거실보다도 더 맵시 있게 꾸며져 있었다.

주방에 들어서자마자 그는 내 앞에서 화려한 타일 바닥에다 침을 뱉기 시작하였고, 그것도 깜둥이들이 아니면 흉내조차 내지 못하리만큼 푸짐하게, 한 치의 오차도 없이 뱉어댔다. 나 역시 나의 능력껏 예의를 차리느라 침을 뱉었다. 우리는 일순간에 흉허물 없는 사이가 되었다. 그의 이야기에 의하면, 롤라는 강변에 쌀롱을 갖춘 호화 유람선을 정박시켜 놓고 있으며, 승용차 두 대를 굴리고, 지하 창고까지 가지고 있는데, 그 창고에는 세계 각처의 특산 고급주가 쌓여 있다는 것이었다. 또한 그녀는 빠리의 여러 백화점으로부터 물품을 직접 사들인다고 했다. 녀석의 이야기는 그런 것들이 전부였다. 그는 끊임없이 그러한 막연한 이야기들만을 반복하기 시작하였다. 나는 더 이상 그의 말에 귀를 기울이지 않았다.

그의 옆에 앉아 꾸벅꾸벅 졸고 있으려니, 전쟁이 한창일 때, 빠리에서 롤라가 내 곁을 떠나던 그 지난 시절이 다시 추억 속에 되살아났다. 추격과 포위, 그리고 수다와 거짓말, 교활함이 뒤섞여 들끓던 전쟁 기피자들의 은신처^{야전병원}, 뮈진느, 아르헨티나인들과 고기를 잔뜩 실은 그들의 선박 등도 다시 뇌리에 떠올랐다. 또뽀,

끌리쉬 광장을 지나던 그 곱창 빠진 떼거리들, 로뱅송, 파도, 바다, 기근, 롤라의 그 말쑥한 주방, 그녀의 깜둥이, 그리고 하찮은 물건들, 그것들 중 하나인 나, 그 모든 것이 뒤섞였다. 모든 것은 언제나 무심하게 계속될 것이다. 사람이 불 속에 들어가 있느냐, 혹은 그 앞에 앉아 있느냐에 따라 불이 사람을 고통스럽게도 하고 안락하게 해주기도 하듯, 전쟁이 어떤 사람들은 태워버리고 또 어떤 사람들은 따스하게 해주었다. 각자 알아서 처신하는 수밖에 없다.

내가 많이 변했다고 한 그녀의 말 역시 옳다. 삶은 우리들을 비틀고, 얼굴을 짓이겨 놓는다. 그녀의 얼굴 역시 삶이 짓이겨 놓기는 하였지만 나보다는 훨씬 덜하였다. 가난한 자들만이 꼴좋게 자신들의 몫을 몽땅 끌어안는 법이다. 가난이란 거구의 하녀, 그녀는 우리의 얼굴이 마치 걸레인 듯, 우리의 얼굴로 이 세상의 오물들을 닦아낸다. 그리하여 우리의 얼굴에 오물이 남는 것이다.

그러나 롤라에게서도 무엇인가 새로운 점이 보이는 듯하였으니, 그것은 신경질과 우울증세가 나타나고, 그녀의 낙천적인 바보스러움에 공백이 생기는 순간이 빈번해진다는 사실이었다. 그러는 순간 인간은 자기의 생애, 자기가 살아온 세월이, 자기에게 가져다 준 것들을 좀더 멀리 짊어지고 가기 위하여 원기를 회복해야 하는데, 그 살아온 세월이 그 얼마 남지 않은 원기, 즉 그의 더러운 시(詩)에게는 너무나 무겁기만 하다.

깜둥이 녀석이 별안간 손발을 비비 꼬며 즐거워하기 시작하였다. 발작을 시작하는 것 같았다. 새로 친구가 되었다고 나에게 과자와 여송연을 잔뜩 떠안기려는 듯한 기색이었다. 그는 결국 어느 서랍에서 아주 조심스럽게, 둥글고 납빛을 띤 덩어리 하나를 끄집어내었다.

— 폭탄이야! 미친 듯 그가 나에게 알려주었다. 나는 움찔 뒤로

물러섰다. "자유! 자유!" 그는 쾌활하게 고함을 쳐댔다.

그는 모든 것을 제자리에 놓더니 다시 한 번 푸짐하게 가래침을 탁 뱉었다. 녀석의 그 감동하는 꼴이란! 그는 몹시 흐뭇해하였다. 그의 웃음, 그 감각적 설사에 나 역시 휘말려들었다. 동작 하나를 더하고 덜하고는 별 문제가 되지 않으리라고 생각되었다. 롤라가 시내에서 볼일을 마치고 돌아왔을 때, 우리들은 담배 연기와 웃음 소리에 파묻힌 채 함께 거실에 있었다. 그녀는 아무것도 눈치채지 못하는 표정을 지었다.

깜둥이는 재빨리 자리를 떴고, 그녀는 나를 데리고 자기의 방으로 들어갔다. 방에 들어서자 그녀는 다시 슬픈 기색이었고, 얼굴이 창백한 채 온몸을 떨고 있었다. 도대체 어디에 갔다 오는 것일까? 해가 지고, 어둠이 깔리기 시작하고 있었다. 그 시각이면, 삶이 자기들 주위에서 그 전율의 속도를 늦추기 때문에 아메리카인들이 넋을 잃고 멍청해지는 때다. 자동차들도 두 대 중 하나는 모두 차고 속에 들어가 있을 시각이다. 웬만하면 서로들 흉금을 털어놓을 시각이다. 하지만 그 시각을 적절히 이용하려면 서둘러야 한다. 그녀는 나에게 이런저런 질문을 던지며 내가 속을 털어놓도록 분위기를 조성하고 있었으나, 내가 유럽에서 그동안 어떻게 살아왔는지를 물을 때의 어조는 나의 신경을 몹시 거슬렀다.

그녀는 내가 어떤 더러운 짓이라도 서슴지 않을 놈이라는 자신의 생각을 아예 감추지도 않았다. 그러한 생각에 나는 노여워하지도 않았다. 다만 거북할 뿐이었다. 그녀는 내가 자기에게 돈을 좀 요구하러 온 것을 분명히 예감하고 있었으며, 그 사실 하나만으로도 우리 두 사람 사이에 자연스런 증오심이 형성되기에 족하였다. 그러한 유의 감정은 자칫 살인을 유발할 수도 있다. 우리들은 일상의 자질구레한 화제에 머물러 있었고, 나는 피차간에 결정적인 욕설이 튀어나오지 않도록 갖은 애를 썼다. 그녀는 다른 일들 중에서도 특히 나의 생식기 장난에 대하여 꼬치꼬치 따져 물으면서, 혹시 방랑하던 중 이 세상 어디엔가 어린애를 내버려두었다면 자신이 그 아이를 입양하여 기르겠다고 하였다. 그녀는 참으로 괴이한 생각을 하고 있었다. 어린애 하나 입양하는 것이 그녀의 편집 증세 같았다. 나 같은 부류의 망할 놈은 어느 하늘 밑에 가든지 분명 남몰래 씨를 뿌려놓았으리라는 것이 그녀의 자연스러운 생각이었다. 자신은 부자지만 어린애에게 헌신하지 못하는 것이 마음 아프다고 나에게 털어놓았다. 그녀는 모든 육아법 서적들, 특히 모든 모성을 까무러치게 할 만큼 감동적인 서적들, 그리하여 그것들을 정독하고 나면 성교를 하고 싶은 욕구가 영원히 말끔하게 사라지는, 그러한 책들을 읽었노라고 하였다. 어떠한 미덕이건 나름대로의 더러운 문학을 가지고 있는 모양이다.

그녀가 그 '작은 존재'^{어린 생명}에게 자신을 몽땅 바치고 싶은 욕구를 가지고 있으니, 결국 나에게는 운이 없는 셈이었다. 나에게는 그녀에게 제공할 것이라곤 나의 그 '굵직한 존재'밖에 없는데, 그녀는 이제 그러한 것에는 역겨움을 느낀다고 하였다. 수입을 올리기 위해서는, 상상력을 동원하여 잘 준비한 다음 그럴듯하게 내보일 가난밖에 없었다. 우리의 대화는 활기를 잃어가고 있었다. "이봐요, 훼르디낭, 군소리는 그만합시다, 뉴욕 저편의 변두리로 내가 돌보는 아이를 보러 가려고 하는데 당신을 데리고 가겠어요. 그 아이를 돌보는 것이 매우 기쁘긴 하지만, 아이의 엄마가 나를 귀찮게 해요…." 그녀가 나에게 함께 가자는 제안을 하였다. 아이를 방문하기에는 좀 기이한 시각이었다. 그곳으로 가는 도중, 자동차 속에서 우리는 그녀의 위험스럽기 짝이 없는 깜둥이 녀석 이야기를 하였다.

— 그가 당신에게 폭탄을 보여주었어요? 그녀가 물었다. 나는 녀석이 나를 그 고통스러운 시련에 처하게 하였노라고 말할 수밖에 없었다.

— 훼르디낭, 그 미치광이는 그러나 위험한 사람은 아니에요. 그는 폭탄 속에 오래 묵은 영수증들을 구겨 넣을 뿐이에요… 옛날, 시카고에서는 그 역시 한창 시절이던 때가 있었지요… 그 시절 그는 흑인들의 권익 신장을 도모하던 무서운 비밀 단체의 일원이었지요. 사람들의 말에 의하면 무시무시한 자들의 집단이었대요… 단체는 당국에 의해 와해되었지만, 내가 부리는 그 깜둥이 녀석은 여전히 폭탄에 대한 취향을 버리지 못하고 있어요… 물론 그 속에 화약을 넣는 일은 절대 없어요… 그저 그러한 생각만으로 만족해하고 있어요… 실제로는 하나의 예술가일 뿐이에요… 그는 공상속에서의 혁명을 절대 멈추지 않을 거예요. 하지만 나는 그를 데리고 있어요. 아주 훌륭한 하인이거든요! 또한 모든 점을 참작해 볼 때, 그는 혁명을 하지 않는 다른 사람들보다 아마 더 정직할 거예요….

그리고 그녀는 다시 자신의 입양 편집 증세로 화제를 돌렸다.

— 하지만 훼르디낭, 당신이 이 세상 어딘가에, 당신처럼 몽상에 잘 잠기는 딸 하나도 두지 않았다는 것은 불행한 일이에요. 남자에게는 그 버릇이 전혀 좋지 않지만, 하나의 여인에게는 잘 어울릴텐데….

빗줄기가 우리의 자동차를 후려치면서 그 위로 다시 밤의 장막을 드리우고 있었으며, 자동차는 매끈하고 긴 시멘트 바닥 위를 미끄러져 가고 있었다. 나에게는 모든 것이 적대적이고 차갑게만 느껴졌으며, 심지어 그녀의 손 역시, 비록 내가 손아귀에 꼬옥 쥐고 있었음에도 불구하고 차갑게만 느껴졌다. 우리들은 어둠에 의해 모든 것으로부터 고립되어 있었다. 우리들은 조금 전에 떠난 집과는 겉모습이 아주 다른 어느 집 앞에 당도하였다. 이층에 있는 아파트 안에서 열 살쯤 되어 보이는 소년 하나가 자기 엄마 곁에서 우리들을 기다리고 있었다. 실내의 가구들은 루이 15세 시절의 양식을 흉내 낸 것들이었으며, 식사를 마친 지 얼마 되지 않은 듯 음식 냄새가 났다. 어린애는 롤라에게 다가와 무릎 위에 앉은 다음 정답게 그녀의 볼에 키스하였다. 아이의 엄마 역시 롤라에게 매우 곰살궂게 구는 것처럼 보였으며, 나는 롤라가 어린 것하고 이야기를 하는 동안 아이의 엄마를 적당한 말로 구슬려 옆방으로 데리고 갔다.

우리가 다시 돌아왔을 때, 어린애는 무용학교에서 배운 스텝 한 가지를 롤라 앞에서 재연해 보여주고 있었다. "이 아이에게 몇 시간씩 과외를 받도록 해야겠어요. 그러고 나면 글로브 극장에 있는 내 친구 베라에게 이 아이를 소개할 수 있을 거예요! 이 아이의 장래가 아마 유망할 거예요!" 롤라가 결론을 내리듯 말하였다. 그토록 격려어린 좋은 말을 들은 아이의 엄마는 고맙다는 말과 눈물을 뒤섞으며 어쩔 줄을 몰랐다. 그 경황에도 그녀는 초록색 달러 뭉치를 받아 그것이 마치 연서나 되는 듯 가슴옷 속에 찔러 넣었다.

— 이 어린애가 나를 충분히 만족시켜 줄 것 같지만, 아들과 엄마를 내가 모두 돌봐야 하는데, 나는 지나치게 약삭빠른 엄마들을 좋아하지 않아요…. 우리가 다시 밖으로 나왔을 때 롤라가 말하였다. …게다가 어린 것이 너무 사악한 편이에요… 내가 원하는 것은 어떤 애착이 아니에요… 나는 완벽한 모성적 감정을 느껴보고 싶어요… 나를 이해하겠어요, 훼르디낭…? 먹고 살기 위하여 사람들이 원하는 것, 그것이 무엇이든 나는 이해해요. 그것은 이성과는 상관없는, 고무의 탄성과 같은 거예요.

그녀는 순결함에 대한 자신의 욕구로부터 전혀 움직일 기미를 보이지 않았다. 우리가 도로 몇을 지났을 때 그녀는 어디에 가서 잘 예정이냐고 나에게 물었고, 우리는 차에서 내려 보도 위를 몇 발자국 함께 걸었다. 나는 그녀에게 대답하기를, 당장 몇 달러라도 구하지 못하면 잘 곳이 없다고 하였다.

— 좋아요. 그녀가 대답하였다. 내 집까지 함께 가요. 그곳에 가서 몇 푼 줄 테니 그 다음에는 당신 가고 싶은 곳으로 가세요.

그녀는 될 수 있는 한 서둘러 나를 밤 속으로 뿌려버리려 하고 있었다. 그 의도는 요지부동이었다. 그렇게 밤 속으로 떼밀려 들어가 헤매다 보면 결국 어딘가에 다다를 것이라고 나는 혼자 생각하였다. 그 생각이 나의 위안이었다. "용기를 내, 훼르디낭, 사방에서 문 밖으로 내침을 받다 보면, 언젠가는 너도 그들 모두가, 그 모든 더러운 자들이 두려워하는 것을, 그리고 밤의 끝에 있음에 틀림없는 그것을 발견하게 될 거야. 바로 그것 때문에 그들은 밤의 끝으로 가지 않는 거야!" 나는 나 스스로를 격려하기 위하여 속으로 거듭 그렇게 중얼거렸다.

그 다음 다시 자동차에 올랐을 때 우리 두 사람 사이에는 냉기만이 감돌았다. 우리가 지나간 길들은, 허공에 걸려 있는 일종의 홍수처럼, 꼭대기까지 무한히 걸려 있는 돌로 무장을 한 침묵으로 우리들을 위협하고 있었다. 매복을 하고 있는 도시, 문득 모습을 드러내려 하는 그 괴물은 아스팔트와 빗물로 끈적거리고 있었다. 이윽고 자동차가 속도를 늦추었다. 롤라가 앞장서서 자기의 집 출입구를 향해 걸었다.

— 올라오세요, 나를 따라오세요! 그녀가 내게 권했다.

다시 그녀의 거실에 당도하였다. 결말을 짓고, 나를 떨쳐버리기 위하여 그녀가 얼마나 줄지 궁금하였다. 그녀는 가구 위에 놓인 작은 가방에서 지폐를 찾고 있었다. 구겨진 지폐들의 요란한 진동음이 들려왔다. 그 어떤 순간이던가! 도시에 오직 그 지폐 소리만이 있는 듯하였다. 하지만 나는 너무도 겸연쩍어서, 나 자신도 그 이유를 모른 채, 또 터무니없는 상황에서 까맣게 잊고 있던 그녀의 어머니 소식을 물었다.

― 어머니는 환후중이세요. 그녀는 돌아서서 나의 얼굴을 정면으로 바라보며 그렇게 말하였다.

― 그런데 지금 계신 곳은?

― 시카고에.

― 어떤 병이신데?

― 간암이에요…. 시카고에서 가장 유명한 전문가들에게 치료를 부탁하였어요… 무척 비싼 치료비를 부담해야 하지만, 그들은 틀림없이 엄마의 생명을 구할 거예요. 그들이 내게 약속하였어요.

그녀는 서두르듯 시카고에 있다는 자기 어머니의 병세와 관련된 다른 많은 사항들을 나에게 이야기해주었다. 문득 부드럽고 친숙해진 그녀는, 자신도 어쩔 수 없이 나에게 다소간의 다정한 격려를 갈구하였다. 이제 비로소 그녀가 내 손아귀에 들어온 것이다.

― 그리고 훼르디낭, 당신 역시 그들이 어머니를 완쾌시킬 수 있다고 생각하지요? 그렇지 않아요?

― 아뇨, 간암은 절대로 치유될 수 없어요. 나는 아주 분명하게, 또 단호하게 대답하였다.

그 순간 그녀의 얼굴은 눈의 흰자위까지 몽땅 창백해졌다. 고 계집이 어떤 일에 몹시 당황하는 것을 그때 처음 보았다.

― 하지만 훼르디낭, 어머니가 쾌차하실 수 있다고 전문가들이 나에게 분명히 약속했어요! 그것을 보증까지 했어요― 그들이 나에게 그것을 약속하는 편지도 보냈어요…! 그들은 모두 명망 높은

의사들이에요, 알겠어요…?

— 돈이 있는 곳이면, 롤라, 다행스럽게도 어디에든 또 언제나 위대한 의사들이 있게 마련이오… 내가 그들의 입장에 처했다면 나 역시 그들처럼 했을 거예요… 그리고 롤라, 당신 역시 마찬가지일 것이고….

내가 그녀에게 하고 있던 말이 문득 너무나 부인할 수 없고, 너무나 명백하였던지, 그녀는 더 이상 반론을 제기하지 못하는 눈치였다.

처음으로, 아마 태어난 이후 처음으로 그녀의 배짱이 무너져 내리려는 찰나였다.

— 내 말 좀 들어봐요, 훼르디낭. 당신의 말이 나에게 이루 형언할 수 없는 고통을 줘요, 짐작하겠어요…? 나는 어머니를 무척 사랑해요, 내가 어머니를 사랑한다는 사실을 당신도 알지요…?

젠장, 때맞춰 쏟아지는군! 도대체 자기 어미를 사랑하건 그렇지 않건 그것이 어미의 병과 무슨 상관이란 말인가?

롤라는 곁에 아무도 없는 양 마구 흐느껴 울고 있었다.

— 훼르디낭, 당신은 흉측한 실패자예요. 게다가 구역질나는 악동이에요…! 몹시 노하여 그녀가 다시 말을 이었다…. 당신은 나에게 그 끔찍한 이야기들을 늘어놓음으로써 당신이 처한 그 더러운 처지에 대해 최대한 더럽게 복수를 하고 있어요… 또한 그따위 말들을 지껄임으로써 당신이 나의 어머니에게 엄청난 고통을 가한다는 사실도 나는 믿어요…!

그녀의 절망 속에는 꾸에의 정신요법의 잔재가 어른거리고 있었다. 꾸에는 최면 및 암시 현상을 연구하여 그것을 환자의 자기암시요법으로 발전시킨 사람이다. '꾸에의 정신요법' 혹은 '꾸에의 요법'이란 표현이 20세기 초에 유행하였으며, 특히 야유적 의미로 자주 사용되곤 하였다

하지만 그녀의 동요가, 할 일 없는 부인들의 흥을 돋우기 위해 나를 없애버리겠다던, 아미랄 브라그똥호의 장교들이 보여주던 그 광란보다는 두렵지 않았다.

롤라가 나에게 온갖 명칭을 붙여가며 욕설을 퍼붓는 동안에도 나는 그녀를 주의 깊게 응시하고 있었으며, 그녀가 나에게 욕을 하면 할수록 대조적으로, 그에 비례하여 나의 무관심이, 아니 나의 즐거움이 점증되고 있음을 확인하면서 나는 자긍심을 느끼고 있었다. 누구든 그 속은 착한 법이다.

"이제 나를 떨쳐버리려면 그녀가 최소한 이십 달러는 주어야겠지… 아마 그 이상일 수도 있겠고…." 나는 속으로 그렇게 계산을 하고 있었다.

내가 공세를 취하였다. "롤라, 당신이 나에게 약속한 돈을 좀 빌려줘요. 그렇지 않으면 오늘 밤 여기서 자겠어요. 그리고 당신은 암의 각종 병발증과 그것의 유전 등, 암에 대하여 내가 알고 있는 이야기들을 듣게 될 거요. 암은 유전병이에요, 롤라. 그 사실을 잊지 맙시다!"

내가 정성을 들여 또박또박, 자기 어머니의 병에 관련된 상세한 이야기를 해나가자, 롤라는 창백해지더니 내 앞에서 기운을 잃고 흐물거리기 시작하였다. "아! 잔년! 나는 나 스스로에게 다그쳤다. 조것을 꽉 잡아, 훼르디낭! 모처럼 너는 줄을 제대로 움켜쥔 거야…! 고삐를 놓지 말아… 앞으로는 좀체 이처럼 튼튼한 고삐를 잡아 볼 기회가 없을 테니…!"

— 받아요! 어서! 기가 막힌 듯 그녀가 말하였다. "여기 백 달러가 있으니 가지고 어서 꺼져요. 그리고 영영 다시 오지 말아요, 절대 다시는…! 아웃! 아웃! 아웃! 더러운 돼지…!"'아웃!'은 영문으로 표기된 것이라 그 음가만 옮긴다

— 하지만 롤라, 작별 키스를 해줘야지. 어서…! 우리가 싸운 건 아니잖아!

나는 내가 얼마만큼이나 그녀에게 역겹게 보일 수 있는지를 알아보기 위하여 그런 제안을 하였다. 그러자 그녀는 서랍에서 권총을 꺼내들었으며, 그것은 농담이 아니었다. 내게는 계단이면 족했다. 승강기까지 부를 처지가 아니었다.

하지만 그 호된 봉변이 나에게 다시 일할 의욕과 넘치는 용기를 가져다주었다. 다음날 나는 너무 고되지 않고 보수도 좋은 자질구레한 일거리가 많다는, 디트로이트로 가는 기차를 탔다.

행인들이 나에게 길을 일러주는 것은 밀림에서 에스빠냐군 상사가 하던 식이었다. "바로 저기요! 앞으로 곧장 가기만 하면 길을 잘못 들어설 리 없어요." 그들의 말이었다.

이윽고 납작하고 온통 유리창투성이인 거대한 건물들이 정말 보였고, 그것들은 끊임없이 이어진 일종의 파리 상자들, 그 속에서 사람들이 꿈틀거리고 있었으나, 무엇인지는 모르되 불가항력적인 것 앞에서 몸부림치듯 겨우 꼼지락거릴 뿐이었다. 이것이 그 포드 회사란 말인가? 또한 건물들 주위에는 무겁고 다양한 소음, 고막이 터질 듯한 폭포 같은 기계 소리, 곧 부러질 듯하면서도 절대 부러지지 않으며 돌아가고, 구르고, 삐걱거리는, 고집스러운 기계 장치들의 거친 음향이 하늘 끝까지 이르고 있었다.

"이곳이란 말인가… 신나는 곳은 아니군…." 나는 홀로 중얼거렸다. 그 어떤 곳보다도 형편없었다. 나는 가까이 다가가 보았다. 출입구에는 사람을 고용한다는 글귀가 적힌 석반석 한 조각이 놓여 있었다.

차례를 기다리는 사람은 나 하나뿐만이 아니었다. 그곳에서 묵묵히 참고 기다리던 사람 중 하나가 나에게 일러주기를, 자기는 이틀 전부터 그곳에 와 있다고 하였다. 그 암양양같이 순한 사람 혹은 희생양은 일자리를 찾아 유고슬라비아에서 왔다고 하였다. 또 다른 꾀죄죄한 자가 나에게 말을 걸어왔는데, 자신은 오직 일하는 기쁨 그 자체를 위해 열심히 일하겠다고 하였다. 미친 허풍선이였다.

그곳에 모인 떼거리 중 거의 아무도 영어를 할 줄 몰랐다. 그들은 자주 매를 맞아 의심만 가득한 짐승들처럼 서로 살피고 있었다.

그 무더기 위로는 마치 병원에서처럼 지린내 같은 사타구니 냄새가 피어올랐다. 그들이 말을 걸어올 때는 그들의 입을 외면할 수밖에 없었는데, 그 가련한 자들의 입 속에서는 벌써 죽음의 냄새가 풍기고 있었기 때문이다.

옹기종기 모여 있는 우리들 머리 위로는 비가 내리고 있었다. 늘어서 있던 행렬은 처마 밑으로 바싹 압축되었다. 일자리를 구하는 사람들은 얼마든지 압축될 수 있는 법이다. 포드 회사의 장점은 누구든 무엇이든 다 채용하는 것이라고, 어느 늙은 러시아인이 나에게 마치 비밀을 털어놓듯 일러주었다. "다만 이 회사에서는 조심을 해야 해, 뻣뻣이 굴어서는 안 돼. 만약 뻣뻣이 굴었다가는 두 시간이 안 되어 쫓겨나고, 또 두 시간 이내에 항상 준비되어 있는 기계들이 그 자리를 채우게 되며, 그렇게 되면 자네는 영영 그 자리에 다시 돌아갈 수 없어!" 내가 그 회사에서 어떻게 처신해야 하는지를 그가 덧붙여 일러주었다. 그 러시아인은 빠리 지역 말을 유창하게 하였는데, 그곳에서 여러 해 동안 택시를 운전하였기 때문이라고 하였으며, 브종에서 코카인 사건에 연루되어 일자리를 잃었고, 자신의 차는 비아리츠에서 어느 고객과 주사위 노름을 하다가 날려버렸다는 것이다.

포드 회사가 누구든 아무나 채용한다는 그의 말은 사실이었다. 그는 거짓말을 하지 않았다. 하지만 비참한 처지에 있는 자들은 쉽게 미치는 법이라, 나는 의심을 하였었다. 극도의 가난 속에 살다 보면 이성이 항상 몸과 함께 있는 것은 아니다. 몸속에 있기가 너무나 고통스럽기 때문이다. 그때 우리에게 말을 하는 그 정체는 거의 혼백에 가깝다. 그런데 하나의 혼백이란 어떤 것에 대하여 책임을 지는 존재가 아니다.

그들이 처음 시작한 일은 우리들을 알몸으로 벗겨놓는 것이었다. 검진은 일종의 실험실 같은 곳에서 이루어졌다. 우리들은 줄을 서서 천천히 걸어 앞으로 나아갔다. "당신 아예 몸을 망쳐버렸구면, 하지만 문제될 것 없어요." 검진요원이 나를 유심히 바라보며 말하였다.

더구나 아프리카에서 걸린 열병 때문에, 그리고 혹시 우연히 내 간장의 상태를 저들이 눈치채어 나에게 일자리를 주지 않을까 두려워하던 나의 심정이야 오죽하였겠는가! 그런데 그 반대로, 몰려온 우리들 중에서 꼴이 우습고 몸이 성치 않은 상당수의 몰골들을 보고도 저들은 만족스러운 기색이었다.

— 당신의 몸이 얼마나 망가졌건, 이곳에서 일을 하는 데는 별 문제가 되지 않아요! 검진을 맡은 의사가 즉각 나를 안심시켰다.

— 다행입니다. 내가 대꾸하였다. 하지만 선생님, 저도 배운 것이 좀 있으며, 과거에는 의학 공부를 한 적도 있습니다….

별안간 그는 나를 더러운 눈으로 바라보았다. 나는 다시 한번, 그것도 나에게 해로운 실수를 저질렀음을 직감했다.

— 젊은이, 이곳에서는 당신이 했다는 그 공부가 아무 소용없을 거요! 당신이 이곳에 온 것은 머리를 쓰기 위해서가 아니라, 명령하는 대로 동작을 취하기 위해서요… 우리 공장에서는 상상력이 풍부한 사람들을 필요로 하지 않아요. 우리가 필요로 하는 것은 침팬지들이오… 다시 한번 충고하겠소. 우리들에게 앞으로는 절대 당신의 지적 능력에 대하여 아무 말도 하지 말아요! 여보게 친구, 생각은 우리가 하겠소! 항상 명심해 두시오.

그의 경고는 옳았다. 그 공장의 습관에 어떻게 적응할 것인가를 터득하는 것이 훨씬 값진 일이었다. 바보 같은 말이라면, 이미 적어도 십 년 동안을 써도 충분할 만큼 나에게는 잉여자산이 있었다. 차후로는 태평스러운 소시민으로 처신하기로 마음을 정하였다.

다시 옷을 입은 다음 우리들은 줄을 서서 느릿느릿 움직이기 시작하였고, 요란한 기계 소리가 들려오는 곳을 향하여 몇 명씩 짝을 지어 멈칫거리며 이동하였다. 그 거대한 건물 속에서는 모든 것이 진동하고 있었으며, 우리의 발끝부터 머리끝까지 온통 진동에 휩싸였고, 유리창이건 바닥이건 쇳조각들이건 위로부터 아래까지 몽땅 뒤흔들리고 있었다. 너무도 심하여 우리 자신 역시 기계가 된 듯하였고, 머리 주위와 뇌수까지 뒤흔들 뿐만 아니라 저 아래에 있는 곱창들을 뒤흔들며 급히, 끊임없이, 지칠 줄 모르고 눈꺼풀까지 거슬러 올라오는 그 거대한 광증의 소음 속에서 우리의 고깃덩이는 통째로 덜덜 떨리고 있었다. 우리가 앞으로 나아감에 따라 동료들이 어디론가 사라져버렸다. 일어나고 있는 일들이 마치 매우 좋은 일이나 되는 듯, 우리들은 헤어지며 서로에게 미소를 지어보였다. 그 다음에는 서로에게 말을 걸 수도 없었고, 말하는 소리를 서로 들을 수도 없었다. 하나의 기계 앞을 지날 때마다 그 주위에 서너 사람씩을 남겨두었다.

그러나 사람은 자신의 본질을 역겨워하기가 어려운지라 그러한 처지에서도 저항을 하며, 그러한 상황을 곰곰 다시 생각해보고, 자신의 내부에서 고동치는 심장 소리를 듣기 위해서라도 그 모든 것을 멈추게 하고 싶지만, 그러한 시도는 이제 더 이상 성공 가능성이 없다. 그러한 상황은 이제 멈춰질 수 없다. 강철로 가득 찬 그 끝없는 통은 이제 파국을 향해 치닫고 있으며, 우리들은 그 속에서 기계들과 지구 그 자체와 함께 빙글빙글 돌고 있다. 모두 함께! 게다가 수천 개의 작은 바퀴들과 공이들도 합세를 하는데, 그것들은 서로 부딪쳐 부서지는 소음들처럼 무너져 떨어지는 법도 없다. 또한 그 소음들 중 어떤 것들은 너무나 격렬하여 자신들 둘레에 일종의 적막 같은 것을 형성하며, 그 적막이 우리들에게 약간의 편안함마저 느끼게 한다.

고철 조각을 잔뜩 실은 작은 궤도차가 연장들 사이를 빠져 지나가느라고 안간힘을 쓴다. 모두 급히 비켜서야 한다! 그 작은 히스테리 환자가 출발하도록 모두 성큼 뛰어 비켜야 한다. 그러면 단숨에! 그 번쩍거리는 미치광이가 저쪽에 쌓여 있는 벨트와 핸들 더미 속으로 가서 처박혀 파르르 떨면서 그곳에 있는 사람들에게 속박의 양식을 전해준다.

엎드린 채 그 고약한 기름 냄새를 삼키면서, 또 고막뿐만 아니라 그 너머 속에 있는 인후까지 태울 기세인 그 뜨거운 수증기를 뒤집어쓰고서, 끊임없이 기계들에게 규격에 맞는 나사못을 제공하며 그 기계들을 최대한 즐겁게 해주려 마음을 쓰는 인부들을 보면 구역질이 난다. 그들이 고개를 숙이는 이유는 수치심 때문이 아니다. 소음 앞에서 굴복하는 것은 마치 전쟁 앞에서 굴복하는 것과 같다. 저 위, 이마 뒤, 머릿속에서는 세 가지 생각이 교차하지만 어쩔 수 없이 기계에 의해 휩쓸려 가게 마련이다. 이제 끝장이다. 어느 곳을 바라보건, 무엇을 손으로 만지건, 이제는 모두 단단할 뿐이다. 또한 혹시 조금이나마 어떤 것을 회상하더라도 그것마저 강철처럼 단단하며, 우리의 사념 속에서도 더 이상 아무 풍미를 갖지 못한다.

우리는 단번에 더럽게 늙어버리고 만다.

삶을 외부로부터 무너뜨려버리고, 삶 역시 강철로 만들어야 한다. 즉 삶을, 무엇이 되었건 유익한 것으로 만들어야 한다. 우리가 삶을 있는 그대로 좋아하지 않았기 때문이다. 따라서 삶을 하나의 단단한 대상물로 변형시켜야 한다. 그것이 대원칙이다.

나는 감독의 귀에다 대고 말을 해보려 노력하였지만 그의 대답은 고작 돼지처럼 으르렁거리는 것뿐이었고, 다만 이제부터 내가 영원히 수행해야 할 지극히 간단한 작업을 느긋이 손짓으로 가리킬 뿐이었다. 나의 매순간, 매시간, 여생을, 그곳에 있던 모든 사람들의 경우처럼 작은 볼트들을 옆에 있는 사람에게 전달하는 일로 허송해버려야 할 판이었다. 내 옆에 있던 사람은 이미 수년 전부터 항상 같은 볼트의 안지름을 측정하는 일을 하고 있었다. 나는 내게 맡겨진 일을 함에 있어서 솜씨가 엉망이었다. 아무도 나를 나무라지 않았다. 다만 사흘 동안의 그 입문 작업 후에 나는 이미 실패작으로 분류되어, 기계와 기계 사이를 오가는 작은 수레에다 나사 사이에 끼우는 둥근 쇠고리들을 잔뜩 싣고, 그 수레를 끌고 다니는 일에 배치되었을 뿐이다. 이곳에다가는 세 개를 내려놓고, 저곳에다가는 열두 개, 또 다른 곳에는 다섯 개를 내려놓기도 하였다. 아무도 나에게 말을 걸지 않았다. 산다는 것은 이제 마비증세와 광증 사이를 오가는 일종의 머뭇거림에 불과하였다. 인간을 부리고 있는 수천 개의 기구들이 내는 굉음의 연속 외에는 그 무엇도 중요하지 않았다.

여섯 시가 되어 모든 것이 멈추면 사람들은 각자 머릿속에 소음을 잔뜩 담은 채 그곳을 떠난다. 나는 누군가가 새로운 코 하나와 새로운 뇌수 하나를 나에게 붙여준 듯, 밤새도록 소음과 기름냄새에 시달렸다.

그러나 체념하다 보니, 나는 조금씩 딴사람이 되어가고 있었다… 하나의 새로운 훼르디낭이 되어버린 것이었다. 몇 주가 지난 후였다. 하지만 바깥세상 사람들을 보고 싶은 욕구가 다시 꿈틀거렸다. 물론 공장 사람들은 절대 아니었다. 그들은 모두 나처럼 기계들의 반향음과 냄새들, 즉 끊임없이 진동하는 고깃덩이들일 뿐이었다. 내가 접촉해보고 싶은 것은 하나의 진정한 육체, 조용하고 말랑말랑한 진정한 생명을 가진 연분홍색 육체였다.

그 도시에는 아는 사람이 없었고, 더구나 여인들이라면 더욱 그러하였다. 천신만고 끝에 나는 분명치는 않으나 그 도시 북쪽 구역에 있다는, 비밀 싸구려 사창굴의 주소를 입수하는 데 성공하였다. 나는 공장에서 일을 마친 후 즉시 그 인근으로 가서 어슬렁거리며, 그 집을 찾아 헤매기를 며칠 저녁 계속하였다. 그 골목길은 여느 다른 길과 다름이 없었지만, 내가 살던 골목보다는 말끔하였다.

드디어 그 짓이 이루어진다는 작은 독립가옥을 찾아냈는데, 주위에는 정원이 꾸며져 있었다. 집 안으로 들어갈 때에는 움직임을 신속히 해야 했는데, 출입문 근처에서 보초를 서는 경관 녀석이 눈치를 채지 못하도록 하기 위함이었다. 내가 아메리카에서 거칠지 않게, 심지어 나의 오 달러 덕분으로 친절하게 접대를 받은 것은 그곳이 처음이었다. 그리고 살이 통통하며, 건강과 우아한 힘이 팽배한 아름다운 여인들은 라우프 캘빈 호텔의 여인들에 거의 못지않았다.

더구나 이 여인들은 최소한 맘껏 만질 수 있는 여인들이었다. 나는 그곳의 단골손님이 될 수밖에 없었다. 나의 모든 봉급은 그 집으로 흘러들어갔다. 저녁이 되면, 소진된 생명을 회복하기 위해서라도 그 아름답고 친절한 여인들과 관능적으로 뒤섞이는 것이 절대적으로 필요하였다. 영화는 더 이상 나에게 충분치 못하였으니, 그것은 공간의 물질적 혹독성에 대항하여 실질적 효력을 발휘하지 못하는 약한 해독제에 지나지 않았기 때문이다. 아직 더 버티려면 음탕한 자극제, 강력한 생리적 하제의 도움을 받을 수밖에 없었다. 그 집에서는 친구들 간의 거래라는 점을 감안하며 나에게 아주 적은 사용료만을 요구하였는데, 내가 프랑스로부터 그 여인들에게 몇 가지 이러저러한 새로운 것들을 가져다 전수시켰다는 공로 덕분이었다. 다만 토요일 저녁만큼은 그 새로운 비결들도 일단 옆으로 제쳐놓아야 했으니 사업이 흥청대었기 때문이며, 그리하여 나는 항구도시에 상륙한 수병들처럼 몰려와 질탕하게 주색에 빠지는 '야구' 선수단원들에게 자리를 내어줄 수밖에 없었다. 그들은 모두 눈부시게 건강하고 체구가 건장하였으며, 그들에게는 행복이 마치 숨쉬는 것만큼이나 자연스럽게 다가와 주는 듯 보였다.

선수단원들이 신나게 즐기고 있는 동안, 나는 나름대로 활기찬 영감을 얻어 그 집 주방에 앉아 나 자신을 위한 짧은 이야기들을 집필하였다. 그곳 여인들에 대한 나의 열정에 비록 힘이 결여되었다 하더라도, 그녀들에 대한 운동선수들의 열광은 나의 열정에 미치지 못하였다. 힘이 넘쳐 느긋한 그 운동선수들은 육체적 완벽성 자체에는 이미 무감각해져 있었던 것이다. 아름다움이란 술이나 안락함과 같아서, 일단 익숙해지면 더 이상 그것에 신경을 쓰지 않는 법이다.

그들이 그 사창굴에 오는 목적은 특히 장난을 치기 위해서였다. 막판에 이르러서는 저희들끼리 몹시 사납게 싸움질을 벌이는 경우도 잦았다. 그러면 경찰이 질풍처럼 달려와 그들을 몽땅 작은 트럭에 휩쓸어 실어가버리곤 하였다.

그곳에 있던 예쁜 여인들 중 하나인 몰리에 대하여 나는 이내 특별한 신뢰감을 느끼게 되었는데, 그러한 감정이 두려움에 움츠러든 사람의 내부에서는 흔히 사랑이라는 감정을 대신한다. 그녀의 다정함, 늘씬하고 황금빛 넘치며, 황홀하게 유연하고 탄력 있는 고아한 다리, 나에게는 그 모든 것들이 어제의 일처럼 생생하다. 말할 나위도 없이 진정한 인간 귀족을 판별해주는 것은 인간의 다리이다. 그 판별 기준을 따른다면 오류가 있을 수 없다.

우리 두 사람의 몸과 마음은 어느새 친숙해졌으며, 매주 몇 시간씩 함께 시가지를 산책하기도 하였다. 나의 그 연인은 수입원이 넉

녁하였다. 내가 포드 회사에서 하루에 겨우 육 달러를 버는 데 반해, 그녀는 하루에 일백 달러를 벌고 있었다. 생활비를 벌기 위해 그녀가 치르는 성행위는 별로 고단하지 않다고 하였다. 아메리카인들은 그 짓을 새들처럼 하기 때문이라고 하였다.

하루 종일 조그만 운반용 손수레를 끌고 다니다가도 저녁나절이 되면, 식사를 마친 후 그녀를 보러 갈 때에는 억지로라도 명랑한 표정을 지을 수밖에 없었다. 적어도 교제 초기에는 여인들을 대할 때 명랑해야 한다. 그녀에게 여러 가지 일을 요청하고 싶은 막연한 그러나 강한 욕구가 나를 몹시 괴롭히기도 하였지만, 나에게는 더 이상 그럴 힘이 없었다. 몰리는 노동자들을 자주 상대해 본 경험이 있기 때문에 공장 노동에서 비롯되는 정신쇠약증을 잘 이해하고 있었다.

어느 날 저녁 대수롭지 않게, 또 특별한 용도도 없이 그녀는 나에게 오십 달러를 내어놓았다. 처음 순간 나는 그녀를 물끄러미 바라보았다. 감히 그것을 받을 수가 없었다. 그러한 경우 어머니는 무슨 말씀을 하실까 생각해보았다. 그 다음 순간 나는 가여우신 나의 어머니가 그와 같은 거액의 돈을 단 한 번도 나에게 주어보신 일이 없다는 사실을 생각하게 되었다. 나는 몰리를 기쁘게 해주기 위하여, 즉시 그녀가 준 달러를 가지고 가서 청색이 감도는 베이지색 정장 한 벌 four piece suit라는 영문 설명이 괄호 속에 주어졌다을 구입하였는데, 그 정장이 그해 봄철 유행이었다. 그 사창굴에서는 내가 그처럼 말쑥하게 차리고 오는 것을 물론 전에는 아무도 본 적이 없었다. 여주인은 자기가 아끼는 커다란 축음기를 틀었는데, 나에게 춤을 가르치기 위해서였다.

그 다음 몰리와 나는 나의 새 정장을 축하하기 위하여 함께 영화를 관람하러 갔다. 가는 도중 그녀는 혹시 내가 질투를 하고 있지 않느냐고 물었다. 정장을 한 나의 모습이 슬퍼 보이고, 또 공장으로 돌아가고 싶지 않은 기색이라는 것이었다. 한 벌의 새 정장이 사람의 생각을 뒤흔들어 놓을 수도 있다. 그녀는 사람들이 우리들을 바라보지 않는 틈을 타서 내 정장에다 정열적인 짧은 키스를 무수히 퍼부었다. 나는 다른 생각을 하려고 무진 애를 썼다.

그 몰리, 하지만 얼마나 진귀한 여인인가! 그 너그러움! 그 살결! 그 넘치는 젊음! 모든 욕정의 눈을 끌 만한 풍성한 식탁이었다. 그리하여 나는 다시 불안해졌다. 뚜쟁이짓이나 할까…? 속으로 생각해보았다.

— 제발 이젠 더 이상 포드 회사에 가지 말아요! 몰리마저 합세하듯 나의 마음을 뒤흔들어 놓았다. 차라리 어느 사무실에서 일자리를 찾아보세요… 가령 번역을 한다든지, 그것이 당신에게 어울려요… 책을 좋아하잖아요….

그녀는 그렇게 자상한 말로 나에게 조언을 하였다. 내가 행복해지기를 원했던 것이다. 처음으로 하나의 인간이 나에게, 나의 속에 들어와서, 나의 이기심에 첨예한 관심을 쏟았고, 다른 모든 사람들처럼 자신의 입장에서 나를 심판하는 것이 아니라 바로 나의 입장에 스스로를 놓고 있었다.

아! 내가 따라온 길이 아닌 길을 취할 수도 있었을 그 시절에, 좀 더 일찍 몰리를 만났더라면! 뮈진느라는 그 잡년과 짐승의 똥덩이 같은 그 조그마한 롤라에게 걸려들어 나의 모든 열광을 상실하기 이전에! 그러나 청춘을 회복하기에는 이미 너무 늦었다. 나는 이미 나의 젊음을 더 이상 믿지 않고 있었다! 사람은 신속하게 늙어버리며, 또 늙으면 영영 돌이킬 수 없다. 자신도 어쩔 수 없이 자기의 불행을 좋아하는 양상을 볼 때 그러한 사실을 깨닫게 된다. 우리들보다 더 강한 것은 자연, 그 사실이 모든 것의 근원이다. 자연은 우리들을 시험 삼아 어떤 분야에 던져 넣는데, 일단 그 속에 들어가면 다시는 영영 빠져나올 수 없다. 나는 처음 불안이라는 방향을 따라 출발하였다. 영문도 모르고 스스로의 역할과 운명을 움켜잡지만, 그 다음 돌아서서 뒤를 돌아볼 때에는 이미 너무 늦어 아무것도 바꿀 수 없다. 어느새 끊임없이 불안해하는 존재가 되어버렸고, 영영 그 상태로 머물러 있어야 한다.

몰리는 지극히 자상하게 나의 마음을 돌려, 나를 자기 곁에 잡아두려 애를 썼다…. "훼르디낭, 이곳에서도 유럽에서처럼 삶이 안락할 수 있어요! 우리가 함께 지내면 불행하지는 않을 거예요." 어떤 의미에서는 그녀의 말이 옳았다. "우리가 절약한 돈을 저축해서… 상점 하나를 구입한다면… 남부럽지 않을 거예요…." 그녀가 그런 말을 한 것은 나의 가책감을 누그러뜨려 주기 위해서였다. 많은 계획들을 내 앞에 펼쳐 보이기도 하였다. 나는 사리를 들어 그녀를 타일렀다. 나를 자신의 곁에 두려고 그토록 애를 쓰는 그녀 앞에서 나는 수치심을 느끼기도 하였다. 내가 그녀를 무척이나 좋아하고 있었던 것은 사실이지만, 그러나 그보다 나는 나의 못된 버릇, 즉 어디를 가거나 또 나 자신도 모를 그 무엇을 찾아서, 그리고 바보 같은 오만함 즉 일종의 우월감에 이끌려 끊임없이 탈출하려는 그 버릇을 더 좋아하고 있었다.

나는 그녀의 마음을 상하게 하는 일만은 피하고 싶었다. 그러나 그녀는 나의 그러한 뜻을 짐작하고, 오히려 나의 근심을 미리 해소시켜 주려 하였다. 그녀의 자상함 앞에서 나는 결국 어디를 가나 즉시 그곳으로부터 꺼져버리려는 나의 버릇, 나를 몹시 괴롭히던 그 버릇을 털어놓고야 말았다. 그녀는 내가 내 자신에 대해 떠벌이고, 내 자신을 구역질나는 놈처럼 묘사하며, 무수한 환상과 오만 속에 휩싸여 떠들어대도 여러 날 동안 그것에 묵묵히 귀를 기울였다. 하지만 그녀는 조바심을 내며 신경질을 부리기는커녕 전혀 그 반대였다. 내가 그 허황되고 바보스러운 고민을 극복할 수 있도록, 나를 도우려 애를 쓸 뿐이었다. 그녀는 물론 내가 그렇게 횡설수설하면서 무슨 말을 하려는지 잘 납득을 하지 못하고 있었지만, 어떤 환상을 멋대로 지껄이든 내가 옳다고 하였다. 그녀의 설득력 있는 부드러움을 하도 자주 접한 나머지, 그녀의 착함이 나에게는 친숙한 일상의 것, 거의 내 전유물이 되어버렸다. 그러나 그 무렵 나는 내가 항상 떠들던 그 운명, 내가 나의 존재 이유라고 하던 그것을 속이기 시작하는 것처럼 느껴졌고, 그리하여 내가 생각하는 바를 그녀에게 이야기하기를 별안간 멈춰버렸다. 나는 또 다른 새로운 형태의 절망을, 진정한 감정처럼 보이는 그 무엇인가를, 나의 고독 속으로 다시 가지고 들어가버렸다는 사실에 흡족해하면서 나 홀로 나의 내면 속으로 돌아가고 말았다.

하지만 그 모든 것은 진부한 이야기일 뿐이다. 몰리에게는 천사의 인내심이 있었고, 그녀는 자신의 사명에 대하여 강철같이 굳은 신념을 가지고 있었다. 예를 들어 그녀의 여동생은 아리조나 대학에 재학하던 중, 둥지에 앉아 있는 새들이나 소굴에 움츠리고 있는 맹금류들을 찾아 촬영하는 병적인 취미를 갖게 되었다. 그리하여 그녀가 그 특수기술에 관한 강의를 계속 들을 수 있도록, 몰리는 그 사진사 여동생에게 매월 오십 달러씩을 정규적으로 보내고 있었다.

진정한 숭고함을 안에 간직한, 진실로 그 끝이 없는, 나나 다른 많은 사람들의 경우처럼 겉치레에 그치지 않는, 즉각 현금으로 변형되어 나타나는 그러한 가슴의 소유자였다. 나의 경우에 있어서도 몰리는 나의 그 애매모호한 방랑벽을 위해 금전적으로 도울 준비가 되어 있었다. 비록 내가 이따금 그녀에게는 얼빠진 녀석으로 보였겠지만, 내가 가지고 있던 생각이 그녀에게는 매우 진실한 것으로 비쳤고, 따라서 절대 그 생각을 꺾어서는 안 된다고 믿고 있었다. 그리하여 그녀는 나에게 일종의 경비 내역서를 만들어보라고 타이르듯 간청하였으며, 필요한 경비를 자신이 부담하겠다고 하였다. 나는 차마 그 제안을 받아들일 수가 없었다. 마지막 남은 한 점의 염치가, 너무나도 숭고하고 자애로운 그 천품에게서 무엇을 더 기대하고 악용하는 짓을 못하게 막았던 것이다. 그리하여 나는 하느님의 자비로운 섭리와 순조롭지 못한 관계로 들어서기로 단호하게 결정하고 말았다.

수치심을 느낀 나는 그 무렵 아예 포드 회사로 돌아가려는 노력도 해보았다. 하지만 오래 가지 못한, 흐지부지 끝나버린 만용에 불과하였다. 나는 겨우 공장의 정문 앞까지 갔으나 그 입구에서 굳어버린 듯 멈춰 섰고, 빙글빙글 돌며 나를 기다리고 있는 기계들을 보자 일을 해볼까 하던 생각이 말끔히 사라져버렸다.

나는 칡넝쿨처럼 복잡하고 괴이한 수천 개의 번쩍이는 파이프를 통해, 어딘지 모를 곳에서 무엇인지 모를 것을 빨아올리고 다시 밀쳐내며 포효하고 있는 그 거대한 괴물, 즉 중앙 증기기관실의 유리창 앞에 가서 우두커니 서 있곤 하였다. 어느 날 아침, 그렇게 멍청히 바라보며 서 있는데, 전에 택시를 운전하였다던 그 러시아인이 우연히 내 곁을 지나가게 되었다. "이봐 건달, 자넨 이미 해고됐어…! 이미 삼 주 전부터 결근을 했더군… 이미 자네 대신 다른 기계를 설치했네… 내가 분명히 경고해두었건만…." 러시아인의 말이었다.

"그렇게 되었으니 일단 결말은 났군… 이곳에 다시 올 일이 없게 되었군…." 나 혼자 중얼거린 말이다. 그러고 나서 나는 지체하지 않고 시가지로 향했다. 시내로 돌아오는 도중 영사관 앞을 지나게 되었다. 혹시 로뱅송이라는 프랑스 사람 이야기를 들은 적이 있는가를 문의해보고 싶었다.

— 물론이죠! 그렇고말고! 영사관 근무자들의 대답이었다. 이곳에도 두 번이나 들렀는데, 가짜 증명서를 소지하고 있었어요… 경찰에서 그 사람을 수배해놓고 있어요! 당신이 그 사람을 안다고요…!

나는 더 이상 아무 말도 하지 않았다.

그 이후부터 나는 매순간 로뱅송을 만날 수 있으리라는 기대를 가져보곤 하였다. 그러한 일이 생길 것이라는 예감이 들었다. 몰리는 변함없이 나를 다정하고 자상하게 대해주었다. 내가 영영 떠나버릴 것이라는 확신을 갖게 된 이후, 그녀는 전보다 더욱 다정스럽게 나를 대해주었다. 물론 나에게 다정스럽게 해주어도 아무 소용이 없었다. 몰리와 나는 그녀가 오후에 쉬는 틈을 이용해 함께 도시의 근교를 자주 쏘다니곤 하였다. 초목이 없는 나지막한 언덕들, 작은 호수들을 감싸고 있는 자작나무 숲들, 무겁게 짓누르는 납빛 구름 아래, 여기저기에서 진부한 잡지를 뒤적이고 있는 사람들이 눈에 띄었다. 몰리와 나는 복잡한 속내 이야기는 서로 삼갔다. 게다가 그녀는 이미 결심이 서 있었다. 그녀는 너무나 진실했기 때문에 어떤 고뇌에 대하여 할 말이 그리 많지 않았다. 그녀의 내면, 그녀의 가슴속에서 일어나고 있던 일만으로도 그녀는 족했다. 우리는 서로 껴안기도 하였다. 당연히 무릎을 꿇고 그녀를 포옹해야 할 처지였건만, 그러나 나는 그녀를 제대로 포옹조차 해주지 못하였다. 항상 포옹을 하면서도 나는 시간과 정열을 너무 고갈시키지 말아야겠다는 등, 동시에 다른 생각을 하고 있었기 때문이다. 나는 마치 훗날의 찬연하고 숭고한 그 무엇을 위해, 그러나 몰리나 또는 그 짓을 위해서가 아니라 그 모든 것을 온전히 간직하려는 것 같았다. 내가 몰리를 포옹하며 정열을 고갈시키는 동안 삶이, 몰리에 대하여 내가 알고자 했던 것을, 검은 심연 속에 있던 그녀의 생활에 대하여 알고자 했던 것을 영원히 가져가버려 감출 것만 같았다. 그리하여 나에게 충분한 정열이 남아 있지 않고, 나아가 기운이 쇠하여 정열을 몽땅 소진한 후에는 삶이, 진정한 인간들의 진정한 상전인 그 절대적인 삶이, 다른 모든 사람들처럼 나를 속였다는 생각을 갖게 될 것 같았다.

우리는 다시 군중 속으로 되돌아와 그녀의 집 앞에서 헤어지곤 하였는데, 그녀가 야간에는 새벽녘까지 손님을 받아야 했기 때문이다. 그녀가 손님들에게 붙잡혀 있는 동안 아무리 무심한 놈이라 해도 나 역시 고통스러웠고, 그 고통이 너무나도 웅변적으로 그녀 이야기를 나에게 끊임없이 들려주었기 때문에, 나는 실제 그녀가 내 곁에 있을 때보다 오히려 더 그녀와 함께 있음을 느끼곤 하였다. 나는 시간을 보내기 위하여 아무 영화관이나 닥치는 대로 찾아들어갔다. 영화관에서 나온 다음에는 전차를 타고 이리저리 밤 속을 헤매고 다녔다. 새벽 두 시가 되면, 그 시각 이전이나 이후에는 좀체 마주치기 어려운 부류의 승객들, 겁 많고 무기력한 승객들이 언제나 창백하고 졸음에 겨운 채 승차를 한 다음, 쌓아 놓은 보따리들처럼 얌전히 변두리 지역까지 가곤 하였다.

그들을 따라가면 아주 멀리까지 갈 수 있었다. 공장들보다도 더 멀리 있는, 구역조차 불분명한 곳, 형체마저 뚜렷하지 않은 집들이 널려 있는 골목길들까지 도달할 수 있었다. 새벽 이슬비로 끈적거리는 포석 위로는 여명이 푸르스름하게 반사되고 있었다. 나와 함께 전차를 타고 온 사람들은 그들의 그림자가 지워지는 바로 그 시각에 어디론가 뿔뿔이 흩어져 사라지곤 하였다. 그들은 태양을 향해서는 자신들의 눈을 닫는 사람들이었다. 그 유령들에게 말을 시키기는 매우 힘들었다. 그들이 너무 지친 상태였기 때문이다. 그들은 절대 불평을 하는 일이 없었으며, 상점들과 사무실들이 닫힌 후 밤새도록 온 도시의 상점과 사무실을 청소하는 이들은 바로 그들이었다. 그들은 낮에 활동하는 나머지 부류의 사람들보다 근심이 적은 듯 보였다. 아마 그들이 인간과 사물의 제일 밑바닥에 도달해 있었기 때문일 것이다.

그러던 어느 날 밤, 다른 날처럼 전차를 타고 쏘다니던 끝에 종점에 도착하여 다른 사람들과 함께 조심스레 차에서 내리려는데, 누군가가 내 이름을 부르는 것 같았다. "훼르디낭! 이봐, 훼르디낭!" 어슴푸레한 새벽 대기 속에서는 그 소리가 몹시 소란스럽게 들릴 수밖에 없었다. 나는 그것이 싫었다. 지붕들 위로는 벌써 여기저기 작은 보따리들처럼 차가운 하늘이 희끗희끗 밝아오고 있었고, 희끗희끗한 부분은 다시 추녀 끝의 빗물받이 홈통에 의해 잘게 끊어져 나타나고 있었다. 누가 나를 부르는 것은 분명하였다. 고개를 돌리는 순간 나는 레옹을 즉시 알아보았다. 그는 내 곁으로 와서 속삭이듯 말을 하였고, 그 다음 우리는 피차의 지나간 이야기를 털어놓았다.

그 역시 다른 사람들과 함께 어떤 사무실 하나를 청소하고 돌아오는 길이었다. 그 일이 살아갈 유일한 방책이라고 하였다. 그는 이제 막 시내에서 위험한 일들, 다시 말해 성스러운 일들을 수행하고 난 듯, 약간의 진정한 위엄을 갖추고 천천히 걸었다. 야간 청소부들 모두가 그러한 모습이라는 것은 그를 만나기 전부터 이미 간파하고 있었다. 피곤과 고독이 극도에 달하면 인간으로부터 신성함이 발산하는 모양이다. 우리가 서 있던 푸르스름한 미명 속에서 그가 평소보다 눈을 더 크게 떴을 때, 그의 눈 속에는 바로 그러한 신성함이 가득하였다. 그는 이미 헤아릴 수 없을 만큼의 공중변소를 청소했고, 쌓아 놓으면 여러 개의 산을 이룰 만큼의 건물들을, 밤의 정적 속에 잠긴 무수한 층들을 윤이 반들거리도록 닦았다고 하였다.

그가 덧붙였다. "훼르디낭, 나는 자네를 즉각 알아보았네! 전차에 올라타는 동작을 보고… 생각해봐, 오직 그 동작만을 보고…! 여자가 단 한 사람도 없다는 사실을 알았을 때 나타나는 자네의 서글픈 동작… 그렇지 않아? 그것이 자네의 습성이잖아?" 그것이 나의 습성이라는 그의 말은 사실이었다. 진정 나는 양복 바지 앞쪽의 구멍처럼 음탕한 영혼의 소유자였다. 따라서 그 정확한 관찰에 놀랄 것도 없었다. 오히려 나를 놀라게 한 것은 그 역시 아메리카에 와서 별 성공을 거두지 못하였다는 사실이었다. 내가 예상하던 바와는 전혀 딴판이었다.

나는 그에게 싼따뻬따에서 있었던 범선 사건을 이야기했다. 그러나 그는 나의 이야기를 전혀 이해하지 못하는 눈치였다. "자네 아직 열병에 시달리고 있군!" 단지 그렇게 대꾸할 뿐이었다. 자신은 화물선을 타고 왔노라고 하였다. 자기도 포드 회사에서 자리를 얻어 보려 시도하고 싶었으나, 자기의 신분증이 누구에게 보여주기에는 너무나 허위투성이어서 단념하였다는 것이다. "호주머니에 넣고 다니는 데나 쓸모 있을 정도니." 자신의 신분증에 대한 그의 견해였다. 청소부들을 모집할 때에는 신분증명서를 별로 까다롭게 확인하지 않는다는 것이다. 물론 보수는 좋지 않으나 비교적 친절히 대해준다고 하였다. 청소부들은 이를테면 야간에 출현하는 일종의 외인 군단과 같다고 하였다.

— 그리고 자네는 무슨 일을 하고 있지? 자기의 이야기를 마치고 나서 그가 나에게 물었다. 여전히 머리가 좀 돈 상태인가? 아직도 자네가 찾아 헤매던 그 여러 잡동사니들을 충분히 얻지 못했

나? 아직도 여행을 더 하고 싶은가?

― 프랑스로 돌아가고 싶어, 이만하면 볼 만큼 보았어. 자네 말이 맞아, 됐어…. 내가 그에게 말하였다.

― 그렇게 하는 편이 나을 것 같아. 이제 우리들은 볼 장 다 보았어… 우리 자신도 깨닫지 못하는 사이에 이미 늙어버렸지. 이제 좀 알 것 같아… 나 역시 돌아가고는 싶지만, 그놈의 신분증이… 쓸 만한 신분증을 얻을 때까지 좀더 기다려야겠어… 지금 하고 있는 일이 힘들다고는 할 수 없지. 더 형편없는 일들도 있으니까… 하지만 나는 영어를 배우지 않아… 30년 전부터 이곳에서 같은 짓을 해먹고 살면서도 '출구'라는 말과 '화장실'이라는 말밖에 모르는 사람들이 많아. 이해하겠어?

나는 물론 그 사정을 충분히 이해할 수 있었다. 만약 몰리가 없었다면 나 역시 그 야간 노동판에 끼어들 수밖에 없었을 것이다.

그 모든 것들이 끝날 이유는 존재하지 않는다.

요컨대 우리가 전쟁에 휩쓸려 있을 때에는 평화시절이 더 나을 것이라고 말하지만, 이내 그 희망마저 사탕인 양 꿀꺽 삼켜버리고, 그 다음에는 똥덩이만큼도 가치가 없는, 즉 아무것도 아닌 것으로 취급해버린다. 처음에는 다른 사람의 비위를 상할까 저어하여 감히 그 사실을 말하지 못한다. 결국 인간은 착하다. 그러나 어느 날 문득 모든 사람들 앞에서 그 사실을 퍼뜨려 산통을 깨고 만다. 똥덩이 속에서 뒹구는 일에 역겨움을 느꼈기 때문이다. 그러나 사람들은 모두 그가 몹시 버릇없이 자랐다고 그를 나무란다. 하지만 그것이 전부다.

그렇게 이야기를 주고받은 다음 로뱅송과 나는 다시 만나자는 약속을 두세 번이나 반복했다. 그의 안색이 좋지 않았다. 어느 프랑스 탈영병이 밀주를 만들어 디트로이트의 폭력배들에게 공급하고 있었는데, 그가 자기에게 '사업'의 한 부분을 양도하겠다고 약속을 했다고 하였다. 로뱅송은 그 사업에 구미가 동한다고 했다. "나 역시 저들의 더러운 아가리를 위해 술을 잘 만들 수는 있지만, 자네가 보다시피 난 배짱을 잃었어… 나를 감시하는 경찰 녀석을 보면 아예 처음부터 기가 죽어… 너무 많이 겪었기 때문이지… 게다가 항상 졸음에 시달려… 낮에 자는 것은 자는 게 아니야… 뿐만 아니라 여러 사무실에서 우리가 뒤척이는 먼지가 허파를 가득 채우고… 짐작하겠어…? 그 먼지가 사람을 죽여…." 그가 자신의 처지를 그렇게 실토하였다.

우리는 다른 날 밤에 다시 만나자고 약속을 하였다. 나는 몰리에게로 돌아와 그녀에게 모든 일을 이야기해주었다. 내 이야기가 그녀에게 야기시킨 괴로움을 나에게 내보이지 않으려 그녀는 무진 애를 썼지만, 그녀가 괴로워하고 있다는 사실을 간파하기는 어렵지 않았다. 나는 다른 때보다 더 자주 그녀를 애무해주었다. 그러나 그녀의 고통은 더 깊은 것이었고, 우리나라 사람들의 그것보다 더 진실하였다. 우리들은 우리의 고통을 과장하여 말하는 버릇을 가지고 있다. 하지만 아메리카의 여인들은 그 반대다. 우리들은 그 사실을 감히 이해하지 못하며 인정하지도 못한다. 오만 때문도, 질투 때문도, 내보이기 위함도 아니며, 오직 진정한 가슴속의 고통 때문에 그녀들이 그러한 것이다. 따라서 우리들에게는 그 모든 내면적인 것이 결핍되어 있으며, 또 진정한 고통을 느끼기에는 우리의 심정이 너무나 건조하다는 사실을 우리 스스로 시인해야 할 것이다. 우리가 심정적으로나 그 외 모든 면에서 그들보다 풍요롭지 못하며, 또 우리가 그러면서도 인간을 그 깊숙한 곳까지 보지 못한 채 실제보다 저속한 것처럼 평가해 온 사실이 부끄러울 뿐이다.

가끔 몰리는 스스로를 억제하지 못하여 나를 조금 나무라기는 하였으나, 여전히 그녀의 말은 절제를 잃지 않았고 다정하였다.

― 훼르디낭, 당신은 정말 친절하세요. 그녀가 내게 말했다. 또한 당신이 다른 사람들처럼 못되게 굴지 않으려고 노력하는 것도 잘 알고 있어요. 단지 당신이 진정 원하는 것이 무엇인지 알고 계신지를 모르겠어요… 그것이 무엇인지 잘 생각해보세요! 훼르디낭, 고국에 돌아간다 해도 먹고 살 것은 있어야 할 텐데… 게다가 다른 곳에서는 이곳에서처럼 더 이상 밤마다 몽상에 잠길 수도 없을 테고… 당신이 그토록 좋아하는 것인데… 내가 일하는 동안에… 그 점에 대해 생각해보셨어요, 훼르디낭?

어떤 의미에서는 그녀의 말이 천 번 만 번 옳지만, 사람은 각자 나름대로의 천성을 가지고 있는 법이다. 나는 그녀의 마음이 상할까 두려웠다. 더구나 그녀는 쉽게 마음에 상처를 입는 편이었다.

― 당신에게 천명하건대, 몰리, 나는 당신을 무척이나 좋아해요, 그리고 언제나 당신을 좋아할 거요… 내가 할 수 있는 한… 내 방식대로.

내 방식이란 별것도 아니었다. 몰리는 포동포동하였고, 매우 고혹적이었다. 그러나 나에게는 유령들환상들을 즐겨 좇아다니는 더러운 버릇이 있었다. 그것이 전적으로 내 잘못만은 아닐 것이다. 삶이 우리들로 하여금 너무 빈번하게 유령들과 함께 살도록 강요하기 때문이다.

― 훼르디낭, 당신은 아주 다정해요. 내 처지 때문에 눈물을 흘리지 마세요. 그녀는 나를 안심시키려 했다…. 항상 더 많은 것을 알려고 하는 당신의 욕구 때문에 당신은 마치 환자 같아요… 그것뿐이에요… 결국 그것이 당신 특유의, 당신이 가야 할 길이에요… 그 길을 따라 당신 홀로… 가장 멀리 갈 수 있는 사람은 바로 그러한 고독한 여행객이에요… 곧 떠나실 생각이죠?

― 그래요, 프랑스에 가서 학업을 마친 다음 돌아오겠어요. 나는 뻔뻔스럽게 그녀를 안심시키려 하였다.

― 아녜요, 훼르디낭, 다시는 이곳에 돌아오지 않을 거예요… 또한 저 역시 더 이상 이곳에 있지 않을 거예요….

그녀의 생각은 틀리지 않았다.

드디어 떠날 순간이 닥쳐왔다. 어느 날 저녁, 그녀가 집으로 돌아가야 할 시각보다 조금 일찍, 우리들은 함께 역으로 갔다. 그날 낮에 나는 로뱅송에게 작별 인사를 하러 갔었다. 그 역시 내가 자기 곁을 떠난다는 사실을 애석해하였다. 나는 끊임없이 모든 사람에게 이별을 고하고 있었다. 역 승강장에서 몰리와 함께 기차를 기다리고 있으려니 여러 명의 남자들이 지나가는데, 그들은 그녀를 모르는 척하였지만 자기들끼리 무엇인가를 수군거렸다.

― 당신 벌써 멀리 가 계시군요, 훼르디낭, 그렇지 않아요? 훼르디낭, 당신이 그토록 바라던 것을 이제 하게 되었지요? 바로 그것이 중요해요… 중요한 것은 오직 그것뿐이에요….

기차가 역 구내로 들어왔다. 그 기계 뭉치를 보는 순간, 나는 내가 감행하려는 그 모험에 대해 별로 확신이 서지 않았다. 나는 나의 몸뚱이라는 그 껍데기 속에 남아 있던 용기를 총동원하여 몰리를 포옹하였다. 나는 처음으로 진정한 아픔을 느꼈으며, 그 아픔은 모든 사람들과 나 자신, 몰리, 아니 인간 모두를 향한 가슴속의 아픔이었다.

인생이라는 기나긴 여정을 헤쳐 가며 우리가 찾는 것은 아마 그것, 오직 그것, 우리가 죽기 전에 진정한 자신으로 되돌아가는 데 필요한 것, 즉 가능한 한 가장 큰 아픔, 바로 그것일지도 모른다.

그 이별 후 여러 해가 흘렀고, 다시 또 여러 해가 흘렀다… 나는 디트로이트와 내가 기억하고 있던 다른 곳, 몰리를 아는 사람이 있을 만한 모든 곳으로 편지를 보냈다. 그러나 단 한 번도 답장을 받지 못하였다.

  지금은 그녀가 일하던 그 집도 폐쇄되었다. 내가 알아낼 수 있었던 사실은 그것뿐이다. 착하고 다정한 몰리, 그녀가 지금 이 세상 어디에서건, 내가 알지 못하는 곳에서라도 이 글을 읽을 수 있다면, 그녀를 향한 나의 애정이 변하지 않았고, 지금도 여전히 내 방식으로 그녀를 좋아하며, 언제건 그녀가 원한다면 이곳으로 와서 나의 빵과 덧없는 나의 운명을 함께 나눌 수 있다는 사실을 그녀가 알 수 있기를 간절히 바란다. 혹시 그녀가 이제는 아름답지 못할지라도 그저 그뿐이다! 우리 두 사람이 원만히 해결할 수 있을 것이다! 나는 내 속에 그토록 발랄하고 그토록 뜨겁던 아름다움을 그녀에게서 거두어 간직한지라, 적어도 이십 년 동안, 아니 죽을 때까지, 우리 두 사람에게 필요한 아름다움을 충분히 지니고 있다.

  그녀를 떠나올 때에는 분명 내가 더럽고 냉혹한 광증에 사로잡혀 있었음에 틀림없다. 하지만 지금까지 나는 나의 영혼을 온전하게 수호하며 살아왔고, 따라서 혹시 내일 당장 죽음이 나를 데리러 온다 하더라도, 확신하건대 다른 사람들처럼 그토록 냉정하고, 비루하며, 우둔하지는 않으리니, 아메리카에 머물던 그 몇 달 동안 그토록 풍요로운 다정함과 꿈을 몰리가 나에게 선사했음이다.

다른 세계^{신대륙}로부터 돌아왔다고 해서 만사가 해결되는 것은 아니다! 이곳에 남겨두었던 그 끈적끈적 더럽고 덧없는 나날들의 연속은 전이나 조금도 다름없다. 그것이 우리들을 기다리고 있다.

나는 최초 출발 지점이었던 끌리쉬 광장 주위를, 또 그 인근 지역을, 특히 바띠뇰 근처를 몇 주일간, 몇 개월간 부지런히 돌면서 먹고 살기 위해 아무 일이건 닥치는 대로 하였다. 이야기조차 하기가 어렵다! 비를 맞으며 혹은 자동차들의 찌는 듯한 열기 속에 휩싸여 돌아다녔으며, 특히 유월이 되자 사람의 목구멍과 코 저 깊숙한 곳을 아예 태우는 듯한 열기는 포드 회사의 공장에서와 별다름이 없었다. 저녁이면 극장이나 인근 숲으로 꼬리를 물고 달려가는 사람들의 행렬을 바라보는 것이 나의 심심풀이였다.

일에서 벗어난 시간이면 대부분의 경우 나 홀로 있었으며, 나는 책과 잡지 들, 그리고 이제까지 보아온 모든 것을 뒤섞어 곰곰이 생각에 잠기곤 하였다. 학업을 다시 시작하였고, 시험은 누룽지^{생계비}를 벌어가면서 정신없이 그럭저럭 치러냈다. 학문은 철저하게 보호되어 있고, 단언하건대 대학이란 굳게 잠긴 옷장이다. 항아리들만 산더미처럼 쌓여 있을 뿐, 그 속에 잼은 별로 들어 있지 않다. 하지만 오륙 년간의 아카데믹한 시련을 겪고 나자 나에게는 빈 깡통 소리 요란한 학위가 주어졌다. 그리하여 나는 내 꼴과 같은 부류의 변두리 지역, 빠리에서 나오자면 뽀르뜨 브랑시옹 바로 다음에 있는 가렌느-랑시로 가서 들러붙어 살게 되었다.

나에게는 품은 뜻도 야심도 없었고, 다만 숨을 좀 돌리고 조금 더 배불리 먹고 싶은 욕구밖에 없었다. 출입구에 조그만 간판 하나를 내걸고 나서 나는 무작정 기다렸다.

  구역 주민들이 몰려와 의심에 찬 눈으로 간판을 구경하였다. 그들은 심지어 경찰서로 가서 내가 정말 의사인지 묻기도 하였다. 경찰서에서는 그렇다고 하며, 내가 자격증까지 이미 제출하였다고 그들에게 답변하였다. 그러자 다른 의사들이 이미 있는데 진짜 의사 하나가 더 와서 자리를 잡았다는 소문이 랑시 전 지역에 퍼졌다. "여기서는 비프스테이크^{식량, 양식}를 벌 수 없을걸! 이미 의사가 너무 많아!" 내가 살던 건물의 여자 안내인이 그렇게 예언하였다. 그녀의 지적은 정확하였다.

  변두리 지역에서는 전차가 아침마다 제일 먼저 우리에게 삶의 실상을 알려준다. 새벽부터 일터로 가는 그 어리둥절한 상태에 있는 떼거리를 가득 실은, 보따리 꾸러미 같은 전차들이 끊임없이 흔들거리며 미노또르 대로를 따라 달려가곤 하였다.

  젊은이들은 그렇게 일터로 가는 것을 만족스러워하는 것처럼 보였다. 그 비역꾼들은 승강용 발판 위에 들러붙어서 전차에 박차를 가하는 행위를 하며 마구 웃어댔다. 참으로 가관이었다. 그러나 예를 들어, 하도 지저분하여 번번이 변소로 착각하곤 하는 선술집의 공중전화실을 이십여 년 동안 보아온 사람이라면, 심각한 일들을 가지고, 특히 랑시라는 지역을 가지고 차마 농담을 할 생각은 못할 것이다. 그리고 자신이 어떤 곳에 던져져 있는지를 분명히 깨닫게 될 것이다. 집들이 온통 지린내를 풍기고 벽면은 볼품없이 단조로운데, 바로 그것들이 우리들을 꼼짝 못하도록 손아귀에 움켜잡고 있으며, 그 일을 조정하는 심장 기능은 집주인의 수중에 있다. 물론 집주인을 직접 만나는 경우는 거의 없다. 아마 감히 모습을 드러내지 못할 것이다. 더러운 관리인들을 대신 보낼 뿐이다. 하지만 혹시 집주인을 누가 우연히 만나면 그 집주인이 매우 친절하다는 소문이 온 구역에 퍼진다. 그러나 그러한 소문도 집주인에게는 하등의 압박감을 주지 못한다.

랑시의 하늘빛은 디트로이트의 하늘과 같아서, 끈적거리는 연기가 르발루아까지 이어지는 평원을 온통 적신다. 그리고 지표면에는 검은 분뇨를 뒤집어쓴 허섭쓰레기 건물들뿐이다. 높고 낮은 굴뚝들은 멀리서 바라보면 영락없이 바닷가 갯벌에 박힌 말뚝들 같다. 그 속에 우리들이 있다.

랑시에서는, 특히 나이가 들어 이제 영영 그곳을 빠져나올 가망이 없다는 확신이 설 때에는, 게들의 용기를 가져야 한다. 전차 종점을 지나면 더럽게 끈적거리는 다리가 쎈느 강 위로 걸려 있는데, 그것은 마치 모든 것을 드러내고 있는 거대한 하수도 같다. 일요일이나 밤이면 사람들이 강 제방 위로 기어 올라가 죽 늘어서서 소변을 본다. 남자들은 자신들이 흐르는 물가에 서 있음을 느낄 때 명상에 잠긴다. 그들은 선원들처럼 영겁을 느끼며 소변을 본다. 여인들은 절대 명상에 잠기는 법이 없다. 그곳이 쎈느 강변이건 아니건 마찬가지이다. 아침이면 전차가 사람들을 실어다가 지하철 속에서 압축되도록 한다. 그들이 몽땅 그토록 도망치듯 치달아 나오는 것을 바라보고 있노라면, 마치 아르장뙤유 방면에 큰 재난이 발생했거나 그들이 사는 지역이 화재에 휩싸인 듯한 꼴이다. 매일 동이 트면 다시 그 짓, 그들은 전차 승강구나 그 난간에 포도송이처럼 들러붙는다. 엄청난 혼란이다. 기근으로부터 그들을 구해준다는 그 주인^{사업주}을 찾아서 매일 그렇게 빠리로 가는 것이며, 그 겁쟁이들은 혹시 주인을 잃을까 몹시 두려워한다. 하지만 그 주인이 그들에게 주는 양식이란 억지로 짜내는 땀방울 같다. 십 년, 이십 년, 혹은 그 이상을 두고 냄새만을 풍길 뿐이다. 단 한 번도 시원스레 주는 법이 없다.

또한 전차 속에서부터 벌써 한바탕 욕설을 주고받은 다음 일그러진 입들을 다물고 있다. 여인들은 걸핏하면 앙탈을 부리는 것이 어린 애녀석들보다도 더하다. 가령 무료승차권 한 장 때문에 그녀들은 전 노선의 운행을 정지시킬 수도 있을 것이다. 여자 승객들, 특히 생뚜앙 방면에 있는 시장으로 가는 얼치기 중산층 여인들 중에는 벌써부터 술에 취해 있는 이들도 있다. "당근 값은 얼마예요?" 가진 것이 좀 있다고 자랑이라도 하려는 듯, 그녀들은 시장에 도착하기도 전에 그렇게 묻는다.

철궤짝 속에 쓰레기처럼 압축되어 담긴 채 랑시를 가로질러 지나가며, 특히 여름에는 그동안 냄새를 강력하게 풍긴다. 빠리 시 경계 지점에 이를 때까지 서로 으르렁대고 욕설을 주고받은 다음에는 각자 사라져버린다. 지하철이 모든 사람들과 모든 것을 삼켜버리기 때문인 바, 땀에 흠뻑 젖은 정장, 구겨진 드레스, 실크 스타킹, 훈장들, 양말만큼이나 더러운 발들, 고대 로마 시대 흉상의 받침대처럼 생긴 질기고 뻣뻣한 칼라들, 전쟁 영웅들, 진행 중인 낙태, 그 모든 것들이 콜타르와 페놀로 만든 층계를 따라 깜깜한 저 아래 끝까지, 또 빵 두 조각 값인 왕복 차표와 함께 굴러 들어간다.

게다가 언제든 고용주가 일반 관리비를 줄이려고 할 때에는, 지각자들 곁을 바싹 따라다니는 소리 없는 해고(그것도 무뚝뚝한 근무 증명서와 함께)의 위협이 서서히 그들을 괴롭힌다. 또한 지난번의 대공황, 일자리를 잃었던 그 시절, 다섯 푼씩 주고 읽고 또 읽던 《강경파》라는 잡지… 일자리를 찾으며 견뎌야 했던 기다림… 그 모든 것들의 추억이 너무나 생생하다. 아무리 사계절용 외투로 몸을 둘둘 말고 있다 할지라도 그러한 기억들은 사람의 목을 죄어온다.

도시는 땟국이 흐르는 군중을 그럭저럭 그 긴 전기 하수도^{지하철}

속에 감춘다. 그들이 지표면으로 나오는 것은 일요일뿐이다. 단 하루 일요일, 그들이 마음을 달래는 모습을 관찰하고 나면, 히히대며 농담을 할 마음이 영영 사라질 것이다. 지하철역 근처 옛 요새지 주위에는 그 지역 특유의 전쟁 냄새, 반쯤 탄 마을들의 냄새, 설익은 냄새, 항상 흐지부지 끝나는 혁명의 냄새, 망해가는 장사꾼들의 냄새가 감돈다. 그 지역 넝마주이들은 여러 해 전부터 바람을 피할 수 있는 참호 속에서 항상 같은, 축축한 더미들을 태운다. 싸구려 술과 피곤에 젖어 있는 그 걸레들^{넝마주이}은 모두 영락없는 야만인들이다. 그들은 다른 사람들처럼 전차들을 메우고 빠리 시 경계에 가서 한바탕 오줌을 내갈기는 대신, 그 근처 무료 진료소에 가서 기침만을 해댄다. 더 이상 피를 보지 못하니 군소리도 없다. 그러나 전쟁이 다시 터지면 그들은 쥐 모피, 코카인, 골함석 마스크 등을 팔아 또 한번 한몫 볼 것이다.

나는 그 근처에서 작은 아파트 하나를 빌려 개업하고 있었는데, 아파트에서는 요새지 앞 경사면이 훤히 보였고, 그 경사면에는 일을 하다 다친 노동자 하나가 붕대로 팔을 감은 채 멍하니 앉아 있곤 하였다. 그는 무엇을 해야 할지, 무엇을 생각해야 할지 모르는 듯하였으며, 가서 한잔 마시고 밥통을 채울 돈도 없는 듯하였다.

나는 몰리의 말이 정말 옳았다는 사실을 깨닫기 시작하였다. 학업이 사람을 바꾸어놓고, 또한 그의 자랑거리가 된다. 삶의 깊숙한 밑바닥까지 들어가기 위해서는 반드시 그 과정을 거쳐야한다. 학업 과정을 거치기 전에는 단지 삶의 변두리를 감돌뿐이다. 스스로가 자유인이라고 생각하지만 항상 허무에 가서 부딪칠 뿐이다. 너무 많은 꿈을 꾸기 때문이다. 모든 것에 대해 언급하지만, 그저 스쳐갈 뿐이다. 삶이란 그런 것들이 아니다. 그런 것들은 단지 품은 의도이고 겉모양일 뿐이다. 다른 확고한 그 무엇이 있어야 한다.

비록 내가 의학에 천부의 소질을 가지고 있지는 않으나, 의학 공부 덕분에 인간과 짐승 들 그리고 모든 다른 것들에 가까이 다가갈 수 있었다. 학업을 마치고 나서는, 삶이라는 그 무더기 속으로 과감하게 돌입할 수밖에 없었다. 죽음이 우리 발뒤꿈치를 바싹 뒤쫓으니 서둘러야 하는데, 우리는 모색하는 중에도 먹어야 하고, 장바닥에서 벌어지는 전쟁을 뚫고 지나가야 한다. 그러니 할 일이 너무 벅차다. 정말 불편한 노릇이다.

아무리 기다려도 환자는 별로 찾아오지 않았다. 사업이 본격화되려면 시간이 필요하다고 누군가가 나를 안심시켰다. 하지만 급한 환자는 그 누구보다도 나 자신이었다.

찾아오는 환자가 없어 한가할 때면, 나는 가렌느-랑시보다 더 처량한 곳이 별로 없으리라는 생각도 해보았다. 누구나 그렇게 생각할 수 있을 것이다. 그러한 곳에서는 아예 아무 생각도 하지 말아야 한다. 그런데 나는, 그것도 지구의 저편으로부터, 그곳으로 와서 태평하게 생각에나 잠겨 있었으니! 제대로 걸려들었던 것이다. 하잘것없는 거만한 놈! 어둡고 짓누르는 그 무엇이 나를 끊임없이 덮쳐왔다… 웃을 일이라곤 전혀 없었고, 그러한 상태가 더 이상 나를 놓아주지 않았다. 우리의 뇌수란 둘도 없는 폭군이다.

내 집 아래층에는 베쟁이라고 하는 소규모 고물상 주인이 살고 있었는데, 내가 그의 상점 앞에서 발길을 멈출 때마다, 그는 다음과 같이 말하곤 하였다. "선택하셔야 합니다, 의사 선생님! 경마 노름을 하든지 술을 마시든지, 이것 아니면 저것입니다…! 모든 일을 다 할 수는 없지요! 저는 마시는 편을 좋아합니다! 노름은 좋아하지 않아요…."

그는 용담 뿌리와 까막까치밥나무 열매를 섞어 빚은 술을 좋아하였다. 평소에는 사납지 않은 성격이지만, 싸구려 포도주를 들이

키고 나면 별로 녹록치 않았다… 빠리의 벼룩시장으로 물건을 사러 갈 때면, 그는 으레 그 '원정'을 빌미로 삼 일간은 집에 돌아오지 않았다. 번번이 누가 가서 강제로 데려오곤 하였다. 그때마다 그는 예언을 늘어놓았다.

— 우리의 미래가 어찌될지 나는 알고 있어… 영영 끝날 줄 모르는 방탕한 놀자판일 거야… 그리고 그 사이에 영화도 한몫 끼어들 것이고… 이미 어떻게 돌아가고 있는지 보면 내 말이 이해될 거야….

뿐만 아니라 그는 더 멀리 보고 있었다.

"앞으로는 사람들이 술도 마시지 않으리라는 것을 나는 알고 있어… 내가 마지막 술꾼이 될 거야… 나는 서둘러야 해… 나는 나의 그 못된 버릇을 잘 알고 있어…."

내가 사는 길 주변의 주민들이 모두 기침을 심하게 했다. 큰일이었다. 햇빛을 구경하기 위해서는 적어도 싸크레꾀르 교회당^{빠리 북쪽 변두리 몽마르트르 동산에 있는 성심회 교회}까지는 올라가야 했다. 연기가 뒤덮고 있었기 때문이다.

그곳에 올라가면 시야가 탁 트인다. 그리고 비로소 저 멀리 평원 바닥에 우리들이 살며, 우리들의 집들이 그곳에 있다는 사실을 명료하게 깨닫는다. 그러나 상세하게 하나하나 찾아보려 하면 자기가 사는 집조차 알아볼 수 없다. 보이는 것 모두가 하나같이 몹시 보기 흉하기 때문이다.

그리고 더 멀리 평원 끝에는 쎈느 강이 다리와 다리를 잇는 커다란 계란 흰자위처럼 지그재그로 흐르고 있다.

랑시에 사노라면 자신의 마음이 슬퍼졌다는 사실조차 깨닫지 못한다. 무엇이건 할 의욕을 더 이상 느끼지 못한다. 온갖 이유로 모든 것을 억지로 절약하다 보니 모든 의욕이 사라져버렸기 때문이다.

여러 달 동안 나는 이리저리 다니며 돈을 빌려 썼다. 내가 사는 동네 사람들은 하도 가난하고 의심이 많아서, 비싼 진료비를 요구하지 않는 의사인 나를 부르려 해도 밤이 오기를 기다리곤 하였다. 그리하여 나는 십 프랑 혹은 십오 프랑을 벌기 위해 달빛 하나 없는 작은 안뜰들을 무수히 드나들어야 했다.

아침이 되면, 내가 사는 거리는 마치 융단으로 만든 거대한 북을 마구 두드릴 때처럼 먼지가 풀썩거렸다.

바로 그런 어느 날 아침, 나는 보도 위에서 베베르를 만났는데, 그는 물건을 구입하러 외지에 출타할 자기 숙모의 수위실 자리를 지키고 있었다. 베베르 역시 비 한 자루를 들고 보도 위에서 먼지 구름을 일으키고 있었다.

그 동네에서 아침 일곱 시경에 먼지를 일으키지 않는 사람은 더러운 돼지새끼로 취급되었다. 융단을 들척여 먼지를 풀썩이면 정갈함의 징표로 인정되었고, 집안을 깔끔하게 정돈한다는 평을 들었다. 따라서 요란스럽게 먼지를 일으키면 그것으로 족했다. 그 다음에는 입 안에서 썩는 냄새를 풍긴다 해도 별 문제가 되지 않았다. 베베르는 자신이 일으킨 먼지와 건물들 각층에서 내리 쏟는 먼지를 삼키고 있었다. 먼지가 구름처럼 피어오르지만 포도에는 몇 점 햇빛이 어려 있었다. 그러나 교회당 내부에 스며든 햇빛처럼 창백하고 약하며 신비한 햇빛이었다.

베베르는 멀리서 내가 오는 것을 이미 보았던 것 같다. 나는 버스 정류장 근처 모퉁이에서 개업을 하고 있었다. 베베르의 안색은 영영 익을 것 같지 않은 사과처럼 푸르스름하였다. 그는 자주 몸을 긁었고, 나 역시 그러한 그의 행위를 보고 있노라면 자꾸만 내 몸이 근질거렸다. 나 역시 야간 왕진 때 환자들로부터 벼룩을 얻어

가지고 돌아왔기 때문이다. 우리의 외투가 가장 따뜻하고 눅눅한 부분이기 때문에 벼룩들은 즐겨 그곳으로 뛰어든다. 그러한 사실은 대학에서도 가르친다.

베베르는 들고 있던 융단을 내던지고 나에게 아침 인사를 건넸다. 사람들이 일제히 창문을 열고 우리 두 사람이 이야기를 주고받는 광경을 유심히 바라보았다.

어차피 우리가 무엇인가를 좋아해야 할 운명이라면, 어른들보다는 아이들을 좋아하는 것이 나으리니, 최소한 그들이 훗날 우리들보다는 덜 사악하리라는 희망을 가질 수 있기 때문이다.

그의 창백한 얼굴에는 순순한 자애로움에서 우러나오는 끝없이 잔잔한 미소가 겸연쩍은 듯 감돌고 있었다. 나는 지금도 그 미소를 도저히 잊을 수 없다. 온 세계를 환하게 만드는 명랑함이었다.

나이 스물이 넘어서도 그토록 자연스러운 애정, 즉 짐승들의 그 천진스러운 애정을 간직하고 있는 사람은 극히 드물다. 이 세상이 각자가 믿던 그런 세상이 아니기 때문이다! 오직 원인은 거기에 있다! 그리하여 상판들이 그렇게 변해버린 것이다! 게다가 그 얼마나 심하게 일그러져버렸는가! 감쪽같이 속았으니! 그 다음에는 몹시 볼품없는 모습으로 신속히 변해버린다! 나이 스물이 지난 다음 우리들 얼굴에 남는 것은 바로 그것이다. 하나의 착각! 우리의 얼굴이란 하나의 착각에 불과하다.

— 여보세요. 의사 선생님! 베베르가 그렇게 나를 불렀다. 지난 밤 축제 광장에서 쓰러져 있는 사람 하나가 발견되었다고들 하지요? 면도로 인후가 잘렸다지요? 선생님이 그 사건을 처리하셨나요? 사실인가요?

— 아니야, 베베르, 내가 아니라 후롤리숑 의사였어….

— 안됐군요, 저의 숙모께서는 그 일을 처리하신 분이 선생님이

셨으면 좋겠다고 하시던데… 그리하여 숙모님께 모든 것을 이야기해주셨으면 좋겠다고….

— 다음엔 그렇게 하지, 베베르.

— 여기서는 그렇게 자주 사람을 죽이나요? 베베르가 꼬집듯 한마디 더했다.

나는 그가 일으켜 놓은 먼지를 가르고 지나갔다. 그러나 바로 그 순간 구청 청소차가 부르릉거리며 지나갔고, 그 서슬에 거대한 태풍 같은 먼지구름이 길을 가득 채웠으며, 그 먼지는 더욱 짙고 매캐하였다. 베베르는 신이 난 듯, 재채기를 하고 고함을 치면서 이리저리 마구 뛰었다. 그의 창백한 얼굴, 끈적거리는 머리털, 피골이 상접한 원숭이 다리, 그 모든 것이 청소차 꽁무니에 달린 거대한 비를 따라가며 경련하듯 춤을 추고 있었다.

물건을 사러 갔던 베베르의 숙모가 돌아왔는데 이미 한잔 마신 것 같았다. 또한 그녀는 마취제 냄새도 조금 풍겼는데, 그것은 그녀가 어느 의사 집에서 일하던 시절에 사랑니가 몹시 아파서 마취제를 사용한 이후 얻게 된 습관 때문이었다. 남아 있는 앞니라곤 겨우 둘뿐인데 그녀는 절대 거르는 일 없이 양치질을 하였다. "나처럼 의사 선생님 댁에서 일을 해본 사람은 위생적이지요." 그녀는 이웃 사람들을 상대로, 심지어는 멀리 브종까지 돌아다니며 진료행위를 하고 있었다.

내가 궁금했던 점은, 베베르의 숙모도 가끔이나마 무엇에 대하여 생각을 하는 경우가 있는지 여부였다. 그녀는 도대체 생각을 하는 일이라곤 없는 것 같았다. 생각은 하지 않고 수다만 늘어놓을 뿐이었다. 주위에 아무도 없고 우리 두 사람만 있을 때에는 그녀가 나에게 자신의 진찰 결과를 자신 있게 늘어놓기도 하였다. 물론 어떤 의미에서는 은근히 나의 환심을 사려는 뜻도 있었다.

— 의사 선생님, 이것만은 꼭 말씀드려야겠는데, 의사시니까, 베베르 그 애가 아주 더러운 녀석이에요…! 그 녀석이 '수음'이라는 그 짓을 해요! 이미 두 달 전부터 제가 그 낌새를 채고 있는데, 도대체 그 더러운 짓을 누가 그 애에게 가르쳐주었는지 모르겠어요… 그 아이를 저는 올바르게 키웠는데요! 제가 아무리 말려도 이내 곧 다시 그 짓을 시작해요….

— 그 짓을 계속하면 미친 사람이 된다고 말해줘요. 예로부터 전해오는 말로 그녀에게 조언을 해주었다.

우리 두 사람의 대화를 들은 베베르는 불만스러운 기색이었다.

— 나는 만지지 않아요, 거짓말이에요, 꼬마 가가 녀석이 나에게 그렇게 해보라고 하였어요….

— 내 그렇지 않아도 수상쩍드니만. 숙모가 나섰다. 그 가가네 집안 사람들, 육층에 사는 그 사람들 아시지요…? 다들 행실이 좋지 않아요. 그 할아비란 작자는 서커스단의 맹수 조련사 아가씨 궁둥이를 쫓아다니는 모양인데… 그 아가씨들이 어떤 여자들인지 아세요…? 기왕 말이 나왔으니, 의사 선생님, 저 애가 수음 행위를 못하도록 할 만한 물약을 지어주실 수 없겠습니까…?

나는 그녀의 수위실까지 함께 가서 수음 충동 감퇴제를 처방해주었다. 나는 모든 사람들을 지나치게 호의로 대하였고, 나 자신 그 사실을 잘 알고 있었다. 아무도 나에게 진료비를 내지 않았다. 나는 특히 내 자신의 호기심 때문에 항상 무료로 진료를 해주었다. 그것이 실수였다. 도움을 받은 사람들은 자기들에게 도움을 준 사람에게 항상 복수를 한다. 베베르의 숙모 역시 다른 사람들처럼 나의 그 오만한 무사무욕의 태도를 한껏 이용하였다. 심지어 더럽게 악용하기도 하였다. 나는 그들이 거짓말을 한다는 사실을 알면서도 아무 말 없이 끌려갔다. 나는 그들을 고분고분 따라갔다. 환자들은 구차하게 질질 짜면서 나를 자기들의 손아귀에 움켜잡고, 날이 갈수록 더욱 심하게 나를 멋대로 끌고 다녔다. 동시에 그들은 추잡한 꼴들을 하나씩 하나씩 드러내어, 결국 자기들의 영혼 속에 감추어두었던 모든 것을 나에게 보여주었고, 나 이외의 다른 그 누구에게도 보여주려 하지 않았다. 아무도 그 추악함들을 그토록 비싼 값에 사지는 않을 것이다. 또한 그 추악함들은 미끈거리는 독사들처럼 손가락 사이로 모두 빠져나가버린다.

모든 것을 술회할 수 있을 만큼 내가 오래 살 수 있다면, 언젠가는 그 이야기를 다 할 것이다.

"조심해, 구역질나는 놈들! 내가 아직은 몇 년 동안 더 친절을 베풀도록 내버려두거라. 나를 죽이지만 말아라. 비굴하고 무방비 상태인 듯한 기색으로 내가 모든 것을 다 말하리라. 내가 그대들에게 단언하건대, 그러면 문득 그대들은 내가 아프리카에 있을 때 나의 오두막 안으로 들어와 설사를 하던, 그 질질 흘리는 버러지들처럼 몸을 비꼬며 꿈틀거릴 것이고, 나는 그대들을 그 버러지들보다 더욱 비겁하고 흉측한 모습으로 묘사할 것이며, 그것이 너무나 생생하고 정확하여 결국 그대들은 그로 인해 스스로 뒈지고 말 것이다."

— 설탕이 들어 있나요? 내가 조제하는 약에 대해 베베르가 물었다.

— 저 녀석에게 줄 약에는 절대 설탕을 넣지 마세요. 숙모가 나에게 당부하였다. 이 꼬마 놈팡이에게 줄 약에는… 녀석은 설탕을 넣은 약을 먹을 자격도 없으려니와, 그런 식으로 벌써 너무 많은 설탕을 축냈어요! 못된 짓은 도맡아 하고, 게다가 뻔뻔스러워요! 자기 어미마저 죽일 놈이에요!

— 나에겐 엄마가 없어요. 베베르가 단호하고 침착하게 숙모의

말에 반박하였다.

― 빌어먹을 녀석! 말대꾸하면 한바탕 채찍질 맛을 보여주겠어!

그리고는 걸려 있는 채찍을 가지러 간다. 그러나 아이는 벌써 길 한복판으로 내닫는다. "더러운 년!" 그가 목청껏 고함을 친다. 숙모는 무색하여 얼굴을 붉히며 내가 있는 곳으로 되돌아온다. 잠시 침묵이 흐른다. 우리들은 화제를 바꾼다.

― 의사 선생님, 미뇨르 가 4번지 중이층^{일층과 이층 사이에 있는 공간}에 살고 있는 부인을 한번 찾아가 보셔야 할 것 같아요… 공증인 사무실의 고용원이었는데, 사람들이 그녀에게 선생님 이야기를 하였어요… 선생님께서 환자들에게 비할 데 없이 친절하시다는 이야기를 저도 그녀에게 하였어요.

나는 베베르의 숙모가 거짓말을 하고 있다는 사실을 즉각 간파한다. 그녀 구미에 맞는 의사는 후롤리숑이다. 기회 있을 때마다 그녀가 사람들에게 권하는 의사는 후롤리숑이며, 나는 반대로 헐뜯기만 한다. 나의 인도주의가 그녀의 내부에 나에 대한 동물적 증오심을 야기시킨다. 그녀는 한 마리 짐승이다. 그 사실을 잊지 말아야 한다. 다만 그녀가 찬양하는 그 후롤리숑은 그녀로 하여금 꼬박꼬박 현금을 지불토록 하기 때문에, 그녀는 지나가는 이야기처럼 슬쩍 나에게 진단을 받는다. 그녀가 이번에 나를 다른 환자에게 추천하였다면, 그 내막에는 틀림없이 공짜로 어떻게 해보겠다는 수작이나, 경계해야 할 추잡한 음모가 도사리고 있을 것이다. 그러나 그 사이에도 나는 줄곧 베베르 생각에 잠긴다.

― 아이에게 외출을 시키세요, 저 아이는 바람을 충분히 쐬지 못하고 있어요…. 내가 그녀에게 말하였다.

― 우리 두 사람이 함께 어디를 갈 수 있겠습니까? 저는 이 수위

실 때문에 멀리 갈 수 없어요.

— 그러면 일요일에 아이를 데리고 공원까지라도 가세요….

— 하지만 공원에는 오히려 이곳보다 먼지와 사람들이 더 많은데… 사람들이 아예 포개져 있다시피 해요.

그녀의 지적이 옳다. 나는 그녀에게 권할 만한 다른 장소를 물색해본다.

나는 겸연쩍게 묘지를 권한다.

가렌느-랑시의 묘지가 그 지역에서는 유일한, 그리고 조금 널찍한 녹지다.

— 맞아요, 저는 미처 생각지 못했는데, 그곳에 가면 되겠군요!

바로 그때 베베르가 슬금슬금 우리들 곁으로 돌아오고 있었다.

— 애, 베베르야, 너 공동묘지로 산책하러 가면 좋겠니? 선생님, 저 애에게 먼저 물어봐야 해요. 산책이라면 정말 돼지 대가리니까요. 선생님께 미리 말씀드리는 거예요…!

베베르에게는 나름의 견해가 있을 수 없다. 어떤 생각이 숙모 마음에 들면 그것으로 그만이다. 그녀는 모든 빠리 사람들처럼 묘지라면 사족을 못 쓴다. 이제 드디어 그녀가 생각을 좀 하기 시작할 때가 온 듯하다. 그녀는 이곳저곳의 장단점을 하나하나 꼽아본다. 요새지는 너무 으슥하고… 공원에는 먼지가 정말 너무 많고… 반면 묘지는, 사실 괜찮은 곳이란다… 게다가 일요일에 그곳을 찾는 사람들은 대개 점잖고 예의바른 사람들이란다… 뿐만 아니라 더욱 안성맞춤인 것은, 돌아오는 길에 일요일에도 열리는 상점들이 있는 리베르떼 로를 거쳐 오며 필요한 물건들도 살 수 있단다.

그리곤 결론을 내리듯 다음과 같이 말하였다. "애, 베베르야, 의사 선생님을 모시고 미뇌르 가에 있는 앙루이유 부인댁으로 가거라… 앙루이유 부인이 어디 사시는지 잘 알지, 응?"

물론 베베르는, 그것이 바람을 쐴 기회를 주기만 한다면 무엇이든 못 찾아낼 리 없다.

방트뤼 로와 레닌 광장 사이에는 거의 대부분 임대용 건물들뿐이다. 사람들이 가렌느라고 부르는 그 마지막 남은 전원 지역은 대부분 사업가들의 수중에 들어가 있다. 맨 끝부분에, 즉 마지막 가스등을 지나면 보잘것없는 집터가 아직 조금 남아 있다.

볼품없이 거대하게 지어놓은 건물들 사이에 끼인 채 몇몇 주택이 끈질기게 버티며 곰팡이를 피우고 있는데, 대개 방 네 칸에, 아래층 복도에는 커다란 난로 하나가 놓여 있을 뿐이다. 불은 지피는 둥 마는 둥, 그 이유는 물론 절약 때문이다. 젖은 연료에서 연기 몇 가닥 피어오르는 것이 고작이다. 그 남아 있는 것들은 금리생활자들의 집들이다. 그들의 집 안에 들어서면 연기 때문에 우선 기침부터 하게 된다. 그곳에 남아 있는 사람들은 부유한 금리생활자들이 아니다. 특히 내가 찾아간 앙루이유 씨댁 사람들은 더욱 그렇지 않다. 하지만 그곳에 사는 사람들은 적으나마 재산을 좀 가지고 있는 이들이었다.

앙루이유 씨댁에 들어서니 연기 냄새 외에 화장실과 스튜 냄새가 진동하였다. 그 주택 대금의 지불이 끝난 지가 얼마 되지 않는다고 하였다. 그 집이 그들의 오십 년 동안의 절약 그 자체였다. 그 집에 들어서서 두 내외를 보는 순간 어리둥절하지 않을 수 없었다. 앙루이유 씨 내외에게서 발견된 비정상적인 점, 그것은 그들이 오십 년 동안 단 한 푼을 지출해도 그때마다 그 지출을 아까워하지 않은 경우가 없었다는 사실이다. 그들은 달팽이처럼 자신들의 살과 영혼을 바쳐 그 집을 얻은 것이다. 그러나 달팽이는 무의식중에 그 짓을 한다.

앙루이유 씨 내외는 오직 집 한 채를 얻기 위해 일생을 다 바치고 나서 문득 어리둥절하였으며, 마치 감옥에서 갓 꺼내놓은 사람들처럼 놀란 기색이었다. 지하 감방에 있는 무기수들을 문득 밖으로 끄집어내면, 그들의 표정이란 우스꽝스러울 수밖에 없다.

앙루이유 씨 내외는 결혼 전부터 집을 한 채 구입할 계획을 세웠다. 처음에는 각자 준비를 하다가 결혼 후 공동으로 계속하였다. 그들은 반세기 동안 일체 다른 생각을 하지 않았는데, 살아가다보니 불가피하게, 가령 전쟁이나 특히 자신들의 아들 생각도 하기에 이르자, 그들은 아예 병이 들고 말았다.

그들이 각자 이미 십 년 동안 저축한 돈을 가지고 그 집에서 신혼살림을 시작하였을 때에는 공사가 아직 마무리된 상태가 아니었다. 그때만 하여도 그 집은 밭 한가운데에 있었다. 그리하여 겨울에 그 집까지 가려면 나막신을 신어야 했고, 아침 여섯 시에 일터로 가기 위해 그곳에서 3킬로미터 떨어져 있는, 두 푼을 내고 빠리행 역마차를 타던 정류장으로 향할 때에는 그 나막신을 레볼뜨로에 있는 과일 상점에 맡기곤 하였다.

그러한 식으로 평생을 버틴 것을 보면 건강이 어지간히 좋았던 모양이다. 결혼식이 거행되던 날 찍은 그들의 사진은 이층에 있는 침대머리 위에 걸려 있었다. 그들의 침실에 있는 가구들의 대금도 이미 오래전에 지불을 마쳤다. 십 년, 이십 년, 사십 년 전부터 쌓여온 영수증들은 가지런히 철되어 옷장 맨 윗서랍에 정돈되어 있고, 장부는 활짝 펼쳐진 채 식당에 놓여 있다. 그들 부부가 식당에서 식사를 하는 일은 없다. 앙루이유 씨 내외는 언제건 그 모든 것을 누구에게나 보여줄 수 있으리만큼 철저하게 정리해두었다. 토요일마다 앙루이유 씨가 식당에 앉아서 장부를 정리한다. 그들 내외는 식사를 항상 주방에서 해왔다.

나는 그 모든 사실을 조금씩 그들 부부의 입을 통해서, 또는 다른 사람들로부터, 또 베베르의 숙모를 통해서 알게 되었다. 내가 그들 부부를 좀더 잘 알게 되었을 때 그들은 자신들이 가장 두려워하는 바, 즉 자신들의 전 생애가 걸린 두려움을 스스로 나에게 털어놓았다. 그 두려움이란, 장사에 뛰어든 그들의 단 하나밖에 없는 아들이 혹시 사업에 실패하지 않을까 하는 것이었다. 삼십 년 동안 그 근심이, 그 더러운 생각이, 거의 매일 밤 잠을 설치게 하였다는 것이다. 게다가 그 아들이 깃털제 침구 장사에 뛰어들었다는 것이다! 뿐만 아니라 삼십 년 전부터 깃털제 침구업계는 여러 차례 위기를 겪지 않았던가! 아마 깃털제 침구 장사보다 더 어렵고 불확실한 작업도 없으리라는 것이다.

어떤 사업은 너무나 부진하기 때문에, 그것을 다시 일으켜 세우는 데 필요한 자금을 아예 빌릴 생각조차 하지 않는 경우가 있단다. 그러나 다른 많은 사업의 경우, 자금을 빌려야 할지 말아야 할지가 항상 고민스러운 문제로 대두된다는 것이다. 이제 그들의 집과 기타 모든 물건들의 대금을 다 지불했음에도, 그 자금 차용 문제만 생각하면 두 내외는 앉아 있던 자리에서 벌떡 일어나 서로를 마주 보며 얼굴을 붉힌단다. 그러한 상황에 처하게 된다면 자신들은 어떻게 해야 할지, 그것이 끊임없는 근심거리라는 것이다. 아들이 요청하더라도 그들은 거절할 것이라고 하였다.

그들은 항상 어떤 경우라도 빚은 지지 않기로 결심하였다는 것이다… 자기들의 아들을 위해, 소액의 저축금과 집 한 채만은 유산으로 남기는 것이 자신들이 세운 원칙이라는 것이었다. 자신들의 생각은 그렇다고 털어놓았다. 물론 자기들의 아들이 착실함에는 틀림없으나, 사업을 하다 보면 자신도 모르게 엉뚱한 곳으로 휩쓸려 들어가는 경우가 있다는 것이다….

내 생각은 어떠냐고 묻기에 나도 동감이라고 하였다.

나의 어머니 역시 장사를 하고 계셨지만, 그녀의 장사가 우리들에게 가져다주는 것은 언제나 가난과 약간의 빵, 그리고 숱한 근심뿐이라고 하였다. 따라서 나 역시 사업은 좋아하지 않는다고 하였다. 그 문제의 아들이 감수해야 할 위험, 즉 빚을 내었다가 기한 내에 상환하지 못할 경우 겪어야 할 그 위험을, 나는 이해할 수 있다고 하였다. 나에게는 일일이 설명할 필요조차 없다고 하였다. 앙루이유 씨는, 세바스또뿔 로에 있는 어느 공증인 사무실에서 서기로 오십 년 동안 일하였다는 것이다. 따라서 재산을 탕진한 사람들의 이야기를 많이 알고 있단다! 그는 요란하게 떠들썩했던 사건들 이야기를 나에게 들려주기도 하였다. 먼저 자기 아버지 이야기를 해주었는데, 자기 아버지가 파산을 하는 바람에, 대학입학자격시험에 합격하고서도 교사자격증 시험을 준비하지 못하고 서기로 일을 시작하게 되었다는 것이다. 그러한 일은 언제까지나 기억되는 법이다.

드디어 주택 대금 지불이 완료되고 소유권이 완전히 이전되었으며 단 한 푼의 빚도 남지 않아, 두 사람은 생활의 안정을 더 이상 근심하지 않게 되었다는 것이다! 그들의 나이 예순여섯이 되던 해의 일이었단다.

그런데 바로 그때부터 앙루이유 씨가 자신의 몸에 괴이한 증세가 있음을 느끼기 시작하였다는 것이다. 사실 그가 그 증세를 처음 느낀 것은 훨씬 이전의 일이었으나, 주택 대금을 치러야 한다는 집념 때문에 미처 생각을 그쪽으로 돌릴 겨를이 없었다는 것이다. 그러나 집 문제가 완전히 종결되자, 그는 자신의 그 괴상한 증세로 다시 관심을 돌리게 되었다는 것이다. 그의 증세란, 현기증이 일어나는 듯하다가 양쪽 귀에서 기적 소리 같은 것이 들린다는 것이다.

또한 그 무렵에서부터야 비로소 신문을 구독하기 시작했는데,

드디어 신문 값을 지불할 수 있게 되었기 때문이라는 것이다! 그런데 공교롭게도 자신에게 있는 그 증세가 신문에 보도되고, 증상도 자세하게 설명되어 있더라는 것이다. 그리하여 신문에 광고된 약을 사서 써보았지만 아무런 차도가 없었고, 오히려 약을 쓰기 전보다 기적 소리가 더 요란스러워진 듯하였다는 것이다. 아니, 자신의 그 증세를 생각만 하여도 기적 소리가 더 요란스러워지는 듯하다는 것이다. 그리하여 내외가 함께 무료 진료소를 찾아갔는데, '혈압 때문입니다'라고 말하더라는 것이다.

그 말에 그는 심한 충격을 받은 것 같다. 그러나 기실 그의 강박 관념이 적시에 노출된 것뿐이다. 그토록 오랜 시절을 두고 집과 아들의 사업 때문에 그토록 많은 담즙을 분비한 까닭에근심을 하였기 때문에, 이제 문득 사십여 년 전부터 그의 온 몸뚱이를 지탱해주던 고뇌의 줄기와 끊임없는 공포 열기에 충격을 주면서 빈 공간이 생긴 것이다. 의사가 그에게 혈압 이야기를 해준 이후, 그는 동맥의 박동이 자기의 귀 깊숙한 곳에서 귀의 내벽을 후려치는 소리를 유심히 듣곤 하였다. 또한 밤에 자다가도 일어나서 자신의 맥박을 짚어 본 다음, 침대 곁에서 오랫동안 꼼짝도 하지 않고, 자신의 심장이 고동칠 때마다 힘없는 박동에 흔들거리는 자신의 육체를 직접 느껴보곤 하였다. 그 모든 것이 곧 자신의 죽음이라고 그는 홀로 생각하였다. 그가 지난 사십여 년 동안 주택 대금을 다 지불하지 못할까 하는 위기감에서 두려움을 찾았듯이, 이제는 다른 것, 즉 자기의 혈압, 자기의 죽음에서 두려움을 찾고 있으니, 결국 그는 언제나 삶 자체를 두려워한 것이다.

그는 또한 그만큼 언제나 불행했고, 이제 다시 불행을 느낄 새로운 이유들을 발견하기 위해 서둘러야 할 판이었다. 그것이 보기보다는 쉬운 일이 아니다. '나는 불행하다'라고 생각하는 것만으로 해결되는 일이 아니다. 그 외에 그렇다는 사실을 증명하고 확고부동하게 자신을 설득하는 일이 필요하다. 앙루이유 씨에게 필요했던 것은 자신의 두려움에 움직일 수 없고 누구나 인정할 수 있는 동기를 부여하는 일이었다. 의사의 말에 의하면 그의 혈압치가 22라고 하였다. 그 22라는 수치는 상당한 의미를 갖는다. 의사가 그에게 죽음의 길을 가르쳐 준 것이다.

깃털 장사를 한다는 그 대견스러운 아들은 거의 나타나는 일이 없었다. 정월 초하루를 전후해 한두 번 눈에 띌 뿐이었다. 그것이 전부였다. 하지만 이제는 언제고 자기 부모 집에 올 수도 있으련만! 엄마와 아빠에게서 더 이상 빌릴 것이 없었던 것이다. 따라서 그 아들은 거의 그곳에 나타나지 않았다.

앙루이유 부인을 아는 데는 시간이 더 걸렸다. 그녀에게는 그 어떤 절실한 불안도, 심지어 죽음에 대한 불안도 없었다. 죽음이란 것은 아예 상상조차 해보지 않은 여자였다. 그녀는 진지하게 생각해보지도 않고, 그저 다른 사람들의 흉내를 내어 자신의 나이와 물가 상승만을 한탄하고 있었다. 그들의 가장 큰 과업도 완수되었다. 주택 대금 지불도 거의 끝났다. 그런데 잔금을 좀더 일찍 치러버리기 위해 그녀는 어느 백화점과 계약을 맺고 조끼에 단추를 다는 일을 떠맡았다. "백 쑤오프랑를 벌려고 그 바느질을 하다니오, 말도 안 됩니다!" 게다가 물건을 버스에 싣고 백화점까지 가져가는 일은 또 다른 골칫거리였다. 어느 날 저녁, 그녀가 어느 여인에게 난생 처음으로 자기의 삶을 이야기하자, 그 낯선 여인이 그녀를 나무라듯 한 말이다.

그들의 집 벽들은 과거에 공기가 주위로 잘 소통될 때에는 말짱하였으나, 인접한 높은 건물들이 그 집을 둘러싸기 시작한 이래 온통 습기로 덮였으며, 심지어 커튼들까지 곰팡이로 얼룩덜룩해졌다.

집이 완전한 자기의 소유가 된 후 한 달 동안, 앙루이유 부인은 성체배령을 마친 수녀처럼 시종 미소를 머금고 만족스러운 듯 황홀한 표정이었다. 앙루이유 씨에게 다음과 같은 제안을 한 것도 그녀였다. "쥘르, 오늘부터는 날마다 신문을 사보도록 합시다. 그만한 여유는 있으니까…." 아주 대수롭지 않은 일처럼 그렇게 말했다. 그녀는 이제야 비로소 남편 생각을 한 것이며, 처음으로 그에게 시선을 던진 것이다. 그 다음 그녀는 다시 자기 주위를 둘러 본 끝에 남편의 어머니, 즉 시어머니 앙루이유 부인의 일을 생각하게 된 것이다. 그 순간 문득 그 며느리는 주택 대금을 완납하기 전처럼 심각해졌다. 또한 시어머니 일을 생각하면서부터 모든 것이 다시 시작되었으니, 남편의 어머니, 부부간이건 혹은 다른 사람에게건 거의 이야기조차 꺼내지 않던 그 할망구로 인해 또다시 목돈을 만들어야 할 처지였기 때문이다.

그 노파는 정원 맨 안쪽 구석, 몽당비들과 낡은 닭장 등 허섭쓰레기들과 주위 건물들의 그늘이 어우러져 있는, 조그만 울타리 안 공간에 거처를 정하고 있었다. 그 안에 있는 나지막한 헛간에 살고 있었는데, 그 속에서 거의 나오는 일이 없었다. 또한 그녀에게 음식을 넣어주는 일이 항상 골칫거리였다. 그녀는 아무도, 심지어 아들마저도 자기의 움막에 들어오는 것을 허락하지 않았다. 누군가가 자기를 살해할까 두렵다는 것이었다.

또다시 목돈을 마련키 위해 저축을 시작해야 한다는 생각이 며느리의 뇌리를 스쳤을 때, 그녀는 우선 탐색삼아 남편에게 몇 마디를 넌지시 던져보았다. 가령 자기 집 할망구를 쌩-뱅쌍 수도원으로 보내는 것이 어떠냐고 남편의 의중을 떠보았다. 마침 그 수도원 수녀들이 망령 든 노파들을 모아서 돌보고 있으니 더 이상 좋은 곳이 없으리라고 하였다. 그러나 아들은 좋다느니 싫다느니 아예 대꾸를 하지 않았다. 그는 전혀 다른 일에 온통 신경을 쓰고 있었는데, 그 다른 일이란 좀체 멈출 줄 모르는 자기 귓속의 소음이었다. 오직 그 소음에만 골몰하고 그것에만 귀를 기울이던 나머지, 그는 그 소음 때문에 잠도 자지 못하게 되리라고 생각하기에 이르렀다. 또한 실제로 그는 잠잘 생각은 하지 않고 경적 소리, 북소리, 가르랑거리는 소리에 귀를 기울이곤 하였다. 온종일, 그리고 밤새도록, 오직 그 소음에만 골몰해 있었다… 그것은 또 다른 형벌이었다. 자기 내부에 모든 종류의 소음을 안고 있는 듯하였다.

하지만 그렇게 여러 달이 흐른 후, 그 고통은 조금씩 마모되어, 이젠 그가 오직 그것에만 골몰하지 않을 만큼 약화되었다. 그리하여 자기 부인과 함께 전에 다니던 생뚜앙 시장에도 다시 가게 되었다. 사람들 말로는 그 인근에서 생뚜앙 시장 물건 값이 가장 싸다고 하였다. 그들 내외는 아침에 떠나 하루 종일 시장에 머물곤 하였는데, 각 물건의 가격에 대하여 서로 의견을 교환하고 계산도 해보며, 또 어떤 물건을 사야 절약을 할 수 있을지를 일일이 따져보기 때문이었다… 밤 열한 시쯤이면 그들 집안에는 살해되지 않을까 하는 공포감이 다시 감돌기 시작하였다. 아주 규칙적으로 어김없이 찾아드는 공포감이었다. 남편보다는 부인의 공포감이 더 심했다. 거리가 조용해지는 그 시각, 남편은 자기 귓속 소음에 거의 절망적으로 달라붙어 있었다. "이놈의 소음 때문에 영영 잠을 못 이루겠어!" 그렇게 큰 소리로 앓는 소리를 내면서 그는 더욱 불안스러워하였다. "당신은 상상도 못할 거야!"

하지만 그녀는 단 한 번도 남편의 말을 이해해 보려 하지도 않았고, 그가 귀의 소음 때문에 어떤 괴로움을 당하고 있는지 상상조차 해본 일도 없었다. "하지만 내 말은 잘 들리지 않아요?" 그녀가 남편에게 물었다.

― 그래요. 남편의 대답이었다.

― 그러면 괜찮아요…! 그보다는 우선 우리 생활비에 큰 부담이 되는 당신 어머니 일부터 생각해봐요. 게다가 물가는 날마다 치솟는데… 그리고 지금 계신 거처가 썩어 문드러질 판이에요…!

그들 집에는 파출부가 일 주일에 세 시간씩 와서 청소를 해주는데, 그녀가 그들의 집을 찾는 유일한 방문객이 된 지는 이미 여러 해가 되었다. 그녀는 앙루이유 부인이 침대를 정리하는 것을 거들기도 하였는데, 십여 년 전부터 그 두 여자가 함께 침대 매트를 뒤집는다든가 할 때면 앙루이유 부인은 큰 소리로 외치곤 하였다. "우리는 절대 돈을 단 한 푼도 집에 두지 않아요!" 파출부가 인근에 그 소문을 퍼뜨려주기를 바랐던 것이다. 도둑들이나 살인범들의 욕심이 아예 미리부터 사그라지게 하기 위한 세심한 예비조치이며 정보였다.

침실에 들기 전에 그들 내외는 함께 그 집의 모든 출구를 철저히 봉쇄한 후, 서로 다른 사람이 닫은 상태를 다시 한 번 확인하곤 하였다. 그 다음 정원 구석에 있는 시어머니의 거처를 한번 둘러보고, 등불이 켜져 있는가를 확인하였다. 등불이 켜져 있으면 그녀가 아직 살아 있다는 신호였다. 그렇게 소모하는 기름이 적지 않았다! 그녀는 자기 거처의 등불을 끄는 일이 없었다. 시어머니 역시 살인범들에 대한 공포증에 사로잡혀 있었고, 게다가 아들과 며느리마저 두려워하였다. 그녀가 그곳에 칩거한 지 이십 년이 되었건만, 겨울이건 여름이건 단 한 번도 창문을 열어 본 적이 없으며, 등불을 꺼본 적도 없다.

아들이 자기 어머니의 얼마 안 되는 연금을 간수하고 있었다. 정성껏 간직하고 있었다. 그리고 그녀의 방 문턱에다 그녀가 먹을 것을 가져다주었다. 그녀의 돈은 자기들 내외의 수중에 붙잡아두었다. 그것이 최선의 방법이었다. 그러나 그녀는 그 모든 조치에 대하여 심한 불평을 하였고, 그러한 조치들뿐만 아니라 모든 일에 역정을 내었다. 누구든 자신의 그 움막으로 접근하기만 하면 그녀는 출입문 뒤에서 밖을 향해 욕설을 퍼부었다. "할머니, 늙으시는 게 어디 제 탓인가요, 다른 모든 연로하신 분들처럼 어머님도 어머님 몫의 고통을 느끼실 뿐이에요…." 며느리가 협상을 시도하려고 그렇게 서두를 꺼냈다.

— 늙은 것은 너야! 미천한 화냥년! 더러운 년! 네년의 더러운 거짓말로 나를 죽이려는 게지…!

시어머니는 화를 펄펄 내며 자신의 나이를 부정하였다… 그리고는 전 세계에서 몰려드는 엄청난 재앙에 맞서며, 자신의 오두막 출입문 뒤에서 분개하고 있었다. 화해란 있을 수 없었다. 그녀는 다른 사람들과의 접촉이나 인간의 숙명, 그리고 외부 생활의 포기, 그 모든 것을 일종의 더러운 협잡인 양 거부하였다. 그따위 것들에 대하여는 아예 귀를 막으려 하였다. "그것들은 모두 속임수야! 네년이 그런 것들을 꾸며냈지!" 그렇게 고함을 쳐댔다.

자신의 오두막 밖에서 일어나는 모든 일, 모든 접근 노력, 그리고 모든 화해 시도에 맞서 그녀는 자신을 처절하게 방어하고 있었다. 그녀는 만약 자기의 오두막 출입문을 열면, 적대 세력이 물밀듯이 밀려와 그녀를 덮칠 것이고, 그러면 모든 것이 영영 끝장일 것이라고 철석같이 믿고 있었다.

— 오늘날엔 인간들이 모두 사악해! 그녀가 고함쳤다. 머리통에는 온통 돌아가며 눈이 달렸고, 아가리는 뒷구멍에까지, 그리고 온몸에 뚫렸는데, 오직 거짓말하는 데에만 사용되지… 그렇게들 생겨먹었어….

그녀는 아주 어린 시절부터, 빠리의 땅뻘 시장에서 자기 어머니와 함께 골동품 장사를 하며 말하는 법을 배운지라, 그녀의 말에는 원기가 넘쳤다… 이름 없는 백성들은 아직 자신의 늙음을 깨닫는 법을 배우지 못하던 그 시대의 여인이었다.

— 네년이 내 돈을 내놓지 않겠다면 내가 일을 하겠어! 며느리를 향해 그렇게 고함을 쳤다. 내 말 알아듣겠어, 이 간특한 년아? 일하고 싶단 말이야!

— 하지만 할머니, 이제는 더 이상 일 못하세요!

— 아! 내가 일을 할 수 없다고! 그러면 어디 이 문을 밀고 내 구멍감옥, 지하 감방 등으로 들어와 봐! 어디 보자!

그리하여 또다시 그녀를 그녀의 오두막 속에 내버려 둘 수밖에 없었다는 것이다. 하지만 그들 내외는 어떠한 수를 써서라도 나에게 그 노파를 보여주고 싶어 하였고, 그것이 바로 내가 그들 집에 불려온 이유였다. 그녀가 우리들을 접견토록 하기 위해 갖은 더러운 술책이 다 동원되었다. 한편 나는 그들이 결국 나에게서 무엇을 기대하는지 명확히 알 수가 없었다. 베베르의 숙모인 그 수위실 안내원이 그들에게 누차 이야기하기를, 내가 마음씨 곱고 친절하며 관대한 의사라고 하였다는 것이다…. 그들 내외는 오직 약만을 써서 그 늙은이를 좀 진정시킬 수 없겠느냐고 나에게 물었다… 그러나 그 외에 그들이 내심 원하던 것은(특히 며느리가 그러하였다), 내가 그 노파를 정신병원에 수용토록 조치하는 것이었다… 우리들이 반 시간이나 족히 계속하여 그녀의 오두막 문을 두드리자 드디어 문이 벌컥 열렸고, 내 앞에 그녀가 모습을 나타냈는데, 그녀의 눈은 분홍색 장액(漿液)으로 윤곽이 그어져 있었다. 하지만 말린 과일처럼 쪼글쪼글하고 회갈색을 띤 그녀의 볼 위에서는 아직도 그녀의 시선이 쾌활하게 춤추듯 움직이고 있었다. 그것은 사람들의 관심을 휘어잡아 나머지 다른 일들을 잊게 하는 그런 시선이었다. 그 시선을 대하면 자신도 모르게 일종의 가벼운 기쁨을 느끼게 되며, 그 기쁨을 본능적으로 간직하고자 하게 되는데, 그 기쁨이란 곧 젊음이다.

그 쾌활한 시선은 젊은 기쁨과 잔잔한 활기로, 어두침침한 오두막 속에 있는 모든 것들에 생기를 불어넣고 있었다. 또한 그녀가 고함을 칠 때면 찢기던 음성이, 다른 사람들처럼 정상적으로 말을 하고자 할 때에는 다시 쾌활해져, 그녀의 한 마디 한 마디가 살아서 톡톡 튀고, 깡충깡충 뛰며, 훌쩍 뛰어오르는 것 같았으며, 그 익살스러운 것은, 마치 그 옛날 사람들이 오직 자신의 목소리와 주위에 있는 하찮은 물건만을 가지고 이야기를 주워 섬기며 노랫가락을 엮어내던 시절, 또한 그렇게 하지 못할 경우 멍청하고, 숫기 없으며, 허약한 사람으로 취급되던 그러한 시절을 연상시켰다.

나이가 그녀를 몽땅 뒤덮고 있었지만, 그녀는 활기차게 춤을 추는 무성한 가지들 때문에 전율하는 고목의 둥치 같았다.

시어머니 앙루이유 부인은 비록 불만으로 가득하고 때투성이였지만, 여전히 쾌활하였다. 이십여 년 전부터 그녀를 감싸고 있던 궁핍도 그녀에게 별 상흔을 남기지 못하였다. 또한 추위나 흉측한 일, 죽음 따위가 자신의 내부로부터가 아니라 외부로부터 닥쳐오리라고 믿는 듯, 그녀는 외부를 향해서만 잔뜩 촉각을 곤두세우며 긴장하고 있었다. 자신의 내부에 대하여는 전혀 근심치 않는 기색이었으며, 자신의 생각을 마치 절대 부인할 수 없고 보편적으로 인정된 확고한 그 무엇으로 여기는 듯하였다.

그런데 나 역시 나의 생각만을 따라 지구의 저쪽 끝까지 쏘다니지 않았던가.

그 노파를 두고 '미쳤다'고들 하지만, 그 '미쳤다'는 말은 너무 경솔한 말이다. 그녀가 지난 이십 년 동안에 그 오두막을 벗어나 본 것이 세 번을 넘지 않는다고들 하지만, 그래서 어떻다는 말인가! 그녀에게는 나름대로의 이유가 있었을지도 모른다… 그녀는 혹시 아무것도 잃고 싶지 않았을지도 모른다… 그녀는 우리들 다른 사람들이 더 이상 생명의 강렬한 영감을 받지 못하게 되었노라고 말하지 않겠는가?

며느리는 다시 정신병원 이야기를 꺼냈다. "의사 선생님, 시어머님의 정신이 이상하다고 생각하지 않으세요…? 더 이상 저 오두막에서 나오시게 할 수도 없으니…! 가끔 밖에 나오셔서 바람을 쐬시면 건강에도 좋으련만…! 정말 그래요, 할머니, 참 좋을 거예요…! 거절하지 마세요… 건강에 좋을 거예요…! 확신해요." 며느리가 그렇게 달래자 노파는 그 꼭 닫히고 요지부동인 사나운 머리를 가로저었다….

— 누가 당신을 돌보는 것을 싫어하신답니다… 저 구석에 틀어박혀 계시는 것을 더 좋아하신답니다… 저 안엔 몹시 춥고, 또 불기 하나 없는데… 저렇게 계시면 큰일나요… 그렇지요? 의사 선생님, 저렇게 계속 저 속에 계시면 큰일나지요…?

나는 아무 말도 이해하지 못하는 척하였다. 아들 앙루이유는 저편 난롯가에 서 있을 뿐, 자기 처와 어머니, 그리고 나 사이에 구체적으로 어떤 일이 꾸며지는지 아예 알고 싶지도 않다는 태도였다….

노파가 다시 성을 내기 시작하였다.

— 그러면 내 소유 재산을 전부 내놔, 그 다음 내가 여길 떠나겠어…! 내가 먹고 살 만큼은 되니까…! 그러면 너희들 앞에서 아예 사라져버릴 테니까…! 아주 영영…!

— 잡숫고 사실 만큼이라고요? 하지만 할머니, 일 년에 삼천 프

랑 받으시는 그걸로는 살아가실 수 없어요, 잘 생각해보세요…! 지난번 외출하셨을 때 이후로 물가가 많이 올랐어요…! 의사 선생님, 다른 사람들 말처럼 어머님께서 수녀원으로 가시는 것이 더 낫지 않겠어요…? 수녀들이 잘 돌봐드릴 텐데… 수녀들은 참 친절해요….

그러나 수녀들 이야기만 들어도 노파는 소름이 끼치는 모양이었다.

— 수녀들한테 가라고…? 수녀들한테…? 그녀는 즉각 반박하고 나섰다. 내 평생 수녀원엔 단 한 번도 가 본 일이 없어…! 그러면 사제관으로는 왜 못 가지…? 응? 너희들이 말하듯 내 가진 돈이 충분치 못하다면 이제라도 나가서 다시 일을 하겠어…!

— 일을 하신다구요? 할머니! 하지만 어디서요? 아! 의사 선생님, 저 말씀 좀 들어보세요. 일을 하신다니! 그 연세에! 머지않아 팔순이신데! 의사 선생님, 이건 망령이세요! 누가 저분을 써주겠어요? 들어보세요, 할머니, 망령이 드셨어요…!

— 미쳤다고! 아무도 써주지 않는다고! 아무 곳에서도 써주지 않는다고…! 그래 너는 어디서 일자리를 잘 잡아 편안하겠구나…! 더러운 똥덩이…!

— 저 말씀 좀 들어보세요, 의사 선생님, 이젠 아예 광란기를 보이시며 나에게 욕설까지 마구 퍼부으셔요! 저런 분을 우리가 어떻게 모시고 살 수 있겠어요?

그러자 노파는 또 하나의 위험 인물로 등장한 나를 향해 몸을 돌렸다.

— 내가 미쳤는지 이 사람이 어떻게 알아? 이 사람이 내 머릿속엘 들어가 봤어? 또 네년이 머릿속에 들어가 봤다던? 들어가 봐야 알 수 있지 않겠어…? 그러니 두 사람 다 어서 꺼져버려…! 내 집

에서 어서 나가…! 지금 당신들 두 사람이 나에게는 육 개월 동안 계속되는 겨울보다도 더 지긋지긋해…! 그러니 여기서 그 지긋지긋한 수다나 떨지 말고 어서 가서 내 아들이나 좀 살펴봐요! 의사를 필요로 하는 사람은 내가 아니라 내 아들이오! 내가 그 애를 돌볼 때에는 그토록 치아가 튼튼했는데, 이제는 단 한 대도 남아 있지 않아요…! 어서, 어서, 다시 말하지만 두 사람 다 빨리 꺼져버려요!

그리고는 문을 탁 닫아버렸다. 그녀는 자기 방의 등불 뒤에 서서 우리가 정원 다른 편으로 멀어져 가는 것을 감시하듯 엿보고 있었다. 우리가 정원을 다 지나 상당히 멀어졌을 때, 그녀는 다시 통쾌하게 웃기 시작하였다. 스스로를 잘 방어했다는 뜻이었다.

그 거북스러운 방문을 마치고 돌아와 보니, 앙루이유 씨는 여전히 난로 곁에 서서 우리들 쪽으로 등을 돌리고 있었다. 그동안에도 그의 처는 조금도 쉬지 않고 비슷한 질문들을 퍼부으며 나를 들볶았다…. 며느리의 자그마한 흑갈색 머리통은 정말 교활하였다. 그녀는 말을 하는 동안 팔꿈치를 몸통에서 거의 떼는 일이 없었다. 말할 때 몸짓으로 흉내를 내는 일이 전혀 없었다. 그녀는 나의 왕진이 허사로 끝나지 않고 무엇에든 유용하게 쓰여야 한다고 하였다… 물가가 멈출 줄 모르고 치솟기만 한다고도 하였다… 시어머니의 연금으로는 이제 턱없이 부족하다는 것이다… 자기들 내외 역시 어쩔 수 없이 늙어가며… 자기들도 이젠 전처럼 그 노파가 제대로 보살핌을 받지 못해서 죽으면 어떡하나 하는 공포감에 사로잡혀 살 수는 없다고… 혹시 집에 불이라도 지르면… 벼룩들과 오물 속에 파묻혀 살다가… 그녀를 잘 보살펴 줄 적당한 양로원으로 가지 않고 저렇게 살다가….

내가 자기들의 견해에 동의한다는 듯한 기색을 보이자 두 사람은 더욱 호의적으로 나를 대했다… 온 동네로 내 칭찬을 하며 다니겠노라고 약속까지 하였다. 내가 자기들을 도와준다면… 자기들을 가엾게 여겨준다면… 자기들 집에서 그 할망구를 치워주기만 한다면… 그녀가 그토록 고집을 피우며 떠나지 않으려는 그 생활환경 속에서 계속 살면, 그녀 역시 불행할 것이라고 하면서…

— 그러면 그녀가 살던 오두막도 세를 놓을 수 있는데…. 남편이 문득 잠에서 깨어난 듯 얼떨결에 그러한 말을 하였다. 내 앞에서 그러한 이야기를 한 것은 의외의 실수였다. 그의 처가 탁자 밑으로 남편의 발을 으스러져라 힘껏 밟았다. 남편은 영문을 모르는 것 같았다.

내외가 그렇게 옥신각신 다투는 동안, 나는 정신병원에 수용 허가서 한 장을 발급해주고 간단히 거둬들일 수도 있을 천 프랑 짜리 지폐를 머릿속에 그려보고 있었다. 그들 내외는 어떠한 일이 있어도 그것을 꼭 얻어내려는 눈치였다… 분명 베베르의 숙모가 그들에게 내 이야기를 살살이 해주었고, 또 랑시 전 지역에서 나보다 더 살림살이가 꾀죄죄한 의사는 없다고 귀띔해 준 것 같았다… 그래서 마음만 먹으면 나를 수중에 넣을 수 있다고 매수할 수 있다고… 후롤리숑에게 그따위 일거리를 제안할 수는 없었을 것이다! 그는 아주 정직한 의사였다!

내가 그러한 생각에 잠겨 있을 때, 우리가 음모를 꾸미고 있던 방으로 노파가 불쑥 나타났다. 그녀도 이미 짐작을 하고 있었던 것 같았다. 그 순간의 놀라움이란! 그녀는 걸레가 다 된 자신의 치마를 복부까지 걷어 올리고 있었다. 그리고는 소매를 걷어 올리며 우리들에게, 특히 나를 향해 다짜고짜로 욕설을 퍼부었다. 자기가 칩거해 있던 정원 구석으로부터 오직 욕설을 퍼붓기 위해 일부러 달려온 것이었다.

― 사기꾼! 나에게 곧바로 해대는 욕이었다. 넌 이제 그만 가봐! 꺼져버려, 이미 말했잖아! 이곳에서 어정거릴 필요 없어…! 정신병원에는 가지 않을 거야…! 네놈에게 분명히 말해두지만, 수녀원에도 물론 안 가…! 무슨 수작을 꾸미건, 무슨 거짓말을 떠벌리건 아무 소용없어…! 초라하게 매수된 놈, 내가 네 수중에 떨어지지는 않아…! 저 연놈들, 노파의 주머니를 터는 저 더러운 것들이 먼저 정신병원으로 가야 해…! 그리고 너 개 같은 놈, 넌 얼마 안 있어 감옥으로 가게 될 거야!

정말 나는 운이 없었다. 모처럼 단번에 일천 프랑을 벌 수 있었는데! 나는 아무 군소리 못하고 물러났다.

거리에 나서서 보니, 노파는 아직도 집 앞쪽의 나지막한 회랑 위에 상체를 기대고, 어둠 속으로 피신한 나를 향해 멀리서 욕설을 퍼붓고 있었다. "개자식…! 개자식!" 그녀는 거의 울부짖고 있었다. 그 소리가 심한 반향음을 일으키고 있었다. 게다가 어인 소나기란 말인가! 나는 가로등을 따라 굽을 모아 달려 축제 광장에 있는 공중변소에 도달하였다. 내가 찾은 첫 은신처였다.

공동변소 속에서 마침 베베르를 만났다. 그 아이 역시 비를 피해 그곳에 들어와 있었다. 그는 내가 앙루이유 집에서 나오면서 곧바로 뛰어오는 것을 보았다고 하였다. "그 집에서 오시는 길이지요? 나에게 그렇게 물었다. 이제 우리 집 육층에 사는 사람들 집에 가보셔야겠어요. 그 집 딸이…." 그 아이가 말하는 그 여자 고객을 나는 잘 알고 있었다. 그녀의 넓은 골반하며… 늘씬하고 매끈하며 부드러운 아름다운 허벅지… 성적인 관점에서 잘 빚어진 여인들을 완벽하게 만들어주는 그것, 즉 상냥하게 자발적이며 모든 동작 속에 나타나는 구체적으로 우아한 그 무엇, 그녀가 겸비한 그 특징까지도 나는 잘 알고 있었다. 복통에 시달리기 시작한 이래 그녀는 여러 차례 나에게 진료를 받으러 왔다. 나이 스물다섯에 세 번째 낙태를 감행한 후 그녀는 병발 증세로 고생을 하고 있었는데, 그 집 사람들은 그것을 빈혈이라고 하였다.
  그녀의 몸이 얼마나 튼튼하고 균형 있게 빚어졌는지, 게다가 어떤 암컷들도 갖지 못한 교미에 대한 취향마저 겸비하고 있으니, 직접 그녀를 보지 않고는 짐작조차 하기 어려울 것이다. 일상의 태도는 아주 조심스러우며, 걸음걸이와 표정은 얌전하기 이를 데 없었다. 히스테릭한 면도 전혀 없었다. 그러나 천부의 재질에다가 영양 상태가 좋고 균형 잡힌 몸매까지 갖추고 있어, 그 분야 여인들 중에서는 단연 일인자였다. 쾌락을 위해 태어난 아름다운 운동 선수였다. 그 면에서는 흠잡을 것이 없었다. 그녀는 오직 기혼자들하고만 관계를 가졌다. 그 중에서도 자연의 아름다운 성공작들을 식별해내고 음미할 줄 아는 남자들, 그리하여 아무 바람난 여자나 마구 싼값에 건드리는 일이 절대 없는 진정한 감식가들만 골라서 관계를 가졌다. 그녀의 뽀얀 피부, 다정한 미소, 걸음걸이, 고아하게 움직이는 엉덩이의 풍만함, 그 모든 것들이 진정 자기네 전문 분야에 통달한 몇몇 사무실 우두머리들의 깊은 열광을 자아내기에 손색이 없었다.

다만 말할 나위 없이, 그렇다고 사무실 우두머리들이 오직 그것 때문에 이혼을 할 수는 없었다. 오히려 바로 그러한 이유 때문에 그들은 가정을 행복하게 유지시켜야만 했다. 그리하여 그녀가 임신한지 삼 개월째가 되면 그녀는 산파를 찾아가곤 하였다. 그녀와 같은 기질을 가지고서도 오쟁이 질 녀석^{공식적인 남편} 하나쯤 손아귀에 거머쥐고 있지 못하면, 항상 즐거운 웃음만 있는 것은 아니다.

그녀의 어머니가 마치 암살자를 대하듯 아주 조심스럽게 층계참으로 난 출입문을 열어주었다. 그녀가 내게 귓속말을 하였는데 그것이 어찌나 요란하고 강렬한지, 저주의 욕설보다 더 심하였다.

— 제가 하늘에 무슨 짓을 했길래, 의사 선생님, 저런 딸년을 두게 되었나요! 아, 의사 선생님, 이 동네 사람들에게는 절대 아무 말씀도 하지 마세요…! 선생님을 믿겠어요!

그녀는 자기가 두려워하는 점들을 쉬지 않고 수선스럽게 내 앞에서 주워섬겼으며, 이웃의 남녀 모든 사람들이 어떻게 생각할까를 마치 귀한 음식 음미하듯 내 앞에다 열거하였다. 멍청한 불안감 때문에 잔뜩 흥분되어 있었다. 그러한 상태는 꽤 오래 지속되는 법이다.

그녀가 나에게 수다를 떠는 동안 나는 복도의 어두침침함과, 스프에 넣은 파 냄새, 벽지, 벽지의 유치한 무늬, 목 졸린 듯한 그녀의 음성에 익숙해졌다. 횡설수설과 탄식 속에 휩싸인 채, 우리는 드디어 기진맥진하여 널브러져 있는 딸의 침대에 도달하였다. 환자의 몸을 살펴보려 하였지만, 하도 많은 피를 흘려 온통 보리죽처럼 끈적거리는 통에 그녀의 자궁은 아예 보이지도 않았다. 핏덩이들뿐이었다. 그녀의 사타구니에서 들리는 꼴록꼴록하는 소리는 전쟁 때 우리 연대장의 잘린 목에서 나던 소리와 같았다. 나는 처들었던 커다란 솜덩이를 제자리에 다시 놓고 이불을 덮어주는 수밖에 없었다.

어미는 아무것도 쳐다보지 않고 오직 자신의 목소리에만 도취해 있었다. "의사 선생님, 제가 죽겠어요! 수치스러워서 살 수가 없어요!" 그렇게 부르짖고 있었다. 나는 그녀를 위로해주지 않았다. 나 자신 어찌해야 할지 몰랐다. 옆에 있는 작은 식당에서는 딸의 아버지가 서성거리고 있었다. 그는 아직 상황에 적합한 몸가짐을 준비하지 못한 것 같았다. 그것을 선택하기 전에 먼저 사건이 더 구체화되기를 기다리고 있었을지도 모른다. 아직은 일종의 변두리에 머물고 있었다. 인간들은 항상 하나의 코미디에서 다른 코미디로 끊임없이 이동한다. 그러나 각본의 연출이 아직 완료되지 않았을 때에는 코미디의 윤곽과 자신들의 맡은 역을 분명히 파악하지 못한다. 그리하여 사건 앞에서 양팔을 축 늘어뜨리고, 자신의 모든 본능은 우산처럼 접어둔 채 어정쩡하게 자위를 하며 자신 속으로, 즉 허무 속으로 처박힌다. 어슬렁거리는 암소들 꼴이다.

어미는 자기의 딸과 나 사이에서 주인공 역할을 고수하고 있었다. 극장이 당장 무너진다 해도 그녀는 개의치 않을 듯, 자기가 맡은 역을 훌륭하게, 신나게, 아름답게 해내고 있었다.

이제 그 개똥 같은 도취 상태를 깨뜨리려면 나 자신밖에 믿을 사람이 없었다.

그리하여 그녀를 즉각 병원으로 옮겨 수술을 받도록 하자는 말을 꺼냈다.

아! 운도 없지! 나는 그만 그녀가 기다리고 있던, 그리고 그녀가 좋아하는 대사를 그녀에게 넘겨주었던 것이다.
  ― 이 무슨 수치란 말인가! 병원엘 가다니! 의사 선생님, 이 무슨 수치입니까! 우리에겐 바로 그것만 빠졌었는데! 극치로군요!
  나로서는 더 이상 아무 할 말이 없었다. 그리하여 자리를 찾아 앉아서 비극적 넋두리에 사로잡힌 채 몸부림치는 어미의 객담을 듣는 수밖에 없었다. 지나친 굴욕이나 부자유스러움은 결정적인 관성(習慣)이 되어버릴 수도 있다. 우리들에게는 이 세상이 이미 너무 무겁다. 그러니 딱한 일이다. 그녀가 천국과 지옥을 차례로 들먹이고 도발적인 객설을 퍼부으며 자신의 불행을 천둥처럼 호소하는 동안, 나는 당황하여 고개를 숙였는데, 고개를 숙이며 보자니 딸의 침대 밑에 피가 흥건히 고이고 있었으며, 그곳으로부터 다시 한 줄기 실개천을 이루어 벽 밑을 따라 출입문 쪽으로 천천히 흐르고 있었다. 침대의 매트로부터 핏방울이 규칙적으로 떨어지고 있었다. 딱! 딱! 그녀의 다리 사이에 놓인 수건은 피가 잔뜩 배어 시뻘겋게 변해 있었다. 나는 좀 거북스러운 목소리로 태반을 완전히 제거했느냐고 물었다. 딸의 두 손은 창백하고 푸르죽죽해져 침대의 양쪽 끝에 매달려 축 늘어져 있었다. 나의 그 질문에도 또다시 어미가 구역질나는 하소연으로 대꾸를 했다. 하지만 그녀의 푸념에 반발을 한다는 것도 나에게는 너무 힘겨운 일이었다.
  나 역시 너무나 오래전부터 불안에 대한 강박증세에 사로잡혀 있었기 때문에, 또한 너무나 불면증에 시달리고 있었기 때문에, 그 표류하는 인간에게 어떤 일이 닥치든 별 관심이 없었다. 다만 그 어미의 아가리질을 서서 듣기보다는 앉아서 듣는 편이 나으리라는 생각뿐이었다. 사람이 철저히 체념하고 나면 별것 아닌 것에서도 족히 기쁨을 맛볼 수 있다. 게다가 '어떻게 집안의 명예를 구해야 할지 몰라서' 그 야단을 치고 있던 바로 그 순간에, 나에게 어떤 힘이 있었던들 그 사나운 여인을 저지할 수 있었겠는가! 내 이 무슨 역할을 떠맡았단 말인가! 게다가 그녀는 더욱 비명을 쳐대는데! 딸이 낙태를 할 때마다 어미는 항상 같은 식으로 푸념을 늘어놓고, 또 회를 거듭할 때마다 더욱 능숙해진다는 사실을 나는 직접 겪었기 때문에 잘 알고 있었다. 직성이 풀릴 때까지 그 짓은 계속될 것이다! 이번에는 그 짓을 아예 열 배로 증가시킬 준비가 되어 있는 듯하였다.

어미 역시 한창시절에는 아주 육감적이고 아름다운 계집이었음에 틀림없다. 그녀를 이윽히 바라보노라니 떠오른 생각이었다. 하지만 자연이 그 응집된 내면을 기막힌 성공작으로 만들어놓은 딸에 비하면, 그녀는 너무 수다스러워 공연히 에너지를 낭비하는 경우가 많고, 또 감정이 밖으로 분산되는 편이었다. 그러한 현상들은 당연히 연구할 가치가 있음에도 불구하고 아직 훌륭하게 연구된 경우가 없다. 어미는 딸의 동물적 우월성을 간파하였고, 또 그리하여 딸에게 질투심을 느끼고 있었기 때문에, 딸이 성교를 할 때 영영 잊을 수 없이 깊은 곳까지 남성을 이끌어들여 대륙처럼 웅장하고 질펀하게 즐기는, 딸 특유의 방법을 본능적으로 비난하였다.

여하튼 그 재난의 극적 측면이 여전히 그녀를 열광시키고 있었다. 그녀는 자기의 고통스러운 트레몰로를 가지고 몇 안 되는 관객들을 뒤덮고 있었으며, 우리는 그녀의 잘못으로 인해 전전긍긍할 뿐이었다. 그녀를 좀 비켜나게 할 엄두조차 낼 수 없었다. 그러나 나로서는 한번 시도해볼까 생각도 해보았다. 무슨 수를 써보는 것, 그것이 나의 의무라고들 하지 않던가! 그러나 나는 앉아 있는 것이 너무나 편하였고, 일어서는 것이 너무나 고통스러웠다.

그들의 집안 살림 역시 앙루이유의 집처럼 초라하기는 마찬가지였으나, 분위기는 훨씬 밝고 편안하였다. 그 집 안에 들어가 있으면 기분이 좋았다. 말없이 야비한 앙루이유의 집 안처럼 음산하지는 않았다.

나는 극도의 피로에 짓눌려 방 안에 있는 물건들 위로 멀뚱멀뚱 시선을 던질 뿐이었다. 오래전부터 집 안에 있던 아무짝에도 쓸데없는 물건들, 특히 이제는 상점에서도 구입할 수 없는 분홍색 벨벳으로 만든 방울, 진흙을 초벌구이해서 만든 구두 모형, 그리고 시골의 어떤 아주머니나 가지고 있을 법한 거울 달린 바느질 탁자 등이 시야에 들어왔다. 나는 침대 밑에 흥건히 피가 고이고 있으며, 핏방울이 쉬지 않고 계속 떨어진다는 사실을 그들에게 알려주지 않았다. 어미의 고함이 더욱 거세지고, 그만큼 내 말에 귀를 기울이지 않을 것이 뻔했기 때문이다. 탄식하고 분개하기를 절대 멈추지 않았을 것이다. 그녀는 정말 그 짓에 몸을 바친 여자였다.

아예 입을 다물고 창문을 통해 밖을 내다보고 있으려니, 벌써 저녁의 회색 벨벳 장막이 가장 작은 집들부터 하나씩 하나씩, 그리고는 드디어 큰 건물들까지 모두 삼키며 맞은편의 큰길을 덮고 있었으며, 사람들은 그 속에서 점점 약하게 꼼지락거리다 형체가 희미해지더니, 보도 위에서 멈칫거리는 듯하다가 어둠 속으로 흘러 들어가듯 사라져버리고 있었다.

저 멀리, 요새지 너머 저 멀리에는 난바다 같은 어둠 위에 마치 못을 박아놓은 듯 희미한 등불들이 여기저기 열을 지어 흩어져서 도시 위에 망각을 드리우고 있었으며, 한편 깜박이는 초록색 불빛들 사이에서 강렬한 빛을 발하는 붉은 불빛들, 사방에서 몰려와 선단을 이루고 있는 선박들에서 쏟아지는 그 불빛들은, 파르르 떨면서 탑 뒤에 있는 밤의 거대한 문들이 열리기를 기다리고 있었다.'탑'은 에펠탑을 가리키는 듯하다. '밤' 역시 대문자로 쓴 것으로 보아 상징적 의미로 읽어야 좋을 듯하다

만약 그 어미가 잠시나마 숨을 돌리느라 좀 쉬었다든지, 혹은 한동안만이라도 입을 다물어주었다면, 모든 것을 팽개쳐버리고 싶은 충동에 선선히 이끌려 가버렸을지도 모르고, 살아야 한다는 사실을 망각하려 애를 써보았을지도 모른다. 그러나 그녀는 사냥꾼이 짐승 쫓듯 나를 바짝 몰아세우고 있었다.

— 저 애에게 관장(灌腸)약을 먹여보는 게 어떻겠어요, 의사 선생님? 어떻게 생각하세요?

그 질문에 나는 대꾸도 하지 않고, 그녀를 즉각 병원으로 보내라고 다시 한 번 충고해주었다. 나의 그러한 충고에 대한 그녀의 대답은 전보다 더 날카롭고, 더 단호하며, 더 찢어지는 듯한 울부짖음이었다. 나로서는 더 이상 어찌해 볼 수가 없었다.

나는 천천히, 슬그머니 출입문 쪽으로 발걸음을 옮겼다.

어둠이 우리들과 침대 사이를 갈라놓고 있었다.

나는 침대 시트에 놓인 딸의 손을 거의 분간할 수가 없었다. 손이 너무나 창백하였기 때문이었다.

침대로 다시 돌아가 그녀의 맥을 짚어보니 조금 전보다 맥박이 더 약해져 거의 느껴지지 않을 정도였다. 그녀의 호흡은 끊어졌다 다시 이어지곤 하였다. 나의 귀에는 점점 느려지고 점점 약해지는 시계 소리처럼 여전히 침대 밑바닥으로 떨어지고 있는 핏방울 소리가 선명히 들려왔다. 나로서는 더 이상 할 일이 없었다.

어미가 나를 출입구까지 데려다주었다.

— 특히 의사 선생님, 아무에게도 말씀하시지 않겠다고 약속해주시겠어요? 맹세하시겠어요? 공포에 사로잡힌 듯 나에게 당부하였다. 거의 애원하다시피 하였다.

나는 그녀가 원하는 대로 모두 그러마고 하였다. 나는 손을 내밀었다. 이십 프랑이 내 손에 쥐어졌다. 그녀는 나를 내보내고 나서 조금씩 조금씩 문을 닫았다.

 밑으로 내려오니 베베르의 숙모가 상황에 어울리는 상판을 하고서 나를 기다리고 있었다. "상태가 안 좋은가요?" 그녀가 궁금하다는 듯이 물었다. 나는 그녀가 이미 반 시간 전부터 심부름 값을 받으려고 그 아래에 서서 나를 기다리고 있었다는 사실을 직감하였다. 이 프랑이었다. 내가 그냥 빠져나갈까봐 기다리고 있었던 것이다. "그리고 앙루이유 씨댁에서는 잘 되었나요?" 그곳 사정도 알고 싶어 했다. "그들은 한 푼도 내지 않았어요." 나의 대답이었다. 그것은 또한 사실이었다. 그녀의 준비되었던 미소가 뾰로통함으로 바뀌었다. 그녀는 나를 의심하고 있었다.

 ─ 하지만 의사 선생님, 진료비를 받아낼 줄 모른다 해서 불행한 것만은 아니에요! 그렇지 않으면 사람들이 어떻게 선생님을 존경하겠어요? …당일에 현금으로 지불하지 않으면 영영 그만이에요! 옳은 말이었다. 나는 도망치듯 그 자리를 떠났다. 집에서 나오기 전에 제비콩을 삶으려고 불에 올려놓은 사실이 생각났기 때문이었다. 또한 우유를 사러 갈 시간이기도 하였다. 낮에 우유병을 들고 다니다 사람들과 마주치면 모두들 빙그레 웃었다. 어쩔 수 없었다. 집안일을 해줄 만한 가정부를 둘 형편이 아니었다.

 겨울은 질질 끌며 여러 달, 여러 주일 동안 더 계속되었다. 안개와 비, 그리고 모든 것 속에 빠져서 더 이상 벗어날 수가 없었다.

 환자들이 부족한 것은 아니었으나 진료비를 지불할 능력이나 의도를 가지고 있는 사람은 많지 않았다. 의료업이란 일종의 헛수고다. 의사가 부자들로부터 진료비를 받으면 영락없는 하인 꼴이 되고, 가난한 사람들로부터 그것을 받으면 꼭 도둑놈이 된 것 같다. '사례비'라고? 그것 참 좋은 말이다! 제대로 끼니조차 못 때우고 영화관에도 한 번 못 가는 환자들에게서 뜯어낸 그 돈을 '사례금'이라고? 특히 환자가 이제 막 눈알을 회번득이며 숨을 거두었는데, '사례금'이라니! 점잖지 못한 일이다. 그리하여 내버려둘 뿐이다. 그러면 친절한 의사가 되고, 그렇게 흘러가고 만다.

일 월말쯤 나는 우선 찬장을 팔았다. 동네 사람들에게는 식당 공간을 넓혀 체육실로 만들기 위해서였다고 그 이유를 설명했다. 그 말을 믿은 사람이 있었을까? 이 월에는 세금을 완납하기 위하여 자전거와, 아메리카를 떠날 때 몰리가 준 축음기를 헐값으로 팔았다. 그 축음기가 〈No More Worries!〉를 자주 들려주곤 하였는데! 아직도 그 곡조를 기억하고 있다. 그 곡만이 나에게 남아 있는 전 재산이다. 음반들은 베쟁이 자기 상점에 오랫동안 진열해두었다가 결국 모두 팔았다.

나는 더욱 부자로 보이기 위하여 사람들에게 이야기하기를, 봄이 오면 자동차를 살 계획이라고 하였으며, 또 그리하여 얼마간의 현금을 미리 준비하는 중이라고 하였다. 기실 내가 의료업을 본격적으로 해나가는 데 있어 부족했던 것은 뻔뻔스러움이었다. 환자의 가족들에게 주의사항을 일러주고 처방전을 건네 준 후 안내를 받으며 다시 출입문 쪽으로 걸어나올 때마다 나는 환자의 증세에 대하여 구구한 이야기를 늘어놓곤 하였는데, 그것은 오직 진료비를 받는 그 고통스러운 순간을 단 몇 분이나마 뒤로 미루기 위해서였다. 나는 나의 그 더러운 매춘업에 능숙하지 못하였다. 나의 고객들 중 대부분은 찢어지게 가난하고 땟국물이 흐르는 데다가 몰골까지 사나워서, 나는 항상 그들이 나에게 지불해야 할 이십 프랑을 도대체 어디에서 구해 올지 궁금했고, 또 혹시 그 돈을 구할 길이 없어 아예 나를 죽이려 하지는 않을까 하는 생각도 해보았다. 어쨌든 나에게는 그 이십 프랑이 절실하게 필요했다. 그 무슨 수치란 말인가! 그 시절의 일을 생각할 때마다 낯이 뜨거워진다.

"사례금…!" 나의 동료들은 그것을 계속 그렇게 칭하였다. 아무도 비위가 상하지 않는 것 같았다. 마치 그 단어가 그 돈을 당연한 것으로 만들어주기라도 하는 듯, 그리하여 그 돈에 대하여는 더 이상 설명조차 할 필요가 없게 되었다는 듯이… 이건 수치야! 나로서는 나 스스로에게 그렇게 말할 수밖에 없었고, 그러한 수치심으로부터 벗어날 수가 없었다. 무엇이든 설명을 들어보면 그럴싸하다. 그 사실을 나는 잘 알고 있다. 그러나 가난한 사람이나 초라한 사람으로부터 백 쑤를 받은 사람은 분명 지저분한 녀석일 수밖에 없다! 나 자신도 다른 그 누구와 다름없는 지저분한 녀석이란 확신을 갖게 된 것도 그 시절 이후 부터다. 물론 그 사람들에게서 백 쑤 혹은 십 프랑씩을 받아서 그것으로 주색에 빠졌다든가, 미친 짓을 하며 돌아다녔다는 말은 아니다. 절대 그러한 일은 없었다! 내가 세든 집주인이 그 대부분을 가져갔기 때문이다. 그렇다 해도 그것이 핑계가 될 수는 없다. 흔히들 그러한 경우를 핑계로 내세우려고 하지만, 그것이 충분한 명분은 되지 못한다. 집을 세놓아 먹는 자들 자체가 똥보다 더 더러운 자들이기 때문이다. 더 이상 할 말이 없다.

근심에 시달리고 또 차가운 겨울비를 맞으며 돌아다니다 보니, 나 자신 얼마 안 가 폐병 환자의 몰골로 변하였다. 피할 수 없는 결과였다. 가끔 경우에 따라 계란을 사서 먹는 경우도 있었지만 나의 주식은 말린 채소류였다. 마른 채소를 익히려면 많은 시간이 소요되었다. 진료를 끝낸 후 그것이 끓는 것을 지켜보려면 주방에서 여러 시간을 보내야 했고, 마침 나는 이층에 살고 있었던 터라, 그곳에 앉아 있으면 뒤뜰의 아름다운 풍경이 빠짐없이 시야에 들어왔다. 촘촘하게 지어놓은 집들의 뒤뜰이란 곧 일종의 지하 감옥이다. 우리 집 뒤뜰의 풍경을 바라볼 시간, 특히 그곳에서 들려오는 각종 소리를 들을 시간이 나에게는 충분히 있었다.

  그 뒤뜰로는 주위에 있는 이십여 가구로부터 온갖 비명과 고함 소리가 우수수 떨어져 부서지며 튀어 오른다. 심지어 새장에 갇힌 채 영영 다시 보지 못할 봄을 그리워하며 쩩쩩거리는 작은 새들, 절망 속에서 곰팡이 슬고 있는 그 새들, 건물의 여자 안내원들이 기르는 그 새들의 소리마저 합세한다. 새장들이 놓여 있는 곳은 어두컴컴한 구석에 집결되어 있으며, 문이란 문은 모두 망가져 덜렁거리는 화장실들 근처다. 백여 명의 암수 주정뱅이들이 그 벽돌 더미 속에 서식하면서, 허풍투성이의 아가리질과 터진 봇물처럼 쏟아 붓는 알아듣기 힘든 욕설로 뒤뜰의 메아리에 고물을 넣는데, 특히 토요일 점심식사 이후에는 더욱 요란하다. 그 무렵 각 가정은 하루 중 가장 활기에 넘친다. 모두들 코가 비틀어지도록 취해서 한바탕 아가리질을 주고받으며 도발을 한다. 의자를 도끼인 양 휘두르는 아빠, 숯불덩이를 집게를 들어 검인 양 휘두르는 엄마, 정말 가관이다! 힘없는 것들은 각자 알아서 몸을 사려야 한다! 바짝 얼어붙는 것은 그들의 새끼들이다. 아이들, 개들, 고양이들, 스스로 방어하고 반격할 힘이 없는 모든 것들은 벽으로 가서 납작 들러붙는다. 싸구려 검은 포도주_{실은 적포도주이나 몇몇 지역에서 생산되는 포도주 중 그러한 명칭을 가진 것들이 있다} 석 잔을 마시고 나면 개가 고초를 당할 차례, 개의 발을 뒤꿈치로 힘껏 밟아 으스러뜨린다. 그렇게 하여 개는 배고픔을 견디는 법을 배우게 될 것이다. 사람도 마찬가지다. 누가 자기 배를 쩨기라도 한 듯 깽깽거리며 침대 밑으로 숨어버리는 개를 보고 마구 웃어댄다. 그것이 신호다. 고통 받는 짐승들만큼 얼큰하게 취한 여인들을 자극하는 것은 없는데, 황소가 언제나 준비되어 있는 것은 아니다. _{황소란 투우장에 끌려 나온, 특히 표창을 등에 매단 채 피를 흘리며 끌려 나와 고통을 견디며 투우사와 싸우는 황소를 가리킨다. 또한 씩씩한 수컷을 상징하기도 한다} 그러면 앙앙불락 성을 펄펄 내며 광증 같은 아가리질이 다시 시작되는데, 수컷에게 일련의 욕설을 퍼부으며 도발을 시도하는 것은 대개의 경우 그처다. 그 다음 단계는 육박전이고, 부서진 물건들은 다시 가루가 된다. 뒤뜰은 그 물건 깨지는 소리를 몽땅 받아들이고, 그 메아리가 뒤뜰의 어두침침함을 감싸고 돈다. 아이들은 공포에 사로잡혀 깩깩거린다. 비로소 아빠와 엄마 속에 숨어 있는 모든 것을 발견하게 된다! 끽소리라도 내었다간 벼락을 맞을 판이다.

나는 그렇게 부부싸움이 끝난 다음 가끔 일어나곤 하던 일을 기다리느라고 여러 날을 허송하기도 하였다.

그 일이 벌어지는 것은 뒤뜰 건너편, 즉 내 집 창문 맞은편 사층에서였다.

아무것도 볼 수 없었으나, 그 소리는 잘 들렸다.

모든 일에는 그 끝이 있게 마련이다. 물론 그 끝이 반드시 죽음만은 아니다. 특히 아이들과 관련된 일일 경우 죽음 이외의 것이 더 빈번하며, 또 죽음보다도 더 혹독한 것도 있다.

그 세입자들은 뒤뜰의 그늘이 조금 밝아지기 시작하는 층에 살고 있었다. 아비와 어미가 단둘이 있게 되는 날에는 우선 두 사람이 오랫동안 말다툼을 하고, 그 다음 긴 침묵이 이어지곤 하였다. 그것은 준비 과정이었다. 그 다음 어린 딸에 대하여 잔뜩 불평을 쏟고 나서 그 아이를 불러오는 것이다. 딸은 그 과정에 익숙해 있었다. 그리하여 불려오자마자 질질 쌌다. 자기를 기다리고 있는 것이 무엇인지 잘 알고 있었기 때문이다. 그녀의 목소리에 미루어보건대 열 살쯤 된 듯하였다. 여러 차례 겪은 끝에 나는 그들 내외가 자기들의 딸에게 무슨 짓을 하는지 짐작할 수 있게 되었다.

그들은 우선 딸을 묶었는데, 마치 수술이라도 하려는 듯 묶는 시간이 길었다. 묶는 일 자체가 그들을 흥분시켰다. "꼬마 화냥년!"

남편이 딸에게 욕을 퍼부었다. "아! 더러운 계집아이!" 어미의 입에서 나오는 욕이다. "더러운 년, 버릇을 고쳐주겠어!" 내외가 함께 고함을 치면서 숱한 일들, 그들이 상상해낸 무수한 일들을 들어 딸을 나무랐다. 그들은 아이를 침대 다리에 묶어놓은 것 같았다. 그동안 아이는 쥐덫에 걸려든 새앙쥐처럼 구슬피 징징거렸다. "소용없어, 더러운 계집아이. 넌 모면할 수 없어. 아무리 그래봐! 면할 수 없어!" 어미가 그렇게 소리친 다음, 마치 우악스런 사람에게 하듯 온갖 욕설을 퍼부었다. 그녀는 흥분의 절정에 도달해 있었다. "엄마, 말씀을 하지 마세요. 딸이 조용히 말했다. 입을 다무세요, 엄마! 나를 때리세요, 엄마! 하지만 입은 다무세요, 엄마!" 어린 딸은 기어이 면치 못하고 한 차례 두들겨 맞았다. 나는 혹시 내가 잘못 들어 오해하지 않았나 하여 끝까지 귀를 기울였다. 그 짓이 계속되는 동안에는 나의 제비콩을 먹을 수 없었다 식사를 할 수 없었다. 창문 또한 닫을 수 없었다. 언제나 또 어디에서나 그랬던 것처럼 나는 단지 듣고만 있을 뿐이었다. 그러나 그러한 것들에 귀를 기울일 만한 힘이, 그보다 더 멀리 나아갈 힘이, 그 괴이한 힘이, 나의 내부에서 치솟고 있었음에는 틀림없다. 그리하여 다음번에는 더 아래로 내려가, 내가 아직 들어보지 못한, 혹은 전에는 이해하기 어려웠던 다른 탄식들에 귀를 기울일 수 있을 것 같았다. 어떠한 탄식이건, 그 탄식 너머에는 우리가 아직 들어보지 못하고 이해하지도 못한 또 다른 탄식들이 있을 것 같았다.

내외가 딸에게 하도 매질을 가해 딸이 더 이상 울부짖지도 못하게 된 다음에도, 딸은 숨을 쉴 때마다 짧은 비명을 질렀다.

그러자 남자의 목소리가 들려왔다. "이리와, 큰년! 어서! 이쪽으로 와!" 지극히 만족스러운 음성이었다.

어미에게 하는 말이었다. 그 다음 두 사람은 옆에 있는 문을 열고 들어가 쾅 닫아버렸다. 어느 날인가, 그녀가 남편에게 하는 말이 내 귀에까지 들려왔다. "아! 쥘리앵, 당신을 사랑해요, 너무나 사랑해요, 당신의 똥이라도 먹겠어요, 똥덩이가 이것처럼 크더라도…."

그들 두 사람은 그러한 식으로 주방 조리대에 기대어 서서 성행위를 한다고 수위실 여자 안내원이 나에게 설명해주었다. 다른 방법으로는 성행위가 불가능하다는 것이었다.

그렇게 조금씩 사람들의 이야기를 듣고 나는 그들에 대하여 모든 것을 알게 되었다. 그들 세 사람이 함께 있을 때 그들과 마주치기도 했지만, 그들에게서 특이한 점은 발견할 수 없었다. 그들은 정말 단란한 가족처럼 함께 산책도 하였다. 그 아비란 자를, 나는 그가 일하는 상점의 진열대 앞을 지나다 본 일이 있는데, 그는 뿌엥까레 로 모퉁이에 있는 '예민한 발에 맞는 구두'라는 간판을 건 상점의 수석 점원이었다.

우리 집 뒤뜰이 내 눈앞에 펼쳐놓는 것은 거의 항상 특징 없는 추한 정경들뿐이었으며, 특히 여름에는 온갖 협박, 메아리, 매질, 추락하는 소리, 알아듣기 어려운 욕설 등으로 뜰이 온통 우르릉거렸다. 햇빛은 뜰 바닥까지 도달하는 일이 없었다. 뒤뜰은, 특히 구석진 부분은 짙은 남색으로 그려놓은 그늘 같았다. 수위들이 사용하는 화장실들이 뒤뜰에 벌집처럼 늘어서 있었는데, 야간에 그들이 소변을 보러 갔다가 혹시 오줌통에 부딪치기라도 하면 뜰 안에 천둥소리가 가득하였다.

창문마다에는 빨래들이 너저분하게 걸려 있었다.

저녁식사 후, 폭행이 자행되지 않는 저녁 시간에는 육상 경기에 관해 입씨름하는 소리가 더 요란하였다. 그러나 그 체육에 관한 입씨름 역시 대개의 경우 최소한 하나의 창문 뒤에서는 한 가구에서는 각종 형태의 매질로 귀착되었으며, 어떠한 동기로든 서로 때려눕히고야 말았다.

여름에는 또한 모든 것이 고약한 냄새를 풍겼다. 뜰 안에는 더 이상 공기라곤 없고, 오직 냄새뿐이었다. 특히 꽃양배추 냄새가 다른 모든 냄새들을 뒤덮을 정도로 심하였다. 한 포기 꽃양배추가 풍기는 냄새가, 넘쳐흐르는 열 개의 변소 냄새보다도 더 강했다. 실제 변소가 넘치는 일이 있었으며, 특히 삼층에 사는 사람들의 변소는 그런 경우가 빈번하였다. 그럴 때마다 8번지 건물 수위실의 여자 안내원인 쎄잔느 아주머니가 등나무로 만든 쑤시개를 들고 달려오곤 하였다. 나는 그녀가 그 도구를 열심히 휘두르는 모습을 구경하곤 하였다. 또한 그런 계기로 인해 우리들 사이에 대화가 이루어지기도 하였다. "내가 당신 입장이라면, 임신한 여자들을 은밀히 해방시켜주겠어요… 이 동네에는 방종한 쾌락을 즐기는 여자들이 상당히 많아요… 믿을 수 없을 정도예요…! 그래서 그녀들은 당신이 일만 해주신다면 감지덕지할 거예요…! 제가 솔직히 말씀드리겠습니다. 초라한 노동자들을 치료하느니 그 편이 더 나을 거예요… 게다가 현금 거래입니다." 충고하듯 내게 하는 말이었다.

쎄잔느 아주머니는 그 취향을 어떻게 갖게 되었는지는 모르지만, 일을 하는 모든 사람들에 대한 귀족적 경멸감을 가지고 있었다….

— 세입자들은 도무지 만족할 줄 모른답니다. 꼭 죄수들 같아요. 그래서 모든 사람을 불행하게 만들어야 직성이 풀립니다…! 막히는 것은 번번이 그들의 변소예요… 어떤 날은 가스가 새더니… 자기네들에게 온 편지까지 겉봉을 뜯어줘야 해요…! 항상 트집잡을 생각뿐이에요… 항상 속을 썩이죠…! 어떤 사람은 집세를 내며 돈을 넣은 봉투에 가래침도 함께 뱉아넣었어요… 어떤지 아시겠지

요…?

쎄잔느 아주머니는 막힌 변소를 뚫지 못하고 포기하는 일도 빈번했다. 너무나 힘들기 때문이었다. "도대체 그 사람들이 저 속에다 무엇을 쑤셔 넣었는지 모르겠어요. 여하튼 그것이 말라붙지는 말았어야 할 텐데…! 나는 잘 알고 있어요… 너무 늦게 알리기 때문이에요…! 일부러 그런 짓들을 해요…! 언젠가는 그 막힌 것이 너무나 단단하게 굳어버려 도관 하나를 몽땅 녹여야 했던 적도 있어요…! 도대체 무엇들을 처먹었길래… 보통 것의 두 배는 될 거예요…!"

나의 그 고질적인 증세가 다시 시작된 것이 특히 로뱅송 때문이라는 나의 생각을, 그 누구도 쉽사리 고쳐줄 수는 없을 것이다. 초기에 나는 나의 그 불안 증세를 대수롭지 않게 여겼다. 나는 그럭저럭 이 환자 저 환자를 찾아서 어정거리기를 계속하고는 있었지만, 이미 전보다 더 심한 불안감에 사로잡혀 있었고, 뉴욕에 있을 때처럼 그 증세가 차츰 악화되고 있었을 뿐만 아니라 다시 불면증에 시달리고 있었다.

따라서 다시 로뱅송을 만나는 순간 나는 일종의 충격을 받았고, 그것은 마치 증세가 도진 일종의 병과 같았다.

고통으로 인해 더럽게 일그러진 그의 상판은 그가 나에게 다시 가져다 준 더러운 악몽과 같았는데, 나는 기실 이미 여러 해 전부터 그 악몽에 시달리면서도 그것으로부터 나를 해방시키지 못하고 있었던 것이다. 그를 다시 보는 순간, 나는 그저 횡설수설할 뿐이었다.

그는 또다시 내 앞에 문득 하늘에서 떨어지듯 나타났다. 영영 녀석을 떼어버릴 수 없을 것 같았다. 분명 나를 찾아서 그곳까지 왔음에 틀림없었다. 그를 다시 보자고 내가 애써 찾아 나선 것은 아니니까… 그렇게 나를 보러 왔었으니 틀림없이 다시 올 것이고, 또다시 나로 하여금 자기의 일에 골치를 앓도록 할 것이 분명했다. 그리하여 나는 무엇을 보든 그의 더러운 본질이 자꾸만 연상되었다. 심지어 창문 밖으로 보이는 사람들, 아무 생각 없는 듯 거리를 평화롭게 걷거나 여기저기 문 앞에서 잡담을 하는 사람들, 혹은 서로 주먹다짐을 하는 사람들마저도 나로 하여금 그의 본질을 다시 뇌리에 떠올리게 하였다. 나는 물론 그토록 태평스러운 표정을 하고 있는 그 사람들이 추구하는 것, 그들이 감추고 있는 것이 무엇인지 잘 알고 있었다. 그들이 원하는 것은 해묵은 고뇌, 가난, 아직 명명할 수 없는 증오 등, 무엇이든 닥치는 대로 가지고 다른 사람들과 자신들을 서서히 죽이는 것이었다.

나는 그를 만날까 두려워 외출도 함부로 못하였다.

환자가 생겨 나를 부르러 와도 두세 번 연거푸 오기 전에는 응하지 않았다. 그리하여 내가 환자의 집에 도착해보면 이미 다른 의사를 부르러 사람을 보낸 경우가 허다하였다. 내 생활처럼 내 머릿속도 뒤죽박죽이 되어버렸다. 아직 한 번밖에 가본 일이 없는 쌩-뱅쌍 로, 그 길 12번지 사층에 사는 사람들이 나에게 급히 와 달라는 전갈을 보냈다. 자동차를 가지고 나를 모시러 왔다. 나는 그 집 할아버지를 즉각 알아보았고, 그는 나에게 속삭이듯 나지막한 음성으로 말을 하면서, 우리 집에 들어서기 전 현관에 있는 신바닥 흙털개에 구두를 꼼꼼하게 닦았다. 백발이 성성하고 등이 구부정하며 조심성 많은 그 노인은 손자가 아프니 서둘러 달라고 하였다.

나는 그 노인의 딸, 이미 시들었지만 탄탄하고 말수가 적은 또 다른 화냥년을 기억하고 있었는데, 그녀는 자기 부모 집으로 낙태를 하러 여러 차례 온 적이 있었다. 그렇지만 아무도 그를 나무라지 않는 것 같았다. 오직 그녀가 어서 결혼하여 주기를 바라는 것 같았고, 특히 그녀가 세 살 된 아들을 조부모 품에 맡겨두었기 때문에 더욱 결혼을 재촉하고 있는 것 같았다.

그 아이는 툭하면 병이 났고, 병이 날 때마다 할아버지, 할머니, 엄마가 함께 통곡을 하곤 했는데, 특히 그 아이에게 합법적인 아버지가 없어서 더욱 서러워들 하였다. 병이 난다든가 했을 때에는 정상적이지 못한 가정 환경을 더 서러워하기 마련이다. 아이의 할아버지와 할머니는, 물론 완전히 믿지는 않았지만 사생아들이 더 나약하고 병에 자주 걸린다고 생각하고 있었다.

한편 아이의 아버지, 즉 아이의 아버지일 것으로들 믿는 그 사나이는 훌쩍 떠나 영영 사라져버렸다는 것이다. 그에게 하도 결혼 이야기를 해대니 귀찮아졌던 모양이다. 이젠 아주 멀리 가버렸을 것이라고들 하였다. 그가 왜 그렇게 모두 내팽개치고 떠나버렸는지 아무도 그 이유를 깨닫지 못하는 것 같았고, 특히 딸은 더욱 영문을 모르는 듯했다. 그가 자기와 그 짓을 할 때마다 무척이나 즐거워했으니 말이다.

그리하여 그 바람둥이가 떠나버린 후에는 세 사람이 아이를 바라볼 때마다 눈물을 찔끔거리곤 하였다. 그녀는 그 사나이에게 '몸과 영혼을' 다 바쳤다는 것이다. 아이가 태어날 수밖에 없었고, 또 그녀의 말에 의하면 아이의 출생이 모든 것을 설명하기에 충분하다는 것이다. 즉 자신이 그랬기 때문에 자기의 몸에서, 그것도 단번에 아이가 태어났다는 것이다. 뿐만 아니라 그 아이가 태어나면서 자기의 허리 언저리가 온통 주름살투성이로 변했다는 것이다. 우리의 정신이란 몇 마디 말로도 만족할 수 있으되, 육체는 그렇지 않다. 육체는 정신보다 까다로워서 반드시 근육을 필요로 한다. 육체란 항상 구체적인 그 무엇이며, 그러한 이유로 해서 그것을 응시하고 있으면 거의 항상 슬픔이나 구토증을 느낀다. 내가 실제 그녀의 몸을 보았지만, 출산이 그렇게 단번에 젊음을 앗아가는 경우는 드물다. 다시 말해 그 아이의 어머니에게 남은 것이라곤 숱한 감정과 하나의 영혼뿐이었다. 아무도 더 이상 그녀 앞에서 욕정을 느끼지 못할 것 같았다.

아이를 비밀리에 출산하기 전, 그 가족은 오래전부터 '골고다 언덕의 딸들'이라고 불리던 동네에서 살았었다. 그들이 함께 랑시로 망명하듯 와서 살게 된 것은 그곳이 좋아서가 아니라, 그렇게 숨어 삶으로써 자신들이 몽땅 사람들의 뇌리에서 사라져 영영 잊혀지기를 바랐기 때문이다.

더 이상 딸의 임신을 이웃 사람들에게 감출 수 없게 되자, 그들은 사람들의 수군거리는 소리를 피하기 위해 빠리의 자기 동네를 떠나기로 결심하였던 것이다. 명예를 지키기 위한 이사였다.

랑시에서는 이웃 사람들이 자기들을 어떻게 생각하든 문제될 것이 없었으며, 그들을 아는 사람이 아무도 없었다. 게다가 그 지역 행정당국은 그야말로 무정부주의적인 더러운 정책을 구현하고 있어서, 그 소문이 프랑스 전국에 파다할 지경이었는데, 그 정책이란 한마디로 깡패들의 정책이었다. 그 버림받은 지역에서는 따라서 다른 사람들의 평판이란 것이 별 의미가 없었다.

그 가족은 스스로를 벌하였던 것이며, 친척들이나 지난날의 친구들과도 관계를 끊어버린 것이다. 비극치곤 완벽한 비극이었다. 더 이상 잃을 것이 없다는 것이 그들의 생각이었다. 사회적 신분을 상실했다고 믿었기 때문이다. 사람이 스스로를 격하시키고자 할 때에는 가여운 백성들 곁으로 가는 모양이다.

그들은 아무도 탓하려 하지 않았다. 다만 운명의 신이 도대체 무엇을 마셨길래 자기들에게 그따위 더러운 짓을 했는지 궁금할 뿐이었다.

딸이 랑시에 살면서 얻는 위안이란 오직 하나, 그것은 자기의 '새로운 책무'에 대해 모든 사람들에게 터놓고 이야기할 수 있다는 것이었고, 그것은 매우 귀중한 위안이었다. 그녀의 연인은 그녀를 버림으로써, 영웅주의와 기이한 취향에 젖어 있던 그녀의 천성 깊숙한 곳에 숨어 있는 욕망을 일깨워 놓았던 것이다. 이젠 죽을 때까지, 자기가 속해 있던 계층의 대다수 여인들이 누리는 행운을 얻을 수 없고, 그리하여 초기의 사랑들에 의해 짓밟힌 자기의 인생을 언제나 소설 속에서 달랠 수밖에 없다는 확신이 서자, 그녀는 자기에게 닥쳐온 그 큰 불행에 즐겁게 적응하였으니, 결국 운명의 반전을 극적으로 기꺼이 받아들이게 되었던 것이다. 그녀는 미혼모의 틀을 잡아 가고 있었다.

그녀의 아버지와 내가 함께 식당으로 들어서니, 실내조명은 비용을 절약하느라 사진관 암실의 조명도를 넘지 못했고, 그곳에 있는 사람들의 얼굴은 창백한 점들, 미광 속에서 알아들을 수 없는 말을 웅얼거리는 고깃덩이에 불과하였다. 또한 그 어슴푸레함은 집 안의 모든 가구들이 내뿜는 묵은 후추 냄새로 인해 더욱 무거워 보였다.

식당 중앙에 있는 탁자 위에 기저귀들을 깐 다음 그 위에 아이를 눕혔다. 나는 우선 아주 조심스럽게, 천천히, 단계적으로, 배꼽부터 음낭까지 복부의 내막을 지그시 누르며 더듬어 내려갔다. 그 다음 아주 신중하게 복부 내의 소리를 들어보았다.

아이의 심장은 새끼고양이처럼 빠르게 또 미친 듯이 뛰고 있었다. 그런데 아이는 자기를 만지작거리는 내 손가락들과 내가 자기 몸을 가지고 하는 짓을 더 이상 참지 못하겠다는 듯, 그 또래 아이들 대부분이 그러하듯 미친 듯이 울부짖었다. 나로서는 그 울부짖는 소리를 견디기가 힘겨웠다. 로뱅송이 돌아온 이후 내 머리와 몸이 이미 이상해졌는데, 그 철없는 것의 울부짖음은 나의 내부에 더러운 현상을 야기시키고 있었다. 맙소사! 그 무슨 울부짖음이 그렇단 말인가! 그 무슨 비명이란 말인가! 나는 더 이상 견딜 수가 없었다.

그 외에 또 다른 하나의 생각이, 내가 백치 같은 짓을 하는 데 결정적인 요인으로 작용하였다. 견디지 못해 미칠 지경이 되어버린 나는, 오래전부터 가슴속에 품고 있던 원한과 혐오감을 그들에게 고함치듯 마구 쏟아놓았다. 내 자신을 억제할 수가 없었다.

— 어이! 꼬마천치, 그렇게 서둘지 마, 언제든 아가리가 찢어져라 울 시간은 충분히 남아 있으니까! 걱정 마, 새끼당나귀천치야, 시간은 충분히 있어! 몸을 아껴! 네 눈과 얼굴뿐만 아니라, 자칫 주의를 게을리 하면 몸의 나머지 부분까지 몽땅 녹여버릴 만한 눈물을 흘려야 할 만큼 많은 불행이 아직도 충분히 남아 있으니까!

— 의사 선생님, 무슨 말씀이시죠? 할머니가 깜짝 놀라 나에게 물었다. 나는 단지 "충분히 남아 있으니까!"라는 말만 반복하였다.

— 뭐라고요? 뭐가 남아 있다고요? 두려움에 사로잡힌 듯 그녀가 다그쳐 물었다….

— 이해하셔야 합니다! 내가 대답했다. 이해하셔야 합니다! 사람들은 너무 많은 것들을 일일이 다 설명해주려 하는데! 바로 그것이 불행입니다! 직접 이해해 보려 노력하십시오! 한 번만 노력을 해보십시오!

"무엇이 남아 있다는 거지…? 무슨 말을 하고 있지?" 세 사람은 어안이 벙벙하여 서로의 얼굴을 바라보며 그렇게 묻는 표정이었으며, '새로운 책무'를 짊어졌다는 그 딸의 상판이 괴이하게 변하더니, 그녀 역시 아들처럼 걷잡을 수 없게 울부짖기 시작했다. 발광할 호기를 만났던 것이다. 그녀가 어찌 그 좋은 기회를 놓치겠는가! 그야말로 전쟁판이었다! 발길질을 해대고! 숨이 넘어갈 듯 헉헉거리고! 눈은 흉측한 사팔뜨기가 되고! 좋은 구경거리였다! 놓칠 수 없는 광경이었다! "저 사람 미쳤어요! 의사가 별안간 미쳐버렸어요! 엄마, 그에게서 내 아이를 어서 빼앗아요!" 그렇게 목이 졸린 듯한 소리로 비명을 지르며, 그녀는 자기 아이를 구출해냈다.

영영 그 이유는 알 수 없지만, 몹시 흥분된 상태에서 그녀는 바스크인들의 사투리를 사용하였다. "엄마! 저 사람이 무시무시한 이야기들을 지껄이고 있어요…! 저건 악마예요…!"

그들이 아이를 화염 속에서 끄집어내듯 황급히 내게서 빼앗아 갔다. 조금 전까지만 해도 그토록 무기력해 보이던 아이의 할아버지는, 벽에 걸려 있던 커다란 마호가니제 온도계를 곤봉인 양 거머쥐었다… 그리고는 출구 쪽으로 가고 있던 나를 멀찍감치 거리를 두고 따라왔으며, 내가 밖으로 나서자 문짝을 발로 힘껏 차서 닫아버렸다.

물론 그 경황을 틈타 왕진료는 한 푼도 지불하지 않았다….

다시 길바닥에 나와 생각해보니 방금 나에게 닥친 일이 별로 자랑스럽게 여겨지지 않았다. 이미 동네에 소문이 나쁘게 퍼져 있어 더 나빠질 건덕지도 없고, 따라서 내가 구태여 신경을 쓸 필요조차 없게 된, 나에 대한 평판 때문이 아니었다. 오직 로뱅송에 관한 생각 때문이었는데, 나는 그 무렵 사람들을 경악케 할 만큼 솔직한 언동을 자행하여 그들이 나에게 한바탕 사나운 싸움을 걸어오도록 하고, 그 소동을 계기로 다시는 그를 만나주지 않겠다는 결심을 굳혀, 그로부터 나 자신을 해방시킬 수 있기를 기대하고 있었다.

다만 내가 피울 소동에 대하여 나는 다음과 같은 계산을 하고 있었다. "나는 하나의 인간이 단번에 뒤집어쓸 추문의 전모를 샅샅이 볼 수 있을 것이다. 다만 추문과 경악은 한없이 계속되고, 그럴 경우 언제까지 그 솔직한 언동을 계속해야 할지 모른다… 아무리 그러한 언동을 계속하더라도 사람들이 계속 무엇을 감추고 있을지… 또 상당히 오래 살아서 그들의 허튼소리를 자주 듣다 보면 그들에게서 무엇을 발견하게 될지 도저히 알 수가 없다… 같은 짓을 반복해야 할 것이다."

우선은 나 역시 몸을 숨기기 위해 서둘러 걸었다. 먼저 막다른 골목인 지베 로로 들어섰다가 다시 발랑띤느 로로 접어들었다. 상당히 긴 길이었다. 다 지나려면 가졌던 생각을 바꿀 수도 있을 만큼 시간이 걸리는 길이었다. 불빛이 보이는 곳을 향하여 걸었다. 트랑지뚜와르 광장에서 가로등 점화부 뻬리동을 만났다. 그와 몇 마디 이런저런 이야기를 나누었다. "의사 선생님, 영화관에 가십니까?" 그가 나에게 물었다. 그의 그 질문 덕분에 영화관에나 가보자는 생각이 떠올랐다. 좋은 생각이라 여겨졌다.

버스로 가는 것이 지하철을 이용하는 것보다 더 빨랐다. 그 막간의 휴식을 마친 뒤, 할 수만 있었다면 랑시를 미련 없이, 그리고 영원히 떠났을 것이다.

한 곳에 계속 머무르노라면 그곳 사람들이나 사물들이 점점 더 추잡해지고 썩으며 고약한 냄새를 풍기게 마련이다.

하지만 아무리 그렇다 하더라도 다음날 즉시 랑시로 돌아오길 잘했으니, 바로 그때 베베르가 병석에 눕게 되었기 때문이다. 나의 동료 후롤리숑이 막 휴가를 떠난 직후였던지라, 베베르의 숙모는 잠시 망설인 끝에 자기 조카를 돌봐 달라고 나에게 부탁을 하였다. 물론 그녀가 아는 의사들 중 내가 진료비를 가장 싸게 요구하기 때문이었다.

그가 병석에 눕게 된 것은 부활절 직후였다. 날씨가 점점 좋아지기 시작할 무렵이었다. 남쪽에서 불어오는 첫 훈풍이 랑시 지역을 뒤덮으며 지나가고 있었으며, 그 남풍에는 창틀마다 공장의 그을음이 쌓이게 하던 바람도 섞여 있었다.

베베르의 병은 여러 주일 동안 계속되었다. 나는 하루에 두 번씩 그를 보러 갔다. 그때마다 동네 사람들은 수위실에서 나를 기다리고 있었다. 그러나 전혀 그러한 내색은 하지 않았다. 각자 자기 집 문 앞에 나와 서 있던 옆집 사람들도 마찬가지였다. 나의 방문이 그들에게는 일종의 오락거리였다. 베베르의 병세가 악화되는지 혹은 호전되는지를 보기 위해 멀리서부터 일부러 오는 사람들도 있었다. 너무나 많은 잡동사니들을 뚫고 길 위에 내려앉는 햇빛은, 구름 속에 뒤섞여 마지못해 비치는 가을 햇빛 같았다.

베베르의 병과 관련해서 많은 충고를 받았다. 동네 전체가 온통 그에게 관심을 집중하고 있었다. 내 능력을 칭찬하다가는 다시 험담들을 하였다. 내가 건물 수위실로 들어서면 지극히 비판적이고 적대적인 침묵이 한순간 자리를 잡는 듯하다가, 다시 무례한 언사가 고막을 찢을 지경이었다. 수위실은 항상 서로 친하게 지내는 수다쟁이 아주머니들로 우글거렸고, 그리하여 속치마와 토끼 오줌 냄새가 진동하였다. 각자 자기가 좋아하는 의사가 더 능란하고 박식하다고 주장하곤 하였다. 나에게는 오직 한 가지 장점밖에 없었는데, 하지만 무료로 혹은 거의 무료로 봉사하는 의사는 용서받기 어려우며, 환자의 가정 형편이 아무리 어렵다 하더라도 그러한 행위는 환자 자신이나 그의 가족에게 실례를 범하는 짓이라고들 하였다.

베베르의 병세가 아직은 드러나도록 악화되지는 않고 있었다. 다만 꼼짝도 하기 싫다고만 할 뿐이었다. 체중이 날마다 현저하게 줄었다. 심장이 뛸 때마다 노란 반점이 파르르 떨면서 그의 몸 위아래로 이동하였다. 그의 몸 어느 부분에나 피부 아래 심장이 하나씩 있는 것 같았다. 한 달 남짓 앓는 동안에 그토록 여위어버렸기 때문이다. 내가 보러 갈 때마다 그는 나에게 조용한 미소를 보냈다. 체온이 삼십구 도, 그 다음 사십 도를 넘어도 그는 조용히 견디었고, 그 상태에서 여러 날, 수 주일을 넘기며 깊은 생각에 잠겨 있는 듯하였다.

베베르의 숙모도 결국은 수다를 멈추고 우리 두 사람을 더 이상 괴롭히지 않았다. 자기가 알고 있는 지식은 이미 다 쏟아 놓은지라 더 이상 수다를 떨 것도 없었고, 당황한 나머지 수위실 속에서 이 구석 저 구석으로 옮겨 다니며 눈물을 짰다. 수다스럽게 쏟아 놓던 말이 고갈되자 드디어 그녀에게 슬픔이 밀어닥쳤고, 그녀는 그 슬픔 앞에서 어찌할 바를 모르는 듯하였다. 코를 풀어 그것을 닦아내지만, 그것은 그녀의 목구멍으로 눈물과 함께 또다시 밀려왔으며, 그리하여 같은 동작을 반복하였다. 그녀는 슬픔을 온몸에 뒤집어쓰고 있었으며, 그리하여 평소보다 더 지저분해져 자신도 그것에 놀라곤 하였다. "맙소사! 맙소사!" 그렇게 소리치곤 하였다. 그것이 저부였다. 하도 눈물을 흘린 나머지 그녀는 기진맥진한 상태였고, 두 팔을 축 늘어뜨린 채 내 앞에 넋을 잃고 서 있곤 하였다.

하지만 그러한 슬픔 속에서도 가끔 한바탕씩 버릇을 드러냈고, 그러다간 다시 흐느끼기 시작하였다. 그렇게 자신의 슬픔 속에서 오락가락하기를 여러 주일 계속하였다. 아이의 병이 치명적으로 악화될 수도 있으리라는 것을 나 자신 각오해야 했다. 그 병은 일종의 악성 장티푸스였는데, 각종 뜸질, 혈청요법… 식이요법… 백신요법… 등, 온갖 방법을 내 능력껏 동원해보았지만 모두 허사였다. 전혀 효험이 없었다. 아무리 부지런히 동분서주하였건만 헛일이었다. 베베르는 항거할 수 없는 힘에 이끌려 서서히 죽어가고 있었다. 그의 체온은 높이 치솟아 균형을 잡은 듯 꼼짝도 하지 않는데, 나는 어찌할 바를 몰라 허둥대고 있었다. 말할 나위 없이 사람들은 나를 즉각 쫓아버리고 경험이 풍부하며 믿을 만한 다른 의사를 서둘러 부르라고, 그의 숙모에게 명령을 하듯 권유하고 있었다.

'새로운 책무'를 맡게 되었다는 그 미혼모의 집에서 있었던 사건이 사방에 알려져 씩둑꺽둑 말들이 많았다. 동네에서는 그 일을 가지고 목구멍들을 가시고 있었다. 신이 나서 험담을 하고 있었다

그러나 베베르의 병세를 자세히 전해들은 다른 의사들이 모두 꼬리를 빼버리는 바람에 결국 나는 그 아이의 곁에 머물게 되었다. 애초에 베베르가 나에게 걸려들었으니 내가 계속 맡아야 한다는 것이 그들의 생각이었다.

이제 내게 남아 있는 수단이란, 가끔 동네 선술집에 가서 빠리의 여러 병원에서 일하는, 비교적 친분이 있던 의사들에게 전화를 하여, 내가 골치를 썩이고 있는 그러한 유의 장티푸스에 대해, 그 약삭빠르고 존경받는 자들은 어떤 조치를 취할 것이냐고 의견을 묻곤 하는 것뿐이었다. 그들은 내 질문에 답하여 좋은 견해를, 그러

나 무용지물에 불과한 견해를 친절히 피력하였으며, 나는 그들이 내 보호 밑에 있던 생면부지의 어린 것을 위해 그렇게 무료로 수고를 해주는 것이 무척이나 흐뭇하였다. 사람은 결국 별것 아닌 것에, 삶이 우리에게 위안거리로 던져주는 지극히 작은 것에 기뻐하고 만다.

내가 그렇게 극도로 신경을 쓰고 있는 동안, 베베르의 숙모는 의자에서건 층계에서건 아무데서나 무너지듯 쓰러지곤 하였다. 식사를 할 때 외에는 멍청한 상태에서 도무지 벗어나지를 못했다. 그렇지만 식사는 단 한 끼도 놓치는 일이 없었다. 그 사실은 이야기해두어야겠다. 뿐만 아니라 그녀가 식사를 거르도록 주위 사람들이 내버려두지도 않았을 것이다. 이웃 사람들이 한시도 눈을 떼지 않고 그녀를 돌보았다. 그들은 그녀가 잠시 흐느낌을 멈추는 틈을 타서, 짐승에게 억지로 사료 먹이듯 식사를 권했다. "먹어야 견뎌요!" 그들이 타이르듯 그녀에게 하던 말이다. 그리하여 오히려 그녀는 살이 찌기까지 하였다.

베베르의 병세가 극도로 악화되었을 무렵, 그의 숙모가 근무하는 수위실은 꽃양배추의 지독한 냄새로 엉망이 되어버렸다. 꽃양배추 철이어서, 너도 나도 그것을 삶아 김이 모락모락 나는 채로 들고 왔기 때문이다. "이걸 먹으면 정말 기운이 나요…! 그리고 소변도 잘 나오고…!" 선물을 기꺼이 받으며 그녀가 하던 말이다.

그녀는 자정 직전에 커피를 많이 마셔댔는데, 그것은 너무 깊이 잠들지 말아야 출입문의 초인종 소리를 단번에 들을 수 있기 때문이었으며, 또한 그 덕분으로 그 건물에 사는 사람들이 두세 번 연속 초인종을 눌러 베베르를 깨우는 일이 없게 되었다. 나는 저녁마다 지나는 길에 그 집에 들러 혹시 그 모든 불행이 우연히 끝나지 않았나 확인해보곤 하였다. "자전거 경주가 있던 날 과일가게에서 저 애가 마시고 싶어 하던, 럼주와 카모밀을 섞은 음료수 때문에 병이 난 것이 아닐까요?" 아이의 숙모가 큰 목소리로 자기가 추측하는 바를 나에게 말하곤 하였다. 그 생각이 처음부터 그녀를 괴롭히고 있었던 것이다. 멍청한 생각이다.

실제 베베르는 그의 심한 신열 속으로 사라지는 메아리처럼 약한 소리로 "카모밀!"을 자주 웅얼거리곤 하였다. 그러니 숙모의 생각이 잘못된 것이라고 구태여 일깨워 줄 필요가 있었겠는가? 그리하여 나는 다시 한 번, 사람들이 흔히 기대하는 작은 두세 가지 직업적인 거짓말을 해준 후 밤길을 나섰다. 그러나 마음은 편치 못했다. 나 역시 나의 어머니처럼, 다른 사람들에게 밀어닥친 불행을 앞에 놓고 나 자신만은 전적으로 결백하다고 도저히 생각할 수 없었기 때문이다.

베베르가 병석에 누운 지 십칠 일쯤 지난 어느 날, 나는 비오뒤레 조제프 연구소에 가서 유사한 장티푸스가 발생한 경우가 있었는지, 그러한 증상에 대해 어떤 조치를 취해야 하는지, 또 혹시 이미 백신이 개발되었는지 등을 알아보기로 마음먹었다. 그렇게 함으로써, 비록 다른 사람들에게는 이상하게 보일지라도 나로서는 최선을 다하는 것이 될 것이며, 혹시 베베르가 죽는다 하더라도 사람들이 나를 헐뜯을 여지가 없을 것 같았다. 어느 날 아침 열한 시경, 나는 빠리 건너편 빌레뜨 근처에 있는 연구소에 도착하였다. 그 분야의 전문학자를 찾아 여러 실험실을 뒤지며 돌아다녔다. 그러나 어느 실험실에도 학자는커녕 일반 종사원조차 없었다. 눈에 띄는 것이라곤 배가 갈린 채 죽어 나자빠진 작은 짐승들의 시체, 담배꽁초, 금이 가고 이가 빠진 가스등, 숨을 헐떡이는 생쥐들을 가둬 놓은 작은 우리와 표본병 들, 증류기, 아무렇게나 던져져 있는 얼음주머니, 밑창이 빠진 의자들, 책들, 먼지, 그리고 또다시 담배꽁초들뿐… 그것들과 뒤섞여 공중변소 냄새가 진동하고 있었다. 다른 사람들보다 훨씬 일찍 도착하였고 또 모처럼 그곳에 갔던 차라 나는 연구소를 한 바퀴 둘러보고, 또 연구소 지하실에 뼈다귀들과 대리석에 뒤덮여 있는 위대한 학자 비오뒤레 조제프의 무덤을 한번 구경하기로 작정하였다. 부르주아적이고 비잔틴적인한가한, 그리고 고상한 취향에서 나온 변덕즉흥적인 생각이었다. 지하실에서 나오자니 경비원이 의연금조로 관람료를 받고 있었는데, 그는 어떤 사람이 슬쩍 섞어서 낸 벨기에 동전 때문에 화가 나서 짐승처럼 으르렁거리고 있었다. 반세기 전부터 수많은 젊은이들이 과학의 길로 뛰어든 것은 바로 그 비오뒤레 때문이었다. 그 결과 미술학교나 음악학교 출신자들 못지않게 많은 낙오자가 생겼다. 어느 쪽이건 일정 연한이 지나면 모두 비슷해지는 바, 그들 모두 성공하지 못하였다는 것이 공통점이다. 대혼돈의 구렁텅이에서는 대학 졸업장이나 로마 아카데미 상이 같은 것으로 취급된다.가치 구별이 없어진다 차이라야 기껏 누가 버스를 몇시에 탔느냐 하는 것뿐이다. 그 이상은 아무것도 없다.

나는 연구소 정원에서 한참을 더 기다려야 했다. 정원이라고는 하지만, 흔히 길가에서 볼 수 있는 자투리 녹지와 유치장을 배합해 놓은 것으로서, 아무렇게나 꾸민 담장 밑으로는 꽃들을 제법 정성스럽게 심어놓았다.

드디어 일반 관리직 소년 몇 명이 도착하였고, 그들 중 대부분은 벌써 커다란 시장용 망태에 필요한 물건들을 담아 가지고 왔으며, 모두 슬리퍼를 질질 끌고 있었다. 그 다음 연구원들이 철문을 들어서는데, 그들은 보조 관리요원들보다도 발걸음이 더욱 무겁고 내키지 않는 것 같았으며, 면도조차 제대로 하지 않았고, 자기들끼리 귓속말을 주고받았다. 그들은 복도를 따라가며 각자 흩어져 사라졌다. 시시콜콜하며 판에 박은 듯한 일상생활과 절망적으로 구역질나는 약물 배합에 얼이 빠지고, 기근을 면치 못할 보수를 받으면서 원숙한 나이에 이르기까지 콧구멍 만한 세균 요리실에 용접된 채 각종 야채 부스러기와 가사 상태의 마르모트, 기타 정체 불분명한 썩은 물질들을 뒤섞어 서서히 약한 불에 지글지글 끓이는 일에 종사하는, 이미 반백이 된, 그리고 방수 망토를 걸친 학생들이 돌아오는 길이었다.

따지고 보면 그들 자신 역시 사육되고, 괴물 같으며, 외투를 걸친 설치류들에 불과하였다. 오늘날의 영광은 오직 부자들에게만 미소를 보낸다. 그 부자들이 유식하건 그렇지 않건 상관하지 않는다. 연구에 종사하는 그 평민들이 자기들의 신분을 힘겹게라도 유지하기 위해서는, 뜨겁고 저명하며 칸막이 된 그 오물통 속에서 각자 자리를 잃으면 어쩌나 하는 그들 자신들의 두려움밖에 믿을 것이 없었다. 그들이 무엇보다도 중요시하던 것은 학자라는 공식 호칭이었다. 그 호칭 덕분에 화려한 시가지에 사는 약사들이, 아직도 자기네들 고객들의 소변이나 가래를 그들에게 가져와 분석을 의뢰하며 약간의 신뢰를 표시하고 있었다. 그 일의 보수는 물론 하잘 것없었다. 그것이 학자의 손에 들어올 수 있는 지저분한 과외 수입이었다.

기계처럼 착실한 학자는 연구소에 도착하기가 무섭게, 지난주에 해부한 토끼의 담즙 색을 띤 부패된 내장 위로 마치 경건한 의식을 거행하듯 몇 분간 몸을 굽혀 들여다보곤 하였다. 그것은 관례대로 연구실 한구석, 그 오물 전시용 성수반 위에 펼쳐놓은 토끼의 내장이었다. 그 썩은 내장에서 풍기는 악취가 견딜 수 없을 만큼 심해지면 다른 토끼 한 마리를 희생시키는 법이 절대 없었던 바, 그 당시 연구소 운영을 맡고 있던 조니세 교수가 거의 광신적으로 경비 절약을 중요시하고 있었기 때문이다.

그리하여, 즉 그러한 경제적 이유 때문에 어떤 짐승은 그 부패 정도가 극도에 이르고, 그러한 상태로 오랫동안 방치되는 경우도 있었다. 모든 것은 하지만 습관 나름이다. 그 실험실 생활에 익숙해진 몇몇 소년은 아마 시체가 한창 썩고 있는 관 속에서라도 즐겁게 요리를 할 수 있었을 것이다. 그만큼 부패 작용이나 그 냄새를 덤덤하게 대할 수 있게 된 것이었다. 위대한 과학적 연구 활동을 돕고 있던 그 이름 없는 소년들은, 또한 인색하기로 그토록 유명하던 조니세 교수를 절약에 있어서도 능가하고 있었다. 그들은 세균 배양기의 가스를 이용하여 수프를 끓이든가, 혹은 장시간의 가열을 요하며, 또 그리하여 위험하기도 한 스튜 요리를 하기도 해 조니세 교수를 압도하고 있었다.

학자들은 마르모트와 토끼의 내장 들을 한가하게 살펴본 다음 연구 활동의 두 번째 단계로 들어갔는데, 그것은 담배를 피우는 일이었다. 주위를 뒤덮고 있던 악취와 권태감을 담배 연기로 중화시키려는 시도였다. 그렇게 연이어 담배꽁초를 만들다 보면 오후 다섯 시경 그럭저럭 일과를 마무리 짓게 된다. 그때쯤이면 썩은 물질들을 건들거리는 세균 배양기에 다시 올려놓고 미지근하게 열을 가한다. 실험실에서 심부름을 하는 소년 옥따브는 수위실 앞을 지날 때 발각되지 않으려고, 완전히 익힌 제비콩을 신문지에 싼다. 저녁 식사 거리를 완벽히 준비하여 가르강에 있는 자기 집까지 가져가려는 것이다. 그동안 학자는 다음 학술발표회에 대비하기 위하여 몇 가지 사항을 조심스럽게, 또 자신이 없는 표정으로 실험 노트에 적는다. 학술발표회란 것이 한가한 잡담이나 주고받는 행사이기는 하지만, 그 실험 기록이 연구소에 출근했다는 사실을 증명해주고, 또 그가 받는 알량한 보수의 지불 근거가 되기 때문에,

공평무사하다고 하는 학술원에서 연구 결과를 발표하기 훨씬 이전부터 그 귀찮은 잡일을 꼬박꼬박 해두어야 하는 것이다.

　진정한 학자가 위대한 발견을 하는 데는 평균 이십 년이 걸리는데, 그 발견이란 특정인들의 열광이 다른 사람들의 행복을 전혀 창출하지 못하며, 이 지상에 사는 한 모든 사람들이 각자 자기 이웃의 괴벽으로 인해 불편해한다는 사실을 깨닫는 것이다.

　다른 여러 형태의 열광에 비해 합리적이고 차분한 학문적 열광은 동시에 가장 용서할 수 없는 열광이기도 하다. 그러나 짐짓 꾸민 표정이나 태도를 동원해 가면서라도 초라하게나마 살아갈 방편을 어떤 곳에서건 쟁취하였으면 끈질기게 그 열광을 유지해야 하며, 만약 그렇게 하지 못할 경우 한 마리 마르모트처럼 배가 푹 꺼져 죽어버릴 수밖에 없다. 습관은 용기보다 훨씬 빨리 생기는 법, 특히 처먹는 습관은 더욱 그러하다.

　나는 연구소를 샅샅이 뒤지며 파라핀을 찾았다. 랑시로부터 그 먼 길을 달려온 것도 그를 만나기 위해서였다. 나 역시 그를 찾는 데 있어 끈질긴 인내심을 발휘해야 했다. 그 일조차 저절로 되지 않았다. 숱한 복도를 오가며 무수한 문 앞에서 서성거리기를 수없이 반복하였다.

　그 늙은이는 일체 조반은 들지 않으며, 저녁식사도 일 주일에 기껏 두세 번밖에 하지 않았다. 그러나 식사를 하는 경우에는 엄청난 양을 먹어치우곤 했는데, 그때까지도 간직하고 있던 러시아 학생들의 일반적인 습관, 즉 그 광란기 때문이었다.

　파라핀은 자기의 전문 분야에서 최고의 권위를 인정받고 있었다. 짐승이나 사람에게서 발생하는 모든 티푸스성 질환에 그는 익숙해 있었다. 그는 이미 이십 년 전부터, 즉 몇몇 독일 학자들이 십팔 개월 된 여자아이의 질(膣) 분비액에서 에베르트 비브리오균을 산 채로 분리하였다고 주장하던 무렵부터 명성을 떨치기 시작하였다. 카를 요제프 에베르트가 1881년 티푸스 박테리아를 발견하였는데, 그것을 에베르트균이라고 한다. 그들의 주장은 당시 과학계에 커다란 소동을 일으켰다. 그때 파라핀은 회심의 미소를 지으며 프랑스국립연구소의 이름으로 최단 시일 내에 그들의 업적에 응수하였으니, 그는 칠십이 세 된 노인의 정액 속에서 똑같은 균을 배양하는 데 성공함으로써 그 튜튼 족들 독일인들을 일컫는 경멸적인 호칭. 야만인들이라는 의미를 내포하고 있다의 허세를 꺾었던 것이다. 일단 유명해지자 그는 죽을 때까지 여러 전문 잡지에 이해하기 힘든 글들을 정기적으로 발표하면서 저명인사의 자리를 고수하였다. 그가 과감성을 발휘했던 그 운수 좋았던 날 이후, 그는 전문지들의 난을 잉크로 채우는 그 일을 별 어려움 없이 해냈다. 진지한 독자들, 즉 과학에 몸담고 있는 사람들은 모두 그를 신뢰하고 있었다. 그리하여 그들은 아예 그의 글을 읽지도 않았다. 만약 독자들이 그의 글을 비판하기 시작했다면 어떠한 발전도 상상조차 할 수 없었을 것이다. 그의 글 한 페이지를 읽는 데 일 년은 걸렸을 테니까 말이다.

내가 감방 같은 그의 실험실 문 앞에 당도하였을 때, 세르주 파라핀은 끊임없이 샘솟는 침을 실험실의 네 귀퉁이로 탁 탁 뱉고 있었으며, 그 순간 역겨운 듯 찌푸린 그의 얼굴은 나로 하여금 잠시 생각에 잠기도록 하였다. 그의 얼굴을 보니 가끔 면도를 하긴 하는 것 같은데, 뺨의 평평한 부분에는 털이 그대로 남아 있어 영락없는 탈옥수의 모습이었다. 그는 실험실에서도 절대 외투를 벗는 법이 없는데도 불구하고 오들오들 떨고 있었다. 혹은 단지 그렇게 보였을 뿐인지도 모른다. 또한 그의 외투는 초록색과 붉은 색이 감도는 그의 코 위로 자주 흘러내리는 머리칼을 추슬러 올릴 때마다 떨어지는 비듬과 기타 얼룩으로 뒤덮여 있었다.

내가 대학에서 실습을 하던 시절, 파라핀은 나에게 세균에 관한 강의를 몇 차례 한 일이 있으며, 여러 차례에 걸쳐 나를 각별히 대해 준 적이 있었다. 비록 오랜 세월이 흘렀지만 나는 그가 나를 완전히 잊지 않았기를 기대하였으며, 한편 내가 고심하고 있던 베베르의 병을 고칠 수 있는 최고의 방안을 제시해줄지도 모른다는 기대에 부풀어 있었다.

분명 나는 그 어떤 어른의 죽음보다도 베베르의 죽음만은 막아야 한다는 생각에 사로잡혀 있었다. 어른 하나가 저세상으로 간다고 해서 불만스러워할 이유는 없다. 더러운 멍청이 하나가 줄어드는 것뿐이기 때문이다. 그러나 아이의 죽음에 대해서는 그러한 확신이 비교적 약하다. 아이에게는 미래가 있기 때문이다.

내가 당면하고 있던 어려운 문제점들을 다 알게 된 파라핀은 기꺼이 나를 도와 그 위험스러운 치료를 직접 지휘하겠다고 나섰다. 다만 지난 이십 년 동안 그는 장티푸스에 대해 너무 많은 것들을 배웠고, 또 그 배운 것들 간에도 너무나 빈번히 모순점이 드러나기 때문에, 이제는 그 흔해빠진 병세나 자신의 치유법에 대해서 명료하고 확실한 견해를 제시하는 것이 어려워졌을 뿐만 아니라, 아예 불가능해진 상태라고 하였다.

— 우선, 당신은 그 혈청이란 것을 믿으십니까? 그는 나에게 먼저 그와 같은 질문을 던지며 허두를 열었다. 믿으시나요? 당신 생각은 어때요…? 그리고 그 백신이라는 것은…? 한마디로 그것들에게서 어떤 인상을 받으셨는지…? 오늘날의 탁월한 지성들은 그 백신이란 말을 아예 듣기조차 싫어해요… 물론 지나치게 대담한 생각이지요… 나 역시 동감이에요… 하지만? 그렇지 않아요? 하지만? 그러한 거부반응에도 진실이 있다고 생각지 않으세요?… 어떻게 생각하세요?

그의 말 한 마디 한 마디는 그의 입 속에서 거대한 폭으로 발음되는 'R' 음의 눈사태에 휩싸여 나오고 있었다.

그가 또 다른 무수한 가정들을 내세우며 한 마리 사자처럼 노도같이 또 절망적으로 포효하고 있을 때, 당시에는 아직 생존해 있던 그 저명하고 위대한 연구소 책임자 조니세가, 바로 때마침 실험실 창문 앞으로 눈살을 찌푸리고 지나갔다. 그를 보는 순간 파라핀은 극도로 창백해졌고, 문득 신경질적으로 대화의 내용을 바꾸더니, 온 세상에 명성이 자자한 그 조니세를 날마다 만나야 하는 것이 얼마나 구역질나는 일인지 아느냐고 서둘러 푸념 하기 시작하였다. 그는 그 짧은 순간을 이용해 내게 말하기를 그 유명한 조니세가 진실의 왜곡꾼이며 편집증세가 있는 미치광이라고 하였으며, 또 흉측한 전대미문의 범죄를 수없이 비밀리에 저질러, 그 한 사람의 죗값만으로도 도형수 감옥 하나를 일 세기 동안 가득 채울 만하다고 하였다.

또한 그는 호구지책으로 어쩔 수 없이 몸담게 된, 연구원이라는 그 광대 작업에 관한 수백수천 가지 자질구레한 이야기들을 증오심 어린 어조로 쏟아놓았는데, 나는 더 이상 그의 말을 막을 수 없었으며, 자신의 직업에 대한 그의 증오심은 일반 사무실이나 상점 등, 비슷한 조건에서 일하는 사람들에게서 발견되는 증오심보다 더 구체적이며 참으로 과학적이었다.

그는 그러한 말들을 아주 큰 소리로 떠들어댔고, 나는 그의 솔직성에 놀라지 않을 수 없었다. 그의 실험실 급사가 우리들의 대화를 듣고 있었기 때문이다. 급사 역시 자신의 간단한 요리^{실험}를 끝내고, 특별히 더 할 일이 없어 세균배양기와 실험기기 들 사이를 건성으로 오가고 있었다. 하지만 급사는 강의를 할 때마다, 즉 날마다 파라핀이 퍼붓는 저주를 하도 들어 이미 그것에 익숙해진 터라,

그의 말이 아무리 엄청나더라도 이제는 그것이 순전히 학술적인 것이며 별다른 뜻을 가지고 있지 않다고 여기게끔 되었다. 급사가 실험실에 있는 세균배양기 중 하나에 매달려 진지하게 추진하고 있던 그의 개인적 실험들이, 그에게는 파라핀이 떠들어대는 이야기보다 훨씬 경이롭고 달콤하리만큼 유익한 것 같았다. 파라핀의 발광에도 아랑곳하지 않고 그는 자신의 일에만 골몰하고 있었다. 실험실에서 나가기 전에, 그는 마치 사제가 교회당의 감실(龕室) 문을 닫듯 다정하고 경건하게 자기의 세균들이 들어 있는 배양기 뚜껑을 달았다.

— 내 급사 하는 짓 보았어요? 그 늙은 천치 보았지요? 급사가 나가자 파라핀이 화제를 급사에게로 돌렸다. 그가 이 실험실 청소를 하기 시작한 지 어언 삼십 년, 그리하여 자기 주위에서 들려오는 소리라곤 항상 과학에 관한 장광설… 그런데도 그 객설에 역겨움을 느끼기는커녕 이 연구소 내에서도 과학을 신봉하는 사람은 오직 그 멍청이 하나뿐이에요! 내가 배양하는 세균들을 하도 뒤척이다 보니 이제는 그 세균들이 경이롭게 보인다는 거예요! 이제 군침을 흘리며 그것들을 아예 핥을 지경이에요… 내가 하는 미친 짓이면 아무리 하찮은 것이라도 그것에 도취되어 버려요! 하긴 모든 종교의 내부 실상을 보면 그런 식이 아니겠어요? 사제는 신을 제쳐두고 딴생각에 골몰한 지 이미 오래인데, 교회당 지기는 아직도 신을 믿고 있지 않나요…? 그것도 철석같이? 구역질나는 일이에요…! 내 실험실의 얼간이도 그 우스꽝스러운 짓이 극도에 달해, 이제는 위대한 비오뒤레 조제프의 의상과 턱수염까지 모방하고 있어요! 눈치 채지 못하셨어요…? 우리들끼리의 이야기지만, 사실 비오뒤레와 우리 급사가 다른 점이라곤 그의 세계적인 명성과 심한 변덕뿐이에요… 병들을 완벽하게 반복하여 부셔내고, 좀

이 피어나는 것을 믿을 수 없으리만큼 가까이에서 코를 처박고 관찰하는 그 습성 등, 그 실험의 천재가 나에게는 항상 괴물처럼 상스럽게 보였어요… 그 위대한 비오뒤레에게서 그의 경이로운 시시콜콜함을 떼어버리고 나면 무엇이 남을지, 내게 말 좀 해보시겠어요? 당신에게 묻는 거예요. 트집잡기 좋아하고 심술궂은 수위의 적대감 가득한 상판이에요. 그것이 전부예요. 게다가 한림원에 이십 년 있는 동안, 거의 모든 사람들과 심하게 다투어 모든 이들로부터 배척을 당하며, 자기의 돼지 같은 성격을 여실히 증명해보였지요… 영리한 과대망상증 환자였지요… 그 이상 아무것도 아니었어요.

그러고 나서 파라핀은 슬그머니 떠날 준비를 하였다. 나는 그가 항상 숄처럼 뒤집어쓰고 다니는 비듬 위로, 또 목둘레로 숄을 두르는 것을 거들어주었다. 그러자 그는 내가 구체적이고 급한 일로 그를 만나러 왔다는 사실을 다시 생각해냈다. "아 참, 나의 자질구레한 이야기를 늘어놓느라고 그만 당신의 환자를 깜빡 잊었구먼! 용서해요, 그리고 서둘러 그 이야기부터 합시다! 하지만 당신도 이미 다 알고 있는 마당에 내가 더 무슨 말을 할 수 있겠소! 종잡을 수 없는 그 숱한 이론들과 반론의 여지가 많은 실험 결과들 속에 파묻혀 정신을 차리고 냉정히 생각해보면, 그 어느 것도 선택하여 취할 수 있는 형편이 못 돼요! 그러니 최선을 다하는 수밖에! 기왕에 당신이 어떤 조치를 취해야 할 입장이니 그저 최선을 다해봐요! 이 자리를 빌려 당신에게 고백하건대, 나는 그 티푸스성 질환에 신물이 나요! 극도로! 상상조차 할 수 없을 정도로! 내가 젊은 시절 장티푸스에 처음 손을 대었을 때에는 그 분야에 뛰어든 사람이 불과 몇몇 학자들뿐이었고, 그리하여 그 수를 셀 수 있을 정도였으며, 우리들끼리 서로 주가를 올릴 수도 있었는데… 반면 지금은 어떠하지요? 심지어 라플란드 스칸디나비아 제국, 핀란드, 러시아 일부의 북쪽 지방. 남쪽 경계는 대략 북위 66도선으로 잡는다에서도 전문가가 나오고! 뻬루에서도! 사방에 온통 전문가들 투성이에요! 일본에서는 아예 획일적으로 대량 생산해내고! 단 몇 년 사이에 이 세계는 늘 같은 주제만 가지고 뇌까리는 기괴한 출판물들이 우글거리는 질서 없는 집단으로 변해버렸어요! 나는 그 아수라장 속에서 나의 자리를 잃지 않고 보전하기 위해 학회마다 따라다니며, 또 이 잡지 저 잡지에 항상 거의 같은 논문을 발표하지요. 일정 기간마다 지극히 지엽적이고 별로 중요치 않은 부분을 교묘하게 수정해가면서… 하지만 오늘날 티푸스성 질환은 만돌린이나 밴조가 그렇듯 흔해빠진 것으로 타락했어요. 이 세계가 그것으로 미어터질 지경에요! 각자 나름대로 다퉈 한 가락씩 읊어대려 하고 있어요. 당신에게 기꺼이 고백하건대, 나는 더 이상 그것을 가지고 골치를 썩이고 싶지 않아요. 나의 여생을 조용히 마치기 위해 내가 찾는 것은 묵묵히 내 연구에 몰두할 수 있는 작은 구석뿐이에요. 그리하여 적도 제자도 없고, 다만 질투심 섞이지 않은 작은 명성에 나는 만족할 것이고, 또 나는 그것을 원해요. 다른 많은 객쩍은 잡담들 중에서도 나는 난방 구조가 치질에 어떤 영향을 끼치는지, 북부 지역과 남부 지역을 비교 연구 해보고 싶어요. 당신은 그 점에 대해 어떻게 생각하세요? 위생학 연구에 대해서는? 식이요법에 대해서는? 그런 것들이 요즘은 유행이에요! 그렇지 않아요? 그러한 연구를 적절하게 또 상당기간 동안 수행하면, 대다수가 늙은이들로 구성된 아카데미 프랑세즈와 나의 관계도 우호적으로 변할 거예요. 난방이라든가 치질 등의 문제에 그 늙은이들이 무심할 수는 없을 테니. 그들과 밀접한 관계가 있는 암 문제에 관해 그들이 어떤 조치를 취했는지 한번 봐요! …아카데미가 나에게 혹시 건강학 연구에 대한 공로상을 줄지 누가 알아요? 모르는 일이잖아요? 일만 프랑? 응, 그렇지 않아요? 그만하면 한 차례 베네치아 여행 경비는 될 테고… 나의 젊은 친구분, 아세요, 젊었을 때 그곳에 가본 적이 있지요… 물론이고말고! 그곳에서도 역시 다른 곳에서와 마찬가지로 굶주림으로 많이들 죽어갔지… 그러나 그곳에서는 사치스러운 죽음의 냄새를 호흡할 수 있고, 그 냄새를 한번 맡으면 그 다음에는 쉽게 잊혀지지가 않아요…."

거리에 나와 한참을 걷다가, 우리는 그가 실험실에 놓아두고 온 고무장화를 가지러 오던 길을 서둘러 되돌아갔다. 그 때문에 결국 출발이 늦어졌다. 그 다음 우리는 그가 전혀 언급조차 하지 않은 곳으로 갔다. 채소류와 기타 물건들이 여기저기 쌓여 있는 그 긴 보쥐라르 거리를 거쳐, 우리는 마로니에와 경찰관 들이 둘레에 듬성듬성 에워싸듯 서 있는 어느 광장 주변에 도달하였다. 그곳에서 우리는 어느 작은 까페의 뒷방으로 슬쩍 미끄러지듯 들어갔고, 들어가자마자 파라핀은 아랫부분을 커튼으로 가린 유리창 뒤에 새가 홰에 앉듯 자리를 잡았다.

— 너무 늦었어! 그가 실망한 기색으로 중얼거렸다. 벌써들 나가버렸군!

— 누구 말씀입니까?

— 귀여운 여고생들… 매력적인 것들이 상당히 많던데… 나는 그녀들 각각의 다리를 모두 기억하고 있어요. 하루의 일과가 끝나면 나는 더 이상 다른 것은 원치 않아요… 떠납시다! 다른 날 다시 옵시다….

그리하여 우리들은 서로 좋은 친구가 되어 헤어졌다.

랑시로 돌아가지 않아도 괜찮았다면 나는 매우 만족스러웠을 것이다. 그곳을 떠나던 날 아침부터 나는 이미 나의 일상 근심을 거의 잊었었다. 그 근심들은 모두 랑시에 너무나도 깊이 새겨져 있어서 나를 따라나서지 못하였던 것이다. 내가 만약 그곳으로 다시 돌아가지 않았다면 나의 근심들은 영영 그곳에 버려진 채 베베르처럼 죽어버렸을 것이다. 그것은 대도시 변두리 특유의 근심거리들이었다. 하지만 보나빠르트 로 근처에 도달했을 때 잊었던 상념이 다시 살아났고, 그것은 슬픈 상념이었다. 그 길은 그러나 행인들에게 오히려 즐거움을 느끼게 하는 길이다. 그 길만큼 친근감 있고 우아한 길도 그리 흔치 않다. 그러나 쎈느 강 연안에 이르면서부터 나는 겁이 나기 시작하였다. 나는 정처 없이 어슬렁거렸다. 쎈느 강을 건너갈 용기가 나지 않았다. 모든 사람이 다 카이사르는 아니다! 카이사르가 갈리아 지역을 정복한 다음 게르마니아 지역을 향해 진군하던 중, 라인 강에 도착하여 그 강을 건널지 말지 망설였다는 고사를 암시하는 듯하다. 강을 건너자니 게르마니아 지역의 끝없이 이어져 있는 숲과 그 속에 웅거하고 있는 야만적이고 용맹스러운 게르마니아 전사들이 두려웠고, 그대로 회군하자니 로마 원로원 및 시민들을 대할 면목이 없었기 때문이다. 그렇게 망설이던 카이사르는 결국 라인 강을 건너기는 하였으나, 건너편 강 연안에서 잠시 말을 달리다 도망치듯 다시 갈리아 지역으로 건너왔다고 한다 강 저쪽으로부터, 즉 강 건너편 연안으로부터는 나의 모든 근심이 다시 시작되고 있었다. 그리하여 나는 모든 것을 유보하고 밤이 될 때까지 이쪽 좌안 쎈느 강 남쪽 연안에서 기다리기로 작정하였다. 이를테면 몇 시간이나마 햇볕을 더 쬐자는 생각이었다.

   강물은 낚시꾼들 곁까지 밀려와 철썩거리고 있었고, 나는 강변에 앉아 그들이 하는 짓들을 구경하였다. 진정 나 역시 그들과 마찬가지로 바쁠 것이 전혀 없었다. 나는 우리들을 스치고 지나가는 매 시간마다 우리들이 무엇을 잃는지 잘 알 만한 때에, 혹은 그러한 나이에 도달해 있었다. 하지만 그 나이에는 아직 시간의 행로에서 단호하게 자신의 발걸음을 멈추는 데 필요한 지혜의 힘을 확보할 수 없다. 또한 혹시 발걸음을 멈춘다 해도 우리들을 사로잡고, 또 우리가 젊은 시절 내내 그토록 숭앙하던 그 무작정 전진만 하려는 광기가 없이는 도무지 무엇을 해야 할지를 모른다. 이미 우리는 우리의 젊음에 대해 전보다 자부심을 훨씬 덜 느끼지만, 우리의 젊음이란 것이 늙어가는 데 필요한 활기에 불과할지도 모른다는 사실을 아직은 공공연히 시인하지 못한다.

그 나이에는 또한 자신의 우스꽝스러운 과거 속에서 온통 우스꽝스러움과 속임수, 고지식함 뿐만을 발견하고, 즉각 자신의 젊음이 멈춰주기를 바란다. 그리고 젊음이 자신으로부터 떨어져나가 자신을 추월하기를 기다리고, 자신으로부터 멀리 사라지는 것을 바라보며 그 허영의 실체를 샅샅이 살펴보기를 원한다. 뿐만 아니라 그 젊음이 공허에 일격을 가하고, 그것이 다시 한번 자신의 앞을 지나가는 모습을 본 다음, 이번에는 우리 자신이 떠나고 싶어 한다. 그리고는 우리의 젊음이 완전히 떠나버렸음을 확인한 후에 우리 역시 느긋이 세월의 저편으로 건너가서 인간과 사물의 참모습을 진지하게 바라보고 싶어 하게 된다.

강변의 낚시꾼들은 아무것도 잡지 못하였다. 심지어 고기를 잡는 데는 별 관심이 없는 것 같았다. 물고기들도 그들을 잘 알고 있었음에 틀림없다. 그들은 모두 그곳에 앉아 공연한 시늉들만 하고 있었다. 아름다운 마지막 저녁 햇살이 우리들 주위에 아직 약간의 따스함을 뿌려주고 있었으며, 동시에 푸른색과 황금색으로 잘게 부서진 반사광들을 물결 위에 춤추도록 하고 있었다. 바람은 수천의 나뭇잎새를 거쳐 미풍으로 변해 강 건너편으로부터 시원하게 불어오고 있었다. 쾌적하기 이를 데 없었다. 아무것도 잡지 않고, 아무 일도 하지 않으며, 낚시꾼들이나 나나 모두 그렇게 앉아 두어 시간을 흘려보냈다. 그 다음에는 쎈느 강 물빛이 검푸르게 변하고, 다리의 양쪽 끝부분이 석양을 받아 붉게 물들고 있었다. 강둑 위를 지나는 사람들은 강둑과 강물 사이에 그렇게 앉아 있는 우리들의 존재를 아예 의식조차 못하였다.

밤이 다리의 아치들로부터 나오더니 강변의 저택을 타고 올라가 전면 벽과 창문 들을 하나씩 점령하기 시작하였고, 창문들은 그 어둠에 맞서 마지막 석양을 횃불처럼 활활 반사하고 있었다. 그 다음 창문들의 반사광도 모두 꺼졌다.

또다시 떠날 일밖에 남아 있지 않았다.

강변의 서적 상인들도 궤짝_{쎈느 강변의 고서적 상인들이 진열대 겸 보관함으로 사용하는 커다란 궤짝을 말한다}들을 닫고 있었다. "어서 와요!" 책을 파는 부인이 내 옆에서 접는 의자, 구더기 깡통, 기타 낚시 도구를 챙기고 있던 자기 남편에게 하는 말이다. 그 남편이란 자가 무어라고 투덜거리자 다른 모든 낚시꾼들도 그를 따라 투덜거렸고, 그 다음 모두들 강둑 위로 올라갔는데, 나 역시 느릿느릿 걷는 그 사람들 속에 섞여 투덜거리며 따라 올라갔다. 나는 어둠이 완전히 사방을 덮기 전에 낚시꾼의 처에게 무엇이든 친절한 말을 해줄 생각으로 말을 건넸다. 그러자 그녀는 지체하지 않고 나에게 책을 한 권 팔고자 했다. 깜빡 잊고 그만 궤짝에 넣지 않은 책이라는 것이었다. "그러니 아주 싸게, 거의 공짜로 드리겠어요…." 그녀가 덧붙이는 말이었다. 아주 오래된 몽떼뉴의 책인데 단 일 프랑만 받겠다는 것이다. 그렇게 적은 돈이면 할 수 있을진대, 나는 기꺼이 그녀에게 기쁨을 선사하고 싶었다. 나는 그녀의 그 '몽떼뉴'를 받아들였다.

다리 밑 강물 소리는 더욱 둔탁해졌다. 나는 더 이상 걸을 의욕이 없었다. 큰 거리로 나와 크림 커피 한 잔을 마신 다음 그녀가 나에게 판 책을 펴들었다. 내가 편 페이지는 공교롭게도 몽떼뉴가 자기의 부인에게 보낸 편지가 실려 있는 페이지였고, 그 편지는 그들의 아들이 죽은 직후에 보낸 것이었다. 불현듯 그의 글이 나의 관심을 끌었는데, 아마 내가 그 글을 보는 순간 즉각 베베르를 연상했기 때문인 듯하다. 몽떼뉴는 자기 부인에게 대략 다음과 같이 쓰고 있었다. "아! 나의 사랑하는 아내여, 너무 상심하지 마오! 마음을 진정시키도록 하오…! 다시 괜찮아질 거요…! 살아가다 보면 모든 것이 다시 제자리를 찾는 법이니… 그리고 참, 어제 내 친구의 오래된 문서들을 뒤적이다가 플루타르코스가 우리들과 비슷한 상황에서 자기의 부인에게 보낸 편지 하나를 우연히 발견하였다오… 그 편지를 보니 하도 아름답기에 당신에게 그의 편지를 동봉해 보내드리오…! 정말 아름다운 편지요! 나 또한 당신이 너무 오랫동안 나의 편지를 받지 못해 궁금해 하는 것을 원치 않소. 당신의 슬픔이 조금이나마 진정되었는지, 소식 주기 바라오! …내 사랑하는 아내여! 나 역시 당신에게 나의 편지를 보내오! 어떤 의미에서는 플루타르코스의 편지와 비슷하오! …그렇게 말할 수 있을 것이오! 당신에 대한 관심이 고갈되지는 않았다오! …절대 아니오! 사랑하는 아내여, 편지를 잘 읽어보시오! 주의해서 읽으시오! 이것을 친구들에게 보여주시오! 그리고 다시 읽으시오! 이제 안심이 되오! 이 편지가 당신을 재기시킬 것이라 확신하오! …당신의 착한 남편, 미쉘." ^{몽떼뉴가 1570년 9월에 자기의 부인에게 보낸 편지를 암시하고 있으나, 실제 편지의 내용은 전혀 다르다. 작가가 몽떼뉴의 이기적 심리만을 꼬집어 희화적으로 부각시켜 다시 쓴 것이}다 흔히들 아름다운 작품이라 하는 것이 바로 이런 것들이구나라고 나는 홀로 생각해보았다. 그의 부인은 그녀의 그 대단한 미쉘^{미쉘 에}

이젬 드 몽떼뉴처럼 근심조차 하지 않는 남편을 가진 것을 자랑스러워 하였을 것이다. 여하튼 그것은 그들과 같은 부류 사람들의 일이다. 또한 다른 사람들의 마음을 판단하는 데에는 항상 오류가 따를 수 있다. 그들도 진정 슬픔을 느끼고 있었을지도 모른다. 그들 시대의 슬픔을.

 그러나 베베르의 일이 나에게 안겨 준 것은 형언할 수 없이 벅찬 하루였다. 베베르가 죽건 살건 상관없이, 그의 일에 있어서 나는 몹시도 운이 없었다. 이 지상에는, 그리고 몽떼뉴의 글 속에도, 그에게 도움이 될 만한 것은 아무것도 없을 듯하였다. 하긴 좀더 생각해보면 이 세상 모든 인간의 처지 역시 비슷할 것이다. 의지할 곳 없는 허공뿐이다. 새벽에 랑시를 떠났다가 이제 다시 그곳으로 돌아가야 했으나, 아무것도 들고 가지 못하니 할 말이 없었다. 베베르에게도, 그의 숙모에게도 가져다 줄 것은 없었다.

 돌아가기 전에 블랑슈 광장 주위를 잠시 어슬렁거렸다.

 르빽끄 거리에는 평소보다 사람들이 많았다. 나 역시 무슨 일인가 보려고 그곳으로 갔다. 푸줏간 한 귀퉁이에 사람들이 들끓고 있었다. 무슨 일이 벌어지고 있는지 사람들을 헤집고 틈새로 들여다보았다. 한 마리 돼지였다. 비대한 돼지였다. 사람도 누가 성가시게 굴면 불평을 하듯, 돼지 역시 빽빽이 둘러서 있는 사람들 가운데서 목청껏 비명을 지르고 있었다. 게다가 사람들은 끊임없이 그 짐승을 짓궂게 놀리고 있었다. 사람들은 돼지가 비명을 치는 소리를 들으려고 그 귀를 마구 비틀거나 꼬집었다. 돼지는 몸부림을 치며 자기를 묶고 있는 고삐를 끌고 도망치려다 자신의 힘에 겨워 벌렁 나자빠졌고, 그 틈을 이용해 다른 사람들이 또 들볶자 고통을 못 이겨 더욱 요란하게 비명을 질렀다. 그럴수록 사람들은 더욱 웃어댔다.

그 비대한 돼지는 단 얼마 안 되는 지푸라기 속에 몸을 감추려 애를 썼지만 속수무책, 그 속에 코를 박고 꿀꿀거리며 가쁜 숨을 몰아쉴 때마다 지푸라기들이 사방으로 날렸다. 돼지는 사람들의 손아귀를 빠져나와 도망치려 하였으나 어쩔 수가 없었다. 자신의 그러한 운명을 직감하고 있는 것 같았다. 죽을힘을 다해 몸부림을 치며 오줌을 줄줄 싸고 있었으나 아무 소용없는 일이었다. 꿀꿀거리고 울부짖기도 하였지만 역시 헛일이었다. 속수무책이었다. 사람들은 깔깔거리고 웃고 있었다. 돼지고기 장수는 자기의 점포 안쪽에 서서 단골손님과 눈짓을 주고받으며, 또 서로 농담을 하면서 커다란 칼을 휘둘러 여러 가지 몸짓을 해보였다.

그 역시 만족한 기색이었다. 돼지를 사서 선전용으로 그곳에 매어둔 것이다. 자기 딸의 결혼식장에서도 그보다 더 즐거워할 것 같지는 않았다.

도망치려 애를 쓸 때마다 거대한 분홍색 주름살을 출렁이며 쓰러지는 돼지를 구경하려고, 사람들이 끊임없이 푸줏간 앞으로 몰려들었다. 사람들은 그것으로 만족하지 않았다. 심술궂은 작은 개 한 마리를 돼지의 몸뚱이 위로 기어오르게 한 다음, 개를 흥분시켜 그 위에서 마구 뛰며 돼지의 축 처진 살점을 물어뜯게 하였다. 하도 많은 사람들이 몰려 있어서 통행이 어려울 지경이었다. 경찰관들이 달려와 사람들을 해산시켰다.

그 시간쯤 꼴랭꾸르 다리 위에 올라서면, 묘지를 덮고 있는 거대한 밤의 호수 저 너머로 랑시의 첫 불빛들이 보인다. 그곳에 도달하려면 길을 한없이 돌아서 가야 한다. 그만큼 멀다! 밤 그 자체를 끼고 돌아가는 것 같다. 요새가 있는 곳에 도달하려면 묘지를 휘돌아 그만큼 오랫동안 또 먼 길을 걸어야 한다.

그 다음 세관 문 앞에 이르러서는 다시 원기왕성한 땅딸보 늙은 세관원이 항상 식물처럼 자리를 지키고 있는 사무실 앞을 지나야 한다. 그러면 거의 다 온 것이다. 인근의 개들이 짖어대기 시작한다. 가스등 아래에는 아직도 꽃들이 진열되어 있는데, 어느 날 어느 시각에 그곳을 지날지 모르는 유해들을 기다리고 있는 꽃장수 여인의 것이다. 그 옆에 또 다른 묘지 하나가 있고, 그 다음 레볼뜨 대로가 나타난다. 그 길은 가로등이 켜 있어 한밤중에도 시원스럽게 뻗어 있는 것이 환하게 보인다. 그 길을 따라 왼편으로 가기만 하면 된다. 그곳이 내가 사는 거리였다. 마주칠 사람은 아무도 없었다. 하지만 나는 내가 멀리 다른 곳에 있었다면 오죽이나 좋을까라는 생각에 사로잡혀 있었다. 또한 내가 집에 돌아오는 소리를 아무도 듣지 못하게 실내화를 신고 싶은 심정이었다. 물론 베베르의 병세가 전혀 호전되지 않았다 하더라도 나에게는 아무 책임이 없었다. 나로서는 최선을 다하였다. 나를 나무랄 아무 이유가 없었다. 그와 같은 경우에 임해서 어찌해 볼 수 없다 하더라도 그것이 나의 잘못은 아니었다. 나는 나의 집 입구까지 아무에게도 발각되지 않고 도달하였다. 아니 그렇게 믿었다. 그리고 집에 들어서자마자 덧문은 열지 않고 그 틈새를 통해 베베르의 집 앞에 아직도 사람들이 모여 무슨 이야기들을 하고 있는지를 살폈다. 아직도 몇몇 방문객들이 집에서 나오는 중이었는데, 그들의 기색이 어제와는 같지 않았다. 내가 잘 아는, 인근에 사는 청소부 여인이 그 집에서 나오며 찔끔찔끔 울고 있었다. "분명 병세가 악화되었음에 틀림없어. 여하튼 호전되지 않은 것은 확실해… 이미 죽은 것이 아닐까? 우는 여자가 있으니…!" 나는 혼자 그런 생각에 잠겨 있었다. 나의 그날 일과는 그렇게 끝났다.

하지만 그 모든 일에 있어 나에게는 아무 책임이 없는지, 나는 다시 한번 곰곰이 생각해보았다. 내 집은 춥고 적막이 감돌고 있었다. 거대한 밤의 한구석에 특별히 나를 위해 마련해 놓은 작은 밤 같았다.

가끔 발자국 소리가 들려왔고, 그 반향음이 점점 강하게 나의 방으로 들어와 웅웅거리다가는 이내 사그라져버렸다… 다시 정적이 계속되었다. 나는 맞은편 밖에서 무슨 일이 일어나는지 다시 한번 내다보았다. 나의 내면에서 계속 같은 질문이 제기될 뿐, 밖에서는 아무 일도 일어나지 않았다.

나는 그러한 질문을 뇌까리며 내 고유의 밤, 그 관 속에서 잠이 들었다. 아무것도 얻지 못하고 하루 종일 걸은 탓에 극도로 지쳐 있었던 것이다.

사람들은 기실 피차간에 아무 할 말이 없으며, 각자 자기들의 괴로움을 자신에게 지껄여댈 뿐이다. 그것은 모든 사람들 사이에 맺어진 일종의 묵계, 따라서 환상을 가져서는 안 된다. 이 지구는 모두의 것이로되 사람은 모두 제각기다. 사람들은 성행위 순간에 자신들의 괴로움을 상대방에게 떨쳐버리려 애를 쓰지만, 그것 역시 여의치 못하여 헛수고일 뿐, 그들은 여전히 각자 자신의 괴로움을 고스란히 간직하게 되고, 그리하여 다시 그 짓을 시작하게 되며, 또 한번 그 괴로움을 상대방에게 떠넘기려 애를 쓴다. 그리하여 "아가씨, 당신 정말 예뻐요!"라고 지껄여댄다. 그 다음 진부한 일상의 삶 속으로 휩쓸려 들었다가는, 다음 번 관계를 가질 때 또다시 전과 같은 그 보잘것없는 술책을 시도해본다. "아가씨, 당신 정말 예뻐요…!"

또한 진부한 일상의 삶 속에 잠겨 있는 동안에는 자기들의 괴로움을 말끔히 떨쳐버렸노라 자랑을 하지만, 그것이 터무니없는 거짓이며, 여전히 각자의 괴로움을 각자의 몫으로 간직하고 있다는 사실을 모든 사람이 잘 알고 있다. 늙어감에 따라 그러한 유희에서도 점점 추하고 혐오스럽게 변하기 때문에 사람은 더 이상 자신의 괴로움, 즉 자신의 실패를 감출 수조차 없게 되고, 결국 상판은 더러운 찡그림으로 가득 차게 되는데, 그 찡그림이 복부^{내부?}에서 상판으로 올라오는 데는 이십 년, 삼십 년, 혹은 그 이상의 세월이 걸린다. 하나의 인간이 자신의 찌푸린 상판을 재단하여 만드는 데는 평생이 걸리며, 더구나 그 작업이 항상 완성되는 것도 아니다. 자신의 진정한 영혼을 남김없이 표현하기 위해서는 자기의 찌푸린 상판이 무겁고 복잡하게 만들어져야 하기 때문이다.

바로 그 무렵 나 역시 나의 찌푸린 상판을 정성스럽게 만들고 있었으니, 그 재료는 도저히 지불할 수 없는 각종 청구서들이었다. 물론 자질구레한 것들이었다. 도저히 변통해 볼 수 없는 집세, 그 철에 입기에는 너무 얇은 외투, 브리 지방산 치즈 앞에서 머뭇거리거나, 가격이 비싸지기 시작한 포도 앞에서 얼굴을 붉히며 동전을 헤아리고 있는 내 꼴을 보면서, 고개를 돌리고 웃는 과일 가게 주인의 행동 등이 내 얼굴의 주름살을 더욱 깊게 하였다. 또한 도저히 만족할 줄 모르는 환자들도 한몫을 하였다. 베베르의 죽음이 몰고 온 충격 역시 나에게는 이로울 리 없었다. 하지만 그 아이의 숙모가 나를 원망하지는 않았다. 그 일을 당한 상황에서 그녀가 심술궂게 굴었다고는 할 수 없을 것이다. 절대 아니다. 내가 무수히 귀찮은 일들을 떠맡고, 또 두려움마저 느끼게 된 것은 오히려 앙루이유의 집에서였다.

어느 날 앙루이유의 노모는 아무 예고도 없이, 자기 거처를 뛰쳐나와 아들과 며느리에게도 알리지 않고 나에게 달려왔다. 상당히 영리한 착상이었다. 그 이후 그녀는 자주 나에게 와서 내가 진정 자기를 미쳤다고 생각하느냐고 물었다. 그 질문을 하러 일부러 나에게 오는 것이 그 노파에게는 하나의 심심풀이가 되어버렸다. 그녀는 환자 대기실로 사용하는 옆방에서 나를 기다리곤 하였다. 그 방의 가구라곤 의자 셋과 다리 셋 달린 조그만 원탁 하나뿐이었다.

그날 저녁 내가 돌아와 보니 앙루이유 노파는 환자 대기실에서 베베르의 숙모에게 자기가 잃은 모든 친척들 이야기를 해주며 그녀를 위로하고 있었다. 열두어 명의 조카딸들, 이리저리 흩어진 숙부들, 아주 오래전, 즉 지난 세기 중엽에 잃은 아버지 하나, 게다가 숙모들, 그리고 사방으로 흩어져 사라져버린 자신의 딸들, 그리하여 어디에 가서 어떻게 되었는지 소식이 묘연하고 이제는 자신의 딸들이지만 기억조차 희미하여, 혹여 다른 사람들에게 딸들 이야기를 하려면 힘들여 딸들의 모습을 상상해낼 수밖에 없다는 것이었다. 자기의 자식들이 이제는 추억 속에서조차 희미하다는 것이었다. 그녀는 이미 오래전부터 자기의 옆구리에 달고 다니던 일단의 죽은 사람들, 말 못하는 그 영혼들을 힘들여 들추어가며 베베르의 숙모를 위로하고 있었다.

그리고 얼마 후에 로뱅송이 나를 보러왔다. 모든 사람들에게 그를 소개하였다. 즉시 모두 친구가 되었다.

내가 기억하기로는 아마 그날부터 로뱅송이 환자 대기실에서 앙루이유 노파를 자주 만나게 된 것 같다. 그 두 사람은 잡담을 하고 있었다. 그 다음날 베베르의 장례를 치르게 되어 있었다. "장지에 가시겠지요? 가주신다면 제 마음이 매우 흡족하겠어요…." 베베르의 숙모는 사람들을 만날 때마다 그렇게 말하였다.

— 물론 가야지요. 노파가 대꾸하였다. 그런 일을 당해서는 사람들이 북적거리는 것이 좋아요.

이제는 아무도 그녀를 그 요새^{누추한 거처}에 잡아 둘 수가 없게 되었다. 자기 구석에만 틀어박혀 있던 그녀가 나돌기를 좋아하게 된 것이다.

— 아! 와 주신다니 잘 된 일입니다! 베베르의 숙모가 고맙다는 인사를 하였다. 그리고 신사 양반, 당신도 오시겠어요? 그녀는 로뱅송에게도 물었다.

— 저 말씀입니까? 저는 장례식을 무척 두려워합니다. 부인. 저를 너무 나무라지 마시기 바랍니다. 로뱅송이 그렇게 꼬리를 뺐다.

그러고 나서 각자 자기 이야기들을 거의 사나운 기세로 한바탕씩 쏟아놓았고, 심지어 앙루이유 노파도 끼어들었다. 말을 하며 어찌나 목청들을 높이는지, 마치 정신병원에 와 있는 것 같았다.

그때 나는 노파를 데리고 진찰실로 사용하는 옆방으로 갔다.

나는 그녀에게 별로 할 이야기가 없었다. 오히려 그녀가 이것저것 여러 가지를 나에게 물었다. 나는 절대 그 문제의 증명서를 발급하지 않겠노라고 그녀에게 약속하였다. 우리 두 사람은 다시 로뱅송과 베베르의 숙모가 있는 방으로 돌아와 앉아서, 베베르의 불행한 일을 놓고 한 시간여 동안 토론을 벌였다. 내가 베베르의 생명을 구하기 위하여 많은 수고를 감수했고, 그의 죽음은 어쩔 수 없는 운명이었으며, 나의 행동이 모든 사람들을 놀라게 하였다는 것 등이 주민들의 공통된 견해라는 것이다. 앙루이유 할머니는 아이의 나이가 일곱 살밖에 되지 않았다는 이야기를 듣자 기분이 나아진 듯한 기색이었고, 또 안심하는 듯도 하였다. 그렇게 어린아이의 죽음은, 그녀로 하여금 깊은 생각에 잠기게 할 수도 있을 보통의 죽음과는 달리 하나의 단순한 사고로 보였던 것 같다.

로뱅송은 산성 물질이 자기의 위와 허파를 태우고, 호흡을 곤란케 하며, 그리하여 시커먼 가래를 뱉는다는 이야기를 우리들에게 다시 한 번 늘어놓기 시작하였다. 하지만 앙루이유 노파는 가래도 뱉지 않고 산성 물질 속에 파묻혀 일을 하는 처지도 아닌지라, 로뱅송이 하는 이야기에는 전혀 관심이 없었다. 그녀가 내 집에 온 것은 오직 나의 생각이 어떤지 정확히 파악하기 위해서였다. 내가 말을 하는 동안 그녀는 날렵하고 푸르스름한 작은 눈동자를 재빨리 움직이며 곁눈으로 나의 안색을 살폈고, 로뱅송은 그녀와 나 사이에 감추어져 있던 보이지 않는 불안의 작은 부스러기 하나도 놓치지 않았다. 환자 대기실이 어둑어둑해지기 시작하였고, 길 건너편의 커다란 집이 어둠 속에 완전히 몰입되기 직전에 희미하게 윤곽을 드러내고 있었다. 그 다음에는 우리들 사이에 오가는 목소리와, 또 그 목소리들이 금방이라도 할 듯하면서도 영영 말하지 않는 그 무엇만 남았다.

나와 로뱅송 두 사람만이 남게 되었을 때, 나는 더 이상 그를 만나고 싶지 않다는 나의 뜻을 그에게 전달하려고 애를 썼다. 하지만 그는 같은 달 하순에 다시 찾아왔고, 그 다음부터는 거의 매일 저녁 들렸다. 그의 허파가 정상이 아니었던 것은 사실이다.

— 로뱅송 씨가 선생님을 뵈러 다녀가셨어요… 그에게 관심을 가지고 있던 우리 집 건물 여자 안내원이 나에게 알려주곤 하였다. 그분 병은 영영 고치실 수 없나요…? 그녀가 덧붙여 물었다. 오셨을 때도 기침을 하시더군요…. 자신이 로뱅송 이야기를 꺼낼 때마다 내가 불편해한다는 사실을 그녀는 잘 알고 있었다.

그가 기침을 한다는 것은 사실이었다. "방법이 없어, 영영 고칠 수 없을 거야…" 그 스스로 그렇게 말하곤 하였다.

— 내년 여름까지 아직 기다려봐! 인내심을 가지고! 두고 보면 알게 될 거야… 저절로 나을 거야…!

그러한 경우에 사람들이 환자에게 흔히 하는 말일 뿐이었다. 그가 산성 물질들 속에 파묻혀 계속 일을 하는 한, 나는 그의 병을 고칠 수가 없었다… 하지만 나는 그의 기분을 북돋우려 애를 썼다.

— 저절로 낫는다고? 그의 대꾸였다. 자네는 그 부분에 아무 문제가 없으니까…! 다른 사람들 보기에는 내가 별 어려움 없이 호흡을 하고 있는 듯하지만… 자네도 자네의 궤짝^{흉곽} 속에 내 것과 같은 것을 가지고 있다면 어떻게 할지, 내 눈으로 보고 싶어… 누구든 나처럼 궤짝 속에 그 물건을 가지고 있으면 겁을 먹게 마련이야… 자네에게 솔직히 말하는 거야….

— 자네가 너무 의기소침해 있어서 그래. 자네는 지금 한 순간 역경에 처해 있어서 그러지만, 조금 나아지면… 아주 조금만 나아

져도 알게 될 거야….

― 조금 나아진다고? 구덩이^{무덤} 속에서나 조금 나아지겠지! 차라리 전쟁터를 떠나지 않는 것이 진정 나을 뻔했어! 자네는 돌아온 것이 잘 된 일이지만… 자네는 아무 말도 할 자격이 없어!

사람들은 모두 자기네들의 더러운 추억과 지난날의 불행에 악착같이 들러붙어 있기 때문에 그들을 그것들로부터 빠져나오도록 하기가 불가능하다. 그것들이 그들의 영혼을 온통 사로잡고 있기 때문이다. 그들은 자기들 내부 깊숙한 곳에서 똥덩이를 가지고 자기네들의 매를 힘들여 빚음으로써 현재의 불의에 복수를 하려 한다. 따지고 보면 그들은 정의로움과 동시에 비겁하다. 그것이 그들의 본질이다.

나는 그의 말에 더 이상 대꾸를 하지 않았다. 그러자 그의 마음이 상했다.

― 자네 역시 결국 같은 생각이지!

나는 그의 말에 대꾸조차 하기 싫어서 그에게 줄 기침약을 찾으러 갔다. 그가 쉴 새 없이 기침을 해대기 때문에 이웃 사람들이 밤이면 잠을 잘 수 없다고 불평들을 한다는 것이었다. 내가 병에 약을 담는 동안에도 그는 자신이 그 억제할 수 없는 기침 증세를 어디에서 얻었는지 모르겠노라 투덜대고 있었다. 그는 또한 주사를 놓아 달라고 하였다.

― 주사를 맞다가 죽더라도, 자네가 알다시피 나는 잃을 것이 없어!

그러나 나는 어떠한 경우에도 영웅적인 치료법은 절대 시도하지 않았다. 나는 오직 그가 어서 가주기만을 바랐다.

나는 그가 내 집 근처에서 어슬렁거리는 것을 보기만 하여도 맥이 탁 풀렸다. 내 자신의 궁색함에 맞서 견디기에만도, 또한 하루에도 스무 번씩 "무슨 소용이지?"라고 내 스스로에게 질문을 던지며 나의 진료소 문을 닫아버리고 싶은 충동에 굴복하지 않으려 안간힘을 쓰기에만도, 이미 나는 이 세상의 모든 고통을 다 맛보고 있었다. 그런데 게다가 그의 끊임없는 탄식마저 들어줘야 하다니, 그것은 정말 과중한 일이었다.

— 자네는 용기가 없어, 로뱅송! 나는 그에게 결국 그렇게 말하고 말았다…. 자네는 결혼을 해야 해, 그러면 아마 삶에 대해 의욕을 갖게 될 거야…. 그에게 여자가 있었다면 나를 좀 덜 귀찮게 하였을 것이다. 그러나 그는 나의 그러한 충고에 마음이 상했는지 아무 말 없이 가버렸다. 그는 원래 나의 조언이라면 무조건 싫어하는 편이지만, 결혼하라는 말은 특히 싫어하였다. 내가 꺼낸 결혼 이야기에는 아예 대꾸조차 하지 않았다. 사실 내가 그에게 결혼을 하라고 한 그 조언은 지금 생각해보아도 멍청한 말임엔 틀림없다.

내가 한가했던 어느 일요일, 우리 두 사람은 함께 외출하였다. 마냐님므 거리 한구석에 있는 까페의 테라스에 앉아 까막까치밥 열매 술과 박하 주스를 들었다. 우리 두 사람은 별로 말이 없었다. 피차간에 더 이상 할 말이 없었다. 이미 각자의 생각이 굳어져 있는데 말이 무슨 소용 있겠는가? 서로 고함이나 쳐댈 뿐, 그 이상은 아무것도 없다. 일요일에는 버스가 많이 지나다니지 않는다. 테라스에 앉아, 한산하고 또 휴식을 취하는 거리를 바라보는 것은 하나의 즐거움에 가깝다. 우리들 뒤에서는 까페의 축음기 소리가 들려오고 있었다.

— 저거 들려? 로뱅송이 나에게 말했다. 축음기에서 아메리카의 가락이 들려와. 난 금방 알겠어, 디트로이트에 있는 몰리의 집에서 듣던 바로 그 가락이야….

그곳에서 이 년간의 세월을 보냈으면서도 그는 아메리카인들의 생활 속으로 깊숙이 들어가 보지 못하였단다. 다만 그들의 그 음악 비슷한 것을 스쳤을 뿐이란다. 그들 역시 자기들의 짓누르는 듯한 일상과, 매일 같은 일을 반복해야 하는 그 끔찍한 괴로움을 잠시나마 떨쳐버리려고, 그 음악이 연주되는 동안 무의미한 삶을 마주 보면서 몸을 뒤흔들어댄단다. 그곳이나 이곳이나 모두 재롱부리는 곰들의 꼴이란다.

그러한 생각에 골몰하느라고 그는 까막까치밥 열매 술을 잔에 그대로 남겨두고 있었다. 사방에서 먼지가 조금 날렸다. 플라타너스 주위에서는 땟국물을 뒤집어쓰고 배가 불쑥 나온 아이들이 어정거리고 있었는데, 그들 역시 음반에서 흘러나오는 소리에 이끌려 온 듯하였다. 음악 앞에서는 아무도 항거하지 못하는 듯하다. 인간의 마음이란 어쩔 수 없는 것, 우리는 아주 선선히 우리의 마음을 바친다. 모든 음악의 깊숙한 곳에 있는 음표 없는 가락, 우리 인간들을 위해 만들어진 그 죽음의 가락을 들어야 할 것이다.

몇몇 상점은 일요일에도 악착스레 문을 연다. 실내화 상점 여주인이 자기의 점포에서 나와 종아리에 수 킬로그램의 정맥류靜脈瘤. 혈관이 뭉쳐 혹같이 불쑥 솟아나와 있는 증세를 말함. 나이 든 유럽 여인들에게 흔히 나타나는 증세다를 달고 이웃 점포들을 이리저리 돌며 수다를 떤다.

신문 가판대 위에서는 아침 신문들이 벌써 조금씩 노란색을 띠며 오그라들고 있다. 뉴스를 잔뜩 담은 지갑들이 썩어가고 있는 것이다.

판매인이 졸고 있는 틈을 타서 개 한 마리가 그 위에다 오줌을 찔끔 싸고 재빨리 도망을 친다.

빈 버스 한 대가 차고를 향해 전속력으로 달려간다. 우리의 생각 역시 일요일을 맞은 듯 머리가 평소보다 더 멍청해진다. 텅 빈 머리로 그저 그곳에 앉아 있을 뿐이다. 그러다 보니 침만 질질 흘릴 뿐이다. 그저 만족스럽기만 하다. 아무 일도 일어나지 않으니 할 말도 없다. 우리가 너무 가난하여 삶 자체도 우리들을 역겨워하는가? 당연히 그럴 수도 있다.

― 나를 죽이는 이 직업으로부터 빠져나올 방도가 없을까?

생각에 잠겨 있던 그가 문득 깨어난 듯 내게 말하였다.

― 내 직업에서 빠져나오고 싶어, 이해하겠어? 노새처럼 뼈가 빠지도록 일만 하기에도 이젠 지쳤어… 나 역시 가끔 산책도 하고 싶고… 혹시 자네가 아는 사람들 중에 운전사를 필요로 하는 사람이 없을까…? 많은 사람들과 교분이 있잖아?

그의 뇌리를 스친 그것은 일요일에나 떠오를 수 있는 한가한 생각, 여유 있는 신사 분들의 생각이었다. 하지만 나는 아무도 그의 곤궁한 살인범의 몰골을 보고는 그에게 자동차를 맡기지 않을 것이며, 또 운전사의 정복을 입으나 안 입으나 그의 괴상한 인상이 변할 리 없다는 말을 차마 그에게 할 수 없었고, 그리하여 그의 꿈을 산산이 깨뜨려버리는 짓은 감히 할 수 없었다.

― 결국 고무적인 말은 해주지 않는군. 그가 결론을 내리듯 말했다. 결국 자네 생각엔 내가 영영 빠져나올 수 없다는 것인가…? 따라서 애쓸 필요조차도 없다는 것이지…? 아메리카에서는 내가 매사에 너무 느리다고 자네가 말했지… 아프리카에서는 더위가 나를 기진맥진하게 만들었고… 여기서는 또 충분히 영리하지 못하다는 것이고… 하지만 모두 속임수 선전이라는 것을 나는 잘 알아! 아! 나에게 돈이 많았다면…! 이곳 사람들이 모두 나를 신사라고 하겠지… 아프리카에서도… 어디를 가나… 심지어 아메리카에서도… 내 말이 맞지 않아? 그리고 자네 또한 그렇지 않아…? 우리들에게 만약 조그만 셋집이 하나 있어 가령 여섯 가구쯤 그 집에 세 들어 살며 집세를 꼬박꼬박 낸다고 생각해봐…

— 자네의 그 말은 사실이야. 내가 그의 말에 맞장구를 쳤다.

그는 스스로 그 중대한 결론을 이끌어 낸 사실에 자신이 오히려 어리둥절했다. 그는 문득 나에게서 상상조차 못하던 구역질나는 한 측면을 비로소 발견해냈다는 듯, 괴이한 시선으로 나를 뚫어지게 바라보았다.

— 곰곰이 생각해보면 자네는 끄트머리를 잘 잡았어 유리한 입장이야. 죽어가는 사람들에게 엉터리 거짓말이나 팔아먹고, 그 다음엔 될 대로 되라는 식이지… 아무도, 그 무엇도, 자네를 통제하지 않아… 자네 원할 때 왔다간 내킬 때 떠나니, 한마디로 자네에게는 자유가 있어. 겉보기에는 아주 친절하지만 그 속을 들여다보면 자네 역시 더할 나위 없이 더러운 자야…!

— 자네 말은 공평치 못해, 로뱅송!

— 그러니 제발 날 위해서 무슨 일이든 찾아봐!

그는 산성 물질을 취급하는 자신의 직업을 다른 사람들에게 기필코 넘겨주어야 한다는 생각에 집착하고 있었다.

우리는 대로 옆 골목길들을 거쳐 다시 걷기 시작하였다. 저녁나절이 되니 랑시는 아직도 시골 마을이나 다름없다. 집 앞 채마밭으로 난 문들은 반쯤 열린 채 내버려져 있고, 앞마당은 텅 비어 있다. 개집도 마찬가지이다. 이미 오래전, 아마 오늘과 같은 어느 저녁나절, 그곳에 살던 촌사람들은 빠리로부터 밀려오는 도시의 물결에 쫓겨 집을 버리고 떠났을 것이다. 한두 군데 남은 옛날의 선술집도 팔리지 않고 곰팡이만 가득한데, 축 늘어진 등나무 넝쿨만 벽보가 새빨갛게 뒤덮은 벽면 위로 엉클어져 있다. 두 개의 이무깃돌 사이에 걸려 있는 써레도 녹이 슬대로 슬어 있다. 이제는 아무도 손을 대지 않는 과거 그 자체다. 그 과거는 스스로 사라지고 있다. 현재 그곳에 세 들어 사는 사람들은 저녁에 돌아오면 너무 지쳐서 아무것에도 손을 대지 못한다. 그들은 각자 그 지저분한 폐허에 널브러져 앉아서 그저 마셔댈 뿐이다. 건들거리며 매달린 원형 촛대 위 천장에는 둥근 연기 자국이 그대로 남아 있다. 새로 지은 공장에서 끊임없이 들려오는 부르릉거리는 소리에 온 마을이 불평 한마디 없이 덜덜 떨고 있다. 베르사이유 궁이나 폐허가 된 옛 감옥 등에서 볼 수 있는 울룩불룩해진 포석 위로는, 이끼로 뒤덮인 기왓장들이 가끔 굴러 떨어진다.

로뱅송은 나와 시립 공원까지 동행했다. 공원은 온통 창고들로 둘러싸여 있었으며, 두부백선^{속칭 기계충}에 걸린 듯한 잔디밭 위, 쇠공 놀이 경기장과 파손된 베누스상, 그리고 조그만 모래언덕 사이에는 인근의 한가한 사람들이 몰려와 느긋이 소변을 보며 즐기고 있었다.

우리는 이런저런 이야기를 다시 시작하였다.

"특히 이젠 술을 견딜 수가 없어." 그의 견해였다. "술만 마시면 경련이 일어나는데, 견디기 어려울 지경이야. 그보다 더 심한 증세도 나타나고!" 그리고는 오후에 마신 까막까치밥나무 열매주도 제대로 감당치 못한다는 증거로 한바탕 트림을 연이어 해댔다…. "이제 알겠지?"

그의 집 앞에서 우리는 헤어졌다. 그는 자기가 사는 집을 '폭풍의 성'이라 불렀다. 그는 그 속으로 사라졌다. 나는 그를 당분간은 다시 만나지 않을 것이라고 생각했다.

바로 그날 밤 나의 사업이 조금 활기를 띠는 듯했다.

같은 건물에 사는 두 가정으로부터 긴급 왕진 요청을 받은 것이다. 일요일 저녁이면 모든 탄식, 격정, 초조감 등의 단추가 풀린다. 자존심은 술에 만취된 채 다리 위에서 비척거린다. 종일 마음껏 퍼마신 하루가 지난 다음 이제 노예들은 비로소 조금 소스라쳐 깨어나고, 그들은 몸을 제대로 가누지도 못한다. 코를 킁킁거리는가 하면 놀란 말처럼 재채기를 해대기도 한다.

같은 건물에서 동시에 두 건의 비극이 벌어지고 있었다. 이층에서는 암환자가 죽어가고 있는데, 사층에서는 자연유산 사태가 발생하였고, 조산부는 갈팡질팡하고 있었다. 평소 불법 낙태를 전문으로 하던 그 중년의 산파는 쉴 새 없이 무수한 수건들만 헹구면서 모든 사람들에게 터무니없는 조언을 하고 있었다. 그리고는 틈을 내 암환자에게로 달려가 한 대에 십 프랑씩 받고 장뇌유(樟腦油) 주사를 놓아주곤 하였다. 그녀에게는 신나는 날이었다.

그 건물에 사는 모든 가정에서는 실내옷만 입은 채, 혹은 윗도리를 벗은 채 일요일을 보내며 사태에 대비하고 있었으며, 음식도 자극이 심한 양념으로 조리를 해서 먹었다. 복도건 계단이건 할 것 없이 온통 마늘 냄새와 그보다 더 괴상한 냄새로 뒤덮여 있었다. 개들은 칠층까지 깡충깡충 뛰어다니며 즐겁게 놀고 있었다. 건물 수위실의 여자 안내원은 모든 일을 파악하려 열을 올리고 있었다. 어딜 가든 그녀의 모습이 보였다. 그녀는 오직 백포도주만 마시는데, 적포도주는 자궁 출혈을 야기시키기 때문이란다.

허리께가 펑퍼짐한 거대한 체구의 조산부는 이층과 사층을 땀을 뻘뻘 흘리며 신이 난 듯, 혹은 앙갚음이라도 하려는 듯 겅둥겅둥 뛰어다니며 두 비극의 연출을 지휘하고 있었다. 나의 돌연한 출현은 그녀를 공처럼 부풀려 놓았다 화나게 하다. 아침부터 관객들을 손아귀에 휘어잡고 스타 자리를 지켜 온 사람이 그녀였기 때문이다.

나 자신에게로는 가능한 한 사람들의 주의를 끌지 않고, 모든 것이 잘 처리되었다고 칭찬을 차면서(비록 실제로는 그녀가 자기의 책무 수행에 있어서 어처구니없는 바보짓만 저질러 놓았지만) 그녀를 달래려고 갖은 노력을 다했지만 모두 헛일, 나의 출현과 나의 말 자체를 그녀는 무조건 혐오하였다. 어찌해 볼 도리가 없었다. 조산부란 표저 癭疽. 손톱이나 발톱 근처에 나는 종기. 생안손도 그 일종이다 와 같다. 그것을 어디에 놓아야 우리가 통증을 가장 적게 느낄지 도저히 알 수가 없다. 여러 가정에서 몰려든 사람들이 주방으로 출입문까지 온 집 안을 가득 채우며 그 집 친척들과 뒤섞여 있었다. 또 친척들은 어이 그리 많은지! 뚱뚱한 사람들, 호리호리한 사람들이 원형 촛대에서 발산되는 불빛 아래에서 포도송이처럼 뭉쳐진 채 졸고 있었다. 시간이 흐를수록 사람들이 더욱 몰려들었고, 빠리보다는 취침 시간이 이른 지방에서도 사람들이 도착하고 있었다. 지방에서 온 사람들은 물론 몹시 귀찮은 표정들이었다. 아래층 비극의 주인공 친척들이나 위층 사람들에게 내가 해준 모든 이야기는 그들의 귓전도 스치지 않았다.

  이층의 임종은 별로 오래 끌지 않았다. 잘 된 일이며, 또한 안 된 일이다. 마지막 딸꾹질을 하는 바로 그 순간, 평소에 환자를 담당했던 의사 오마농이 혹시 자기의 고객이 죽었는지 보려고 별 생각 없이 그 집에 들렀는데, 환자의 머리맡에 있는 나를 보더니 거의 호통을 치다시피 하였다. 나는 오마농에게 대꾸하기를, 내가 일요일 당직근무자이니 그 자리에 있는 것이 당연하다고 하였다. 그러고 나서 나는 당당한 기세를 뽐내며 사층으로 올라갔다.

  위층 여자는 궁둥이로 계속 피를 쏟고 있었다. 조금 더 심하면 그녀 역시 머지않아 죽을 판이었다. 그녀에게 주사를 놓기 위해 잠시 지체한 후 다시 그 오마농이란 녀석에게로 돌아왔다. 모든 것이 이미 끝난 후였다. 오마농은 조금 전에 떠나 버렸다. 하지만 그 추잡한 녀석이 나 대신 이십 프랑을 가로채버렸다. 갈보집에서 수작만 붙이고 가버리는 놈처럼 치사한 녀석이다. 문득 자연유산을 하는 여자 집에서 내가 확보한 자리만은 놓치고 싶지 않았다. 그리하여 허둥지둥 다시 위층으로 달려 올라갔다.

피를 질질 흘리는 음문(陰門) 앞에서 나는 여인의 가족들에게 이것저것을 한가하게 설명하였다. 물론 조산부는 나의 설명에 동의하지 않았다. 나의 말을 반박하고 나서는 것만이 그녀가 돈을 벌 수 있는 유일한 수단인 것 같았다. 그러나 내가 기왕에 그 자리에 있게 된 바에야, 좀 안 됐지만 그녀가 만족스러워하건 말건 나로서는 상관할 바가 아니었다! 어설픈 환상에 사로잡혀 있을 계제가 아니었다! 적극적으로 나서서 버티기만 하면 적어도 일백 프랑은 보장되어 있으니 말이다! 묵묵히 과학만을 내세우자, 젠장! 백포도주에 흠뻑 젖은 각종 지적과 질문들이 과학밖에 모르는 천진한 머리 위에서 위협적으로 교차하며 공격을 감행해 올 때, 그것들을 대항하기란 정말 힘든 일이며 또한 속이 편치 않다. 가족들은 자기들이 생각하는 바를 한숨과 트림에 섞어서 털어놓았다. 한편 조산부는 내가 진흙 구덩이에서 허우적이다 몸을 빼서 도망치기를, 그리하여 그 일백 프랑이 자기 손에 굴러 들어오기를 기다리고 있었다. 뿐만 아니라 그녀가 한발 앞서 쓸어갈 수도 있다! 그러면 나의 집세는? 누가 그것을 지불해주겠는가? 분만은 이미 아침부터 주춤거리고 있다. 어쩔 수 없는 일이다. 피가 계속 흐른다. 역시 감수할 수밖에 없다. 그러나 여하튼 그것이 영영 나오지 않으니 버틸 줄 알아야 한다!

아래층 암 환자가 숨을 거두자, 임종을 지켜보던 관객들이 슬금슬금 위층으로 올라온다. 어차피 밤을 새워야 하고, 그리하여 하룻밤을 몽땅 바치게 된 바에야 근처에 있는 구경거리는 빠뜨리지 않고 보아야 한다는 심산들이다. 심지어 아래층 유가족들마저도 이곳의 비극이 자기네 집에서처럼 막을 내리게 되는지 궁금한 듯 올라와 보았다. 같은 날 밤, 같은 건물에서 두 사람이 죽는 사건, 그것은 평생 동안 잊지 못할 감동이 될 것이다! 그저 감동일 뿐이다! 임자 없는 개들이 계단을 위아래로 깡충깡충 뛰어다니는지 방울소리가 들려온다. 개들 역시 사람들을 따라 올라온다. 먼 곳에서 온 사람들이 수군거리며 꾸역꾸역 몰려온다. 처녀들은 어머니들의 말처럼 단번에 '삶을 배우고', 그 불행 앞에서 감동적인 경고를 받았다는 표정들을 짓는다. 여성적 위로 본능의 표현일 것이다. 아침부터 처녀들을 힐금힐금 훔쳐보던 그녀들의 사촌 역시 충격을 받은 듯하다. 그는 사촌누이들 곁을 잠시도 떠나지 않는다. 그는 피곤함 속에서도 새로운 정보를 얻는다. 모든 사람들의 옷매무새가 흐트러졌기 때문이다. 그는 사촌누이들 중 한 사람과 결혼을 할 생각인데, 가장 훌륭한 선택을 하기 위해서 이 기회에 그녀들의 드러난 다리를 유심히 살펴려는 것이다.

태아가 좀체 움직이질 않는데, 분명 협부(挾部)가 건조한 듯 미끄러지지는 않고 피만 흐를 뿐이다. 그 아이가 제대로 태어났다면 여섯 번째 아이였을 것이다. 도대체 남편은 어디에 있단 말인가? 내가 남편을 부른다.

부인을 병원으로 데려가려면 우선 남편을 찾아야 했다. 그녀를 병원으로 데려가자는 제안을 나에게 한 사람은 어떤 친척 여자였다. 아무리 상황이 급박하더라도 아이들 때문에 자기 집에 가서 잠을 자야겠다는 여자였다. 그러나 병원 이야기가 나오자 사람들의 견해가 구구해졌다. 어떤 사람들은 병원을 꺼리는가 하면, 또 어떤 사람들은 상스럽다고 하면서 병원에 대하여 극도의 적대감을 나타냈다. 아예 병원 이야기를 꺼내는 것조차 싫어했다. 그리하여 친척들 사이에 심한 말이 오가기도 하였고, 그 심한 말들 중에는 피차간에 평생 잊지 못할 것들도 있었다. 그 심한 말들은 친척들의 가슴속에 영영 박히고 말았다. 조산부는 모든 사람을 경멸하고 있었다. 그러나 나는 무엇보다도 우선 그 문제의 남편을 한시바삐 찾아서 나에게 데려다주기를 갈망했고, 남편의 의견을 물어 어느 쪽으로든 결론을 내리고 싶었다. 드디어 남편이 다른 사람들보다도 오히려 더 주춤거리며 일단의 사람들 틈에서 모습을 드러내기 시작한다. 하지만 결정권은 남편에게 있다. 병원으로 가야 하나? 가지 말아야 하나? 그는 어느 편을 원할까? 자기도 모르겠단다. 좀 살펴봐야겠단다. 그리고는 살핀다. 내가 부인의 구멍을 그에게 보여준다. 구멍에서는 핏덩이들이 미끄러져 나오다간 곧이어 피가 꿀럭거리며 흐른다. 나는 부인의 몸을 몽땅 남편에게 보여준다. 남편은 그저 바라볼 뿐이다. 부인은 자동차에 치인 커다란 개처럼 괴로운 신음 소리를 내고 있다. 한마디로 남편은 자신이 무엇을 원하는지도 모른다. 그가 기운을 차리도록 누군가가 백포도주 한 잔을 건넨다. 그것을 받아들고 털썩 주저앉는다.

하지만 그에게는 아무 생각도 떠오르지 않는다. 하루 종일 고된 노동을 하는 사람이다. 장터에서, 특히 역에서는 그를 모르는 사람이 없다. 그는 십오 년 전부터 역에서 야채 재배 농민들의 짐을, 그것도 작지 않은 커다란 보따리들을 보관 창고에 넣고 꺼내는 일을 하고 있다. 그야말로 유명한 사람이다. 그의 바지는 통이 너무 커서 품이 맞지 않으며, 상의 역시 마찬가지다. 바지나 상의가 아예 몸에 제대로 걸려 있는 것 같지도 않은데, 그것들을 잃어버리지는 않는다. 금방이라도 지구가 뒤흔들릴까 겁이 나는 듯, 두 다리를 쩍 벌리고 오직 땅 위에 버티고 서 있는 데만 골몰하는 듯하다. 사람들은 그를 삐에르라고 부른다.

모두들 그의 대답을 기다린다. "삐에르, 어떻게 생각하나?" 주위에서들 다그쳐 묻는다. 삐에르는 머리만 긁적거릴 뿐, 그러다가는 끊임없이 무수한 고통을 분만하고 있는_{신음 소리와 아이를 동시에 의미한다}

자기 부인을 잘 알아보지 못하겠다는 표정으로 머리맡에 가서 앉더니 눈물을 찔끔거린다. 다시 벌떡 일어선다. 그러자 사람들이 재차 다그친다. 나는 벌써부터 입원 서류를 준비한다. "뻬에르, 생각을 좀 해봐!" 모두들 그렇게 간청한다. 그 역시 무진 애를 쓰고는 있으나, 결국 아무 방안도 서지 않는다는 표정을 짓고 만다. 그의 답변을 기다릴 필요가 있을까? 남편이 밤새도록 그렇게 주춤거리기만 할 것이라는 걸 모든 사람이 깨닫기 시작한 듯하였다. 모두들 자리를 뜨기 시작하였다.

나로서는 일백 프랑이 날아가버린 것으로 생각하면 그만이다! 하지만 어떻게 처신하든 그 조산부와 마찰이 있을 것은 뻔하였다… 이미 엎질러진 물이었다. 게다가 모든 사람들이 구경하는 그 앞에서 내가 어떤 외과적 조치를 취한다는 것은 엄두조차 낼 수 없는 일이었다. 나 자신 극도로 지쳐 있었다! "재수 없군! 꺼져버리자! 다음 기회를 보자… 체념하자! 잡년, 생긴 대로 놀게 내버려두자!" 나는 혼자 그렇게 결론을 내렸다.

막 층계참에 이르렀는데 모두들 나를 찾아나섰고, 특히 남편은 구르듯 서둘러 내 뒤를 따라왔다. "여보세요! 의사 선생님, 가지 마세요!" 그가 소리쳤다.

─ 내가 여기 있은들 무얼 하겠소? 나의 대꾸였다.

─ 기다리세요! 함께 가시죠, 의사 선생님! …제발, 의사 선생님…!

─ 좋아요. 그렇게 대꾸하고, 나는 그가 아래까지 따라오도록 내버려두었다. 그리하여 우리는 함께 내려오게 되었다. 이층을 지나며 나는 앞으로 죽은 사람의 집에 잠깐 들러 유가족에게 인사를 하였다. 남편은 그 집까지 나를 따라 들어갔다가 함께 나왔다. 길에 나선 후에도 그는 계속 나를 따라왔다. 바깥 날씨는 쌀쌀하였다.

그 구역 다른 개들의 긴 울부짖음에 화답하는 연습을 하고 있던 작은 개 한 마리를 만났다.

몹시 악착스럽고 칭얼대는 개였다. 벌써 제법 으르렁거릴 줄도 알았다. 머지않아 개다운 개가 될 것 같았다.

— 저건 '존느되프'예요. 남편이 개를 보자 만족스러운 듯, 또한 화제를 바꾸게 되어 기쁜 듯 그 개를 아는 체하였다… 세탁소집 딸들이 빨꼭지 달린 우유병으로 저 존느되프를 키웠지요…! 세탁소집 딸들을 아시나요?

— 그래요. 내가 그의 말에 간단히 대꾸했다.

우리가 걷는 동안, 그는 너무 비싼 경비를 지출하지 않고도 우유를 먹여 개를 기르는 방법을 나에게 설명하기 시작하였다. 하지만 그러한 이야기를 늘어놓으면서도 그는 여전히 자기 처의 일에 관한 묘안을 찾고 있었다.

선술집 하나가 아직도 열려 있었다.

— 들어가시겠어요, 의사 선생님? 한잔 사겠습니다….

나는 그의 호의를 거절하고 싶지 않았다. "들어갑시다!" 내가 그렇게 말했다. 크림 커피 두 잔을 시켜 놓고, 나는 그 틈을 이용해서 그의 처 이야기를 다시 꺼냈다. 그 이야기를 꺼내자 그는 문득 심각해졌다. 그러나 도저히 그가 어떤 결단을 내리게 할 수는 없었다. 계산대 위에는 커다란 꽃다발 하나가 의기양양하게 놓여 있었다. 선술집 주인 마르트로댕의 생일이었다. "아이들이 보낸 선물입니다!" 그리하여 우리는 그를 축하하기 위하여 베르무트주오렌지 껍질, 압생트, 노간주나무 열매, 용담 등을 넣어 씁쓸한 맛을 낸 술를 한잔씩 들었다. 계산대 위에는 또한 과음 규제 법조문과 학교 졸업증서가 틀에 끼워진 채 놓여 있었다. 그것들을 보자 남편은 선술집 주인에게 루와르-에-쉐르 지방의 각 군 명칭을 외워보라고 졸라댔다. 자기는 그것들을 배워 아직도 외우고 있다는 것이었다. 그리고는 졸업증서에 있는 이름이 선술집 주인의 이름이 아니라고 했다. 그리하여 그 두 사람은 언성을 높이게 되었고, 화가 난 남편은 내 곁으로 돌아와 앉았다. 그는 의심에 사로잡혀 있었다. 그 생각에 골몰하느라고 그는 내가 자리를 뜨는 것조차 모르고 있었다⋯.

그 이후 나는 그 남편을 영영 다시 보지 못하였다. 다시는 영영. 그 일요일 내가 겪은 모든 일이 실망스러웠고, 게다가 나는 극도로 지쳐 있었다.

길에 나서 겨우 일백 미터쯤 걸었는가 싶었을 때, 크고 작은 온갖 널빤지를 짊어지고 로뱅송이 내 방향으로 오는 것이 보였다. 어두웠지만 그를 분명히 알아볼 수 있었다. 나를 보자 몹시 거북한 듯, 그가 발걸음을 다른 방향으로 돌렸다. 그러나 내가 그를 불러 세웠다.

— 아직도 잠자리에 들지 않았어? 내가 그에게 말을 건넸다.

— 목소리 좀 낮춰⋯! 그의 대답이었다⋯. 공사장에서 오는 길이야⋯!

— 그 목재들을 도대체 어디에 사용하려고? 자네도 집을 지으려나? ⋯관을 만들려고⋯? 분명 훔친 것일 테지⋯?

— 아니야, 토끼장 하나 만들려고⋯.

— 이젠 토끼도 기르나?

— 그런 게 아니라 앙루이유 씨댁에⋯.

— 그래, 세 마리가 있는데, 너도 알다시피 그 집 할망구가 거처하는 정원 구석에다 토끼장을 놓겠다는군⋯.

— 그래서 이 시각에 토끼장을 만든다고? 이 시각에 하필 토끼장을 만들다니, 괴이한 일이군⋯.

— 앙루이유 부인의 안이야⋯.

— 참으로 기괴한 안도 있군…! 도대체 그녀는 그 토끼들을 가지고 무엇을 하겠다는 것이지? 길러서 팔겠다는 것인가? 멋진 모자라도 만들 셈인가…?

— 그건 네가 그녀를 만나면 직접 물어봐. 나는 일을 해주고 일백 프랑만 받으면 그만이니까…

하지만 그 밤중에 토끼장을 만든다는 이야기가 나에게는 몹시 수상쩍게 보였다. 나는 고삐를 늦추지 않았다.

그러자 그가 화제를 돌리려 하였다.

— 그런데 자네가 어떻게 그 사람들 집에 드나들게 되었지? 내가 다시 물었다. 자네는 앙루이유 씨댁 사람들을 모르잖아?

— 그 할망구가 나를 자기 집에 데려갔어. 자네 집에 진찰을 받으러 간 바로 그날… 할망구는 입만 열었다 하면 수다가 끝이 없어… 자네는 상상도 못할 거야… 휩쓸려들면 도망칠 길이 없어… 그래서 결국 할망구는 나의 친구가 되었고, 나머지 식구들도 자연스럽게… 나에게 관심을 갖는 사람들도 있다네…!

— 나에게는 일언반구도 없었잖은가… 자네가 그 집엘 드나드니, 그들이 끝내 노파를 정신병원으로 보낼 것인지 자네는 분명 알고 있겠지?

— 아니야, 그들 말로는 끝내 뜻을 이룰 수가 없었다네….

우리의 대화가 모두 그에게는 불쾌하였다는 사실을 나는 직감할 수 있었고, 그는 나를 따돌리려고 안간힘을 썼다. 하지만 그가 꼬리를 빼면 뺄수록 나는 더욱 내막을 알려고 달라붙었다….

— 살아가기가 힘들어, 자네는 그렇게 생각지 않나? 그러니 간혹 술수도 써야하지 않겠나? 그가 막연한 말을 되풀이했다. 하지만 나는 그를 다시 우리의 화제로 이끌어 왔다. 그가 꼬리를 감추지 못하도록 하겠다는 결심이 서 있었다….

— 사람들 말로는 앙루이유 집안 사람들이 겉보기보다는 부자라는데? 자네가 그 집에 드나드니 실상을 잘 알겠지?

— 맞아, 그럴 수도 있어. 하지만 아들 내외는 할망구를 어떻게 해서든지 처치해버리고 싶어해!

언제나 그랬지만, 그날 저녁에도 로뱅송은 비밀을 감추는 데 있어서는 탁월하지 못했다.

— 자네도 알다시피 날마다 치솟는 생활비 때문에 할망구를 치워버리고 싶어 하는 거야. 아들 내외는 내게 말하기를 자네가 할망구의 광증을 인정하지 않는다는 거야… 사실인가?

나에게 그렇게 물은 다음, 그는 대답도 기다리지 않고 다시 내가 어디에 다녀오는지를 알고 싶어 했다.

— 왕진 다녀오는 길인가, 자네는?

나는 중도에서 헤어진 그 남편 이야기를 대강 들려주었다. 그 이야기를 듣더니 그는 배를 잡고 웃어댔다. 단지 안 된 것은 그 웃음 때문에 그가 다시 기침을 하기 시작했다는 점이다.

그는 기침을 하느라고 어둠 속에서 어찌나 몸을 오그렸던지, 바로 내 곁에 있었음에도 그의 모습이 거의 보이지 않을 지경이었으며, 다만 커다란 꽃송이처럼 조용히 합쳐져 어둠 속에서, 그의 입 앞에서 파르르 떨리는 두 손만이 희미하게 보였다. 기침은 멈출 줄을 몰랐다. "바람 때문이야!" 그의 집 앞에 당도하였을 때 기침이 멎자 그가 말했다.

— 정말이야, 내 방에는 바람이 너무 많이 들어와! 게다가 벼룩들까지 득실거리고! 자네 집에도 벼룩이 있나…?

물론 우리 집에도 있었다. "물론이지, 환자들 집에서 묻어오는 걸…." 내가 그의 물음에 그렇게 대꾸해주었다.

— 환자들의 오줌 냄새가 지독하다고 생각지 않아? 그러자 그가

다시 물었다.

— 그렇고말고, 땀 역시….

— 그렇더라도 난 간호사가 되었으면 좋겠어. 조금 생각에 잠기더니 천천히 그런 말을 했다.

— 왜?

— 사람들이 건강할 때에는, 자네도 알다시피, 나는 그들을 모두 두려워해… 특히 전쟁을 겪고 난 이후로는… 나는 그들이 무슨 생각을 하고 있는지 알아… 그들 자신도 자기들이 무슨 생각을 하고 있는지 언제나 깨닫고 있는 것은 아니야… 하지만 나는 그들이 무슨 생각을 하고 있는지 알아… 그들이 뻣뻣이 서 있는 동안에는 우리들을 죽일 생각만 해… 반면 그들이 병들었을 때에는 말할 나위 없이 별로 두려워할 필요가 없지… 그들이 뻣뻣이 서 있는 동안에는, 자네에게 분명히 말하지만 무슨 일이 우리에게 닥칠지 몰라. 그렇지 않아?

— 그건 사실이야! 나는 그렇게 말할 수밖에 없었다.

— 자네 또한 그 때문에 의사가 된 것 아니야? 그가 다시 나에게 물었다.

그의 말을 듣고 가만히 생각해보던 중 로뱅송의 말이 옳을 수도 있다는 사실을 깨달았다. 그러나 그는 나에게 질문을 해놓고 다시 발작적으로 기침을 하기 시작하였다.

— 젖은 발로 그렇게 한밤중에 어슬렁거리고 돌아다니면 늑막염에 걸려… 그러니 어서 들어가. 가서 자라구…. 내가 한마디 해주었다.

자꾸만 기침을 하다 보니 신경질이 나는 듯했다.

— 앙루이유의 늙은 어미가 이제 지독한 감기를 앓게 될 거야! 그는 나의 귀에다 대고 기침을 하면서 마구 웃어댔다.

─ 아니 왜?
─ 두고 보면 알게 될 거야…! 그의 대답이었다.
─ 도대체 아들 내외가 무슨 짓을 꾸몄지?
─ 더 상세한 이야기는 해줄 수 없어… 두고 보면 알 거야….
─ 얘기해봐, 제발, 로뱅송, 어서 이 더러운 놈, 나는 절대 말을 옮기지 않는다는 것을 자네가 잘 알잖아….

그러자 문득 나에게 모든 것을 이야기해주고 싶은 충동이 그를 사로잡는 듯했다. 또한 그러한 욕구는 자신을 체념한 사람, 혹은 겁 많은 사람으로 취급해서는 안 된다는 점을 증명해보이고 싶은 마음에서 비롯되었을지도 모른다.

─ 어서! 나지막한 음성으로 내가 그를 재촉했다. 나는 절대 비밀을 누설하지 않는다는 사실을 자네도 잘 알지….

나의 그 말은 그가 모든 것을 털어놓는 데에 필요한 좋은 구실이었다.

─ 그건 사실이야, 자네는 입이 무겁지. 그도 시인하였다. 그리고는 진지하게 태세를 취하더니 이것저것 쏟아놓기 시작하였다.

꽁뛰망스 거리에는 우리 두 사람 외에 아무도 없었다.

─ 자네 기억하나? 그가 서두를 꺼냈다. 홍당무 장수들 이야기 말이야.

처음에는 나 자신도 그 홍당무 장수들 이야기를 기억해내지 못하였다.

─ 자네도 잘 알잖아? 잘 생각해봐…. 그가 나를 채근하였다…. 그 이야기를 나에게 해준 사람이 바로 자네야…!

─ 아! 그래… 그 순간 문득 기억이 되살아났다. 브뤼메르 로에 사는 철도 종사원 이야기 말이지…? 토끼를 훔치러 갔다가 고환에 폭약 세례를 받은 그 사람 이야기…?

― 그래, 맞았어. 아르장뙤유 부두에 있는 과일 상인 집에 갔다가….

― 그래 맞았어…! 이제 생각나, 그런데?

그 오래된 이야기와 앙루이유 노파 간에 무슨 관련이 있는지 얼핏 이해가 되지 않아 다시 그렇게 물었다. 그는 즉시 나의 궁금증을 풀어주었다.

― 정말 모르겠어?

― 모르겠는데. 나는 그렇게 대답하였지만… 곧이어, 차마 그의 말뜻을 이해한다고 하기가 민망스러워졌다….

― 참 느리군…!

― 자네가 하도 기괴한 짓을 하려고 하기 때문이야…. 나로서는 지적하지 않을 수 없었다. 그렇다고 며느리를 기쁘게 해주려고 자네와 남편이 공모해서 앙루이유 노파를 살해하려는 것은 아니겠지?

― 오! 자네가 알다시피, 나는 토끼장만 만들어주면 그만이야, 그들이 원하는 대로… 폭약은 그들 내외가 알아서 할 일이고… 꼭 원한다면….

― 그 대가로 그들이 자네에게 얼마나 줬나?

― 목재 구입 비용으로 일백 프랑, 토끼장 만드는 수고비로 이백오십 프랑, 그리고 그 이야기를 해준 대가로 일천 프랑… 게다가 자네도 짐작하겠지만… 그 금액은 시작에 불과해… 이 사건은 잘만 하면 연금이나 마찬가지야…! 이봐, 어리숙한 친구, 무슨 뜻인지 알겠어…?

물론 무슨 뜻인지 나도 잘 알고 있었으며, 또한 별로 놀라지도 않았다. 다른 일보다 그 이야기가 나를 조금 더 슬프게 했을 뿐이다. 다만 조금 더 슬플 뿐, 그게 전부였다. 그러한 경우를 당해서 그 사람들의 생각을 돌리려고 그들에게 무슨 말을 한다 해도 그 말은 모두 무의미하다. 삶이 언제 그들을 정답게 대해 준 적이 있던가? 그러니 그들이 도대체 또 무엇을 불쌍히 여기겠는가? 도대체 무엇을 위해 그러겠는가? 다른 사람들을 위해서? 다른 사람을 대신하여 스스로 지옥에 내려가는 사람을 우리가 단 한 번이라도 본 일이 있는가? 그런 일은 단 한 번도 없었다. 다른 사람을 지옥으로 보내는 것만을 보아왔을 뿐이다. 그뿐이다.

로뱅송을 문득 사로잡은 그 살인 의지는 반쯤은 증오심에 차 있고 반쯤은 애정에 차 있어, 항상 자기네들의 그 명료하지 못한 성향 때문에 괴로워하는 대다수 사람들에게서 내가 그때까지 관찰한 것에 비하면, 오히려 일종의 발전처럼 보였다. 우리 두 사람이 우연히 마주친 그날 밤, 나는 로뱅송을 그의 집까지 따라간 덕분에 많은 것을 분명히 깨닫게 되었다.

그러나 위험이 하나 있었으니, 그것은 법이라는 것이었다. "위험해!" 나는 그에게 법이라는 위험한 존재를 상기시켜주었다. "혹시 법망에 걸려들면 자네의 그 건강 상태로는 견딜 수 없어…!"

— 그렇게 된다면 할 수 없지. 나는 이제 모든 사람에게 평등하다고들 하는 그 속임수투성이 물건에는 신물이 나… 자네도 이제 늙어가는데, 자네는 아직도 자네가 기분 좋게 웃을 차례를 기다리고 있어. 또 그 차례가 자네에게 돌아온다 해도… 그 차례를 맞게 된다면 정말 인내심이 많다고 해야겠지… 자네는 이미 오래전에 숨을 거둬 땅속에 묻힌 다음이겠지… 이것도 천진난만한 사람들에게는 하나의 사업이며, 흔히들 말하는 정직한 직업이야… 자네가 나보다 더 잘 알잖아….

— 그럴 수도 있겠지… 하지만 그런 일에 위험이 없다면 다른 사람들도 그러한 일에 손을 대었을 테지… 게다가 자네 역시 잘 알다

시피 경찰은 혹독해… 찬성하는 바도 있고, 반대하는 것도 있어….

우리 두 사람은 상황을 면밀히 검토해보았다.

— 나는 자네의 말을 반박하지는 않겠어. 하지만 내가 처해 있는 조건 속에서 잠도 못 자고, 기침을 해대며, 말(馬)이라도 하기 싫어할 일을 하는 나처럼 자네도 일을 해보면 이해할 거야… 무슨 일이 닥치더라도 지금보다 상황이 더 나빠지지는 않아… 이것이 내 생각이야… 현재보다 더 악조건일 수는 절대 없어….

나는 그의 생각이 옳다는 말을 감히 해줄 수가 없었다. 혹시 이제 또다시 꾸미고 있는 일이 실패할 경우, 훗날 그가 나를 탓하지 않을까 겁이 났기 때문이다.

내 마음을 가라앉혀 주려는 듯, 그는 나에게 그 노파에 대해 마음을 쓸 필요가 없다는 이유를 몇몇 들려주었다. 그 이유들 중 특히, 그녀가 너무 고령이라서 무슨 수를 써도 이젠 얼마 살지 못한다는 점을 강조하였다. 결국 자기가 그녀의 저승길을 준비해주는 것일 뿐, 그 이상의 의미는 없다는 것이었다.

하지만 이유가 어떻든 그것이 추잡한 계략이었음을 부인할 수 없다. 모든 구체적인 세부 사항들은 그와 노파와 자식들 간에 이미 합의를 보았다고 했다. 노파가 자기 거처에만 틀어박혀 있지 않고 다시 외출하는 습관을 되찾았으니, 적당한 날을 택하여 그녀로 하여금 토끼들에게 먹이를 가져다주게 한다는 것이다… 폭약을 교묘하게 설치해놓은 다음… 그리하여 그녀가 토끼장 문을 건드리는 순간 폭약이 그녀의 면상을 휩쓸어버리게… 과일 상인 집에서 있었던 사건처럼… 이미 동네에서는 그녀가 미쳤다고 소문이 나 있기 때문에 아무도 그 사고에 놀라지 않을 것이라는 것이다… 그녀에게 이르기를 절대 토끼장 근처에 가지 말라고 하였음에도 그런 일이 벌어졌노라 사람들에게 말할 작정이라고… 그런데 말을 듣지 않았노라고… 또한 그녀 나이에는 자기들이 준비한 그 폭약 세례를 받으면 절대 살아날 가망이 없을 것이라는 것이다… 특히 복부에 한 대 맞으면.

   나는 더 이상 할 말이 없었다. 나는 로뱅송에게 재미있는 이야기 하나를 해주었을 뿐이었는데….

그리고 다시 음악이 축제 속으로 되돌아왔으니, 이 음악은 아주 어린 시절부터 듣던 음악이며, 여기저기, 도시의 이 구석 저 구석, 농촌의 작은 마을, 주말이면 가난한 사람들이 찾아가 앉아서 자신들의 모습이 어떻게 변했는지를 살피는 모든 곳에서 절대 멈추지 않고 들려오는 음악이다. 낙원이야! 그 가난한 사람들에게 그렇게들 말한다. 그리고는 가난한 사람들을 위하여 이곳저곳에서, 계절 따라 그 음악을 연주케 하고, 음악은 요란한 소음을 내며 전해에 부자들의 신바람을 돋우어 주던 모든 것을 뒤섞어 으깨어댄다. 그것은 기계 장치를 본뜬 음악이며, 그 음악은 목마로부터, 자동차로부터, 전혀 오락용이지 못한 활주차로부터, 마르세이유 출신도 아니고 이두근도 없는 힘세지 못한 레슬러들이 차지하고 있는 간이 무대로부터, 음모(陰毛) 없는 여인으로부터, 오쟁이 진 마술사로부터, 황금으로 만들지 않은 오르간으로부터 마구 쏟아져 내려온다. 그것이 바로 힘겨웠던 한 주일의 끝에 와 있는 사람들을 속이기 위한 축제다.

그리고는 거품도 일지 않는 소형 맥주병을 비우러 간다! 그러나 종업원 애녀석은 모조 정원수 밑에서 고약한 입냄새를 풍긴다. 그리고 녀석이 거스름돈으로 내주는 동전들 속에는 기괴한 것들이 섞여 있다. 하도 기괴하여 몇 주일을 두고 주물럭거리며 살펴보다가 적선을 할 때 아주 힘들여 슬쩍 다른 동전들 속에 섞어 놓는다. 그것이 소위 축제라는 것이다. 기근과 감옥 사이를 헤매다가도 할 수 있을 때 즐거워해야 하며, 모든 것을 닥치는 그대로 받아들여야 한다. 어디에든 자리를 잡고 앉았으니, 그것만으로도 감지덕지 불평을 해서는 안 된다. 바로 그것만이 진정한 소득이다. '국제 사격장', 이미 여러 해 전에 롤라가 생-끌루 공원의 산책로에서 발견한 그 사격장도 나는 축제에서 다시 보게 되었다. 축제 속에서는 무엇이든 다시 보게 되며, 축제라는 것은 기쁨의 반향이다. 롤라와 함께 거닐던 그 시절 이후, 생-끌루 공원의 넓은 산책로에는 숱한 군중이 끊임없이 산책을 하러 다녀갔을 것이다… 숱한 산책자들이. 이젠 전쟁도 완전히 끝난 지 오래다. 그 '국제 사격장'의 주인은 옛날과 같은 사람일까? 그는 전쟁터에서 무사히 돌아왔을까? 모든 것이 궁금하다. 나는 옛날 보았던 과녁까지 알아볼 수 있었다. 그러나 이제는 모형 비행기를 과녁으로 사용하기도 한다. 신제품이다. 발전이다. 신유행이다. 그곳에서는 여전히 결혼식이 거행되고, 그곳에 오는 병사들, 국기를 게양한 구청 건물, 모두 전과 다름없었다. 오히려 전보다도 더 많은 사격 표적물들이 있었다.

그러나 사람들은 최근의 발명품인 자동차 운전을 더 재미있어 했다. 자동차 속에서 끊임없이 겪게 되는 사고와, 머리와 곱창까지 전달되는 무시무시한 진동에 재미를 붙였기 때문이다. 얼떨떨해져 마구 고함을 쳐대는 자들이 끊임없이 몰려와서는 서로 야만스럽게 충돌하고, 그럴 때마다 뒤죽박죽 엎어져 자동차 의자 속에서 비장^{지라}을 터뜨렸다. 그런데도 그들을 제지할 수가 없었다. 그들은 절대 자비를 구하는 일도 없었고, 전에는 단 한 번도 그토록 행복했던 적이 없었던 것 같았다. 어떤 자들은 아예 미쳐버리고 있었다. 그들을 참사로부터 구해내야 할 판이었다. 이십 쑤를 지불하고 곧 죽는다 해도 그들은 그 물건으로 서둘러 달려들었을 것이다. 축제가 진행되는 동안, 오후 네 시경 브라스밴드가 연주를 하게 되어 있었다. 술집들마다 서로 연주자들을 불러가려는 바람에, 그들을 한자리에 모으는 것이 성대한 환영 잔치를 준비하는 것만큼이나 힘들었다. 항상 마지막 한 사람이 빠지곤 하였다. 모두들 그를 기다렸다. 그를 찾으러 가기도 했다. 기다리고 또 오는 시간에 사람들은 갈증에 시달리는데, 문득 두 사람이 다시 사라졌다. 모든 것을 다시 시작해야 했다.

양념을 한 돼지고기는 먼지 속에 묻혀 유골처럼 변했고, 그것을 먹는 사람들에게 끔찍한 갈증을 유발했다.

모든 가족들은 불꽃놀이를 기다리느라고 집에 돌아가 잠자리에 들 생각을 하지 않는다. 기다리는 것 또한 그 자체가 축제다. 탁자 밑에 모아둔 수천 개의 빈 술병들은 매순간마다 덜덜 떤다. 박자에 맞게, 혹은 맞지 않게 무수한 발들이 요동질을 친다. 하도 익숙한 가락들이라 음악은 아예 사람들 귀에 들어오지도 않는다. 가건축물 뒤에서 이 프랑을 내고 구경하는, 물건들을 작동시키는 모터의 목쉰 소리도 들리지 않는다. 조금 피곤할 때는 심장의 박동이 양쪽 관자놀이에서 마구 방망이질을 한다. 머리를 둘러 감고 있는 일종의 벨벳 띠에 부딪치듯, 혹은 귓속 깊은 곳에서, 꽝! 꽝! 후려치는 소리가 들려온다. 어느 날엔가는 우리가 아마 그렇게 파열될 것이다. 아멘! 어느 날엔가, 그 내부의 움직임이 외부의 움직임에 가서 합류하고, 그리하여 우리의 모든 생각들이 산산이 흩어질 때, 뇌리에 머물던 그 생각들은 드디어 별들에게로 가서 즐겁게 어우러질 것이다.

축제장에는 어린애들 때문에 울음소리 역시 풍성하다. 무심중에 의자들 사이에서 그들을 짓밟기 때문이며, 그들의 욕망, 혹은 목마를 한 바퀴 더 타보고 싶은 그 작은 갈망에 저항하는 법을 부모들이 가르치고 있기 때문이다. 아이의 성품을 형성해주기 위해서는 축제도 잘 이용해야 한다. 그 일은 일찍 시작하면 할수록 그만큼 더 좋다. 고 귀여운 것들은 모든 것에 비용이 든다는 사실을 아직 모른다. 현란하게 칠을 한 계산대 뒤에서 경이로운 물건들을 쌓아놓고 그것들을 감시하고 지키면서 손님들에게 권하는, 고함을 치며 미소 짓는 어른들이, 고 귀여운 것들 눈에는 그저 친절한 사람들로 보일 뿐이다. 어린애들은 법이라는 것을 모른다. 부모들은 아이들의 따귀를 때려가며 그들에게 법을 가르치고, 그들이 쾌락에 빠져 들어가는 것을 막는다.

그 깊숙한 내면의 비밀을 뒤집어보면 축제란 오직 장사치들만을 위한 것이다. 모든 속없는 멍청이들, 고객들, 이익을 가져다주는 그 백치 같은 짐승들이 다 돌아간 후, 그리하여 넓은 공토에 다시 정적이 찾아들고, 마지막 남았던 개 한 마리가 당구대에다 마지막 오줌 방울을 찔끔 깔기고 돌아간 시각, 그 저녁 시간에 장사치는 느긋이 기뻐하게 된다. 그때야 비로소 결산을 시작할 수 있기 때문이다. 그 순간 장사치는 동전을 헤아려 가며 자신의 능력을 정밀하게 검토하고, 자기에게 봉사한 희생자 수를 파악한다.

축제 기간의 마지막 일요일 저녁, 마르트로댕의 선술집에서 일하는 여급이 순대를 썰다가 손에 깊은 상처를 입었다.

그날 저녁의 축제가 거의 끝나갈 무렵, 모든 사람들이 운명의 이 끝에서 저 끝으로 정신없이 이끌려 다니기에 지친 듯, 그리하여 그 모든 것들이 어둠 속으로부터 일시에 쏟아져 나와 나에게 말을 하기 시작한 듯, 우리들 주위에 있던 모든 것들이 문득 명료해졌다. 그러나 그러한 순간에는 사물들과 사람들을 경계해야 한다. 흔히 사물들이 우리에게 무슨 말을 해줄 것처럼 믿지만 그것들은 아무 말도 해주지 않고, 대부분의 경우 그것들이 우리들에게 이야기해 줄 것이 무엇이었는지 우리가 미처 깨닫기도 전에 밤이 그것들을 휩쓸어가 버린다. 그것이 최소한 내가 겪은 일이다.

여하튼 그날 저녁, 막 선술집 여급의 상처를 붕대로 싸매어 주려던 순간, 내가 로뱅송을 다시 만나게 된 것은 사실이다. 지금도 그 때의 상황을 정확히 기억한다. 우리 옆에서는 아랍 사람들이 술을 마시고 있었는데, 등받이 없는 긴 의자에 보따리처럼 뭉쳐 앉아서 꾸벅꾸벅 졸고 있었다. 그들은 자기들 주위에서 일어나고 있는 어떤 일에도 관심이 없는 듯하였다. 나는 로뱅송과 이야기를 하면서도, 그가 널빤지를 짊어지고 가다가 나와 마주쳐 주고받던 이야기가 다시 나오지 않도록 조심했다. 여급의 상처는 다시 봉합하기가 몹시 어려웠으며, 게다가 술집 안쪽에는 불빛이 어두워 상처를 명확히 볼 수도 없었다. 그 덕분에 내가 아무 말도 하지 않게 되었다. 극도의 주의를 요했기 때문이다. 치료가 끝나자마자 로뱅송이 나를 한구석으로 데리고 가더니, 자기의 일이 잘 되어가고 있으며 또 곧 실행에 옮길 것이라고, 스스로 나에게 확약을 하는 것이었다. 그야말로 나에게는 무척이나 거북스러운 비밀이었으며, 나는 정말 그 속내 이야기를 듣고 싶지 않았다.

— 머지않아서라니, 무엇이?

— 자네도 잘 알면서….

— 또 그 얘기야…?

— 저들이 나에게 얼마를 주겠다는지 어디 맞춰봐?

나는 그가 얼마나 받게 되었는지 아예 관심조차 없었다.

— 일만 프랑이야…! 오직 내가 입을 다물어준다는 조건으로….

— 상당한 금액이군!

— 이제 나도 간단히 곤경에서 벗어나게 되었어. 그 일만 프랑이 없어서 항상 애를 썼지…! 단번에 일만 프랑이란 말이야…! 이해하겠어…? 나는 아직까지 단 한 번도 직업다운 직업을 가져보지 못했지만, 그러나 일만 프랑만 있으면…!

그가 이미 아들과 며느리를 협박했음이 분명했다….

그는 그 일만 프랑을 가지고 장차 자기가 할 일, 벌일 사업 등을 나에게 설명하였다… 그는 몸을 벽에 꼿꼿이 기대고 서서, 침침한 어둠 속에 몸을 감춘 채, 나에게 생각할 시간을 주려는 듯 문득 말을 멈추었다. 신천지가 그의 눈앞에 전개되고 있었으리라. 그 일만 프랑 덕분에!

하지만 그의 일을 다시 생각해보면서 나는 혹시 내가 그의 추진 중인 일을 비판하는 듯한 기색을 보이지 않음으로써 나 자신이 어떤 위험에 처하게 되지 않을지, 혹은 내가 일종의 공모자가 되는 것이 아닌지 등을 나 스스로에게 묻지 않을 수 없었다. 그를 심지어 고발해야 하는 것이 아닌가라는 생각도 해보았다. 인류에 대해서는 다른 모든 사람들과 마찬가지로 나 역시 털끝만큼도 관심이 없었다. 그 문제에 있어서 내가 무슨 일을 할 수 있겠는가? 하지만 범죄자가 발생하면, 오직 그 사악한 납세자들國民의 흥미를 돋우기 위하여, 사법은 온갖 추잡한 이야기들을 들추어내면서 아니꼽게 군다… 그렇게 되면 빠져나올 길이 없다… 이미 그러한 경우를 나는 수없이 목격했다. 기왕 처량한 신세라면, 신문들마다 고주알미주알 까발려 놓는 그 처량함보다는 아무 소란 피우지 않는 처량함을 택하고 싶었다.

한마디로 나는 당황하였으며, 동시에 좀 지긋지긋하다는 생각도 들었다. 그 사태에 이르러서도 나에게는 일의 밑바닥까지 내려갈 만한 용기가 없었다. 어두운 밤중에 눈을 떠야 하는 상황에 임하여 나는 아예 눈을 감아버리고도 싶었다. 하지만 로뱅송은 내가 눈을 뜨기를, 사태를 파악하기를 바라는 것 같았다.

화제를 돌리기 위하여, 나는 그 구석에서 서성거리며 여자들 이야기를 꺼냈다.

— 난 자네가 알다시피 여자들에게는 관심이 없어. 그녀들의 아

름다운 궁둥이, 실한 허벅지, 하트 모양의 입술, 애새끼건 병이건 항상 무엇인가 그 속에서 자라고 있는 배때기도 마찬가지야… 그녀들의 미소로 집세를 낼 수는 없어! 그렇지 않아? 내가 사는 오두막집 속에 여자 하나를 데리고 있어서, 매월 십오일마다 집주인에게 그녀의 볼기짝을 보여준다 해도 모두 헛일, 집주인이 집세를 깎아주지는 않아…!

로뱅송의 약점은 바로 그의 그 구애받지 않은 상태 자체였다. 그도 자신의 입으로 그러한 말을 했다. 그러나 술집 주인 마르트로댕은 벌써부터 우리의 밀담과 구석에서 꾸며지고 있던 우리의 하찮은 음모에 역정을 내고 있었다.

— 로뱅송, 술잔들! 젠장! 내가 술잔들을 닦아야겠어?

로뱅송은 단숨에 달려갔다.

— 여기에서 임시 고용원으로 일하고 있어! 그가 나에게 알려주었다.

술집은 진정 축제 마당이었다. 즉 마르트로댕은 그날의 결산을 마치느라고 고역을 치르는 중이었다. 그 일이 그를 몹시 성가시게 하고 있었다. 다른 아랍인들은 다 떠나고, 두 사람만이 출입문에 기대어 서서 졸고 있었다.

— 저 사람들은 무엇을 기다리고 있지요?

— 우리 집 여급입니다! 술집 주인이 내게 대답하였다.

— 사업은 잘 되어갑니까? 무슨 말이든 지껄이려고 내가 그렇게 물었다.

— 그저 그렇습니다… 하지만 고역입니다! 이것 보세요, 의사 선생님. 공황 전에 이 술집을 시작하느라고 육십 장*육만 프랑*을 현금으로 투자했어요. 이젠 적어도 이백 장은 뽑아야 해요… 짐작하시겠습니까…? 손님이 많은 것은 사실이지만, 주로 아랍인들이에

요… 그런데 그 사람들은 별로 마시질 않아요… 아직 습관이 안 되어서… 폴란드 사람들이 몰려와야 합니다. 의사 선생님, 폴란드 사람들은 정말로 마신다고 할 수 있지요… 전에 제가 아르덴느 지방에 있을 때에는, 에나멜을 칠하는 가마에서 일하는 폴란드인들이 무더기로 몰려왔지요. 설명 드리지 않아도 아시겠지요? 에나멜 가마에서 일을 하다 보니 몹시 더웠던 것이지요…! 우리들에겐 바로 그것이 필요합니다…! 그 갈증이…! 그리하여 토요일이면 몽땅 그리로 쏟아붓게 되지요… 젠장! 그때는 일도 많았지! 그들의 급료가 몽땅! 꿀꺽…! 그런데 이 북아프리카 녀석들은 마시는 데 관심이 있는 것이 아니라, 그보다는 그 짓에… 그들의 종교가 음주를 금지하는 모양입니다만, 그 짓을 하는 것은 금지하지 않는 것 같습니다….

마르트로댕은 북아프리카 아랍인들을 경멸하고 있었다. "더러운 녀석들이에요! 우리 집 여급에게도 그 짓을 하는 모양입니다…! 그 짓에 미친 놈들 아닙니까? 이것이 제 생각입니다. 어떻게 생각하십니까? 의사 선생님? 말씀해보시겠어요?"

술집 주인 마르트로댕은 눈 아래에 있는 장액(漿液) 분비 주머니를 엄지로 지그시 누르고 있었다. 그것을 보고 나는 그의 신장 상태가 어떠냐고 물었다. 내가 그의 신장을 치료한 일이 있기 때문이다. "최소한 소금은 섭취하지 않으시겠지요?"

— 아직도 그 알부민 말씀이십니까, 의사 선생님! 그저께 약제사에게 분석을 의뢰했습니다… 오, 알부민 때문에 죽건 다른 것 때문에 죽건 저는 상관치 않겠습니다. 그러나 정말 역겨운 것은 저처럼 이렇게 뼈가 빠지도록 일만 하는 것입니다… 게다가 소득도 신통치 않고…!

여급은 설거지를 마쳤으나 붕대가 음식 찌꺼기로 너무 더럽혀져서 다시 감아주어야 했다. 그녀는 일백 쑤짜리 지폐 한 장을 나에게 내밀었다. 나는 그 일백 쑤를 받고 싶지 않았다. 그러나 세베린느라고 불리는 그녀는 그 돈을 꼭 나에게 주겠노라고 고집을 부렸다.

— 세베린느, 머리를 짧게 잘랐군! 내가 한마디 했다.

— 잘라야지요! 그것이 유행인 걸요! 게다가 긴 머리로 이 집 주방에서 일을 하면 온갖 냄새가 배어들어요….

— 네 엉덩이 냄새가 더 고약해! 우리들의 잡담 때문에 계산이 잘못되었는지, 마르트로댕이 그녀의 말을 끊었다. 또 그것 때문에 손님들이 오지 않는 것도 아니고….

— 그래요, 하지만 경우가 달라요. 세베린느가 마음이 상한 듯, 즉각 반격을 가했다. 몸 어느 부분이건 냄새가 있어요… 그리고 주인님, 주인님의 몸에서 나는 냄새들을 좀 나열해볼까요…? 한 부분만이 아니고, 모든 부분의 냄새를?

세베린느는 몹시 화가 나 있었다. 마르트로댕은 그녀의 다음 말을 더 들으려고 하지 않았다. 그는 혼자 으르렁거리면서 다시 그 더러운 계산을 하기 시작했다.

세베린느는 종일 서서 일을 한 고로 발이 퉁퉁 부어올라 신고 있던 덧신을 벗지 못했고, 그리하여 구두를 신을 수도 없었다. 그리하여 하는 수 없이 집에 돌아갈 때에도 덧신을 그대로 신고 갔다.

— 이걸 신은 채로도 잠은 잘 수 있어요! 벗으려고 애를 쓰던 끝에 그녀가 큰 소리로 말하였다.

— 자, 어서 가서 저 안쪽의 불을 꺼! 마르트로댕이 그 경황에도 그녀에게 명령을 내렸다. 전기료는 네가 지불하지 않는다 이 말씀이지!

— 이대로도 잘 수 있어요! 자리에서 일어서며 세베린느가 신음

하듯 한 번 더 그렇게 말했다.

마르트로댕의 계산은 끝날 줄을 몰랐다. 그는 앞치마와 조끼까지 벗어던지고 계산에 골몰하였다. 몹시 고생을 하고 있었다. 술집의 보이지 않는 저 안쪽으로부터 접시 부딪치는 소리가 들려오고 있었다. 로뱅송과 또 다른 접시 닦는 일꾼이 일을 하는 중이었다. 마르트로댕은 살인범의 손가락처럼 굵은 두 손가락으로 푸른 색 연필을 으스러져라 움켜쥐고, 어린아이들처럼 대문짝만한 숫자들을 그리고 있었다. 여급은 우리들 앞에 있는 의자에 어색하게 앉아서 졸고 있었다. 그녀는 거의 잠이 들어 있었음에도 가끔 의식을 되찾았다.

— 아! 내 발! 아! 내 발! 그렇게 신음하듯 웅얼거리다 다시 잠속으로 휩쓸려 들어갔다.

그러나 마르트로댕이 아가리가 찢어져라 고함을 쳐 그녀를 깨웠다.

— 어이! 세베린느! 너의 저 북아프리카 녀석들을 밖으로 데리고 나가! 저 녀석들이라면 진절머리가 나…! — 모두들 꺼져버려, 젠장! 꺼져버릴 시간이야.

정말 아랍인들은 시간이 늦었음에도 전혀 급한 기색이 없었다. 이윽고 세베린느가 잠에서 깨어났다. "맞아요, 이제 집에 돌아가야 해요. 주인님, 감사합니다!" 그녀가 말했다. 그녀는 아랍인 두 사람을 모두 데리고 갔다. 그 두 녀석이 함께 즐기기로 합의가 되어 있었던 것이다.

— 오늘 밤 저 두 사람을 다 받아야 해요. 떠나며 그녀가 나에게 설명을 해주었다. 다음 일요일에는 아쉐르에 있는 아이들을 보러 가야 하기 때문에 손님을 받을 수 없어요. 다음 토요일이 아이들을 보러 가는 날이에요.

아랍인들은 그녀를 따라가기 위해 몸을 일으켰다. 그들은 조금도 뻔뻔스러운 기색이 없었다. 하지만 세베린느는 피곤 때문인지 그들은 못마땅한 눈으로 바라보았다. "저의 생각은 주인님과는 달라요. 저는 오히려 아랍인들이 좋아요! 아랍인들은 폴란드인들처럼 포악하지는 않아요. 다만 행실이 좀 그렇지만… 그 짓을 좀 별나게 하지요… 자기들 하고 싶은 짓 다하라지요 뭐, 그렇다고 제가 잠을 못 자는 것은 아니니까!

─ 자, 어서들 가요! 자, 젊은이들, 전진!"

세 사람은 그렇게 떠났으며, 그녀가 두 남자의 앞장을 섰다. 축제의 잔해들이 나뒹굴고 있으며, 다시 차가워진 광장을 그들이 건너가는 것이 보였고, 저 건너편의 마지막 가스등이 그들의 희끗한 모습을 잠깐 비치더니, 그 다음 밤이 그들을 삼켜버렸다. 그 이후에도 그들의 음성이 조금 들리더니, 이윽고 기척이 사라졌다. 아무것도 보이지 않았다.

나 역시 로뱅송에게는 말도 없이 술집을 떠났다. 술집 주인은 너절하게 밤인사를 했다. 경찰관 하나가 대로를 터벅터벅 걷고 있었다. 그가 지나가며 적막을 깨트리고 있었다. 그 소리에 여기저기서, 뼈다귀를 갉아먹던 개들처럼 일일 결산에 정신없이 열을 올리던 상인들이 흠칫 놀라곤 하였다. 어느 가족인지 식구가 몽땅 함께 어슬렁거리며 장 조레스 광장 한구석 길을 가득 메운 채 고래고래 소리를 지르고 있었다. 그들은 거의 제자리에서 선회하고 있었으며, 악천후를 맞은 어부들 집단처럼 어느 골목길 입구에서 주춤거리고 있었다. 그 가족의 가장은 양쪽 인도에 가서 부딪치며 끊임없이 오줌을 갈기고 있었다.

그 가족에게도 밤이 깃들어 있었다.

그 무렵 어느 날 저녁에 일어났던 일을 나는 그때의 상황 때문에 지금도 생생히 기억하고 있다. 저녁식사 시간이 조금 지났을 때, 처음에는 누군가가 쓰레기통을 뒤엎는 소리가 요란스럽게 들려왔다. 오물통 내던지는 소리는 우리 집 층계에서 일상적으로 들을 수 있는 것이었다. 곧이어 어떤 여인의 비명 소리와 앙탈하는 소리가 들려왔다. 나는 출입문을 살짝 열고 층계 방향을 살필 뿐, 밖으로 나가지는 않았다.

어떤 사고가 났을 때 나 스스로 문을 열고 나가면, 사람들은 그 행위를 이웃 사람의 당연한 처사로 여길 것이고, 그러면 내가 베풀 의료적 도움이 무료일 것이라고 생각할 것이 뻔했기 때문이다. 그들이 나의 도움을 필요로 한다면 일상의 규범에 따라 왕진을 요청할 것이고, 그러면 이십 프랑이 내 손에 굴러 들어오게 되어 있었다. 가난이 무자비하고 철두철미하게 이타주의를 못살게 굴며 추격하고 있었기 때문에, 아무리 친절하고 자발적인 행동도 냉혹하게 벌을 받던 시절이었다. 그리하여 나는 누군가가 와서 우리 집 초인종을 누르기를 기다렸다. 그러나 아무도 오지 않았다. 분명 왕진료 때문이었을 것이다.

하지만 기다리기를 거의 포기하려던 바로 그 순간, 조그마한 여자아이 하나가 우리 집 문 앞에 나타나더니 초인종 위에 조그마하게 쓰여 있는 이름들을 열심히 읽는 것이었다… 앙루이유 부인의 심부름으로 나를 데리러 온 것이었다.

— 그 댁에 누가 편찮으시더냐? 내가 소녀에게 물었다.

— 어떤 분이 다치셨는데, 그 댁에 계세요….

— 어떤 분이라고? 나는 아이의 말을 듣는 순간 얼핏 앙루이유 씨를 뇌리에 떠올렸다.

— 그 댁 아저씨 말이냐…? 앙루이유 씨?

— 아녜요.

소녀는 앙루이유 씨의 친구라고 하는 그분을 전에는 뵌 일이 없다고 하였다. 밖의 날씨는 몹시 추워 아이는 종종걸음을 하였으며, 나 역시 걸음을 재촉했다.

— 어찌하다가 다치셨니?

— 저는 아무것도 몰라요.

우리는 또 다른 작은 공원의 울타리를 따라 걷고 있었는데, 그곳에는 밤이면 겨울 안개가 부드럽게 또 느릿느릿 몰려와 긴 자락으로 나무들을 휘감고 있었다. 작은 골목길 여럿을 지났다. 우리는 잠시 후 그들의 집 앞에 당도하였다. 소녀가 나에게 작별인사를 하였다. 그녀는 그들 집 앞으로 더 이상 접근하기를 두려워하고 있었다. 며느리가 현관 입구 계단에서 나를 기다리고 있었다. 그녀가 들고 있는 석유램프가 바람에 깜박이고 있었다.

— 이쪽으로 오세요, 의사 선생님! 이쪽으로요! 그녀가 멀찌감치서 나를 보자마자 소리쳐 불렀다.

나는 지체하지 않고 물었다. "남편께서 다치셨습니까?"

— 어서 들어오시기나 하세요. 나에게는 숨 돌릴 시간도 주지 않고 거의 퉁명스럽게 말하였다. 그 다음 순간 나는 복도에서 그 집 노파와 정면으로 마주쳤고, 노파는 요란스럽게 꽥꽥거리며 나에게 덤벼들기 시작하였다. 그리고는 한바탕 욕설을 퍼부었다.

— 아 더러운 것들! 아! 강도들! 의사 선생님! 저것들이 나를 죽이려 했어요!

결국 일이 실패로 끝났던 것이다.

— 죽인다고요? 도대체 무슨 이유로요? 나는 몹시 놀란 척하며 그렇게 말했다.

— 내가 빨리 죽지 않기 때문이랍니다, 맙소사! 오직 그 이유 때문이에요! 하느님 맙소사! 나는 아직 죽고 싶지 않아요!

— 어머니! 어머니! 며느리가 시어머니의 말을 막았다. 어머니, 어머님께서는 망령이 나셨어요! 의사 선생님께 끔찍한 이야기를 마구 하시는데, 정신 좀 차리세요, 어머니…!

— 내가 끔찍한 이야기를 한다고? 그래, 이 더러운 년, 참으로 뻔뻔스럽기도 하구나! 내가 망령이 났다고? 아직은 너희들을 모두 교수대로 보낼 수 있을 만큼은 정신이 멀쩡하다! 너희들에게 분명히 말해둔다!

— 도대체 누가 다쳤다는 말입니까? 그리고 또 그 사람은 어디 있습니까?

— 가서 직접 보십시오! 노파가 내 말을 가로챘다. 저 위, 저 년의 침대 속에 살인범이 누워 있어요! 녀석이 네 침대를 몹시 더럽혀 놓았지, 이 잡년아 그렇지? 놈의 돼지 피로 네 침대의 매트를 더럽혔지! 내 피가 아니고! 그 오물 같은 피로! 아무리 닦아도 소용없어! 분명히 네년에게 말해두지만, 살인범의 피가 오래오래 썩은 냄새를 풍길 거야! 아, 격한 감동을 맛보려고 극장엘 가는 사람들도 많다만! 이곳이 바로 극장이야! 살인범이 이 집에 있어요, 의사 선생님! 저 위에 있어요! 진정한 극장이에요! 단지 흉내만 내는 극장이 아니고! 자기 좌석을 잃어서는 안 되지요! 그리로 얼른 올라가 보세요! 선생님께서 도착하시면 이미 그 불한당이 죽어버렸을지도 모르겠군요! 자칫하면 아무것도 구경하시지 못합니다!

며느리는 지나가던 사람들이 혹시 노파의 말을 들을까 두려워했고, 그리하여 입을 다물라고 노파를 윽박질렀다. 그 다급한 상황에서도 며느리는 별로 당황하는 기색이 없었고, 다만 일이 틀어져 몹시 울화가 치미는 모양이었다. 그러나 그녀의 생각은 변함이 없었다. 그녀는 자신의 생각이 옳다고 확신하고 있었다.

— 하지만 의사 선생님, 저 말씀 좀 들어보세요! 저런 말씀을 들어야 하니 얼마나 괴롭겠습니까! 저는 항상 당신께서 최대한 안락하게 지내시도록 애를 썼는데! 선생님께서도 그 사실은 아시죠…? 나는 항상 당신께 말씀드리기를, 수녀원으로 가시라고 하였는데….

수녀들 이야기가 나오자 노파는 더 이상 견디지 못하였다.

— 그래, 낙원으로! 네 이 잡년아, 너희들이 나를 낙원으로 보내려 했지! 아, 강도년! 그래서 네년과 네 서방이 저 위에 있는 더러운 악당을 불러왔지! 나를 물론 수녀원으로 보내기 위해서가 아니라, 아예 죽여버리려고! 녀석이 일에 실패했으니 너희들 연놈은 음모가 잘못 꾸며졌다고 녀석을 탓할 수는 있으렷다! 어서 가보세요, 의사 선생님. 어서 가셔서 당신의 그 더러운 환자가 어떤 상태에 있는지, 또 저 위에서 무슨 짓을 하고 있는지 보세요…! 그리고 놈이 차제에 아예 뻗어버리기를 축원해야지요! 어서 가보세요, 의사 선생님! 아직 살아 있을 때 어서 가서 녀석을 보세요…!

며느리도 전혀 기가 죽어 있는 것 같지 않았지만, 노파는 더욱 그러하였다. 하마터면 저세상으로 가버렸을 터인데, 겉으로 보기보다는 별로 화가 나 있는 것 같지 않았다. 다만 화가 난 척할 뿐이었다. 그 실패한 살해 시도가 오히려 그녀를 자극하여, 정원 한 구석에 있는 곰팡이투성이의 무덤 속에 오랜 세월 움츠리고 있던 그녀를 끄집어내게 되었다. 그 나이에도 불구하고 끈덕진 생명력이 다시 그녀를 휩싸고 있었다. 그녀는 자기의 승리뿐만 아니라, 또한 이제부터는 탐욕스러운 며느리를 무한정 괴롭힐 수 있는 수단을 거머쥐게 된 기쁨을 외설스럽게 즐기고 있었다. 이제 며느리가 자기의 손아귀에 들어온 것이다. 그녀는 미수로 그친 그 살인사건이 어떻게 진행되었는지, 나에게 상세히 알려주고 싶어 했다.

— 그리고, 아세요 선생님? 내가 저 살인범을 만난 것은 댁에서였어요, 의사 선생님 댁에서요…. 그녀는 여전히 격앙된 어조로 나에게 말을 계속하였다. 하지만 그때 저 녀석을 의심했지요… 아, 조심하기를 잘했지요…! 저 녀석이 처음 나에게 제안한 것이 무엇인지 아세요? 얘 며늘아, 너를 처치해주겠다는 것이야! 너, 잡년을! 게다가 아주 싼값에! 틀림없는 사실이에요! 하긴 모든 사람들에게 그 따위 제안을 하며 돌아다니니까! 이미 널리 알려진 사실이에요…! 그러니 이 더러운 년아, 알겠지, 네년이 고용한 놈의 직업이 무엇인지 내가 이미 알고 있었다는 사실을! 내가 모든 것을 환히 알고 있었다는 사실을! 녀석 이름이 로뱅송이라는 사실도…! 그것이 녀석 이름이지? 그놈의 이름이 아니라고 하겠니? 녀석이 우리 집에 와서 너희들 연놈과 무슨 꿍꿍이수작을 꾸밀 때 나는 즉각 의심을 하였지… 참 잘한 일이었지! 만약 그때 의심을 하지 않았더라면 지금 내가 어디에 가 있을까?

그러고 나서 노파는 다시 한 번, 일이 어떻게 진행되었는지 나에게 상세히 그 경위를 이야기해주었다. 토끼장 문에다 폭약을 설치하는 동안에 토끼가 움직였다는 것이다. 그동안 노파 자신은 자기의 움막에서, 그녀의 표현으로는 "일등 칸막이 좌석에서!" 녀석이 하는 꼴을 구경하고 있었다는 것이다. 그런데 바로 그때 폭약이 터져, 함께 장치했던 노루 사냥용 탄환과 함께 녀석의 얼굴을, 심지어 눈까지 휩쓸었다는 것이다. "살인을 하려 할 때에는 마음의 평정을 잃는 법이지. 암, 그렇고말고!" 그녀의 결론이었다.

결국 그 사건은 미숙함으로 인한 실패로 규정되었다.

― 오늘날의 사람들이 모두 저 꼴로 변했어요! 몽땅! 모두들 그렇게 습관이 되어버렸어요! 오늘날엔 먹고 살기 위해 살인을 저질러야 해요! 단지 빵을 훔치는 것만으로는 양이 차지 않아요…! 그리하여 이제는 자기네 할머니들까지 죽이려 해요…! 그러한 일은 일찍이 없었어요… 절대 없었어요…! 말세예요! 인간의 몸뚱이를 가득 채우고 있는 것은 오직 악의뿐이에요! 모두들 악마의 작희에 빠져서 겨우 목 윗부분만 밖으로 내놓은 채 허우적거리고 있어요…! 이제 저 녀석은 장님이 되어버렸어요! 그리하여 너희들 내외는 항상 저 녀석을 부축하고 다녀야 할 처지가 되었지…! 그렇지 않아…? 그리하여 앞으로도 저 녀석으로부터 계속 악랄한 짓이나 배우면서…!

그동안 며느리는 끽소리도 내지 않았지만, 사태를 수습할 방안은 이미 세워놓은 것 같았다. 그 더러운 계집은 매우 주도면밀하였다. 우리들이 각자 자기의 생각에 골몰해 있는 동안, 노파는 아들을 찾아서 이 방 저 방을 돌아다녔다.

― 그리고 의사 선생님, 내게도 아들이 하나 있다는 것은 사실이에요! 그런데 어디에 가 있지요? 이제 또 무슨 술책을 꾸미고 있는 걸까요?

그녀는 쉬지 않고 깔깔대는 바람에 몸을 뒤뚱거리며 복도를 휘젓고 다녔다.

노인이 그렇게 큰 소리로 웃는 일은 미친 사람들에게서나 발견되는 현상이며, 정상적인 사람들에게서는 거의 찾아볼 수 없다. 그러한 웃음소리를 들으면 어안이 벙벙해진다. 그녀는 고집스레 자기의 아들을 찾아다녔다. 그는 몸을 피해 이미 거리로 나가버린 지 오래였다. "좋아! 숨어서 오래오래 살라고 하지! 저 위에 있는 녀석과 정답게 어울려 살게 된 것, 아무것도 볼 수 없게 된 그자와 함께 살게 된 것, 모두 당연한 보수지! 저 녀석을 먹여 살리며! 폭약이 몽땅 녀석의 상판을 뒤덮은 것도! 내가 두 눈으로 똑똑히 보았어! 빠짐없이 보았어! 쾅! 터지면서! 나는 모든 것을 보았어! 분명히 말하지만 당한 것은 토끼가 아니었어! 아! 맙소사! 도대체 의사 선생님, 내 아들은 어딜 갔지요? 혹시 그 애를 보지 못하셨어요? 항상 음흉했던 그놈 역시 볼 장 다 본 악당, 저 위에 있는 녀석보다 더 고약한 놈이지요. 하지만 이제 그 더러운 천성을 노골적으로 드러냈으니 잘된 일이지요! 아! 그놈의 천성처럼 더러운 것이 밖으로 모습을 드러내는 데에는 많은 시간이 걸려요! 하지만 일단 밖으로 나오면 그야말로 둘도 없이 고약한 냄새를 풍기지요! 더 이상 말이 나오질 않아요, 의사 선생님, 잘 된 일이에요! 녀석을 놓쳐서는 안 돼요!" 그리고 나서도 그녀는 상황을 계속 즐겼다. 또한 그녀는 그 사건에서 자신이 기선을 제압한 사실을 가지고 나를 놀라게 해줄 뿐만 아니라, 우리들을 일거에 혼비백산케 하고 결국 우리 모두를 모욕하고 싶어 했다.

그녀는 유리한 역할을 거머잡고 그것에서 감동을 얻어내고 있었다. 누구나 행복감에는 싫증을 느끼지 않는 법이다. 하나의 역할을 수행하고 있는 한 사람은 끊임없이 행복을 추구하기 마련이다. 그녀에게 이십 년 전부터 제공해오던 것, 즉 늙은이들에게 흔히 쏟아붓는 푸념 같은 동정의 말을 그 앙루이유 노파는 더 이상 원하지 않았다. 예상치 못하게 그녀에게 주어진 그 악랄한 역을 그녀는 절대 놓치려 하지 않았다. 늙는다는 것은 곧 더 이상 뜨거운 역을 맡지 못함을, 즉 따분한 이완 상태에서 오직 죽음만을 기다리는 처지로 전락함을 의미한다. 복수를 해야 한다는 그 뜨거운 역할을 맡게 됨에 따라 노파에게는 문득 삶의 욕구가 다시 주어졌다. 그 사건 덕분에 그녀에게서는 죽고 싶다는 생각이 싹 사라져버렸다. 생존

하려는 욕구, 그 확신 덕분에 그녀의 얼굴에는 찬연한 생기가 감돌았다. 비극 속에서 정열을, 진정한 정열을 되찾은 것이다.

그녀는 스스로를 달구고 있었으며, 그 새로운 불길과 우리들을 영영 놓아주려 하지 않았다. 오랜 세월 동안 이미 그녀는 그 생명의 불길을 기대조차 하지 못하고 살아왔다. 음침한 정원 구석에 있는 자신의 거처 속에서 속절없이 죽어가지 않기 위해서 어떻게 해야 할지, 그녀는 거의 그 방법 모색을 포기한 상태였는데, 별안간 험하고 뜨거운 사건이라는 폭풍우가 그녀에게 닥친 것이다.

― 나의 죽음! 나의 죽음을 직접 보고 싶어! 앙루이유 노파가 이제는 아예 고함을 쳐댔다. 내 말 알아듣겠지! 내게도 눈이 있어서 나의 죽음을 내 눈으로 볼 수 있어! 내 말 들리지! 아직 눈을 빤히 뜨고 있단 말이야! 내 죽음을 똑똑히 바라보고 싶어!

그녀는 이제 죽고 싶지 않았던 것이다. 그것은 명백하였다. 그녀는 더 이상 자신의 죽음을 믿지 않고 있었다.

그러한 일을 처리하기가 언제나 몹시 힘들며, 또 처리한다 하더라도 어떠한 경우건 비용이 많이 든다는 것은 모든 사람이 잘 아는 사실이다. 우선 어려웠던 것은 로뱅송을 어디에 두느냐 하는 문제였다. 왜 병원으로 데려가지 않았느냐고? 그렇게 할 경우 수천 가지의 소문과 험구가 뒤따를 것이 너무나 뻔했다… 그의 집으로 돌려보낸다? 그의 얼굴 꼴을 보면 차마 그러한 일을 생각조차 할 수 없었다. 싫건 좋건 앙루이유 내외는 그를 자기들 집에 데리고 있을 수밖에 없었다.

그는 위층에 있는 그들 내외의 침대 속에서 두려움에 사로잡혀 있었다. 진정 두려움을 느끼고 있었으니, 그 집에서 쫓겨난 다음 경찰의 추적을 받지 않을까 하는 두려움이었다. 충분히 이해할 수 있는 일이었다. 그 누구에게도 허심탄회하게 이야기할 수 없는 사연이었다. 그가 누워 있던 방의 덧문을 항상 닫아두었지만, 이웃 사람들은 다른 때보다 더 자주 그 근처를 기웃거리며 덧문을 쳐다보다가는 부상당한 사람의 안위를 묻기도 하였다. 그때마다 부상자의 용태를 이야기해주었으며, 농담을 섞어 얼버무렸다. 하지만 그들의 호기심을 어찌 막을 수 있겠는가? 그들의 뒷공론을 무슨 수로 막겠는가? 게다가 사람들은 끊임없이 이야기를 부풀리고 있었다. 무수히 난무하는 각종 추측들을 어떻게 피한단 말인가? 다행히도 검찰에는 아무 고발도 들어와 있지 않았다. 정말 다행이었다. 그의 얼굴 부상은 내가 맡아 치료했다. 상처가 몹시 깊고 온통 지저분하게 찢겼음에도 부패 현상은 나타나지 않았다. 그의 눈은 각막에까지 흉터가 남을 것으로 예상되었으며, 혹시 빛이 각막을 통과한다 할지라도 극소량에 불과할 듯했다.

여하튼 그의 눈에 손을 쓸 수 있는 부분이 조금이라도 남는다면 어떻게 해서든 그가 앞을 볼 수 있도록 그 방법을 강구해볼 수도 있는 일이었다. 그러나 우선 시급했던 것은, 노파가 이웃 사람들이나 호기심 많은 사람들 앞에서 마구 더럽게 짖어댐으로써 우리들을 곤경에 몰아넣는 사태가 벌어지지 않도록 방책을 세우는 일이었다. 비록 그녀가 미친 사람 취급을 당하고 있었다고는 하지만, 그것만으로 모든 것이 설명될 수는 없는 일이었다.

일단 경찰이 그 일에 개입하는 날이면 우리들을 어디까지 끌고 갈지 모를 일이었다. 그렇다고 갖은 추잡한 험구를 각오하고 노파를 그녀의 거처에 유폐시킨다는 것 또한 까다롭기 그지없는 일이었다. 각자 번갈아서 그녀를 달래 보는 수밖에 없었다. 그녀에게 추호라도 억압적인 태도를 보여서는 안 될 처지였지만, 그녀를 고분고분하게 다루는 것도 항상 뜻대로는 되지 않았다. 그녀는 오직 앙갚음하려는 생각에만 사로잡혀 있었고, 우리는 그저 두려움에 떨 뿐이었다.

나는 최소한 하루에 두 번씩 로뱅송을 보러 그 집에 들렀다. 온통 붕대로 감싸여 있었지만 내가 층계를 오르는 소리를 듣기만 하면 신음소리를 내기 시작하였다. 그가 통증에 시달리고 있었던 것은 사실이지만, 그가 나에게 드러내려 하던 만큼 통증이 심했던 것은 아니다. 자신의 눈이 어떻게 되었는지 그 실상을 정확히 알게 되는 날이면 그가 훨씬 더 큰 절망에 빠지게 되리라는 것을 나는 예상하고 있었다… 따라서 나는 미래에 관해서만은 가능한 한 어물어물 넘겨버렸다. 그는 눈꺼풀을 콕콕 찌르는 듯한 통증을 느낀다고도 하였다. 그리고 자신이 앞을 못 보는 것은 그 찌르는 듯한 통증 때문일 것이라 믿고 있었다.

앙루이유 내외는 나의 지시에 따라 그를 정성스럽게 치료하며 돌보았다. 그 측면에서는 아무 문제가 없었다.

노파 암살 시도에 관해서는 더 이상 아무도 이야기를 꺼내지 않았다. 미래에 대해서도 역시 마찬가지였다. 저녁에 내가 그들과 헤어질 때면, 우리들은 매번 아무 말 없이 서로를 노려보듯 응시할 뿐, 마치 금방이라도 서로를 죽일 듯한 기세였다. 그렇게 서로를 끝내주는 것이 합리적이고 적절하리라는 생각도 들었다. 그 집의 하루하루 밤 시간이 어떻게 지나갈지, 그 정황을 상상조차 하기가 힘들었다. 그러나 아침이 되면 나는 그들을 모두 전날처럼 다시 만났고, 우리들은 사람들이나 사물들을 전날 저녁의 상태 그대로 다시 대하였다. 앙루이유 부인의 도움을 받아 과망간산염^{항생제로 사용됨}을 바른 붕대를 갈아주기도 하였으며, 그때마다 시험 삼아 덧문을 살짝 열어보기도 하였다. 하지만 매번 헛일이었다. 로뱅송은 덧문을 열었다는 사실을 번번이 눈치채지 못하였다….

엄청나게 위협적이고 고요한 밤 속에서 이 세상은 그렇게 빙빙 돌고 있는 것이다.

그리고 아들은 아침마다 시골 사람들의 일상 인사말로 나를 맞았다. "이제 됐어요! 의사 선생님… 이제 마지막 추위예요!" 집 전면의 조그만 회랑 아래에서 눈을 들어 하늘을 쳐다보며 그렇게 날씨 이야기를 꺼내곤 하였다. 마치 날씨가 무슨 중요성이라도 가진 듯. 그의 처는 또다시 그녀의 시어머니에게로 가서 바리케이드를 쳐놓은 움막의 출입문을 사이에 두고 협상을 시도해보지만, 다시 한 번 시어머니의 노여움을 북돋을 뿐이었다.

붕대를 감고 누워 있는 동안 로뱅송은 자신이 세상살이를 시작하던 때의 이야기를 나에게 들려주었다. 그는 장사를 하는 일로 세상에 첫발을 들여놓았다고 했다. 그가 열한 살 되던 해에 부모가 그를 고급 제화점에 심부름꾼으로 들여보냈다는 것이다. 어느 날 그가 물건을 배달하러 갔을 때, 어느 여자 고객이 자기에게 쾌락을 함께 나누자고 제안을 했으며, 그때까지는 그러한 일이 다만 상상 속의 일이었을 뿐이라는 것이다. 그 일을 겪은 후, 자신의 그러한 행위가 너무나도 추하게 여겨져 그는 영영 주인집에 돌아가지 않았다는 것이다. 여자 고객과 성관계를 가졌다는 사실이 그 시절에는 아직 용서될 수 없는 일이었다. 특히 그 여자 고객의 모슬린 슈미즈가 그에게는 무척이나 인상적이었던 모양이다. 삼십 년이 지났건만 그는 아직도 그 슈미즈를 잊지 못하고 있었다. 방석들과 가장자리 술장식이 달린 휘장들이 가득했던 아파트 속에서 살랑살랑 꽁무니를 흔들던 귀부인, 그녀의 향기 감도는 분홍빛 살, 어린 로뱅송은 그것들에서 많은 요소들을 취해 가슴속에 간직하게 되었고, 그 요소들이 그의 생애에서 끊임없는 비교의 기준이 되었으며, 그리하여 절망의 원인이 되었다는 것이다.

물론 그 사건 이후에도 무수한 일들이 그에게 닥쳤던 것은 사실이다. 그는 여러 대륙을 여행하였으며, 전쟁의 적나라한 실상을 목격하기도 하였다. 그러나 그 여인이 그에게 얼핏 보여준 그 황홀했던 세계에서 아직도 완전히 탈피하지 못하고 있었다. 그 여자 고객과 함께했던 청춘의 한순간을 나에게 이야기해주며, 그 일을 회상하는 것이 그에게는 그저 즐겁기만 하였다. "이렇게 눈을 감고 있으면 다시 생각이 나… 선명하게 어른거려… 레몬대가리 속에 영화 한 편이 상영되는 것 같아…." 그 영화에 싫증을 느끼게 될 만큼 충분한 세월이 그의 앞에 놓여 있다는 사실을 나는 아직 그에게 차마 이야기해 줄 수 없었다. 모든 사유는 죽음을 지향하는 법, 그가 자신의 그 영화 속에서 오직 죽음만을 보게 될 날이 올 것이 뻔했기 때문이다.

앙루이유 집 바로 옆에 있는 작은 공장에서는 육중한 기계를 들여놓고 부지런히 일들을 하고 있었다. 그리하여 앙루이유 집 내부는 아침부터 저녁까지 끊임없이 덜덜 떨렸다. 게다가 그 집에서 좀 더 멀리 있는 다른 공장에서는 밤에도 공이질作業을 멈추지 않았다. "이 작은 궁전초라한 오두막이 무너져 내리면 우리들 모두 끝장이겠지!" 앙루이유가 그렇게 가끔 농담을 하면서 약간은 불안해하였다. "언젠가는 무너지고 말 거야!" 천장에서 떨어진 석고 부스러기들이 마룻바닥 여기저기에 널려 있던 것도 사실이었다. 어느 건축사가 별 문제 없다고 그들을 안심시켰지만 소용없었다. 그들의 집안에 있으면, 이 근심 저 근심에 가서 부딪치며 항해하는 선박 속에 앉아 있는 느낌이었다. 승객들은 그 속에 갇혀서 삶보다도 더욱 서글픈 계획들을 세우고 절약할 궁리를 하느라고 많은 시간을 보내며, 불빛도 밤도 모두 경계하고 있었다.

앙루이유는 나의 요청에 따라 점심식사를 마치고 난 다음에는 로뱅송의 방으로 올라가 그에게 책을 읽어주곤 하였다. 그렇게 여러 날이 흘렀다. 도제 시절 자기가 손아귀에 넣었던 그 기막힌 여자 고객 이야기를 그는 앙루이유에게도 들려주었다. 결국 그 이야기는 그 집 모든 사람들의 우스갯거리가 되어버리고 말았다. 우리의 어떠한 비밀도 일단 사람들 앞에 털어놓으면 그러한 운명을 맞게 마련이다. 우리의 내면, 이 지상, 하늘, 어디에서든 진정 두려운 것은 아직 발설하지 않은 것이다. 모든 것을 속시원히 탁 털어놓았을 때에라야 비로소 안정을 찾을 수 있으며, 그때 진정한 침묵이 가능하고 두려움 없이 입을 다물 수 있는 것이다.

눈꺼풀 화농증이 계속되던 몇 주일 동안은 그의 눈에 대해, 또한 그의 미래에 대해 객쩍은 수다를 떨며 그를 진정시킬 수가 있었다. 어떤 때는 창문이 활짝 열렸음에도 그것이 닫혔다고 하든가, 또 어떤 때는 밖이 몹시 어둡다고도 하였다.

그러던 중 어느 날, 내가 잠시 등을 돌린 사이에 그는 자신이 직접 확인해 볼 생각으로 창문 근처로 가서, 내가 미처 그를 말리기도 전에 눈 위의 붕대를 쳐들고야 말았다. 그는 한참 동안을 머뭇거렸다. 처음에는 창의 좌우측 설주를 더듬으며 아예 믿으려고조차 하지도 않았다. 그러나 결국 믿을 수밖에 없었다. 어쩔 수가 없었다.

— 바르다뮈! 그가 나를 절규하듯 불렀다. 바르다뮈! 열려 있어! 창문이 열려 있단 말이야!

나는 대꾸할 말을 찾지 못하고 그의 앞에 천치처럼 우두커니 앉아 있었다. 그는 두 팔을 열린 창으로, 시원한 허공으로 뻗치고 있었다. 그는 자신의 두 팔을 캄캄한 어둠 속으로 최대한 뻗으면서 그 어둠의 끝을 만져보려 하였다. 그러나 그의 앞에는 오직 어둠뿐, 그는 그 사실을 믿으려 하지 않았다. 나는 그를 침대 속으로 밀어넣은 후 이것저것 위안이 될 만한 이야기를 해주었으나, 그는 내 말을 전혀 믿지 않았다. 그는 그저 울기만 하였다. 그 역시 이제 모든 것의 끝에 도달해 있었다. 그에게 더 이상 아무 말도 할 수 없었다. 우리에게 닥칠 수 있는 모든 것의 끝에 도달했을 때, 우리가 홀로 처하게 되는 순간이 있다. 그 순간이 곧 이 세상의 끝이다. 우리 자신의 고뇌마저도 더 이상 우리에게 아무 응답을 하지 않게 되며, 그때 우리는 되돌아서서 사람들 속으로, 그들이 어떤 사람들이든 그들 속으로 돌아오게 된다. 그러한 순간에는 우리가 별로 까다롭지 않으니, 심지어 눈물을 흘리려 해도 모든 것이 다시 시작되는 그곳으로 돌아와 그들과 함께 어울려야 한다.

— 그에게 차도가 좀 있으면 어떻게 하실 작정이십니까? 그 사건이 있은 후 점심식사 중에 내가 며느리에게 물었다. 그날 마침

그들 내외가 나에게 점심을 같이하자고 하였다. 남편이나 그의 처나 모두 그 상황을 어떻게 타개해야 할지 확실한 방안을 세우지 못하고 있었다. 그를 하숙시키려 해도 그들 내외는 하숙비가 두려웠던 모양이다. 특히 불구자의 하숙비를 상세하게 알아본 처는 남편보다 더욱 그러하였다. 그녀는 이미 빈민구제소에도 들러서 절차를 알아본 모양이었다. 물론 내 앞에서는 그 이야기를 꺼내려 하지 않았다.

어느 날 저녁 내가 그를 두 번째 보러 갔을 때, 로뱅송은 어떻게 해서든지 나를 자기 곁에 잡아두려 하면서 좀더 있다가 가라고 하였다. 그는 우리 두 사람이 함께 겪은 일들과 여행, 그리고 이제껏 단 한 번도 추억에 떠올려 보려 시도조차 해보지 않았던 일들을 회상해가며 끊임없이 이야기를 펼쳐나갔다. 심지어 이제까지는 틈이 없어서 다시 생각조차 할 수 없었던 자질구레한 일들까지 회상해내고 있었다. 그렇게 칩거해 있다 보니 우리가 함께 치달리던 세계, 그 세계에서 듣고 본 온갖 하소연들, 친절함, 헌옷들, 중도에 헤어진 친구들, 그 모든 것들이 일시에 몰려오는 모양이었으며, 그는 눈이 없는 자신의 머리통 속에서 싸구려 감동 특매장을 개설하고 있었다.

"죽어버리겠어!" 고통이 견딜 수 없으리만큼 심할 때마다 나에게 그렇게 말하곤 하였다. 하지만 그는 자신에겐 너무나 과중한 그 고통을, 또한 전혀 무의미하며 너무나도 거대하고 복잡하여 그 사연에 귀를 기울여 줄 사람이라곤 아무도 없는 그 외로운 행로에서, 자신의 그 고통을 좀더 멀리 가까스로 끌고 가곤 하였다. 그 자신도 자기의 고통을 설명할 수 없었으니, 그가 받은 교육으로는 그 고통의 실체를 파헤치는 것이 힘겨웠을 것이다.

엄연한 진실로부터 누군가가 자신을 구해주리라고 항상 기대하는 그의 천성이 비겁하다는 것을 나나 그나 모두 잘 알고 있었다. 그러나 한편 나는 이 세상에 진정 비겁한 사람이 존재할까라는 질문을 나 스스로에게 던지기 시작하였다… 어떠한 유형의 인간이건 자신의 생명을 서슴지 않고, 또 기꺼이 바칠 만한 일을 언제든지 발견할 수 있으리라 생각되었기 때문이다. 다만 모양새 좋게 죽을 계기, 자신의 마음에 드는 그 죽음의 계기가, 쉽게 나타나지 않을 뿐이다. 그리하여 사정이 허락하는 대로 아무 곳에나 가서 속절없이 죽어가는 것이다… 인간이 이 지상에서 다른 사람들 보기에 바보처럼, 그리고 비겁자처럼 어정거리는 것은 오직 확신이 서지 않았기 때문이다. 결국 비겁함이라는 것도 하나의 외형일 뿐이다.

로뱅송은 자기에게 주어진 그 기회에 죽을 준비가 되어 있지 않았다. 아마 다른 식으로 그 기회가 주어졌다면 그 역시 기꺼이 받아들였을지도 모른다.

한마디로 죽음은 결혼과 어느 정도 유사하다.

그 상황에서의 죽음이 전혀 그의 마음에 들지 않았을 뿐이다. 그것을 놓고 이러쿵저러쿵 할 이야기는 없다.

그리하여 그로서는 고인 물처럼 썩어가는 자신의 실체와 절망을 그저 받아들일 수밖에 없다. 하지만 그는 우선 자기의 영혼을 자신의 불행과 절망으로 채우는 데 골몰하며 구역질나게 열을 쏟고 있었다. 물론 세월이 좀더 흐른 후에는 그 역시 자신의 불행을 정돈하게 될 것이고, 그러면 하나의 진정 새로운 또 다른 삶이 다시 시작될 것이다. 결국 그럴 수밖에 없을 것이다.

— 자네가 믿고 싶으면 믿든지 말든지, 여하튼 내가 비록 외국어에는 소질이 없지만 디트로이트를 떠날 무렵에는 영어로 짤막한 대화 정도는 그럭저럭 엮어나갈 수 있었다네… 어느 날 저녁, 여느 때와 마찬가지로 식사를 마친 후, 추억의 조각들을 주섬주섬 꿰매

며 그가 서두를 꺼냈다… 그런데 지금은 단 한 마디만 빼고 거의 모두 잊었다네… 단 두 단어뿐이야… 내 눈이 이 꼴로 변한 이후 그 말이 끊임없이 뇌리에 되살아난다네. 'Gentlemen first!' 이제 내가 지껄일 수 있는 영어는 오직 이 말뿐이야, 왜 그런지는 몰라도… 정말 기억하기가 쉬워… 'Gentlemen first!'

그리고는 그의 기분도 전환할 겸 우리는 영어로 이야기를 나누며 즐거워했다. 우리는 마치 백치들처럼 모든 것에다, 그리고 아무 의미도 없이 'Gentlemen first'라는 말을 끌어다 붙였다. 우리 두 사람 사이에서만 통하는 농담이었다. 그러다보니 결국에는 우리들을 감시도 할 겸 올라오곤 하던 앙루이유에게도 그 말을 가르쳐 주게 되었다.

옛 추억들을 들척이면서 우리는 그 모든 것 중 어떤 것이 아직도 남아 있을까 함께 생각도 해보았다… 몰리, 그 착하기 그지없던 우리의 몰리가, 어떻게 되었을까 서로 궁금해 하기도 하였다… 특히 뮈진느는 아직도 빠리 어딘가에, 그리 멀지않은 곳에 살고 있을 것만 같았다. 즉 우리들 근처에… 하지만 뮈진느의 소식만을 알려고 해도 내가 일종의 탐험길을 나서야 할 판이었다… 내가 이제는 그 이름과 습관, 주소, 상냥함, 미소마저도 잊은 그 숱한 사람들 중 상당수는, 그토록 오랜 세월 동안의 근심과 기아에 시달려 마치 오래된 치즈 조각들처럼 온통 고통스러운 주름살투성이가 되어버렸을 것 같았다… 추억들 그 자체도 나름대로의 젊음을 가지고 있다… 그것들이 이기주의와 허영과 거짓을 풍겨대며 구역질나는 환상으로 썩어가도록 내버려두는 순간, 그것들도 변질될 수밖에 없다… 그것들도 사과처럼 썩게 마련이다… 그리하여 우리는 우리의 젊은 시절 이야기를 하며, 그 시절을 음미하고 또 음미했다. 그리고 우리 스스로를 경계했다. 그 무렵 나는 어머니를 뵈러 간 지 오랜

터였다… 어머니를 찾아뵌다 하더라도 나에게는 아무 위안도 되지 않았기 때문이다… 서글퍼함에 있어서는 어머니가 나보다 더 심하셨다… 어머니는 자기의 작은 점포 속에다 세월이 흐르면 흐를수록 더 많은 실망들을 쌓고 계신 것 같았다… 뵈러 갈 때마다 이렇게 말씀하곤 하셨다. "오르땅스 아주머님이 두 달 전에 꾸땅스에서 돌아가셨단다… 네가 그곳에 갈 수도 있지 않았니? 그리고 끌레망땡, 너도 끌레망땡을 알지…? 네가 어렸을 때 함께 놀던, 그리고 지금은 가두 판매인이 된 그 사람…? 그 사람이 그저께 아부키르 로에 쓰러져 있길래 데려왔단다… 사흘을 굶었다는구나…."

로뱅송은 자신의 어린 시절 이야기를 어디서부터 시작해야 할지 갈피를 잡지 못 잡았다. 그만큼 어린 시절이 진부하기 짝이 없었다. 여자 고객과의 사건을 제외하고는 빗자루, 함지박, 양념병들, 툭하면 날아드는 따귀 등, 회상하면 할수록 구역질이 날 정도로 절망적인 것들, 집구석 어디에서나 몹쓸 냄새를 풍기는 역겨운 것들 뿐이었다… 앙루이유 씨는 군에 입대하기 이전까지의 어린 시절에 대해서는 아무것도 할 이야기가 없다고 하였으며, 다만 군 복무 시절에 군모를 쓰고 찍은 사진 한 장이 있었는데 그것을 아직도 사진틀에 넣어 옷장 위 벽에 걸어놓고 있었다.

앙루이유가 아래층으로 내려가자 로뱅송은 약속된 일만 프랑을 받지 못하면 어찌하나 하는 자신의 근심을 나에게 토로하였다…. "너무 기대하지 말게!" 내가 그렇게 말해주었다. 그로 하여금 그 또 다른 실망에 대비토록 하는 것이 좋을 듯싶었기 때문이다.

긁어내고 남은 작은 납덩이들이 그의 상처 가장자리로 삐죽 솟아나왔다. 나는 여러 차례에 걸쳐 그것들을 제거했는데, 매일 몇 알씩 찾아냈다. 그 작업을 하느라고 결막 윗부분을 건드릴 때마다 그는 몹시 고통스러워했다.

아무리 조심을 해도 모두 헛수고였으니, 동네 사람들이 제멋대로 이야기를 꾸며 수다를 떨기 시작하였던 것이다. 다행히 로뱅송은 그 사실을 전혀 눈치채지 못했다. 만약 그랬더라면 그가 더욱 괴로워했을 것이다. 물론 우리들은 의심의 눈초리들로 둘러싸여 있었다. 앙루이유 노파는 집 안에서 덧신을 돌아다닌 덕분에 별로 큰 소음을 내지 않았다. 우리는 그녀에게 별 신경을 쓰지 않았으며, 게다가 그녀는 항상 우리들 곁에 있었다.

우리들은 무수한 암초들 한가운데에 들어와 있었기 때문에, 가장 작은 의심도 우리들 모두를 좌초시키기에 충분했다. 그렇게 되면 모든 것이 깨지고, 찢기고, 부딪치고, 가루가 되어 벼랑 밑으로 밀려가 즐비하게 널릴 판이었다. 로뱅송, 노파, 폭약, 토끼, 다친 눈, 그 유례없는 아들, 살인범 며느리 등, 우리들 모두가 우리의 온갖 오물과 더러운 수치심에 휩싸여 감동 잘하는 구경꾼들 앞에 진열될 판이었다. 나 자신 또한 떳떳할 수 없었다. 물론 내가 어떤 범죄적인 행위를 저질렀다는 뜻은 아니다. 절대 아니다. 하지만 나 자신 죄의식에 사로잡히지 않을 수 없었다. 특히 내가 은근히 그 모든 일들이 계속되기를 바랐다는 점에서는 나에게도 죄가 있었다. 또한 모두들 밤의 한가운데로 점점 깊숙이 빠져들어 떼를 지어서 방황하더라도 별 상관없다고 생각했다는 점에서는 더욱 그러하다.

그런데 그러한 상황을 원할 필요조차 없었으니, 모든 것이 스스로, 게다가 허겁지겁 잘도 진행되고 있었기 때문이다!

부자들은 목구멍을 채우기 위하여 자신들이 사람을 죽여야 할 필요에 처하지는 않는다. 그들의 표현대로, 그들은 다른 사람들로 하여금 일을 하도록 한다. 부자들은 손수 악행을 저지르지 않는다. 그 짓을 수행할 사람을 고용할 뿐이다. 사람들은 부자들의 마음에 들기 위해 무슨 짓이든 서슴지 않으며, 그리하여 쌍방이 모두 만족하게 된다. 그들의 여인들은 아름다운 반면, 가난뱅이들의 여인들은 못생겼다. 분장은 차치하더라도 그것은 수세기 동안 쌓여 온 결과다. 잘 먹이고 잘 씻겨 놓으면 귀여운 미녀들이 되는 법이다. 최초 생명이 시작되어 오늘날까지 지속되며 기껏 그러한 결과에 귀착되고 말았다.

다른 측면에 있어서도 역시 마찬가지, 아무리 수고를 하여도 헛일인 바 끊임없이 미끄러져 탈선하고, 살아 있는 자나 죽은 자를 똑같이 보존시켜주는 알코올에 빠져 허우적일 뿐, 아무것도 이루지 못한다. 그것은 이미 증명된 일이다. 그리고 또한 무수한 세월 이전부터 우리의 짐승들이 태어나 갖은 수고를 다하다가 우리들 앞에서 죽어갔지만, 그들에게 기적 같은 일이라곤 전혀 일어나지 않았고, 오직 다른 숱한 짐승들이 물려 준 그 따분한 실패만을 끊임없이 답습할 뿐이다. 우리들은 일찍이 그렇게 진행되는 일의 실체를 깨달아야 했었다. 아무 쓸 데도 없는 숱한 존재들이 세월의 까마득한 심연으로부터 끊임없는 파도처럼 밀려와 우리 눈앞에서 죽어가건만, 우리들은 여전히 버티고 서서 이런 것 저런 것 들을 희구하며 기다린다… 그리고는 우리 자신이 곧 죽음이라고 생각하는 것조차 좋지 않은 짓이라고들 한다.

부자들의 여인들은 잘 먹고, 잘 속고, 잘 쉬어서 모두들 예쁘장해진다. 그것은 틀림없는 사실이다. 결국 따지고 보면 아마 그것으로 족할지도 모른다. 여하튼 모르겠다. 하지만 그것이 적어도 존재해야 할 하나의 이유는 될 수 있을지도 모른다.

　　— 자네 보기에 아메리카의 여인들이 이곳 여인들보다 더 아름답지 않던가? 여행 추억을 되씹기 시작한 이후 로뱅송이 나에게 그렇게 묻곤 하였다. 그는 여러 가지 일에 호기심을 나타냈으며, 심지어 여자들 이야기도 하기 시작하였다.

　　나는 그를 보러 가는 횟수를 줄일 수밖에 없었는데, 바로 그 무렵 내가 인근의 결핵 환자들을 위해 설치된 무료진료소의 진찰실 근무령을 받았기 때문이다. 사실대로 솔직히 말하건대, 그로 인해 매월 팔백 프랑의 수입이 확보되었다. 환자들은 변두리 판자촌의 주민들이었는데, 그 판자촌이란 아직 진흙탕을 벗어나지 못하고 각종 오물들 속에 처박혀 있는 일종의 촌락으로서, 그 촌락을 둘러싸고 있는 오솔길에는 일찌감치 눈을 뜬 코흘리개 소녀들이 학교에서 도망쳐 나와 생울타리에 기대 서서 호색한들에게 닥치는 대로 이십 쑤에 몸을 팔며, 감자튀김을 사먹고 동시에 임질까지 얻고 있었다. 그야말로 전위 영화의 무대로서, 더러운 빨래들이 나무들을 온통 오염시키고 있었으며, 토요일 저녁이면 화장실에서 온갖 잡탕이 질질 흘러나오곤 하였다. 그 몇 개월 동안의 특별 근무 기간 중 나는 나의 분야에서 아무 기적도 이루어내지 못하였다. 그런데 그 분야에는 위대한 기적이 절대적으로 필요한 실정이었다. 하지만 나의 고객들은 내가 기적을 이루어내기를 바라지 않았다. 그들은 오히려 자신들이 태어날 때부터 자기들의 목을 죄어 오던 절대 빈곤 상태로부터, 정부의 얼마 안 되는 질병 수당이 보장해주던 상대적 빈곤 상태로 옮아갈 수 있는 수단으로, 오직 자기들의 결핵만을 믿고 있었기 때문이다. 그들은 전쟁 이후 계속 양성(陽性)의 가래침을 몸에 달고 다녔다. 먹는 것은 변변치 못한데 자주 토하고, 게다가 술을 퍼마실 뿐만 아니라 사흘에 하루씩이라도 계속 노동을 하는 고로 열이 몸에서 떠나지 않으니, 그들의 몸은 야윌 대로 야위어 있었다.

질병 수당을 받고 싶은 열망이 그들의 몸과 마음을 사로잡고 있었다. 완전히 숨을 거두기 전에 좀더 기다릴 힘만 있으면, 언젠가는 마치 하늘의 은총처럼 수당이 자기들 앞에 굴러 오리라 믿고들 있었다. 가난한 사람들이 허구한 날 찾아와 수당 혜택 차례를 기다리는 모습을 보지 않고서는, 무엇을 기다리기 위해 헛걸음을 한다는 것이 무엇인지 그 실체를 알 수 없을 것이다.

그들은 혹시 비가 오는 날이면 나의 초라한 진료소 현관이나 문턱에 웅크리고 앉아서, 그 질병 수당을 기대하면서, 또 그 가능성을 점쳐 보면서, 그리고 '일백 퍼센트' 결핵성인 진정한 가래침, 바칠루스성 가래침^{바칠루스균, 즉 간균(桿菌)이 섞인 가래}을 시원스레 뱉고 싶은 욕구를 참아가면서 숱한 오후를, 여러 주일을 허송하곤 하였다. 그들은 자기들의 병이 질병 수당을 받은 뒤에나 낫기를 은근히 바라고 있었다. 물론 그들도 자기들의 병이 낫기를 바라지 않는 바 아니었지만, 그 기대는 마지못한 정도였을 뿐이다. 단 얼마 동안이라도, 그리고 어떠한 조건으로라도 질병 수당 수혜자가 된다는 사실이 그들을 황홀경으로 몰아넣고 있었기 때문이다. 그 절대적이고 변함없는 열망 이외의 다른 희망이 그들 내부에 잉태될 수 없었으니, 여타 자질구레한 욕구나 심지어 자신들의 죽음마저도 그 열망에 견주었을 때에는 지극히 부수적이거나, 기껏해야 운동 경기 중에 부상을 입는 정도의 위험에 불과했다. 죽음이란 결국 몇 시간, 심지어 몇 분 동안의 문제인데 반해, 질병 수당이란 마치 가난처럼 평생 동안 지속될 수도 있다. 부유한 사람들은 전혀 다른 부류의 취객들이기 때문에, 그들은 가난한 사람들의 그 안전보장에 대한 열망을 도저히 이해하지 못한다. 부유하다는 것은 또 다른 하나의 취기이며, 그것은 곧 망각을 뜻한다. 부자가 되려고 하는 것은 바로 잊기 위해서다.

나는 나의 환자들에게 건강을 약속하던 그 나쁜 버릇을 차츰 버리게 되었다. 언젠가는 건강해지리라는 나의 전망이 그들에게 기쁨을 줄 수 없었다. 건강이 좋아진다는 것이 그들에게는 결국 사태의 악화일 뿐이다. 건강하다는 것이 노동하는 데 필요한데, 그 다음에는? 반면 국가에서 주는 수당은, 비록 그것이 보잘것없다 할지라도 하늘의 은총처럼 신성하다.

가난한 사람들에게 돈을 주지 못할 바에는 차라리 입을 다물고 있는 편이 낫다. 그들에게 돈 이외의 다른 이야기를 한다는 것은 거의 항상 그들을 속이고, 그들에게 거짓말을 하는 꼴이 된다. 부자들을 즐겁게 해주기는 아주 쉽다. 가령 다른 아무것 필요 없이, 거울 한 조각을 그들 앞에 내밀어 자신들의 모습을 응시토록 하기만 해도 족하니, 이 세상에 부자들을 바라보는 것만큼 즐거운 일도 없기 때문이다. 그들의 원기를 회복시켜 주기 위해서는 십 년에 한 번씩, 그들을 늙은 젖통처럼 레지옹도뇌르^{프랑스 국가 최고 훈장} 속에 집어넣어 한 단계 추켜 주면 그만인 바, 그렇게 해주면 그들은 다시 십 년 동안 그것에 골몰해 있게 된다. 부자들에게는 그것이면 그만이다. 한편 나의 고객들은 모두 이기주의자들, 가난뱅이들, 유물론자들로서, 그들은 피 섞인 양성 반응을 보이는 가래침 덕분으로 은퇴를 할 더러운 계획에만 악착같이 들러붙어 있었다. 모든 나머지 일들은 어떻게 되든 상관이 없었다. 심지어 계절마저도 그들에게는 관심 대상이 되지 못했다. 그들 역시 계절의 변화를 느끼기는 하지만, 예를 들어 겨울에는 여름보다 감기에 잘 걸리는 반면 봄에는 피 섞인 가래를 쉽게 뱉는다든가, 혹은 날씨가 더울 때에는 일주일에 체중이 삼 킬로그램씩 준다는 등, 자기들의 기침이나 병에 관련된 것들을 제외한 나머지는 알려고 하지도 않았다…. 나는 그들이 진료 순서를 기다리며 내가 자리에 없는 것으로 알고 자기들끼리 마구 지껄이는 소리를 가끔 들을 수 있었다. 그들은 나에 대해 이루 형언할 수 없을 만큼 추잡한 이야기들과 상상을 초월하는 거짓말들을 주고받곤 하였다. 그렇게 나를 헐뜯음으로써 그들은 용기를 얻는 모양이었는데, 존속하고 버티기 위해 더욱 무자비하고 끈덕지며 악랄해지는 데 필요한 그 신비한 용기를 얻으려는 것 같았다. 그렇게 험담을 하고, 비방하고, 멸시하며 협박하는 것이 그들에게는 매우 유익한 짓이라고 믿을 수밖에 없다. 하지만 나는 그들의 마음에 들려고 갖은 방법을 동원해가며 최선을 다했다. 나는 항상 그들의 주장에 동조하고, 그들에게 도움이 되려고 애를 썼으며, 그들이 더러운 바칠루스^{바칠루스균이 섞인 가래}를 쉽게 뱉도록 많은 양의 요오드 물질을 주기도 하였다. 그러나 그 모든 노력도 그들의 멍텅구리 짓을 중화시키지는 못했다….

내가 이것저것 병세에 대해 묻는 동안 그들은 마치 하인들처럼 미소를 지으며 고분고분 내 앞에 서 있곤 하였으나, 나를 좋아하지는 않았다. 우선 내가 자기들을 돕고 있었기 때문이고, 그 다음 내가 부유하지 못했기 때문이며, 또한 나에 의해 치료를 받는다는 것은 무료로 치료 받음을 의미했는데, 그것이 환자들에게는 절대 기분 좋은 일이 아니었기 때문이다. 따라서 그들이 뒷구멍으로 나에 대해 퍼뜨리지 않은 험담이 없었다. 나 역시 인근의 대부분 의사들처럼 자동차를 가지고 있지 않았는데, 내가 걸어다닌다는 것이 그들 보기에는 또한 하나의 불구 상태였던 것이다. 누군가가 그들을 조금 부추기고 또 다른 의사들이 그 기회를 놓치지 않을 것 같으면, 그들은 나의 모든 친절, 내가 자기들을 도우려 애를 쓰던 사실, 내가 헌신적이었던 사실 등에 대해 앙갚음을 하려는 듯한 기세였다. 항상 그런 식이었다. 하지만 세월은 흐르고 있었다.

어느 저녁나절 환자 대기실이 거의 비었을 때, 사제 하나가 나에게 할 이야기가 있다면서 진료소 안으로 들어섰다. 그 사제는 전혀 안면이 없는 사람이었고, 그리하여 하마터면 그를 내쫓을 뻔하였다. 나는 사제들을 좋아하지 않았고, 거기에는 내 나름대로의 이유가 있었는데, 특히 싼따뻬따에서 사제들이 나를 상선에 태워 바다로 띄워 보낸 사건 이후에는 더욱 그러했다. 하지만 진료소에 들어선 이 사제는, 구체적인 이유를 들어 욕설을 퍼부으며 아무리 자세히 얼굴을 뜯어보아도 도무지 누구인지 알 수가 없었다. 그를 진정 아무 곳에서도 만난 일이 없었던 것이다. 하지만 그가 인근에 사는 사제일진대, 그 역시 나처럼 밤이면 랑시 지역을 자주 돌아다닐 것은 분명했다. 외출할 때 그가 일부러 나를 피해 다녔단 말인가? 그렇게 생각도 해보았다. 내가 사제들을 좋아하지 않는다는 사실을 누군가가 그에게 귀띔해주었을 것이다. 그가 자신의 용건을 조심스레 꺼내는 태도에서도 그러한 냄새가 났다. 따라서 그와 내가 같은 환자 주위에서 맞부딪친 적이 없었던 것은 분명했다. 근처에 있는 교구를 담당해 온 지 이십 년이라고 나에게 자신을 소개했다. 신도들은 떼거리로 몰려오지만 헌금을 하는 사람은 별로 없다고 하였다. 그 역시 오히려 비렁뱅이에 가까웠다. 그 사실이 우리로 하여금 서로 친밀감을 느끼게 해주었다. 그의 몸을 덮고 있는 쏘따나_{카톨릭 사제가 입는 자락이 긴 겉옷}가 그 지역의 부이야베쓰_{남부 프랑스, 지중해 연안 지역에서 즐겨 먹는 걸쭉한 생선찌개, 즉 진흙탕} 속을 헤집고 돌아다니는 데 거추장스러울 것 같았다. 내가 그러한 점을 지적하였다. 심지어 그 우스짱스러운 차림이 얼마나 그 지역 형편에 맞지 않는지, 또 그러한 차림을 하고 돌아다닌다는 것은 미친 짓이라고까지 하였다.
— 습관이 되면 괜찮습니다! 그의 대꾸였다.

나의 그 무례한 지적에도 불구하고 그는 오히려 더 공손하였다. 분명 나에게 요청할 일이 있음에 틀림없었다. 그의 음성은 고백성사를 할 때의 단조로운 음성 이상으로 높아지지 않았는데, 내가 상상하기로는 그의 직업에서 얻은 습관인 것 같았다. 그가 신중하게 서두를 꺼내는 동안 나는 그 사제가 칼로리^{식량, 호구지책}를 얻기 위해 매일 수행하고 있을 짓들, 가령 나처럼 무수히 얼굴을 찡그린다든가 혹은 고객들에게 갖은 약속을 한다든가 하는 모습을 상상해보았다… 그리고는 장난삼아 그가 벌거벗은 채 주제단 앞에 서 있는 모습을 상상해보았다… 우리를 찾아오는 사람들을 맞는 첫 순간부터 그들을 즉각 다른 상황에 놓아 보는 습관을 가져야 하며, 그렇게 함으로써 그들을 더 빨리 이해할 수 있을 뿐만 아니라, 어떠한 지위에 있는 사람이건 그 거대하고 탐욕스러운 구더기^{알몸} 속에 숨어 있는 실체를 첫눈에 식별해낼 수 있는 것이다. 그것이 훌륭한 상상 방법이다. 그렇게 하면 그 사람의 더러운 위세가 벗겨지고 증발해버린다. 일단 발가벗겨 놓으면, 우리 눈앞에 남는 것은 이것저것을 열심히, 그러나 헛되이 얼버무려대고 있는 잘난 체하고 허풍투성이인 초라한 가죽 배낭 하나뿐이다. 그러한 시험 앞에서는 그 무엇도, 그 아무도 견디지 못한다. 그러한 순간에는 누구든 자신의 참모습을 드러내게 된다. 그 다음에 남는 것은 오직 그 사람의 생각뿐인데, 생각 자체가 우리를 두렵게 하지는 않는다. 어떠한 생각을 접하든 우리가 잃을 것은 없으며, 무엇이든 적당히 타협될 수 있다. 반면 의복을 갖춰 입은 사람의 위세는 견디기 어려울 때가 있다. 자신의 의복 속에 갖은 더러운 냄새와 신비^{속임수}를 가득 간직하고 있기 때문이다.

　사제의 치아는 온통 썩고 누렇게 변색되어 있었으며, 푸르스름한 치석이 둘러싸고 있는 데다 치조농루(齒槽膿漏) 증세가 심하였다. 나는 그에게 치조농루 증세가 심하다는 사실을 이야기해주려 했으나, 그가 너무나 이야기에 몰두해 있었던 고로 그 틈을 얻지 못하였다. 그가 혀를 움직일 때마다 그가 이야기하는 것들이 끊임없이 치근에 와 부딪치며 침을 튀겼고, 나는 그러한 움직임을 빠짐없이 관찰하였다. 그의 혀 가장자리에는 여러 군데 살갗이 벗겨져 피가 흐르고 있었다.

　나에게는 사람 내밀한 부분을 꼼꼼히 관찰하는 습관뿐만 아니라 취미마저 있었다. 예를 들어 단어들이 형태를 갖추어 발음되는 과정을 유심히 살펴보면, 우리들이 만들어내는 어떠한 미사여구도, 그것들이 형성되는 고름과 침투성이 현장의 추함을 감춰주지 못한다. 우리가 대화를 할 때 동원하는 기계적인 노력^{생리적 노력}은 배변에 필요한 노력보다 더 복잡하고 고통스럽다. 바람을 내뿜고 들이마시기 위해 경련을 일으키며, 치석으로 쌓은 그 고약한 냄새 풍기는 댐의 틈바구니를 통해 온갖 끈적거리는 물질을 밀어내느라 죽을 고역을 치르는, 그 불룩해진 육질 꽃부리, 즉 사람의 입을 보라. 그 무슨 형벌이란 말인가! 그러함에도 불구하고 사람들은 무엇이든 이상형으로 바꾸어 달라고^{그럴듯한 말을 해달라고} 우리에게 간청한다. 어려운 일이다. 우리 인간들이란 미지근하고 아직 완전히 썩지 않은 곱창 덩어리를 쌓아 놓은 헛간에 불과하기 때문에, 항상 감정이란 것과 불편한 관계에 있다. 사랑한다는 것은 함께 견디는 것 이외의 아무것도 아닌데, 그것이 어렵다. 반면 오물은 존속하려고도 증가하려고도 하지 않는다. 이쯤 되면 우리 인간이 똥보다 더 불행한 존재이며, 우리의 현재 상태에서 그대로 머물러 있겠다고 하는 약속 자체가 믿을 수 없을 만큼 끔찍한 고문이다.

분명 우리는 우리의 냄새보다 더 신성한 그 무엇도 숭배하지 않는다. 우리의 모든 불행은 세월이 어떻게 변하든 내내, 그리고 어떤 대가를 치르더라도 쟝으로, 삐에르로, 혹은 가스똥으로 남아 있어야 한다는 사실에서 비롯된다. 항상 동요되고 보잘것없는 분자들이 변장을 해서 만들어진 우리의 이 육신은, 존속하려는 그 끔찍한 익살극에 맞서 끊임없이 항거한다. 우리의 그 분자들, 고귀여운 것들은 가능한 한 보다 빨리 우주 속으로 사라져버리고자 한다! 그것들은 영원이라는 것에 의해 오쟁이를 지는_{여성에게 배신을 당하는} '우리들'로만 남아 있기를 괴로워한다. '우리' 혹은 '나'라는 존재대로만 계속 남아 있기를 괴로워한다 용기만 있다면 우리들은 당장 폭발해버릴 것이며, 기껏 하루 이틀쯤 미적거릴 것이다. 우리가 아끼는 고통이 원자 상태로 우리의 오만과 함께 우리의 살갗 밑에 갇혀 있기 때문이다.

내가 이와 같이 생리적 치욕에 관한 생각에 골몰하느라 침묵을 지키고 있으려니, 사제는 자기가 내 마음을 사로잡은 것으로 믿고, 그 기회를 이용해 나에게 더욱 다정하고 친근하게 굴었다. 물론 그가 이미 나에 대해 많은 것을 조사해두었을 것임엔 틀림없었다. 그는 아주 조심스럽게, 인근에 퍼져 있는 나의 의료 행위에 대한 악소문 이야기를 꺼냈다. 내가 랑시에 자리를 잡던 초기부터 다른 과정을 밟아 일을 시작하였더라면 나의 명성이 더 좋았을 것이라는 사실을 은근히 암시하고 있었다. "의사 선생님, 이 사실은 잊지 맙시다. 환자들이란 본질적으로 모두 보수주의자들입니다… 이해하기 어렵지 않은 일이지만, 그들은 모두 땅이 혹시 꺼지지는 않을까, 혹은 하늘이 무너지지는 않을까 두려워하는 사람들입니다…."

그의 말대로라면 결국 내가 초기부터 그 지역 교회와 손을 잡았어야 했다는 것이다. 정신적인 측면이나 실질적인 측면에서 그가 내린 결론은 그러하였다. 그의 생각이 나쁘지는 않았다. 나는 그의 말을 중단시키지 않도록 한껏 조심하면서, 그가 자신의 방문 용건을 꺼낼 때까지 인내심을 가지고 기다렸다.

밖의 날씨는 서글프고 음침하여 속내 이야기를 털어놓기에는 더할 나위 없이 좋았다. 날씨가 어찌나 나쁜지, 또 어찌나 춥고 질척거리는지, 온 세상을 몽땅 녹여버릴 것 같았고, 밖에 나서면 아무것도 보일 것 같지 않았다.

간호사는 환자 카드를 마지막 것까지 모두 정리하였다. 그러니 더 이상 그곳에 남아 우리들의 대화 내용을 들을 구실이 없어졌다. 그리하여 그녀는 마음이 몹시 상했던지 문을 쾅 닫고 나가더니 맹렬한 빗줄기 속으로 사라졌다.

대화 중에 사제가 자신을 소개하였는데, 그의 이름은 프로티스트였다. 그는 자신이 상당히 오래전부터 앙루이유 댁 며느리와 함께, 그 댁 노파와 로뱅송을 경비가 비싸지 않은 종교단체에 보낼 방법을 찾고 있다고 하였다. 여전히 적당한 곳을 찾는 중이라고 하였다.

프로티스트 사제를 자세히 뜯어보면 상점의 진열대 고용인처럼 보였고, 혹은 물에 젖고, 푸르스름하며, 비쩍 마른 몰골로 보아 판매장 관리인처럼 보이기도 하였다. 넌지시 암시할 때의 그 겸손함을 보면 틀림없는 하층민이었다. 그의 입냄새를 보아도 역시 마찬가지였다. 내가 사람의 입냄새를 보고 잘못 짚는 일은 별로 없다. 그는 식사하는 속도가 지나치게 빠르며, 평소에 백포도주를 마시는 것 같았다.

그의 이야기로는, 앙루이유 댁 며느리가 살인 기도가 있은 지 얼마 안 되어 몸소 사제관까지 찾아와, 자기네들이 빠져 들어간 그 더러운 밀가루 반죽통^{곤경}에서 자기들을 꺼내 달라고 하였다는 것이다. 사제는 그 이야기를 하면서 변명거리를 찾으려는 듯하였고, 그러한 일에 협조하는 것을 수치스러워하는 것 같았다. 나로서는 진정 아니꼽게 굴 필요가 없었다. 모두 이해할 수 있는 일들이다. 밤을 틈타 그가 우리들을 보러 온 것뿐이다. 그 이상 아무것도 아니다. 물론 사제에게는 안 된 일이다! 일종의 더러운 과감성이 돈으로 인해 조금씩 그를 점령했던 것뿐이다. 딱한 일이다! 나의 진료소에는 정적이 감돌고 있었고, 밤이 그 판자촌을 삼키고 있었기 때문에, 그는 오직 나에게만 비밀을 털어놓으려는 듯 음성을 최대한으로 낮추었다. 그러나 그의 노력에도 불구하고 그의 속삭임이 아무 소용없었으니, 그가 나에게 이야기하고 있는 것들은 모두 거창하고 지탱할 수 없는 것들처럼 보였다. 분명 우리들을 둘러싸고 있던 정적과, 또 그로 인한 반향음 때문이었을 것이다. 또한 나의 내부에서만 그러하였을지도 모른다. 그가 한 마디 한 마디를 마칠 때마다 쉿! 하며 그의 주의를 환기시키고 싶었다. 심지어 두려움 때문에 나의 입술은 약하게 경련을 일으켰으며, 한 마디가 끝나면 생각도 따라 멈추었다.

우리들의 고뇌에 합류하고 난 이제, 그는 우리 네 사람을 따라 칠흑 같은 어둠 속을 뚫고 나아가기 위해 어떻게 해야 할지 갈피를 잡지 못하고 있었다. 하나의 작은 집단이 형성된 것이다. 그는 그 사건에 연루된 사람이 모두 몇인지 알고 싶어 했다. 또한 우리가 어디로 가고 있는지도 알고 싶어 했다. 모두 함께 도달하는지, 혹은 영영 도달하지 못하든지 간에 여하튼 함께 지향해야 할 그 목적지로 가기 위해, 그 역시 새로 생긴 친구들의 손을 힘차게 잡아야 했기 때문이다. 이제 모두 같은 여로에 나선 것이다. 사제 역시 우리들처럼, 그리고 다른 무수한 사람들처럼 밤을 뚫고 걷는 방법을 배우게 될 것이다. 그는 아직도 뒤뚱거리고 있었다. 밤길에서 넘어지지 않으려면 어떻게 해야 하는지 그가 나에게 물었다. 그토록 두려우면 우리와 함께 가지 않으면 그만일 것을! 우리는 여로의 끝에 함께 도달할 것이고, 그러면 우리가 무엇을 찾아서 그토록 모험을 겪으며 그곳에 왔는지를 알게 될 것이다. 삶이란 바로 그것, 어둠 속으로 잦아드는 한 줄기 빛일 뿐이다.

그 다음 아마 영영 아무것도 깨닫지 못하고, 아무것도 발견치 못할 수도 있다. 그것이 죽음이다.

그러나 당장 할 일은 더듬거리며 열심히 앞으로 나아가는 것이었다. 우리가 어디에 와 있건 이제는 후퇴할 수 없는 입장이었다. 선택의 여지가 없었다. 법을 앞세운 더러운 정의가 사방에, 심지어 모든 복도 구석구석까지 진을 치고 있었다. 앙루이유 댁 며느리는 할망구와 그 아들의 손을 잡고 있었으며, 나는 그들의 손뿐만 아니라 로뱅송의 손도 잡고 있었다. 바로 그것이다. 나는 그 모든 것을 사제에게 서슴지 않고 설명해주었다. 그러자 그 역시 나의 말을 이해하였다.

원했건 원하지 않았건 우리가 놓여 있던 그 처지에서는, 불시에 행인들의 눈에 띄어 소문이 퍼지면 좋지 않다고 내가 사제에게 강조하여 이야기해주었다. 혹시 누구를 만나면 시치미를 떼고 산책을 하는 척하는 것이 좋으리라고 일러주었다. 항상 자연스럽게 행동하라는 것이 일종의 군율처럼 되었다. 사제는 드디어 모든 사실을 파악하게 되었고, 모든 것을 깨달았다. 그가 이제는 나의 손을 힘차게 잡았으며, 그 역시 몹시 두려워하고 있었다. 처음에는 철부지처럼 주춤거리고 우물거렸다. 우리가 처한 곳에는 길도 빛도 없었으며, 그 대신 우리들끼리 서로 넘겨주던, 그러나 별로 신뢰하지 못하던 일종의 신중함만이 있었다. 그러한 상황에서 각자 스스로를 안도시키려고 서로 주고받는 이야기는 기실 그 누구의 귀에도 들리지 않는다. 아무런 반향도 없으며, 우리는 사회로부터 완전히 빠져나온 것이다. 두려움은 긍정이건 부정이건, 아무 대답을 하지 않는다. 그저 우리가 말하는 것, 생각하는 것 모두를 휩쓸어갈 뿐이다.

그러한 경우에 어둠 속에서 눈을 크게 뜬들 아무 소용이 없다. 부질없는 공포일 뿐이다. 밤이 모든 것을, 심지어 시선들마저도 몽땅 휩쓸어가 버렸다. 밤이 우리들을 텅 비워버렸다. 하지만 서로 손을 잡아야 한다. 그러지 않으면 넘어질 것이다. 밝은 대낮에 사는 사람들은 우리들을 이해하지 못한다. 공포감이 그들로부터 우리들을 격리시켜 놓았고, 우리들은 그러한 상태가 어떠한 방법으로든 끝날 때까지 짓밟힌 채 남아 있다가, 그 다음 죽음에서건 삶에서건 그 더러운 자들과 한 세상에서 다시 합류하게 된다.

이제 그 사제는 우리를 돕고 또 열심히 꿈틀대며 배울 수밖에 다른 도리가 없었으니, 그것이 곧 그가 맡은 일이었다. 뿐만 아니라 그가 우리들에게 온 것은 오직 그 일 때문이었으니, 우선 앙루이유 노파를, 그리고 로뱅송도 동시에 서둘러서 지방에 있는 소녀원에 집어넣으려 최선을 다해야 할 입장이었다. 그러한 술책이 사제에게는 해봄직한 일로 여겨졌으며, 나 역시 같은 견해였다. 다만 빈자리 하나가 나려면 수개월씩 기다려야 하는데, 우리들은 더 이상 기다릴 수가 없었다. 정말 지긋지긋하였다.

빠르면 빠를수록 더 좋다는 며느리의 생각이 옳았다. 그 두 사람이 어서 떠나주었으면! 그들을 한시바삐 떨쳐버렸으면! 그것이 며느리의 바람이었다. 그런데 프로티스트는 다른 방법을 궁리하고 있었다. 그 새로운 방법이 정말 교묘하고 신통할 것 같았고, 나 역시 즉각 동의하였다. 게다가 무엇보다도 그 방법을 채택할 경우 사제와 나 두 사람 모두 사례금을 받을 수도 있었다. 지체하지 않고 결정을 보아야 했고, 합의를 보는 데 있어 내가 한몫을 해야 했다. 나의 역할이란, 로뱅송을 설득하여 프랑스 남부 지방으로 떠나도록 하되, 물론 아주 친절하게 구슬리면서도 지체하지 않고 그의 결심을 얻어내는 일이었다.

사제가 말하는 묘안이 구체적으로 무엇인지, 어떤 성격의 것인지, 나 역시 전혀 모르고 있었기 때문에, 나로서는 신중히 고려하여, 가령 내 친구에게 어떤 보장을 해줄 수 있도록 하는 방안을 생각했어야 할 것이다… 왜냐하면 프로티스트 사제가 일방적으로 제안하던 그 묘책이 괴이해 보였기 때문이다. 하지만 상황이 몹시 급박했던지라, 우리들에게 무엇보다도 중요했던 것은 일이 지체되지 않아야 한다는 점뿐이었다. 나는 그가 요구하는 모든 것, 즉 나의 도움과 비밀 엄수를 그에게 약속하였다. 그 프로티스트란 자는 우리가 처해 있던 것과 같은 거북한 상황에 익숙한 듯했고, 그런 그가 많은 일을 수월케 해주리라는 생각이 들었다.

우선 무엇부터 시작해야 할까? 남부 프랑스로 조용히 함께 떠나는 일이 첫 과제였다. 로뱅송이 남부 프랑스에 대해 어떻게 생각할까? 게다가 자신이 살해하려 했던 그 할망구와 함께 떠나야 하다니… 그 문제는 내가 나서서 우겨대면 해결될 수 있다… 그뿐이다…! 여러 가지 이유에서 그 수밖에 없다고, 모든 이유가 다 마음에 들지는 않더라도 모두 합당한 것들이라고 주장할 수밖에 없다.

남부 프랑스에서 로뱅송과 할망구에게 얻어주려는 그 직업, 그것이 직업치고는 괴상하기 짝이 없었다. 그 일거리가 뚤루즈에 있다고 하였다. 그런데 뚤루즈는 아름다운 도시라는 것이다! 게다가 그 도시를 구경할 수도 있고! 그들을 보러 그곳에 가기도 하고! 그들이 그곳에서 자리를 잡고 일을 시작하면 나 역시 지체하지 않고 뚤루즈에 가기로 약속이 되어 있었다.

한편 그토록 빨리 로뱅송이 그 먼 곳으로 떠난다는 사실이 마음에 걸리기도 했지만, 동시에 나에게는 커다란 기쁨이기도 했으니, 무엇보다도 그 일로 인해 모처럼 그럴듯한 소득을 올릴 수 있게 되었기 때문이다. 나에게 일천 프랑을 주기로 약속이 되어 있었던 것이다. 내가 할 일은, 로뱅송에게 눈 부상을 치료하기에는 그 이상 좋은 기후가 없으며, 그가 머물기에 이상적인 곳이고, 또한 그토록 좋은 조건으로 난국을 탈피할 수 있다는 것은 진정 커다란 행운이라고 하면서, 그를 남부 프랑스로 가도록 부추기는 것이었다. 그가 떠날 결심을 굳히도록 하는 데는 그 방법밖에 없었다.

 오 분여 동안 그러한 방향으로 곰곰 생각을 하고 났을 때, 나는 확신이 섰으며, 그와 결정적인 담판을 벌일 준비가 완료되었다. 소뿔도 단김에 빼야 한다는 것이 내 생각이다. 여하튼 그가 그곳에 가 있다고 해서 이곳보다 못할 이유는 없었다. 프로티스트의 안을 다시 곰곰이 검토해보았지만 역시 합리적인 것 같았다. 어떻든 사제들에게는 추악한 소문의 불길을 끄는 소질이 있다.

 로뱅송과 앙망구에게 제안한 것은 다른 어떤 장사에 못지않은 사업이었다. 내가 이해한 바로는 그 사업장이 미라를 모아둔 일종의 지하실이었다. 소액의 입장료를 받고 교회당 밑 지하실을 구경시키는 일이었다. 관광객들을 상대로 하는 일이었다. 진정한 사업이라고 프로티스트가 나에게 힘주어 말했다. 나 역시 그의 말에 거의 확신을 갖게 되었고, 약간의 질투마저 느꼈다. 죽은 사람들에게 일을 시키는 그런 좋은 기회가 그리 흔한 것이 아니다.

 나는 진료소의 문을 단단히 걸어잠그고 사제와 함께 소택지처럼 질척거리는 길을 헤치며 앙루이유의 집으로 향했다. 그야말로 생각지도 못한 신천지가 내 앞에 전개되고 있었다. 일천 프랑을 기대할 수 있다니! 나는 사제에 대한 나의 종전 견해를 바꾸었다. 그들 집에 도착해보니 앙루이유 내외는 이층에 있는 로뱅송의 방에 있었다. 그런데 로뱅송의 모습이란!

 ─ 바로 자네지…. 내가 올라가는 소리를 듣자마자 그가 격정을 이기지 못하고 그렇게 말하였다. 무슨 일이 일어날 것 같은 예감이 들어…! 사실이야? 숨가쁜 소리로 그가 나에게 물었다.

 그리고는 내가 단 한 마디 말도 하기 전에 울먹인다. 그가 나에게 그처럼 구원을 요청하고 있는 동안, 앙루이유 내외는 나에게 눈짓을 한다. "꼴좋은 밀가루 반죽통이군^{난처하게 되었군}! 나는 속으로 그

밤 끝으로의 여행

렇게 생각했다. 모두들 너무 성급해…! 너무 설쳐! 설익은 채로 벌써 그에게 내막을 이야기해주었단 말인가…? 준비도 없이? 내가 오기를 기다리지도 않고…?"

다행히 나는 다른 좋은 말로 사태를 수습할 수 있었다. 로뱅송 역시 다른 군소리가 없었다. 같은 일이로되, 그 일의 새로운 면모를 발견했기 때문이다. 새로운 면모를 제시하는 것으로 족했다. 사제는 복도에 머문 채 감히 방 안으로 들어오지를 못하고 있었다. 두려운 나머지 서성거릴 뿐이었다.

― 들어오세요! 며느리가 기다리다 못해 그렇게 말했다. 어서 들어오세요! 들어와 계셔도 괜찮습니다, 신부님! 불행에 빠진 한 가정의 실상을 보시는 것뿐, 별다른 일이 아닙니다…! 의사와 사제가 함께…! 우리가 살아가다 만나는 가장 고통스러운 순간에는 항상 의사와 사제가 그 현장에 있게 마련 아닙니까?

그녀는 제법 미사여구를 늘어놓으려 하고 있었다. 똥구덩이로부터, 그리고 캄캄한 밤으로부터 뛰쳐나올 수 있으리라는 희망이, 그 잡년을 그녀의 더러운 취향에 따라 서정적으로 만들어 준 모양이었다.

쩔쩔매면서 어쩔 줄을 모르는 사제가 온몸의 힘이 빠진 듯, 환자와 일정한 거리를 두고 다시 말을 더듬기 시작하였다. 더듬거리는 그의 횡설수설이 로뱅송에게 전달되면서 그를 다시 흥분시켰다. "그들이 나를 속여! 모두들 나를 속이고 있어!" 그렇게 고함을 쳐댔다.

다시 피상적이고 하찮은 잡담이 시작되었다. 항상 천편일률적인 감동들을 늘어놓고 있었다. 하지만 그것이 나의 흥을 돋우며 나를 뻔뻔스럽게 만들어주었다. 나는 며느리를 한구석으로 데려가 터놓고 흥정을 시작하였다. 사건을 알고 있는 사람들 중에서 그들 내외를 구출해낼 수 있는 사람은 결국 그자^{사제} 하나뿐이었기 때문이다. "선금을 내시오! 지금 당장 내 몫의 선금을!" 내가 며느리에게 말했다. 흔히들 말하듯, 피차간에 신뢰가 사라졌을 때에는 무슨 말이든 서슴지 않는 법이다. 그녀는 내 말뜻을 알아듣고 나의 손에 일천 프랑짜리 지폐 한 장을 쥐어주고는, 다짐을 받으려는 뜻으로 한 장을 더 주었다. 나는 그 절차를 거의 강압적으로 해치웠다. 그 다음 나는 지체하지 않고 로뱅송을 설득했다. 그는 결국 남부 프랑스로 떠나기로 결단을 내릴 수밖에 없었다.

흔히들 배반이라는 말을 쓰지만, 그 말은 너무 경솔하다. 배반을 하려면 그 계기를 포착해야 한다. 배반한다는 것은 감옥 속에서 창문 하나를 여는 것과 같다. 누구든 욕구를 가지고 있으되, 그 일을 할 수 있는 경우는 드물다.

로뱅송이 랑시를 떠나고 나면, 가령 평소보다 환자들도 더 많이 찾아올 것이고, 나의 생활이 활기를 좀 되찾을 것으로 믿었다. 그러나 전혀 그렇지 않았다. 우선 실업 사태가 닥쳤고, 그 지역에 최악의 경제적 위기가 도래하였다. 게다가 우리 의료업자들에게는 습하고 추운 날씨가 적격인데, 날씨마저 따뜻하고 건조하였다. 그러니 전염병도 없고, 결국 이상 기후로 인해 망친 계절이었다.

또한 다른 의사들도 왕진을 갈 때면 마치 즐겁게 산책을 하는 척하며 걸어서 가곤 했으나, 사실은 마음들이 몹시 상해 있었으며, 그들이 걸어서 다니는 오직 한 가지 이유는 절약하기 위해 자동차를 아예 차고에서 꺼내지도 않았기 때문이다. 나의 경우 외출할 때 걸칠 것이라고는 얇은 코트 하나뿐이었다. 내가 그토록 끈질긴 감기에 걸린 것이 그 때문이었을까? 혹은 습관적으로 식사를 너무 적게 한 탓이었을까? 어느 것이든 충분한 원인이 될 수 있었다. 또는 아프리카에서 걸렸던 그 열병이 다시 도졌던 것일까? 여하튼 봄이 오기 직전 잠깐 닥친 한 차례 추위로 인해 나는 더럽게 병이 나 쉴 새 없이 기침을 해대기 시작하였다. 어느 날 아침부터는 아예 자리에서 일어날 수조차 없게 되었다. 마침 베베르의 숙모가 우리 집 앞을 지나고 있었다. 나는 그녀를 불렀다. 그녀가 나의 거처로 올라왔다. 나는 즉시 그녀를 보내서 아직 받지 못한 얼마 안 되는 진료비를 받아오게 하였다. 마지막 남은 진료비였다. 반만 받아온 그 돈으로 침대에 누워서 열흘을 견뎠다.

열흘을 누워 있노라면 생각할 시간이 많다. 몸이 조금 나아지면 즉시 랑시를 떠나버려야겠다는 결론을 내렸다. 게다가 집세도 두 달치나 밀렸다…. 이제 내가 사용하던 네 개의 가구도 영이별이다! 아무에게도 말하지 않고 조용히 줄행랑을 놓을 것이다. 그러면 가렌느-랑시에서는 나를 다시는 영영 보지 못할 것이다. 흔적도 주소도 남기지 않고 떠날 것이다. 곤궁한 짐승이 썩은 냄새를 풍기며 우리를 급히 쫓아오는데, 무슨 긴 말이 필요하겠는가? 아무 말 없이 꺼져버리는 것이 현명하다.

　나의 의사 자격증만 가지면 어디에서든지 자리를 잡을 수 있었다. 그것은 사실이다… 그러나 다른 곳에 간다 하더라도 더 나을 것도 더 못할 것도 없었다… 어느 곳이든 물론 처음에는 좀 낫다. 사람들이 우리들을 잘 알고, 그 다음 흥이 나서 우리에게 해를 끼칠 방법을 찾아내기까지에는 항상 얼마간의 시간이 필요하기 때문이다. 그들이 우리에게 해를 끼칠 수 있는 요처를 찾는 동안에는 약간의 평안을 누릴 수 있으나, 그들이 일단 그 이음새를 찾아 낸 다음에는 어디든지 마찬가지다. 한마디로, 어느 새로운 곳이든 우리가 아직 사람들에게 알려지지 않은 동안의 짧은 유예 기간, 그 기간이 가장 기분 좋은 기간이다. 그 기간이 지나면 항상 같은 추태가 다시 시작된다. 그것이 사람들의 속성이다. 이상적인 것은, 일상 마주치며 지내는 사람들이 우리의 약점을 다 알게 될 만큼 너무 오랫동안 기다리지 않는 것이다. 빈대들이 틈바구니로 다시 들어가기 전에 그것들을 으스르뜨려 죽여야 한다. 그렇지 않은가?

　환자들, 즉 나의 고객들에 대해서도 나는 전혀 환상을 가지고 있지 않았다…. 다른 동네에 간다 하더라도 그들이 탐욕스럽고, 아둔하며, 비루하기는 이곳과 마찬가지일 것이다. 같은 포도주, 같은 영화, 같은 스포츠 이야기, 아가리와 뒷구멍의 욕구에 대한 항상 같은 열광적인 복종, 그것들이 이곳에서처럼 다른 곳에서도 둔중한, 똥투성이의, 거짓말 사이를 비틀거리는, 항상 허풍투성이의,

밀매를 일삼는, 악의적인, 걸핏하면 싸우려 덤비는, 여전히 같은 떼거리를 다시 만들어낼 것이다.

그러나 환자가 침대 속에서 자주 돌아눕듯이, 삶에 있어서도 우리가 우리 자신을 뒤척일 권리는 있으니, 그것이 우리가 할 수 있는 유일한 일이며, 자신의 운명에 맞설 수 있는 유일한 방어 수단이기 때문이다. 자신의 고통을 중도에 아무 곳에나 내팽개칠 희망은 갖지 말아야 한다. 고통이란 우리가 아내로 맞아들인 소름끼치는 여자와 같다. 그녀를 평생 동안 두들겨 패느라고 힘을 소진하느니보다는 조금이나마 사랑하는 편이 낫다. 그녀를 때려죽일 수는 없지 않은가?

어쨌든 랑시에 있는 나의 중이층 거처로부터 조용히 줄행랑을 놓은 것은 사실이다. 내가 마지막으로 건물 안내실 앞을 지날 때, 안내실에서는 싸구려 포도주와 구운 밤을 앞에 놓고 여자 안내원 내외가 함께 앉아 있었다. 그녀는 쉴 새 없이 온몸을 긁적거리고, 남편은 열기에 오그라들어 난로 위로 몸을 구부리고 있었는데, 이미 잔뜩 마셨는지 눈을 반쯤 감고 있었다.

그곳에 있던 그 사람들 때문에 나는 끝이 없는 거대한 터널과 같은 미지의 세계로 미끄러져 들어가고 있었다. 우리가 어떻게 되어버렸는지도 모를 사람들, 우리를 알고 그래서 우리를 엿보고 우리에게 해를 끼칠 사람들이 단 세 명이라도 줄어들면 그만큼 더 유익하다. 그만큼 더 좋다. 내가 셋이라고 하는 이유는 그들의 딸, 벼룩과 빈대에 하도 뜯겨서 생긴 정종疔腫, 포도상구균의 침입으로 인해 피부에 생기는 부스럼의 고름을 짜내느라고 상처를 입곤 하던 어린 떼레즈까지 포함시켜서 하는 말이다. 안내실에 가면 한바탕 흠씬 뜯기던 것은 사실인데, 안내실로 들어갈 때마다 마치 뻣뻣한 솔 속으로 조금씩 들어가는 느낌이었다.

입구의 기다란 가스등은 눈부신 빛을 발산하고, 휙휙 소리를 내면서 보도 가장자리를 지나는 행인들의 그림자를 만들어내고 있었는데, 그 그림자들이 출입문의 검은 틀에 어릴 때마다 흉측하고 거대한 유령으로 변했다. 그 행인들은 곧이어 여기저기 다른 창문들 앞이나 가로등 앞을 지나며 다시 자기들의 모습을 되찾은 다음, 결국에는 나처럼 까맣고 흐물흐물한 밤 속으로 사라져버렸다.

이제는 더 이상 그 행인들을 아는 척할 필요도 없었다. 그러나 그 어슬렁거리는 사람들을 잠깐 불러 세운 다음, 모처럼 한번 내가 마귀에게 물려간다고, 즉 내가 떠난다고, 아주 멀리 떠나기 때문에 아무리 내가 그들을 못살게 군다 하더라도 이젠 그 누구도 나를 어떻게 해볼 수 없을 것이라고, 그들에게 한마디 시원하게 해주면 좋을 것 같았다….

리베르떼 대로상에 이르니 채소를 잔뜩 실은 자동차들이 털털거리며 빠리로 향하고 있었다. 나도 그 길을 따라갔다. 결국 나는 거의 랑시를 벗어나고 있었다. 날씨가 제법 쌀쌀했다. 그리하여 몸을 좀 녹일 겸 베베르의 숙모가 있는 건물 안내실로 방향을 바꾸었다. 그녀가 켜놓은 등불이 복도 저 안쪽 어둠 속에서 단추처럼 반짝이고 있었다. "마지막으로 베베르의 숙모에게 작별 인사나 드리자." 나는 속으로 그렇게 생각하였다.

그녀는 항상 그렇듯 안내실의 냄새에 파묻힌 채 의자 위에 앉아 있었고, 베베르가 세상을 떠난 후에는 툭하면 눈물을 흘리는 그녀의 늙은 얼굴, 연장 상자 위 벽에 걸린 베베르의 사진, 그녀의 앞치마, 베레모, 십자가 등, 그 모든 것을 작은 난로 하나가 덥혀주고 있었다. 베베르의 사진은 그녀가 확대해 온 것이었다. 내가 그녀를 깨운다.

— 안녕하세요, 의사 선생님! 그녀가 소스라치며 인사를 한다.

그때 그녀가 나에게 한 말이 지금도 기억에 생생하다. "어디 편찮으신 것 같아요! 어서 앉으세요… 저 역시 몸이 좋지 않아요…."
나를 보자마자 한 말이었다.

― 잠시 산책을 하러 나왔습니다. 태연한 척하려고 그렇게 대답하였다.

― 산책을 하시기에는 너무 늦은 시각이에요. 특히 끌리쉬 광장 쪽으로 가시려면…. 그녀의 대꾸였다. 이 시각에는 길에 바람이 불어 몹시 추워요!

그리고는 의자에서 일어나 이리저리 뒤뚱거리고 오가며 그로그 럼주나 브랜디에 설탕과 레몬 등을 섞어 마시는 술를 준비하는 한편, 동시에 앙루이 유 댁 이야기와 베베르의 이야기를 하기 시작했다.

어떠한 수를 써도 그녀가 베베르의 이야기를 하는 것을 막을 수 없었다. 하지만 그의 이야기를 하며 그녀는 슬픔과 고통에 시달렸으며, 그러한 사실을 그녀 자신도 잘 알고 있었다. 나는 그녀의 이야기를 중단시키지 못하고 그저 듣고만 있었다. 나의 몸과 마음이 모두 마비된 것 같았다. 그녀는 베베르가 가지고 있던 모든 장점들을 내 앞에서 돌이켜 회상하려 애를 썼으며, 그것들을 하나도 빠짐없이 나열하자니 하던 이야기를 다시 시작했고, 그리하여 몹시 힘들어했다. 모든 장점들을 다 떠올리고 우유병을 물려 그를 기르던 시절의 이야기를 다 마친 다음에도, 그녀는 비록 작기는 해도 다른 장점들 곁에 놓아야 할 것들을 뒤늦게 생각해내었으며, 그리하여 모든 이야기를 처음부터 다시 시작할 수밖에 없었는데, 그러나 결국 중도에 다시 그 가닥을 잊어, 무력감을 느낀 나머지 울음을 터뜨렸다. 그녀는 피곤 때문에 정신을 수습지 못하였다. 그녀는 흐느끼며 잠이 들었다. 이미 그녀에게도 더 이상 힘이 없어, 자신이 그토록 사랑하던 어린 베베르의 추억을 오래오래 떠올릴 수는 없게 되었다. 허무가 항상 그녀 곁에 있었으며, 이미 조금은 그녀의 머리 위에도 내려앉아 있었다. 얼마 안 되는 그로그와 약간의 피곤도 이기지 못하고, 그녀는 멀리 구름 속으로 사라지는 작은 비행기처럼 코를 골며 잠이 들었다.

그녀가 그렇게 안내실의 냄새 속에 허물어져 있는 동안, 나는 이제 나마저 떠나고 분명 다시는 그녀를 볼 수 없을 것이며, 베베르는 아무 소동 부리지 않고 훌훌 떠나버렸고, 얼마 후에는 그 숙모 역시 아이를 따라 떠날 것이라는 생각을 해보았다. 무엇보다도 우선 그녀의 심장이 성치 못한데다 완전히 낡아 있었다. 그녀의 심장은 그럭저럭 피를 동맥에 밀어 넣고는 있었으나, 피가 정맥을 거슬러 올라가려면 몹시 힘들어하는 형편이었다. 그녀 역시 사자(死者)들이 군중처럼 모여 기다리고 있는 근처의 공동묘지로 떠날 것이다. 베베르가 병들기 전에 그를 데리고 가서 놀게 한 바로 그 묘지다. 그러면 모든 것이 완전히 끝날 것이다. 사람들이 와서 그 안내실에 다시 페인트칠을 할 것이고, 그 사람들 역시 구멍 속으로 떨어지기 전에 구멍 변두리에서 빙빙 돌며 까딱거리는 쇠공처럼 잠시 그곳에 매달려 있을 것이다.

쇠공들 역시 출발할 때는 격렬하고 제법 요란스러운 소리를 내지만, 결국 다른 곳으로는 가지 못한다. 우리들 역시 마찬가지다. 그리하여 이 땅덩어리는 우리 모두를 다시 만나게 해주는 데에만 소용될 뿐이다. 이제 베베르의 숙모도 얼마 가지 못할 것이다. 정열이 거의 다 고갈되었다. 우리가 살아 있는 동안에는 함께 있을 수가 없다. 너무나 많은 색깔들이 우리의 관심을 분산시키며, 너무나 많은 사람들이 우리 주위에서 움직인다. 우리는 이미 때가 지났을 때, 즉 죽은 사람들처럼 정적 속에서만 진정 함께 있을 수 있다. 나 역시 또 움직여야 했고, 다른 곳으로 떠나야 했다. 아무리 애를 써도, 또 모든 것을 안다 해도 아무 소용이 없었다… 내가 그녀 곁에 머물러 있을 수는 없었다.

호주머니에 넣은 나의 의사 면허증이 불룩했는데, 내가 가진 돈과 신분증을 합한 것보다 더 두툼하였다. 경찰 초소 앞에서는 경계 근무자가 자정 교대를 기다리며 침을 탁 탁 힘껏 내뱉고 있었다. 우리는 서로 밤 인사를 나누었다.

길 한귀퉁이에서 점멸등을 깜박거리는 것, 즉 주유소를 지나면 입시세관(入市稅關)이고, 세관원들이 푸르스름한 옷을 입고 유리 상자 속에 앉아 있었다. 전차는 이미 끊겼다. 세관원들에게 일상생활에 대해, 점점 어려워지고 갈수록 비용이 많이 드는 일상의 삶에 대해 수다를 떨기 좋은 시각이었다. 그들은 젊은이 하나 늙은이 하나 모두 둘이었고, 커다란 일람표 위로 상체를 구부리고 있었다. 그들의 유리 상자를 통해서는 방어용 성채의 그림자가 커다란 부두처럼 드리워져 있는 것이 보였고, 그것은 어둠 속에서 불쑥 앞으로 튀어나와 멀리서 오는 배를, 그토록 고귀한 선박을, 우리가 영영 보지 못할 배들을 기다리는 듯하였다. 그러한 선박들을 보지 못할 것은 분명하다. 다만 그것들을 기다릴 뿐이다.

나는 세관원들과 어울려 한동안 잡담을 하였고, 조그만 난로 위에서 끓고 있던 커피까지 함께 마셨다. 그들은 나에게 그렇게 한밤중에 작은 보따리를 손에 들고 휴가라도 가느냐고 농담조로 물었다. "맞았어요"라고 내가 대답하였다. 평범치 못한 일들을 세관원들에게 설명한들 아무 소용이 없을 것 같았다. 내가 그러한 일들을 이해하는 데 그들이 아무 도움도 되지 못할 것은 뻔한 일이었다. 그러나 그들의 농담에 심사가 조금 뒤틀려, 나는 그들의 관심을 끌고 그들을 조금 놀라게 해주고 싶은 욕구가 생겼다. 그리하여 아무렇지도 않은 어조로, 그리고 빠른 속도로 1816년의 전투, 즉 코사크 기병대를 지금 우리들이 있는 그 요새지로, 위대한 나뽈레옹의 포위망 속으로 유인했던 전투 이야기를 해주었다.

물론 그 옛날이야기를 조금 건방진 어투로 해주었다. 몇 마디 말로 그 두 치사한 녀석들이 나의 월등한 교양과 박식함을 믿게 만들어놓은 다음, 나는 다시 마음의 평정을 얻어 끌리쉬 광장으로 올라가는 대로를 따라 걷기 시작하였다.

데 담므 로 모퉁이에는 항상 창녀 둘이 손님을 기다리고 있다. 그녀들은 자정과 새벽 사이의 가장 고단한 몇 시간을 담당하고 있다. 그녀들 덕분에 삶은 어둠을 뚫고 계속 진행된다. 그녀들은 의사의 처방전들, 모든 일에 사용되는 손수건들, 시골에 있는 아이들 사진 등으로 불룩해진 손가방을 들고 영업을 한다. 어둠 속에서 그녀들에게 접근할 때는 조심을 해야 하는 바, 그녀들은 흔적만 겨우 보이기 때문이다. 그만큼 그 어둠 속에 익숙하며, 고객들의 두어 마디 제의에 간략하게 응답하는 게 고작이다. 단추 달린 장화 속에 있는 곤충들의 영혼들이다. 단추 달린 가죽 장화는 지금도 성매매 여성들이 즐겨 신는다

그녀들에게는 아무 말도 하지 말아야 하며, 너무 가까이 가서도 안 된다. 성질들이 고약하기 때문이다. 나는 그녀들과 상당한 거리에 있었다. 나는 전차 선로 중앙을 따라 뛰기 시작하였다. 그 길은 아주 길었다.

그 길 끝에 이르면 몽세 대원수의 동상이 있다. 그는 별로 비싸지 않은 진주로 만든 화환을 가지고 1816년 이후 줄곧 추억과 망각, 허무에 대항하며 끌리쉬 광장을 방어하고 있다. 광장에는 더 이상 러시아인들도, 전투도, 코사크인들도, 병사들도 없다. 화환이 놓인 동상 받침대의 두드러진 테두리뿐이다. 그리고 작은 화로 둘레에는 세 사람이 오들오들 떨며 더러운 냄새가 나는 연기 속에서 곁눈질들을 하고 있다.

자동차 몇 대가 외곽 방향으로 질주하고 있었다.

번화한 거리가 다른 곳보다 덜 추운 곳으로 생각되기 마련이다. 열기 때문인지, 머리는 나의 욕구대로만 움직이고 있었다. 베베르의 숙모와 함께 마신 그로그주에 취한 채 나는 바람을 피해 도망치고 있었으며, 바람을 뒤로 받으니 덜 차가웠다.

생-조르주 지하철역 근처에서 베레모를 쓴 어떤 노파 하나가, 뇌막염으로 입원해 있는 자기의 손녀를 귀여워하며 눈물을 흘리고 있었다. 그녀는 그것을 구실로 자선금을 모으고 있었다. 나에게 손을 내밀었으니 몹시 잘못 걸려든 것이다.

나는 돈 대신 몇 마디 이야기를 해주었다. 나는 그녀에게 어린 베베르 이야기뿐만 아니라, 내가 의과대학에 다니던 시절 직접 돌보았던 어린 소녀, 역시 뇌막염으로 죽은 소녀 이야기를 해주었다. 그 소녀의 임종을 삼 주일이나 끌었으며, 그 곁에 침대를 놓고 함께 지내던 소녀의 어머니는 슬픔 때문에 잠을 이루지 못하였다. 그리하여 그 어머니는 삼 주간의 임종 기간 동안 매일 침대 속에서 자위행위를 하였으며, 그것이 습관이 되어 딸이 죽은 다음에도 그 짓을 그만두지 못하였다.

그 사실을 보건대, 사람은 단 한 순간이라도 쾌락 없이는 존재할 수 없으며, 또한 진정으로 슬퍼하기가 어려운 것 같다. 삶이란 그렇게 영위되는 것이다.

나는 그 슬퍼하는 노파와 시장 앞에서 헤어졌다. 그녀는 레알 시장 방면에 홍당무를 부려야 한다고 했다. 그녀 역시 나처럼 채소를 실은 차들이 다니는 길을 따라 시내로 들어왔노라고 했다.

그러나 영화관 '따라뿌'가 내 눈길을 끌었다. 그것은 대로변에, 불빛으로 만든 커다란 케이크처럼 놓여 있다. 그리고 사방에서 사람들이 그곳으로 구더기떼처럼 몰려든다. 그들은 어두운 밤의 심연으로부터 쏟아져 나오며, 벌써부터 눈들을 찢어져라 휘둥그레 뜨고서 그 속에 영상들을 가득 채울 준비를 하고 있다. 열광은 멈출 줄을 모른다. 아침마다 지하철 속에 우글거리는 바로 그 인파다. 그러나 뉴욕에서와 마찬가지로 '따라뿌' 앞에서는 모두들 만족스러운 듯, 그들은 매표구에다 자기들의 배를 문질러대며 몇 푼 동전을 힘들게 꺼낸 다음, 결심을 한 듯 즐겁게 그 불빛 케이크의 구멍 속으로 급히 사라진다. 불빛을 받고 있으려니 발가벗은 느낌이다. 사람들, 그들의 온갖 몸짓, 사물들 위로 불빛이 꽃다발처럼 쏟아지고 있기 때문이다. 그 입구에서는 은밀한 개인적 사연을 주고받을 수 없었을 것이다. 고요한 밤과는 정반대였기 때문이다.

 나마저 정신이 멍해져서 그 근처에 있는 까페로 다가갔다. 우연히 내 옆 테이블로 눈을 돌리니, 나의 옛날 선생님인 파라핀이 여전히 머리 비듬을 뒤집어쓴 채 맥주를 마시고 있다. 즉시 합석을 한다. 두 사람 모두 즐거워한다. 자신의 삶에 큰 변화가 있었노라고 그가 나에게 알려준다. 십여 분에 걸쳐 그 이야기를 해준다. 웃어넘길 간단한 사연이 아니다. 조니세 교수가 자기에게 어찌나 심술궂게 구는지, 또 어찌나 구박을 하는지, 연구소에 사직서를 내고 떠날 수밖에 없었다는 것이다. 게다가 여고생들의 어머니들이 연구소 정문 앞에 몰려와 그를 기다렸다가 얼굴을 쥐어뜯었다는 것이다. 소문이 퍼지고, 경찰이 조사에 나서고, 온통 괴로움의 연속이었다는 것이다.

 그런데 마지막 순간, 어느 의학 잡지에 광고를 내어 다른 호구지책을 겨우 하나 거머쥐었다는 것이다. 물론 거창한 것은 아니지만, 별로 힘들지 않고 자기의 전공 분야에도 걸맞는 일이라는 것이다. 그 일이란, 영화를 이용한 꼬마 백치들^{지적장애아들}의 지능 개발에 관한 바리톤 교수의 이론을 교묘하게 이용하는 것이었다. 인간의 잠재의식에 한 발 다가간 괄목할 만한 업적이라는 것이다. 시중에서도 온통 그 이야기뿐이라는 것이다. 아주 현대적이라는 것이다.

파라핀은 그 특수 고객들을 데리고 현대적인 '따라뿌'에 왔노라고 하였다. 그는 빠리 근교에 있는 바리톤 교수의 현대적인 요양원에 들러서 고객들을 데리고 그곳에 왔다가, 상영이 끝나면 영상을 흠뻑 만끽하여 만족스러워지고, 건강해지고, 더욱 현대적으로 변한 그 백치들을 다시 요양원에 데려다준다고 하였다. 그것이 그의 일이라는 것이다. 그들이 일단 스크린 앞에 앉은 다음에는 더 이상 신경을 쓸 필요가 없다는 것이다. 그야말로 황금 같은 관객들이라는 것이다. 모두들 만족스러워하며, 열 번을 보아도 황홀해한다는 것이다. 그들은 전혀 기억을 못하기 때문에 끊임없이 경이감을 즐긴다는 것이다. 그들의 가족들도 모두 매료되었다는 것이다. 파라핀 역시 그렇다는 것이다. 결국 나도 그 이야기에 매료되고 말았다. 우리 두 사람은 그 이야기가 하도 재미있어서, 또 현대적인 방법으로 파라핀이 물질적인 문제를 해결한 것을 축하하느라고 맥주잔을 연거푸 비워대며 마구 폭소를 터뜨렸다. 우리는 '따라뿌'의 마지막 상연이 끝난 후, 즉 새벽 두 시에나, 백치들을 다시 찾아 모아서 급히 자동차에 태워 비니-쉬르-쎈느에 있는 바리톤의 요양원으로 데려다주기로 하였다. 물론 간단한 일은 아니었다.

다시 만나게 되어 흐뭇해진 우리 두 사람은 그저 생각나는 대로 지껄이는 재미에 잡담을 시작하였고, 각자가 한 여행 이야기를 필두로 하여, 드디어는 끌리쉬 광장에 있는 몽세의 이야기와 나뽈레옹의 이야기에까지 이르게 되었다. 우리가 단지 함께 있으면서 편안해하는 것만을 목적으로 삼을 때 모든 것이 즐거움일 수 있으니, 오직 그 순간에만 우리가 드디어 자유로워졌다고 할 수 있기 때문이다. 그 순간에는 누구든 자신의 삶, 즉 금전과 관련된 모든 일을 잊을 수 있기 때문이다.

　잡담을 하다 보니 우리들은 조금씩 어느새, 나뽈레옹에 관련된 우스개 이야기들을 찾아내기에 이르렀다. 파라핀은 나뽈레옹의 일화들을 잘 알고 있었다. 그가 폴란드에서 아직 고등학교에 다니던 시절, 나뽈레옹의 일화들을 열렬히 좋아했다는 것이다. 파라핀은 나와는 달리 교육을 잘 받으며 자란 것 같았다.

　그는 나뽈레옹의 이야기를 하면서, 러시아에서 퇴각하던 중 나뽈레옹의 막료 장군들이 치렀던 고역들 중 하나를 나에게 들려주었는데, 그것은 바르샤바에 있던 그의 연인을 찾아가 최후로 펌프질을 받으려 성적 쾌락을 맛보려 하는 나뽈레옹을 극구 만류하는 일이었다는 것이다. 엄청난 역경과 불행 속에서도 나뽈레옹은 그러하였다는 것이다. 한마디로 진지하지 못했다는 것이다. 자기의 조세핀에게는 참수리였던 그도! 무슨 수를 쓰더라도 기차에 불을 붙인다 기분대로 하다는 말은, 그러한 경우를 두고 하는 말일 것이다. 즐기고 농담하는 취향을 가지고 있는 한 어쩔 수 없으며, 또한 그 취향은 모든 사람들에게 있다. 그것이 가장 슬픈 현실이다. 모두 그 생각밖에 하지 않는다! 요람에서도, 까페에서도, 옥좌에서도, 화장실에서도, 어디에서나! 사방에서! 자치기 새끼 하인, 졸자 건! 나뽈레옹이건 아니건! 위대한 패배자는 속으로 그렇게 중얼거렸을 것이다. 뽈레옹 '나뽈레옹'의 희화적 축소형으로 보이며, '뽈렌' 즉 꽃가루를 연상시키기도 한다이 아직 한 방 더 쏘겠다는데 교접하겠다는데! 더러운 놈! 그러니 멈칫거릴 것 없다! 그것이 인생이다! 모든 것은 그렇게 끝난다! 진지하지 못하다! 폭군은 관객들보다 훨씬 먼저 자기가 맡은 역에 싫증을 느낀다. 대중이 미칠 듯 열광할 만한 것을 더 이상 분비하지 못할 때 폭군은 여자와 교접을 하러 간다. 그러면 그의 결산이 꼴좋게 되어버린다! 운명의 신이 즉각 그를 파멸의 구렁텅이로 떨어뜨린다! 열광적인 신봉자들이 그를 나무라는 것은 자기들을 무더기로 살해하기 때문이 아니다! 절대 아니다! 그것은 아무 문제가 되지 않는다! 그렇지 않으면 어떻게 그를 용서하랴! 그러나 문득 그에게서 권태감을 느끼게 될 때, 사람들은 그를 절대 용서하지 않는다. 위선자만이 스스로에게 진지함을 허용한다. 병균들이 자기들의 독소에 역겨움을 느낄 때 전염병은 멈추게 마련이다. 로베스삐에르를 단두대로 보낸 것은 그가 항상 그 짓을 반복했기 때문이며, 나뽈레옹 역시 이 년 동안 남발한 레지옹도뇌르 훈장들을 견디지 못한 것이다. 무사태평하게 자기 구석에 앉아 있는 유럽의 절반에게 모험 욕구를 불어넣어 줄 수밖에 없었던 것이 바로 그 미치광이가 자초한 고문이었다. 힘든 작업이다. 결국 그는 그것에 짓눌려 뻗어 버린 것이다.

반면 영화는, 더 이상 바랄 수 없이 이상적인 그 새로운 고용인은, 우리가 언제나 그것을 매입하여 한두 시간씩 매춘부처럼 우리 손아귀에 넣을 수 있다.

또한 화가들그림들 역시 오늘날에는 모두들 그것들을 사서 곳곳에 놓는다. 하도 권태롭기 때문에 취하는 예비 조치다. 심지어 일반 가정집에도 화가들을 여기저기 놓아, 그들의 전율이 사방에 넘치고, 그들의 진지함이 층계를 타고 질질 흘러내린다. 그로 인해 문들이 전율할 지경이다. 누가 더 전율하고, 또 더 뻔뻔스럽고 자애롭게 전율하는지, 누가 더 열중하는지, 다투어 경쟁이라도 하는 듯하다. 이제는 허름한 뒷간변소이나 도살장뿐만 아니라 전당포성베드로 성당이 위치하고 있는 동산으로 읽을 수도 있다마저도 그림으로 치장하고 있는데, 그것은 오직 사람들을 즐겁게 하고, 기분을 전환시켜주며, 각자의 운명으로부터 뛰쳐나오도록 하기 위함이다.

무미건조하게 산다는 것은 감방 속의 삶이다! 삶이란 교실이고,

권태는 자습 감독관이다. 그가 잠시도 쉬지 않고 우리를 감시하고 있기 때문에, 어떠한 대가를 치르더라도 열광할 만한 일에 몰두해 있는 척해야 한다. 그렇지 않으면 그가 즉시 우리에게 다가와 우리의 뇌수를 삼켜버린다. 다른 것이 아닌 오직 24시간의 지속일 뿐이라는 하루는 견딜 수 없는 것이다. 그럴 경우 하루라는 것은 거의 견딜 수 없는 길고 긴 쾌락, 좋건 싫건 해야 하는 긴 교접에 불과할 것임에 틀림없다.

우리가 절실한 욕구로 인해 얼떨떨해 있을 때, 그리고 매순간마다 다른 곳에 있는 수천 가지 것들에 대한 우리의 욕구가 무자비하게 짓밟히는 동안, 그렇게 역겨운 사념들이 우리에게 몰려든다.

로뱅송 역시 사고를 당하기 전에는 나름대로 무한에 의해 끝없는 몽상에 시달림을 받던 녀석이었으나, 이제 그 보수를 받은 터였다. 최소한 나는 그렇게 믿고 있었다.

나 역시 우리가 그렇게 까페에 편안히 함께 앉아 있게 된 기회를 이용하여, 우리가 헤어진 이후에 생긴 일들을 파라핀에게 상세히 이야기해주었다. 그는 모든 일들을, 심지어 나의 일들까지 이해해주었고, 그리하여 나는 별나게 랑시를 떠남으로써 나의 의료업을 집어치웠다는 사실을 그에게 고백하였다. 그렇게 사실을 이야기할 수밖에 없었다. 또한 농담으로 넘겨버릴 일이 아니었다. 랑시로 돌아간다는 것은 생각조차 하기 싫었다. 파라핀 역시 동감이었다.

그렇게 서로 기분 좋게 이야기를 나누며 한마디로 피차간에 흉금을 털어놓고 있는데, '따라뿌'의 막간 휴식 시간이 되었고, 영화관 음악 연주자들이 술집으로 일제히 몰려왔다. 우리는 모두 함께 합창하듯 술잔을 쳐들었다. 파라핀은 그 음악가들에게 잘 알려져 있었다.

점차 이야기들이 무르익어 가는 중에, 나는 그들 입을 통해서 그들이 막간용 단역 배우를 급히 찾고 있음을 알게 되었다. 대사가 없는 역이었다. 그 역을 맡던 사람이 아무 말 없이 떠나버렸다는 것이다. 서막에 출현하는, 그리고 보수도 좋은 역이었다. 힘도 들지 않는다고 하였다. 게다가 특히 빼놓을 수 없는 것은, 화려한 일단의 영국 무희들, 생생하게 팔딱거리는 수천의 살점들 속에 근사하게 파묻힌다는 사실이었다. 바로 내 취향에 맞는, 그리고 내가 절실히 필요로 하던 일이었다.

나는 고분고분한 태도를 취하며 감독이 제안을 해오기를 기다린다. 드디어 나 스스로 내 소개를 한다. 시간이 너무 늦었고, 또 뽀르뜨 생-마르땡까지 다른 단역 배우를 데리러 갈 시간이 없었기 때문에, 무대 감독은 바로 그 자리에서 나를 얻게 된 것을 매우 흡족하게 여겼다. 그렇게 함으로써 그는 이리저리 뛰어다니는 수고를 덜 수 있었다. 그렇기는 나 역시 마찬가지였다. 그는 나를 거의 자세히 뜯어보지도 않았다. 즉각 채용하더니, 곧바로 배에 태운다 일을 시키다. 내가 다리만 절룩거리지 않으면 그만이라는 듯, 더 이상을 요구하지 않는다….

나는 이내 따뜻하고 실크 쿠션이 가득한 '따라뿌' 영화관의 지하로 들어갔다. 상영 시간을 기다리는 영국 아가씨들이 서로 욕설을 주고받으며, 또 모호하게 의심스럽게 혹은 난잡하게 서로 뒤엉키면서 쉬고 있는 진정 향기 그윽한 꿀벌통이었다. 나의 비프스테이크 양식? 를 다시 찾아 원기가 왕성해진 나는, 그 젊고 팔딱거리는 동료들과 서둘러 인사를 나누었다. 그녀들은 이 세상에서 가장 상냥하게 나를 환대해주었다. 그야말로 천사들이었다. 은근함이 넘치는 천사들이었다. 고백도 하지 않고, 경멸도 하지 않는 것이 좋은 바, 그것이 바로 영국이다.

'따라뿌' 영화관의 수입은 어마어마했다. 출연자 대기소만 하더라도 모든 것이 화려함 그 자체, 안락함이었으니, 허벅지들, 불빛들, 비누, 샌드위치 등이 모두 그러하였다. 우리가 출연한 막간 여흥곡의 주제는 투르키스탄 지방 이야기인 듯하였다. 그 주제에 맞춰 각종 춤과 관능적인 몸짓, 요란한 북소리가 펼쳐졌다.

나의 역할은 간단했으나 필수적인 것이었다. 금과 은으로 잔뜩 치장을 해서 불룩해진 나는, 처음 그 많은 무대 장치용 지주(支柱)들과 조명등 사이에 자리를 잡고 서기가 힘들었으나 결국 해냈고, 그럴듯한 모습을 갖추고 난 다음에는 유백색 조명등 아래에 서서 몽상에 잠기는 일뿐이었다.

십오 분 남짓한 시간 동안에 이십 명의 무희들이 아름다운 선율들과 격정적인 춤을 동원해가며 나에게 자신들의 매력을 알아달라는 듯 무진 애를 썼다. 나는 그렇게까지 요구하지는 않았고, 한편 그러한 무대 연습을 하루에 다섯 차례나 반복한다는 것이 여자들에게는 벅찬 일일 것이라는 생각에만 잠겨 있었다. 더구나 조금 권태로운 그 족속의 에너지와, 대양을 따라 끝없는 항해를 하는 선박들 및 그 뱃머리들이 보이는 변함없는 지속성을 가지고, 무자비하게 엉덩이를 비비 꼬며 돌려야 하다니….

몸부림을 쳐봤자 아무 소용없다. 기다리는 것으로 족하다. 모든 것은 결국 길로 지나가기 마련이다. 따지고 보면 오직 길만이 중요하다. 다른 군소리가 필요 없다. 길이 우리들을 기다린다. 길 한가운데로 내려가 결단을 내려야 할 것이다. 우리들 중 어느 한 사람, 두 사람, 세 사람뿐만이 아니라 우리 모두가 그렇게 해야 할 것이다. 그 앞에서 점잖을 빼고 태를 부리지만 결국 그리로 올 것이다.

집 안에 있는 것치고 좋은 것은 없다. 어떤 사람이건 집 안으로 들어가 문을 닫는 그 순간부터, 그 자신뿐만 아니라 자기가 가지고 가는 모든 것이 냄새를 풍기기 시작한다. 그의 몸과 마음은 즉시 그 자리에서 구식이 되어버린다. 그리고 썩는다. 사람들이 썩은 냄새를 풍기면 그것은 꼴좋게도 모두 우리의 몫이다. 우리가 떠맡아야 하니! 그들을 끌어내어 집 안을 청소하고, 그들을 햇볕 아래에 널어야 한다. 썩은 냄새를 풍기는 모든 것은 방 안에 있으며, 따라서 아무리 술장식을 해가며 꾸며도 여전히 고약한 냄새를 풍긴다.

가정들 이야기를 하다 보니 생각나는 바, 나는 생뚜앙 로에 있는 어느 약사를 알고 있는데, 그는 자기 약국 진열대에 그럴듯한 글귀, 즉 선전문 하나를 걸어놓았다. "삼 프랑짜리 한 갑으로 집안 전체를 깨끗하게!" 힘든 일이다! 모두들 트림을 하는데! 온 가족이 일제히 트림을 한다. 서로들 핏대를 세워가며 미워한다. 진정한 가정이다. 그러나 아무도 군소리를 하지 않는다. 아무리 그렇더라도 호텔에 가서 사는 것보다는 경비가 덜 들기 때문이다.

기왕 말이 나온 김에 호텔 이야기를 좀 하자. 호텔에 있으면 더 불안하며, 아파트에서처럼 거드름을 피울 수는 없지만, 죄의식은 덜 느낀다. 인간이란 족속은 절대로 평온을 누릴 수 없는데, 길 한복판에서 있을 최후의 심판^{공개 재판}에 가려면 호텔에 있는 것이 더 빠르다. 트럼펫을 든 천사들^{「요한계시록」에 이야기된 최후의 심판에 등장하는 천사들}이 그곳에 올 수도 있으며, 호텔에 있을 경우 우리가 현장에 제일 먼저 당도하게 된다.

호텔에 있으면 지나치게 사람들의 시선을 끌지 않도록 조심을 하게 된다. 그래도 모두 헛일이다. 조금 거칠게 혹은 조금만 빈번하게 고함을 쳐도 이미 틀린 일, 사람들의 주목을 받는다. 결국에는 세면기에 소변을 보려 해도 멈칫거리게 되는데, 무슨 소리든 옆방에까지 다 들리기 때문이다. 그러다 보면 우리들 역시 전투함에 승선한 장교들처럼 예절을 터득하고야 만다. 또한 언제든 모든 것들이 온통 땅으로부터 하늘까지 진동할 수도 있으나, 우리들은 이미 준비가 되어 있어 별로 개의치 않는다. 호텔에서는 단지 복도에서 서로 마주친다는 이유만으로도 하루 열 번씩 서로를 '용서'하기 때문이다.

화장실에 들어가면 같은 층 이웃들 각개의 체취를 식별할 수 있어야 한다. 그래야 편리하다. 싸구려 호텔에서는 스스로를 속이기가 힘들다. 그곳 고객들은 뽐내는 법이 없다. 그들은 조금 썩고 많은 구멍이 난, 그리고 그 사실이 이미 알려진 배에 승선한 것처럼, 다른 사람들의 눈을 끌지 않고 그날 그날 인생의 항로를 조용히 여행한다.

내가 방을 얻어 거처로 삼은 호텔에는 특히 지방에서 온 학생들이 많이 몰려들었다. 입구의 계단으로부터 묵은 담배꽁초와 아침 식사 냄새가 진동하였다. 밤에는 그 호텔을 멀리서도 금방 알아볼 수 있었는데, 출입구 위에 걸려 있는 회색 등불 빛과, 발코니에 거대한 낡은 연장걸이처럼 매달려 있는 황금색 이 빠진 글자들 덕분이었다. 때가 덕지덕지 끼어 축 늘어진 주거용 괴물이었다.

우리들은 복도를 따라 이 방 저 방을 서로 방문하곤 하였다. 현실 속에서 수년 동안 초라한 시도를 해본 끝에, 사람들이 흔히 말하는 우여곡절 끝에, 나는 학생들 곁으로 돌아오게 된 것이다.

그들의 열망은 예전과 다름이 없어 건강한 것도 있고 썩은 것도 있었으며, 내가 학생이었던 옛 시절의 열망들에 비해 그 진부하기는 더하지도 못하지도 않았다. 사람들은 바뀌었으되 생각들은 그렇지가 않았다. 언제나 그랬듯이 아직도 그들은 분분히 나뉘어 의학 분야의 풀을 뜯어보는가 하면, 화학이라는 풀을 몇 가닥 씹어보기도 하고, 법학이라는 정제(錠劑)나 동물학을 삼키기도 하고 있었다. 또한 그 일을 하기 위해 거의 일정한 시각에 그 구역 맞은편까지 오가고 있었다. 전쟁은 그들의 교실을 휩쓸고 지나가면서도 그들 속에 있는 것은 그 무엇도 움직이게 할 수 없었으며, 그리하여 친밀감을 가지고 그들의 숱한 꿈들과 어울리다 보면, 어느새 그들은 우리를 자기들 나이 사십 세가 될 미래로 이끌어간다. 그리하여 그들은 각자 자신의 행복을 생산해내기 위해 이십 년, 즉 이백사십 개월의 악착스러운 예비 시간을 자기들 앞에 확보해두고 있었다.

그들의 행복과 동시에 성공을 대신해주고 있던 것은 에삐날의 판화.소박하고 이상적인 환상. '에삐날'은 빠리 동쪽 삼백칠십여 킬로미터 지점에 있는 도시로, 판화 제작으로 유명하다였는데, 다만 그 판화가 좀더 세밀하고 세련되었을 뿐이다. 그들은 비록 식구는 적으나 비길 데 없이 훌륭하고 미칠 지경으로 귀중하게 여겨지는 하나의 가족에 둘러싸여 있는, 자신들의 극대 자승수自乘數, 즉 극도로 위대해진 모습를 상상하고 있었다. 하지만 그러한 가족을 갖게 되었다 할지라도 그들은 그 가족을 단 한 번도 거들떠보지 않았을 것이다. 그럴 필요가 없었다. 가족이란 것이 모든 일에 유용할 수는 있으되, 오직 바라보기에만은 적합지 않기 때문이다. 자신의 가족을 절대 바라보지는 않으면서 그저 포옹만 하는 것이 그 가장인 아버지의 권한이며 행복이고, 또 그의 시(詩)이기도 하다.

또한 신문물에도 뒤지지 않기 위하여 그들은 지참금을 듬뿍 가지고 시집 온 부인을 자동차에 태우고 니쓰^{프랑스 남부 지중해변의 휴양 도시}에도 다녀올 것이고, 은행 간 이전 거래를 위해 수표를 사용할 것이다. 뿐만 아니라 영혼의 부끄러운 부분을 치유하기 위하여, 어느 날 밤 자기들의 부인을 기지촌의 싸구려 군인 전용 사창가로 데려가기도 할 것이다. 하지만 그것이 전부다. 세상의 나머지 부분은 일간지들 속에 갇혀 있고, 경찰에 의해 보호되고 있다.

벼룩들이 득실거리는 호텔에 거처하는 것을 나의 동료들은 수치스러워했고, 그리하여 툭하면 화를 냈다. 호텔에 거처를 둔 젊은 부르주아 학생은 자신이 고행 중에 있다는 생각을 하지만, 아직은 자신이 돈을 따로 비축할 수 없는 형편이기 때문에 기분 전환을 위해 궤도를 벗어난 행동을 반복할 뿐이다.

그달 상순경에 우리들은 짧으나 심각한 에로티시즘 발작증을 겪었는데, 그로 인해 호텔 전체가 진동하였다. 우리들은 각자 아랫도리를 씻느라고 소동을 피웠다. 엽색 행차를 하기로 약속들을 한 것이다. 지방에서 우편환들이 도착한 직후인지라 그러한 결정을 내릴 수 있었다. 내가 아마 '따라뿌' 극장 쪽으로 눈을 돌렸다면, 나와 함께 일하는 영국 무희들과 무료로 교접을 즐길 수 있었을 것이다. 그러나 잠시 생각해 본 끝에 그 쉬운 방법을 포기했다. 항상 출연자 대기실에서 무희들의 꽁무니를 따라다니며 어정거리는 가엾고 질투심 많은 초라한 뚜쟁이 친구들 때문이었고, 그로 인해 복잡하게 얽히고설킬 사들이 귀찮았기 때문이다.

우리 호텔에서는 여러 가지 추잡한 신문들을 구독하고 있었기 때문에, 빠리 시내에서 교접을 즐길 장소와 방법은 잘 알고 있었다! 솔직히 고백하건대, 그 주소라는 것이 참으로 재미있는 것이다. 그러한 주소를 보면 자신도 모르게 이끌려 가게 된다. 베레지나 도강1812년 나뽈레옹의 대군이 모스끄바에서 퇴각할 때, 이틀에 걸쳐 몹시 힘들게 베레지나 강을 건넌 사건을 말하며, 위험한 고비를 뜻한다을 숱하게 겪었고, 여행을 많이 했으며, 추잡한 일에 병행되는 가지각색의 골치 아픈 분규를 다 겪은 나에게서도 호기심이 완전히 소진되지는 않은 것 같았다. 우리들에게는 항상 꽁무니여자의 엉덩이에 대한 호기심이 비축물처럼 남아 있다. 꽁무니가 우리에게 더 이상 아무것도 가르쳐주지 못할 것이며, 그 꽁무니로 인해 단 일 분도 허송할 수 없다고 스스로에게 말하지만, 그러고 나서도 우리는 그 꽁무니에 정말 아무것도 없는지 속시원히 확인하고 싶어 같은 짓을 다시 시작하게 되고, 그러면 꽁무니에 대해 새로운 것을 다시 터득하게 되어, 그 다음에는 아주 낙관적인 생각을 가지고 원기 왕성하게 그 길을 다시 떠난다.

다시 시작하면 전보다 생각이 더욱 명료해지고, 전에는 아무것도 기대하지 못했는데 이제 다시 기대하기 시작하게 되며, 결국 숙명적으로 우리는 꽁무니로 다시 돌아가게 된다. 결론적으로 말해, 우리의 나이가 몇 살이건 우리는 항상 질(膣) 속에서 끊임없이 새로운 것들을 발견한다. 그리하여 어느 날 오후, 호텔에 하숙하고 있던 우리들 세 사람은 비싸지 않은 사랑을 찾아 길을 떠났다. 그 일은 어렵지 않게 신속히 이루어졌으니, 바띠뇰 가에서 관능적 만남을 주선하고 합의를 도출해내는 일을 더 바랄 나위 없이 훌륭하게 주관하고 있던 뽀몬 덕분이었다. 그의 장부에는 모든 가격에 합당한 제안들이 가득 수록되어 있었으며, 그 구세주는 작은 안뜰 한 구석에 있는 초라한 건물 속에서 겸허하게 자신의 직분을 수행하고 있었는데, 그 건물 속은 어찌나 조명이 어두운지, 그 안으로 들어가려면 낯선 간이 공동변소에 들어갈 때처럼 민첩하고 조심스럽게 움직여야 했다. 고백실처럼 불빛이 흐릿한 속에 묵묵히 앉아 있는 그 매음 중개인 앞에 이르기 위하여 헤치고 들어가야 할 장막들이, 사람의 마음을 더욱 불안하게 만들었다.

그 어두움 때문에 나는 사실 뽀몬을 단 한 번도 정확히 바라볼 수 없었으며, 그리하여 비록 우리가 오랫동안 대화를 나누었을 뿐만 아니라 심지어 한동안 서로 협력까지 하고, 또 그가 나에게 여러 종류의 제안을 하는가 하면 각종 위험스러운 속내 이야기를 털어놓았음에도 불구하고, 오늘 내가 지옥에서 그를 만난다 해도 도저히 그의 얼굴을 알아볼 수 없을 것이다.

단지 내가 지금도 기억하는 것은, 응접실에서 회견 차례를 기다리며 눈치를 살피던 다른 고객들이 시종 아주 얌전히 앉아 있었으며, 자기들끼리 격의 없는 대화를 나누기는커녕 극도로 조심들을 하는 것이, 마치 소음과 빛을 몹시 싫어하는 치과 의사의 진료실에 들어와 있는 듯하였다는 사실이다.

내가 뽀몬을 알게 된 것은 의학을 공부하는 어느 학생 덕분이었다. 그 운 좋은 학생은 그의 어마어마하게 큰 음경(陰莖) 덕분에 그 집을 드나들며 임시 수입을 올리고 있었다. 근교에서 극소수의 인원이 모이던 은밀한 야회에 참석하여, 그 소문난 음경으로 모임에 활기를 불어넣어주라고 그를 초빙하곤 하였다. 특히 부인들, 사람이 '그렇게 굵은 것'을 가질 수 있다는 사실을 믿지 못하던 부인들이 그를 열렬히 환영하였다. 풋내기 처녀들의 흥얼거림은 비할 바가 못 되었다. 그 학생은 경찰의 용의자 대장에 발타자르라는 무시무시한 별명으로 등재되어 있었다.

기다리고 있던 고객들 사이에는 좀체 대화가 이루어지지 않았다. 고통은 스스로를 과시하지만, 쾌락과 욕구는 자신을 수치스러워한다.

호색하는 자가 가난하면 그 둘 모두 죄악이다. 뽀몬은 나의 신분과 과거의 의료 경력을 알고는 더 이상 참지 못하고 자신의 괴로움을 털어놓았다. 나쁜 버릇이 그를 소진시키고 있다는 것이었다. 물건을 찾는 자들, 즉 회음(會陰)에 미쳐 있는 자들과 상담을 하는 동안에 테이블 밑으로 손을 넣어 자신을 '만지는' 버릇을 갖게 되었다는 것이다. "그것이 제 직업입니다. 이해하시겠습니다만! 제 자신의 그 버릇을 고치기가 힘듭니다… 그 더러운 자들이 하는 이야기를 듣고 있노라면…! 지나치게 뚱뚱한 푸주한이 항상 고기를 게걸스럽게 먹듯이, 고객들이 그를 그 버릇으로 이끌어 간다는 것이다. 게다가 내가 보기에는 허파에서 오는 악성 열 때문에 그의 아랫곱창^{아랫배}이 항상 뜨거워져 있는 것 같았다. 그 때문인지 몇 년 후 그는 폐결핵으로 세상을 떠났다. 허풍이 심한 여자 고객들의 끝없는 수다가 또한 다른 방식으로 그를 소진시키고 있었다는 것이다. 항상 속임수투성이인 데다 별것 아닌 것을 가지고 온갖 소문과 군소리를 만들어낼 뿐만 아니라, 자기네들의 꽁무니에 대해 자랑을 늘어놓는 것을 듣고 있노라면, 이 세상을 다 뒤집어도 그러한 꽁무니는 다시 없을 것 같다는 것이다.

특히 남자들에게는 자기들의 열렬한 변덕^{사랑}에 동의하고, 그것을 찬양하는 여자들을 소개해야 했다. 에로뜨 부인의 상점에 드나들던 고객들처럼, 그들 역시 자기들이 함께 나누고 싶어 하는 그 열렬한 사랑을 과장하고 있었다. 뽀몬의 중개 사무실에 배달되는 단 하루분 우편물 속에 담겨 있는, 충족되지 않은 사랑만 가지고도 이 세상의 모든 전쟁들을 영원히 종식시킬 수 있었을 것이다.

그의 테이블은 뜨겁되 진부하기 짝이 없는 수다의 구역질나는 퇴적물에 뒤덮여 보이지 않을 지경이었다. 나는 그 내용을 좀더 구체적으로 알고 싶어서, 잠정 기간 동안 그 커다란 서한문 스튜 냄비^{서한문들로 만든 잡탕}의 분류 작업에 관심을 갖기로 하였다. 뽀몬이 나에게 귀띔해 준 바에 의하면, 넥타이나 질병을 분류하듯이 그것들을 정서 유형에 따라 분류한다고 하였는데, 우선 광증에 사로잡힌 자들을 한편으로 모아 놓고, 그 다음 마조키스트들과 기타 성도착증 환자들을 다른 한편에, 그리고 편달(鞭撻) 고행자들^{대중 앞에서 채찍질을 받는 고행을 감수하던 옛 종파의 신도}과 성직자의 가정부 유형 등을 각각 따로 분류하면, 대개 모든 사람들이 그것들 중 어느 한 부류에 속한다고 하였다. 그러한 장난은 머지않아 힘든 고역으로 변하기 마련이다. 그는 낙원으로부터 추방당한 것이다! 누가 보아도 그렇다고 할 수 있다! 자신에게 쾌락과 고초를 동시에 가져다주는 그 버릴 수 없는 못된 버릇에 사로잡혀 있고, 그리하여 항상 손이 축축하고 무기력하던 뽀몬 역시 같은 생각이었다. 몇 달이 지나자 나는 그의 사업과 그 손익을 훤히 알게 되었다. 그리하여 그의 사무실을 찾는 나의 발길이 뜸해졌다.

'따라뿌' 영화관에서는 여전히 내가 적임자이고, 말썽을 부리지 않으며, 시간을 잘 지키는 단역 배우라고 여겼다. 그러나 몇 주일간의 그 평온 상태가 지난 다음 불행이 엉뚱한 곳으로부터 달려와 나를 다시 덮쳤고, 그리하여 이번 역시 문득 나의 단역 배우직을 버리고 더러운 행로를 다시 계속할 수밖에 없게 되었다.

이제 멀리서 회고해보건대, '따라뿌'에서 일하던 그 기간은 금지된, 그리고 수상한 일종의 기항지에 불과했다. 예를 들어 그 넉 달 동안 나는 화려하게 차려입고 왕자가 되는가 하면, 백부장^{百夫長, 고대 로마의 군대 편제에서 병사 일백 명을 지휘하던 우두머리}이 되기도 하고, 혹은 비행사 노릇을 하면서 꼬박꼬박 후한 급료를 받기도 했다. 그 사실은 부인할 수 없다. '따라뿌'에 있는 동안 나는 수년 분의 음식을 먹어 치웠다. 연금이 없었지만 연금수혜자의 생활이었다. 배반이었다! 재난이었다! 어느 날 저녁, 무슨 이유에서인지는 모르겠으나 우리의 프로그램을 뒤죽박죽으로 만들어 놓았다. 예정에 없이 우리들에게 새로 부과된 서곡은 런던의 부두 장면이었다. 나는 즉각 긴장했고, 우리의 영국 아가씨들은 테임즈 강변이라고 꾸며놓은 무대에서 노래를 부르게 되어 있었는데, 나는 경찰관 역을 맡았다. 단 한 마디 대사도 없는 역이었으며, 난간 앞에서 좌우로 어슬렁거리기만 하면 그만이었다. 그런데 별안간 나는 귀조차 기울이지 않고 있었는데, 그녀들의 노래가 실제의 삶보다도 오히려 더 강렬해져 운명을 불행 쪽으로 돌려놓고야 말았다. 그리하여 그녀들이 노래를 하는 동안, 나는 가여운 사람들의 가난과 나의 가난 이외의 다른 아무것도 생각할 수 없었고, 특히 그 잡년들은 자기들의 노래로 나의 가난을, 마치 소화되지 않은 다랑어 조각처럼 나의 가슴속에 되살려 놓고 있었다. 하지만 나는 이미 그것을 다 소화했고, 가장 단단한 조각도 잊은 지 오래라 믿고 있었던 것이다! 그러나 그것은 최악의 것이었고, 그녀들의 즐거운 노래도 아무 소용이 없었다. 게다가 그녀들은 노래를 부르며, 마치 그것을 다시 불러오기라도 하려는 듯 몸뚱이를 좌우로 뒤흔들고 있었다. 그리하여 어느새 우리들은 가난과 절망의 한가운데에 길게 누운 듯하였다… 영락없었다! 안개와 하소연 속에서 그렇게 어정거리다 보니! 그녀들의 탄식 소리가 방울방울 배어나왔고, 우리는 그 탄식 소리에 시시각각 늙어가고 있었다. 그 바람에 무대의 장식도 큰 혼란을 일으키며 탄식하는 듯하였다. 하지만 그동안에도 나의 여자 동료들은 노래와 춤을 계속하였다. 자기네들의 노래가 우리 모두에게 안겨주는 불행감을 전혀 이해하지 못하는 것 같았다… 그녀들은 리듬에 맞추어 다리를 흔들며, 웃고, 자기네들의 인생을 한탄하고 있었다… 그러한 탄식이 그토록 멀리로부터, 또 그토록 거침없이 들려올 경우 외면할 수도, 그것에 저항할 수도 없다.

영화관의 화려함에도 불구하고 사방에 보이는 것은 가난뿐, 그것은 우리들의 무대의 장식 위로 넘쳐흘렀고, 온 세상에서 찔꺽거리고 있었다. 예술가들치고는 진정한 예술가였으니… 그녀들에게서는 가난이 피어오르고 있었는데, 그녀들은 그것을 멈추려고도, 이해하려고도 하지 않았다. 오직 그녀들의 눈만 슬픈 듯한 기색이었다. 그러나 눈빛만으로는 충분치 않다. 그녀들은 우리의 존재와 삶의 위기를 노래하고 있었으나, 그 노래의 의미를 이해하지 못하고 있었다. 그것 역시 사랑의 노래로, 오직 사랑만을 위한 노래로 여기고 있었으니, 고 귀여운 것들에게 나머지 다른 것은 가르치지 않았기 때문이다. 소위 사랑의 고뇌라는 것을 노래하고 있었다! 그녀들은 그것을 그렇게 칭하고 있었다! 젊은 때는 모든 것을 사랑의 고뇌로 간주하며, 그것의 정체를 모른다….

어디를 가나… 어디를 보나…
오직 그대를 위함이니… 우…
오직 그대를 위함이니… 우…

그렇게 그녀들은 노래하고 있었다.

인류 전체를 오직 하나의 궁둥이, 그 거룩한 꿈, 사랑의 광증 속에 처넣는 것이 젊은이들의 버릇이다. 그녀들은 그 모든 것이 끝났을 때라야, 자신들이 더 이상 발그레하지 않게 된 다음에야, 지저분한 자기들 나라의 심각한 빈곤이 자기들 열여섯 명 전부를, 암말의 엉덩이 같은 자기들의 허벅지와 덜렁이는 젖통과 함께 몽땅 다시 데려간 다음에야 비로소 깨닫게 될 것이다… 뿐만 아니라 고 귀여운 것들은 이미 가난을 자기들의 목덜미에, 온몸에 걸치고 있었으며, 그리하여 그것을 피할 수 없을 것이다. 이미 가난이 그녀들의 가냘프고 꾸민 음성의 밧줄로 복부와 호흡을 얽어매고 있었다.

가난이 이미 그녀들 깊숙이 자리를 잡고 있었다. 의복도, 번쩍거리는 의복의 장식도, 불빛도, 미소도, 가난을 속이거나 그 눈을 현란케 하지는 못하리니, 가난의 자식들이 어디에 숨건 가난은 자기 자식들을 찾아내고야 만다. 지금은 다만 그 자식들이 희망이라는 온갖 어리석은 노래를 부르도록 내버려두고 재미있어할 뿐이다. 그 노래가 가난을 깨우고 달래는가 하면 흥분시키기도 한다.

우리의 고통이란 그것이 아무리 크다 하더라도, 따라서 하나의 유희다. 사랑의 노래를 부르는 자에게는 정말 안 된 일이다! 사랑이란 곧 가난, 언제나 그저 가난일 뿐, 그 똥덩이가 우리의 입 속에 들어와 앉아 거짓말을 하는 것이다. 그뿐이다. 그 더러운 년을, 즉 그 가난을 장난으로라도 깨어서는 안 된다. 가난에게는 장난이란 것이 없다. 그럼에도 불구하고 나의 고 영국 아가씨들은 하루에 세 차례씩, 화려하게 장식된 무대에서 아코디언 반주에 맞추어 노래를 불렀다. 그러니 일이 몹시 잘못 돌아갈 수밖에 없었다.

나는 그녀들이 하는 짓을 보고만 있을 수밖에 없었지만, 그러나 오직 나만은 파국이 다가오는 것을 분명히 보았다.

고 귀여운 것들 중 하나가 병석에 누웠다! 불행의 성미를 건드려 놓는 계집들에게 죽음이 닥치기를! 모두 뻗어버리기를! 그러는 편이 낫다! 기왕 이야기가 나왔으니 하는 말이지만, 길모퉁이에서 연주하는 아코디언 근처에는 얼씬거리지 않는 것이 좋다. 치명적인 진실, 즉 고통은 그런 곳에서 우리에게 들러붙는다. 결국 병석에 누운 아가씨들의 자리를 어느 폴란드 아가씨가 대신하게 되었다. 그 아가씨 역시 간간이 기침을 했다. 키가 후리후리하며, 억세고, 얼굴이 창백한 아가씨였다. 우리 두 사람은 즉시 친해졌다. 단 두 시간 만에 나는 그녀의 영혼을 샅샅이 알게 되었으며, 다만 그의 육신을 알기 위해서는 시간을 좀 두고 기다려야 했다. 그 폴란드 아가씨의 괴벽은, 실현될 수 없는 사랑을 가지고 스스로에게 극도의 고통을 가하는 것이었다. 따라서 자신의 고통과 기타 온갖 잡동사니를 가지고 영국 아가씨들의 더러운 노래에 뛰어든 것은, 마치 버터 속에 뛰어든 것이나 다름없었다. 그녀들의 노래는 춤출 때 부르는 다른 모든 노래들처럼 은근하고 조용히 시작되었으며, 특별한 점이라곤 전혀 없는 것 같았다. 그러나 그 다음 순간 그 노래를 들으며 삶의 의욕을 잃은 듯 벅찬 슬픔이 엄습하여, 우리는 가슴을 움켜쥐고 고개를 숙여 침음할 수밖에 없었다. 젊음과 그 외의 모든 것, 이 세상의 모든 것들이 허무에 귀착한다는 사실이 너무나 진실로 부각되었기 때문에 노래가 끝나고 그 멜로디마저 자신의 진정한 침대, 진정한 것들 중에서도 가장 진정한 무덤 속의 침대로 가서 누워버린 다음에도, 우리는 그 가사에 관심을 기울이지 않을 수 없었다. 두어 차례 그 후렴을 듣고 나면 평화로운 죽음의 나라, 안개처럼 언제나 부드럽고 모든 것을 즉각 잊는 망각의 나라에 대한 그리움이 우리 내부에 태동하는 것 같았다. 한마디로 그녀들의 음성은 안개의 음성이었다.

  모두들 나무라는 듯한 하소연을 다시 합창하고 있었는데, 그 하소연은 아직까지 살아서 어정거리는 사람들, 온갖 짓을 다하며, 다른 유령들에게 오렌지, 파이프, 위조 동전, 경찰, 못된 놈들, 슬픔들, 무엇이든 다 팔면서, 또 온갖 거짓말을 다하면서 거쳐 온 이 세상의 모든 부두, 그 부두 위에서, 영영 걷히지 않을 그 인내의 안개 속에서, 아직도 무엇인가를 기다리고 있는 사람들에 대한 나무람이었다….

새로 온 나의 폴란드 여자친구의 이름은 타냐라고 하였다. 그 무렵 그녀의 생활은 열병에 걸린 듯하였던 바, 그녀가 베를린에 있을 때부터 사귀어 오던 나이 사십 대의 은행원 때문이었고, 나도 그녀의 심정을 이해하였다. 그녀는 정든 베를린으로 돌아가 무슨 일이 있더라도, 그리고 어떤 대가를 치르더라도 그 남자와 사랑을 나누고 싶어 했다. 그곳에 돌아가 다시 그를 만나기 위해서라면 무슨 일이든 마다하지 않았을 것이다.

그녀는 극장 거간들을, 언제나 계약을 성사시켜 주겠다고 큰 소리 치는 그자들을, 지린내 나는 충계 안 구석에 자리 잡은 그들의 사무실까지 쫓아다녔다. 그 못된 놈들은 영영 오지 않을 극장 측의 답변을 기다리라 해놓고, 그동안에 그녀의 엉덩이를 주무르곤 하였다. 그러나 먼 곳에 있는 사람에 대한 사랑에 폭싹 빠져 있던 그녀는, 놈들의 수작을 겨우 눈치 챌 정도였다. 그러한 상황에서 단 일 주일이 못 되어 문득 엄청난 파국이 닥쳐왔다. 그녀는 여러 주 전부터, 수 개월 전부터, 마치 대포에 화약을 마구 처넣듯 운명의 신에게 숱한 유혹을 처먹였던 것이다.

감기가 그녀의 그 굉장한 연인을 저세상으로 데려간 것이다. 우리는 그 불행한 소식을 어느 토요일 저녁에 들었다. 그 소식을 접하자마자 그녀는 흐트러진 머리에 정신을 잃은 듯, 나를 이끌고 빠리 북부 역으로 돌진해 들어갔다. 그러한 행동은 오히려 아무것도 아니었다. 광증에 사로잡힌 그녀는 매표구로 가서, 장례식에 참석하는 데 늦지 않게 베를린에 도착할 수 있도록 해달라고 졸라댔다. 이미 너무 늦었음을 그녀에게 납득시키고, 그녀의 마음을 돌리기 위하여 두 사람의 역무원이 진땀을 뺐다.

그녀가 처해 있던 그 상태를 보고서는 그녀를 홀로 내버려둘 수가 없었다. 게다가 그녀는 자신의 비극에 집착하고 있었을 뿐만 아니라, 특히 극도로 흥분하여 그 비극을 나에게 보여주는 것에 더욱 집착하고 있었다. 그 얼마나 좋은 기회인가! 가난과 먼 거리로 인해 저지당한 사랑, 그것은 선원들의 사랑과 같다. 말할 나위 없이 그 사랑은 누구도 부정할 수 없는 성공작이다. 우선 두 연인이 자주 만날 기회를 갖지 못하면 서로 싸움질을 할 수 없는 바, 그것이 이미 커다란 득이다. 삶이란 숱한 거짓말로 불룩하게 채워진 하나의 광증일 뿐, 따라서 멀리 있으면 있을수록, 그리하여 그만큼 더 많은 거짓말을 그 속에 넣을 수 있으면 사람은 만족스러워하는 법, 지극히 자연스러운 일이며 정당한 일이다. 진실을 먹고 사는 것은 아니다.

예를 들어 오늘날에 와서는 구세주 예수에 관한 숱한 이야기들을 우리들에게 마구 늘어놓기가 쉽다. 하지만 구세주 예수가 많은 사람들 앞에서 화장실에 간 일이 있는가? 내 생각에 그가 만약 대중 앞에서 똥을 누러 갔다면, 그의 술책이 오래 가지 못하였을 것이다. 아주 드물게 모습을 보이는 것, 거기에 모든 열쇠가 있으며, 특히 사랑에 있어서는 더욱 그러하다.

베를린 행 기차가 더 이상 없음을 확인한 후, 타냐와 나는 전보를 생각해냈다. 부르스에 있는 전신국에서 우리들은 긴 전문을 함께 작성하였다. 그러나 그것을 보내는 일이 더욱 난감하였으니, 이제 그것을 누구에게 보내야 할지 몰랐기 때문이다. 우리가 아는 사람이라곤 이미 죽은 그 사람뿐이었다. 그 순간 이후 우리 두 사람에게 남은 일이라곤 고인에 대한 이야기를 주고받는 것뿐이었다. 그 이야기 덕분에 우리는 함께 부르스 주위를 다시 두세 바퀴 돌았고, 여하튼 슬픔을 달래야 했기 때문에 슬픈 사연을 횡설수설하면서 몽마르트르 언덕 쪽으로 천천히 올라갔다.

르뻭끄 로에 이르면 도시의 빠리의 고지대로 즐거움을 찾아 몰려오는 사람들과 마주치게 된다. 싸크레-꾀르 몽마르트르 언덕에 있는 교회당에 이르면, 그들은 저 아래에 드리워진 밤을 바라보기 시작하고, 밤은 그 밑바닥에 온갖 집들이 뒤죽박죽 쌓여 있는 크고 무거운 구덩이를 판다.

우리는 작은 광장에 있는, 겉보기에 가격이 가장 저렴할 듯한 어느 까페로 들어갔다. 타냐는 나를 위로하기 위하여, 또 나에 대한 감사의 표시로, 내가 자기 몸의 어느 부분에 입을 맞추든 그대로 내버려두었다. 그녀는 또한 술 마시기를 좋아했다. 우리들 주위에 있는 긴 의자에 앉아 주연을 즐기던 사람들은, 이미 조금 거나하여 잠들을 자고 있었다. 작은 교회당에 걸린 벽시계의 종소리가 몇 시인지 시각을 알렸고, 또 얼마 후 다시 종소리가 들리는데, 그 소리는 영영 끝날 것 같지 않았다. 우리는 이승의 끝에 당도해 있었던 것이며, 그 사실이 점점 분명해졌다. 우리는 더 이상 앞으로 나아갈 수 없었으니, 우리가 당도한 곳 그 너머에는 오직 죽음 자들만이 있었기 때문이다.

사자들의 세계는 바로 옆 떼르트르 광장으로부터 시작되고 있었다. 우리는 그들을 바라보기 좋은 곳에 자리를 잡고 있었다. 그들의 세계는 뒤화엘 갤러리 바로 위, 즉 우리들의 동쪽을 지나고 있었다.

하지만 거대한 잡목 숲 같은 광고 불빛들이 시야를 가리고 있기 때문에 사자들을 다시 만나는 방법을 알아야 하는 바, 그 방법이란 우리의 내면에서, 그리고 눈을 거의 감고도, 심지어 구름을 꿰뚫고도 사자들을 즉각 알아볼 수 있는 방법이다. 사자들이 베베르를 다시 데려갔다는 사실을 나는 즉각 깨달았을 뿐만 아니라, 베베르와 나는 서로 손짓까지 하였고, 그 다음 바로 멀지않은 곳에 있던 창백한 아가씨, 내장을 몽땅 뽑아낸 랑시의 그 낙태한 아가씨와도 서로 손짓을 하였다.

그 외에도 여기저기에 옛날 나를 찾아오던 고객들, 내가 다시는 생각하지 않았던 여자 고객들, 그리고 기타 다른 사람들이 무수히 있었다. 내가 또뽀에서 보았던, 너무 지나치게 때려서 쫓아버렸던 그 깜둥이가 홀로 하얀 구름 속에 있었고, 그라파 아저씨, 즉 원시림에 있던 늙은 중위도 보였다! 나는 전에도 그 중위와 고문을 받던 깜둥이, 그리고 나를 배에 태워 떠나보낸 에스빠냐 사제를 가끔씩 생각하곤 하였다. 사제는 이날 밤 사자들과 함께 하늘에 기도를 드리러 왔는데, 그의 황금 십자가가 이 하늘 저 하늘로 훌쩍훌쩍 뛰어다니는 그에게 몹시 거추장스러운 것 같았다. 그는 자기의 십자가를 가지고 가장 지저분한, 가장 노란 구름덩이에 매달리고 있었으며, 그 다음 사라져 간 다른 사람들, 그리고 또 다른 사람들이 차츰차츰 나타났다…. 그 수가 어찌나 많은지, 그들이 우리들 곁에서 여러 해 동안 살았음에도, 그들 생전에 그들에게 눈길을 돌리지 못한 사실이 수치스럽기만 하다….

오로지 자신만을 생각하기에도 항상 시간이 부족한 것은 사실이다.

여하튼 그 모든 더러운 자들이 어느새 나도 모르게 천사가 되어 있었다! 사방에는 이제 미친놈들, 점잖지 못한 놈들, 그리고 천사들이 구름처럼 가득하였다. 그들이 도시 위를 어슬렁거린다! 나는 기회를 놓치지 않고 나의 다정한 연인, 나의 유일한 연인, 나의 몰리를 이리저리 찾았다. 그러나 그녀는 그들과 함께 그곳에 오지 않았다… 그녀는 분명 자애로우신 하느님 곁에 자기 전용의 작은 하늘 하나를 가지고 있을 것임에 틀림없었다. 항상 그토록 다정스러웠으니… 나는 그 강도들 속에서 몰리를 찾지 못한 것이 매우 기뻤다. 왜냐하면 그날 밤 도시 위 하늘에 모였던 그 죽은 강도들, 그 부랑배들은 모두 찌꺼기 유령 집단이었기 때문이다. 특히 바로 옆 묘지로부터 끊임없이 몰려오던 유령들은 전혀 품위가 없었다. 하지만 그 묘지는 아주 작았다. 빠리 코뮌^{1871년 프러시아와의 굴욕적인 종전 협정에 항거하여 세웠던 혁명 정부}에 참여했던, 피투성이가 되어 아직도 고함을 치려 입을 크게 벌리고 있지만 더 이상 고함을 칠 수 없는 빨찌산들의 묘지였다^{'빨찌산'의 원음은 '빠르띠장' 즉 빠리 코뮌에 참여하거나, 그것을 지지하던 동조자들을 가리킨다}… 그들은 다른 사람들과 함께 라뻬르주, 군도(群島)의 라뻬루즈를 기다리고 있었는데, 라뻬루즈가 그날 밤 군중 집회에서 모든 사람들을 지휘하게 되어 있었다^{라뻬루즈는 18세기 프랑스의 해병이며 항해가이다. 하와이의 샌드위치 군도와 북아메리카의 북서 해안을 거쳐 일본 열도와 사할린, 캄차카 반도에 이르렀으며, 다시 필리핀 군도를 탐험한 다음 대양주의 여러 섬을 거쳐 오스트레일리아에 이르렀으나 1788년에 실종되었다. '군도의 라뻬루즈'는 그가 남태평양의 군도에서 영영 돌아오지 못한 사실을 암시하기도 하고, 동시에 그가 많은 섬을 발견 혹은 탐험한 데에서 유래한 별칭인 듯하다}… 라뻬루즈는 비뚤어진 자기의 목조 다리를 끊임없이 재조정하고 있었다… 목조 다리를 착용하느라고 그는 몹시 힘들어했으며, 게다가 커다란 자기의 외알안경^{오페라글라스}을 찾느라 진땀을 빼고 있었다.

그는 자기의 외알안경, 자기의 그 유명한 탐험용 망원경을 목에 걸지 않고는 구름 속에 모습을 드러내지 않겠다고 고집을 부리고 있었다. 진정 우스꽝스럽게 생긴 물건으로서, 멀리서 사람들과 사물들을 볼 수 있는 연장인데, 그 작은 끄트머리를 통해서 보면 아무리 접근해도 오히려 점점 더 멀리 보이며, 따라서 필연적으로 더 매력적인 것으로 보인다. 물랭 근처에 묻혀 있던 코사크인들은 아무리 애를 써도 자기네 다리를 땅에서 뽑아내지 못하고 있었다. 그들이 애를 쓰는 모습은 무시무시할 지경이었지만, 이미 여러 차례 시도하던 짓이었다… 그들은 번번이 무덤 속으로 다시 굴러 떨어지곤 하였다. 1820년 이후 지금까지 줄곧 술에 취해 있었기 때문이다.

하지만 한 차례 휘몰아친 비 덕분에 그들 역시 정신이 맑아져, 도시 위 저 높은 곳으로 급기야 튀어 올랐다. 그리고는 자기들 무리에서 뿔뿔이 흩어져 나와 이 구름 저 구름으로 비척거리고 돌아다니는 바람에 밤이 온통 얼룩덜룩해졌다… 특히 오페라좌가, 그 가운데에 있는 광고용 화로가 그들의 눈길을 끄는 듯하였고, 그 유령들은 물방울처럼 마구 튀어서 하늘 저쪽 끝까지 마구 휘젓고 다녔으며, 어찌나 격렬하고 또 그 수가 많은지 현기증이 날 지경이었다. 드디어 모든 것을 차려입은 라뻬루즈는 네 시가 되자 말에 오르기를 원했고, 사람들이 그를 부축하여 말 위에 꼿꼿이 올라 앉혔다. 말 잔등 위에 자리를 잡고 나자 그는 다시 한번 팔을 휘젓더니 동분서주한다. 그가 단추를 채우는 동안 네 시를 알리는 종소리가 들리자 그는 동요한다. 라뻬루즈 등 뒤쪽에는 하늘로부터 몰려오는 한 떼거리가 보인다. 꼴사나운 행렬이다. 모든 세기의 유령들이 빙글빙글 돌면서 사방으로부터 몰려온다… 그들은 서로 쫓고 쫓기며, 서로 도발을 하고, 세기들끼리 대결을 벌인다. 북쪽 하늘은 그들의 구역질나는 육박전으로 인해 오랫동안 무겁게 가라앉는다. 지평선이 푸르스름하게 열리고, 도망가기 위하여 그들이 밤 속에 파놓은 커다란 구멍으로 드디어 새벽이 올라온다.

그 다음에는 그들을 다시 찾기가 힘들다. 시간에서 이탈하는 법을 배워야 한다.

영국 쪽으로 가면 그들을 다시 만날 수 있는데, 그곳에는 안개가 항상 너무나 짙고 촘촘하여, 마치 진정한 돛들이 지상으로부터 가장 높은 하늘까지 서로 앞을 다투며 끊임없이 치솟는 듯하다. 조금 습관이 되고 주의를 집중하면 그렇더라도 그들을 다시 만날 수 있으나, 절대 오랫동안 그들을 볼 수는 없는 바, 난바다로부터 밀려오는 질풍과 수증기 때문이다.

그곳에 있는 거대한 여인, 섬을 지키고 있는 그 여인이 마지막 여인이다. 그녀의 머리는 가장 높은 구름보다도 오히려 더 높다. 그 섬에 살아 있는 것이라곤 오직 그녀 하나인 듯하다. 모든 것을 위로부터 덮고 있는 그녀의 붉은 머리칼은 심지어 구름들까지 황금색으로 물들이고 있는데, 그것이 태양이 남긴 전부다.

그녀가 차를 끓이는 중이라고 누군가가 설명을 해준다.

그곳에 영원히 자리잡고 있기 때문에 몸소 차를 끓이는 수고를 해야 한다. 너무나 짙고, 뼈마디를 파고드는 듯 너무 차가운 안개 때문에 그녀는 차 끓이는 일을 영영 멈추지 않을 것이다. 그녀가 사우샘프턴에서 발견할 수 있었던 가장 아름답고 가장 큰 배의 선체를 찻주전자로 쓰면서, 그녀는 무수한 파도 같은 차를 끓이고 또 끓인다… 휘젓고… 거대한 노(櫓)로 모든 것을 뒤척이며… 그 일에 골몰한다.

그녀는 다른 아무것에도 눈길을 주지 않고, 항상 찻주전자에 몸을 굽힌 채 열심히 차를 끓인다.

유령들의 요란스런 떼거리가 그녀의 정수리 바로 위를 지나갔건만 그녀는 미동조차 하지 않았다. 대륙의 모든 유령들이 몰려와 그곳에서 자취를 감추는 것을 습관처럼 보아왔기 때문이다… 이제 끝난 것이다.

그녀는 재 속에 있는, 말라죽은 두 숲 사이에 있는 불덩이를 자기의 손가락으로 뒤척인다.

그녀는 불을 지피려 애를 쓰고, 이제 모든 것이 자기의 소유이지만, 그녀의 차는 영영 다시 끓지 않을 것이다.

불꽃을 살릴 생명이 더 이상 남아 있지 않다.

이 세상에는 그 누구를 위한 생명도 남아 있지 않고, 오직 그녀를 위해서만 아주 조금 남아 있으며, 그리하여 모든 것이 거의 끝장이다….

결국은 함께 잠자리에 들었던 그 방 안에서 타냐가 나를 깨웠다. 아침 열 시였다. 나는 그녀를 떨쳐 버리려고 몸이 좀 불편하다고 꾸며대면서, 조금 침대에 누워 있겠다고 하였다.

생활이 다시 시작되고 있었다. 그녀는 마치 내 말을 믿는다는 듯 자기 나름대로 처신하였다. 그녀가 방을 나간 직후 나 역시 길을 떠났다. 실제로 나에게는 할 일이 있었다. 전날 밤의 그 법석이 나에게 괴이한 후회 같은 뒷맛을 남겼던 것이다. 로뱅송의 추억이 되살아나서 나를 괴롭히고 있었다. 내가 그를 그의 운명에 맡긴 채 내팽개쳤고, 게다가 더욱 잘못된 일은 그를 프로티스트의 수중에 맡겼다는 사실이다. 부인할 수 없는 사실이다. 할 말이 없다. 물론 뚤루즈에게서는 모든 것이 더 바랄 나위 없이 잘 되어가며, 앙루이유 노파도 그를 매우 곰살궂게 대한다는 소식은 들었다. 다만 특수한 경우에는 우리가 듣고 싶은 것, 그리고 듣기에 편한 것만이 우리의 귀에 들어오는 법이다… 그 막연한 소식이 사실은 아무것도 증명해주지 못하고 있었다.

걱정도 되고 또 호기심도 동하여, 나는 정확하고 구체적인 소식을 얻고자 랑시로 발길을 돌렸다. 그리로 가기 위해서는 뽀몽이 사는 바띠뇰 로를 지나야 했다. 그것이 내가 거쳐야 할 길이었다. 그의 집 근처에 이르렀을 때, 나는 뽀몽이 길 한모퉁이에서 어느 땅딸막한 신사 한 사람을 일정한 간격을 유지하며 미행하는 것을 보고 몹시 놀랐다. 결코 외출하는 일이 없는 뽀몽이고 보면, 분명 굉장한 사건임에 틀림없었다. 그가 미행하고 있던 자 역시 나에게는 낯익은 사람이었는데, 뽀몽의 고객이었고, 그는 서신에서 항상 스스스로를 '시드'라고 칭하였다. 하지만 우리는 그가 우체국에 근무한다는 사실도 여러 정보망을 통해서 알고 있었다.

여러 해 전부터 그는 뽀몬에게 자기의 꿈인, 교육 잘 받은 애인을 하나 구해달라고 요청했다. 그러나 그에게 소개해준 아가씨들은 항상 그의 취향에 맞을 만큼 충분한 교육을 받지 못한 상태였다. 그의 주장에 의하면 그녀들이 바람을 피운다는 것이었다. 그리하여 항상 일이 틀어졌다. 우리가 곰곰 생각해보면 여자친구들_{애인}은 크게 두 종류로 나눌 수 있는데, 소위 '자유주의적 사상'을 가진 여자들이 그 한 부류이고, 또 다른 부류는 '철저한 카톨릭 교육을 받은' 여자들이다. 따라서 그 초라한 계집들이 우월감을 느끼는 방법에도 두 가지가 있고, 항상 불안해하며 충족감을 느끼지 못하는 녀석들을 자극하는 방법 역시 두 가지인데, 그 하나는 '볼 장 다 본' 년들의 것이고, 다른 하나는 '독신녀' 부류의 방법이다.

'시드'의 모든 여유 자금은 매달 그 아가씨 찾는 비용으로 들어갔다. 뽀몬과 그러한 거래를 계속하다 보니, 이제는 그의 돈도 희망도 모두 바닥이 났다. 그 다음에야 안 일이지만, 바로 그날 저녁, '시드'라는 그자가 어느 알려지지 않은 곳에 가서 자살을 기도하였다고 한다. 뿐만 아니라 뽀몬이 자기 집에서 나오는 것을 보는 순간, 나는 심상치 않은 일이 벌어지고 있음을 직감하였다. 나는 그 구역을 이리저리 가로지르며 상당히 오랫동안 그들을 따라가 보았으며, 그 구역의 길들에는 상점들이 갈수록 드물어지고 색채들 역시 하나하나 줄어들더니, 입시세관이 있는 경계 지점에 이르니 허술한 선술집 하나뿐이었다. 우리가 바쁘지 않을 때 그 길들로 접어들면 자칫 길을 잃는데, 우선 그곳의 처량함 때문이고, 또 다른 한편으로는 그곳의 냉담함 때문이기도 하다. 약간의 돈이라도 수중에 있으면 지체하지 않고 택시를 타게 되는데, 그곳이 너무나 권태로워 빨리 그곳을 빠져나오기 위해서다. 그곳에서 마주치는 사람들은 너무나 무거운 운명을 끌고 다니기 때문에, 그들과 마주칠 때마다 몹시 당혹스러워진다. 커튼이 드리워져 있는 창문들 뒤에서는 영세 자본가들이 가스를 훔쳐 사용하고 있을 게 뻔하다. "어쩔 수 없어, 젠장! 얼마 되지도 않는데." 그렇게 중얼거릴 것이다.

또한 엉덩이를 붙일 벤치 하나 없다. 어디를 보나 밤색 아니면 회색뿐이다. 비가 오면 빗물이 건물의 정면이건 측면이건 마구 후려치고, 도로는 커다란 물고기의 등처럼 미끄럽다. 그 거리를 가리켜 하나의 무질서라고도 할 수 없으니, 그것은 차라리 하나의 감옥, 너무나 관리가 잘 되어 있어 문조차 필요 없는 감옥이다.

그렇게 어슬렁거리다가 나는 비네그리에 로에서 뽀몽과 그의 자살자 고객을 놓치고 말았다. 그렇게 해서 나는 가렌느-랑시 근처에까지 아주 가까이 도달하게 되었고, 그러다 보니 방어 성채 너머를 한번 둘러보고 싶은 충동을 억제할 수 없었다.

멀리서 바라보면 가렌느-랑시도 매력적으로 보인다. 그렇다고 하지 않을 수 없다. 공동묘지의 나무들 때문이다. 자칫 속을 수도 있을 정도이며, 누가 보면 볼로뉴 숲이라고 할 것이다.

어떤 사람의 소식을 꼭 알고자 한다면, 소식을 알 만한 사람을 찾아가야 한다. 앙루이유 내외를 잠깐 방문한다고 해서 손해될 것은 없다고 생각하였다. 그들은 분명 뚤루즈의 사정을 잘 알고 있을 것 같았다. 그리하여 내가 경솔한 짓을 하게 된 것이다. 전혀 경계를 하지 않고, 또 그곳에 이미 도달해 있다는 사실조차 모르고 있는데, 그러나 이미 밤의 더러운 지역 한가운데에 들어와 있는 경우가 있다. 그러한 경우에는 불행이 즉각 닥친다. 지극히 하찮은 일도 불행의 씨가 될 수 있다. 그리고 특히 만나보면 안 될 사람들이 있다. 그렇지 않을 경우 그 다음에는 끝이 없다.

마치 습관에 이끌리듯, 나는 여러 모퉁이를 돌고 돌아서 그들의 집 근처에 이르렀다. 그들의 집이 여전히 같은 장소에 남아 있는 것을 보고 어리둥절하였다. 비가 내리기 시작하였다. 길에는 나 이외에 아무도 없었는데, 나는 감히 앞으로 더 이상 나아가지 못하였다. 더 이상 고집을 부리지 않고 발길을 돌리려 하는데 그 집 출입문이 살짝 열렸다. 그 집 며느리가 나에게 어서 오라고 손짓을 겨우 할 수 있을 만큼만 열렸다. 분명 그녀는 나의 모든 움직임을 벌써부터 관찰하고 있었던 것이다. 길 건너편에서 촌놈처럼 우왕좌왕하는 것을 보았을 것이다. 나는 그 집으로 접근할 마음이 싹 가셨으나, 그녀는 더욱 집요하게 손짓을 하고, 심지어는 내 호칭을 사용하여 부르기도 하였다.

　— 의사 선생님…! 제발 빨리 좀 오세요!

　그렇게, 거의 강압적으로 부르고 있었다… 나는 사람들의 눈에 띌까 겁이 났다. 하는 수 없이 그 집 현관 앞의 작은 층계를 서둘러 올라가게 되었고, 그리하여 난로가 놓여 있는 그 집의 복도와 모든 치장물들을 다시 보게 되었다. 그러자 그녀는 자기의 남편이 두 달 전부터 병석에 누웠으며, 날이 갈수록 병세가 악화되고 있다는 등의 이야기를 쏟아놓기 시작했다.

　물론 나는 이야기를 듣는 순간 의심쩍은 생각이 들었다.

　— 그리고 로뱅송은? 내가 서둘러 묻는다.

　처음에는 나의 질문을 회피하더니, 마지못해 대꾸를 한다. "두 사람 모두 잘 지내고 있어요… 툴루즈의 일도 잘 되어가고 있고요." 그렇게 대답은 하였으나 몹시 서둘렀다. 그 다음 그 이야기는 더 이상 하지 않고, 병든 자기 남편의 화제를 다시 꺼낸다. 그녀는 내가 즉시, 이번에도 역시 전처럼 자기의 남편에게 올라가보기를 바란다. 내가 하도 헌신적이기 때문에… 내가 자기의 남편을 너무나 잘 알기 때문에… 그리고 이러쿵저러쿵… 자기의 남편이 오직 나만을 신뢰하기 때문에….

— 다른 의사는 보려고조차 하지 않는다는 것이다… 하지만 나의 주소를 알아낼 수가 없었다는 것이다… 그 외에도 갖은 잡담을 늘어놓았다.

나에게는 이번 남편의 병 역시 수상쩍은 원인을 감추고 있지 않을까 의구심을 품을 만한 이유가 충분히 있었다. 나는 그 여인과 그 집의 습속을 잘 알고 있었다. 그럼에도 불구하고 나는 그 저주받을 호기심에 이끌려 그의 방으로 올라갔다.

그녀의 남편은 몇 달 전 사고 후, 내가 로뱅송을 치료하던 바로 그 침대에 누워 있었다.

방이란 것은 그 안에 있는 물건을 단 하나도 건드리지 않더라도 단 몇 달만 지나면 변한다. 물건들이란 아무리 낡고 망가졌어도, 어디로부터인지는 모르나 여전히 낡을 힘을 얻는 모양이다. 우리의 주위에 있는 모든 것들이 변해 있었다. 우리가 전에 보던 물건들을 다시 보면 그것들은 이미 다른 것이 되어 있고, 전보다 우리들 내부로 더 구슬프게, 더 깊이, 더 은근히 침투하여, 우리들 내부에 조용히, 날마다, 비겁하게 형성되는 일종의 죽음과 일체가 되는 데 필요한 힘을 더 많이 획득하는 듯하며, 그 죽음 앞에서 우리들은 날마다 전날보다 자신을 덜 방어하는 연습을 하게 된다. 생명이란 다시 볼 때마다 우리들 내부에서 더욱 측은해지고 그 주름살이 늘어나며, 헤어질 때는 저속하든가 귀중하든가, 혹은 두려웠던 사람들과 사물들 모두 그렇게 변한다. 우리가 쾌락이나 혹은 빵을 쫓아서 시가지를 열심히 뛰어다니는 동안, 죽음에 대한 우리의 두려움이 그 모든 것들 위에 주름살을 드리워놓았다.

머지않아 우리의 과거 주위에는 온통 독성이 없고, 가련하며, 무장 해제된 사람들과 사물들, 즉 벙어리가 되어버린 오류들만 남을 것이다.

그 여편네는 나와 자기 서방 두 사람만 남겨놓았다. 남편의 건강상태는 말이 아니었다. 혈액순환이 거의 이루어지지 않고 있었다. 문제는 그의 심장에 있었다.

— 나는 이제 죽을 겁니다. 그는 오직 그 말만 되풀이했다.

그러한 부류의 입장에 처하게 될 경우, 나는 재칼의 직감을 발휘하곤 하였다. 나는 그의 심장 박동에 귀를 기울였다. 상황에 맞는 약간의 몸짓, 그러한 상황에서 흔히들 기대하는 의례적인 행동일 뿐이었다. 그의 심장은 갈비뼈 뒤에 갇힌 채 그야말로 달음질을 치고 있었다. 생명을 쫓아 고르지 못한 걸음으로 달리고 있었다. 그러나 아무리 겅둥거리며 뛰어도 모두 헛일, 생명을 붙들 수 있을 것 같지는 않았다. 이미 끝장난 판이었다. 농익어 으스러진 석류처럼 국물투성이에다 시뻘겋고 거품을 질질 흘리는 그의 심장은, 머지않아 썩어버릴 판이었다. 며칠 후면 부검용 칼에 찢겨, 대리석 위에 그렇게 놓여 있는 그의 심장을 사람들이 모두 보게 될 게 뻔했다. 결국 그 일은 검찰의 부검으로 귀착될 것이 틀림없었기 때문이다. 지난번 사건 이후 곧이어 발생한 그 사망사건 역시 심상치 않다고 생각하는 동네 사람들이 갖은 수다에 간까지 맞춰 떠들어댈 것이 분명하니, 사체 부검은 쉽게 예측할 수 있는 일이었다.

아직도 도로의 포석 위에 남아 있는 사라지지 않은, 지난번 사건에 관련된 온갖 뒷공론을 무기처럼 움켜쥐고 동네 사람들은 길모퉁이에 매복한 채 그의 처를 기다리고 있었다. 물론 조금 훗날에 일어날 일이었다. 여하튼 남편은 살 방법도 죽을 방법도 모르는 형편이었다. 그는 이미 얼마간은 삶에서 이탈해 있었건만, 그러함에도 불구하고 도저히 자기의 허파를 떨쳐버리지 못하고 있었다. 그가 아무리 공기를 내뱉어도 공기는 끈덕지게 다시 돌아왔다. 자신의 몸을 될 대로 되라고 내버려두고 싶지만, 그의 뜻이 어떻든 끝까지 살 수밖에 없었다. 산다는 것이 혹독한 노동이었고, 그는 자신의 삶을 흘겨보고 있었다.

— 발에 전혀 감각이 없어요. 그는 앓는 소리를 내며 그렇게 말했다… 무릎까지 시럽습니다… 그는 자신의 발을 만져보려 하였지만 뜻을 이루지 못했다.

그는 아무것도 마시지 못하였다. 거의 끝나가고 있었다. 그의 처가 달여 온 탕약을 그의 입에 떠넣어 주면서 나는 그녀가 무엇을 그 속에 넣었을까 속으로 생각해보았다. 탕약의 냄새가 좋지 않았다. 그러나 냄새가 증거는 되지 못하며, 쥐오줌풀 자체의 냄새가 또한 좋지 않다. '쥐오줌풀'을 프랑스에서는 '고양이풀'이라고 하며, 그 뿌리는 진정제나 해열제로 사용된다 게다가 그토록 숨이 차서 헐떡이는데, 탕약 냄새가 이상하다는 것이 별로 중요한 문제는 아니었다. 결국 더욱 고통을 받고 더욱 숨이 차 헐떡이기 위하여, 그는 가죽 밑에 남은 모든 근육을 몽땅 동원하여 엄청난 노동을 하며 고역을 치르고 있었다. 그는 죽음에 대항하는 것 못지않게 삶에 대항하면서 몸부림을 치고 있었다. 그러한 경우에는 차라리 자폭해버리는 것이 옳을 것이다. 자연이 개판을 치기 시작하면 그 한계가 없는 것 같다. 내가 그의 병세를 이것저것 묻고 있는 동안 그의 처는 우리들이 주고받는 말을 문 뒤에서 엿듣고 있었다. 하지만 이미 나는 그녀의 됨됨이를 잘 알고 있는 터였다. 나는 조용히 문 뒤로 가서 느닷없이 그녀 앞에 모습을 보였다. 나는 그녀에게 '꽥! 꽥!' 하는 소리를 해보았다. 그 의성어는 일반적으로 새나 쥐의 울음소리, 혹은 목졸린 소리를 나타내지만, 본 소설에서는 단순히 상대방의 주의를 끌기 위한 소리인 듯하다 엿듣다가 들킨 사실에 그녀는 전혀 화가 나지 않은 듯했으며, 오히려 나에게 다가오더니 귀에다 대고 소곤거렸다.

— 그이로 하여금 그 의치를 빼도록 해주세요…. 그 의치 때문에 호흡하기가 곤란할 텐데….

나 역시 그가 의치를 빼면 좋겠다고 생각하고 있었다.

— 그러면 부인께서 직접 말씀하십시오! 내가 그녀에게 권했다. 그의 병세를 참작할 때, 내가 그러한 청을 들어주기는 참으로 조심스러웠다.

— 아녜요! 아녜요! 선생님께서 말씀하시는 편이 낫겠어요! 제가 말하면 그이가 충격 받을 거예요! 그녀가 고집을 피운다.

— 아! 도대체 무엇 때문에?

— 그렇다면 그대로 내버려둘 수도 있지 않습니까? 의치를 끼운 채 호흡하는 것에 습관이 되었을 테니까요… 나의 제안이었다.

— 오! 안 됩니다, 제가 두고두고 자책감을 느끼게 될 겁니다! 그녀가 조금 감동한 듯한 음성으로 내 말에 대꾸했다….

하는 수 없이 나는 조용히 방으로 돌아간다. 남편의 귀에도 내가 자기 곁으로 돌아오는 기척이 들리는 모양이다. 숨을 헐떡이면서도 그는 나에게 말을 건넸고, 심지어 나에게 친절하게 대하려 애를 쓰기까지 하였다. 다른 새로운 고객들을 만났는지, 기타 여러 가지 내 근황을 묻기도 하였다… 그의 모든 질문에 나는 그저 "예, 예!"라고만 대답하였다. 그에게 일일이 설명한다는 것이 너무 장황하고 복잡할 것 같았다. 그럴 때가 아니었다. 문짝 뒤에 몸을 숨기고 서서, 그의 처는 나에게 손짓을 해가며 어서 남편에게 의치를 빼라는 말을 하라고 재촉이었다. 하는 수 없이 나는 남편의 귀에다 대고 조용히 권하기를, 의치를 빼는 것이 좋을 것 같다고 하였다. 실수였다! "그것을 화장실에 던져버렸어요…!" 더욱 공포에 찬 눈초리로 남편이 그렇게 말하였다. 하나의 재롱 섞인 농담이었다. 그러고 나서 그는 한바탕 거칠게 숨을 몰아쉬었다.

사람은 각자 자기가 가진 것을 가지고 예술가가 된다. 그는 자신의 의치 때문에 평생 동안 미학적인 고생을 하였다.

이제 모든 것을 고백할 순간이 닥쳐왔다. 나는 그가 그 순간을 이용해, 자기 어머니에게 일어났던 일에 대한 자신의 견해를 나에게 털어놓기를 기대하였다. 하지만 그는 더 이상 말을 할 수가 없었다. 그는 정신을 차리지 못하고 있었다. 엄청난 양의 거품만 내뿜을 뿐이었다. 끝장이었다. 그의 입에서 더 이상 한 마디도 나오게 할 방법이 없었다. 입가의 거품을 닦아주고 나는 아래층으로 다시 내려왔다. 아래층 복도에 있던 그의 처는 몹시 불만스러운 표정이었고, 그 의치 때문에, 그리고 그것이 마치 내 탓이기라도 한 것처럼 나에게 고함을 치다시피 하였다.

— 의사 선생님, 그것은 순금제였어요! 그이가 그것을 살 때 얼마를 지불했는지 나는 알고 있어요…! 오늘날에는 그런 것을 더 이상 만들지 않아요…!

온갖 사연을 다 늘어놓는다. "다시 올라가 한 번 더 권해보겠습니다." 하도 듣기가 거북하여 나는 그녀에게 그렇게 제안하였다. 단 이번에는 그녀와 함께 가자고 하였다!

다시 올라가보니 남편은 우리들을 더 이상 알아보지도 못하였다. 아주 희미하게 짐작하는 듯한 기색이었다. 그는 아내와 내가 하는 말을 듣기라도 하려는 듯, 우리가 자기 곁으로 다가가자 몰아쉬던 숨소리가 조금 약해졌다.

나는 그의 장례식에 가지 않았다. 내가 얼마간은 걱정을 하던 사체 부검도 없었다. 모든 일이 별 소동 없이 조용히 끝났다. 하지만 그럼에도 불구하고 앙루이유 과부와 나 사이에는 좋지 않은 말이 오고 갔다.

젊은이들은 항상 교접을 하러 달려가기에 급급해하고, 즐길 만하다고 믿어지는 것은 무엇이든 닥치는 대로 서둘러 붙잡기 때문에, 감각적인 것들이라면 단 한 번이라도 다시 살펴보는 법이 없다. 그것은 마치 여행객들이 기차가 잠시 멈춘 동안에 역의 구내식당에 가서 무엇이든 주는 대로 게걸스럽게 삼키는 꼴과 비슷하다. 젊은이들은 대화 중 두세 마디 흥을 돋우는 말만 해주어도 즉시 교접을 하고, 또 그 두세 마디면 족하다. 그들은 그저 만족스러워할 뿐이다. 그들은 아주 쉽게 만족하며, 내키는 대로 우선 즐긴다. 그것은 너무나 명백한 사실이다!

모든 젊음은 영광스러운 해변, 그 물가로 모이게 되어 있으며, 그 해변에서는 모든 여인들이 자유로워 보이고 또 어찌나 아름다운지, 그녀들에게는 우리의 몽상이 만들어내는 온갖 거짓말들이 더 이상 필요치 않다.

그러다가 일단 겨울이 닥치면 다시 돌아가기가, 이제 모든 것이 끝났다고 시인하기가, 스스로에게 그 엄연한 사실을 말하기가, 물론 고통스럽다. 비록 추위가 닥쳐왔고 나이가 들었어도 사람은 여전히 희망을 갖는다. 이해할 수 있는 일이다. 우리가 추해질 수도 있다. 그렇다고 누구를 탓해서는 안 된다. 즐김과 행복, 그 둘이 모든 것에 우선한다. 그것이 확고한 내 견해다. 그 다음 다른 사람들의 눈을 피해 스스로를 감추기 시작하면, 그것을 그들과 함께 즐기기가 두렵다는 징후다. 그것은 자신의 내부에 있는 자신만의 병이다. 자신이 왜 고집스레 자기의 고독을 치유하지 않으려 하는지 그 원인을 알아야 고칠 수 있는 병이다. 전쟁 중 내가 병원에서 만난 또 다른 녀석, 그 병장이 그러한 감정에 대하여 나에게 상당히 적절한 말을 한 적이 있다. 그 녀석을 영영 다시 보지 못한 것이 유감이다! "지구는 죽었어! 녀석이 나에게 설명했다…. 우리들은 모두 그 위에 있는 구더기야. 그 구역질나는 거대한 시체 위에서 항상 그 곱창과 독성 물질만을 처먹고 사는 구더기들이야… 우리들 인간은 어쩔 수 없어. 우리는 태어날 때부터 이미 썩었어… 그리고 그게 전부야!"

그럼에도 불구하고 어느 날 밤, 그 사상가를 보루가 있는 으슥한 곳으로 서둘러 끌고 갔으니, 어떻든 총살을 당할 만한 가치는 그에게 있었다는 증거다. 그를 데려가기 위해 큰 것 하나 작은 것 하나, 몽둥이경찰관, 헌병가 둘씩이나 나왔다. 아직도 정확히 기억하고 있다. 군법회의에서 그를 무정부주의자로 단죄하였다는 것이다.

여러 해가 흐른 후에 지난 일을 다시 생각할 때마다, 당시 몇몇 사람들이 하던 말을 다시 상기하게 되고 나아가 그 사람들을 찾아가, 그들이 지난날 우리에게 하고자 했던 말의 뜻을 묻고 싶은 마음이 간절해진다… 하지만 그들은 영영 떠나버렸다…! 당시에는 우리가 그들의 말을 이해할 만큼의 지식과 교양을 충분히 갖추고 있지 못했다… 그들이 혹시 그 이후 자기네들의 견해를 바꾸지 않았는지 알고 싶다… 하지만 너무 늦었다… 모두 끝났다…! 그들이 어찌되었는지 아무도 모른다. 그러니 홀로, 캄캄한 밤길을 계속 갈 수밖에 없다. 우리의 진정한 동반자들을 잃은 것이다. 아직 너무 늦지 않았을 때, 우리는 적의하고 진정한 질문을 그들에게 던지지 않았던 것이다. 그들 곁에 있을 때에는 아무것도 몰랐던 것이다. 그리하여 우리는 길을 잃은 인간이다. 우리는 항상 매사에 지각이다. 그 모든 것은 결국 냄비를 끓게 하지 못하는생계를 확보해주지 못하는 부질없는 회한일 뿐이다.

다행히도 어느 날 아침 사제 프로티스트가 느닷없이 나를 찾아와, 앙루이유 노파의 그 지하 납골당 사업에서 우리들 몫으로 돌아온 수익을 나눠 갖자고 하였다. 나는 이미 그 사제에게 더 이상 아무것도 기대하지 않고 있던 터였다. 그가 마치 하늘로부터 떨어지기라도 한 것 같았다… 우리 두 사람 각각에게 일천오백 프랑씩 돌아왔다! 아울러 그는 로뱅송에 관한 좋은 소식을 가지고 왔다. 그의 눈이 상당히 호전되고 있는 것 같았다. 눈꺼풀의 화농증도 깨끗이 없어졌다고 했다. 그리고 그곳에서는 모두들 나를 보고 싶다고 야단들이라는 것이었다. 프로티스트 역시 우겨댔다.

또한 그가 나에게 늘어놓던 이야기 속에서 내가 포착할 수 있었던 사실은, 로뱅송이 납골당 바로 옆에서 교회당에 출입하는 사람들에게 양초를 파는 여자의 딸과 곧 결혼을 하게 되리라는 것이었고, 앙루이유 노파의 미라 사업이 그 양초 상인의 영향을 많이 받는다는 것이었다. 그의 말로는 결혼이 거의 성사되었다는 것이다. 그런 이야기를 하다 보니 불가피하게 앙루이유 씨의 작고에 관한 이야기가 나왔으며, 그러나 대강에 그치고 말았다. 그리고 이내 우리의 대화는 로뱅송의 앞날, 내가 단 한 번도 가보지 못했고 그라파가 나에게 자주 이야기하던 툴루즈 시, 노파와 함께 두 사람이 그곳에서 이끌어 가고 있는 사업, 그리고 로뱅송과 결혼하게 되어 있다는 양초 상인의 딸 등으로 다시 유쾌하게 옮겨졌다. 다시 말해 우리들은 거의 모든 주제에 대해, 또 모든 일에 대해 수다를 떨었다… 일천오백 프랑이라니! 그것이 문득 나를 관대해지게 했으며, 나아가 낙천주의자로 탈바꿈시켜 놓았다. 나는 사제가 나에게 전해주는 로뱅송의 모든 계획들이 아주 현명하고, 사리에 맞으며, 분별 있을 뿐만 아니라, 그가 처한 모든 상황에 아주 적합한 것들이라 하였다… 모든 일이 잘 될 것이라고 하였다. 적어도 나는 그렇게 믿는다고 하였다. 그 다음 나와 사제는 나이에 관해 각자 장광설을 늘어놓기 시작하였다. 나와 그의 나이는 이미 삼십대를 훨씬 넘어 있었다. 우리 두 사람의 삼십대는 싸구려 고기처럼 질기고, 그리하여 별로 아까울 것도 없는 과거의 먼 강변으로 멀어져 가고 있었다. 그따위 강변을 확인하려고 수고스럽게 고개를 돌릴 필요조차 없었다. 우리는 늙으면서 별로 잃은 것이 없었다. "어떤 특정 해를 다른 해보다 더 애석해한다는 것은 분명 치사스러운 일입니다! 내가 결론을 내렸다…. 신부님, 우리는 활기차게, 그리고 꿋꿋하게 늙어갈 수 있습니다! 어제가 그리도 대단했던가요? 또 지난해가 그랬던가요…? 신부님의 지난해는 어떠했다고 생각하십니까…? 무엇을 애석해한다는 말입니까…? 신부님께 묻습니다. 젊음인가요…? 우리들 가난뱅이들에게는 젊음조차 없었습니다…!

가난한 사람들이 나이가 들어갈수록 오히려 그 내면이 젊어진다는 것은 사실이며, 그들이 삶의 역정에서 모든 거짓과 공포, 그리고 태어나는 순간부터 그들에게 주입되었던 복종 욕구를 모두 떨쳐버리려고 줄기차게 노력만 하면, 인생의 황혼기에 이르러서는 최소한 초년기보다는 그들의 모습이 덜 역겨워집니다. 이 지상에 존재하는 나머지 다른 것들은 그들의 몫이 아닙니다! 그들과는 아무 상관이 없습니다! 그들이 힘써 해야 할 오직 한 가지 일, 그것은 자기들 속에 있는 복종 습성을 씻어내는 작업, 그것을 토해버리는 것입니다. 그들이 완전히 죽기 전에 그러한 과업을 성취한다면, 그들은 자신들이 삶을 헛되이 살지는 않았노라고 자부할 수 있을 것입니다."

나는 걷잡을 수 없으리만큼 활기에 넘쳐 있었다… 그 일천오백 프랑이 나의 변설에 활기를 불어넣어 주었고, 그리하여 나는 계속하여 쏟아냈다. "진정한 젊음, 유일한 젊음, 신부님, 그 젊음이란 바로 모든 사람을 차별하지 않고 사랑하는 것을 뜻합니다. 그것만이 진실하며, 그것만이 젊고 새로운 것입니다. 그런데 신부님, 당신은 그렇게 멋들어진 젊은이들을 많이 보셨습니까…? 저는 아직 한 사람도 보지 못하였습니다…! 어느 곳으로 눈을 돌려도, 사방에 보이는 것이라곤 비교적 신제품인 육체 속에서 발효되고 있는 시커멓고 늙은 어리석음이며, 그 천박한 어리석음이 젊은이라고들 하는 그들 속에서 발효되면 될수록, 그리하여 그들을 더욱 괴롭히면 괴롭힐수록, 그들은 자기네들이 멋진 젊은이들이라고 뽐냅니다! 하지만 그렇지 않습니다. 그것은 정부의 교조적 선전처럼 터무니없는 속임수입니다… 그들이 젊다고 하는 것은 단지 정종(疔腫)이라는 부스럼 같을 뿐, 고름이 그들 속에서 통증을 유발하고 그들을 부어오르게 합니다."

나의 그러한 말투를 프로티스트는 몹시 거북해하였다… 그를 더 이상 괴롭히지 않고자 나는 대화의 방향을 바꾸었다… 게다가 이제 막 그가 나에게 호의적이었을 뿐만 아니라 천우신조처럼 나타나지 않았던가…! 우리를 괴롭히는 어떤 주제에 대해 반복해 이야기를 하지 않으려 스스로를 통제하기란 극도로 어려운 일, 특히 그 시절 나의 뇌수를 끊임없이 들쑤시고 있던 주제의 경우 더욱 그러하였다. 우리가 홀로 살기 시작하기가 무섭게 우리의 평생 주제가 우리를 짓눌러 온다. 그 주제 때문에 우리는 백치처럼 멍청해진다. 그것을 떨쳐버리려고, 우리는 우리를 보러 오는 거의 모든 사람들을 그 물감으로 칠해 덮으려 애를 쓰며, 우리의 그러한 행동이 그들을 성가시게 한다. 홀로 있다는 것은 곧 죽음의 연습을 의미한다. "우리는 분명 개보다 더 푸짐하게 힘들게, 요란스럽게? 죽어야 할 것이고, 숨을 거두는 데 수천의 순간이 걸릴 텐데, 그 각 순간이 모두 새로울 것이며, 또 상당한 고통으로 점철되어 그 순간 이전 천 년 동안 교접을 하며 맛보았던 즐거움을 몽땅 잊을 것입니다…. 이 지상에서의 행복이란, 쾌락을 느끼며 쾌락 속에서 죽어가는 것이리라 생각됩니다… 나머지는 아무것도 아니며, 감히 고백하지 못하는 두려움일 뿐이고 예술기교를 동원한 꾸밈일 뿐입니다." 내가 그렇게 덧붙였다.

프로티스트는 내가 그렇게 횡설수설하는 것을 들으며, 나의 증세가 분명 다시 시작되었다고 생각하는 모양이었다. 아마 그의 생각이 옳을지도 모르며, 매사에 있어 나의 생각이 터무니없이 틀렸을지도 모른다. 나의 소굴에 처박혀 범우주적인 이기주의에 대한 형벌을 고안하는 과정에서, 사실 나는 나의 상상력을 용두질하듯 마구 뒤흔들었으며, 그 형벌의 방법을 찾아서 허무에까지 갔었다! 돈이 없어서 외출할 기회가 드물 경우, 그리고 자신으로부터 뛰쳐나오거나 교접할 기회가 특히 드물 경우, 우리는 툭하면 히죽거리고 웃는다.

내가 그의 종교적 신념에 배치되는 나의 철학을 가지고 프로티스트의 역정을 돋우는 것이 전적으로 옳은 행위가 아니라는 점은 기꺼이 인정하고 싶다. 하지만 그의 온몸 속에는 숱한 사람들의 신경을 건드릴 수밖에 없는, 일종의 더러운 우월감이 가득했다는 사실도 지적해야 할 것이다. 그가 가지고 있던 사상에 의하면, 모든 인간들은 이 지상으로부터 영원한 곳으로 떠나기 위해 마련된 일종의 대기실에서, 각자의 순번을 나타내는 번호표를 들고 기다리는 중이라는 것이다. 물론 자기의 번호표는 특별 번호표이며, 낙원으로 가게 되어 있는 번호표일 것이다. 나머지 모든 것은 그의 상관할 바 아니었다.

그 따위 신념은 정말 용납하기 어렵다. 하지만 그날 저녁, 나의 뚤루즈 여행에 필요한 경비를 우선 선불해주겠다고 선뜻 제의하는 그의 말을 듣는 순간, 나는 문득 그를 괴롭히고 또 반박하는 말을 멈추었다. '따라뿌'에서 타냐와 또 그녀를 떠나지 않고 있는 그 유령을 다시 만나야 한다는 공포감이, 나로 하여금 군소리 없이 그의 제안을 받아들이게 하였다. 호시절은 항상 한두 주일 동안이군! 나는 홀로 그렇게 중얼거렸다. 악마는 우리들을 유혹하는 데 필요한 온갖 술책을 구비하고 있는 모양이다! 우리는 결코 그 술책들을 다 알아낼 수 없을 것이다. 우리가 혹시 상당히 오래 살게 될 경우, 우리는 더 이상 어디에 가서 자신의 행복을 다시 찾아야 할지 모르게 될 것이다. 가는 곳마다 행복의 조생아들 실패작 만을 낳아, 그것들이 이 지상 구석구석에서 썩어가고 있어, 결국에는 호흡조차 불가능해질 것이다. 박물관에 소장된 조생아들, 그 진정한 조생아들을 바라보기만 하여도 병이 나며, 곧 토할 듯 구역질을 하는 사람들도 있다. 행복해지려는 우리의 온갖 구역질나는 노력, 그 노력들은 모두 처참한 실패로 끝나 그로 인해 병석에 눕게 되며, 결국은 죽음에 이르게 된다.

 우리가 그 모든 노력들을 망각하지 않는다면, 우리는 그것들로 인해 소진되어 더 이상 견디지 못할 것이다. 우리가 현재의 처지에 이르기 위해 감수한 고통은 차치하고라도, 우리의 온갖 희망들, 변질된 행복들, 열정들, 그리고 우리의 거짓들을 더욱 자극적으로 만들기 위하여 쏟은 노력들 말이다… 따져보면 거의 무진장이다! 그리고 우리가 바친 돈은? 또 그 외에 자질구레한 체면치레, 그동안의 기나긴 세월… 그리고 상대방으로 하여금 자기에게 맹세토록 하고 또 자신이 맹세한 것들, 그것들이 우리의 뇌수와 입을 채우기 전에는 다른 아무도 그것들을 아직 입에 담지 않았고 맹세하지 않았으리라고 믿던 것들, 또한 그 모든 것을 최대한 감추기 위하여, 그리고 그것들이 마치 토사물처럼 우리에게 돌아오지 않을까 두렵고 수치스러워 그것들을 다시는 입에 담지 않으려 동원했던 온갖 향료, 애무, 몸짓들… 결국 우리에게 부족한 것은 결코 악착스러운 노력이 아니다. 우리에게 결핍되어 있는 것은 오히려 조용한 죽음에 이르는 진정한 길이다.

뚤루즈에 간 것 역시 또 다른 하나의 바보짓이었다. 떠나기 전, 그 여행에 대해 곰곰이 생각해보던 중에 이미 그럴 것이라는 예감이 들었었다. 따라서 변명의 여지는 없다. 하지만 로뱅송이 겪는 사건들을 그렇게 따라다니다 보니, 나에게는 어느새 수상한 것들에 대한 일종의 취미가 생겼던 것이다. 이미 뉴욕에서도, 내가 밤에 잠을 이루지 못할 때면 로뱅송을 될 수 있는 한 멀리까지 따라가 볼 수 없을까 하고 머리를 썩힌 일이 있었다. 일단 깊숙이 뛰어들면 처음에는 그 깊은 밤 속에서 몹시 두려워 하게 되지만, 그러면서도 한편으로는 깨달으려는 노력을 하게 되고, 그리하여 다시는 그 심연을 떠나지 않게 된다. 그러나 한꺼번에 깨달아야 할 것들이 너무나 많다. 반면 우리의 생은 너무나 짧다. 그 누구도 부당하게 대하고 싶지 않다. 가책감 때문에 모든 것을 일시에 판단하기가 주저된다. 그런데 특히 그렇게 주저하는 동안 죽을까 두렵다. 그럴 경우 이 지상에 태어났던 것이 헛일이 되어버릴 것이기 때문이다. 그것은 최악의 일 중에서도 최악이다.

서둘러야 한다. 자신의 죽음을 실패작으로 남겨서는 안 된다. 질환과 빈곤이 우리의 숱한 시간과 세월을 흩트려 놓고, 불면증이 숱한 날들과 수 주일을 몽땅 회색으로 더럽히며, 아마 암이 이미 직장(直腸)으로부터 미세하게 핏발을 세우며 위로 올라오고 있을지도 모른다.

절대 그럴 시간이 없으리라고 모두들 가만히 속으로 말한다! 인간들이 범죄적인 권태 속에 잠겨 있는 동안, 가난한 사람들이 갇혀 있는 지하 동굴로부터는 전쟁이 항상 밀고 올라올 준비를 하고 있다. 가난한 사람들을 충분히 죽이고 있다고? 확실치 않은 일이다… 그것이 문제라고? 그래서 아마도 깨닫지 못하는 사람들을 몽땅 목을 따서 죽여야 할 것이라고? 그리하여 다른 새로운 가난뱅이들이 다시 태어나고, 또 태어나 농담을, 무슨 농담이든 이해할 수 있는 사람들이 태어날 때까지 계속해야 한다고…? 진정 쓸 만한 부드러운 풀잎이 돋아날 때까지 잔디를 낫으로 깎아버리듯이?

뚤루즈에 도착한 직후 나는 역 앞에서 상당히 머뭇거렸다. 역 앞의 간이식당에서 맥주 한 병을 비우고 나서, 어쨌든 나는 이 거리 저 거리를 어슬렁거렸다. 낯선 도시란 좋은 곳이다! 만나는 모든 사람들이 친절하리라고 상상할 수 있는 순간과 장소, 그것이 낯선 도시다. 그곳은 곧 꿈의 순간이기도 하다. 꿈의 순간이므로 얼마간의 시간을 공원에서 허송할 수도 있다. 그러나 일정한 나이가 지나면, 그럴듯한 가정적 이유가 있지 않는 한 파라핀처럼 공원에서 소녀들을 찾아다닌다는 인상을 줄 수도 있다. 조심해야 할 일이다. 차라리 공원 철책 바로 앞에 있는 과자점, 커다란 거울을 작은 새들의 모형으로 장식한 유곽처럼 화려하게 꾸민 그 모퉁이 상점으로 들어가는 것이 오히려 낫다. 그곳에서는 프랄린 사탕^{편도를 설탕으로 싼 딱딱한 사탕}을 상상 속에서나마 무한히 삼킬 수 있다. 그야말로 세라핌^{세 쌍의 날개를 가진 최고 지위에 있는 천사들}의 거처다. 상점 아가씨들은 자기들의 사랑 이야기를 살짝 자기네들끼리 속삭인다.

— 그래서 일요일에 나를 데리러 오라고 했어… 내 숙모가 그 이야기를 듣고는 난리를 치셨어. 우리 아버지 때문이야….

— 하지만 네 아버지는 재혼하시지 않았니? 친구인 아가씨가 그렇게 말을 끊었다.

— 재혼하셨다는 게 무슨 문제야? 아무리 그렇더라도 자기 딸이

어떤 남자와 사귀는지 아실 권리는 있으니까….

그 상점에서 일하는 또 다른 아가씨의 견해 역시 그러하였다. 그리하여 모든 판매원 아가씨들 간에 뜨거운 논쟁이 벌어졌다. 나는 그녀들의 논쟁을 중단시키지 않으려고 한구석에 앉아 슈크림으로부터 파이까지 단숨에 꿀꺽꿀꺽 삼키며, 가정에서의 우선권이라는 그 까다로운 문제를 그녀들이 빨리 해결해주기를 기다렸지만, 그녀들은 그 문제에서 헤어나질 못하였다. 무엇 하나 뚜렷해지는 것이 없었다. 그녀들은 논리적 무능력으로 인해 그저 막연히 증오심을 나타내는 것으로 일관했다. 그녀들은 비논리적인 말, 허영심, 무지 등에 짓눌려 터질 지경이었고, 자기네들끼리 수천 가지 욕지거리를 소곤소곤 주고받느라고 입에 거품을 물고 있었다.

하지만 어쨌든 나는 그녀들의 더러운 절망을 황홀해진 눈으로 바라보고 있었다. 나는 다시 버찌 술에 절인 건포도를 넣어 만든 카스텔라를 공략하기 시작했다. 몇 개를 먹는지 아예 헤아리지도 않았고, 그녀들 역시 마찬가지였다. 나는 그곳을 떠나기 전에 그녀들이 어떤 결론에 도달해주기를 기대했다… 그러나 지나친 열정 때문에 그녀들은 모두 귀가 먹었고, 곧이어 벙어리가 되어버렸다.

비꼬는 말도 바닥이 나고 속이 달아서 그녀들은 과자 진열대 뒤에 꼼짝도 하지 않고 서 있었으며, 각자 요지부동으로 입을 꼭 다문 채 새침해져서 다음번에는 그 이야기를 더욱 신랄하게 시작하고, 자기네들의 그 동료 아가씨에게 더욱 격렬하고 상처를 줄 만한 험구를 퍼부을 수 있는 방법을 곰곰이 되씹어가며 생각하고 있었다. 그러한 기회는 머지않아 다시 오리니, 분명 그녀들이 그러한 기회를 다시 만들 것이기 때문이다… 아무것도 아닌 것에 대한 격렬한 논쟁이 남긴 부스러기였다. 나는 마치 해변으로 다가가서 앉듯, 그녀들의 단어들이 내는 소음이 더욱 효과적으로 나를 도취경으로 몰아가도록 편안히 자리를 잡고 앉았으며, 끊임없이 밀려오는 그 작은 정열의 물결들은 영영 조화를 이루지 못하였다….

이곳저곳에서, 기차 속에서, 까페에서, 길에서, 쌀롱에서, 수위실에서 귀를 기울이고, 기다리며, 희망을 가져보지만, 인간의 악의가 전쟁에서처럼 체계화되기를 귀 기울여 기다려보지만, 그 가여운 아가씨들로부터도 혹은 다른 사람들로부터도 영영 아무것도 도래하지 않고, 오직 요란스럽게 동요할 뿐이다. 아무도 우리를 도와주러 오지 않는다. 거대한 종알거림이 엄청나게 절망적인 신기루처럼, 그 단조로운 회색의 나래를 우리의 삶 위로 드리우고 있다. 부인 둘이 그때 상점 안으로 들어왔고, 그리하여 나와 아가씨들 사이의 공간을 뒤덮고 있던 그 효력 없는 대화의 피곤한 마력도 걷혔다. 종업원 전체가 일제히 그 여자 손님들에게로 서둘러 달려갔다. 손님들의 주문과 지극히 하잘것없는 요구에도 앞을 다투듯 응하였다. 여자 손님들은 이리저리로 돌아다니며 물건을 고르는가 하면, 새가 모이를 쪼듯 비스킷이나 파이 등을 쏙쏙 빼내어 포장을 해달라고 하였다. 물건 값을 치르면서 그녀들은 예의를 차리느라 수선을 피웠고, 이제 막 산 과자 부스러기들을 '즉시 먹어보자고' 서로에게 요란스럽게 권하였다.

그 중 한 여인이 천만 가지 교태를 부리며 사양을 하고서는, 그곳에 있던 다른 부인들에게도 마치 속내 이야기를 털어놓는다는 기색으로 수다스럽게 그 사연을 설명하는데, 자기의 의사가 차후로는 절대 단 것을 먹지 말라고 하였다는 것이다. 또한 자기의 의사는 아주 희한한 의사로서, 뚤루즈 시에서뿐만 아니라 다른 곳에서도 이미 변비증 치료에서 수없이 많은 기적을 일으켰으며, 다른 예는 제쳐놓더라도 십여 년 전부터 똥 막힘 증세^{변폐증(便閉症)이라는 용어가 있으나 원전의 뉘앙스대로 옮긴다}로 고생하고 있는 자신을, 오직 그 의사만이 알고 있는 희한한 약과 독특한 식이요법으로 치료하고 있다는 것이다. 부인들은 변비증에 있어서만큼은 다른 사람이 자기들을 능가할 수 있다는 사실에 쉽사리 동의하지 않았다. 그녀들은 모두 남 못지않게 변비증으로 고생을 하고 있었다. 그리하여 그 부인의 말을 선뜻 믿지 못하겠다는 표정들이었다. 증거가 있어야겠다는 것이었다. 의심의 대상이 되어버린 그 여인은, 이제 자신이 변기를 향해 달려갈 때면 "바람을 일으키며, 그것이 마치 밤하늘의 꽃불 같다"는 말을 증거로 제시했다…. "새로 고안된 변기 덕분인데, 그 형태가 기묘하고 몹시 단단하여 종전의 배 이상 주의를 해야 하며… 어떤 때는 그 새로운 변기가, 그 희한한 변기가 하도 딱딱하여 엉덩이에 끔찍한 통증을… 찢어지는 듯한 통증을 느껴… 화장실에 가기 전에 그 부위에 바셀린을 발라야 한다"는 것이었다. 반박할 수 없는 증거였다.

그 수다쟁이 여자 손님들은 그렇게 그 이야기를 믿게 되었고, '작은 새들'이라는 그 과자점 고용원들의 미소 어린 환송을 문지방까지 받으며 밖으로 나갔다.

맞은편에 있는 공원이, 나의 친구 로뱅송을 찾아 떠나기 전에 정신을 가다듬고 마음을 정리하기 위해 잠시 머물기에는 아주 적당한 곳으로 보였다.

지방 도시의 공원, 칸나와 데이지가 수북이 심어져 있는 화단 앞에 있는 벤치들은 주중 아침나절에는 항상 비어 있다. 자갈밭 앞, 사방이 막혀 있는 호수의 수면에는 둘레에 회색 선이 그어진 아연제 쪽배 하나가 곰팡이 슨 밧줄에 묶여 있다. 그 쪽배는 일요일에만 운행되며, 호수를 한 바퀴 도는데 '이 프랑'이라고 벽보지에 안내문이 적혀 있다.

얼마나 많은 세월 동안, 얼마나 많은 학생들, 유령들이 거쳐 갔을까?

　모든 공원의 구석구석에는 이상의 꽃으로 뒤덮인 관들, 약속의 작은 숲, 모든 것을 가득 담은 손수건 등이 망각 속에 내버려진 채 수북이 쌓여 있다. 진지한 것은 아무것도 없다.

　하지만 몽상은 그만 멈추자! 로뱅송과 그가 있다는 생떼뽀님 교회당, 그리고 노파와 함께 그가 미라들을 지키고 있다는 동굴을 찾아서 어서 길을 떠나자! 나는 홀로 그렇게 중얼거렸다. 나는 그 모든 것들을 보러 그곳에 온 것이고, 따라서 즉시 결단을 내려야만 했다….

　그리하여 삯마차 한 대를 얻어 타고서 나는 숱한 모퉁이들을 서둘러 돌고 돌아, 지붕들이 집게처럼 태양을 집어 붙들고 있는 옛 시가지의 후미진 길로 들어섰다. 굽을 잔뜩 박은 말이 끄는 마차의 바퀴가, 지나가는 곳마다 요란한 소음을 남겼다. 프랑스 남부 도시들은 아주 오래전부터 화재 피해를 본 적이 없었다. 그곳 도시들이 그토록 오랫동안 견딘 적은 일찍이 없었다. 언제부터인가 더 이상 전쟁이 그 지역을 휩쓸지 않기 때문이다.

　정오를 알리는 종소리를 들으며 나는 생떼뽀님 교회당 앞에 도착하였다. 동굴은 그곳에서 조금 떨어진 곳에 있는 언덕 밑에 있었다. 식물이 모두 말라버린 작은 정원 한가운데에 있는 그 유적지를 교회당에서 내게 가르쳐주었다. 동굴에 들어가려면 방책이 설치된 일종의 구멍을 통과해야 했다. 멀리, 그 동굴을 지키고 있는 아가씨가 내 시야에 들어왔다. 나는 우선 내 친구 로뱅송의 소식부터 그녀에게 물었다. 그 아가씨는 마침 출입문을 닫는 중이었다. 그녀는 내 질문에 대답하며 친절한 미소를 지었고, 또 즉각 로뱅송의 소식을, 그것도 좋은 소식을 전해주었다.

　정오 전후의 시각에, 우리들이 있던 곳에서 주위를 둘러보면 모든 것이 불그레하게 보이며, 고색창연한 돌멩이들도 교회당 건물을 따라 하늘로 올라가 대기 속에서 녹을 준비가 되어 있는 것 같았다.

로뱅송과 사귄다는 아가씨의 나이는 스무 살 남짓해보였고, 두 다리는 튼튼하며 포동포동한데, 아담한 젖가슴이 아주 맵시 있고, 그 위로 윤곽이 뚜렷한 균형 잡힌 작은 얼굴이 얹혀 있었으며, 조금 지나치리만큼 까맣고 조심하는 듯한 눈은 나의 취향에 맞지 않았다. 몽상에 잠기는 유형이 전혀 아니었다. 내가 그동안 받은 로뱅송의 편지는 모두 그녀가 썼노라고 하였다. 그녀는 앞장 서서 또박또박한 걸음으로 나를 동굴로 안내했는데, 그녀의 발이며 발목은 윤곽이 뚜렷했고, 모든 근육의 부착점들은 적절한 순간에 몸을 뒤로 젖히고 구부리기에 좋게 만들어진, 진정 즐길 줄 아는 여인의 이상적인 몸매였다. 두 손은 작고 단단하며 무엇이든 억세게 움켜잡는, 열성적인 여성 노동자의 손이었다. 열쇠를 돌리는 건조한 마찰음이 문득 들려왔다. 열기가 우리들 주위에서 너울너울 춤을 추고 있었으며, 도로 위에서 파르르 떨고 있었다. 우리는 이것저것에 대해 두서없이 이야기를 주고받았으며, 일단 동굴의 문이 열리자 그녀는 점심시간임에도 불구하고 나를 동굴 속으로 안내하기로 작정하였다. 나는 다시 조금씩 태평스러워지기 시작하였다. 그녀가 들고 있는 등불 빛을 따라 안쪽으로 빠져 들어갈수록 시원한 기운이 증대되고 있었다. 아주 쾌적하였다. 나는 계단에 걸려 비척거리는 척하며 그녀의 팔을 잡았고, 그 순간 이후 우리는 농담을 주고받았으며, 아래쪽 평지에 이르렀을 때 나는 그녀를 포옹하며 목부분 이곳저곳을 입술로 더듬었다. 처음 순간 그녀가 저항하는 듯하였으나 그리 심하지는 않았다.

그렇게 잠시 서로 따스한 정을 나눈 다음, 나는 진정한 사랑의 구더기처럼 그녀의 복부에 내 몸을 밀착시키고 꿈틀거렸다. 성마르도록 안달이 난 우리들은 영혼의 대화를 위해 입술을 흥건히 적시고 또 적시었다. 나는 한 손으로 활처럼 휘어진 그녀의 허벅지를 천천히 더듬어 올라갔고, 램프를 땅바닥에 놓으니 우리의 다리가 꿈틀거리면서 만들어내는 굴곡의 그림자를 바라볼 수 있어 더욱 기분이 좋았다. 추천할 만한 포즈이다. 아! 그러한 순간의 일들은 단 하나도 놓치지 말아야 한다! 그러한 순간에는 서로를 선망의 눈초리로 바라보게 된다. 충분한 보상을 받은 것이다. 그 얼마나 훌륭한 자극인가! 그 문득 호전된 기분이란! 우리의 대화는 새로 탄생한 신뢰감과 소박함이 넘치는 어조로 다시 이어졌다. 우리는 단번에 다정한 친구가 된 것이다. 우선 엉덩이로부터 착수하는 것이 비결이다! 그리하여 우리는 십 년을 절약한 것이다.

— 자주 안내를 합니까? 나는 가쁜 숨을 몰아쉬며 얼간이 같은 표정으로 물었다. 그리고는 그녀의 대답도 기다리지 않고 다시 말을 이었다. "이 근처에 있는 교회당에서 양초를 파시는 분이 당신의 모친이죠…? 프로티스트 신부님께서 모친 이야기도 해주셨습니다.

— 점심시간에 앙루이유 부인을 잠시 대신해서 안내할 뿐이에요…. 그녀의 대답이었다. 오후에는 의상실에서 일해요… 극장이 있는 그 거리에서… 오시는 중에 극장 앞을 지나셨나요?

그녀는 로뱅송에 관해 다시 한 번 나를 안심시켰으며, 그의 건강 상태가 아주 좋고, 또 안과 의사의 생각으로는 혼자서 거리에 나갈 수 있을 만큼 시력도 머지않아 호전될 것이라고 하였다는 것이다. 이미 시험 삼아 혼자서 거리에 나가 본 적도 있다는 것이다. 그 모든 것이 훌륭한 전조라고 하였다. 앙루이유 할머니 역시 지하 동굴 사업에 아주 만족스러워하고 있다고 하였다. 그녀는 사업을 잘 꾸려서 저축까지 하고 있다는 것이다. 한 가지 불편한 점이 있다면, 그것은 그들이 거처하는 집에 빈대가 많아서, 특히 폭풍우가 치는 밤에는 잠을 잘 수가 없다는 것이었다. 그럴 때마다 집 안에 유황 불을 피운다고 했다. 로뱅송은 아직도 나에 대해 호의적인 이야기를 자주 하는 모양이었다. 그럭저럭 우리의 대화는 그들의 결혼 사연과 여러 가지 상황으로 옮겨갔다.

그 모든 짓을 하면서도 그때까지 내가 그녀의 이름을 묻지 않은 것은 사실이다. 그녀의 이름은 마들롱이라고 하였다. 그녀는 전쟁 중에 태어났다고 하였다. 여하튼 그들의 결혼 계획이 나의 짐을 덜어줄 것 같았다. 마들롱이라는 이름은 기억하기 좋은 이름이었다. 그녀는 로뱅송과 결혼한다는 것이 무엇을 의미하는지 분명 잘 알고 있었을 것이다… 비록 건강이 회복되는 중이라고는 하지만 그는 결국 환자였다… 게다가 그녀는 그가 오직 눈에만 상처를 입은 것으로 믿고 있었다… 하지만 그는 몸과 마음이 온통 병들어 있는 상태였다! 하마터면 그 이야기를 그녀에게 해주면서 조심하라는 말을 해줄 뻔하였다… 결혼에 관한 대화는 어떻게 이끌어가야 하는지, 또 어떻게 끝내야 하는지, 나는 아직도 그 방법을 터득하지 못하였다.

이야깃거리를 바꾸기 위해 나는 문득 동굴 속에 있는 것들에 대해 커다란 관심을 나타냈고, 기왕 동굴을 보러 먼 길을 달려온 바라, 동굴을 구경하기에는 좋은 기회라 생각하였다.

마들롱이 들고 있는 등불 빛을 빌려서, 그녀와 나는 벽면의 컴컴한 곳에 있던 시신들의 모습이 드러나게 하였다. 그 모습들은 관광객들로 하여금 생각에 잠기도록 하였을 것이다! 그 케케묵은 시신들은 총살당한 사람들처럼 벽면에 붙어 있었다… 시신들은 더 이상 가죽도 아니고 뼈도 아니며 의복도 아닌 것으로 형체를 이루고 있었다… 그 모든 것이 조금씩 뒤섞여 있을 뿐이었다… 몹시 지저분한 상태에다 온몸이 구멍투성이였다… 수세기 전부터 그들의 몸을 추격해 온 시간은 아직도 그들을 놓아주지 않고 있었다… 시간은 아직도 그들의 얼굴 이곳저곳을 찢고 있었다… 그들의 몸에 난 모든 구멍을 확대시키고 있었으며, 죽음이 연골들을 모두 휩쓸어 가면서 잊고 놓아둔 표피로, 시간은 아직도 긴 밧줄을 엮고 있었다. 그들의 뱃속은 텅 비어 있었으며, 그리하여 배꼽 부위에는 작은 어둠의 요람이 파여 있었다.

  마들롱의 설명에 의하면, 그 시신들이 어느 묘지의 생석회 속에 오 세기 동안이나 묻혀 있던 끝에 그 상태로 변했다는 것이다. 시체라고도 할 수 없었다. 그들에게는 시체 시절도 이미 오래전에 끝난 상태였다. 그들은 묵묵히 먼지 세계에 이미 도달해 있었다.

  그 동굴 속에는 크고 작은 것 도합 스물여섯 구가 영원 속으로 들어가기만을 기다리고 있었다. 그런데도 사람들은 아직도 그들을 편안히 내버려두지 않고 있었다. 여인들의 앙상한 뼈다귀 위에는 헝겊 모자가 비스듬히 얹혀 있었고, 거인이건 꼽추건 어린아이건 이미 모두 끝장이 났건만, 어린아이의 끊어질 듯 가느다란 목둘레에는 레이스를 곁들여 만든 턱받이가 둘러져 있었으며, 심지어 배내옷마저 입혀져 있었다.

  앙루이유 할머니는 그 세월이 남긴 부스러기들을 가지고 돈을 잘 번다는 것이었다. 내가 처음 그 할머니를 보았을 때에도 그녀는 이미 그곳에 있는 그 유령들과 비슷하였는데… 마들롱과 나는 그 유령들을 하나도 빠뜨리지 않고 유심히 바라보며 천천히 그 앞을 지나갔다. 그들의 머리가 하나하나 차례대로 등불의 둥근 반사광 속에 들어와서는 침묵을 지키고 있었다. 그들의 눈구멍 저 안쪽에 있는 것은 단순한 어둠이 아니라 거의 살아 있는 시선 같았으나,

다만 모든 것을 알고 있는 사람의 시선처럼 조금 더 부드러울 뿐이었다. 우리를 거북하게 하는 것은 오히려 우리의 코 끝을 떠나지 않는 먼지 냄새였다.

앙루이유 할머니는 관광객들을 단 한 사람도 놓치지 않았다. 그녀는 그 죽은 이들을 마치 곡마단원들인 양 혹사하고 있었다. 관광철에는 그 죽은 이들이 그녀에게 하루에 일백 프랑씩 벌어준다는 것이었다.

— 저 사람들은 전혀 슬픈 기색이 아니지요? 마들롱이 나에게 물었다. 물론 의례적인 질문이었다.

죽음이 고 귀여운 것에게는 아무 의미도 없었다. 그녀는 전쟁 중에, 즉 경박한 죽음의 시절에 태어났다. 나는 인간이 어떻게 죽어가는지를 알고 있었다. 나는 그것을 직접 보고 배웠다. 그것이 나로 하여금 엄청난 고통을 겪도록 한다. 관광객들에게는 그 죽은 이들이 만족스러워한다고 떠벌릴 수 있다. 물론 죽은 이들은 아무 할 말이 없다. 앙루이유 할머니는 심지어 그들의 외부에 아직 충분한 양피지_{가죽}가 남아 있는 경우, 그 부분을 손으로 툭툭 두드리기까지 했으며, 그때마다 "붐, 붐" 소리가 났다. 하지만 그것 역시 모든 것이 잘 되어가고 있다는 증거는 아니다.

마들롱과 나는 이윽고 우리들 이야기를 다시 꺼냈다. 로뱅송의 건강이 아주 좋아졌다는 것은 틀림없는 사실이었다. 나로서는 더 바랄 나위가 없었다. 그 귀여운 친구는 자기의 결혼을 매우 중요시하고 있는 것 같았다! 뚤루즈에 사는 것이 몹시 권태로운 모양이었다. 그곳에서는 로뱅송만큼 여행을 많이 한 남자를 만나는 기회가 드물다는 것이다. 그는 많은 이야기들을 알고 있지 않은가! 진실한 이야기들뿐만 아니라, 조금 덜 진실한 이야기들도. 그는 이미 아메리카와 열대 지방에 대하여 많은 이야기를 그들에게 들려주었단다. 그 이야기는 지극히 훌륭했단다.

나 역시 아메리카와 열대 지방에 갔었노라고 했다. 나 역시 많은 이야기들을 알고 있노라고 했다. 나도 이야기를 해주겠다고 했다. 또한 함께 여행을 하다 보니 로뱅송과 친구가 되었노라고 했다. 등불이 자주 꺼졌다. 우리가 그렇게 과거와 미래를 연결시키는 동안, 우리는 열 번이나 등에 불을 다시 붙였다. 그녀는 젖가슴만은 만지지 못하게 하였다. 너무 민감하다는 것이었다.

하지만 점심을 먹으러 간 앙루이유 할머니가 언제 불쑥 나타날지 몰라, 사다리처럼 가파르고 부실하며 오르기에 힘든 좁은 계단을 거쳐 다시 태양 아래로 올라와야 했다. 내가 그 사실을 환기시켜 주었다.

그토록 좁고 위험한 계단 때문에 로뱅송은 그 미라 동굴 속으로 자주 내려가지 않았다. 사실 그는 주로 출입구 앞에서 관광객들을 구워삶는 일을 조금씩 하면서, 자기의 눈을 이쪽저쪽으로 돌리며 햇빛에 익숙해지도록 훈련을 할 뿐이었다.

그동안 얼굴 속 깊숙한 곳에서는 앙루이유 할머니가 일을 해나가고 있었다. 그녀는 미라들과 함께 실제 두 사람의 일을 하고 있었다. 그녀는 양피지처럼 변한 시신들에 대해 짤막한 일장 연설을 해서 관광객들의 관람에 재미를 곁들였다. "신사 숙녀 여러분, 그들은 조금도 불쾌하지 않습니다. 여러분들이 보시다시피 오 세기 이상이나 생석회 속에 묻혀 있었기 때문입니다… 우리의 이 유물은 세계에서 단 하나뿐입니다… 물론 살은 모두 없어졌습니다… 오직 가죽만 남았습니다만, 가죽도 완전히 무두질된 것입니다… 모두들 실오라기 하나 걸치지 않은 나체지만, 외설스럽지는 않습니다… 어린아이 하나가 자기 어머니와 함께 매장되었던 사실을 간파하실 수 있을 것입니다… 그 아이 역시 완벽하게 보존되어 있습니다… 그리고 저기 슈미즈와 레이스를 걸치고 있는 키 큰 사람… 그는 자신의 치아를 모두 간직하고 있습니다… 보시면 알게 될 겁니다….” 그녀는 연설을 마치며 미라들의 가슴팍을 모두 돌아가며 손바닥으로 한 차례씩 툭툭 쳤으며, 그때마다 북소리가 났다. “이것 보십시오, 신사 숙녀 여러분, 이 사람에게는 눈이 하나밖에 남아 있지 않습니다… 완전히 말라버린… 그리고 혀는… 역시 가죽처럼 변했습니다!” 그리고는 결론을 내렸다. “이 사람이 혀를 빼물고 있습니다만 흉하지는 않습니다… 신사 숙녀 여러분, 돌아가실 때 각자 원하시는 금액만 내시면 됩니다. 그러나 한 사람당 이 프랑, 그리고 아이들은 그 반액을 내는 것이 관례입니다… 돌아가시기 전에 저 사람들을 만져보셔도 좋습니다… 그리하여 직접 확인해보실 수도 있습니다… 하지만 너무 세게 잡아당기지는 마십시오… 특별히 당부하는 바입니다… 그들은 모두 부서지기 쉽습니다….”

앙루이유 할머니는 그곳에 도착할 때부터 관람료를 인상할 생각을 하였지만, 그것은 그곳 주교의 동의를 얻어야 할 문제였다. 또한 그녀의 사업이 독단적으로 이루어지지 않았는데, 우선 수입의 삼분의 일을 자기 몫으로 챙기려는 생떼뽀님의 사제 때문이었고, 또 그녀가 자기에게 충분한 할당금을 주지 않는다고 끊임없이 불평을 하는 로뱅송 때문이기도 하였다.

— 내가 당했어. 그가 결론을 내리듯 말했다. 생쥐처럼 당했어… 다시 한번… 나는 재수없는 놈이야…! 저 동굴이 할망구에게는 기막힌 물건이야…! 그리하여 저 더러운 할망구는 자기 주머니를 가득 채우고 있어. 자네에게 그 사실을 자신 있게 말할 수 있어.

— 하지만 이 사업에 자네는 한 푼도 투자를 하지 않았어! 그의 마음을 가라앉히고, 그로 하여금 사리를 되찾도록 하기 위해 내가

그렇게 그의 말을 반박했다…. 게다가 자네를 잘 먹여주고…! 뿐만 아니라 자네를 정성껏 돌봐주는데…!

그러나 로뱅송은 호박벌처럼 고집스러웠고, 천성적으로 피해망상증에 사로잡혀 있었다. 그는 이해하려고도, 체념하려고도 하지 않았다.

— 어쨌든 자네에게 확언하건대, 그 망할 놈의 더러운 사건에서 자네는 요행으로 빠져나온 거야…! 불평하지 말게! 자네를 이곳으로 빼돌리지 않았으면 자네는 까이엔느로 직행할 판이었어^{까이엔느는 프랑스령 기아나의 수도로서, 강제 노동에 처해진 죄수들의 유형지로 유명했다}… 그런데 자네는 지금 태평스럽게 살고 있지 않는가…! 게다가 다정하고, 또 자네에게 헌신적인 귀여운 마들롱까지 얻게 되었고…! 자네가 환자임에도 불구하고! 그런데 도대체 무슨 불평이란 말인가…? 특히 자네의 눈도 차츰 좋아지고 있는 이때에…?

— 자네 말을 듣자니, 마치 내 자신도 내가 무엇 때문에 불평을 하는지 모른다는 식이군, 안 그래? 그의 대꾸였다. 하지만 어찌 되었건 나는 불평을 해야 한다고 느끼고 있어… 나 역시 어쩔 수 없어… 나에게 남은 것이라곤 그것뿐이야… 자네에게 솔직히 말하겠어… 나에게는 오직 그것만이 허용되어 있어… 아무도 내 불평을 귀담아들어야 할 의무는 없어.

우리 두 사람만 남게 되자 그는 끊임없이 하소연을 늘어놓았다. 나는 그러한 고백의 순간을 두려워하기에까지 이르렀다. 나는 끊임없이 껌벅거리며, 또 햇빛 아래서는 아직도 조금씩 진물이 흐르는 그의 눈을 바라보고 있었다. 그리고 로뱅송의 성품이 착하지 못하다는 생각을 하였다. 로뱅송처럼 생겨먹은 짐승들이 있는데, 그것들이 아무리 무해하고 또 가엾다 할지라도 사람들은 그것들을 몹시 싫어한다. 그 짐승들에게는 무엇인가가 결핍되어 있기 때문이다.

— 자네는 감옥에서 생을 마칠 뻔했어…. 그로 하여금 스스로에 대해 생각을 해보도록 유도하기 위하여 내가 다시 그 이야기를 꺼냈다.

— 이미 감옥에도 갔었어… 지금 내가 있는 이곳보다 더 나쁜 곳은 아니야…! 자네는 아직 모르고 있군….

그는 자신이 감옥에 간 일이 있다는 이야기를 나에게 들려준 적이 없다. 우리가 만나기 전에, 즉 전쟁 전에 그런 일이 있었던 모양이다. 그는 굽힐 줄 몰랐고, 나름대로 결론을 내렸다. "오직 하나의 자유밖에 없어, 자네에게 내가 확신을 가지고 말하지만, 오직 하나뿐이야. 그것은 우선 명료하게 보는 것이고, 그 다음에 호주머니 두둑이 돈을 갖는 것이지. 나머지는 모두 속임수야…!"

— 그 다음엔 결국 어떻게 할 작정인가? 내가 그에게 물었다. 그로 하여금 그렇게 스스로 결단을 내리고, 의견을 개진하며, 자기의 뜻을 주저하지 말고 밝히도록 강요하며 독촉을 하면, 그는 즉시 움츠러들었다. 사실 그 순간이 매우 흥미로웠으련만….

마들롱이 의상실로 일을 하러 떠나고, 앙루이유 할머니 역시 고객들에게 자기의 그 유물들을 보여주는 일에 골몰하는 낮 시간이면, 우리들은 나무들이 우거진 곳에 있는 까페로 갔다. 나무들 밑에 있는 그 까페가 로뱅송이 특히 좋아하는 장소였다. 아마 바로 머리 위에서 들려오는 새소리 때문인 것 같았다. 그 나무들 위에 몰려드는 그 엄청난 새들! 특히 새들이 둥지로 돌아오는 오후 다섯 시경에는, 여름 날씨에 흥분된 새소리가 더욱 요란하였다. 그 시각이면 새들이 광장 위로 폭풍우처럼 몰려왔다. 사람들 말에 의하면, 공원 옆에서 영업을 하던 어느 이발사가 여러 해 동안 새들의 짹짹거리는 소리를 듣다 못해 결국은 미쳐버렸다고 한다. 사실,

대화 중에 상대방의 말조차 제대로 들을 수 없을 정도였다. 하지만 아무리 그렇다 하더라도 새소리는 유쾌하다는 것이 로뱅송의 생각이었다.

— 만약 그녀가 방문객 한 사람당 사 쑤씩만 꼬박꼬박 나에게 준다 해도, 나는 만족할 텐데!

그는 십오 분이 멀다 하고 자기의 뇌리를 가득 채우고 있던 그 이야기를 되풀이했다. 그러는 사이에도 지난 세월의 특이한 색조들, 사건들이 그의 뇌리에 떠오르는 모양이었고, 특히 우리 두 사람이 함께 겪었던 아프리카의 뽀르뒤리에르사에서 있었던 일들, 또 그가 아직 나에게 이야기하지 않았던 추잡한 일들이 회상되는 모양이었다. 그러한 일들을 차마 나에게는 털어놓을 수 없었으리라. 또한 그의 됨됨이가 비밀을 좋아하고 숨기기를 잘하는 편이기도 하였다.

과거의 일들 중에서도 나는, 특히 나의 마음이 애틋한 감상에 젖어들 때면, 그리고 내가 어떤 착한 일을 생각할 때마다, 마치 멀리서 들려오는 오후의 한가한 종소리의 여운처럼 즉시 몰리를 뇌리에 떠올리곤 하였다.

결국 우리가 이기주의에서 조금 풀려나면, 그리고 생을 마칠 때가 다가오면, 우리들 가슴속에 남는 추억이란 오직 남자들을 진정으로 사랑했던 여인들의 추억뿐이다. 그 여인들이 사랑했던 남자가 비록 나 자신이라 할지라도, 나만이 아닌 모든 남자들을 조금이나마 사랑했던 여인들의 추억만이 우리 가슴속에 남는다.

저녁나절 까페에서 돌아온 후에는, 마치 은퇴한 하사관들처럼 우리들은 아무 말도 하지 않았다.

관광철이면 관광객들이 끊이지 않았다. 그들은 줄을 이어 동굴 속을 어슬렁거렸고, 앙루이유 할머니는 어떻게 해서든 그들을 웃졌다. 그곳 사제는 그녀의 농담에 상을 찌푸리곤 하였으나, 자기 몫 이상을 챙기고 있었던 터라 아무 말도 하지 않았고, 그보다도 특히 상스러운 농담의 뜻을 전혀 알아듣지 못하였다. 누가 뭐라 해도, 앙루이유 할머니가 시신들 사이에서 떠들어대는 말이나 그 모습은 한번쯤 직접 듣고 구경할 만한 가치가 있었다. 죽음을 전혀 두려워하지 않는다면서 그녀는 시신들에게 바싹 다가가 그 얼굴들을 들여다보았으며, 그녀 자신의 얼굴 역시 이미 주름살투성이에 온통 오글쪼글했기 때문에, 그녀가 손에 램프를 치켜들고 수다를 떠는 모습을 보고 있노라면, 그녀 역시 시신들 중의 일원으로 보였다.

집에 돌아와 저녁상 둘레에 모여 앉으면 또 다시 입장료에 관한 입씨름이 벌어졌고, 앙루이유 할머니는 랑시에서 있었던 그 사건 때문에 나를 '어린 재칼 의사 선생'이라 불렀다. 물론 그 모든 것이 악의 없는 농담일 뿐이었다. 마들롱은 분주하게 주방을 오가곤 하였다. 교회당의 의식용구 보관실 부속 건물이며, 내부는 온통 들보와 도리투성이에다 먼지 낀 구석들뿐이어서 몹시 비좁은 그 거처에는 들어오는 햇빛마저 인색하기 짝이 없었다. "비록 집 안이 항상 밤처럼 어둡지만, 이곳에 잠잘 침대와 주머니, 그리고 각자의 입이 있으니, 그만하면 충분하지요!" 할망구의 말이었다.

아들이 죽은 후 그녀의 슬픔은 별로 오래가지 않았다. "그 애는 항상 허약했어요. 반면에 나는 나이 일흔여섯이 되도록 아직 단 한번도 앓는 소리를 내지 않았는데! 어느 날 저녁 아들 얘기를 하며 그녀가 나에게 말하였다…. 그 애는 항상 앓는 소리뿐이었지요. 당신 친구 로뱅송과 같은 부류였어요… 영락없는 로뱅송이에요. 동굴의 좁은 층계가 몹시 가파르지 않아요…! 당신도 아시죠…? 물론 나에게는 몹시 피곤한 일이지요. 하지만 어떤 날은 층계의 계단

하나가 나에게 이 프랑까지 수입을 올려주기도 해요… 내가 계산을 해보았어요… 그 정도의 보수라면 하늘까지라도 올라가겠어요!"

마들롱은 저녁 식탁에 오른 요리에 양념을 듬뿍 넣었다. 토마토 역시 충분히 넣었다. 그녀의 그러한 요리는 이미 정평이 나 있었다. 식탁에는 핑크 와인도 올랐다. 프랑스 남부 지방에 와서 살다 보니 로뱅송마저 술을 마시게 되었다. 그는 자신이 뚤루즈에 도착한 이후 일어난 일들을 이미 나에게 모두 이야기해주었다. 나는 그의 이야기를 더 이상 귀담아듣지 않았다. 한마디로 그가 나를 실망시켰을 뿐만 아니라, 그의 이야기를 듣고 있노라면 구역질까지 났다. "자넨 부르주아야! 마치 결론을 내리듯 내가 그렇게 말했다(그 당시 나에게는 그 말이 가장 심한 욕설이었기 때문이다). 자네는 결국 돈밖에 몰라… 시력이 완전히 회복되면, 자네는 다른 사람들보다 더 못된 놈이 될 거야!"

그는 욕설을 듣고도 노여워하지 않는 사람이었다. 오히려 욕설이 그에게 용기를 다시 가져다주는 것 같았다. 뿐만 아니라 그는 나의 말이 옳다는 사실을 이미 잘 알고 있었다. "저 녀석, 이제는 자리도 잡혔겠다, 그럴만도 하지… 녀석을 더 이상 나무랄 필요는 없어…" 나는 혼자 그렇게 생각했다. 조금 포악하고 행실이 좀 좋지 않은 하나의 여인이 남자를 얼마나 심하게 변모시키는지, 그 현상을 보면 아예 말문이 막히며, 남자의 모습은 더 이상 알아볼 수 없을 지경이 되어버린다…. "로뱅송… 녀석이 모험을 좋아하는 것으로 믿어 왔는데, 이제 보니 그가 오쟁이를 졌건 또 장님이건 아니건 상관없이 일개 얼치기에 불과하군… 그 이상 아무것도 아니야." 나는 속으로 다시 그렇게 중얼거렸다.

게다가 앙루이유 노파는 그녀의 광적인 인색함으로 그를 순식간에 오염시켰고, 그 다음에는 마들롱 역시 결혼을 할 욕심으로 나름 한몫을 했다. 그러니 모든 조건이 완벽한 셈이다. 두고 볼 만한 일이었다. 특히 녀석은 고 어린 계집에게 재미를 붙일 것이 분명했다. 그 면에 있어서는 나도 좀 아는 바가 있었다. 또한 내가 다소나마 질투를 느끼고 있지 않았다고 한다면, 그것은 거짓말일 것이며 또한 옳지 않다. 나와 마들롱은 가끔 저녁식사 전에 그녀의 방에서 잠깐씩 몰래 만나곤 하였다. 하지만 그러한 밀회가 쉬운 일은 아니었다. 우리 두 사람은 그 일에 대해 완벽하게 입을 봉하고 있었다. 우리는 신중함 그 자체였다.

그렇다고 해서 그녀가 로뱅송을 좋아하지 않았다고 믿어서는 안 된다. 그 둘은 전혀 별개의 일이었다. 녀석은 단지 약혼에 투기를 하고 있었으며, 그녀는 물론 절개를 가장하고 있을 뿐이었다. 서로에 대한 그들의 감정이 그러했다. 그러한 일에 있어서는 서로 뜻이 맞기만 하면 그만이다. 그는 일에 착수하기 위하여 오직 자기들의 결혼이 정식으로 이루어질 때만 기다린다고 나에게 속셈을 털어놓았다. 그것이 녀석의 착상이었다. 그러니 녀석에게는 영원을 양보하고, 나는 눈앞의 것을 차지할 수밖에 없었다. 그는 또한 결혼이 이루어진 후에는 자기 아내와 음식점을 차린 다음, 앙루이유 할망구를 내쫓겠다는 계획을 나에게 상세히 들려주었다. 모든 일을 진지하게 구상하고 있었다. "그녀는 아주 친절하고, 따라서 손님들 마음에 들 거야." 기분이 좋을 때면 그는 그렇게 예상도 해보곤 하였다. "그리고 자네도 그녀가 만든 음식 맛을 보았지, 응? 그녀는 요리에 있어서만은 아무도 두려워하지 않아!"

그는 심지어 개업에 필요한 자본금을 앙루이유 할머니에게서 좀 빌릴 생각까지 하고 있었다. 그럴 수 있으면 좋겠다고 나 역시 생각은 하고 있었지만, 그가 그녀의 마음을 움직이기는 매우 어려울 것으로 보였다. "자네는 모든 것을 장밋빛으로 보고 있어!" 그의 들뜬 마음을 좀 가라앉히고, 또 그에게 생각을 좀 해보라는 뜻에서 그렇게 지적해주었다. 그 말을 듣기가 무섭게 그는 눈물을 흘리며, 내가 구역질나는 놈이라고 하였다. 결국 우리는 그 누구의 용기도 꺾어서는 안 된다. 나는 즉시 내가 잘못했노라고 했고, 울적함이 나를 그 지경으로까지 망쳐놓았노라고 했다. 전쟁이 일어나기 전에 로뱅송이 해먹던 짓은 구리에 조각을 하는 일이었지만, 그는 이제 돈을 아무리 많이 준다 해도 그 일에는 손조차 대기 싫다고 했다. 어떻게 하든 전적으로 그의 재량에 달린 일이다. "나의 허파가 이 꼴이기 때문에 나는 맑은 공기를 필요로 해. 자네도 이해하겠지. 게다가 내 눈 역시 도저히 전과 같지는 않을 거야." 어떤 의미에서 그의 말은 틀리지 않았다. 대꾸할 말이 없었다. 우리 두 사람이 함께 거리를 지나노라면, 행인들이 걸음을 멈추고 돌아서서 그가 앞을 못 보게 된 것에 동정을 보냈다. 사람들은 불구자나 소경들을 가엾게 여기며, 따라서 그들에게도 비축된 사랑이 남아 있다고 할 수 있을 것이다. 나는 여러 차례에 걸쳐 그 비축된 사랑의 존재를 느낄 수 있었다. 아니, 그것은 엄청나게 많았다. 그 사실을 부인할 수는 없다. 다만 사람들이, 그토록 많은 비축분의 사랑을 가지고 있으면서도 여전히 추잡스럽다는 사실이 불행한 일이다. 그 비축되어 있는 사랑이 밖으로 나오질 않으며, 바로 그러한 현상이 모든 불행의 근원이다. 그 사랑은 그들 속에 갇혀 꼼짝도 하지 않으며, 따라서 아무짝에도 쓸모가 없다. 그들은 속에 사랑을 잔뜩 품은 채, 그 사랑때문에 죽어간다.

저녁식사 후에는 마들롱이 그를, 그 레옹을(그녀는 그를 그렇게 부르고 있었다) 돌보았다. 그녀는 그에게 신문을 읽어주곤 하였다. 그는 정치 기사를 미친 듯 좋아했고, 남부 지방 신문들은 그 당시 불꽃 튀는 정치 기사투성이였다.

저녁이 되면 우리들이 있던 집 안 전체가, 수세기 동안 쌓여 온 허섭스레기 속으로 깊숙이 가라앉았다. 식사를 끝낸 그 시각이 또한 빈대들이 서서히 모습을 드러내는 시각이었고, 따라서 훗날 내가 어느 약제사에게 약간의 금전을 받고 넘겨주려 했던 침식성 용액의 효능을 시험해보는 시각이기도 했다. 지극히 간단한 방법이었다. 앙루이유 할머니는 내가 고안해낸 그 용액의 실험이 무척이나 재미있다는 듯, 나의 작업을 도와주었다. 우리 두 사람은 빈대들의 소굴마다, 틈바구니마다, 구석구석 돌아다니며, 내가 배합한 황산염을 빈대 무더기에다 뿌렸다. 앙루이유 할머니가 나를 돕기 위해 들고 있는 등불 빛 아래서는 빈대들이 꿈틀거리다 기절해버리곤 하였다.

우리 두 사람은 그 작업을 하면서 랑시 이야기를 했다. 나로서는 그곳 생각만 해도 설사가 날 지경이었고 몹시 괴로웠고, 아예 여생을 툴루즈에서 보내고 싶은 심정이었다. 누룽지먹을 것이 있고 여가가 있으니 기실 나에게는 더 바랄 것이 없었다. 즉 나로서는 그것이 곧 행복이었다. 하지만 돌아가서 해야 할 일을 생각해야만 할 처지였다. 시간은 자꾸만 흐르고, 사제에게서 받은 선불금과 내가 좀 가지고 있던 돈도 시간과 함께 사라져버리고 있었다.

떠나기 전에 나는 마들롱에게 몇 가지 사항을 알려주고, 또 당부하고 싶었다. 누구에게 좋은 일을 하고 싶고 또 그럴 수 있다면 물론 그에게 돈을 주는 것이 낫다. 그러나 이 사람 저 사람과 교접을 마구 하다 보면 어떤 위험에 봉착하게 되는지, 또 어떤 결과를 초래하는지, 정확히 알고 그에 대비할 수 있도록 해주는 것도 못지않은 도움이다. 그것이 내 생각이었으며, 특히 마들롱과의 관계에서 사실 나는 두려움을 느끼고 있었다. 물론 마들롱이 빈틈없는 아가

씌였음엔 틀림없으나 세균에 관해서는 전혀 아무것도 모르고 있었다. 그리하여 나는 그녀가 남자의 호의에 응답하기 전에 먼저 세심하게 살펴야 할 사항들을 상세하게 설명해주었다. 혹시 그것이 너무 붉은색을 띠지 않았는지… 그 끝에 반점이 없는지… 등등, 반드시 알아둬야 하며 또 매우 유익한, 지극히 오래전부터 알려져 있는 사실들을 이야기해주었다… 내 이야기를 열심히 듣고 나서, 그리고 내가 끝까지 이야기를 하도록 내버려두고 나서는, 나에게 오히려 예의를 모른다고 야단이었다. 심지어 싸울 기세로 나에게 마구 퍼부어댔다… 자신은 가벼운 여자가 아니며… 그런 말을 하는 내가 수치심을 느껴야 하고… 내가 자기에 대해 더러운 견해를 가지고 있다는 둥… 자기가 장차 나와 그 짓을 하지 않을 것이기 때문이며…! 내가 자기를 멸시한다는 둥… 남자들은 모두 지저분하다는 것이었다…

한마디로 그러한 경우에 모든 점잖은 부인들이 항상 하는 말을 모두 쏟아놓았다. 그런 말을 하려면 그 정도의 대접은 각오를 해야 하고, 바람막이를 준비해야 한다. 나에게 있어서 중요했던 것은 그녀가 내 말을 귀담아듣고 필수적인 내용을 염두에 두도록 하는 것뿐이었다. 나머지는 별로 중요하지 않았다. 내 이야기를 다 듣고 나서 그녀가 진정 슬퍼했던 것은 오직 애정과 기쁨을 매개로 그 모든 병을 얻어야 한다는 사실이었다. 현상의 실체가 어떻건 그것은 아무 소용이 없었으니, 그녀는 내가 그러한 실체만큼이나 구역질 나는 인간이며, 또 내가 자신을 모욕한다고 야단이었다. 나는 더 이상 긴 말은 하지 않고, 다만 사용하기에 편리한 덮개^{콘돔}에 대해 몇 마디 해주었다. 그러고 나서 우리들은 심리학자들을 흉내 내어 로뱅송의 성격을 조금 분석해보았다. "그가 구체적으로 누구를 질투하지는 않아요. 그러나 몹시 까다롭게 굴 때가 있어요." 그녀가 나에게 한 말이다.

"괜찮아! 괜찮아…!" 나는 연신 그렇게 대꾸하고 나서, 마치 내가 로뱅송의 성격을 잘 알기라도 하는 듯 그의 성격 규명에 착수하였다. 그러나 기질상의 몇몇 피상적인 특징 이외에, 나는 로뱅송을 거의 모르고 있다는 사실을 이내 깨닫고 말았다. 내가 그에 대해 아는 것이라곤 그 이상 아무것도 없었다.

어떤 사람을 다른 사람들 보기에 다소나마 기분 좋은 인간으로 바꿀 방법을 생각해내기가 그토록 어렵다니, 참으로 놀라운 일이다… 그 사람을 돕고, 그에게 호의를 표하려 하지만, 이내 우물쭈물하고 만다… 우리의 첫마디부터가 가여울 지경이다… 그저 허우적거릴 뿐이다. 오늘날에는 '라 브뤼에르' 행세를 하는 것이 시대에 맞지 않는다. 라 브뤼에르는 17세기 프랑스의 문필가로서, 특히 그의 대표작 『성격』이라는 책은 인간의 보편적 성격, 정신적 소산, 개인의 장점, 여인들, 인간의 심정 등, 인간의 개체적 특성과 기타 사회 현상을 격언조로 규정하고 있다 어떤 사람이든 가까이 다가가보면, 즉시 그의 무의식은 우리들 앞에서 모호하게 어른거리며 꼬리를 뺀다.

돌아오려고 기차표를 사려는 순간에 그들은 더 묵어가라고 하면서 나를 붙잡았고, 그리하여 일주일을 더 그곳에 있기로 하였다. 뚤루즈 근교와, 이미 나에게 여러 차례 이야기했던 시원한 강변을 구경시켜주겠다는 것이었으며, 특히 뚤루즈 전 시민이 마치 소유주나 되는 듯 자랑스럽게 여기고 만족스러워하는 근교의 포도밭을 방문토록 하겠다는 것이었다. 앙루이유 할머니가 관리하는 그 시신들만 방문하고 그냥 돌아가서는 안 된다는 것이었다. 절대 그럴 수는 없다는 것이었다! 예의가 아니라는 것이었다….

그러한 호의 앞에서 나는 그저 속수무책이었다. 나는 감히 그곳에 더 머물 생각을 할 수 없었는데, 그 이유는 나와 마들롱 사이가 너무 친밀했기 때문이며, 그 친밀함은 점점 위험스러워지고 있었다. 게다가 할망구는 우리 둘 사이에서 어떤 낌새를 눈치 챈 것 같았다. 참으로 거북한 일이었다.

하지만 할망구는 우리들과 함께 산책을 나가지 않겠다고 하였다. 그녀는 단 하루라도 자기의 동굴을 닫으려 하지 않았다. 그리하여 나는 더 머물기로 하였고, 어느 화창한 일요일 아침 우리는 전원 지역을 향해 길을 떠났다. 로뱅송은 우리 두 사람이 양쪽에서 팔을 잡아 부축해주었다. 기차역에 도착한 후 우리는 이등칸 차표를 샀다. 이동칸이건만 삼등칸과 다름없이 소시지 냄새가 코를 찔렀다. 우리는 쎙-쟝이란 곳에서 내렸다. 마들롱에게는 그 지역이 매우 익숙한 듯했고, 뿐만 아니라 우리가 기차에서 내리자마자 사방에서 그녀를 아는 사람들이 나타났다. 아름다운 여름의 한낮이 펼쳐지고 있었다. 누가 보아도 그러했다. 우리는 산책을 하면서 동시에 우리의 눈에 보이는 것들을 일일이 로뱅송에게 이야기해주어야 했다. "여기는 공원이고… 저쪽에 다리가 하나 있는데, 다리 위에는 낚시꾼이 한 사람 앉아 있어… 아무것도 잡지 못하고 있어… 조심해! 자전거를 타고 이리로 오는 사람이 있어…." 그런데 감자튀김 냄새가 그를 훌륭하게 안내해주었다. 한 번에 이십 쑤씩 받고 감자튀김을 해주는 조그만 상점으로 우리를 끌고 간 사람은 오히려 로뱅송이었다. 감자튀김을 좋아하는 것은 빠리 사람들의 입맛이다. 마들롱은 베르무트주압생뜨, 노간주나무 열매, 혹은 오렌지 껍질 등. 씁쓸하고 자극적인 향료를 포도주에 섞어서 빚은 식욕 촉진용 술를, 그것도 물을 섞지 않고 마시기를 좋아했다.

　남부 지방의 강들은 편치가 않다. 강들도 앓고 있다고 할 수 있는 바, 끊임없이 말라가고 있기 때문이다. 산들, 태양, 낚시꾼들, 물고기들, 배들, 도랑들, 빨래터들, 포도넝쿨, 수양버들, 모든 것이 강을 원망하고 강에게 졸라댄다. 강바닥엔 물이 얼마 남지 않았는데, 모두들 지나치게 물을 요구한다. 강의 어떤 지점은 강이라기보다 차라리 홍수가 스쳐간 도로와 같았다. 기왕 즐거우려고 그곳에 왔으니 서둘러 즐거움을 찾아야 했다. 감자튀김을 먹고 난 후에는 즉시, 점심식사를 하기 전에 보트 놀이를 하기로 합의를 보았다. 물론 내가 노를 젓고, 로뱅송과 마들롱은 서로 손을 잡고 나의 맞은편에 앉아야 할 그 뱃놀이가 재미있을 것이라고들 생각한 것이다.

　그리하여 우리들은 그야말로 강바닥 이곳저곳을 훑으며 물줄기를 따라 떠났고, 그녀는 가끔 작은 비명을 지르는데 녀석 또한 별로 안심이 되지 않는 모양이었다. 파리떼가 끊임없이 악착스럽게 몰려든다. 잠자리들은 꼬리에 불안한 미동을 일으키며 그 커다란 눈으로 강 전체를 감시하고 있다. 놀랄 만큼 뜨거운 열기에 모든 것들이 수증기를 내뿜을 지경이다. 우리는 강심의 긴 물줄기로부터 이미 물이 마른 지천으로 미끄러져 들어간다… 타는 듯한 강변을 기어 올라가며 우리는 태양 광선의 타격을 비교적 적게 받은 몇 그루 나무들 밑에서 한 조각 그늘을 찾는다. 말을 하려 입을 열면 더욱 더워진다. 또한 고통스럽다는 말조차 감히 못하고 서로 눈치만 본다.

당연한 일이긴 하지만, 로뱅송이 제일 먼저 그놈의 뱃놀이가 지긋지긋하다고 했다. 그리하여 나는 작은 식당 하나를 찾아서 그 앞에 배를 대자고 제안했다. 그러한 생각을 한 사람들이 우리들만은 아니었다. 운하의 양쪽 수문 사이에 있던 낚시꾼들이 이미 그 선술집에 자리를 잡고 앉아서, 우리들보다 먼저 반주로 식욕을 돋우고 있었다. 로뱅송은 그 집의 음식값이 혹시 비싸지 않은지 근심을 하면서도 감히 나에게 그것을 묻지 못하는 눈치였다. 나는 가격표가 붙어 있고, 또 모든 가격이 아주 싸다고 말해줌으로써 즉시 그의 근심을 씻어주었다. 또한 그것이 사실이었다. 그는 여전히 마들롱의 손을 꼭 쥐고 있었다.

우리는 그 식당에서 마치 식사를 푸짐하게 한 듯 그 대금을 치렀지만, 실제로는 먹어보려는 시도를 해보았을 뿐이다. 우리에게 먹으라고 내온 음식에 대해서는 아예 아무 말도 하지 않는 것이 좋을 듯하다. 그 음식들은 아직도 그곳에 그대로 있을 것이다.

그 다음 오후 시간을 보내기 위해 고기잡이를 해볼까 생각도 했으나, 그것이 너무 번거로운 데다 로뱅송은 낚시의 찌조차 볼 수 없으니 오히려 그의 마음에 상처만 줄 것 같았다. 한편 나 역시 아침나절의 그 시련을 겪고 난 후로는 노만 보면 병이 날 지경이었다. 오전의 훈련으로 족하였다. 아프리카의 강들을 오르내리던 그 힘이 이젠 없었다. 모든 다른 일에서처럼 그 짓에서도, 나는 내가 나이 들었음을 느낄 수 있었다.

그리하여 나는 걸어서 잠시 산책을 하자고 제의했다. 강둑을 따라 약 일 킬로미터쯤 되는 곳, 버드나무들이 커튼처럼 둘러서 있고, 그 근처에 풀이 무성한 곳까지 걷는 것이 참 좋을 것 같다고 그들을 설득했다.

우리들은 그곳을 향해 다시 걷기 시작했고, 내가 로뱅송을 부축했으며, 마들롱은 몇 발자국 앞서서 걸었다. 풀밭 위를 걷기가 훨씬 나았다. 강의 어느 굽이를 지나려니 아코디언 소리가 들려왔다. 그곳에 정박중인 아름다운 놀잇배에서 들려오는 소리였다. 음악이 로뱅송의 발걸음을 멈추게 했다. 그의 처지를 참작할 때 쉽게 수긍할 수 있는 일이었으며, 뿐만 아니라 그는 원래 음악을 지나치리만큼 좋아했다. 그를 즐겁게 해줄 수 있는 것을 찾은 것에 만족한 우리들은, 그 옆 경사진 곳보다 먼지가 비교적 적은 잔디밭에 자리를 잡았다. 그 놀잇배는 흔히 볼 수 있는 평범한 놀잇배 같지가 않았다. 그 배는 아주 깨끗했고 치장이 잘 되어 있었으며, 승객이나 화물을 전혀 싣지 않고 주거용으로만 사용되는 듯 구석구석 화분이 놓여 있었을 뿐만 아니라 맵시있고 말쑥한 개집까지 하나 있었다. 우리는 로뱅송에게 놀잇배의 모양을 상세하게 이야기해주었다. 그가 모든 것을 알고 싶어 했기 때문이다.

— 나도 이것처럼 깨끗한 배를 타고 살았으면 좋겠어. 그리고 그대는? 로뱅송이 마들롱에게 물었다….

— 물론 나도 동감이에요! 그녀가 대꾸했다. 하지만 레옹, 당신의 그 생각은 아주 비싼 경비를 필요로 해요! 틀림없이 별장 한 채보다도 더 비쌀 거예요!

우리 세 사람은 그 정도로 꾸민 배의 가격이 얼마나 될까 각자 나름대로 상상을 해보기 시작했다. 그러나 우리들은 도저히 그 가격을 추산할 수가 없었다… 각자 자기가 생각한 수치를 고집할 뿐이었다. 무엇이든 큰 소리로 가격을 매기곤 하던 우리의 습관을 여지없이 드러내고 있었다… 그동안에도 아코디언의 간드러진 음악은 쉬지 않고 들려왔으며, 함께 부르는 노래의 가사까지 분명하게 들려왔다… 결국 우리들은 그 배의 가격이 수십만 프랑쯤 될 것이라는 데에 의견의 일치를 보았다. 꿈에서나 그려 볼 수 있는 금액이었다….

> 그대의 아름다운 눈을 감으라, 세월은 덧없이 흐르니…
> 경이로운 나라로, 꿈속의 달콤한 나라로!

배 안에서 남녀의 음성이 뒤섞여 부르는 노래의 가사는 대략 그러했다. 곡조가 좀 틀리기는 했지만, 그 장소 탓인지 듣기에 즐거웠다. 노래는 여름날의 열기, 전원 풍경, 그 시각, 그리고 강과 잘 어울렸다.

로뱅송은 여전히 배의 가격만을 고집스레 헤아리고 있었다. 우리들이 자기에게 묘사해 준 바대로라면, 배의 가격이 훨씬 비쌀 것이라는 주장이었다… 배 안이 훤히 들여다보일 정도로 유리창이 많고, 사방에 구리장식이 있는, 이를테면 호화로운 유람선이기 때문이라는 것이다….

— 레옹, 공연히 머리 썩히지 말고, 어서 푹신한 풀밭에 누워서 좀 쉬어요…. 마들롱이 그를 진정시키려 애를 썼다…. 십만 프랑이건 십오만 프랑이건, 그 배는 당신 것도 내 것도 아니에요, 그렇지 않아요…? 그러니 정말 흥분할 이유가 없어요….

그러나 풀밭에 누워 있으면서도 그는 배의 가격 때문에 흥분해 있었고, 온 힘을 다해 가격을 짐작해보려 하였으며, 또 그토록 비싼 배를 직접 보고 싶어 애를 썼다….

— 배에 모터가 달려 있어? 그가 다시 물었다…. 우리 역시 알 수가 없었다.

하도 그것을 알고 싶어 하는지라, 나는 그의 호기심을 만족시켜주기 위해 배의 후미로 접근해서 혹시 모터의 파이프가 보이나 살펴보았다.

> 그대의 아름다운 눈을 감으라, 인생은 한 마당의 꿈이러니…
> 사랑도 한낱 거짓말일 뿐…
> 그대의 아름다우 누…ㄴ…을!

배 안에 있는 사람들은 여전히 그렇게 노래를 부르고 있었다. 우리들은 드디어 그 자리에 지쳐 쓰러졌다… 노래를 부르는 이들이 우리들을 다독거려 재우고 있었던 셈이다.

어느 순간엔가 작은 개집에 있던 스패니얼^{길고 부드러운 털에 귀가 축 늘어진 사냥개. 에스빠냐산 개라는 뜻이다} 한 마리가 튀어나와, 선교(船橋) 위로 올라서서는 우리들이 있는 곳을 향해 짖어댔다. 우리들은 깜짝 놀라 잠에서 깨어나 그 개에게 욕설을 퍼부었다! 로뱅송이 특히 개 짖는 소리를 두려워했다.

배의 주인인 듯한 녀석이 작은 문을 열고 갑판 위로 나왔다. 그리고는 자기의 개에게 그토록 욕설을 퍼붓지 말라는 것이었다. 그리하여 말다툼이 벌어졌다! 그러나 로뱅송이 앞을 보지 못한다는 사실을 알게 되자 그 사나이는 즉시 수그러들었고, 오히려 조금 겁을 먹은 표정이었다. 그는 우리들에게 고함을 치던 것을 멈추었을 뿐만 아니라, 사태를 빨리 수습하려는 듯 오히려 우리에게 굽신거렸다… 그는 사죄하는 뜻으로 우리들을 자기의 유람선으로 초대하면서 함께 커피나 한잔 들자고 하였으며, 또한 그날이 자기의 생일이라는 말도 덧붙였다. 그렇게 햇볕 아래서 몸을 구우면 안 된다면서, 또 이러쿵저러쿵 온갖 이유를 끌어다대며 우리가 밖에 그대로 머물러 있는 것을 원치 않는다고 했다… 그리고 자기 식탁에 현재 둘러앉은 사람의 수가 공교롭게도 열셋이니, 더욱 다행스러운 일이라고 하였다… 배의 주인은 아직 젊은이였고, 자유분방한 사람 같았다. 자기는 선박을 매우 좋아한다고 우리에게 거듭 설명을 해주었다… 우리는 그를 이해하겠다고 대꾸했다. 그러나 자기의 아내는 바다를 두려워하기 때문에, 그곳 자갈밭에 정착하게 되었다는 것이었다. 그의 배 안에 있던 사람들은 무척 만족스러운 듯한 기색으로 우리들을 맞아들였다. 우선 그의 아내는 매우 아름다웠고, 천사처럼 아코디언을 연주하고 있었다. 또한 이유야 어떻든, 커피를 함께 들자고 우리들을 초대한 것은 분명 친절한 행동이었다! 우리들이 어떤 사람이건 상관치 않는다는 듯했다! 그들은 다른 사람들을 쉽게 믿는 것 같았다… 우리는 즉각 그 매력적인 사나이들에게 부끄러움을 안겨주어서는 안 되겠다는 사실을 깨달았다… 특히 그들과 합석한 여인들 앞에서는… 로뱅송에게는 물론 단점이 많았지만, 그는 또한 예민한 녀석이기도 하였다. 그는 오가는 말소리만 듣고도 우리가 언동을 절제해야 하며, 상스러운 말을 함부로 내뱉지 말아야 한다는 점을 깨달은 것 같았다. 물론 우리의 의복이 화려하지는 않았지만, 깨끗하고 점잖았다. 배의 주인을 좀 더 가까이에서 뜯어보니, 나이는 삼십여 세쯤 된 것 같고, 갈색 머리털은 지극히 시적이었으며, 말쑥한 정장은 선원의 취향이 감돌았지만 아주 정성을 들인 옷이었다. 그의 아름다운 처는 그야말로 '비로드'처럼 부드러운 눈을 가지고 있었다.

    그들은 막 점심식사를 끝내던 참이었다. 남은 음식이 풍성했다. 그들이 권하는 케이크를 우리는 사양하지 않았다. 절대 그럴 수가 없었다! 곁들여 권하는 뽀르또주 뽀르뚜갈산 포도주로, 일반 포도주보다 알코올과 당분 함량이 높으며, 고급 포도주로 취급된다 역시 사양하지 않았다. 참으로 오랜만에 듣는 우아한 목소리들이었다. 우아한 사람들에게는 상대방의 기를 죽이는 특이한 화법이 있다. 그리고 이유 없이 나를 두려움에 몰아넣는 그들의 말, 특히 그들의 부인들이 하는 말은 엉터리로 엮어진 허풍투성이의 문장에 지나지 않는데, 반면 고가구들처럼 반들반들 윤이 난다. 그들의 말에 대꾸를 하려면 그 위에 미끄러질까 겁이 날 지경이다. 그들의 말은, 그 내용이 비록 진부하더라도 듣는 사람에게 겁을 준다. 그리고 그들이 심심풀이 삼아 가난한 이들의 노래를 부르기 위해 비루한 음성을 취하더라도, 그들은 여전히 우리에게 경계심과 역겨움을 유발하는 그 우아한 억양, 마치 그 속에 작은 채찍 하나를 감추고 있는 듯한 억양, 하인들에게 말할 때 반드시 갖추어야 할 그 억양을 간직하고 있다. 그 억양은 물론 상당히 자극적이다. 그러나 또한 툭하면 입에 담는 그들의 품위가 폭삭 무너져버리는 꼴을 보고 싶어서라도, 그들의 여편네들의 스커트를 걷어 올리고 싶은 여인들을 정복하고 싶은 충동을 가져다주기도 한다….

나는 배 안이 모두 고가구로만 꾸며져 있다고 로뱅송에게 작은 목소리로 설명을 해주었다. 배 안의 풍경은 우리 어머니의 상점을 연상시켰다. 어머니의 상점보다 더 깨끗하고 정돈이 잘 된 것은 물론 말할 나위도 없었다. 어머니의 점포에는 항상 묵은 후추 냄새가 감돌고 있었다.

그리고 벽마다 주인의 그림이 사방에 걸려 있었다. 배 주인은 화가였다. 그의 처가 그 사실을 나에게 귀띔해주었는데, 그녀는 그 말을 하기 위해 수천 가지의 태를 부렸다. 그의 처가 자기의 남편을 사랑한다는 것은 눈에 보일 정도였다. 배의 주인은 화가인데 다

잘생겼고, 머리칼도 아름다우며, 풍족한 수입 등, 행복의 조건을 모두 갖추었으며, 게다가 아코디언과 친구들, 선상에서의 몽상까지 대동하고, 제자리에서 빙빙 도는 얼마 안 되는 물 위에 떠 있으니, 행복에 겨워 영영 떠나고 싶지 않을 것 같았다… 그들은 배의 창문 안쪽에 이 세상의 모든 달콤한 것, 귀한 신선함, 선풍기 바람, 그리고 신성한 안전까지 모두 갖추고 있었다.

기왕 배 안으로 들어왔으니 우리들도 그들과 보조를 같이해야 했다. 먼저 냉각시킨 음료와 크림을 곁들인 딸기가 나왔다. 내가 특히 좋아하는 후식거리들이었다. 마들롱은 그것들을 다시 집을 때마다 몸을 비비 꼬았다. 그녀 역시 체면을 차리기 시작한 것이다. 남자들은 마들롱이 귀엽다고 했으며, 특히 젊은이의 장인은 그녀가 자신의 바로 옆에 앉게 된 것을 매우 만족스러워하는 듯했고, 그리하여 그녀의 환심을 사려고 몸을 바쁘게 움직였다. 그는 식탁 전체를 휘저으며 맛있는 것들을 찾아다가 그녀 앞에 바쳤으며, 그녀는 그것들을 목까지 차도록 먹어댔다. 오가는 이야기를 들어보니 그 장인은 홀아비인 것 같았다. 분명 그는 그 사실을 잊고 지내는 듯했다. 얼마 안 가서 드디어 마들롱이 술에 취했다. 로뱅송이나 내가 입은 옷은 피곤과 해묵은 색조를 풍기고 있었으나, 우리가 앉아 있던 그 배 안에서는 그러한 사실이 눈에 띄지 않을 수도 있었다. 하지만 모든 것을 불편함 없이 다 갖추고, 마치 서로 멋을 겨루기라도 하려는 듯 몸을 씻고 잘 차려입은, 아메리카 사람들처럼 깨끗하게 단장을 한 그 사람들 사이에 있으려니 나는 조금 수치를 당하는 느낌이었다.

얼근해진 마들롱은 자신을 제대로 가누지 못하고 있었다. 자그마한 얼굴을 들어 벽에 걸린 그림들을 바라보며 그녀는 쉬지 않고 천치 같은 말을 마구 쏟아놓았다. 눈치를 챈 주인의 아내가 그 거북한 상황을 무마하기 위해 다시 아코디언을 연주하기 시작했고, 그에 따라 모두들 조금 전에 우리가 듣던 그 노래와 또 다른 한 곡을 합창하였다. 우리들도 작은 소리로, 또 싱겁게 따라 불렀다.

로뱅송은 코코아 재배에 정통한 것으로 보이는 어느 노신사와 열심히 대화를 나누고 있었다. 그에게는 기막히게 훌륭한 화제였다. 두 식민지 근무자가 만난 것이다. "제가 아프리카에 있을 때─로뱅송이 그렇게 자신 있는 어조로 말을 하는 것을 듣고 나는 깜짝 놀랐다─, 제가 뽀르뒤리에르사의 농업기사로 일하던 시절, 촌락의 주민들을 모두 동원하여 수확을 했지요…." 그는 나의 표정을 볼 수 없었고, 그리하여 멋대로 지껄이고 있었다… 꼴리는 대로… 거짓 추억들을… 그 노신사를 현혹시킬 정도로… 온갖 거짓말을! 자신을 그 정통한 노신사의 수준으로 끌어올릴 수 있는 모든 것을! 평소에는 말을 삼가던 그 로뱅송이, 그토록 마구 지껄여대며 나의 신경을 건드릴 뿐만 아니라 나를 괴롭히고 있었다.

사람들이 그를 특별히 상석인 커다란 안락의자에 앉혔는데, 그는 오른손에 꼬냑 잔을 들고, 다른 한 손으로는 사람의 발길이 닿은 적 없는 원시림의 장엄함과 적도 지방 회오리바람의 맹렬한 기세를 커다란 동작으로 묘사하고 있었다. 그는 취해 있었다. 완전히 가버렸다.^{취해 있었다} 알씨드가 그 배의 어느 한구석에 있었다면 매우 재미있어했을 것이다. 가여운 알씨드!

쾌적하기로 말하자면 그들의 유람선은 더 말할 나위가 없었다. 특히 강 위에 미풍이 일기 시작하고, 선창의 창틀에서는 둥글게 주름을 잡은 커튼들이 작은 깃발들처럼 유쾌하게 펄럭여 그 쾌적함이 더하였다.

이윽고 다시 아이스크림과 샴페인이 나왔다. 배 주인은 그날이 자기의 생일이라고 백여 차례는 반복해서 떠들었다. 그는 모든 사람에게, 그리고 심지어 길을 가는 사람들에게도 한번 기쁨을 안겨 주기로 했다는 것이다. 우리들에게도 마찬가지라는 것이다. 한 시간, 두 시간, 혹은 세 시간 동안이라도 그의 배에 타고 있는 한, 우리는 모두 다시 화해한 사람들, 친근한 사람들, 흥허물 없이 지내는 친구들이며, 나머지 다른 사람들이나 외국인들뿐만 아니라 식탁에 앉은 사람의 수가 열셋이 되지 않도록 강변에서 아쉬운 대로 주워 온 우리 세 사람도 역시 마찬가지라는 것이다. 나는 흥겨운 나머지 노래를 한 가락 부르려 하다가 문득 생각을 바꾸었다. 별안간 자존심이 되살아났고, 의식이 머리를 쳐들었다. 여하튼 내가 그 자리에 있을 만하다는 명분을 세우기 위하여, 나는 내가 빠리 지역에서 명망 높은 의사라는 사실을 그들에게 알리는 것이 좋을 것 같았다. 나의 차림새를 보아 그들은 전혀 짐작조차 하지 못하였을 것이다! 또한 나와 동행한 사람들의 꾀죄죄한 모습을 보아서도 그러했을 것이다! 그러나 나의 신분을 알게 되자마자 그들은 영광이라느니, 기쁘다느니, 난리를 피우면서 조금도 지체하지 않고 각자의 육체적인 불행을 다투어 나에게 털어놓기 시작하였다. 나는 그 기회를 이용하여 어느 사업가의 딸에게 접근하였다. 두드러기와, 걸핏하면 치미는 신트림으로 고생을 하는 딱바라진 여자였다.

우리가 좋은 음식이나 안락함에 익숙하지 않을 경우, 그러한 것들은 우리를 쉽사리 도취시킨다. 진실은 언제나 우리를 떠날 준비가 되어 있다. 툭하면 진실은 우리를 해방시킨다. 우리는 진실에 끝까지 매달리지 못한다. 문득 우리를 휩싸는 안락함의 풍요 속에서는 과대망상증 광기가 우리를 아무것도 아닌 듯 삼켜버린다. 이번에는 내가 그 귀여운 여인에게 두드러기 이야기를 하면서 횡설수설하기 시작하였다. 로뱅송처럼, 가난한 사람의 유일한 금전인 거짓말을 동원해서라도 부자들과 보조를 같이하려 노력함으로써,

우리는 일상의 모욕감에서 벗어나려 한다. 볼품없이 꾸민 자기의 고깃덩이와 초라한 껍데기가 부끄러운 것이다. 나 역시 차마 나의 진실을 그들에게 그대로 보일 수는 없었다. 나의 꽁무니불결한 항문만큼이나 하잘것없는 것이었기 때문이다. 어떤 수단을 쓰더라도 그들에게 좋은 인상을 남겨야 할 처지였다.

조금 전 로뱅송이 그랬듯이, 나는 그들의 질문에 임기응변으로 대답하였다. 이번에는 내가 화려함으로 나 자신을 뒤덮었다…! 각계각층의 저명한 인사들이 나의 고객이라는 둥…! 진료하다가 지쳐 쓰러질 지경이라는 둥…! 그리하여 나의 친구인 농업기사 로뱅송이, 뚤루즈에 있는 별장에 와서 쉬라고 나를 초청했다는 둥….

그런데 식탁에 마주 앉아 잘 마시고 흡족하게 먹고 나면 누구나 상대방의 말을 쉽사리 믿게 마련이다. 천만다행이었다! 무엇이든 쉽게 통했다! 로뱅송이 즉흥적인 엉터리 거짓말로 그 은밀한 행복의 길을 먼저 닦아 놓았기 때문에 나로서는 그의 뒤를 따라가기만 하면 되었고, 그 일은 별 노력을 요하지 않았다.

그는 색안경을 쓰고 있었기 때문에, 사람들은 로뱅송의 눈이 구체적으로 어떤 상태인지 정확히 판별할 수가 없었다. 우리는 그의 불행을 전쟁 탓으로 돌렸다. 그 순간부터 우리들은 그 배 안에서 당당한 자리를 차지하게 되었을 뿐만 아니라, 사회적으로 또 '애국적으로' 그들과 같은 신분으로 급상승하게 되었다. 그곳에 있던 사람들도 물론 처음에는, 비록 화가인 배 주인이 가끔 괴상한 짓을 잘하는 것은 알지만, 그가 우리들을 그토록 치켜세우는 데에 놀라는 기색들이었다… 그 배의 초대 손님들은 우리 세 사람이 정말로 친절하고 매우 귀중한 인사들이라고 생각하기 시작하였다.

마들롱은 아마 약혼녀로서의 체모를 제대로 지키지 못하였다고 할 수 있을 것이다. 그녀는 남자들뿐만 아니라 여인들까지, 그곳에 있던 모든 사람들을 흥분시켰으며, 그 도가 하도 지나쳐 나는 혹시 그 모임이 음탕한 혼음 파티로 끝나지 않을까 우려를 금치 못하였다. 하지만 그런 일은 생기지 않았다. 모든 말들은 점차 그 올이 풀리고 끊겨서 말 그 이상으로 진전되지 못하였다. 아무 일도 일어나지 않았다.

우리들은 우리들 자신을 더욱 깊숙하게, 더욱 뜨겁게, 그리고 육체는 흡족한 상태이니, 서로 서로 한 발 더 나아가 오직 정신적으로만 행복하게 하려는 공동의 노력에 지쳐, 몸은 꼼짝도 하지 않은 채 우리가 떠들어대는 말과 우리가 깔고 앉아 있던 방석에만 매달려 있었다. 그러한 상태에서 이 세상의 모든 기쁨과, 각자 자기의 내면과 세계 속에서 발견한 모든 희한한 것들을 그 순간 속에 붙잡아두려 공동의 노력을 기울였으니, 그것은 옆에 있던 사람도 그 기회에 그것들을 함께 나누도록 하기 위함이었으며, 또 그리하여 그 옆사람이 우리에게 말하기를, 자기가 찾던 아름다움이 바로 그것이고, 또 여러 해 전부터 자기에게 결여되었던 것이 바로 그것이었으며, 이제 우리의 선물 덕분으로 영원히 완벽하게 행복할 수 있겠노라 고백토록 하기 위함이었다! 우리가 드디어 자기의 존재 이유를 밝혀주었노라고! 그리하여 자신이 자신의 존재 이유를 찾았노라고 모든 사람들에게 말해야겠다고! 그러니 그 희열을 축하하고 기리며, 그것이 영원히 지속되기를 비는 뜻에서 모두 함께 건배를 하자고! 차후로는 절대 그 매혹적인 세계가 변치 않도록 하자고! 특히 앞으로는 절대 그 구역질나는 시절로, 기적이 없는 그 시절로, 우리가 서로 알지 못하던 그 시절로는 다시 돌아가지 말며, 언제나 서로 기쁘게 다시 만나자고…! 차후로는 모두 함께! 그리고! 영원히…! 그렇게 고백토록 하기 위함이었다.

그러나 배 주인이 스스로를 절제하지 못하고 그 매혹의 순간을 깨뜨려버렸다.

그는 자신을 견딜 수 없도록 괴롭히던 자기의 그림에 대해, 자기가 그린 그림들 하나하나에 대해, 우리들에게 걸핏하면 수다를 늘어놓는 버릇이 있었다. 그리하여 그 고집스런 어리석음 때문에, 비록 모두가 술에 취해 있었음에도 불구하고 맥빠지게 하는 세속의 진부함이 우리들 사이로 돌아와 다시 자리를 잡았다. 나 역시 벌써부터 그 세속의 진부함에 굴복하여 아주 감명 깊고 화려한 찬사를, 즉 화가들에게는 문장으로 만든 행복 그 자체나 다름없는 그 찬사를 배 주인에게 쏟아놓을 준비가 되어 있었다. 그에게 필요했던 것은 바로 그 찬사였다. 그가 나의 찬사를 받는 순간, 그 찬사는 즉시 교접행위와 같은 효과를 나타냈다. 그는 찬사를 받고 나자, 가장자리가 푹신하게 부풀어 오른 쏘파 위로 미끄러져 쓰러지더니, 거의 쓰러지자마자 얌전하게, 물론 행복감에 겨워 잠이 들어버렸다. 그 동안 초대된 손님들의 시선 역시 감염된 듯, 서로 홀린 듯, 억제할 수 없는 졸음과 기적적인 소화의 쾌감 사이에서 왔다갔다하며 차례차례 주인을 흉내 내고 있었다.

나는 한숨 자고 싶은 그 욕구를 아껴 그날 밤을 위해 비축해 두었다. 낮에 겪은 두려움이 밤에도 살아남아서 잠을 멀리 쫓아버리는 경우가 너무 잦은데, 운이 좋아 그 희열의 양식을 조금이나마 비축할 수 있을 때 그것을 덧없는 졸음에 미리 탕진해버린다면 그것이야말로 멍청이짓이 아닐 수 없다. 모든 것은 밤을 위해! 그것이 나의 좌우명이다! 항상 밤을 생각해야 한다. 게다가 우리는 저녁식사에 초대를 받았다. 그러니 다시 식욕을 날카롭게 벼려야 할 계제였다….

우리는 모두들 넋이 빠져 있는 틈을 이용해 그곳을 빠져나왔다. 우리 세 사람은, 모두 잠에 곯아떨어져 여주인의 아코디언 근처에 얌전히 널려 있는 손님들을 피해가면서 조용히 밖으로 나왔다. 음악에 취해 더욱 부드러워진 여주인의 두 눈은 그늘을 찾느라고 연신 깜박이고 있었다. "잠시 후에 다시 봬요!" 우리가 그녀 옆을 지날 때 그녀가 우리에게 인사를 했고, 그녀의 미소는 어느 미지의 꿈속으로 사라져갔다.

우리 세 사람은 너무 멀리 가지 않았다. 내가 이미 보아둔 곳, 강줄기가 갑자기 구부러지며, 커다란 버드나무들이 두 줄로 서 있는 곳까지만 갔다. 그곳에서 보면 협곡 전체가 시야에 들어왔고, 멀리 협곡 깊숙한 곳, 붉은 하늘에 박힌 못처럼 우뚝 서 있는 종각 주위에 쭈글쭈글 움츠러져 있는 작은 도시도 보였다.

― 돌아가는 기차가 몇 시에 있지요? 그곳에 도착하자마자 마들롱이 걱정을 했다.

― 걱정 마! 녀석이 그녀를 안심시켰다. 그들이 우리들을 자동차로 데려다주기로 되어 있어… 배 주인이 말했어… 자동차가 한 대….

마들롱은 더 이상 보채지 않았다. 그녀는 즐거움에 겨워 꿈을 꾸는 듯한 표정이었다. 그녀에게는 진정 황홀한 하루였다.

― 그리고 레옹, 지금 눈은 어떠세요? 그녀가 물었다.

― 훨씬 좋아졌어. 아직 확실치 않아서 아무 이야기도 하지 않으려 했는데, 특히 왼쪽 눈으로는 식탁에 놓여 있던 병들의 수를 헤아릴 수 있었어… 적잖은 양을 마셨는데, 그 사실을 알았어? 술맛이 좋아서…!

― 왼쪽이라면, 심장이 있는 쪽이지요…. 마들롱은 즐거운 듯 그 사실을 환기시켰다. 그의 눈이 호전되고 있다는 사실에 그녀는 매우 만족스러워했다. 이해가 되는 일이었다.

― 안아줄 테니 나도 안아줘요! 그녀가 로뱅송에게 하는 제의였

다. 나는 그 둘이 애정을 토로하는 현장 가까이에 있기가 너무 부담스러워짐을 느끼기 시작하였다. 하지만 그들로부터 멀찌감치 떨어지기가 어려웠다. 어느 쪽으로 가야 할지 갈피를 잡을 수 없었기 때문이다. 나는 그곳에서 조금 떨어진 곳에 있는 나무 뒤로 일을 보러 가는 체하면서, 그 나무 뒤에서 그들의 격정이 지나가기를 기다렸다. 두 사람이 주고받는 이야기는 매우 정겨웠다. 그들의 말소리가 나에게까지 들려왔다. 지극히 평범한 사랑의 대화지만, 우리가 아는 사람들이 그러한 대화를 나누면 조금 우습게 들린다. 게다가 나는 그 두 사람이 그러한 이야기를 나누는 것을 한 번도 들어본 적이 없었다.

― 당신이 날 사랑한다는 것이 진실이에요? 그녀가 물었다.

― 내 눈에 못지않게 그대를 사랑해요! 그의 대답이었다.

― 지금 당신이 하신 말씀은, 레옹! 그것은 예사의 일이 아녜요! 하지만 당신은 아직 한 번도 나를 보시지 못했지요…? 당신이 당신의 눈으로, 혹은 다른 사람들의 눈으로 나를 직접 보시게 될 그 날에도, 당신은 지금처럼 저를 사랑하실까요…? 그때에는 다른 여인들을 다시 보실 수 있을 것이고, 아마 그녀들을 모두 다시 사랑하기 시작하시겠지요…? 당신의 친구들이 그러듯…?

그녀가 넌지시 한 그 지적은 나를 겨냥한 것이었다. 나의 그러한 생각은 틀림이 없었다… 그녀는 내가 멀리 가서 그녀의 말을 듣지 못할 줄로 생각하고 있었다… 그리하여 나에게 한방을 보기 좋게 먹이고 있었다… 그녀는 기회를 놓치지 않았다. 나의 친구인 그 녀석은 그렇지 않다고 부인하기 시작했다. "그럴 수가!" 녀석이 그렇게 소리쳤다. 그리고는 모두 추측일 뿐이라고, 또 험담일 뿐이라고 하였다….

― 마들롱, 나는 절대 그렇지 않아! 녀석이 자기변명에 나섰다.

나는 절대 그와 같은 부류가 아니에요! 도대체 무슨 근거로 내가 그와 같다고 생각하지…? 나에게 그토록 다정하게 해주고 나서 이게 무슨 말이지…? 나는 일념으로 집착하는 사람이야! 나는 야비한 놈이 아니야! 내가 이미 그대에게 말했듯이 나의 사랑은 영원해! 나에게는 오직 하나의 약속이 있을 뿐이야! 영원한 약속이야! 그대가 예쁘다는 것을 나는 이미 알고 있어. 그러나 내가 내 눈으로 직접 보면 더욱 예쁠 거야… 이게 전부야! 이제 만족하겠어? 이젠 울지 않겠지? 하지만 더 이상 무슨 말을 해야 할지 모르겠어!

— 말씀을 들으니 기뻐요, 레옹! 몸을 움츠려 그의 품으로 파고들면서 그녀가 말했다. 두 사람은 서로에게 맹세를 하는 중이었고, 아무도 그들을 말릴 수 없었으며, 하늘도 오히려 그 맹세에 비하면 별로 큰 것 같지 않았다.

— 나는 그대가 나와 살면서 항상 행복하기를 바랄 뿐이야… — 그가 다정하게 말하였다.— 그대는 아무 일도 하지 않고, 그러면서도 그대가 원하는 것은 무엇이든 모두 소유하면서….

— 아! 내 사랑 레옹, 착하기도 하시지! 당신은 제가 상상했던 것 이상으로 훌륭하세요… 당신은 다정하시고! 신의 깊으시고! 모든 것이…!

— 그것은 내가 그대를 열렬히 사랑하기 때문이야, 나의 귀여운 것…!

그러고 나서 그들은 한 덩어리가 되어 서로 열을 올렸다. 그리고는 자기네들의 그 강렬한 행복으로부터 나를 멀리 떨쳐버리기라도 하려는 듯, 나에게 고리타분하고 더러운 일격을 다시 가하였다….

그녀가 먼저 입을 열었다. "당신의 친구인 그 의사, 그 사람 친절하지요?" 그녀는 마치 내가 자기의 위에 걸려서 소화가 되지 않는 듯, 포문을 열기 시작했다. "그 사람은 친절해요…! 그를 조금도 비난하고 싶지 않아요. 당신의 친구니까… 하지만 여자들을 대하는 것이 난폭하다고는 할 수 있을 거예요… 그에 대해 험담을 하고 싶지는 않아요. 그가 당신을 좋아하니까… 하지만 여하튼 제 취향은 아니에요… 당신에게 설명을 해드리겠어요… 그렇다고 화를 내지는 않으시겠지요?" 레옹은 무슨 말에건 화를 내지 않겠다고 하였다. "솔직히 말씀드리겠는데, 그 의사는 여자들을 너무 좋아하는 것 같아요… 약간은 개들처럼, 제 말씀 이해하시겠지요…? 당신은 그렇게 생각하지 않으세요…? 속되게 말하자면 보이는 대로 올라타는 것 같아요! 여인들에게 피해를 주고는 그냥 가버리지요… 당신은 그렇게 생각지 않으세요? 그렇게 생겨먹은 사람이라고?"

그 더러운 녀석은 그녀가 원하는 대로 다 그렇다고 하였으며, 심지어는 그녀의 말이 지극히 옳으며 재미있다고까지 하였다. 한마디로 가관이었다. 녀석은 그녀에게 말을 계속하라고 격려를 하였고, 자기도 숨이 막힐 정도로 바쁘게 마구 쏟아내었다.

— 그래요, 마들롱, 그대가 지적한 것은 모두 사실이야. 훼르디낭이 악한 사람은 아니지만, 섬세함에 있어서는 좀 부족하다고 할 수 있어. 또한 남녀 간의 신의에 있어서도 좀 부족하고… 그 점에 있어서는 내 생각도 확고해…!

— 당신은 그의 정부들을 알고 있을 테지요? 레옹, 말해보세요.

그 더러운 계집이 이제는 나의 뒤를 캐고 있었다.

— 그의 정부들이라면 내가 다 알지! 녀석이 자신 있게 대답하였다. 하지만… 우선… 그는 까다롭지가 않아…!

그 대화에서 어떤 결론을 이끌어내려는 듯, 마들롱이 다시 입을 열었다.

— 의사들은, 이미 널리 알려진 사실이지만 모두 돼지들 음탕한 자들이에요… 거의 대부분이… 하지만 당신 친구, 그 사람은 그 분야에서 특히 성공한 사람 같아요…!

— 아주 정확한 지적이야! 나의 그 좋은 친구, 그 행복한 친구가 그녀의 말에 동감했다. 그리고는 말을 계속했다. "그 점에 있어서는 나도 자주 그렇게 생각했어. 그 짓에는 전문가인지라 마약도 복용하는 모양이야… 게다가 보기 드문 물건의 소유자야! 그대가 직접 그 굵기를 본다면! 비정상이야…!"

— 아! 아! 별안간 당혹스러운 듯, 그리고 내 물건을 다시 기억에 떠올리려 애를 쓰는 듯, 그녀는 다만 그러한 소리만 냈다. 그렇다면 그 사람이 병에 걸리지 않았겠어요? 말씀해보세요! 그 은밀한 정보를 전해 듣고 그녀는 문득 근심이 되고 낭패스러워지는 모양이었다.

— 그것은 나도 몰라. 애석하지만 그도 어쩔 수 없는 모양이었다. 그 점에 대해서는 확실한 말을 해줄 수가 없어… 하지만 그의 무절제한 생활을 감안해 볼 때 걸렸을 가능성이 크지.

— 여하튼 당신 말씀이 옳아요. 그가 마약을 복용하고 있음에 틀림없어요… 그래서 어떤 때는 괴상한 짓을 하나 봐요….

그리고는 마들롱의 작은 머리가 열심히 생각에 잠기는 듯하였다. 문득 그녀가 덧붙였다. "앞으로는 그 사람을 조심해야겠어요…."

— 혹시 그를 무서워하는 건 아니겠지? 녀석이 그녀에게 물었다. 그대와는 아무 상관없겠지…? 그대에게 무슨 수작을 걸어오든가?

— 아! 절대 그건 아녜요. 그랬더라도 응하지 않았을 거예요! 하지만 그의 뇌리에 무슨 생각이 꿈틀거리는지 어찌 알겠어요… 혹

시 발작이라도 일으킨다고 가정해보세요… 마약을 복용하는 사람들은 발작을 일으키기도 하지요…! 여하튼 나는 아무리 몸이 아프더라도 그에게 치료를 받지는 않겠어요…!

— 기왕 이야기가 나왔으니, 나도 그에게서는 치료를 받지 않겠어! 로뱅송이 맞장구를 쳤다. 그리고 나서는 다시 애무가 시작되었다….

— 어리광쟁이…! 나의 어리광쟁이…! 그녀가 녀석을 다독거렸다.

— 귀염둥이…! 나의 귀염둥이…! 녀석의 화답이었다. 그리고는 그 사이에 미친 듯 키스를 하느라 아무 말도 하지 않았다.

— 제가 당신의 어깨에까지 키스를 해 내려가는 동안 저를 사랑한다는 말을 몇 번이나 하실 수 있는지, 최대한으로 빠른 속도로 그 말을 해보세요….

그 놀이는 목에서부터 시작되었다.

— 제 몸은 온통 달아올랐어요! 그녀가 숨을 헐떡이며 비명을 질렀다… 숨이 막혀요! 숨을 쉬게 해줘요!

— 하지만 녀석은 그녀에게 숨 쉴 틈을 주지 않았다. 그는 쉬지 않고 다시 시작하였다. 그 근처 풀밭에 앉아 있던 나는 무슨 일이 벌어지려는지 궁금하여 그들을 살폈다. 녀석은 그녀의 젖꼭지를 두 입술로 지그시 물고, 재미있다는 듯 장난을 하고 있었다. 결국 자질구레한 유희들뿐이었다. 나 역시 그 광경을 보고, 또 착잡한 감정 때문에, 그리고 내 자신의 결례에 놀라 얼굴을 붉혔다.

— 우리 두 사람이 함께 살면 아주 행복할 거예요, 그렇지요? 레옹, 그렇다고 말씀해주세요. 우리가 행복하리라고 당신도 확신하신다고 말씀해주세요.

이제 막간의 휴게 시간이 돌아왔다. 그 다음 또다시 이 세상을 재창조하기라도 하려는 듯, 끝없는 장래의 계획들을 쏟아놓았다. 그러나 그 세계는 오직 그 두 사람만의 세계였다! 특히 나는 그 세계 속에 포함되어 있지 않았다. 그들은 자기네들의 은밀함으로부터 나의 더러운 추억을 아직 씻어내지 못했고, 나를 완전히 떨쳐버리지 못한 것 같았다.

— 당신과 훼르디낭은 오래전부터 친구 간이신가요?

그 문제가 그녀의 뇌리를 떠나지 않는 모양이었다…

— 여러 해 되었지, 그래요…, 여기서… 또 저기서…. 그의 대꾸였다. 우리는 처음 여행 중에 우연히 만났지… 그는 새로운 나라를 구경하기 좋아하는 녀석이야… 나 역시 어떤 면에서는 그렇고… 그리하여 마치 오래전부터 여행을 함께한 것처럼 되어버렸지… 이해하겠어…?

녀석은 그렇게 우리의 삶을 지극히 하찮은 일상의 일로 격하시키고 있었다.

— 그렇다면! 나의 귀염둥이, 이제는 그토록 허물없이 지내는 두 사람의 사이도 끝이에요! 지금 당장부터! 그녀는 결심이 선 듯 간략하고 분명하게 말했다… 이제부터는 그만이에요…! 그렇지요, 나의 귀염둥이, 이제는 끝이지요…? 이제는 오직 저하고만 당신의 길을 갈 거죠…? 제 말 이해하셨어요…? 그렇지 않아요, 내 귀염둥이…?

— 그를 질투한다는 말인가? 그 멍청이 녀석이 그래도 어이가 없다는 듯 그렇게 물었다.

— 아녜요, 그를 질투하는 게 아녜요. 하지만 당신을 너무 사랑하기 때문에, 이해하시죠, 레옹. 당신을 몽땅 독차지하고 싶은 것뿐이에요… 아무하고도 당신을 공유하고 싶지 않은 것뿐이에요… 게다가 무엇보다도, 제가 당신을 사랑하는 이상, 그는 당신이 교류

하실 사람이 못 돼요… 그는 행실이 너무 좋지 못해요… 그 점을 이해하시겠어요? 레옹, 나를 미칠 듯이 사랑한다고 말해주세요! 그리고 나를 이해한다고 말해주시겠어요?

― 당신을 미칠 듯 좋아해….

― 좋아요.

우리 모두는 그날 저녁 뚤루즈로 돌아왔다.

그 이틀 후 예상치 못한 사고가 발생했다. 나는 그곳을 떠나야 할 처지에 있었고, 그리하여 역으로 가기 위해 여행 가방을 꾸리고 있는데, 누군가 집 앞에서 다급하게 소리친다. 그 소리에 귀를 기울인다… 나보고 서둘러 동굴로 내려오라는 소리였다… 나를 그렇게 다급히 부르고 있는 사람의 모습은 보이지 않았다… 하지만 그 부르는 음성으로 보아 몹시 다급한 듯했다… 황급히 동굴로 가 보라는 말 같았다.

— 단 일 분도 못 기다리겠어요? 불이라도 났나요? 나의 대답이었다. 절대 서두르지 않겠다는 것이 내 생각이었다… 저녁식사 직전, 일곱 시경이었다. 작별 인사는 역에서 하기로 이미 약속이 되어 있었다. 할망구가 다른 날보다 조금 늦게 집에 돌아오기로 되어 있었기 때문에, 그렇게 하는 것이 모든 사람에게 편하리라는 것이었다. 바로 그날 저녁, 할망구가 동굴 순례단을 기다려야 했기 때문이다.

— 빨리 오세요! 길에서 나를 부르던 사람이 재촉을 한다… 앙루이유 부인께 불행한 일이 닥쳤어요!

— 좋아요! 좋아! 나는 대강 그렇게 대답하였다… 곧 갈게요! 알아들었어요…! 곧 내려가요!

그러나 나는 잠시 생각해보았다. "먼저 가세요. 곧 따라간다고 하세요… 내가 달려가겠다고… 바지를 입을 시간 동안만 기다리라고…." 그렇게 말하며 나는 생각을 정리했다.

— 하지만 무척 다급한 일이에요! 나를 부르러 온 사람이 재촉

을 해댄다. 다시 말씀드리지만 부인께서 의식을 잃으셨어요…! 두개골의 일부분이 파손된 것 같아요…! 동굴 입구의 층계에서 거꾸로 떨어지셨어요…! 눈 깜짝할 사이에 아래로 떨어지셨어요…!

"됐어!" 그 아름다운 이야기를 들으며 나는 속으로 그렇게 중얼거렸다. 그 다음에는 더 이상 길게 생각할 필요도 없었다… 나는 곧장 역을 향해 달렸다. 이미 마음이 정해져 있었다.

나는 일곱 시 십오 분 기차를 겨우 잡아탔다.

물론 작별 인사도 없었다.

파라핀이 오랜만에 다시 나를 만나서 한 첫마디는 내 안색이 좋지 않다는 말이었다.

— 뚤루즈에서 몹시 고되었던 모양이군. 항상 그랬듯이, 의심어린 어조로 나에게 한마디 던졌다.

뚤루즈에서 심적인 동요를 겪은 것은 사실이지만, 내가 그것을 개탄할 처지는 아니었다. 물론 나의 일방적인 생각이기는 하지만, 위험스러운 고비에 줄행랑을 침으로써 나는 진정 귀찮은 사건에서 멋있게 몸을 빼냈기 때문이다.

나는 뚤루즈에서 있었던 사건을, 그리고 그 사건에 대하여 내가 품고 있던 의심을 파라핀에게 세세히 설명하였다. 그러나 그는 내가 그 상황에서 취한 결단과 행동이 슬기롭다고는 생각하지 않았다… 하지만 그 사건에 대해서는 길게 토론할 시간이 없었다. 그동안 나의 일자리 문제가 선결 과제로 떠올랐고, 따라서 그 문제부터 생각해야 할 판이었기 때문이다. 따라서 자질구레한 논평으로 시간을 허비할 수는 없었다… 내게 남은 돈이라곤 백오십 프랑뿐, 그런데 나는 당장 어디에 가서 몸을 의탁해야 할지 막막한 처지였다. '따라뿌' 영화관에…? 그곳에서도 더 이상 사람을 고용하지 않았다. 경기침체 때문이었다. 그러면 가렌느-랑시로 다시 돌아가볼까? 그곳에 가서 고객들을 다시 주워모아 볼까? 나는 그 방법을 한참동안 생각해보았다. 그러나 그것은, 하다하다 못하면 마지못해 취할 최후의 방법이라는 생각이 들었다. 꺼져 가는 성화(聖火) 같은 최후의 몸부림이라 여겨졌다.

결국 구원의 막대기^{손길}를 나에게 내민 사람은 파라핀이었다. 자신이 여러 달 전부터 일하고 있던 정신병원에서 나에게 조그만 일자리 하나를 겨우 찾아 준 것이다.

그 정신병원 사업은 여전히 괜찮은 편이었다. 그 정신병원에서 파라핀은 미치광이들을 영화관에 인솔하고 다니는 일 외에, 불꽃놀이도 담당하고 있었다. 한 주일에 두 번씩, 정해진 시각에, 밀폐되고 어두운 방에 그 우수에 잠긴 녀석들을 모아놓고, 그들의 머리 위로 자기(磁氣) 폭풍과 같은 방전 현상을 일으키는 일이었다. 한마디로 정신적 스포츠였으며, 바리톤의 멋진 발상으로 이룩한 장치였다. 정신병원의 주인인 그 인색한 바리톤이, 그 대부代父,협잡꾼들의 우두머리께서 황공스럽게도 나를 받아들였고, 정해진 보수는 지극히 미미하였지만 계약서는 한없이 장황했고, 그 모든 조항이 자기에게만 유리하게 꾸며져 있었다. 한마디로 전형적인 기업주였다.

우리가 정신병원에서 받는 보수가 단지 이름뿐이었던 것은 사실이나, 반면 그곳에서는 잘 먹여주고 좋은 잠자리를 제공해주었다. 또한 여자 간호사들을 언제나 만끽할 수 있었다. 물론 암암리에 허용된 일이었다. 주인인 바리톤은 그러한 오락에 대해 아무 잔소리도 하지 않았을 뿐만 아니라, 그러한 관능적 편의가 종사원들로 하여금 자기의 병원에 붙어 있도록 하는 요인이 된다고까지 하였다. 꾀바른 착상이었으며, 쓸데없이 엄한 규칙도 아니었다.

게다가 무엇보다도, 때마침 나에게 작은 비프스테이크 덩이가 제공되었는데, 이러쿵저러쿵 조건을 내세울 처지가 아니었다. 다만 아무리 생각해보아도, 파라핀이 왜 나에게 별안간 그토록 큰 관심을 보이는지 그 이유가 분명하게 포착되지 않았다. 나를 대하는 그의 태도가 뇌리에서 꿈틀거리며 나를 괴롭혔다. 파라핀에게 박애주의적인 감정이 있어서일까… 그것은 그를 지나치게 미화하는 것이다… 훨씬 복잡한 이유가 있었음에 틀림없다. 하긴 살다보면 별일이 다 있으니까…

 점심식사 시간이면 우리의 주인 바리톤을 중심으로 모두 함께 식탁에 둘러앉는 것이 상례였다. 관록 있는 정신병 의사인 우리의 주인은 턱수염이 뾰족하고, 허벅지가 짧으나 통통하였으며, 아주 친절하였다. 다만 경제적인 문제에 있어서는 전혀 딴판이어서, 기회와 핑계가 있을 때마다 완전히 구역질나는 진면목을 드러냈다.

 음식과 술에 있어서만은 그가 우리들 모두를 방탕으로 몰아갔다 할 수 있을 것이다. 포도원 하나를 몽땅 유산으로 받았노라고 그 자신이 우리에게 설명해주었다. 하지만 내가 단언하건대, 그 포도원이란 것이 아주 작은 것에 지나지 않았다.

 비니-쉬르-쎈느에 있던 그의 정신병원에는 입원자 수가 줄어드는 경우가 거의 없었다. 병원을 소개하는 인쇄물에는 '요양원'이라는 명칭을 사용했는데, 병원을 둘러싸고 있던 커다란 정원 때문이었고, 날씨가 좋을 때면 우리들은 미치광이들을 데리고 그곳에서 산책을 하였다. 미치광이들은 그곳에서 산책을 할 때, 자기들의 어깨 위에 놓인 머리의 균형을 잡기가 어려운 듯 괴이한 표정을 지었으며, 그들은 그 머리통 속에 있는 것을 자칫 비척이다가 땅바닥에 쏟을까 두려워하는 것 같았다. 그들의 머리통 속에는 토막토막 잘리고 뿔이 두 개 달린 온갖 종류의 괴물들이 서로 충돌하고 있었는데, 그들은 그것들을 흉측한 표정을 지으며 결사적으로 붙잡고 있었다.

 그 돌아버린 녀석들이 자기들의 정신적 보물에 대해 우리에게 이야기를 할 때면, 겁에 질린 듯 무수히 몸을 비꼬든가, 혹은 특별한 호의를 베푸는 경비원의 태도를 보였는데, 그 꼴은 마치 세력 있고 소심한 관리들과 같았다. 하나의 제국을 준다 해도 그들은 머리통 속에 있는 것들을 꺼내려 하지 않았을 것이다. 미친 사람이란, 보통 사람들과 같은 생각을 가졌으되 그 생각을 머릿속에 가둬 놓은 사람이다. 이 세상이 그들의 머릿속을 통과하지 못하는 것뿐이고, 그들은 그것으로 만족한다. 닫힌 머리는 배수천(排水川)이 없는 호수처럼 되어버려, 결국 썩게 된다.

바리톤은 국수^{식량}와 채소를 빠리에서 대량으로 구입해왔다. 비니-쉬르-쎈느의 상인들은 그리하여 우리들을 별로 좋아하지 않았다. 심지어 우리들은 증오하기까지 하였다. 그러한 기색이 역력하였다. 그렇다고 그들의 증오가 우리의 식욕을 없애지는 못하였다. 내가 처음 그곳에서 일을 시작하던 무렵, 바리톤은 식사 중에 우리가 주고받는 잡다한 이야기에서 어김없이 명쾌한 결론과 철학을 이끌어내곤 하였다. 그러나 정신병자들과의 거래에서 자기의 누룽지^{먹을것}를 벌며, 그들과 식사를 함께하며, 그들의 광기를 그럭저럭 중화시키면서 그 돌아버린 녀석들 속에 파묻혀 살아온 탓인지, 그는 식사 도중 혹시 그들의 괴상한 습성에 관한 이야기가 나올 경우를 몹시 귀찮아했다. "정상적인 사람들의 대화에 그들이 등장해서는 안 돼요!" 단호하게 금지하는 듯한 어조로 그렇게 말하곤 하였다. 그는 정신적인 위생을 매우 중요시한다고 하였다.

그는 대화를 좋아했고, 특히 재미있고 안도감을 주며 사리에 맞는 대화가 이루어지지 않을까 근심을 할 정도였다. 한 대 먹은 녀석들^{돌아버린 녀석들}에 대해 길게 늘어놓는 것을 그는 몹시 싫어했다. 그들에 대한 본능적인 반감으로 족하다는 듯하였다. 반면 우리의 여행 이야기는 그를 황홀하게 했다. 아무리 이야기를 해주어도 또 듣고 싶어 했다. 내가 그곳에 도착함을 계기로 파라핀은 수다를 떨어야 하는 짐을 일부나마 벗어던지게 되었다. 식사 시간에 우리들의 주인을 즐겁게 해주는 데에는 내가 안성맞춤이었다. 나의 오랜 편력이 잘 정돈되고 손색없는 문학 작품으로 둔갑해서 재미있게,

식사 때마다 길게 펼쳐졌다. 바리톤은 식사를 할 때 혀와 입으로 요란스러운 소음을 냈다. 그의 딸은 항상 그의 오른쪽에 앉았다. 그의 딸 에메는 열 살밖에 되지 않았음에도 이미 영영 시들어버린 것 같았다. 마치 건강에 해로운 구름 조각들이 지속적으로 그의 안면을 덮고 지나가는 듯, 우리들이 보기에도 무엇인가 생기 없는 것, 치유될 수 없는 회색의 색조가 그녀를 지배하고 있었다.

파라핀과 바리톤 사이에는 작은 충돌이 가끔 일어나곤 하였다. 하지만 누구든 자기의 사업 소득에 참견만 하지 않으면, 바리톤은 아무 원혐도 품지 않는 사람이었다. 그의 수지 타산만이 오랜 세월 동안 그의 삶에서 단 하나 성스러운 영역을 형성하고 있었다.

어느 날 파라핀은 식사 도중, 조금도 삼가는 기색 없이 바리톤에게 도덕성이 결여되었다고 하였다. 그러한 지적에 처음에는 바리톤의 마음이 상한 듯하였다. 그러나 이내 아무 일도 없었던 것처럼 조용해졌다. 그처럼 사소한 일로 화를 내지는 않는다는 태도였다. 나의 여행담을 듣고 바리톤은 낭만적인 감동을 맛보았을 뿐만 아니라, 그 감동과 함께 커다란 경제적 절약을 했다는 느낌까지 맛보았다. "당신의 이야기를 듣고 있노라면 그 먼 나라들을 보러 가야 한다는 필요성을 더 이상 느끼지 않아요. 당신이 너무나 이야기를 잘하기 때문이에요, 훼르디낭!" 그가 나에게 그 이상 더 호의적인 찬사를 할 수는 없었을 것이다. 그의 정신병원에서는 감시하기 쉬운 미치광이들만 받아들였고, 몹시 사납거나 살인 행위의 가능성이 명백한 광인들은 절대 받아들이지 않았다. 따라서 그의 정신병원은 음산한 곳이 아니었다. 약간의 철책과, 몇 개의 독방이 있을 뿐이었다. 그곳에 수용된 모든 사람들 중 특히 걱정이 되던 인물은 아마 그의 딸인 어린 에메였을 것이다. 물론 그 아이는 환자가 아니었으나 그곳 환경이 아이를 사로잡고 있었다.

가끔 몇 마디 고함이 우리의 식당까지 들려오기도 했지만, 원인을 알아보면 항상 별것 아닌 일들이었다. 게다가 고함은 얼마 계속되지 않았다. 그 외에 조그만 관목 무더기와 베고니아 화단을 끊임없이 어정거리던 중, 가령 펌프와 같은 하잘것없는 물건 때문에 길고 급격스러운 광란의 파도가 그들을 뒤흔드는 경우가 가끔 있었다. 하지만 그 모든 것도 미지근한 물에 목욕을 시키거나 아편 시럽을 먹이면 별 말썽 없이 수그러들었다.

길 쪽으로 난 그들의 공동식당 창문에 몰려와서 가끔 고함을 치며 인근을 시끄럽게 하는 경우도 있었지만, 그들의 분노는 대개 그들 내부에 머물곤 하였다. 그들은 자신들의 분노를 억제하고, 각자 우리의 치료 방법에 항거하기 위하여 그것을 그들 내부에 깊숙이 비축하고 있었다. 그 저항 자체가 그들의 가장 신나는 일이었다.

이제 내가 바리톤의 정신병원에서 만났던 모든 미치광이들을 다시 곰곰이 생각해보면 전쟁과 질병 외에, 즉 그 두 그칠 줄 모르는 악몽 외에, 우리 인간의 가장 깊숙한 기질^{본능?}의 진정한 발현이 또 있을 수 있을까 의심하지 않을 수 없다.

우리가 존재하며 감내해야 할 가장 큰 피곤은 아마 단순하고 솔직하게 자신으로 남아 있지 않기 위해, 즉 추잡하고 잔혹하며 모순 투성이인 존재로 남아 있지 않기 위해 이십 년 동안, 사십 년 동안, 혹은 그 이상을 참하게 살려는 노력에 바치는 수고에 지나지 않을 것이다. 그 피곤은 또한 우리에게 이미 부여된 그 절룩거리는 하등인간^{sous-homme, 20세기 초에 처음 사용되기 시작한 말로서, 인간의 존엄성을 상실한 사람이라는 뜻이다.}을 하나의 보편적 이상형으로, 하나의 초인으로 아침부터 저녁까지 위장해서 내보여야 한다는 그 악몽 같은 의무에서 비롯되기도 한다.

정신병원에는 그 치료비에 따라 분류된 온갖 부류의 환자들이 있었는데, 가장 부유한 환자들은 루이 15세 시대풍의 화려한 가구들로 장식된 방에 수용되어 있었다. 그들에게는 바리톤이 날마다 한 차례씩 회진차 들렀는데, 그 회진료가 매우 비쌌다. 그들 역시 그를 기다렸다. 가끔 바리톤은 그들로부터 심한 따귀를 두어 대씩 얻어맞곤 하였다. 그들이 오랫동안 준비한 선물이었다. 그는 즉시 그 사실을 특별 치료비 명목으로 계산서에 기재하였다.

파라핀은 식사 중에 별로 입을 열지 않았다. 바리톤 앞에서 내가 거둔 수사학적 성공에 속이 뒤틀려서 그랬던 것은 전혀 아니다. 그는 세균을 연구하던 시절보다 매사에 별로 신경을 쓰지 않는 것 같았고, 그저 만족스러워할 뿐이었다. 특히 미성년 아가씨들과의 사건이 그에게 커다란 공포감을 남겨주었던 모양이다. 그 사건으로 인해 그는 성관계에 있어서 항상 당황하는 것 같았다. 한가한 시간이면, 그 역시 환자처럼 병원 잔디밭 주위를 천천히 어슬렁거리곤 하였고, 혹시 내가 그의 곁을 지나가면 나에게 잔잔한 미소를 보내곤 하였다. 하지만 그 미소는 너무나도 주춤거리고 창백하여, 영원한 작별의 미소 같았다.

우리 두 사람을 자기의 기술직 직원으로 받아들임으로써 바리톤은 더할 나위 없는 적임자들을 얻은 셈이니, 우리들이 단 한 시간도 허송하지 않고 열성껏 일을 할 뿐만 아니라, 그가 사족을 못 쓰도록 좋아하면서도 스스로 충족시킬 수 없는 그 모험 이야기와 파적거리를 제공하고 있었기 때문이다. 그 역시 자주 자기의 만족감을 감추지 않고, 우리 두 사람에게 고맙다고 하였다. 그러면서도 파라핀에 대하여는 약간의 유보적인 태도를 보였다.

파라핀과의 관계는 거리낌 없이 편안하지가 못했다. "파라핀… 이봐요, 훼르디낭… 그 사람은 러시아인이에요!" 어느 날 그가 나에게 가만히 말했다. 러시아인이라는 사실이 바리톤에게는 마치

'당뇨병'이나 '꼬마 깜둥이' 등과 같은 말처럼 서술적이고, 형태학적이며, 용서할 수 없는 그 무엇이었다. 여러 달 전부터 그의 영혼을 괴롭혀 오던 그 주제를 꺼내더니, 그는 내 앞에서, 또 나의 개인적인 이권을 위해서라며 자신의 뇌수를 심하게 혹사하기 시작하였다… 평소에 내가 알던 바리톤이 아니라 전혀 다른 사람이었다. 그날 우리는 마침 그 지역의 '담배 가게'로 담배를 사러 가는 길이었다.

— 파라핀은 내가 보기에 매우 영리한 녀석이에요, 그렇지 않아요, 훼르디낭? 그 점에 있어서는 이견이 있을 수 없어요… 하지만 그의 지성은 너무 독단적이에요! 그렇게 생각지 않아요, 훼르디낭? 무엇보다도 우선 적응하기를 원치 않는 녀석이에요… 그에게서 제일 먼저 발견되는 특징이에요… 심지어 자신의 직업 활동을 영위해가면서도 편안해할 줄 몰라요… 심지어 이 세상에 사는 것을 불편해해요…! 당신도 그렇게 생각하는 줄 알아요…! 그 점이 잘못된 거예요! 전적으로 잘못이에요…! 괴로워하고 있어요…! 그것이 바로 그 증거예요…! 날 봐요, 훼르디낭, 내가 얼마나 적응을 잘하는지…! (그 말을 하며 그는 자신의 가슴팍을 두드렸다.) 내일 이 지구가 그 회전 방향을 정 반대로 바꾼다고 합시다. 그러면 나는 어떻게 할 작정이냐고? 물론 나는 적응할 거요, 훼르디낭! 그것도 즉각! 어떻게 하면 되는지 알아요, 훼르디낭? 열두 시간을 더 느긋이 잘 거요! 그러면 그만이오! 그뿐이오! 별로 어려운 일이 아니에요! 그렇게 하면 끝이오! 나는 이미 적응이 되어 있을 거요! 반면 당신의 친구 파라핀은, 그러한 사태가 벌어질 경우 무슨 짓을 할는지 알겠어요? 그는 각종 계획과 회한을 앞으로도 백 년 동안은 곰곰이 되씹을 거요…! 나는 확신해요…! 당신에게 장담할 수 있어요…! 사실 그렇지 않아요? 지구가 별안간 반대 방향으로 회

전하기 시작하면, 그는 그것 때문에 잠을 이루지 못할 거예요…! 무엇인지는 모르지만 그는 그 사실에서 특수한 불의를 발견해낼 거요…! 불의가 많기도 하지…! 그 불의라는 것이 그의 입버릇이에요…! 그가 아직 나에게 그런 이야기를 하던 시절에는, 불의에 대해 엄청나게 쏟아놓았지요… 그리고 그가 질질 짜는 것으로 만족할 줄 알아요? 그것으로 그만둔다면 폐해는 반감되겠지요…! 하지만 절대 아녜요! 그는 즉시 지구를 폭파해버릴 방도를 찾을 거요! 복수를 하기 위해, 훼르디낭! 그리고 그보다 더 나쁜 것은, 훼르디낭, 내가 그것을 당신에게 말해주겠어요… 물론 우리 두 사람 사이에서만 하는 말이지만… 그는 그 방법을 찾을 것이 분명해요…! 내가 말한 대로! 아! 훼르디낭, 이제 내가 당신에게 설명하는 것을 잘 기억해두도록 해요… 미치광이들 중에는 단순한 미치광이들과, 문명의 변덕 때문에 고통스러워하는 또 다른 부류의 미치광이들이 있어요… 파라핀이 두 번째 부류에 속한다는 사실을 생각할 때마다 끔찍하기 이를 데 없어요…! 어느 날인가 그가 나에게 무슨 말을 했는지 알아요?

— 아뇨, 선생님….

— 그가 이렇게 말했어요. "바리톤 씨, 남자의 음경(陰莖)과 수학 간에는 아무것도 존재하지 않습니다! 아무것도! 텅 빈 공허일 뿐입니다!" 그리고 또 들어봐요…! 그리고는 자기가 기다리는 것이 무엇이라고 나에게 말했는지 알아요?

— 아뇨, 바리톤 선생님, 저는 전혀 모릅니다….

— 당신에게 그 얘기를 하지 않던가요?

— 아직 하지 않았습니다….

— 그렇군요, 나에게는 그걸 말해주었어요… 수학의 시대가 도래하기를 기다린다는 거예요! 그가 나를 대하는 그 불손한 태도를

어떻게 생각해요? 자기의 선배고, 자기의 상전인 나에게…?

나는 그 엄청난 환상들이 우리 두 사람 사이를 어서 빨리 지나 사라져버리도록 하기 위하여 한바탕 크게 웃을 수밖에 없었다. 그러나 바리톤은 그것들을 하찮은 일로 여기지 않고 있었다. 그는 심지어 다른 많은 일들을 들추어내면서 역정까지 냈다….

— 아! 훼르디낭! 내가 보기에는, 내가 당신에게 이야기하는 모든 것을 당신은 시시한 일들로 여기는 것 같아요… 다른 여느 잡담과 다름없는 어리숙한 말, 괴이하기 짝이 없는 허튼 잡담으로 여기는 것 같아요… 당신은 그렇게 결론을 내리고 있는 것 같아요… 그런 잡담일 뿐이라고, 그렇지요… 오! 경솔한 훼르디낭! 그 반대예요! 겉보기에는 대수롭지 않은 그 습관을 조심해요! 당신이 지금 큰 실수를 저지르고 있다는 사실을 나는 서슴지 않고 당신에게 밝히는 바요…! 전적으로 잘못되었어요…! 천 번 만 번 잘못이오…! 내가 평생 이 분야에 일을 해오면서, 냉각성 망상과 과열성 망상에 대해서는 이곳이나 다른 곳에서 들을 수 있는 이야기를 거의 모두 들어 알고 있다는 사실을 당신도 인정할 거예요! 아무것도 놓치지 않았어요…! 그 점은 인정하겠지요, 훼르디낭…? 그리고 이미 당신도 그 점은 간파했겠지만, 훼르디낭, 나는 쉽게 불안에 빠지는 성향이 아니에요… 또한 과장을 잘하던가요…? 그렇지 않지요…? 하나의 단어 혹은 여러 개의 단어, 심지어 여러 개의 문장, 아니 말 전체라도 그것들이 가지고 있다는 그 힘은 나의 정확한 판단 앞에서는 무용지물이에요…! 한미한 집안에서 태어났고, 또 나의 천성이 그러하기 때문에 나 역시 엄청나게 억압을 받으며 살아온 인간들, 그리하여 어떠한 말도 두려워하지 않는 그 인간들의 부류에 속한다는 사실을 아무도 부인할 수 없을 거예요…! 그런데 훼르디낭, 파라핀에 관한 세심한 분석 결과, 나로서는 조심을 하지 않을

비니-쉬르-쎈느는 두 개의 수문(水門) 사이에, 그리고 좌우 양쪽의 녹지가 다 사라진 구릉 틈바구니에 자리잡고 있다. 그 변두리로부터 털갈이를 하고 있는 촌락이다. 빠리 시가 그 마을을 집어삼킬 판이다.

매일 정원 하나씩이 사라진다. 마을 입구부터 온갖 광고지가 러시아 발레단처럼 얼룩덜룩하게 붙어 있다. 집달리의 딸은 칵테일을 만들 줄 안다고 한다. 역사적 유물로 변하지 않으려 버티고 있는 것은 오직 전차뿐이다. 그것은 혁명이 일어나기 전에는 사라지지 않을 것이다. 사람들은 불안해하고, 아이들의 말투 또한 부모들의 말투와는 다르다. 아직도 쎈느-에-와즈 군(郡) 주민이라는 사실을 사람들은 조금 부끄러워하는 듯하다. 기적이 일어나고 있다. 라발Laval, 1883-1945. 1925년에 토목성 장관에 임명됨이 입각하면서 마지막 남았던 한 조각 정원마저 사라져버렸고, 여름 휴가철 이후로는 파출부들도 노임을 시간당 이십 상띰씩 인상하였다.일백 상띰이 일 프랑에 해당한다 경마의 마권업자도 하나 나타났다. 우체국 창구의 여직원은 비역질 장면을 다룬 소설들을 사 읽으며 묘사된 장면보다 더 생생한 장면을 상상해본다. 마을의 사제도 툭하면 상스러운 욕을 내뱉고, 착실한 사람들에게 증권 투기로 읽을 수도 있다에 관한 조언을 해준다. 쎈느 강은 그 품에 깃든 물고기들을 다 죽이고, 강의 양 연안에 도열해 선 채 강변에 쓰레기와 고철 들을 쇠스랑처럼 늘어놓는 덤프-트랙터-불도저들 사이에서 미국화되고 있다. 땅 투기꾼 세 사람이 감옥으로 갔다. 모두들 손을 잡고 부산하게 움직인다.

밑바닥부터 뒤흔들어 놓는 그 지역의 변화가 바리톤에게도 닥쳐왔다. 그는 바로 옆 골짜기에 있는 땅, 만든 지 오래된 파이인 양일 미터에 사 쑥씩만 내고 치워주기를 바라던 그 땅을 이십 년 전에 매입해두지 못한 자신의 불찰을 애석해한다. 호시절은 이미 지나가버렸다. 다행히 그의 정신치료 연구소는 아직 그런대로 버티고 있었다. 하지만 어려움이 없는 것은 아니었다. 도무지 만족할 줄 모르는 환자의 가족들은 가장 최신식의, 전기 설비가 가장 많은, 가장 신기한, 무엇이든 최고의 치료 시스템을 끊임없이 요구하며 아우성이었다… 특히 최신의 기계 장치들과 가장 인상적인 치료 기구들을 즉각, 경쟁자들보다 뒤떨어지지 않도록 준비해야 할 판이었다… 아니에르, 빠씨, 몽트르뚜 등지의 인근 수림 속에 매복한 듯 사방에 흩어져 있는 유사한 정신병원들, 각종 호화로운 잡동사니로 치장을 한 그 병원들에게 주도권을 빼앗길 판이었다.

바리톤은 파라핀의 제안에 따라 전기 기계, 압축 공기를 이용하는 기계, 수력을 이용하는 기계 등을 에누리도 하고, 중고품도 찾고, 할인판매장도 돌아다니며 사 모아 유행에 뒤떨어지지 않도록 서두르는 한편, 그렇게 장비를 보강한 다음 좀스럽고 부유한 입원환자들의 변덕스러운 비위를 맞추느라 동분서주했다. 그는 그 불필요한 치장물들을 사들여야 하고… 미치광이들의 호감을 얻어야 하는 자신의 처지를 한탄하며 앓는 소리를 냈다….

― 내가 이 정신병원을 처음 열었을 때는 만국박람회가 개최되기 직전이었지, 훼르디낭… 우리 정신병 전문의사들의 수가 적었고, 의사의 양성도 그 수를 철저히 제한하였으며, 치료를 담당하는 의사들도 오늘날에 비해 타락하지 않았을 뿐만 아니라 괴상한 짓들은 하지 않았어요…. 어느 날 그가 나에게 자신의 감회를 털어놓았다…. 그 시절에는 어느 의사도 환자들과 똑같이 미치려는 시도를 하지 않았어요… 더 효과적으로 치료한다는 명분으로 의사가

함께 미쳐버리는 그 외설스러운 유행, 거의 모두 외국에서 들어온 그 유행이 그 시절에는 없었어요….

"따라서 내가 처음 의학계에 발을 들여놓던 그 시절에는, 훼르디낭, 프랑스의 의사들이 아직 스스로의 존엄성을 지켰어요! 그들은 자기들도 환자들과 똑같이 정신이 헷갈리도록 돌아야 한다고 믿지는 않았어요… 분명 환자들과 장단을 맞추어야 한다는 이론이겠지요…? 내가 어찌 그 속을 알겠어요? 환자들의 비위를 맞춘다는 이론이겠지요! 결국 우리는 어디로 귀착되지요…? 말 좀 해봐요…? 정신병원에 수용되어 있는 환자들 중에서도 가장 심하게 돌아버린 박해망상증 환자들보다 오히려 더 악착스럽고, 더 병적이며, 더 비뚤어지게 처신하며, 그들이 새롭다고 의기양양해하는 그 지저분한 이론을 내세워, 그들이 제시하는 온갖 주착 속으로 우리들을 개 몰 듯 몰아넣은 다음에는 우리가 갈 곳이 어디죠…? 훼르디낭, 우리의 이성이 장차 어떻게 될지, 그 안위에 대해 나를 안심시킬 수 있겠어요…? 아니, 단순한 양식의 안위나마 보장할 수 있겠어요…? 이러한 식으로 간다면 우리의 올바른 판단력 중에서 무엇이 남을까요? 아무것도 남지 않아요! 뻔한 일이에요. 절대 아무것도 남지 않아요! 나는 장담할 수 있어요… 너무나 명백해요…

"우선 훼르디낭, 진정으로 현대적인 지성 앞에서는 모든 가치의 우열이 사라지지 않겠어요? 더 이상 흰색도 없고! 검은색도 없고! 모든 것의 올이 풀릴 거예요…! 그것이 바로 새로운 양식이에요! 그것이 유행이에요! 그 지경이면 우리들이라고 어찌 미치지 않겠어요…? 즉각이지요! 우리들부터 제일 먼저! 그리고 우리는 그것을 자랑하고! 위대한 정신적 난장판 시대를 선포하겠지요! 우리의 광기를 떠들어 선전하겠지요! 누가 우리들을 걷잡을 수 있을까요? 훼르디낭, 당신에게 묻겠어요? 그 얼마 남지 않은, 숭고하고 쓸데없는 인간적 가책감일까요…? 아직도 그 진부한 소심증을 내세우느냐고요? 그렇지요…? 들어봐요, 훼르디낭, 나의 동업자들, 그것도 환자들이나 모든 학술단체의 신망을 받는 그 동료들이 하는 말을 들으면, 나는 도대체 저들이 우리를 어디로 끌고 가려는 것인지 의문을 제기하지 않을 수 없어요…! 정말 지옥 같아요! 그 미치광이들은 내 정신을 흐트려 놓고, 나를 심한 고뇌에 빠지게 하며, 내 영혼 속에 마귀를 침투시킬 뿐만 아니라, 특히 내 비위를 울컥 뒤집어놔요! 그들이 그 현대적인 학술회의에서 자기네들의 연구 결과를 발표할 때마다, 그것을 듣기만 해도 나는 공포감 때문에 새파랗게 질려요! 그들의 이론을 듣기만 해도 나의 이성은 나를 저버리고 떠나버려요… 마귀 들리고, 사악하며, 사람을 홀릴 뿐만 아니라 교활하고 엉큼한 그 현대 정신의학의 총아들은, 초의식적인 분석을 이용해 우리들을 깊은 구렁텅이로 곤두박질시켜요… 다른 곳이 아닌 심연으로! 훼르디낭, 만약 당신과 같은 젊은이들이 저항하지 않으면, 내 말 명심해요, 우리들은 모두 어느 날 아침 넘어가고 말 거예요! 우리들의 사지를 마구 잡아당겨 늘이고, 우리의 정신을 현혹하여 승화시키며, 우리의 판단력을 혼란시켜 지성의 저편, 지옥이 있는 쪽, 일단 가면 영영 돌아올 수 없는 그곳으로 넘어갈 거예요…! 하기야, 밤이나 낮이나 자기네들의 알량한 분별력을 가지고 그토록 자위행위를 하니, 그 초악마들슈퍼 악마들은 이미 그쪽으로 넘어가 저주받은 자들이 모여 있는 지하 동굴 속에 갇혀 있어요!

"내가 밤이나 낮이나라고 말하는 이유는 훼르디낭, 알아둬요, 그 추잡스러운 자들이 밤중에도 그치지 않고 꿈속에서 간음질을 계속하기 때문이에요…! 더 이상 말이 필요 없어요! 놈들은 꿈속에서 이렇게 지껄여대지요! 내가 너를 후벼팔 거야! 너의 판단력을 마구 잡아당겨 늘여놓을 거야! 내가 너를 좀 시달리게 하겠어…! 그 다음 그들의 주위에는 유기물 조각들로 만든 구역질나는 질퍽한 스튜, 흐물거리는 광기의 증상으로 쑨 죽뿐, 그것들이 사방에서 찐득거리며 배어나와 질질 흘러내릴 뿐이에요… 이성의 부유물이 손아귀에 가득, 그것으로 인해 우리의 온몸은 끈적거리고, 괴상한 모습으로 변하며, 경멸스럽고, 썩은 냄새를 풍기게 돼요. 모든 것이 무너져버릴 거예요, 훼르디낭, 모두 무너져요. 나 늙은 바리톤이 당신에게 예언하건대, 앞으로 멀지않았어요…! 그리고 훼르디낭, 당신은 그것을 볼 거예요, 그 거대한 떼거리들이 산산이 흩어져버리는 것을! 당신은 아직 젊으니까! 당신은 그 꼴을 볼 거예요…! 아! 나는 당신에게 그 떼거리의 광란적인 환희를 약속할 수 있어요! 여러분 모두 그 이웃으로 넘어갈 거예요! 한바탕만 더 미치면! 한 차례만 더! 그러면 우르릉! 두목 미치광이 집으로 전진! 그러면 드디어! 그대들의 말처럼 그대들은 해방될 거요! 너도 나도 오래전부터 그대들을 유혹해왔지요! 과감성이라면 그것을 두고 과감성이라 할 수 있지요! 그러나 어린 친구들이여! 일단 그 두목 미치광이에게로 가면, 내 단언하거니와 그대들은 영원히 그곳에 처박혀 있게 될 거요!

"훼르디낭, 이 말을 깊이 명심해둬요! 모든 것의 종말은 절도(節度)의 결여에서 비롯되어요! 대대적인 궤멸이 어떻게 시작되었는지, 나는 당신에게 그것을 이야기해줄 수 있어요… 절도가 환상에 사로잡혔기 때문에 시작된 거예요! 어처구니없는 과도함 때문에! 절도가 없으면 힘도 없는 법이에요! 그것은 문서에 기록되어 있어요 부인할 수 없는 진리예요! 그러면 모든 사람이 몽땅 없어지지 않겠느냐구요? 물론이지! 우리는 궤멸을 향해서 걸어가지도 않아요! 달려가요! 그야말로 쇄도예요! 훼르디낭, 나는 보았어요, 이성이 조금씩 흔들리며 균형을 잃더니, 급기야는 세상의 종말을 몰고 올 양심들^{야심가들}이 시작한 엄청난 모험 속으로 녹아 들어가는 것을! 그것은 1900년경에 시작되었지요… 그 해는 하나의 신기원이에요! 그 무렵부터는 이 세상 모든 구석과 분야에서, 특히 정신의학 분야에서 오직 광적인 질주만이 벌어져요! 누가 더 악랄할까, 누가 더 추잡하고 독창적이며, 누가 더 구역질나게 하며, 누가 더 창조적일까, 서로 다투며 미친 듯이 경쟁을 하고 있어요…! 꼴좋은 샐러드^{상황, 특히 골치 아픈 상황을 말한다}예요! 가슴도 절제력도 없는 짐승, 그 괴물에게 누가 한발이라도 먼저 충성을 바치느냐가 관심사였어요…! 훼르디낭, 그 짐승이 우리 모두를 삼켜버릴 거예요! 너무나 뻔한 일이며, 또 그래도 싸지…! 무슨 짐승이냐고? 멋대로 걸어 다니는 커다란 대가리예요…! 그 짐승이 만들어낸 숱한 전쟁과 그의 용사들이 벌써 우리를 향해 불꽃을 널름거려요! 사방에서…! 이제 우리는 대홍수 한가운데에 들었어요! 꼼짝없이! 아! 모두들 의식 속에서는 권태로워하는 것 같더니! 이젠 권태롭지 않을 거예요! 바꾸어보겠다고 우선 비역질부터 시작했으니까요… 그런데 바로 그 순간부터 그 '인상'이라는 것과 '직관'이라는 것을 경험하기 시작했어요… 여인들처럼…!

또한 우리들이 처해 있는 이 상황에서, 논리라는 그 사기꾼 같은 단어를 거추장스럽게 짊어지고 다닐 필요가 있을까요…? 물론 그럴 필요가 없어요! 우리 시대가 만들어내는, 무한히 정묘하고^{교활하다는 뜻으로도 읽을 수 있다} 실질적으로 진보적인, 그 박식한 심리학자들이 있는데, 논리라는 것은 오히려 거추장스러울 뿐이에요…! 그렇다고 해서 훼르디낭, 내가 여인들을 멸시한다고 생각지는 말아요! 절대 아녜요! 당신도 그 사실만은 잘 알지요! 하지만 녀석들이 말하는 그 인상이라는 것은 좋아하지 않아요! 훼르디낭, 나는 불알

달린 짐승이에요. 그래서 어떤 사실을 하나 움켜잡으면 그것을 놓아버리기가 몹시 힘들어요… 얼마 전에, 들어봐요, 기막힌 일이 있었어요… 어떤 문필가 한 사람을 받아달라는 부탁이 있었어요… 그런데 녀석이 한 달 이상을 두고 줄곧 뭐라고 짖어댔는지 알아요? "쓸어버려…! 쓸어버려…!" 온 집안을 헤집고 돌아다니며 그렇게 포효하는 것이었어요! 녀석은 이미 완전히 가 있었어요… 누가 보아도 그렇게 생각했을 거예요… 그는 이미 지성의 반대편 저 너머에 가 있었어요…! 그런데도 녀석은 이 세상에서 쓸어내야 할 모든 고통을 느끼고 있었어요… 오래된 요도협착증이 그의 오줌을 탁하게 만들었고, 방광을 틀어막고 있었어요… 나는 쉬지 않고 증세를 살피며, 한 방울씩 한 방울씩 배출시켰어요… 그의 가족은 어떻게 해서든 그의 천재성이 되살아나도록 해달라고 졸랐어요… 나는 그의 가족에게 열심히 설명하기를, 그들이 아끼는 그 문필가의 병은 오히려 그의 방광에 있다고 하였지만 모두 허사, 그들은 끝끝내 주장을 굽히지 않았어요… 그의 천재성이 과도하게 발휘되는 순간에 그가 쓰러졌다는 거예요… 오직 그 이유뿐이라는 거예요… 나마저 자칫 그들의 의견에 동조할 뻔했어요. 환자의 가족이란 게 어떤 것인지 당신도 잘 알지요? 하나의 인간이란, 그들의 혈육이건 다른 사람이건 모두 그 부패 작용이 잠시 중단된 썩은 덩어리에 불과하다는 사실을 환자의 가족에게 납득시키기란 불가능해요… 부패 작용이 잠시 중단된 그 썩은 덩어리를 위해서는 단 한 푼도 내지 않을 거예요….

이십여 년 전부터 바리톤은 끊임없이 환자들의 가족들을, 특히 그들의 까다로운 허영심을 만족시키려 애를 쓰면서 살아왔노라고 하였다. 환자들의 가족들이 그의 삶을 고달프게 하였다는 것이다. 내가 보기에 그토록 참을성 많고 균형을 잃지 않는 그였건만, 그는 가슴속에 환자들의 가족들에 대한, 오래 묵어 썩은 증오의 잔재를 간직하고 있었다… 내가 그의 곁에 살던 시절, 그는 더 이상 견딜 수 없는 상태에 이르렀고, 그리하여 어떤 수를 써서라도 가족들의 횡포로부터 영원히 벗어날 방도를 은밀하고 집요하게 모색하고 있었다… 사람은 각자 남모르는 자기의 고통으로부터 탈출해야 할 이유가 있는 법이며, 그리하여 각자 그 목적을 달성하기 위해 자기가 처해 있는 상황에서 독특한 방법을 차용하기 마련이다. 행복하도다, 사창굴로 만족하는 이들이여!

한편 파라핀은 자신이 침묵의 길을 선택한 것에 만족해하는 것 같았다. 내가 훨씬 훗날 깨달은 일이기는 하지만, 바리톤은 환자들의 가족들과 그들에 대한 굴종, 식이 정신요법이 가지고 있는 수천 가지 혐오스러운 진부함으로부터, 즉 자신의 신분으로부터 영원히 탈출할 방법이 없을까를 냉정하게 생각하고 있었다. 전적으로 새롭고 다른 것들에 대한 욕구가 너무 컸기 때문에, 그의 깊숙한 곳에서는 탈출 의지가 무르익어 가고 있었으며, 또한 그 탈출로 인해 비판의 장광설들이 꼬리를 물었을 것이다… 그의 이기주의가 인습에 깔려 죽은 것이다. 그는 더 이상 속임수를 쓰기 싫었고, 그리하여 다만 떠나버리고 싶었을 뿐이다. 자기의 육신을 다른 곳으로 옮겨놓고 싶었을 뿐이다. 바리톤은 한 푼을 벌려고 음악을 연주하는 거리의 악사가 아니었다. 그리하여 끝장을 내려면 곰처럼 모든 것을 무너뜨려야 했다.

스스로를 지각 있는 사람으로 생각하던 그가, 지극히 개탄스러운 추문을 일으켜 결국 자유를 얻었다. 그 사건이 어떤 경로로 전개되었는지는 후에 상세하게 이야기하련다.

일단 나의 이야기로 돌아오자면, 그의 병원에서 조수로 일하는 그 직업이 나로서는 만족스러웠다.

일상적인 치료는 전혀 힘들지 않았다. 물론 가끔 입원 환자들과 너무 오랫동안 대화를 나누고 나면 조금 불편해지곤 했다. 환자들과 대화를 나누다 보면, 마치 그들이 내게 익숙한 해변으로부터 나를 멀리 데려가고, 천연덕스럽게 한 마디 한 마디 순진한 말에 나를 실어, 그들의 광증 한가운데로 이끌어가는 듯, 일종의 현기증이 나를 엄습했다. 나는 그 속에서 어떻게 빠져나올 것인가, 혹시 그들의 광기 속에 영원히 갇혀버린 것이 아닌가, 잠시 나 스스로에게 묻기도 하였다.

　나의 천성대로 그들을 항상 친절하게 대하다 보니, 나는 미치광이들의 위험한 주변, 즉 그들 세계의 변두리에 있게 되었다. 나는 물론 넘어지지는 않았다. 그러나 마치 그들이 음흉스럽게 나를 자기들이 사는 미지의 도시, 그 어느 거리로 이끌어가기라도 하는 듯, 항상 위험을 느꼈다. 더러운 물이 질질 흐르고, 창문들은 모두 녹아내려, 닫아도 여전히 괴이한 소음이 들려오는, 그러한 집들 사이로 걸어가면 갈수록 길들이 점점 더 흐물거리는 도시였다. 문들도, 땅도, 모두 움직이는데… 그럼에도 불구하고 조금 더 멀리 가보고 싶은 욕구가 생긴다. 그리고는 그 잔해들 속에서도 자신의 이성을 되찾을 만한 힘이 자기에게 있는지 확인해보고 싶은 욕구를 느낀다. 그러나 신경쇠약 환자의 유쾌한 기분이나 졸음처럼 이성은 순식간에 오히려 악습으로 변한다. 오직 자기의 이성만을 생각하게 되기 때문이다. 더 이상 아무것도 정상적인 작용을 하지 못한다. 그쯤 되면 농담을 할 계제가 아니다.

　모든 것이 그렇게 의심의 중첩 속에서 흘러가고 있을 때, 우리는 어느덧 5월 4일이라는 날짜에 이르렀다. 그 5월 4일은 잊을 수 없는 날이다. 그날 나는 마치 기적이 일어난 듯 기분이 매우 좋았다. 맥박 78. 점심식사를 잘 하고 난 직후 같았다. 그런데 바로 그 순간, 모든 것이 빙빙 돌기 시작한다! 나는 쓰러지지 않으려 다리에 힘을 주어 버틴다! 모든 것이 황달색으로 변한다. 주위에 있는 사람들의 표정이 괴상해지기 시작한다. 그들이 모두 레몬 껍질처럼 거칠어진 것 같고, 전보다도 더욱 악의에 찬 것 같다. 분명 너무 높은 곳에, 건강의 정상에 경솔하게 기어 올라갔기 때문에, 거울 앞에 서서 나의 늙어가는 모습을 열렬히 바라보던 중 다시 떨어진 것이다.

코와 눈 사이에 집결된 날들, 여러 사람이 여러 해 동안 살았던 날들만큼이나 많은 그 똥 같은 날들이 일시에 닥쳐오면 늙음이 닥쳐오면?, 누구든 더 이상 자기가 혐오하는 것이나 자기의 피곤을 생각지 않는다. 하나의 인간이 감당하기에는 너무나 많은 날들이다.

모든 걸 따져보았을 때, '따라뿌'로 즉각 돌아가는 편이 나을 듯도 하였다. 특히 파라핀이 나에게조차 말을 하지 않게 된 상황에서는 더욱 그러했다. 하지만 '따라뿌'에서도 나는 이미 신용을 잃은 형편이었다. 정신적인 조력자와 물질적인 조력자가 오직 자기의 고용주뿐이라는 사실은 참으로 가혹하다. 특히 그 조력자가 정신과 의사이고, 또 자신의 정신 상태마저 믿을 수 없을 때는 더욱 그러하다. 묵묵히 견딜 수밖에 없다. 아무 말도 하지 말아야 한다. 우리 두 사람에게는 아직 여인들에 대해 나눌 이야기가 남아 있었다. 가벼운 주제였고, 또한 그 이야기 덕분에 나는 아직도 가끔 그를 즐겁게 해 줄 수 있으리라는 기대를 가질 수 있었다. 그 분야에 있어서는 그가 나의 체험담을 믿었을 뿐만 아니라, 그 하잘것없는 그리고 구역질나는 능력을 인정해주었다.

바리톤이 나를 다소나마 경멸스럽게 여기고 있었다는 사실이 나쁘지는 않았다. 어느 고용주건, 자기의 직원들이 치욕적이고 상스럽게 행동할 때 다소나마 안심을 하는 법이다. 노예는 무슨 수를 써서라도 자신을 조금 혹은 몹시 경멸스러운 인간으로 보이도록 해야 한다. 만성의 윤리적 혹은 신체적 작은 결점들이, 노예를 짓누르고 있는 운명의 횡포를 정당화시켜주기 때문이다. 그렇게 해야 지구는 더 잘 돌아간다. 인간들 각자가 자기에게 합당한 자리에 그대로 머물러 있을 것이기 때문이다.

자기가 부리는 사람은 천박하고, 진부하며, 타락적인 성향이 많아야 한다. 그래야만 마음을 놓을 수 있다. 우리들에게 형편없는 임금을 지불하던 바리톤의 경우는 더욱 그러했다. 고용주들이 극도로 인색할 때, 그들은 의심과 불안 속에서 살게 마련이다. 내가 볼 장 다 본 놈이고, 음탕하며, 비뚤어졌고, 끝장난 놈이라는 사실이 모든 것을 설명해주고 정당화시켜 결국 조화를 이루게 하였다. 내가 경찰의 수배를 받고 있었다 할지라도 그것이 바리톤의 마음에 거슬리지는 않았을 것이다. 사람을 충성스럽게 만드는 것은 바로 그러한 약점이다.

게다가 나는 벌써 오래전부터 모든 자존심을 내팽개쳐버린 상태였다. 그러한 감정이 나의 신분에는 전혀 어울리지 않으며, 나의 경제적인 수입에 비해 천 배나 호화스럽게 보였기 때문이다. 자존심이라는 것을 결연히 희생시키고 나니 마음이 편했다.

따라서 이제는 나 자신을 지탱할 만한 균형, 즉 식량과 건강상의 균형만 확보하면 족하였다. 그 나머지는 정말 더 이상 나에게 중요하지 않았다. 하지만 나의 그러한 생각에도 불구하고 어떤 날은 밤 시간을 보내기가 몹시 고통스러웠다. 특히 뚤루즈에서 벌어진 사건의 추억이 문득 나를 깨워, 여러 시간 동안 잠을 이루지 못할 때는 더욱 그러했다.

그러한 밤마다 나는, 앙루이유 할머니가 미라 동굴에서 굴러떨어진 사고에 뒤이어 일어났을 모든 비극적 결과들을 상상하곤 했다. 나 자신도 그 상상을 제어할 수 없었다. 그 다음에는 오장육부로부터 공포감이 치솟아 나의 심장을 움켜쥐었고, 심장은 격하게 뛰었다. 견디다 못해 나는 침대에서 뛰쳐나와 나의 방 안을 이 구석 저 구석까지 오락가락했으며, 그 짓을 아침까지 계속하였다. 그러한 발작증세가 있을 때마다 나는, 다시 잠들기 위해 필요한 태평스러운 마음을 영영 다시 찾지 못할 것이라는 절망감에 빠지곤 하였다. 사람들이 불행하다고 아무리 우는 소리를 하더라도, 그 말을 선뜻 믿어서는 안 된다. 먼저, 그들이 잠을 잘 이루는지를 물어봐야 한다… 만약 그렇다고 한다면 만사가 잘 되어가고 있는 것이나 다름없다. 그것이면 족하다.

나는 영영 다시는 깊은 잠을 이룰 수 없을 것 같았다. 사람들 사이에서 완벽하게 잠이 들려면 꼭 필요한, 진정 커다란 신뢰감, 습관과 같은 그 신뢰감을 상실하였던 것이다. 내가 그 무관심을 조금이나마 회복하고, 나의 불안감을 마비시키며, 멍청하고 신성한 태평스러움을 되찾을 수 있으려면, 최소한 하나의 질병이나 심한 신열, 혹은 구체적인 재앙이 필요하였던 것이다. 그 여러 해 동안의 세월에서 견딜 만했던 단 며칠은, 감기에 걸려 심한 열에 시달리던 날들뿐이었다.

바리톤은 절대 나의 건강 상태를 묻는 법이 없었다. 뿐만 아니라 그는 자신의 건강에 관심을 기울이는 일도 가급적 피하였다. "학문과 삶은 항상 형편없는 혼합체를 형성해요, 훼르디낭! 당신 자신의 몸을 돌보는 일은 언제나 피하도록 해요, 내 말을 믿어요… 우리의 몸에 대하여 제기하는 어떤 질문도, 결국은 모두 하나의 틈으로 변해요… 불안이나 강박관념의 끄트머리가 되지요…." 그것이 그가 좋아하던 간략주의적인 생물학적 지론이었다. 한마디로 그는 허세를 부렸다. "이미 알려진 것만으로도 나는 만족해!" 심지어 그렇게 말하는 경우도 잦았다. 나에게 훌륭하게 보이려는 수작이었다.

그는 나에게 절대 돈 이야기를 하지 않았으나, 그만큼 더 은밀하게 돈 생각에 골몰해 있었다.

로뱅송과 앙루이유 집안 간의 갈등을 완전히 이해하지 못한 나는, 그것을 마음속에 간직하고 있었으며, 그 사건의 몇 가닥 혹은 몇 가지 일화들을 그에게 이야기해주려 여러 차례 시도하였다. 그러나 그는 그 이야기에는 전혀 관심이 없었다. 그는 나의 아프리카 이야기를 좋아했고, 특히 무엇보다도 내가 거의 가는 곳마다 만났던 의사들과 관련된 이야기들을, 가령 흔히 볼 수 없는 그 의사들의 괴이하고 미더워 보이지 않는 진료 방법 등에 관한 이야기를 좋아했다.

우리의 정신병원에서는 그의 딸 에메 때문에 가끔 비상이 걸리곤 하였다. 저녁식사 시간에 그녀를 부르러 가면, 그 방에도 정원에도 홀연 그녀의 모습이 보이지 않는 것이었다. 나는 항상 그녀가 언젠가는 조그만 숲 뒤에서 잘게 잘려진 채 발견될 것이라고 생각하였다. 사방으로 마구 쏘다니는 우리 병원의 미치광이들을 생각할 때 더 참혹한 일도 예상할 수 있었다. 뿐만 아니라 그녀는 이미 여러 차례, 강간당하기 일보 직전에서 겨우 구출된 바 있었다. 그때마다 고함을 치고, 목욕을 시키며, 끝없이 타이르곤 하였다. 너무 으슥한 몇몇 오솔길에는 절대 가지 말라고 일러주었지만 모두 허사, 그 계집아이는 한사코 후미진 구석들만 찾아다녔다. 그 아버지는 그럴 때마다 그녀의 볼기짝을 혹독하게 때려주었다. 하지만 소용이 없었다. 내가 생각하기로는 그녀가 다른 사람들과 어울리기를 좋아하는 것 같았다.

복도에서 미치광이들과 마주치거나 혹은 앞에 있는 그들을 따라가 지나치려면, 우리들 직원들은 항상 경계 태세를 취해야 했다. 정신이상자들은 보통 사람들보다 훨씬 빈번하게 살인을 저지른다. 그리하여 그들과 마주쳐 지나갈 때에는 우선 등을 벽 쪽으로 돌리고, 하복부를 노리는 심한 발길질에 대비하는 것이 일종의 습관이 되어버렸다. 그들은 마주치는 사람을 엿보면서 지나간다. 광기를 제외하면, 서로간의 의사소통은 완벽하였다.

바리톤은 우리들 직원 중에 장기를 둘 줄 아는 사람이 하나도 없다고 불평을 터뜨리곤 하였다. 오직 그를 즐겁게 해주기 위하여 내가 장기를 배우기 시작할 수밖에 없었다.

낮 시간에 바리톤은 골치 아프고 미소한 일에 열중했고, 그로 인해 주위 사람들의 생활이 피곤해졌다. 진부한 일상생활에 관련된 새로운 아이디어가 매일 아침 그에게서 튀어나왔다. 가령 화장실에서 사용하는 두루마리 종이를 접었다 펴서 쓰는 종이로 대체하느냐 마느냐 하는 문제를 놓고 일 주일을 숙고해야 했으며, 우리는 전혀 모순되는 해결책을 도출하기 위해 그 일 주일을 허송했다. 결국 할인판매 기간을 기다렸다가 상점들을 한 바퀴 두루 돌자는 결정을 보았다. 그 다음에는 또 다른, 한가하게 머리를 썩힐 문제가 제기되었으니, 그것은 플란넬 셔츠 문제였다… 그것을 속에 입을 것인가…? 아니면 와이셔츠 위에 입을 것인가…? 그 외에 황산나트륨을 어떻게 다루느냐…? 하는 등의 문제였다… 파라핀은 집요하게 침묵을 지킴으로써 그러한 정박아들의 논쟁으로부터 빠져나갔다.

나는 권태감에 자극을 받아 드디어 내가 여행 중에 실제 겪은 것보다 훨씬 많은 사건들을 바리톤에게 이야기해주었고, 그리하여 나는 기진맥진해버렸다! 그러자 이번에는 우리의 중단된 대화를 그가 독차지하고서, 자질구레한 제안들과 자신이 싫어하는 일들로 그 대화의 여백을 채웠다. 우리는 그 대화에서 영영 빠져나올 줄 몰랐다. 나의 이야기 소재를 고갈시킴으로써 그는 나를 정복한 것이다. 게다가 나는 나를 방어하려 해도, 파라핀이 가지고 있던 그 절대적인 무관심이 없었다. 그와는 반대로, 나는 나의 뜻과는 상관없이 바리톤의 말에 일일이 대꾸를 해야만 했다. 내 자신도 어쩔 수 없이, 코코아와 크림 커피의 장점을 비교하는 하찮은 입씨름에 휩쓸려 들어갔다… 그는 바보스러운 말로 나를 홀리고 있었다.

우리는 모든 하찮은 것에 대해 쉬지 않고 입씨름을 벌였다. 심지어 정맥류(靜脈瘤), 최적의 감응전류, 팔꿈치 부위의 봉와직염(蜂窩織炎) 치료 방법 등에 대해서도… 나는 모든 것에 대해 그의 지시와 성향에 따라, 마치 숙련된 기술자처럼 씨부려대기에 이르렀다. 바리톤은 나를 데리고 백치들의 산보에 나서서, 나를 인도해 가며 영원히 굶어도 좋을 만큼 대화로 포식시켰다. 우리들이 식사 도중에 입에 가득 머금었던 포도주를 테이블보에 마구 튀기면서 너절한 궤변을 열심히 늘어놓는 것을 듣고, 파라핀은 소리를 죽여 웃었다.

하지만 그 더러운 놈 바리톤의 추억이여, 고요히 잠들라! 여하튼 결국 나는 그를 사라지게 하고야 말았다. 그 일은 많은 재간을 요했다.

여자 환자들 중 특별히 나에게 맡겨진 사람들, 즉 가장 지저분한 그 환자들은 그야말로 골칫덩어리들이었다. 샤워도 시켜야 하고… 검진도 해야 하고… 그녀들의 못된 버릇들, 가학적인 행위들을 단속하는 한편, 그녀들의 음부를 항상 청결하게 유지토록 해야 했다… 그 젊은 여자들 중 하나를 병원장이 자주 유심히 관찰했다. 그녀는 꽃들을 뽑아버려 화단을 망쳐놓곤 하였는데, 그것이 그녀의 버릇이었다. 하지만 나는 우리들의 주인이 그녀를 자주 관찰하는 것을 좋아하지 않았다….

그곳에서는 모두들 그녀를 '약혼녀'라 불렀는데, 아르헨티나 여자였고, 몸매는 쓸 만하였지만 가지고 있던 생각은 오직 하나, 즉 자기 아버지와 결혼하겠다는 생각뿐이었다. 화단에서 뽑은 꽃들을, 그녀는 밤이나 낮이나 항상 어디곤 뒤집어쓰고 다니는 하얀 면사포에 하나씩 하나씩 다 꽂았다. 종교적 광신자들인 그 가족들은 그녀를 집안의 커다란, 용납할 수 없는 수치로 여겼다. 그들은 그녀를 그녀의 생각과 함께 세상 사람들이 알지 못하도록, 그 정신병원에 감쪽같이 묻어버린 것이다. 바리톤의 주장에 의하면, 너무 경직되고 엄한 교육과 절대 윤리의 악영향을 견디지 못해 그녀가 무너져버렸다는 것이다. 즉 그 절대 윤리가 그녀의 뇌리에서 파열 현상을 야기시켰다는 것이다.

황혼녘이 되면 우리들은 모든 사람들을 불러들인 다음, 다시 한 번 각각의 방을 점검하였다. 특히 흥분된 사람들이 잠들기 전에 지나치게 열광적으로 자위행위를 하지 못하도록 하기 위함이었다. 특히 토요일 저녁에는 그들을 진정시키고 그 짓을 못하도록 신경을 써야 했는데, 일요일에 가족들이 와서 과열된 수음행위 때문에 늘어져 있는 미치광이들을 보게 되면 병원이 큰 손상을 입기 때문이었다.

그 모든 일들이 나로 하여금 베베르의 죽음을 다시 생각하게 했고, 동시에 내가 그에게 주던 시럽이 뇌리에 떠올랐다. 비니에서도 나는 엄청난 양의 시럽을 미치광이들에게 먹였다. 그 시럽의 성분표를 간직하고 있었기 때문이다. 나 역시 결국은 그 시럽의 효능을 믿게 되었다.

정신병원 안내소에서 일하는 여자는 남편과 함께 사탕 가게를 운영하고 있었는데, 그 남편은 건장한 사람이어서 어려운 상황이 벌어질 때마다 그에게 도움을 청하였다.

모든 일이 그렇게 세월과 함께 순탄하게 흘러가고 있었으며, 그리하여 바리톤이 어느 날 문득 그의 또 다른 생각을 품지만 않았어도 개탄할 만한 일은 별로 없었을 것이다.

그는 오래전부터 나에게 같은 보수를 지불하며 나를 좀더 효율적으로 부려 먹을 방법이 없을까를 궁리해왔음에 틀림없다. 그러던 중 드디어 그 방법을 찾아낸 것이다.

어느 날 저심을 먹고 난 후에 그가 드디어 그 아이디어를 내놓았다. 그는 먼저 샐러드 그릇 가득히 내가 좋아하는 후식거리, 즉 크림 바른 딸기를 내오도록 했다. 그 순간 나는 수상쩍은 생각이 들었다. 아니나 다를까, 내가 마지막 딸기를 삼키고 나자, 그는 거의 위압적으로 나에게 말을 건넸다.

— 훼르디낭. 그렇게 서두를 열었다. 나는 당신이 나의 어린 딸 에메에게 영어를 좀 가르쳐줄 수 없을까 생각해보았어요… 어떻게 생각해요…? 나는 당신의 억양이 아주 훌륭하다는 사실을 알고 있어요… 그런데, 그렇지 않아요? 영어에서는 억양이 가장 중요하지요…! 그뿐만 아니라 당신은 친절 그 자체예요! 훼르디낭, 당신의 환심을 사려는 말이 아니에요….

— 물론 가르쳐드리지요, 바리톤 씨. 허를 찔린 나는 그렇게 대답하였다….

그리하여 다음날부터 에메에게 영어를 가르치기로 즉각 합의를 보았다. 그리고 물론 여러 주일 동안을 계속하기로 하였다….

그 영어 교습이 시작되던 날부터 우리들은 완전히 혼돈스럽고 모호한 시기로 접어들었으며, 그 시기에는 일상생활의 리듬과는 전혀 다른 리듬으로 사건들이 꼬리를 물고 발생했다. 바리톤은 교습 때마다 빠지지 않고 그 자리에 참석했다. 내가 아무리 걱정스러

위하는 어조로 타일러도 가여운 어린 에메는 별로, 아니 전혀 영어에 흥미를 느끼지 못하였다. 기실 그 가여운 에메는, 그 모든 새로운 말들이 뜻하는 바를 알려고도 하지 않았다. 심지어 그녀는 우리가 그녀로 하여금 그 말들의 의미를 기억토록 하려고 그처럼 악착같이 애를 쓰는 이유가 무엇인지 의아해하기까지 하였다. 울지는 않았지만 그녀는, 울음을 터뜨리기 직전 상태까지 도달해 있었다. 그녀는 아마 자기가 이미 알고 있는 약간의 프랑스어로 조용히 그럭저럭 헤쳐나가도록 내버려두기를 바랐을 것이다. 프랑스어가 가지고 있는 까다로운 점들과 쉬운 점들만 해도, 그녀의 일평생을 몽땅 얽어맬 만큼 많았기 때문이다.

하지만 그 아버지는 그녀가 하는 말을 그러한 귀로^{의미로} 듣지 않았다. "내 귀여운 아가, 너는 현대적인 젊은 아가씨가 되어야 해!" 그는 지칠 줄 모르고 그렇게 그녀를 격려했다. 그녀를 위로하려는 의도도 있었다…. "네 아비인 나는, 외국에서 오는 환자들을 받아들일 만큼 충분한 영어 구사 능력이 없어서 많은 고통을 겪었단다… 자! 울지 말아라, 내 귀여운 것…! 그러느니 그토록 참을성 많으시고 친절하신 바르다뮈 씨의 말을 귀담아들어 보렴. 그리고 그분이 너에게 시범으로 발음해주시는 것처럼 너도 'the'를 네 혀로 발음할 수 있게 되면, 지금 약속하거니와 온통 니켈로 도금한 예쁜 자전거를 사줄게…."

그러나 에메는 'the'건 'enough'건 전혀 입을 열 의욕을 나타내지 않았다… 오히려 나의 주인이 그녀를 대신해서 'the'건 'rough'건 발음 연습을 했을 뿐만 아니라, 그의 보르도 지방 억양과, 영어에서는 오히려 장애가 되는 병적인 추론 습관에도 불구하고^{프랑스어의 문법을 논리적으로 따져가며 배우던 습관} 많은 진전을 보였다. 그렇게 한 달, 두 달 계속하였다. 영어를 배우려는 아버지의 정열이 점점 커지는 반면, 에메가 영어 모음과 씨름을 하는 기회는 점점 줄어들었다. 바리톤이 나를 독차지하고 있었다. 그는 나를 아예 점령한 채 놓아주지 않았고, 내가 알고 있는 영어를 몽땅 펌프로 퍼올리고 있었다. 우리 두 사람의 방이 나란히 있었던 고로, 나는 그가 아침부터 옷을 입으며 자기의 사생활을 영어로 변형시키는 소리를 들을 수 있었다. "The coffee is black… My shirt is white… The garden is green… How are you today Bardamu?" 그렇게 고함을 치는 소리가 두 방 사이의 칸막이를 통해 들려왔다. 그는 상당히 빨리 영어의 생략형에 재미를 붙였다.

그런 속도로 타락해가다가는 그가 우리들을 아주 멀리 끌고 갈 것이(심각한 상황으로 몰아넣을 것이) 뻔하였다… 더구나 그가 영국 문학을 접하고부터는 우리 두 사람의 그 사업에 제동을 걸기가 불가능해졌다… 팔 개월 동안 그토록 비정상적인 진보를 계속하더니, 그는 자신을 앵글로-색슨 세계에 자연스럽게 조화시키는 데 성공하였다. 또한 그리하여 나로 하여금 자기를 극도로 역겨워하도록 하는 데에도 성공하였다.

우리는 차츰 어린 에메를 우리의 대화 주제에서 제외하기에 이르렀고, 따라서 그녀를 더 이상 들볶지 않게 되었다. 그녀는 편안히, 다른 것을 요구하지 않고 자기의 몽상 세계로 돌아갔다. 그녀는 간단히 말해 영어를 배우지 않겠다는 것이었다! 이제 모두 바리톤의 몫이었다!

다시 겨울이 닥쳐왔다. 성탄절이었다. 여행사들마다 할인된 영국행 왕복 여행권 가격을 광고하고 있었다… 나는 영화관에 가는 파라핀과 동행하며 큰길을 지나던 중 그 광고물들을 보았다… 나는 그 여행사들 중 하나를 골라, 사무실에 들러 자세한 가격까지 알아보았다.

그후 식탁에서 다른 이야기들과 함께 그 이야기로 두어 마디 바리톤에게 들려주었다. 내가 알아온 것에 그는 별로 관심이 없는 기색이었다. 그 일을 그는 그냥 지나쳤다. 나는 그 일이 완전히 잊혀졌으리라 믿고 있었는데, 문득 어느 날 밤, 그 스스로 그 이야기를 다시 꺼내더니, 자기에게 광고지들을 가져다 달라고 나에게 부탁을 하는 것이었다.

영문학 공부를 하다가 쉬는 시간이면 안내실 바로 위에 있는, 그리고 쇠창살이 튼튼하게 박혀 있는 격리실에서 우리는 자주 일본 당구 러시아 당구, 혹은 아메리카 당구라고도 한다를 즐겼고, 또 어떤 때는 코르크 마개 쓰러뜨리기도 하였다.

바리톤은 손재간을 요하는 놀이에 뛰어난 소질이 있었다. 파라핀은 반주내기를 하자고 그에게 자주 도전하였지만 번번이 패하였다. 우리는 특히 비가 자주 오는 겨울이면, 원장의 커다란 응접실을 더럽히지 않기 위하여 거의 매일 저녁을, 임시로 개조한 그 작은 오락실에서 보냈다. 어떤 때는 불안에 떠는 환자를 우리가 놀고 있는 그 오락실에 데려다 놓고 관찰하는 경우도 있었다. 그러나 매우 드문 경우였다.

파라핀과 원장이 융단 당구대 위에서 혹은 코르크 놀이용 판자 위에서 손재간을 겨루는 동안, 나는 재미로 —그렇게 말할 수 있는 것인지는 모르지만— 죄수가 감방에서 맛보는 느낌과 같은 느낌을 체험해보려 노력하곤 하였다. 그러나 좀체 느낌이 오지 않았다. 의지만 있다면, 변두리 지역의 거리를 가끔 지나가는 얼마 안 되는 사람들과 우정을 맺는 데 성공할 수 있다. 하루가 끝나갈 무렵, 전차가 빠리로부터 고용원들을 얌전한 보따리들처럼 무더기로 다시 실어오면서 만들어내는 작은 이동, 그 움직임을 바라보노라면 측은한 마음이 생긴다. 식료품 가게를 지나 첫 모퉁이에 이르면, 그들의 굼실거리는 움직임도 끝이다. 그들은 모두 조용히 어두운 밤 속으로 휩쓸려 들어간다. 그들의 수를 겨우 헤아려볼 시간밖에 없다. 그러나 바리톤은 나를 편안히 몽상에 잠기도록 내버려두는 일이 별로 없었다. 한창 코르크 마개 놀이를 하면서도 그는 야릇한 질문들을 극성스럽게 퍼부어댔다.

— How do you say 'impossible' en English, Ferdinand?
'impossible'은 프랑스어나 영어에서 같은 뜻으로 사용된다. 발음만 다를 뿐이다. 'en'은 영어의 'in'에 해당한다. 바리톤의 영어를 회화적으로 예시한 것이다

한마디로 그는 자기 영어 실력을 쌓아가는 일에 도무지 지칠 줄을 몰랐다. 그 우둔한 머리로 그는 완벽을 지향하고 있었다. 대략이라든지 양보라는 말은 아예 듣기조차 싫어했다. 다행히도 그의 작은 발작증세가 나를 해방시켜 주었다. 그 대략은 다음과 같다.

우리가 『영국사』를 읽어갈수록 그는 자신감을 조금 잃는 듯하더니, 급기야는 그의 가장 훌륭한 낙천주의마저 상실했다. 우리가 엘리자베스 여왕 치세기엘리자베스 1세의 치세기를 말한다. 1533-1603의 시인들을 다루려는 순간, 문득 그의 정신과 성격에 무형의 거대한 변화가 닥쳐왔다. 처음에는 그 사실을 수긍하기가 고통스러웠지만, 결국 다른 사람들처럼 나 역시 개탄스럽게 변해버린 바리톤을 있는 그대로 인정할 수밖에 없었다. 전에는 그토록 세밀하고 엄정했던 그의 주의력이, 이제는 끊일 줄 모르는 엄청난 몽상에 이끌려 가 둥둥 떠다니고 있었다. 그리하여 이번에는 그가 몇 시간이고 자기 집에 들어앉아서, 우리들이 자기 앞에 있음에도 불구하고 몽상에 빠져들었으며, 이미 먼 몽상의 나라에서 배회하고 있었다… 비록 내가 오랫동안 또 몹시 그를 역겨워했지만, 그 바리톤이 그렇게 풍화되어 가는 모습을 보니 몇 가닥 후회의 정이 가슴속에 꿈틀거렸다. 그러한 붕괴 상태에는 나에게도 약간의 책임이 있다고 믿었기 때

문이다… 그것을 알고 있었기 때문에, 나는 어느 날 우리의 영문학 공부를 잠정 기간 중단하자고 제안하였던 것이다. 그 명분은, 막간의 휴식을 이용해 연구자료를 새로운 것들로 보강할 시간과 기회를 얻자는 것이었다… 그는 그 어설픈 술책에 속아 넘어가지 않았고, 우호적이긴 하지만 단호한 반대 의사를 즉각 나에게 표시하였다… 그는 나와 함께 영국 정신의 발견 작업을 끈기 있게 추진해나갈 생각이었던 것이다… 이미 착수한 그대로… 나는 대꾸할 말이 없었다… 그래서 굴복하였다. 그는 심지어 그 일을 완벽하게 이루기 전에 삶을 마치지 않을까 두려워하기까지 하였다… 따라서 나는 비록 이미 사태의 악화를 예감하고 있었지만, 그와 함께 그럭저럭 그 절망적인 학술적 편력을 계속할 수밖에 없었다.

사실 바리톤은 더 이상 종전의 그가 아니었다. 사람이건 사물이건, 우리들 주위의 모든 것이 이상야릇하고 몹시 굼떴으며, 이미 흐지부지되어 가고 있었다. 또한 우리들 모두가 잘 알고 있던 그의 정견(政見)들도 꿈처럼 부드러워져, 완전히 모호해져버렸다.

바리톤은 자기 필생의 작품이며, 또한 그것을 위해 삼십 년 이상 정열을 쏟아온 정신병원의 관리 업무에 대해서도 간헐적이고 의욕 없는 관심을 나타낼 뿐이었다. 그는 모든 관리 업무를 내팽개친 채 전적으로 파라핀에게만 의존하고 있었다. 사람들 앞에서는 아직도 점잖게 감추려 애를 쓰고는 있었지만, 그의 점증되어가고 있던 신념의 뒤흔들림이 얼마 가지 않아 우리들의 눈에는 명백해졌고 부정할 수 없게 되었으며, 그의 용모에도 나타났다.

병원에 큰일이 있을 때 가끔 도움을 받은 것을 계기로 비니에서 알게 된 경찰관 귀스따브 망다무르, 그 분야에 종사하는 사람치고는 내가 만나 본 사람 중에서도 가장 통찰력이 무뎠던 그 망다무르도 그 무렵 어느 날, 나에게 원장께서 혹시 매우 나쁜 소식이라도 들으셨느냐고 물었다. 나는 그에게 그렇지 않다고 말은 하면서도 나 역시 잘 모르겠다는 표정을 지어보였다.

그러한 모든 뒷공론에 바리톤은 아예 관심조차 없었다. 그는 다만 어떠한 명분에 의해서도 방해를 받지 않으려고만 하였다… 학습 초기부터 우리들은 십육 권으로 된 매콜리의 대표작『영국사』를, 바리톤의 뜻에 따라 너무 급속도로 읽어 내려갔었다. 우리는 그의 요청에 따라 그 유례없는 강독을 다시 시작했는데, 강독은 매우 우려스러운 그의 정신 상태에도 불구하고 계속되었다. 한 장(章) 한 장 빠짐없이 읽어나갔다.

내가 보기에 바리톤은 명상에 의해 점점 위험스럽게 감염되고 있는 것 같았다. 우리의 강독이 그 어느 부분보다도 처절한 이야기를 담고 있는 구절에 이르렀을 때, 즉 왕위계승권을 요구하는 몬머스가 켄트 지방의 어느 해안에 상륙하는 이야기에 이르렀을 때… 그러한 모험을 감행하면서도 자신으로서는 무엇을 해야 할지… 자신이 무엇을 원하는지… 무엇하러 그 해안에 왔는지를 몰라… 그대로 발길로 돌리고는 싶지만, 이제는 어디로 어떻게 돌아가야 할지조차 모르겠는데… 자기 군대의 패색은 점점 짙어가고… 창백한 새벽의 대기 속에서… 그의 마지막 전함들마저 바다가 씻어가 버리고… 몬머스가 평생 처음으로 명상에 잠기는 이야기에 이르렀을 때… 바리톤 역시 비록 자신이 지극히 왜소하고 평범한 인간이지만, 어떤 결단을 내리지 못하여 서성거리고 있었다…몬머스는 찰스 2세의 아들이라 추측되던 제임스 스콧 몬머스, 즉 몬머스 공작을 가리키는 듯하다. 1649-1685. 로테르담 출신인 그는 청교도들의 지지를 얻어 카톨릭교도들이 내세운 요크 공에 맞서 영국의 왕위계승권 쟁탈전에 뛰어들었으나 실패, 1683년 네덜란드로 망명했다. 요크 공, 즉 찰스 2세의 동생인 제임스 2세가 등극한 후, 런던에 돌아와 참수되었다 그는 그 구절을 읽고 또 읽었으며, 작은 소리로 되뇌기를 수없이 거듭했다… 급기야는 그도 기진하여 우리들 쪽으로 와서 벌렁 누워버렸다.

오랜 시간을 두고 그는 눈을 반쯤 감은 채 그 이야기 전체를 외워버렸고, 보르도 사람들의 영어 억양 중 가장 훌륭한 억양으로 그 이야기를 우리들 앞에서 암송하기도 했다….

몬머스의 그 슬픈 이야기에서, 우리 인간의 치졸하고 비극적인 본질 속에 있던 가련한 우스꽝스러움이 터져나올 때, 바리톤 역시 현기증에 비척거렸고, 또한 그가 이미 우리의 평범한 운명에는 오직 한 가닥 가느다란 실만 잡고 매달려 있었던 차라, 아예 난간을 놓아버렸다… 그 순간 이후, 내가 감히 말하건대, 그는 더 이상 우리들 중의 하나가 아니었다… 그는 더 이상 버틸 수가 없었다….

그날 저녁, 사람들이 각자 자기의 침소로 돌아간 후, 그는 나에게 자기의 원장실로 함께 가자고 하였다… 물론 우리가 처해 있던 상황을 생각할 때, 나는 그가 나를 해고한다든가, 혹은 그와 유사한 극단적 결정을 나에게 통보하리라 각오하고 있었다… 그런데 전혀 그렇지가 않았다! 그가 내린 결정은 오히려 전적으로 나에게 호의적인 것이었다! 호의적인 운수가 뜻밖에 나를 찾아오는 일이 거의 없었던 터라, 나는 눈물 몇 방울을 흘리지 않을 수 없었다… 바리톤은 그러한 나의 격정을 슬픔으로 여기고, 이번에는 자기가 나를 위로하기 시작했다…

— 내가 이 병원을 떠날 결단을 내리기까지에는 용기 이상의 더 많은 것이 필요했다고 하는 나의 말을 훼르디낭, 당신은 의심하나요…? 당신이 알다시피 나는 항상 이곳에 칩거해 있고, 이제 늙은이가 다 되었는데, 그리고 내가 지금까지 해온 모든 일이 그 무수히 많은 교활함을 끈덕지고 철저하게 증명하는 긴 작업에 지나지 않는데, 나의 말을 의심하나요…? 내가 도대체 어떻게, 겨우 몇 달만에 모든 것을 내팽개칠 수 있게 되었을까요? 믿을 수 있는 일입

니까…? 하지만 분명 나의 육신과 영혼은 이제 초탈의 경지, 고결함의 경지에 들어와 있어요… 훼르디낭! 후라! 당신은 영어로 그렇게 소리치지요! 나의 지난날은 이제 나에게는 더 이상 아무것도 아니에요! 나는 다시 태어날 거요, 훼르디낭! 그저 다시 태어날 뿐! 나는 떠나요! 오! 다정한 나의 친구, 당신의 눈물도, 나를 그 오랜 진부한 세월 동안 이곳에 얽매어두었던 모든 것에 대한 나의 혐오감을 완화시켜주지는 못할 거요…! 견딜 수 없어요! 진저리가 나요, 훼르디낭! 나는 떠나요! 달아나요! 탈출이에요! 물론 내가 나 자신을 찢는 거예요! 나도 그걸 알아요! 피가 철철 흘러요! 그것이 보여요! 하지만 훼르디낭, 이 세상의 그 무엇을 준다 해도! 훼르디낭, 그 무엇을! 당신이 나의 발길을 돌리게 할 수는 없어요! 이해하시겠어요…? 내가 이곳 어느 진흙 속에 나의 눈 하나를 떨어뜨렸다 할지라도, 그것을 줍기 위해 다시 돌아오지는 않을 거예요! 그런데! 당신에게 이렇게 다 털어놓고 있는데! 아직도 나의 진지함을 의심하나요!

나는 더 이상 아무것도 의심하지 않았다. 바리톤은 분명 무슨 짓이든 서슴지 않을 사람이었다. 뿐만 아니라, 당시 그가 처해 있던 상태에서 내가 그의 말을 반박했더라면, 그의 이성은 치명적인 손상을 입었을 것이다. 나는 그에게 한숨 돌리게 한 다음, 그의 생각을 조금 누그러뜨려 보면서, 그를 우리 곁으로 되돌아오게 하려는 최후의 시도를 감행해보았다… 건성으로 전해주는 어떤 주장… 지극히 지엽적인 주장처럼….

— 제발 훼르디낭, 내가 나의 결정을 번복하기를 기대하지는 말아요! 분명히 말하건대, 철회할 수 없는 결정이에요! 나에게 그 이야기를 다시 하지 않으면 매우 기쁘겠어요… 마지막으로 나를 기쁘게 해주겠어요? 내 나이에는 어떤 사명감을 갖게 되는 경우가

매우 드물어요, 그렇지요…? 모두 아는 사실이에요… 하지만 사명감을 한번 느끼면 다시는 돌이킬 수 없어요….

이상이 그의 입으로 직접 한 말이었고, 그가 한 거의 마지막 말이었다. 나는 그의 말을 그대로 옮겨놓을 뿐이다.

— 혹시, 존경하는 바리톤 선생님. 내가 용기를 내어 다시 한번 그의 말을 중단시켰다. 지금 선생님께서 준비하고 계시는 그 즉흥적인 휴가가 엄격하고 딱딱한 선생님의 기나긴 행로에 잠시 끼어든, 조금 낭만적인 에피소드나 적시의 기분전환 혹은 즐거운 막간의 휴식으로 귀착되지 않겠습니까? 혹시 또 다른 생활을 잠시 맛보신 후에… 우리가 이곳에서 영위하는 생활보다 더 유쾌하고, 이곳 생활보다 덜 저속하게 기계적인 그 새로운 삶을 경험하신 다음, 여행에 만족하시고 뜻밖의 사건들에 싫증을 느끼셔서 이곳으로 다시 돌아오시겠지요…? 그러면 지금 우리들을 지도하시는 선생님의 그 자리로 자연스럽게 복귀하실 겁니다… 새로 쌓으신 경험에 자부심을 느끼시면서… 한마디로 새로워지셔서, 그리고 분명 그 이후에는 우리의 고된 일상사에서 느끼는 단조로움에 더욱 관대하시고, 그것을 기꺼이 받아들이실 겁니다. 바리톤 선생님, 제 생각을 감히 말씀드리는 바입니다.

— 훼르디낭이 이토록 기막힌 아첨꾼일 줄은…! 나의 남성적이고 예민하며 까다롭기까지 한 자존심에도 불구하고 나를 감동시킬 수 있는 방법을 찾아내다니, 나의 피곤과 지난날의 시련에도 불구하고 나는 그 마음을 알아볼 수 있어요… 아니에요, 훼르디낭! 지금 당신이 동원하고 있는 그 능란한 솜씨도, 우리의 의지 바로 그 밑바닥에 있는 적대적이고 고통스러운 그것을 한순간에 너그러운 것으로 변화시킬 수는 없어요. 게다가 훼르디낭, 이제는 머뭇거리거나 뒷걸음질할 시간이 없어요…! 내 고백하고 큰 소리로 외

치건대, 나는 텅 비었어요! 얼이 빠졌어요! 정복당했어요! 사십여 년 동안의 총명한 좀스러움에 의해…! 이미 벅차요…! 내가 무엇을 할 거냐구요? 알고 싶어요…? 당신에게는 기꺼이 그것을 말해줄 수 있어요, 당신에게는, 나의 고결한 친구여, 길을 잃은 한 늙은이의 고통에 사심 없이, 아름답게 그 마음을 기울이는 당신에게는… 나는 훼르디낭, 나의 영혼을 상실해보고 싶어요, 옴에 걸린 개, 냄새나는 개, 구역질을 일으키는 그 동반자를, 그것이 죽기 전에 멀리 데려가 내버리듯이… 그리고 그 일을 나 홀로… 편안히… 나 자신으로 돌아와서….

— 하지만 존경하는 바리톤 선생님, 지금 저에게 말씀하신 그 치유할 수 없는 처절한 절망이, 평소에 하시던 어느 말씀에서도 엿보인 적이 없었습니다. 그리하여 저는 더욱 어안이 벙벙합니다! 그 반대로, 일상 하시던 모든 지적들은 지금 생각해보아도 적절하고 타당하기 이를 데 없습니다… 추진하시는 모든 일들이 명쾌하고 주도면밀합니다… 선생님의 진료는 한 치의 실수도 없이 정확하고 효율적입니다… 선생님의 일상 활동에서는 절망이라든가 방황의 징후는 찾아볼래야 볼 수 없습니다… 진정 그런 것들과 유사한 것조차 발견할 수 없습니다….

그러나 내가 바리톤을 안 이후 처음으로, 그는 나의 찬사를 들으면서도 전혀 기뻐하는 눈치가 아니었다. 뿐만 아니라 그런 찬양조의 어조로 우리의 대화를 계속하지 말자고 점잖게 나를 타일렀다.

— 아녜요, 내가 아끼는 훼르디낭, 당신에게 재삼 확언하거니와… 그러한 당신의, 나로 향한 우정의 말이, 분명 또 뜻밖에, 이곳에서의 마지막 순간들을 위무해주기는 해요. 하지만 당신의 그 지극한 정성도 나를 무겁게 짓누르며, 또 지금도 이곳 어디에서나 배어나오고 있는 과거의 추억을, 내가 용납할 수 있을 만한 것으로

변화시켜주지는 못해요… 어떠한 대가를 치르더라도, 또 어떠한 조건으로라도 나는 이곳을 멀리 떠나고 싶어요….

— 하지만, 그렇다면 바리톤 선생님, 이 병원은 어떻게 합니까? 그 점에 대해 생각해보셨습니까?

— 물론이에요, 이미 생각해두었어요, 훼르디낭… 내가 없는 동안에는 언제까지라도 당신이 운영을 맡아줘요. 그러면 그만이에요…! 항상 우리의 고객들과 좋은 관계를 유지해오지 않았던가요? 따라서 당신이 운명을 맡아도 모두들 선선히 응낙할 거예요… 두고 보면 알겠지만, 훼르디낭, 모든 것이 잘 되어갈 거예요… 파라핀 그 사람은 대화라는 것을 견디지 못하니, 기계들과 각종 의료 기구들, 실험실 등의 일을 맡기도록 해요… 그 분야에서는 모르는 것이 없으니…! 그렇게 모든 것이 합리적으로 정리되었어요… 그뿐만 아니라, 나는 내가 이곳에서 없어서는 안 될 사람이라는 생각을 이미 버렸어요… 그런 면에서도, 나의 친구여, 나는 많이 변했어요….

사실 그는 알아볼 수 없을 만큼 변해 있었다.

— 하지만 바리톤 선생님, 선생님의 퇴진이 인근에 있는 우리의 경쟁자들에 의해 악의적으로 평가될 것을 우려하지 않으십니까…? 가령 삐씨에 있는 자들이나 몽트르뚜에 있는 자들… 가르강-리브리에 있는 자들에 의해서…? 우리를 둘러싸고 있으며… 우리를 엿보는… 지칠 줄 모르도록 교활한 그 동종업계 종사자들에 의해서… 선생님의 고결하고 자의적인 퇴진에 그들이 어떤 의미를 부여하겠습니까…? 그것을 놓고 무엇이라고들 하겠습니까? 탈출? 또 무슨 소리는 못하겠습니까? 엉뚱한 수작? 위기? 파산? 어찌 다 알 수 있겠습니까…?

그러한 우발적 가능성이 그로 하여금 오랫동안 고통스러운 생각에 잠기게 하였다. 그는 내 앞에서 그 생각에 잠긴 채 심적인 동요를 감추지 못하는가 하면, 창백해지기도 하였다….

우리의 철부지 소녀, 그의 딸 에메는 그리하여 뜻하지 않은 운명을 맞게 되었다. 그는 자기 딸을, 지방에 사는 거의 얼굴조차 모르는 그녀의 숙모에게 맡기겠다고 하였다. 그렇게 그의 개인적인 일들이 모두 깨끗하게 정리된 다음, 우리들, 즉 파라핀과 나에게 남은 일은 그의 모든 이권과 재산을 관리하는 데 최선을 다하는 것뿐이었다. 선장 없는 쪽배여, 이제 둥둥 떠다니거라!

그가 나에게 모든 속내 이야기를 다 털어놓았을 때. 나는 그가 어느쪽으로 모험의 길을 떠날 생각이냐고 물었다.

— 영국으로! 훼르디낭! 그는 조금도 주저하지 않고 태연하게 대답하였다.

그토록 짧은 기간에 우리에게 닥친 그 모든 일들을 자연스럽게 받아들이기는 물론 어려웠지만, 어찌되었건 그 새로운 운명에 신속하게 적응해야만 했다.

다음날부터 파라핀과 나는 그가 여행 짐을 싸는 것을 도와주었다. 작은 지면에 온통 비자투성이인 여권을 보고 그는 매우 놀랐다. 전에는 여권을 단 한 번도 소지해본 적이 없었기 때문이다. 그는 예비 대체용으로 여권을 몇 개 더 갖고 싶어 했다. 우리들은 불가능한 일이라고 그를 설득했다.

그는 여행을 떠날 때 깃이 빳빳한 셔츠를 가져가야 할지 혹은 깃이 부드러운 셔츠를 가져가야 하는지, 또 각각 몇 벌씩이나 가져가야 하느냐 하는 문제를 놓고 마지막으로 주춤거렸다. 그 문제는 기차를 타는 순간까지 시원스러운 해결을 보지 못하였다. 그 문제 때문에 우리 세 사람은 빠리행 마지막 전차를, 전차가 움직이기 시작했을 때 껑충 뛰어 겨우 탔다. 바리톤은 가벼운 여행 가방 하나만을 가져갔다. 어디를 가든, 또 어떠한 상황에서도 기동성과 경쾌함을 유지하기 위함이었다.

플랫폼에서는 국제선 열차의 승강용 계단이 우뚝 높은 것에 강한 인상을 받은 것 같았다. 그는 그 장엄한 승강용 계단을 오르기 전에 그 앞에서 머뭇거렸다. 그는 객차 앞에서, 마치 역사적 유물 앞에서처럼 마음을 가다듬었다. 우리는 그를 조금 부축해주었다. 이등칸을 타게 된지라 그는 그 사실과 관련해서 비교적이고 실용적이며 농담이 섞인 마지막 논평을 하였다. "일등칸이라고 나을 것도 없군!"

우리는 그에게 악수를 청하였다. 출발할 시간이었다. 출발을 알리는 기적이 울렸고, 정확한 시각에 거대한 고철더미가 무너져 내리듯 육중한 진동과 함께 기차가 떠났다. 우리의 작별 인사는 그로 인해 더럽게 유린되었다. "안녕, 나의 어린 것들!" 그가 우리에게 겨우 그 말 한 마디밖에 할 시간이 없었고, 그의 손은 우리들의 손에서 떼어져 납치되었다….

그의 손이 멀리 연기 속에서 움직이고 있었다. 소음 속에, 이미 밤 속에, 철로 저 멀리, 점점 더 멀리 던져진 하얀 손이었다….

한편으로는 아무도 그를 아쉬워하지 않았다. 하지만 그의 떠남은 병원에 텅 빈 공간을 만들어놓았다.

우선 그의 떠나는 모양새가 우리들을 슬프게 했다. 우리도 그 슬픔을 억제할 수가 없었다. 그의 떠남은 자연스럽지가 않았다. 그 뜻하지 않은 사건 후에 우리에게 어떤 일이 닥칠지, 우리는 막연한 의구심에 빠져들곤 하였다.

하지만 그따위 의구심에 오랫동안 매달려 있을 시간도, 또 권태로워할 시간도 없었다. 우리가 바리톤을 역에 데려다 주고 겨우 며칠밖에 지나지 않은 어느 날, 집무실에 앉아 있는데, 누가 나를, 특별히 나를 보러 왔다는 전갈이 이른다. 프로티스트 사제였다.

나는 그에게 그곳 소식을 상세히 들려주었다! 물론 좋은 소식이었다! 그리고 특히 바리톤이 북쪽 나라로 가서 쏘다니기 위하여 우리들 모두를 어떻게 차버렸는지, 그 경위를 상세히 들려주었다…! 그 이야기를 듣자 프로티스트는 놀라서 정신을 차리지 못하였다. 그 다음 순간, 그가 드디어 사건의 전모를 이해하게 되었을 때, 그는 그 엄청난 변화 속에서 기껏, 내가 그러한 상황에서 취할 수 있는 이득밖에 읽어내지 못하였다. "나의 친애하는 의사 선생님, 원장의 그러한 신임은 곧 당신의 가장 명예로운 승진으로 보입니다!" 그는 끊임없이 그렇게 뇌까려댔다.

나는 그를 진정시키려 애를 썼지만 헛일이었다. 신이 난 그는 나의 찬연한 미래를, 즉 그의 표현대로, 화려한 의사 경력을 예언하느라 입을 다물지 못했다. 나는 더 이상 그의 말을 중단시킬 수가 없었다.

천신만고 끝에 우리의 대화는 본론으로, 구체적으로 말하자면 뚤루즈라는 그 도시로 돌아왔다. 사제는 바로 전날 뚤루즈에서 돌아왔다고 했다. 물론 나는 그가 아는 것을 모두 이야기하도록 내버려두었다. 노파에게 닥친 사고 소식을 그가 나에게 이야기할 때, 나는 짐짓 몹시 놀란 듯한, 그리고 어이가 없다는 듯한 표정을 짓기도 하였다.

― 뭐라고요? 뭐라고요? 내가 그렇게 소리치며 그의 말을 끊었다. 그녀가 죽었다구요…? 하지만 그러한 일이 도대체 언제 일어났습니까?

이 얘기 저 얘기 끝에 그는 어쩔 수 없이 내심에 있는 말을 조금씩 털어놓기 시작하였다.

그 좁은 계단에서 노파를 떠밀어 떨어뜨린 사람이 로뱅송이라고 단정적으로는 말하지 않으면서도, 그는 내가 그렇게 추측할 수도 있게끔 여운을 남겼다… 그녀는 "에이그!" 소리 한 번 쳐보지 못한 모양이었다. 짐작이 갔다… 멋지게, 주도면밀하게 꾸민 일이었다… 두 번째 시도에서는 녀석이 노파를 놓치지 않은 것이다.

다행히 뚤루즈의 그가 사는 동네에서는, 그를 아직은 앞을 전혀 못 보는 소경으로 알고들 있다는 것이었다. 그리하여 그 사건을 단순한 사고 이상으로 생각지는 않는다고 하였다. 물론 비극적인 사고이기는 하지만, 그 당시의 상황이나 노인의 연령, 그리고 사고가 일어난 시각이 일과 종료 시간이라는 사실, 하루 일과로 인한 피로 등, 이것저것을 두루 고려할 때 수긍이 가는 사고라고들 생각한다는 것이었다… 나는 더 이상의 상세한 이야기는 일단 더 알려고 하지 않았다. 그것만으로도 사제의 속내 이야기를 충분히 들은 셈이었다.

그러나 사제로 하여금 대화를 다른 이야기로 돌리게 하기가 몹시 힘들었다. 그 이야기가 그의 뇌리를 떠나지 않는 모양이었다. 마치 내가 자가당착에 빠지기를, 그리하여 나 스스로 위험스러운 입장으로 빠져들기를 기대라도 하는 듯 끊임없이 그 이야기로 되돌아왔다… 끝장날 판이었다…! 그는 나를 얼마든지 괴롭힐 수 있었다… 그런데 그러기를 단념하고 로뱅송, 특히 그의 건강 이야기를 하는 것으로 만족했다… 그의 눈 이야기도 하였다… 시력은 훨씬 좋아졌다고 했다… 하지만 여전히 좋지 않은 것은 그의 정서라고 했다. 그의 심적인 상태가 엉망이라는 것이었다…! 두 여인이 그에게 끊임없이 쏟는 정성과 애정도 소용이 없다고 했다… 그는 그 두 여인의 정성에 보답이라도 하려는 듯, 자신의 운명과 삶에 대하여 끊임없이 불평만을 털어놓는다는 것이었다.

나는 사제의 그 이야기에 놀라지 않았다. 로뱅송을 잘 알고 있었기 때문이다. 항상 서글퍼하며 배은망덕한 천성을 버리지 못하는 그였기 때문이다. 하지만 나는 그 사제를 더 경계하였다… 그가 말을 하는 동안에는 끽소리도 내지 않았다. 그리하여 결국 그는 자기의 경비를 들여 스스로 속에 있던 이야기를 털어놓았다.

— 당신의 친구 분께서는, 의사 선생님, 이제 비록 물질적인 생활이 안락해졌고 또 한편 곧이어 행복한 결혼을 앞두고 있다고는 하지만, 우리의 모든 기대를 저버리고 있습니다. 그 사실을 솔직히 말씀드리지 않을 수 없습니다… 그가 또다시 그 탈출 습성, 이미 과거부터 당신이 알고 계시던 그 타락 습성에 휩쓸린 것은 아닙니까…? 그의 그러한 정서 상태에 대해 어떻게 생각하십니까, 의사 선생님?

내가 이해한 사제의 말대로라면, 로뱅송은 모든 것을 툴루즈에 내팽개쳐버릴 궁리를 하고 있으며, 그의 약혼녀와 그녀의 어머니는 몹시 노여워하다가 이제는 극심한 슬픔에 잠겨 있음이 틀림없었다. 프로티스트 사제가 나를 찾아온 것은 그 이야기를 하기 위해서였다. 물론 그 모든 사연이 충격적이기는 했다. 하지만 나는 입을 다물기로, 어떤 일이 있어도 그 가정의 자질구레한 사건에는 개입하지 않기로 굳게 마음을 정하였다… 그리하여 대화는 유산되고, 사제와 나는 전차 정류장에서 비교적 가벼운 기분으로 헤어졌다. 하지만 정신병원으로 돌아오는 동안 나의 마음은 편안하지가 않았다.

그 방문이 있은 지 얼마 안 되어 우리는 영국으로부터 바리톤의 첫 소식을 받았다. 몇 장의 우편엽서였다. 그는 우리 모두의 '건강과 행운'을 빈다고 하였다. 그 외에 이것저것 별 의미 없는 말을 몇 줄 더 썼다. 아무 사연도 적히지 않은 다른 한 장의 엽서를 보고 우리는 그가 노르웨이로 건너갔음을 알았고, 그 다음 몇 주일 후 당도한 전보가 우리들을 좀 안심시켰다. '성공적인 항해!' 코펜하겐에서 보낸 전보였다.

우리가 이미 예견했듯이, 원장이 떠나자 인근 지역에서는 말할 것도 없이, 심지어 비니에서도 악의적인 소문이 떠돌았다. 요양원의 앞날을 위해서는 환자들이나 인근의 동업 종사자들에게, 차후로는 원장의 부재 이유에 대해 최소한의 설명만을 해주는 편이 좋을 것 같았다.

그후 다시 여러 달이 흘러갔다. 극도의 신중함과 음침함, 침묵의 기간이었다. 결국은 우리들 사이에서마저 가급적 바리톤의 이야기는 서로 꺼내지 않기에 이르렀다. 게다가 그의 추억이 우리들 모두에게 약간의 수치심을 느끼게도 하였다.

그 다음 다시 여름이 되었다. 우리라고 항상 정원에서 환자들을 감시하고만 있을 수는 없었다. 처지가 어떠하건 우리들 역시 조금은 자유롭다는 느낌을 맛보기 위해 무턱대고 어슬렁거리며 쎈느 강변까지 이르렀다. 소위 외출이라는 것이었다.

 강 건너 성토지(盛土地)에 이어 주느빌리에의 넓은 벌판이 펼쳐지기 시작한다. 먼지와 안개 속에 무수한 굴뚝들이 가지런히 도열해 있는, 회색과 백색으로 뒤덮인 넓은 평지다. 예선도(曳船道) 아주 가까이에는 사공들이 드나드는 선술집이 있고, 그 술집이 운하의 입구를 지키고 있다. 누런 물결이 수문에 밀려와서 부딪친다.

 우리는 그 풍경을 몇 시간이고 멍청하게 바라보곤 하였다. 그리고 우리가 서 있는 바로 옆은 일종의 늪지대가 길게 누워 있는데, 그 냄새가 자동차가 다니는 길까지 음흉스럽게 기어 올라온다. 모두들 그 냄새에 익숙해진다. 그 진흙탕은 이제 색깔조차 없었다. 너무나 늙었고, 또 강의 바람에 너무나 시달렸기 때문이다. 여름날 저녁나절, 하늘이 분홍빛으로 변해 우리의 마음속으로 스며들 때면, 그 진흙탕이 가끔은 부드럽게 보이기도 했다. 그곳 다리 위로 와서 우리는 아코디언 소리를 듣곤 하였다. 수문 앞에 와서, 다음 날 강으로 나가기 위해 밤이 끝나기를 기다리는 거룻배들에서 들려오는 아코디언 소리였다. 특히 벨기에로부터 내려오는 거룻배들은 음악이 풍성했다. 또한 그 배들은 초록색들과 노랑색으로 온통 알록달록했고 빨랫줄투성이였으며, 널어놓은 산딸기 색 통작업복_{상하의가 하나로 이어진 선원용 작업복. 콤비네이션}들은 그 속으로 뛰어든 바람에 의해 잔뜩 부풀어 있었다.

 점심식사 후의 적막한 시간이면, 그리고 원장의 고양이도 푸른색 리폴린 도료를 칠한 듯 하늘색을 띤 방 속에 거두어둔 다음에는, 나 역시 홀로 그곳 사공들이 드나드는 선술집에 자주 오곤 하였다.

 그곳에서 나 역시 어느 날 오후 초에, 아무도 나를 방해하지 않으리라 믿으면서 적막한 그 시각이 흘러가기를 기다리고 있었다.

그때 누군가가 나 있는 곳을 향해 오면서 차도로 올라서는 것이 보였다. 나는 그 사람이 누군가 하며 오랫동안 멈칫거릴 것도 없었다. 그가 다리 위에 겨우 올라섰을 때 이미 알아보았다. 그 지긋지긋한 로뱅송이었다. 틀림없었다! "이리로 날 찾아서 오는군! 나는 먼저 그렇게 중얼거렸다… 사제가 나의 주소를 녀석에게 주었음이 틀림없어…! 얼른 떨쳐버려야지!"

겨우 모처럼 나만을 위해 좀 살아보려고 하는데, 나를 방해하려 나타나는 그자가 순간 몹시 밉살스러웠다. 사람들은 큰길 쪽에서 오는 모든 것을 경계하는데, 다 그럴 만한 이유가 있다. 녀석이 어느새 선술집 가까이에 당도해 있다. 내가 술집 밖으로 나간다. 녀석은 놀라는 기색이다. "이번에는 어디에서 오나?" 내가 그렇게 물었다. 전혀 싹싹하지 못한 말투로 물었다. "가렌느에서…." 그의 대답이다. "좋아, 됐어! 식사는 했어?" 내가 다시 묻는다. 식사를 한 것 같지는 않았으나, 그는 도착하자마자 몹시 배고픈 기색을 나타내기는 싫은 모양이었다. "또 어슬렁거리는 거야?" 내가 그렇게 덧붙인다. 지금도 확언할 수 있는 바, 나는 그를 다시 보게 된 것이 몹시 불만스러웠기 때문이다. 조금도 즐겁지 않았다.

파라핀 역시 운하 쪽에서 나를 찾아 그곳으로 오고 있었다. 제대로 만난 것이다. 파라핀은 정신병원에서의 잦은 환자 감시 업무에 지쳐 있었다. 병원 업무를 내 편한 대로 이끌어 가고 있었던 것은 사실이다. 우선 병원의 상황으로 말할 것 같으면, 모두들 바리톤이 정확히 언제 돌아올지 몹시 궁금해들 하고 있었다. 그가 쏘다니기를 하루속히 끝마치고 자기의 바자(난잡하고 어수선한 집)로 돌아와, 직접 그것을 맡아주기를 고대하고들 있었다. 우리들에게는 벅찬 일이었다. 파라핀이나 나나, 두 사람 모두 야심이란 털끝만큼도 없었고, 미래에 대해서는 전혀 무관심이었다. 물론 그것이 우리들의 단

점이었다.

 하지만 파라핀의 권리 하나는 인정해주어야 한다. 즉 정신병원의 재정 실태나 내가 고객들을 어떻게 대하는지에 대해서는 그가 절대 질문을 하는 법이 없었다. 그렇지만 그가 원치 않더라도, 나는 그에게 모든 것을 일일이 알려주었고, 결국은 항상 나 혼자 지껄이는 꼴이 되었다. 로뱅송의 일은 그에게 상세히 이야기해줄 필요가 있었다.

 ─ 이미 로뱅송에 대해 제가 말씀드렸지요? 나는 그렇게 서두를 꺼냈다. 제가 전쟁터에서 사귀었다는 친구 잘 아시죠…? 생각나십니까?

 그는 내가 전쟁 이야기와 아프리카 이야기를 백 가지 방법으로 다양하게_{여러 방법으로} 늘어놓는 것을 이미 수없이 들어왔다. 그것이 내 버릇이었다.

 ─ 그런데…. 나는 그렇게 말을 이었다…. 바로 그 로뱅송이 툴루즈에서 우리를 보러 여기 왔습니다… 병원에서 우리 함께 저녁 식사를 합시다.

 병원의 이름으로 내가 그렇게 앞으로 툭 튀어나온 것이 사실 나는 마음에 걸렸다. 내가 일종의 무례를 범한 것이다. 그 당시의 상황에서는 나에게 붙임성 있고 상냥한 지도력이 필요했는데, 내게는 그런 것들이 전혀 없었다. 게다가 로뱅송이 나를 더욱 난처하게 만들었다. 병원으로 돌아오는 도중에서부터 그는 벌써 호기심과 불안에 사로잡혀 있었으며, 특히 얼굴이 길고 창백한 파라핀이 그의 호기심을 몹시 자극하고 있었다. 그가 처음에는 파라핀도 미치광이인 줄 알았다는 것이다. 비니에 있는 우리의 거처를 알고 난 다음부터 그는 모든 사람들을 미치광이로 여겼다. 내가 그를 안심시켰다.

— 그런데 자네, 빠리에 돌아와서 일자리는 구했나? 내가 그에게 물었다.

— 이제 찾아야지…. 그 대답뿐이었다.

— 그런데 눈은 다 나았나? 이제 잘 보여?

— 응, 거의 전과 같이….

— 이제 만족하겠군? 내가 그렇게 튕겼다.

그는 전혀 만족하고 있지 않았다. 만족하는 대신 다른 할 일이 있었다. 나는 곧바로 마들롱의 이야기를 꺼내지 않으려 조심하였다. 우리 두 사람 사이에 남아 있던 미묘한 문제였기 때문이다. 우리는 술잔을 앞에 놓고 함께 긴 시간을 보냈고, 나는 그 시간을 이용해 정신병원 내의 여러 가지 일들과 기타 자질구레한 것들을 그에게 이야기해주었다. 나는 이것저것 아무것이나 마구 지껄여댔다. 결국 나 역시 바리톤과 별로 다를 바가 없었다. 저녁식사는 화기애애한 분위기에서 끝났다. 나는 직원에게, 접는 철제 침대 하나를 식당에 올려다 놓으라고 즉각 지시했다. 파라핀은 여전히 일언반구도 자기의 생각을 말하지 않았다. "이봐 레옹! 자리를 찾을 때까지 여기서 묵어…. 내가 그렇게 말했다. — 고마워." 그것이 고작 그의 대꾸였고, 그 순간 이후 아침마다 그는 판매직 일자리를 찾는다며 전차를 타고 빠리에 갔다.

공장 일에는 진저리가 난다며 '판매대리원' 일을 하고 싶다는 것이었다. 대리원직을 찾기 위해 아마 애를 많이 썼을지는 모르지만, 그는 번번이 빈손으로 돌아왔다.

어느 날 저녁 그는 평소보다 일찍 돌아왔다. 나는 아직 정원에서 커다란 연못 주위를 감시하고 있었다. 그는 내가 있는 곳으로 와서 잠시 이야기를 하자고 했다.

— 들어봐! 그렇게 이야기를 시작했다.

— 듣고 있어. 나의 대꾸였다.

— 자네 혹시 내가 이곳에서 할 일을 줄 수 없겠나…? 다른 곳에서는 아무것도 찾지 못하겠어….

— 충분히 찾아보았나?

— 물론 찾아보았지….

— 이 병원에서 일을 하겠다구? 하지만 무슨 일을? 빠리에서는 아무 일이건 영영 찾을 수 없겠든가? 파라핀과 함께 우리가 아는 사람들에게 알아봐줄까?

그의 일자리를 구하기 위하여 내가 나서겠다고 하니 거북한 모양이었다.

— 일자리가 전혀 없다는 게 아니라…. 그가 말을 이었다…. 아마 찾을 수도 있겠지… 조그만 일자리쯤은… 좋아… 하지만 자네는 이해할 거야… 나는 꼭 뇌수에 이상이 있는 척해야 할 형편이야. 시급하고 또 불가결한 일이야….

— 알았어! 그 이야기는 더 이상 하지 말게! 내가 그의 말을 막았어….

— 아니야, 아니야, 훼르디낭, 그 반대야… 자네에게 더 상세히 이야기를 해야겠어… 자네가 나를 정확히 이해하도록… 게다가 자네는 다른 사람의 말을 이해하고 어떤 결정을 내리는 데 있어서 무척 굼뜨니까….

— 그러면 어서 이야기해봐. 나는 체념하고 그에게 그렇게 대꾸했어….

— 내가 만약 미친 체하지 않으면 곤란하게 돼… 아주 위험스러운 지경에 빠져… 나를 체포하도록 하고도 남음이 있을 여자야… 이제 내 말 알아듣겠어…?

— 마들롱 얘기야?

— 물론 그녀 얘기야!

— 참 잘 되었군!

— 자네는 그렇게 말할 수 있지만….

— 싸우고 헤어진 거야?

— 자네가 보다시피….

— 상세한 이야기를 하려거든 이쪽으로 오게! 그렇게 그의 말을 중단시키며 나는 그를 조금 떨어진 옆쪽으로 데리고 갔다. — 여기서 이야기하는 것이 좀더 안전할 거야, 미치광이들 때문에… 그들이 비록 미쳤다 해도 말귀는 알아듣거든… 그래서 우리 이야기를 들으면 별 우스꽝스러운 이야기를 떠벌리고 다닐 걸세….

우리는 격리실 하나를 골라 그리로 올라갔다. 그곳에 도착하자 그는 단시간에 자기가 꾸민 사건의 전모를 나에게 이야기해주었다. 특히 나는 그가 능히 그런 짓을 할 사람이라는 것을 알고 있었으며, 또한 프로티스트 사제가 이미 나로 하여금 추측을 가능토록 해준 터였다….

두 번째 시도에서는 그가 실패를 하지 않았다는 것이다! 그리하여 아무도 자기가 또 한번 우물쭈물하며 일을 서투르게 처리했다고는 하지 못하리라는 것이다! 절대 아니라는 것이다! 할 말이 없었다.

— 자네는 이해할 테지만, 그 할망구가 한시도 나를 가만히 놓아두지 않고 바짝 붙어서 따라다니는 거야… 특히 내 눈이 나아지기 시작하면서부터, 즉 내가 혼자서 큰길로 다니기 시작하면서부터… 그때부터 나는 사물을 다시 보기 시작했지… 그리하여 그 할망구도 다시 보았지. 할 말이 없네, 내 눈앞에 보이는 게 그녀뿐이었어…! 그녀가 항상 내 앞에 어른거렸어…! 마치 그녀가 나의 삶을 콱 틀어막은 것 같았어…! 그녀가 내 앞에 항상 나타난 것은 일

부러 한 짓이야… 나를 괴롭히려고… 다르게는 설명할 수가 없어…! 게다가 자네도 그 집을 알겠지만, 모두 그 집 안에 들어가 있으면 아가리질을 하지 않을 수 없어… 그 집이 얼마나 좁아…! 포개서 앉아야 할 판이니! 다르게 표현할 수는 없을 거야…!

— 그리고 동굴의 계단도 튼튼하지 않았지?

나 자신도 마들롱과 함께 처음으로 동굴을 방문했을 때, 계단들이 흔들거려 층계가 매우 위험스럽다는 점을 간파했었다.

— 아니, 전혀 튼튼하지 않았어, 층계라고도 할 수 없었지. 그는 솔직하게 인정하였다.

— 그리고 그곳 사람들은? 내가 다시 심문하듯 물었다. 가령 이웃 사람들이라든가, 사제들, 신문 기자들… 사고가 났을 때 그들이 무슨 말을 하지 않던가…?

— 아니, 그저 그대로 믿을 뿐이었지… 게다가 그들은 내가 그런 짓을 할 수 있는 위인이라고는 생각하지 않았어… 나를 겁쟁이로 취급했지… 하나의 장님으로… 이해하겠어?

— 여하튼 자네는 운이 좋다고 할 수 있어, 만약 그렇지 않았더라면 어찌되었겠어…? 그리고 마들롱은? 그 음모에서 그녀가 맡은 역할은? 아니, 그녀도 가담했나?

— 가담했다고까지는 할 수 없지… 하지만 조금은, 분명히 조금은 연루가 되어 있다고 할 수 있겠지. 왜냐하면 할망구가 가버린 후에는 동굴이 우리 두 사람 손으로 몽땅 굴러들어오게 되어 있었으니까… 원래 그렇게 하기로 되어 있었어… 우리 두 사람이 그 속에 자리를 잡고 사업을 하기로 되어 있었어….

— 하지만 왜 그 일이 있은 후 두 사람의 사랑이 순탄치 않았나?

— 그건 설명하기가 아주 복잡해….

— 그녀가 더 이상 자네를 원치 않던가?

─ 아니 그 반대였어. 그녀는 열렬히 원했고, 나와 결혼하리라는 생각도 철석같았지… 그녀의 어머니 역시 그녀보다도 더욱 결혼을 원했고, 또 서둘러 결혼식을 치르자고 했지… 앙루이유 할머니의 미라가 몽땅 우리 손에 넘어왔고, 그리하여 우리 세 사람이 편안히 살 수 있게 되었기 때문이야….

─ 그런데 당신네 세 사람 사이에 무슨 일이 있었나?

─ 그런데 내가 원했지, 내 스스로, 그녀들이 나를 조용히 내버려두기를! 아무 단서 없이… 모녀가 나를….

─ 내 말을 들어봐, 레옹…! 그 말을 듣는 순간 나는 문득 그의 말을 막았다. 내 말 들어보게… 자네의 그 샐러드_{애매모호하고 엉터리 같은 설명}는 도무지 말이 안 되네… 자네가 마들롱과 그녀의 어머니 입장에 한번 서보게… 그녀들 입장이었다면 자네는 만족스러워했겠나? 도대체 어떻게 그런 행동을 할 수 있나? 처음 그곳에 도착했을 때 자네는 변변한 신발 한 켤레 없었고, 고립무원의 신세에다 그야말로 빈손이었는데, 게다가 할망구가 자네 돈을 가로챈다느니 어쩐다느니 하면서 하루 종일 투덜거리고만 있었지… 그녀가 죽자, 아니 자네가 그녀를 꺼져버리게 하고서는… 이제 또다시 오만상을 찌푸리고 자네의 그 천박한 행동을 다시 시작한단 말인가…! 그 두 여인의 입장에 서보게, 잠시만이라도…! 도저히 참을 수 없는 일이야…! 그러니 내가 어떻게 자네가 피신하도록 도울 수 있겠나…? 그 두 여인이 자네를 감옥으로 보낸다 하더라도, 자네는 백 번 그러한 대접을 받아도 싸!

나는 로뱅송에게 그렇게 면박을 주었다.

─ 그럴 수도 있지. 그는 굽히지 않고 내 말에 대꾸를 했다. 자네가 의사고, 교육을 받았고, 또 무엇이라고 하지만, 모두 소용없어. 자네는 나의 천성을 전혀 이해하지 못해….

— 닥쳐, 레옹! 나는 참다 못해, 그리고 이야기를 그만 마치려고 그렇게 말했다. 불쌍한 놈, 너의 그 천성 이야기는 집어치워! 자네 말은 정신병자의 말이야…! 지금 바리톤이 사백 마리의 마귀들에게 물려가서 이곳에 없다는 게 정말 유감이야! 그렇지 않다면 그가 당장 자네를 치료해줄 텐데! 자네에게 해줄 수 있는 가장 좋은 일은 그것뿐이야! 우선 자네를 가둬야겠지! 내 말 들리지! 자네를 가둬야겠단 말이야! 바리톤이 지금 있다면 자네의 그 천성을 맡아줄 텐데!

— 만약 자네가 내가 겪은 일들을 겪었고, 내가 걸어온 길을 걸었다면, 자네 역시 틀림없이 중병에 걸렸겠지! 내 말을 듣고는 콧대를 곤두세우며 그렇게 반항하였다. 내가 보장할 수 있어! 뿐만 아니라 아마 더 심했겠지! 자네 같은 겁쟁이야 뻔한 일이지…! 그는 나에게 아가리가 찢어져라 고함을 치기 시작하였다. 마치 그럴 권리라도 있다는 듯이.

그가 나에게 고함을 쳐대는 동안 나는 그를 유심히 관찰하였다. 나는 환자들로부터 그렇게 학대를 받는 데 습관이 되어 있었다. 그런 학대에 나는 조금도 개의치 않았다.

그는 뚤루즈에서 보았을 때보다 훨씬 야위어 있었고, 내가 그때까지 모르고 있던 그 무엇이 그의 얼굴에 감돌고 있었다. 그것은 그의 얼굴 위에 그려놓은 일종의 초상화, 이미 망각과 정적이 그 주위를 감도는 초상화와 같았다.

뚤루즈의 사건과 연관된 또 다른 일이 있었다. 물론 상대적으로 그 중대성이 적긴 했지만, 그는 그 일을 삭여버릴 수가 없다고 했다. 그 일을 다시 생각할 때마다 담즙이 올라온다고 하였다. 그것은, 일단의 허가증이 있는 암거래상들의 그 짐승 같은 발바닥에 비계가 끼게 해준 뇌물을 바친 일이라고 하였다. 미라 동굴을 다시 개장

할 때, 사제, 보좌신부, 의자 대여인, 구청, 그리고 기타 많은 사람들에게 이리저리 수수료 조로 돈을 찔러줄 수밖에 없었던 사실을 삭이지 못하고 있었다. 그 이야기를 다시 하면서 그는 심한 동요를 일으켰다. 그따위 행태를 그는 절도행위라고 하였다.

— 그러면 자네들 두 사람은 결혼을 했나? 나는 대화를 매듭 지으려고 그렇게 물었다.

— 아니, 절대 아니야! 그 이후로는 결혼을 하고 싶지 않았어!

— 하지만 마들롱은 괜찮은 아가씨잖아? 그렇지 않다고는 하지 않겠지?

— 그게 문제가 아니야….

— 분명 그것이 중요하지. 자네들 두 사람이 모두 별로 개의할 바 없이 자유로웠다고 했으니… 두 사람이 꼭 툴루즈를 떠나고 싶었다 할지라도, 동굴의 운영은 당분간 그녀의 어머니에게 맡길 수도 있었을 텐데… 그리고 후에 다시 돌아갈 수도 있는 일이었는데….

— 그녀의 육체적인 측면에 대해서는 자네처럼 말할 수 있지. 정말 예뻤으니까. 나도 그 점은 인정해. 내가 앞을 못 볼 때 자네가 상세히 설명해준 대로였어. 특히 내가 처음으로 앞을 다시 보게 되었을 때를 상상해보게! 즉 내가 처음으로 다시 눈을 떠 그녀를 거울 속에서 보았을 때를…! 상상할 수 있겠나…? 온몸에 눈부신 빛을 받고 있는 그 모습을…! 할망구가 쓰러진 후 두 달이 지났을 때였지… 내가 마들롱의 얼굴을 보려고 애를 쓰는데, 마치 그녀에게 일격을 가하듯 나의 시력이 되살아났어… 한마디로 빛의 일격이었지… 내 말 이해하겠나?

— 그 순간 기분이 좋지 않던가?

— 물론 기분이 좋았지… 하지만 그것만이 전부가 아니야….

— 여하튼 그런데도 줄행랑을 놓은 것이지….

— 그래, 하지만 자네가 납득을 못하는 것 같으니 설명을 해주겠어… 먼저 나를 이상한 놈으로 여기기 시작한 사람은 그녀야. 나에게 활기가 없다느니… 전처럼 자상하지 못하다느니… 이러쿵저러쿵….

— 혹시 가책감이 자네를 괴롭히고 있었기 때문은 아닐까?

— 가책감?

— 글쎄, 나도 잘은 모르겠지만….

— 자네가 부르고 싶은 대로 부르게, 하지만 어쨌든 나는 기분이 유쾌하지 않았어… 그게 전부야… 하지만 그것이 가책감 때문은 아니라고 생각해….

— 그렇다면 어디 병이라도 났었나?

— 오히려 그거였을 거야, 병… 내가 환자라는 사실을 자네가 이해하도록 하는 데 한 시간이나 걸렸네… 자네가 굼뜨다는 사실을 이제는 인정하겠지?

— 좋아! 그래! 자네를 환자라고 하겠어. 자네도 그렇게 하는 게 안전하다고 생각하니….

— 그렇게 하는 것이 좋겠어. 그녀에 대해서는 나도 아무 확신을 할 수 없으니까…. 그가 다시 한번 강조해두었다…. 얼마 가지 않아 능히 내막을 밝힐 여자야….

그는 나에게 일종의 충고를 하는 듯한 기색이었다. 하지만 나는 그러한 충고를 원치 않았다. 그러한 종류의 충고는 절대 원치 않았다. 그로 인해 다시 시작될 수도 있을 복잡한 분규 때문이었다.

— 자네는 그녀가 내막을 폭로하리라고 믿나? 나는 확신을 얻기 위해 그렇게 다시 물었다…. 하지만 어찌됐건 그녀는 자네의 공모자 아닌가…? 그러니 입을 열기 전에 먼저 생각을 해볼 테지?

— 생각을 해본다고…? 내 말을 듣고 그는 펄쩍 뛰었다. 자네가 그녀의 됨됨이를 모르는 것이 분명하군… — 내 말을 듣고 그는 어이없다는 듯이 마구 웃어댔다. — 그녀는 단 일 초도 망설이지 않을 걸세…! 내가 말하는 그대로야! 자네도 나처럼 그녀를 가까이 해보았다면, 자네 역시 의심치 않을 거야! 다시 말하지만 그녀는 사랑에 빠진 여자야…! 자네는 사랑에 빠진 여자를 단 한 번도 가까이해보지 못했단 말인가? 여자가 사랑에 빠져 있을 때는 미쳐버리지, 아주 간단해! 미친단 말이야! 그것도 나에 대한 사랑에 휩싸여 있고, 또 나에게 미쳐 있단 말이야…! 사태를 짐작하겠나? 이해하겠나? 그런데 일단 미치면 흥분을 잘하지! 아주 간단한 이야기일세! 걷잡을 수가 없어! 그 반대야…!

마들롱이 단 몇 달 사이에, 그 단계의 열광 상태에 이르렀다는 사실에 놀라움을 금치 못하겠다는 말은 그에게 할 수가 없었다. 나 자신도 마들롱을 조금이나마 가까이했기 때문에 내 나름대로 그녀를 알고 있었다… 나 역시 그녀에 대한 나의 견해를 가지고 있었지만, 그것을 피력할 수는 없었다.

뚤루즈에서 그녀가 매사를 꾸려나가던 방법이나, 유람선 사건이 있던 날 버드나무 뒤에서 내가 들은 그녀의 말을 보더라도, 그녀가 그토록 짧은 기간에 자기의 기질을 그 정도로 바꾸었다는 것은 도저히 상상하기 어려웠다… 내가 보기에 그녀는 비극적이기보다는 현실적이었고, 적당히 염치도 몰랐으며, 소박한 일을 해가며 가정을 꾸리는 것으로 만족하고, 통하는 곳이면 어디든 속임수도 쓰며 돌아다닐 수 있는 여자였다. 하지만 나는 그 상황에서 다른 무슨 말도 더 할 수가 없었다. 그냥 지나칠 수밖에 없었다. "좋아! 좋아! 됐어! 그리고 그녀의 어머니는? 자네가 정말 떠난다는 것을 알고는 소란깨나 피웠겠는걸…?"

— 말도 말게! 내 성격이 돼지 같다고 하루 종일 떠들어댔지! 더구나, 모두들 나에게 친절하게 말을 건넸어야 할 바로 그 순간에…! 그 음악이라니…! 결국 그녀의 어머니하고도 더 이상 견딜 수가 없어서 내가 마들롱에게 제안을 했지. 즉 그 두 모녀에게 동굴을 맡긴 다음, 나는 나대로 혼자 온 나라를 돌면서 여행을 좀 하겠다고….

  — 나와 함께 가요. 그녀가 그렇게 항의를 했지… 나는 당신 약혼녀예요, 그렇지 않아요…? 나와 함께 가요, 레옹, 그렇지 않으면 당신도 못 가요…! 뿐만 아니라 당신은 아직 완쾌되지도 않았어요….

  — 아니야, 완쾌되었어, 나 혼자 떠나겠어! 내가 그렇게 대답했지… 우리 두 사람은 영영 결판을 짓지 못했어.

  — 여자는 항상 남편과 동행하는 법이에요! 두 사람이 결혼을 하면 모든 문제가 해결돼요! ─그녀의 어머니가 그녀를 부추기면서 그렇게 말했지─

  그따위 말을 듣고 있자니 몹시 괴로웠어! 자네는 나를 잘 알지! 내가 전쟁터로 가면서도 마치 여자를 원하기라도 한다는 듯이! 그런데 아프리카에서 내가 여자를 데리고 있었던가? 또 아메리카에서 내가 단 한 사람의 여자를 데리고 있었던가…? 두 모녀가 그 문제를 가지고 몇 시간이고 끝없이 입씨름을 하고 있는 걸 보자니 복통이 생길 지경이었지! 설사가! 내가 아무리 천치여도 여자가 어디에 필요하다는 것쯤은 잘 알지! 자네도 잘 알지? 아무것도 아닌 것에 아무 쓸모도 없다는 뜻이다 나도 돌아다닐 만큼 돌아다녔어! 어느 날 저녁인가, 드디어 두 모녀가 자기네들의 샐러드를 가지고 나를 폭발시켰어. 나 역시 어미에게, 내가 그녀에 관해 가지고 있던 생각을 한바탕 쏟아놓았지! "당신은 한낱 늙어빠진 호두 멍청이 혹은 불기짝에 불과해… 앙루이유 할머니보다도 더 맹추야…! 만약 당신이 나처럼 더 많은 사람들과 나라들을 만나고 여행하였다면, 그렇게 아무에게나 충고하지는 않았을 거야! 그 구역질나는 교회당 한구석에서 비계 조각들^{잔돈푼}이나 줍고 있으니, 인생이 무엇인지 알기는 영영 틀렸어! 그러니 당신도 좀 바깥세상으로 나가봐! 정신이 맑아질 거야! 당신의 기도 시간이 단축되면, 그만큼 당신이 덜 미련해졌음을 느끼게 될 거야…!"

그녀의 어미를 그렇게 호되게 다뤘지! 자네에게 그 이유를 설명하네만, 나는 오래전부터 그렇게 한바탕 욕설을 퍼붓고 싶어서 좀이 쑤셨던 차였고, 게다가 그녀에게는 더럽게 한 대 먹여야 할 필요가 있었지… 하지만 무엇보다도 그렇게 한 것이 결국 나에게 이로웠어… 그 상황으로부터 나를 해방시켜준 셈이지… 다만 그 싸구려 고기^{잡년} 역시 자기가 알고 있는 모든 호칭을 동원해서 나를 더러운 놈으로 대접하기 위해, 내가 단추를 열기만을^{속을 드러내기만을} 기다리고 있었던 모양이야! 내 말을 듣자 그녀는 게 침을 흘렸지, 아니, 필요 이상으로 흘렸어! "도둑놈! 건달! 그렇게 일격을 가해왔지… 직업도 없는 놈…! 나와 내 딸이 네놈을 먹여 살린 지가 벌써 일 년이 다 되어가…! 아무짝에도 못 쓸 놈…! 뚜쟁이 같으니라구…!" 자네도 상상할 수 있겠지? 본격적인 가정불화였네… 그녀는 잠시 생각에 잠기더니 목소리를 조금 낮춰, 하지만 마음속에서 우러나오는 어조로 "살인범…! 살인범!"이라고 외쳤어. 그 말에 나는 조금 식었지.

그 말을 듣자 딸은 혹시 내가 그 자리에서 자기 어미를 때려눕히지 않을까 겁을 냈지. 그녀가 우리 두 사람 사이로 뛰어들었어. 그리고는 어미의 입을 자기 손으로 틀어막았어. 잘한 일이었지. 두 잡년의 생각이 같군! 나는 속으로 그렇게 생각했어. 너무나 분명했어. 드디어 내가 조용해졌지… 난폭하게 굴 때가 아니었어… 뿐만 아니라, 그녀들의 생각이 같건 말건 나는 전혀 관심이 없었어… 그녀들이 한바탕 속을 풀었으니 나를 조용히 내버려두지 않았겠냐구…? 어림없는 말씀! 절대 그렇지 않았어! 그렇게 생각한다면 아직 그녀들을 모른다는 증거야… 이번에는 딸이 바통을 넘겨받았어! 그녀는 가슴에, 그리고 엉덩이에 불이 붙었어… 그녀를 온통 화염으로 휩싸고 있었지….

― 사랑해요 레옹, 내가 당신을 사랑한다는 것 잘 알지요, 레옹….

그녀는 늘 걸핏하면 휘두르는 그놈의 연장 '사랑해요!'밖에 몰랐어. 그것이 마치 모든 질문에 대한 답변이라도 되는 듯 말이야.

― 넌 아직도 녀석을 좋아하니? 그녀의 말을 듣고 어미가 다시 입을 열었어. 도대체 너는 녀석이 한낱 강도일 뿐 아무것도 아니라는 사실을 깨닫지 못하겠니? 티끌만도 못한 놈이라는 걸? 내 딸아, 우리가 돌봐준 덕에 이제 다시 앞을 보게 되었으니, 녀석은 틀림없이 너에게 불행을 안겨줄 거다! 내가 단언한다! 네 엄마가…!

한바탕 난리를 치르고 난 다음 모두 울었지. 심지어 나까지. 나 역시 그 두 더러운 계집들과의 관계가 너무 악화되는 것을 바라던 바는 아니었기 때문이야.

그리하여 일단 그 고비를 넘겼어. 하지만 우리들은 이미 서로에게 너무 많은 것들을 내뱉어놓았기 때문에, 서로 얼굴을 맞대고 지내는 것이 오래 지탱되기는 틀려버린 형편이었어. 하지만 이 일 저 일을 가지고 말다툼을 하면서도, 또 밤이나 낮이나 서로를 감시하면서도 몇 주일을 끌었지.

선뜻 헤어지지는 못했지만, 이미 마음은 떠난 상태였어. 우리들을 아직도 함께 묶어두던 두려움이 있었던 거야.

― 혹시 다른 여자를 좋아하고 있는 게 아녜요? 마들롱은 가끔 나에게 그렇게 묻곤 하였지.

― 무슨 소리야! 절대 그렇지 않아! 나는 그렇게 그녀를 안심시켰지. 하지만 그녀가 내 말을 믿지 않는 것은 분명했어. 그녀 생각으로는 누구를 사랑하면 평생 사랑해야 하며, 절대 그 사랑에서 뛰쳐나오지 말아야 한다는 것이었어.

― 어디 말 좀 해봐, 내가 다른 여자를 가지고 도대체 무얼 어떻게 할 수 있겠어? 내가 그녀의 말을 반박하며 그렇게 물었지. 하지만 사랑은 그녀의 편집증이었네. 나는 더 이상 무슨 말로 그녀를 안심시킬 수 있을지 알 수가 없었어. 내가 전에는 들어보지도 못한 별 해괴한 말들을 다 끄집어내더군. 그런 것들을 그녀가 머릿속에 감추어두고 있을 줄은 상상조차 못했지.

― 당신이 내 마음을 빼앗아갔어요, 레옹! 나를 그렇게, 그리고 심각하게 나무랐어. 떠나고 싶으면 떠나요! 그렇게 나를 협박하기도 했네. 떠나요! 그러나 미리 말하지만, 나는 슬픔을 견디지 못하고 죽을 거예요, 레옹…! 내가 그녀를 슬픔으로 죽게 한다고? 도대체 그게 무슨 소리지? 자네에게 묻네? "그게 무슨 소리야, 그대는 죽지 않아! 내가 그녀를 달랬어. 우선 나는 그대에게서 아무것도 빼앗지 않았어! 어린애조차 만들지 않았어! 잘 생각해봐! 병을 옮기지도 않았고! 그렇지? 그런데? 단지 떠나버리고 싶다는 것뿐이야, 그게 전부야! 휴가를 떠나듯이… 아주 간단한 일이야… 분별력을 되찾도록 노력해봐요…." 그런데 나의 관점을 납득시키려 애를 쓰면 쓸수록, 나의 그 관점이 그녀에게는 오히려 더 불쾌했던 거야. 한마디로 더 이상 서로를 이해하지 못하게 되었던 거야. 내가 말하는 것이 정말로 나의 생각이며, 또 그 생각이 진실하고 꾸밈없는 사실이며, 진지하다는 점에 생각이 미칠 때마다 그녀는 거

의 미쳐버렸지.

뿐만 아니라, 그녀는 자네가 나를 떠나도록 충동질 했다고 믿고 있었네… 나의 마음속에 수치심을 유발시키는 방법으로는 붙잡아 둘 수 없음을 깨달은 그녀는, 다른 방법으로 나를 잡아두려 했지.

— 레옹, 내가 당신을 잡아두려는 게 동굴 사업 때문이라고는 믿지 마세요…! 그녀가 그렇게 말을 꺼냈지… 돈 따위는 아무래도 좋아요… 내가 원하는 건 당신과 함께 있는 것뿐이에요… 행복하게 사는 것… 그것이 전부예요… 자연스러운 일이에요… 당신이 내 곁을 떠나는 것이 싫어요… 우리 두 사람처럼 그토록 사랑하다가 헤어진다는 건 너무 가혹한 일이에요… 약속해줘요, 레옹, 너무 오랫동안 멀리 가 계시지는 않겠다고…!

그런 식으로 그녀의 발작이 여러 주일 계속되었지. 그녀는 정말 사랑에 빠진 것 같았고, 따라서 정말 귀찮았어… 그녀는 저녁마다 그 사랑의 발작을 일으켰지. 생각다 못해 그녀는 우리 두 사람이 함께 빠리로 일거리를 찾아 떠난다는 조건이라면, 동굴을 자기 어머니에게 맡길 수도 있다고 하였어… 입만 열면 함께라는 말뿐이었어…! 나는 나대로, 그녀는 그녀대로, 각자 자기의 길을 간다는 것 외에, 그녀는 무엇이든 모두 이해하려 했지… 어찌해 볼 도리가 없었어… 결국 그녀가 고집을 부리면 부릴수록, 그만큼 그녀는 불가피하게 나의 병을 중태로 몰아넣는 결과를 초래했지!

그녀로 하여금 사리를 되찾게 해보려 애를 쓸 필요조차 없었다네. 그래봤자 시간 낭비고, 쓸데없는 고집이며, 또 그녀를 미치광이로 만들 뿐이라는 사실을 깨닫게 되었지. 그리하여 어쩔 수 없이, 그녀가 말하는 그 사랑을 떨쳐버릴 방도를 궁리하기 시작했지… 그러던 중 나에게 가끔 광기가 나타난다는 이야기를 해줌으로써 그녀가 겁을 먹도록 해야겠다는 묘안이 떠올랐네… 발작증세처럼 나타난다고… 예고 없이 나타난다고 했지… 그녀는 나를 이상한 눈으로, 의심스러운 표정으로 바라보았어… 또 다른 엉터리 수작이 아닐까 의심이 되었던 거야… 하지만 내가 이미 그녀에게 이야기해 준 여러 가지 체험담, 나에게 큰 충격을 주었다는 전쟁 이야기, 특히 최근에 있었던 앙루이유 할머니 사건, 그리고 또 나의 그녀를 대하는 태도가 문득 변한 그 괴이한 현상 등, 그 모든 것이 그녀로 하여금 생각에 잠기도록 했지….

일 주일 이상을 두고 그녀는 깊은 생각에 잠겼고, 따라서 나를 더 이상 들볶지 않고 내버려두었어… 그녀는 자기 어머니에게도 나의 광증에 대해 귀띔을 해준 것 같았어… 나를 붙잡아두겠다는 그녀들의 기세가 좀 누그러졌거든… "됐어! 제대로 되어가는군! 이제 나는 자유의 몸이야…." 나는 혼자 그렇게 생각했지. 벌써부터 나는 편안히, 조용히, 아무것도 망치지 않고, 빠리를 향해 달음질치는 내 모습을 상상해보고 있었네…! 그런데 잠깐! 난데없이 일을 더 완벽하게 하고 싶은 충동이 생긴 거야… 멋있게 치장을 했지… 그녀들로 하여금 나의 광증이 사실이라고 믿도록 해줄 만한 교묘한 술책을 찾아낸 것으로 믿었지… 우리 시대에서는 내가 가장 심하게 돌아버린 놈이라는 사실을…"만져봐! 내 머리 뒷부분의 혹을 만져봐!" 어느 날 저녁 내가 마들롱에게 그렇게 말했지. "혹 위에 커다랗게 아문 자국이 있지? 내 혹 참 크지…?"

그녀가 내 후두부의 혹을 만지면서 감동하는 모습이란… 이루 말로 다할 수 없었다네… 그녀에게 혐오감을 주기는커녕 오히려 더 흥분시키고야 말았어…! "플랑드르 지방에서 부상을 당했던 게 바로 이 부분이야. 그곳에서 개두(開頭) 수술을 받았지…." 내가 그렇게 보강 설명을 했네.

— 아! 레옹! 내 혹을 만지면서 그녀가 그 자리에서 펄쩍 뛰었

네. 용서해요, 나의 레옹…! 저는 지금까지 당신을 의심했어요, 진심으로 용서를 빌어요! 이제 깨닫겠어요! 제가 파렴치했어요! 그래요! 정말 그래요! 레옹! 제가 역겨운 여자였어요…! 차후로는 절대 못되게 굴지 않겠어요! 맹세해요! 속죄하고 싶어요, 레옹! 당장! 제가 속죄하는 걸 막지 말아요, 그러지 않으시겠지요…? 제가 당신의 행복을 다시 찾아드리겠어요! 제가 당신을 보살펴드리겠어요! 오늘부터 당장! 언제까지라도 당신을 위해 참겠어요! 아주 고분고분하게 굴겠어요! 두고 보세요, 레옹! 저 없이는 사실 수 없을 만큼 당신의 모든 것을 이해해드리겠어요! 저의 모든 마음을 몽땅 당신에게 돌려드리겠어요, 저는 당신의 예속품이에요…! 모든 것을! 저의 인생을 몽땅 당신에게 바치겠어요! 저를 용서하시는 거죠, 레옹? 말씀해주세요….

나는 그따위 말들은 입에 올리지도 않았네, 아무 말도! 그녀 혼자 다 해놓고 자기가 대답을 하니 쉬운 일이지… 도대체 무슨 수로 그녀의 말을 중단시키겠나?

나의 상처 자국과 혹을 만지고 나서는 마치 사랑에 문득 취해버린 것 같았다네! 그녀는 다시 내 머리를 움켜잡고 놓으려 하지 않았으며, 내가 원하건 원치 않건 영원히 나를 행복하게 해주고 싶어했네! 그러한 극적인 장면이 벌어진 이후에는, 그녀의 어머니도 더 이상 나에게 고함을 칠 권리가 없어졌다네! 마들롱은 자기 어머니가 입도 열지 못하게 했다네. 자네도 믿을 수 없었을 걸세. 그녀는 나를 최후까지 보호하겠다고 나섰다네!

어떻게 해서든지 그러한 상황에 종지부를 찍어야 했어! 물론 나는 우리가 좋은 친구로 헤어지기를 바랐어… 하지만 시도조차 해볼 필요가 없었어… 그녀는 사랑에 더욱 집착했고, 게다가 고집이 완강했으니까. 어느 날 아침, 모녀가 함께 일이 있어 외출한 사이에, 자네가 했듯이 나는 조그만 보따리 하나를 꾸려가지고 조용히 빠져나왔어… 나에게 참을성이 없다고는 하지 않겠지…? 다만 자네에게 반복해 말하고 싶은 것은, 어찌해 볼 수가 없었다는 사실이야… 이제 자네는 모든 내막을 알게 되었네… 따라서 그 아가씨가 무슨 짓이든 능히 저지를 수 있고, 또 어느 때건 불시에 이곳까지 달려와 나를 내놓으라고 아우성을 칠 수도 있다는 나의 말을, 단순한 한낱 환상이라고만 하지는 말게! 나는 잘 알아! 나는 그녀를 알아! 내 생각에, 만약 내가 다른 미치광이들처럼 갇혀 있는 꼴을 그녀가 직접 보게 되면, 우리 두 사람은 좀더 편안해질 거야… 또한 그러면 나 역시 아무것도 이해하지 못하는 사람 시늉을 더 수월하게 해낼 수 있을 거야… 그녀하고는 그 방법밖에 없어… 아무것도 이해하지 못하는 척하는 것….

이삼 개월 전이었다면 로뱅송이 한 그 모든 이야기가 나의 관심을 유발하였을지도 모른다. 그러나 나는 문득 내 자신이 늙었음을 느꼈다.

사실은 나 역시 점점 바리톤처럼 변하여 아무것에도 관심이 없었다. 로뱅송이 툴루즈에서 겪었다는 그 모든 사건이 나에게는 더 이상 생생한 위험으로 느껴지지 않았다. 그의 경우를 놓고 나 자신을 자극해보려 애를 썼지만, 그 사건들은 모두 곰팡이 냄새만을 풍길 뿐이었다. 우리가 무엇을 떠들어대고 주장을 해도 모두 헛일, 세상은 우리가 진정으로 떠나기^{쪽기} 훨씬 전에 먼저 우리를 떠난다.

우리가 가장 애지중지하던 것들에 대해서도, 어느 날 문득 우리는 이야기를 별로 하지 않게 된다. 그리하여 그것들 이야기를 다시 해야 될 경우 많은 노력이 필요하게 된다. 항상 자신의 말을 듣다 보니 지긋지긋해진 것이다… 그리하여 말이 간략해진다… 모든 것을 내팽개친다… 수다를 떨기 시작한지 삼십 년이나 되었기 때문이다… 무엇을 주장하려 하지도 않는다. 쾌락 가운데 있는 우리의 작은 자리를 지키려는 욕구도 우리를 떠난다… 구역질이 잦아진다… 이제부터는 식사를 약간 하고, 약간 몸을 덥히며, 허무의 길 위에서 가능한 한 잠을 흠뻑 자는 것으로 족하다. 무엇에 다시 관심을 갖기 위해서는 다른 사람들 앞에서 부릴 새로운 태깔을 찾아내야 한다… 하지만 자기의 레퍼토리를 바꿀 힘이 더 이상 없다. 그리하여 알아듣기 힘든 말을 빠른 속도로 웅얼거릴 뿐이다. 옛 친구들과 어울리려 아직도 각종 허튼 수단과 핑계를 열심히 찾지만, 그러나 우리들 곁에는 블로뜨(belote) 카드놀이만큼도 신비하지 못한 죽음이 항상 고약한 냄새를 풍기며 우리와 함께 있다. 우리들에게는 다만 자질구레한 슬픔들, 가령 부와-꼴롱브에 사시던 늙으신 숙부, 그 작은 노래가 어느 이 월 저녁 영원히 멎은, 그 숙부가 살아계실 동안 찾아뵐 시간을 내지 못한 슬픔만이 아직도 귀중하게 남아 있다. 우리가 우리의 삶에서 건져내 간직한 것은 그게 전부다. 몹시 혹독한 그 회한 뿐, 나머지는 살아오는 도중에 많은 노고를 바쳐 그럭저럭 잘 토해버렸다. 이제 우리는 벌써 행인의 발길이 거의 끊어진 어느 길 모퉁이에서, 추억을 태워 불을 밝히는 낡은 가로등에 불과하다.

 기왕 권태로워해야 할 처지라면, 아주 규칙적인 습관처럼 권태로워하는 것이 가장 덜 피곤하다. 나는 정신병원에 있는 모든 것들이 밤 열 시면 어김없이 잠자리에 들도록 했다. 내가 직접 전등을 껐다. 그곳 사업은 저절로 굴러갔다.

 또한 우리는 무엇을 새로이 창안해내려는 노력을 하지 않았다. 멍청이들을 영화관에 데려가는 바리톤의 그 요법만으로도 할 일은 충분했다. 병원은 수입을 별로 올리지 못했다. 지출 때문에 원장이 아마 돌아올 것이라고들 하였다. 그 낭비가 그를 몹시 괴롭히고 있었기 때문이다.

여름에 정원에서 환자들이 로뱅송의 반주에 따라 춤을 출 수 있도록 하기 위하여 우리는 아코디언 하나를 샀다. 비니에서 환자들을 밤낮없이 돌보는 일은 몹시 고되었다. 그들을 항상 교회로만 보낼 수는 없었다. 그들이 너무 지루해하기 때문이었다.

뚤루즈로부터는 더 이상 아무 소식이 없었고, 프로티스트 사제도 영영 나를 보러 오지 않았다. 요양원의 생활은 단조롭고 소리 없이 영위되어 가고 있었다. 정서적으로는 편안하지가 않았다. 여기저기에 너무나 많은 환영들이 어른거렸기 때문이다.

다시 여러 달이 흘렀다. 로뱅송의 안색도 나아지고 있었다. 부활절 무렵이 되자 우리의 미치광이들이 조금 동요하였다. 화사한 옷차림을 한 여인들이 우리의 정원 앞을 빈번히 지나다녔기 때문이다. 너무 일찍 찾아온 봄이었다. 취화물. 臭化物. 작가는 동사 없이 이 단어 하나만을 불쑥 써놓았다. 완성되지 않은 문장일 듯하다. 취소의 화합물이 여러 가지 있으나, 그 중에서도 특히 취화칼륨은 골수나 뇌수의 작용을 원활하게 해주는 반면, 근육을 이완시키는 효력을 가지고 있다고 한다. 문맥으로 보아 "미치광이들에게 취화물을 투여했다"로 읽어도 좋을 듯하다. 나아가 문제의 취화물을 취화칼륨으로 본다면 "진정제를 투여했다"는 말로 읽어도 무방할 듯하다

'따라뿌' 영화관의 고용원들도, 내가 그곳에서 단역을 맡던 시절 이후 여러 번 바뀌었다고 했다. 귀여운 영국 아가씨들은 멀리 오스트레일리아로 모두 줄행랑을 놓았다고 누군가가 나에게 알려주었다. 그리하여 그녀들을 다시는 볼 수 없게 되었다고….

타냐와의 사건이 있은 후로는 내가 배우 대기실에 출입하는 것을 금하였다. 나 역시 구태여 들어가겠다고 우기지 않았다….

우리는 바리톤이 어디를 경유하였는지 그 징후라도 포착하기 위하여 사방으로, 특히 북쪽 여러 나라에 주재하는 영사관에 편지를 쓰기 시작하였다. 우리는 영사관들로부터 그럴싸한 답장을 단

하나도 받지 못하였다.

파라핀은 내 곁에서 자기의 기술적인 업무를 착실하게, 또 말없이 수행하였다. 지난 이십사 개월 동안 그가 한 말이라곤 도합 스무 마디를 넘지 못하였다. 나는 그날그날의 상황이 요구하는 물질적 혹은 행정적 조치들을 거의 내 독단으로 취할 수밖에 없는 처지가 되었다. 실수를 범하는 일도 있었다. 그래도 파라핀은 절대 나를 나무라는 법이 없었다. 우리 두 사람은 서로에 대한 무관심으로 화합을 이루고 있었다. 그뿐만 아니라 충분한 환자 회전율이 요양원의 재정 상태를 안정시켜 주고 있었다. 물품비와 집세를 지불하고도 충분히 먹고 살 만한 돈이 남았고, 에메의 양육비도 그녀의 숙모에게 꼬박꼬박 보내준 것은 물론이다.

내가 보기에 로뱅송은 처음 그곳에 왔을 때에 비해 훨씬 덜 불안해하였다. 그의 안색이 다시 좋아지고 체중도 삼 킬로그램이나 늘었다. 한마디로 많은 가정에 어린 미치광이들이 있는 한 우리는 수도(首都) 근처에 자리 잡고 있는 것이 편리했고, 또 만족할 수 있을 것 같았다. 우리의 정원만을 보기 위해서라도 한번쯤 나들이를 할 만한 가치는 충분했다. 날씨 좋은 여름날이면, 장미를 심은 원형 화단과 작은 숲을 보기 위하여 빠리에서 사람들이 일부러 찾아오기도 하였다.

유월 어느 일요일, 우리의 정원 철책 앞에 있던 일단의 산보객들 속에서 나는 처음으로 마들롱을 발견하였다. 그녀는 철책 가까이로 바짝 다가가서 잠시도 꼼짝하지 않고 서 있었다.

처음에는 로뱅송에게 공포감을 주지 않으려고 그 출현 소식을 그에게 알리지 않으려 했다. 하지만 깊이 생각한 끝에, 며칠 후, 그에게 당부하기를, 차후로는 잠정 기간 동안 그가 요양원 근처에서 거의 매일 하던 산책을 중지하라고 했다. 나의 그러한 권고에 그는 불안해하였다. 하지만 그 이유는 캐묻지 않았다. 칠월 말쯤 우리는 바리톤으로부터 우편엽서 몇 장을 받을 수 있었다. 이번에는 핀란드에서 보내 온 것들이었다. 우리는 매우 기뻐하였지만 돌아오겠다는 말은 한마디도 없었다. 이번에도 우리의 '행운'을 빈다는 말과, 기타 수천 가지 친절한 인사뿐이었다.

두 달이 흐르고, 또 몇 개월이 지났다… 여름의 먼지가 도로 위로 다시 떨어졌다. 우리 병원에 수용되어 있던 미치광이 하나가, 만성절[11월 1일] 무렵 병원 앞에서 작은 소동을 일으켰다. 전에는 유순하고 고분고분하던 그 환자가, 만성절의 고인 추도식에서 충격을 받았던 모양이다. 그가 창문에서 밖을 향해 죽고 싶지 않다고 고함을 치는 것을 제대로 제지하지 못했던 것이다… 산보객들은 그 광경을 재미있다는 듯 구경하면서 그 자리를 떠나지 않았다… 그 엉뚱한 짓이 벌어지던 바로 그 순간, 이번에는 첫 번보다 더 선명하게 철책 앞, 전과 같은 자리에 마들롱이 구경꾼들의 맨 앞줄에 서 있는 듯한 인상을 받았다. 기분이 몹시 언짢았다.

그날 밤 나는 극도의 불안감으로 인해 잠에서 소스라쳐 깨어났다. 내가 본 것을 잊으려 애를 썼으나, 나의 모든 노력은 허사였다. 차라리 잠을 자려 애를 쓰지 않는 편이 나왔다.

랑시에 가본 지도 상당히 오래된 터였다. 기왕 악몽에 시달릴 바에는, 항상 모든 불행의 발상지인 그곳을 한 바퀴 돌아보는 게 낫지 않을까 생각해보았다… 그곳에 많은 악몽들을 내버려두었기 때문이었다… 내 스스로 그것들을 맞으러 가는 것이 일종의 예방책일 수도 있을 것 같았다… 비니에서 랑시로 가는 데 가장 빠른 길은, 강둑을 따라 쎈느 강으로 납작하게 뻗어 있는 주느빌리에 다리까지 가는 것이었다. 강 안개는 수면에서 찢기다가 다시 모여 움직이며, 훌쩍 뛰어 비틀거리다가는 제방 너머의 가로등 주위로 가서 다시 떨어진다. 왼쪽에 있는 거대한 트랙터 공장은 밤의 커다란 자락에 감추어져 있다. 공장의 창문들은 모두 열려 있어 그 안에서 그칠 줄 모르고 타오르는 침울한 불빛이 밖으로 새어나온다. 공장을 지나면 강둑에는 아무것도 없다… 그러나 길을 잃을 염려는 없다… 느끼는 피로감을 보면 거의 도착하였음을 짐작하게 된다.

그 다음에는 부르네르 로를 따라 왼쪽으로 방향을 바꾸기만 하면 된다. 이제 멀지 않다. 건널목에 항상 켜져 있는 녹색과 적색 신호등 덕분에 길을 찾기는 어렵지가 않다.

한밤중에 눈을 가리고도 나는 앙루이유의 집을 찾아갈 수 있었을 것이다. 전에는 그 집엘 자주 갔기 때문이다….

하지만 그날 저녁, 그들의 집 문 앞에 당도하는 순간 나는 더 이상 앞으로 나아가지 않고 곰곰이 생각하기 시작하였다….

이제는 며느리가 그 집에 혼자 살고 있으리라고 생각하였다… 모두들 죽었으니까… 노파가 뚤루즈에서 어떻게 최후를 맞았는지 그녀는 틀림없이 알고 있었을 것이다. 아니면 최소한 짐작만이라도 하고 있었을 것이다… 그 사건 소식이 그녀에게 어떤 작용을 미쳤을까?

가로등 불빛이 현관 앞 계단 위의 차양을 마치 눈 덮인 듯 하얗게 비추고 있었다. 나는 길모퉁이에 우두커니 서서 한없이 바라보고만 있었다. 다가가서 초인종을 누를 수도 있었다. 분명 그녀는 나에게 문을 열어주었을 것이다. 어찌되었건 우리들이 싸우고 헤어진 것은 아니었다. 내가 서 있던 모퉁이는 몹시 추웠다….

도로는 내가 그곳에 살던 시절과 마찬가지로 아직도 늪지대 같았다. 공사를 하겠다고 번번이 약속만 하고 영영 시작조차 하지 않고 있었다… 행인은 아무도 없었다.

내가 앙루이유 댁 며느리를 두려워해서 그랬던 것은 아니다. 결코 아니다. 그러나 그곳에 도착하는 순간, 나는 문득 그녀를 다시 보고 싶지가 않았다. 그녀의 집 앞에 당도하는 순간, 그녀가 나에게 새삼 알려줄 것이 아무것도 없다는 사실을 깨달았던 것이다… 그녀가 나에게 무슨 말을 하면 권태롭기만 할 것 같았다. 우리들은 각자 서로에게 그런 처지가 되어 있었다.

나는 이미 그녀보다, 심지어 죽은 앙루이유 노파보다도 더 깊은 밤의 심연에 도달해 있었다… 우리는 더 이상 함께 있지 않았다… 우리는 정말 헤어진 것이었다… 죽음 때문만이 아니라 삶 때문이기도 하였다… 그 모든 일이 자연스럽게 이루어졌다… 각자 제 갈 길로 가는 거지! 나는 그렇게 중얼거렸다… 그러고 나서 나는 나의 갈 길로, 즉 비니로 돌아오는 길로 들어섰다.

앙루이유 댁 며느리는 나를 따라올 수 있을 만큼 교육을 받지 못하였다… 그녀에게 과단성이 있었던 것은 사실이다… 그러나 교육을 받지 못했다! 그것이 난점(難點)이었다. 교육을 받지 못했다는 점이! 교육이 가장 중요하다! 그리하여 그녀가 아무리 더럽고 집요하더라도, 나나 우리들 주위에서 일어나는 일들을 도저히 이해할 수는 없었다… 하지만 교육만으로는 충분하지 못하다… 다른 사람들보다 멀리 가기 위해서는, 그 외에 따스한 가슴과 양식이 겸비되어야 한다… 쎈느 강 쪽으로 돌아오기 위해 쌍지용 로를 따라서 걷다가, 다시 바쑤 로로 접어들었다. 나의 근심은 해소되었다! 나는 거의 만족스러운 상태였다! 앙루이유 댁 며느리에게서 구태여 무엇을 알아내려 할 필요가 없다는 사실을 깨닫게 된 것이 흐뭇하기도 하였다. 나는 드디어 그 더러운 년을 중도에서 영영 내팽개친 것이다…! 무슨 놈의 일이란 말인가! 우리는 우리들 식으로 서로 동정을 하기로 했다… 전에는 앙루이유 댁 며느리와 의사소통도 잘 되었다… 그것도 아주 오랫동안. 하지만 이제는 그녀가 나에게 어울릴 만큼 낮은 곳에 있지 않았다. 그녀는 내가 있는 곳으로 내려올 수 없었다… 내려와서 나와 합류할 수 없었다… 받은 교육도 힘도 없었기 때문이다. 우리의 삶에서는 올라가는 것이 아니라 내려가는 법이다. 그녀는 더 이상 내려올 수가 없었다. 내가 있는 곳까지 내려올 수가 없었다. …그녀가 보기에는 나를 감싸고 있는 밤이 너무 짙었던 것이다.

베베르의 숙모가 수위실 안내원으로 일하던 건물 앞을 지날 때, 그곳에 잠시 들를 수도 있었을 것이다. 내가 베베르를 치료했고 또 그가 숨을 거둔, 그 안내실을 점거하고 있는 사람들을 잠시 들러서 보고 인사를 나눌 수도 있었을 것이다. 그곳 침대 머리맡에 학생 차림을 한 그의 초상화가 아직도 걸려 있었을지도 모른다… 그러나 사람들을 깨우기에는 너무 늦은 시각이었다. 나는 사람들의 눈에 띄지 않게 그곳을 지나쳤다….

조금 멀리 리베르떼 가에 있는 베쟁의 골동품 상점에는 아직도 불이 켜져 있었다… 뜻밖의 일이었다… 하지만 진열대 한가운데에 가스등 하나만이 켜져 있을 뿐이었다. 베쟁 그 사람은 선술집 출입이 잦고, 또 벼룩시장으로부터 뽀르뜨 마이요까지 잘 알려진 사람이라, 동네에서 일어나는 일들이나 기타 소문을 잘 알고 있을 것 같았다. 그가 아직 잠자리에 들지 않았다면 나에게 많은 이야기를 해줄 수 있을 것 같았다. 나는 출입문을 안쪽으로 밀었다. 방울이 울렸다. 그러나 아무도 대답을 하지 않았다. 나는 그가 점포의 안쪽, 다시 말해 그의 식당에서 잠을 잔다는 사실을 잘 알고 있었다… 그는 그 어두운 곳에서, 그를 기다리던 렌즈콩*깍지 하나에 콩이 두 알씩 들어 있는 강낭콩의 일종* 저녁식사가 놓여 있는 쪽으로 몸을 비스듬히 기대고, 탁자 위에 두 팔을 올려놓은 채 그 사이로 얼굴을 묻고 있었다. 식사를 하기 시작했던 모양이나, 곧이어 졸음을 이기지 못하고 잠이 들었던 것 같았다. 그는 코를 심하게 골고 있었다. 또한 술을 잔뜩 마신 모양이었다. 나는 어느 목요일 장날, 릴라의 장터에서 있었던 일을 아직도 기억한다… 그는 장날이라고 차려입은 자기의 나들이옷을 발밑에 펼쳐놓고 앉아 있었다.

나는 베쟁을 항상 좋은 사람이라 생각하고 있었다. 그가 다른 사람들보다 더 비열한 점도 없었다. 특별히 나무랄 바가 없는 사람이었다. 아주 친절하고, 까다롭지도 않았다. 내가 알고 싶어 하던 자질구레한 일들 때문에, 즉 나의 단순한 호기심을 충족시키기 위하여 그를 깨우고 싶지는 않았다… 그리하여 가스등 스위치를 잠근 다음 그 집을 나섰다.

그 모든 사람들, 집들, 더럽고 음침한 물건들이, 이제는 전처럼 나의 가슴을 향해 직접 말을 하지 않는다는 사실을 생각하며, 또 내가 다른 사람들 보기에는 아무리 약삭빠르다 할지라도, 이제는 그렇게 나 혼자 멀리 갈 만한 힘이 아마 더 이상 남아 있지 않으리라는 생각을 하며, 어쩔 수 없이 비니 쪽으로 슬픈 발길을 돌렸다.

비니에서는 바리톤이 있던 시절의 식사 습관을 그대로 지키고 있었다. 즉 식탁에 모든 사람이 빠짐없이 둘러앉아 식사를 하였다. 다만 이제는 안내소 위층에 있는 당구실에서 주로 식사를 하였다. 영어 회화라는 우스꽝스러운 추억이 아직도 여기저기 흩어져 있던 식당보다는, 그곳이 훨씬 더 편안했다. 뿐만 아니라 식당에는 오팔색 유리창이 달린 '1900년대'의 진품들, 우리들에게는 어울리지 않을 만큼 아름다운 가구들이 너무 많이 놓여 있었다.

당구실에서는 길에서 일어나는 모든 일을 구경할 수 있었다. 그 사실이 또한 우리에게 유익할 수도 있었다. 우리는 일요일마다 대부분의 시간을 그곳에서 보냈다. 우리를 방문하는 손님들로는, 가끔 우리들과 저녁식사를 함께하는 인근의 의사들이 있었지만, 일상적으로 우리의 식탁에 초대되는 사람은 교통경찰관 귀스따브였다. 그는 거의 빠짐없이 우리와 함께 식사를 하였다. 일요일마다 동네 입구에 있는 사거리에서 근무를 하고 있는 그를 창가에 앉아서 구경하던 중 우연히 서로 알게 된 터였다. 그는 자동차들 때문에 애를 먹고 있었다. 처음에는 몇 마디 말을 나누다가, 일요일마다 대하게 되니 친숙한 사이가 되었다. 나는 시내에 사는 그의 두 아들을 치료해준 일도 있는데, 한 아이는 홍역에 걸렸었고, 다른 아이는 유행성 이하선염(耳下腺炎)에 걸렸었다. 우리의 고정 초대손님이었던 그의 이름은 귀스따브 망다무르, 깡딸^{프랑스 중남부 산악 지역의 한 군} 출신이었다. 대화를 하려면 그는 조금 힘들어했다. 말하기를 고통스러워했기 때문이다. 물론 정확한 어휘나 표현을 잘 찾아내기는 했지만, 그는 그것들을 밖으로 끌어내지 못하였다. 그것들은 대부분 입 속에 남아 속절없이 소음만 냈다.

어느 날 저녁 로뱅송이, 내가 믿기로는 농담삼아 그에게 당구를 치자고 하였다. 그런데 무슨 일이건 한번 시작하면 계속하는 성품인지라, 귀스따브는 그날 이후 저녁 여덟 시만 되면 꼬박꼬박 우리들을 찾아왔다. 귀스따브는 까페에 가는 것보다는 우리들과 어울리는 것이 더 좋다고 하였다. 까페에서는 친분 있는 사람들끼리 주로 정치에 관한 토론을 하는데, 그 토론이 험악한 논쟁으로 변하는 경우가 잦기 때문이라는 것이다. 우리들은 절대 정치에 관해 토론을 하는 법이 없었다. 특히 귀스따브의 경우, 정치라는 것이 자기에게는 매우 거북한 존재라는 것이었다. 까페에서도 이미 그 정치 이야기 때문에 곤욕을 치른 일이 있다고 했다. 원칙적으로 자기는 정치에 관한 이야기를 하지 말아야 하며, 특히 술을 조금이라도 마셨을 때에는 더욱 조심을 해야 하는데, 그럼에도 정치 이야기를 하게 되는 경우가 있다고 하였다. 게다가 그는 과음을 하기로 정평이 나 있었다. 그것이 그의 약점이었다. 반면 우리 요양원에 오면 그는 모든 면에서 안전하였다. 자신도 그 점을 인정하였다. 우리들은 술을 마시지 않았다. 따라서 자기 집에 돌아가 마음껏 마실 수 있으되, 그것이 문제를 일으키지는 않았다. 그가 우리들에게로 오는 것은 우리들을 신뢰했기 때문이었다.

우리들이, 특히 파라핀과 내가 우리들의 옛날 처지와 또 바리톤의 요양원에 들어와 맞게 된 처지를 비교해 생각해 볼 때, 우리들에게는 아무 불만이 없었다. 만약 불평을 했다면 그것은 분명 커다란 잘못이었을 것이다. 어쨌든 우리 두 사람은 일종의 기적적인 행운을 잡은 것이었으니, 사회적인 지위로 보나 물질적인 안락함으로 보나 부족함이 없었기 때문이다.

다만 나는 그 기적이 지속되지 않을까봐 항상 불안해하였다. 나에게는 찌든 때와 같은 과거가 있었고, 그것이 벌써 운명의 트림처럼 나의 내부에서 다시 올라오고 있었다. 우리가 비니에 정착한 지 얼마 안 되어서 나는 익명의 편지 세 통을 받았는데, 모두 애매하고 협박적인 내용으로 가득 차 있었다. 그 이후에도 하나같이 가시 돋친 편지들을 여러 통 받았다. 비니에서는 익명의 편지를 자주 받는 것이 사실이지만, 우리들은 평소 그것들에 별로 관심을 보이지 않았다. 그 편지들은 대부분 아직도 자기네 집에서 박해망상증으로 시달리는, 옛날 환자들로부터 오는 것들이었기 때문이다.

그러나 나에게 배달된 문제의 편지들은 우선 그 어조부터 나를 불안 속으로 몰아넣었다. 그것들은 다른 편지들과 달리 그 비난하는 내용이 매우 구체적이었고, 게다가 그 표적이 항상 나와 로뱅송이었다. 비난의 내용은 한마디로 우리 두 사람이 내외관계를 맺고 있다는 것이었다. 비난치고는 더러운 비난이었다. 처음에는 그 사실을 로뱅송에게 이야기해주기가 좀 난처했지만, 같은 내용의 편지가 끊임없이 들이닥치는지라 그에게 사실을 알리기로 결심하였다. 그리하여 우리들은 그 편지들이 누구에게서 오는지 함께 생각해보았다. 우리들은 우리 두 사람을 모두 알 수 있을 만한 사람들을 빠짐없이 나열해보았다. 하지만 용의자를 찾아낼 수가 없었다. 게다가 비난 자체가 터무니없는 것이었다. 성도착증이라는 것이 나와는 거리가 멀었고, 로뱅송은 동성관계건 이성관계건 성에는 전혀 관심이 없는 사람이었다. 혹시 그를 괴롭히는 일이 있다 할지라도, 그것이 꽁무니에 관련된 문제가 아니라는 것은 너무나 명백했다. 그따위 더러운 이야기를 만들어낸 것으로 보아 질투심에 사로잡힌 어떤 여자의 소행임에 틀림 없었다.

결론적으로, 비니까지 따라와 그 더러운 험담으로 우리들을 성가시게 굴 수 있는 사람은 마들롱 외에 달리 아는 사람이 별로 없었다. 그녀가 그따위 편지를 아무리 계속 보낸다 하더라도 나는 전혀 개의할 바가 없었으나, 우리가 아무 응답도 하지 않는데 화가 치밀어, 그녀가 직접 불시에 나타나 우리들을 성가시게 하고, 또 요양원에 소동을 일으키지 않을까 하는 점이 염려스러웠다. 최악의 사태를 각오해야 했다.

그러한 상태에서 몇 주일을 보냈으며, 그동안 우리는 초인종 소리가 들릴 때마다 소스라치곤 하였다. 나는 마들롱의 방문뿐만 아니라, 그보다 더한 검찰관의 방문까지 각오하고 있었다.

망다무르 경찰관이 당구를 치기 위해 평소보다 일찍 도착할 때마다, 나는 그의 혁대 주머니 속에 혹시 소환장이 들어 있는 건 아닐까 자문해보곤 하였다. 하지만 망다무르는 그 무렵 아직은 친절함과 편안함의 전형이었다. 그가 눈에 띄게 변하기 시작한 것은 훗날의 일이다. 그 무렵의 그는 거의 매일 모든 게임에 지면서도 불평 한 마디 없었다. 그런 그의 성격이 변한 것은 우리의 잘못 때문이었다.

어느 날 저녁, 단순히 그 원인을 알고 싶은 마음에서, 나는 그가 왜 카드놀이에서 단 한 번도 이기지 못하였느냐고 물었다. 그것을 망다무르에게 물을 이유는 사실 없었다. 다만 무엇이든 접하면 왜? 어떻게? 라고 묻는 그 습성 때문이었다. 더구나 우리들은 돈을 걸고 카드놀이를 하지는 않았다! 카드놀이에서 그에게 운이 따르지 않는 사실에 대하여 다른 사람들과 이야기를 하면서 나는 그에게 가까이 다가앉았다. 그러고 나서 그를 유심히 살피던 중, 나는 그의 눈이 심한 노안이라는 사실을 발견하게 되었다. 실제 그는 우리가 놀고 있던 방의 조명 아래에서도 다이아와 클로버를 겨우 분간할 정도였다. 그대로 내버려둘 수는 없는 일이었다.

나는 그에게 훌륭한 안경 하나를 선사함으로써 그의 불구 상태를 정상으로 돌려놓았다. 처음 안경을 써보더니 매우 만족스러워 하였다. 그러나 그것이 오래가지 못하였다. 안경 덕분에 게임을 능숙하게 하고 전보다 잃는 경우가 적어지자, 그는 전혀 잃지 말아야 겠다는 생각을 하게 되었다. 물론 불가능한 일이었고, 그러자 그는 속임수를 썼다. 속임수에도 불구하고 게임에서 지는 경우가 생기면, 그는 몇 시간 동안이고 우리에게 말을 걸지 않았다. 한마디로 견딜 수 없는 사람이 되어버리고 말았다.

나로서는 정말 유감이었으니, 귀스따브는 걸핏하면 화를 냈고, 게다가 거꾸로 우리들의 화를 돋우든가, 우리에게 불안과 공포감을 안겨주려 하였기 때문이다. 게임에서 질 때마다 그는 자기 방식대로 복수를 하였다… 다시 말하지만, 우리는 돈을 걸고 게임을 하는 것이 아니었다. 단순한 심심풀이로, 혹은 승부 그 자체를 위해 게임을 즐기는 것뿐이었다… 그럼에도 불구하고 그는 화를 냈다.

그에게 운이 없었던 어느 날 저녁, 그는 돌아가며 우리에게 당돌한 어조로 말하였다. "여러분, 조심들 하시라고 말씀드리겠어요…! 내가 여러분 입장이라면, 여러분께서 자주 접하는 그런 사람들에 대해 주의를 하겠어요…! 다른 사람들은 그만두고라도, 갈색 머리의 여자 하나가 여러 날 전부터 요양원 앞을 오락가락 합니다…! 내가 보기에는 너무 빈번하게…! 나름대로의 이유가 있음에 틀림없습니다…! 여러분 중 한 사람과 분명 무슨 할 얘기가 있는 듯합니다, 나는 확신합니다…!"

망다무르는 돌아가기 전에 악의적인 말을 그렇게 한마디 불쑥 우리에게 던졌다. 그의 말은 표적을 빗나가지 않았다…! 하지만 나는 즉시 마음을 수습하였다. "좋아요, 고마워요 귀스따브! 나는 침착하게 대답하였다… 하지만 지금 얘기하시는 그 갈색 머리의 여자가 누구일지 짐작이 되지 않아요… 이곳에 입원했던 환자들 중 어떤 여자도 우리의 치료에 대해, 내가 알기로는 불평을 할 이유가 없을 텐데… 분명 어느 가여운 정신병자겠지요… 그녀를 다시 보게 되겠지요… 우리에게 알려줘서 다시 한번 감사해요, 귀스따브… 그리고 잘 자요!"

로뱅송은 그러한 우리의 이야기를 듣고 자기 의자에서 일어서지도 못하였다. 경찰관이 떠난 뒤, 우리는 그가 알려 준 사실을 다각도로 검토해보았다. 물론 마들롱이 아닌 다른 여자일 수도 있었다… 요양원 창문 아래에 와서 어슬렁거리는 여자들은 상당히 많았으니까… 하지만 그녀일 가능성도 매우 컸고, 그러한 가정만으로도 우리는 주체할 수 없는 공포감에 사로잡혔다. 만약 그녀라면, 이번에는 또 무슨 짓을 하려는 것일까? 또한 그토록 여러 달 전부터 빠리에 와 있다면 무슨 방법으로 살아가고 있을까? 만약 그녀가 직접 다시 나타나 들러붙을 것이 분명하다면, 즉시 대책을 강구해야 할 형편이었다.

— 이봐, 로뱅송. 내가 말문을 열었다. 결정을 하게, 결정을 해야 할 때가 왔어. 그리고 다시는 그 결정을 번복하지 말게… 어떻게 할 작정인가? 그녀와 함께 뚤루즈로 돌아갈 마음이 있는가?

— 아니! 절대 아니야! — 그의 대답이었다. 그리고 대답은 단호하였다.

— 됐어! 내가 그렇게 그를 우선 안정시켰다. 하지만 자네가 정말 그녀와 함께 돌아가고 싶지 않다면, 내 생각으로는 자네가 잠시 외국으로 떠나 그곳에서 누룽지를 버는 것이 최선책일 듯해. 그렇게 함으로써 확실하게 떨쳐버릴 수 있을 거야… 그녀가 그곳까지 자네를 따라가지는 않을 거야, 그렇지 않아…? 자네는 아직 젊어… 건강도 되찾았고… 충분한 휴식도 취했고… 우리가 얼마간의 돈도 줄 것이고, 그러면 훌륭한 여행이 되지 않겠어…? 내 생각

은 이러하네! 뿐만 아니라 이곳은 자네가 자리잡을 곳이 아니야… 언제까지나 이렇게 지낼 수는 없잖아…?

그가 내 말을 귀담아듣고 그때 바로 떠났더라면, 나의 짐을 덜어 주었을 것이고 또한 나도 기뻤을 것이다. 그러나 그는 움직이지 않았다.

― 내가 어떻게 되든 상관하지 말아, 훼르디낭! 그의 대꾸였다… 내 나이에는 어울리지 않아… 내 꼴을 좀 봐…! 그는 떠나기를 원치 않았다. 한마디로 방랑에 지쳤던 것이다.

― 더 이상 멀리 가고 싶지 않아… 그 말만 되풀이하였다… 아무리 말해도 소용없어… 자네가 아무리 그래도 소용없어… 다시는 떠나지 않을 거야….

나의 우정에 대한 그의 응답이 고작 그러했다. 하지만 나는 물러서지 않았다.

― 하나의 가정이긴 하지만, 마들롱이 만약 앙루이유 할머니 사건을 고발이라도 한다면…? 그런 짓을 능히 할 만한 여자라고 자네 입으로 말했지….

― 그러더라도 할 수 없지! 하고 싶은 대로 하라지….

그의 입에서 그러한 말이 나온다는 것은 전혀 뜻밖의 새로운 일이었다. 전에는 운명이란 것을 생각조차 못하던 사람이었기 때문이다….

― 그렇다면 이 근처에 있는 공장에 가서 가벼운 일이라도 하게. 그렇게 함으로써 항상 우리들과 함께 있어야 하는 상황은 피할 수 있을 테니까… 그래야 혹시 누가 자네를 찾아오더라도, 자네에게 미리 알릴 시간을 벌 수 있을 테니까.

파라핀도 나와 전적으로 동감이었고, 몇 마디 모처럼 입을 열었다. 우리 두 사람 사이에 논의되고 있던 일이 그가 보기에도 중대하고 급박했던 모양이다. 그리하여 그에게 일자리를 찾아주고, 그를 은닉할 방도를 찾아야 했다. 우리들과 교류를 하며 지내는 사람들 중 그 인근에서 자동차의 차체를 생산하는 기업가가 있었는데, 그가 전에 몹시 난처한 상황에 몰려 있을 때, 일이 까다로움에도 불구하고 우리가 자기에게 도움을 준 데 대해, 그는 항상 고마워하고 있었다. 그는 손으로 페인트칠을 하는 작업에 로뱅송을 시험 삼아 써보겠다고 하였다. 섬세함을 요하지만 고된 일은 아니었고, 보수도 좋았다.

— 레옹, 그가 일을 시작하던 날 아침 우리가 그에게 당부했다. 새로운 직장에서는 바보짓 하지 말게, 특히 자네의 엉뚱한 생각으로 인해 사람들의 시선을 끄는 일이 없도록 하게… 정시에 출근하고… 다른 사람들보다 먼저 퇴근하지 말고… 모든 사람들에게 인사 잘하고… 여하튼 몸가짐을 단정히 하게. 자네에게 걸맞는 일자리고, 또 우리가 특별히 자네를 추천했으니까….

하지만 얼마 안 가 그는 눈총을 받게 되었다. 물론 그의 잘못은 아니었다. 그가 사장의 전용 화장실에 들어가는 것을 보고, 옆 작업실에서 일하는 어떤 녀석이 밀고를 한 것이다. 그것만으로도 족했다. 보고가 되었고, 정신 상태가 불순하다는 판정이 내려졌으며, 즉각 쫓겨났다.

그리하여 며칠 후 로뱅송은 일자리를 잃고 우리들 곁으로 돌아왔다. 정말 숙명이었다!

그리고는 거의 때를 맞춰 다시 기침을 하기 시작하였다. 우리가 그를 진단해보니 오른쪽 허파에서 수포음(水泡音)이 들려왔다. 방 안에 틀어박혀 있을 수밖에 없었다.

어느 토요일 저녁나절, 저녁식사 직전이었다. 요양원 입구 휴게실에서 누가 나를 면회하겠다고 한다.

어떤 여자라고 한다.

그녀였다. 차양이 달린 모자를 쓰고, 장갑을 끼고 있었다. 아직도 기억이 선명하다. 그녀는 두말 않고 잘 만났다는 식이었다. 나는 내가 할 말을 퉁명스럽게 쏟아놓는다.

— 마들롱. 내가 그녀의 말을 끊었다. 다시 보고자 하는 사람이 레옹이라면, 더 지체하지 말고 즉각 돌아가세요… 그는 폐와 머리가 모두 아파요… 그것도 아주 심하게… 지금 보실 수 없습니다… 뿐만 아니라, 그 사람은 당신에게 아무 할 이야기가 없어요….

— 나에게도요? 그녀가 다시 묻는다.

— 당신에게도 없어요… 특히 당신에게는… 그렇게 내가 덧붙인다.

나는 그녀가 펄쩍 뛸 줄 알았다. 전혀 그렇지가 않았다. 그녀는 입술을 꼭 다문 채 고개를 좌우로 갸우뚱거렸다. 그리고는 나를 유심히 살피며 자신의 추억 속에서 나의 지난날 모습을 찾으려는 듯하였다. 그 속에 나는 더 이상 없었던 모양이었다. 나 역시 자리를 뜬 모양이었다. 우리가 마주 서 있던 그러한 상황에서, 그녀가 건장한 사내였다면 나는 겁을 집어먹었을 것이다. 하지만 그녀는 전혀 두려워할 것이 없었다. 속된 말로, 그녀가 나보다 덜 강했기 때문이다. 나는 아주 오래전부터, 그처럼 노여움에 미쳐버린 대가리를 한번 호되게 후려갈기고 싶은 욕구를 느끼고 있었다. 그렇게 할 경우 노여움에 미친 대가리들이 어떻게 변하는지 직접 보고 싶었기 때문이다. 대가리 속에 있는 어떤 형태의 정열이건, 농간을 부려 단숨에 그것이 선회하도록 하려면, 대가리를 거세게 후려치거나 혹은 근사한 수표를 한 장 던져주는 수밖에 없다. 파랑이 심한 바다에서 능숙하게 돛을 다루는 것만큼이나 멋진 일이다. 어떤 사람이건 새로운 바람 앞에서는 수그러들게 마련이다. 나는 바로 그것을 보고 싶었다.

적어도 이십여 년 전부터 그러한 욕구가 항상 나를 따라다녔다. 거리에서건, 까페에서건, 좀 공격적이고 좀스러우며 허풍을 떠는 사람들이 싸움질을 하는 곳이면 어디에서든지 그러한 욕구를 느꼈다. 그러나 주먹다짐이 벌어질까 두려웠고, 또 그 뒤에 올 수치심 때문에 감히 실행에 옮겨보지는 못하였다. 그런데 이번에는 한번 해볼 기회가 모처럼 훌륭했다.

— 너, 꺼져버리지 않겠어? 우선 그렇게 한마디 던져보았다. 그녀를 좀더 자극시켜 알맞게 요리를 하기 위해서였다.

나의 입에서 그러한 말이 튀어나오는 것이 의외라는 표정이었다. 그녀는 내가 우스꽝스럽고 하잘것없는 인간이라는 듯, 극도로 나의 울화통을 터뜨리며 미소를 짓기 시작하였다…. "찰싹! 찰싹!" 나는 당나귀라도 정신을 잃을 만큼 호되게 그녀의 뺨을 두어 번 후려쳤다.

그녀는 두 손으로 얼굴을 감싸고, 맞은편 벽에 기대어 놓은 커다란 소파에 가서 엎어졌다. 그녀는 색색거리며, 너무 심하게 매를 맞은 작은 개처럼 비명을 질러댔다. 그 다음엔 잠시 생각에 잠기는 듯하더니, 별안간 가볍고 유연하게 벌떡 일어나 나에게 얼굴 한번 돌리지 않고 나가버렸다. 하지만 나는 상황을 전혀 모르고 있었던 것이다. 모든 것이 원점으로 되돌아가 있었다.

우리가 아무리 애를 써도 소용이 없었으니, 그녀의 계략은 우리들 모두의 계략을 합해 놓은 것보다 앞서 있었다. 그녀가 로뱅송을, 그것도 자기가 원하는 대로 다시 만났다는 사실이 그 증거다… 그들이 함께 있는 것을 처음으로 본 사람은 파라핀이었다. 빠리 동부역 맞은편 까페의 테라스에 그들이 함께 앉아 있었다는 것이다.

나는 그들이 다시 만나고 있다는 것을 이미 짐작하고 있었지만, 그들의 관계에 내가 관심을 가지고 있다는 기색을 더 이상 보이고 싶지 않았다. 결국 나와는 상관없는 일이기도 했다. 그는 요양원에서 자기가 맡은 일을 나무랄 데 없으리만큼 잘 해내고 있었다. 더구나 풍증이 있는 환자들의 밑을 씻어주고, 그들의 몸을 닦아준다든지, 침대 시트를 갈아주기도 하는 등, 힘만 들었지 아무 보람이 없는 일이었다. 우리로서는 그에게 더 이상 요구할 것이 없었다.

내가 그를 빠리에 심부름 보낼 때마다, 오후 시간을 이용해 자기의 그 마들롱을 만나는 것은 전적으로 그의 개인적인 일이다. 여하튼 따귀를 때린 후로는, 우리들 중 아무도 마들롱을 비니-쉬르-쎈느에서 다시 보지 못하였다. 그러나 나는 그녀가 분명 나에 대하여 온갖 더러운 이야기를 녀석에게 쏟아놓았으리라고 생각하였다!

나는 뚤루즈의 사건이 아예 존재하지조차 않았던 일인 양, 로뱅송에게는 그곳 일에 대해 더 이상 아무 말도 하지 않았다.

좋건 싫건 그렇게 여섯 달이 흘렀고, 요양원 직원들이 휴가를 떠나게 되었다. 또한 마싸지에 능한 간호사 한 사람이 필요하게 되었다. 그 일을 맡고 있던 간호사가 예고도 없이 요양원을 그만두고 결혼을 해버렸기 때문이었다.

엄청나게 많은 아름다운 아가씨들이 지원을 했고, 그리하여 광고가 나가자마자 비니로 몰려드는 온갖 국적의 그 탄탄한 것들 중 어느 것을 골라야 할지, 우리들은 당황할 수밖에 없었다. 결국 우리는 쏘피라고 하는 슬로바키아 출신 아가씨를 쓰기로 결정을 보았는데, 그녀의 피부와 날렵하면서도 부드러운 자태, 신성해보이기까지 한 건강 등은, 고백하건대 아무도 견디지 못하리만큼 매혹적이었다.

쏘피는 프랑스어를 단 몇 마디밖에 몰랐지만, 내가 지체하지 않고 그녀에게 프랑스어를 가르치기로 하였다. 환심을 사기 위한 작은 몸짓이었다. 더구나 그녀와의 싱싱한 접촉에서 나는 다시 가르칠 의욕을 되찾게 되었다. 바리톤으로 인해 나는 가르치는 일에 역겨움을 느끼고 있었던 것이다. 그런데 이제 다시 정신을 차리지 못하게 된 것이다! 하지만 그 젊음! 그 활력! 그 살집! 탄력 있고! 예민하고! 극도로 경악스러운! 지나치게 서구적인 대화에서 항상 장애가 되는 그 어떤 태깔도 아직 그녀의 아름다움에 손상을 입히고 있지 않았다. 나는 그저 끊임없이 그녀의 구석구석을 예찬할 뿐이었다. 근육에서 근육으로, 해부학적 부위별로, 나의 순례가 진행되었다… 근육의 비탈을 따라… 지역별로… 집결되었으되 동시에 흩어지기도 하며, 손이 닿으면 짐짓 도망치는 듯하다 응낙하는 작은 다발들로 나누어진 그 생생한 활력… 매끄럽고, 팽팽하고, 다시 누그러지는, 그 기적적인 피부 밑에 감춰진 활력을….

살아 있는 기쁨의 시대, 부인할 수 없고 생리적이며 상대적인 위대한 조화의 시대는 아직 도래하지 않았다… 육체, 나의 수치스러운 손이 마구 주물러대는 그 신(神)… 낯선 사제, 그 점잖은 남자의 손… 그 무슨 썩은 냄새 풍기는 점잖이란 말인가! 상징의 두꺼운 때로 더럽혀졌고, 명망 있는 분이 내깔기는 예술적 똥이 속속들이

들어차 있다… 그 다음은 모르겠단다! 성공한 사업이다! 결국 무의식적 추억만으로 흥분하겠단다. 경제적이다… 무의식적 추억은 누구나 가지고 있으며, 아름답고 눈부신 무의식적 추억을 사서 저장할 수도 있다… 삶은 그보다 더 복잡하다. 특히 인간 육체의 삶은 더욱 그러하다. 혹독한 모험이다. 삶보다 더 절망적인 것은 없다. 완벽한 형태를 추구하는 그 못된 버릇에 비하면, 코카인은 역장의 심심풀이에 불과하다. 자기의 아내가 다른 남자와 한창 밀회를 즐기고 있는 것은 까맣득히 모르는 채, 한가하게 실없는 오락에 빠져 있는 역장을 말한다. 즉 전통예술가들의 그 못된 버릇이 마약보다도 오히려 더 우리들을 환상의 구렁텅이로 몰아넣는다는 뜻이다

다시 우리의 쏘피 이야기로 돌아오자! 항상 침울하고 불안하며 수상쩍은 우리의 요양원에 그녀가 와 있다는 사실 자체가 하나의 대담한 행동처럼 보였다.

얼마 동안을 함께 생활하고 난 후, 우리는 그녀가 우리 요양원의 간호사들 중 하나라는 사실에 만족스러워하게 되었다. 그러나 한편 그녀가 혹시 어느 날 우리들의 끝없는 조심성을 흩뜨려 놓든가, 혹은 어느 날 갑자기 우리의 초라한 실상을 깨닫게 되지는 않을까 하는 두려움을 금할 수 없었다….

그녀는 아직, 괴어서 썩고 있던 우리들의 체념 상태를 전혀 모르고 있었다! 낙오자들의 집단이라는 사실을! 그녀가 우리들 곁에 살면서 앉고 일어서고, 우리와 함께 식사를 하고, 들어오고 나가는 모습만 보아도, 우리는 찬탄을 금하지 못하였다… 그녀가 우리들의 넋을 빼앗고 있었다….

그리하여 그녀가 일상의 단순한 행동만 하여도 우리는 경악과 기쁨을 느꼈다. 그토록 아름답고, 또 우리들에 비해 그토록 자연스러운 그녀를 찬미만 하고 있어도 우리들은 시인이 되는 것 같았다. 그녀의 생명 리듬은 우리들의 것과는 다른 샘에서 용솟음치는 듯

했다… 항상 전전긍긍하고 게 침을 질질 흘리는 우리들의 샘과는 다른….

 그녀의 머리칼부터 발목까지, 온몸에 활기를 주는 그 경쾌하고 정확하며, 동시에 부드러운 그 힘이 우리들을 뒤흔들어 놓고, 매력적인 방법으로 우리들을 불안케 했다. 분명 불안케 했다. 그것이 정확한 표현일 것이다.

 이 세상의 사물들에 대한 우리의 까다로운 지식은, 그러한 희열 속에서 본능이 지배적일 경우, 그러한 희열 앞에서 뿌루뚱해진다. 그러나 그 지식은 항상 겁쟁이로서, 존재의 지하실 속으로 피신하며, 최악의 습관 즉 경험에 자신을 예속시킨다.

 쏘피는 아메리카의 여인들에게는 거의 습관이 되다시피 한, 그녀들에게서 흔히 발견할 수 있는 경쾌하고 유연하며 정확한 걸음걸이의 소유자였다. 그것은 위대한 미래 사람들의 걸음걸이이며, 그 사람들을 경쾌하고 의욕적인 삶이 또다시 새로운 모험으로 이끌어간다….

 매력적인 사람들에 대해 별로 정열적이지 못한 파라핀마저도, 그녀가 우리와 함께 있다가 자리를 뜨면 조용히 미소를 짓곤 하였다. 그녀를 그윽히 바라보고만 있어도 우리의 영혼은 건강해졌다. 솔직히 말하자면, 특히 아무것도 갈망하지 못하는 나의 영혼은 더욱 그러하였다.

 뜻하지 않은 순간에 그녀 앞에 나타나 그 오만, 그녀가 나에게 작용하고 있던 일종의 위력과 마력을 조금 상실토록 하기 위하여, 즉 그녀를 약화시켜 우리들 수준의 초라한 인간에 조금이나마 가까워지도록 하기 위하여, 나는 그녀가 잠들었을 때 그녀의 침실로 들어갔다.

 들어가 보니 쏘피는 전혀 다른 하나의 풍경이었다. 그 풍경은 친숙하였고, 그러면서도 경이로웠으나 또한 안도감도 주었다. 치장도 하지 않고, 거의 아무것도 덮지 않은 채 침대에 길게 누워 있는 그녀의 두 허벅지는 서로 꼬여 있었고, 살은 축축하고 축 풀려 있었으며, 피로로 자신을 설명하고 있었다….

  육체의 깊은 심연에서 쏘피는 악착같이 잠에 매달려 있었으며, 그로 인해 코를 심하게 골고 있었다. 오직 그 순간에만 그녀가 내 손이 닿을 수 있는 곳에 있었다. 더 이상 마력을 발휘하지 못하였다. 허튼 농담도 없었다. 오직 진지함뿐이었다. 그녀는 존재의 저편에서 아직도 생명을 퍼올리느라고 열심히 일을 하고 있었다… 그녀는 게걸스러웠으며, 어찌나 그 생명을 다시 퍼마셨던지 그것에 취해 있었다. 그 잠자는 작업이 끝난 후, 아직 흠뻑 부풀어 있고 또 불그레한 피부 밑에서 기관들이 끊임없이 황홀해하고 있을 때, 바로 그 순간에 그녀를 보아야 한다. 그녀 역시 다른 모든 사람들처럼 기괴하고 우스꽝스러웠다. 그녀는 행복감에 겨워 몇 분 동안 비척거렸고, 그 다음 아침 햇살이 온통 그녀 위로 쏟아졌으며, 그녀는 마치 너무 무거운 구름이 모두 걷혔다는 듯 찬란하고 자유로워져 다시 날아올랐다….

  우리는 그것들 모두와 접촉을 가질 수 있다. 질료가 생명으로 변하는 그 순간을 만지는 것은 매우 기분 좋은 일이다. 그 순간 우리는 인간들 앞에 열리는 끝없는 평원에 서게 된다. 그리고는 야아! 또 야아! 탄성을 지른다. 각자 그 위에서 자기 능력껏 즐기지만, 그것은 또한 거대한 사막 같다….

  상전이라기보다는 그녀의 친구들이었던 우리들 중에서, 내 생각으로는 내가 그녀와 가장 친숙한 사이였다. 그녀는 협심증 환자들을 수용한 병동에서 일하는 소방수 출신의 남자 간호사와 정기적으로 관계를 가지며 나를 배신하였다 ―당연히 배신이라고 말할 수 있다— 그녀가 나에게 설명하기를, 모두 나를 위해, 즉 내가 너무 지치지 않도록 하기 위해 다른 남자와 관계를 가지는 것이라고 하였으며, 또 내가 하고 있는 정신적인 일들이 자신의 폭발적인 기질과는 조화가 되지 않기 때문이라고 하였다. 전적으로 나를 위해서였다는 것이다. 그녀는 나의 건강을 위해 나에게 오쟁이를 지우고 있었다. 나무랄 데 없는 배려였다.

그 모든 일들이 나에게는 기쁘기만 하였지만, 마들롱의 일이 나의 마음을 무겁게 짓누르고 있었다. 어느 날 나는 결국 쏘피에게 그 이야기를 모두 털어놓았다. 그녀의 생각은 어떤지 알고 싶어서였다. 그녀에게 나의 근심거리를 털어놓으니 마음이 조금 홀가분해졌다. 끝날 줄 모르는 언쟁과 또 그들의 불행한 사랑으로 인해 생긴 원한 등이 사실 나는 지긋지긋했다. 그 면에 대해서는 쏘피도 나와 같은 생각이었다.

로뱅송과 내가 친구이니, 두 사람이 아무 조건 없이, 조용히, 그리고 최단 시일 내에 화해를 해야 한다는 것이 쏘피의 생각이었다. 착한 심성에서 나온 충고였다. 그렇게 착한 심성을 가진 사람들이 중부 유럽에는 많다. 다만 그녀는 이쪽 사람들의 성격이나 반응 습관을 모르고 있었다. 의도는 이 세상 그 어느 것보다 훌륭했지만, 그녀의 충고는 잘못된 것이었다. 나는 그녀의 오류를 깨닫기는 했지만, 너무 늦은 뒤였다.

— 당신이 마들롱을 다시 만나봐야겠어요. 그녀가 나에게 충고를 했다. 당신 이야기를 들어보니 마음이 착한 아가씨임에 틀림없어요… 단지 문제는, 당신이 그녀에게 도발적인 행위를 저질렀고, 그녀를 난폭하고 혐오스럽게 대했다는 사실이에요…! 당신이 그녀에게 사과하시고, 또 좋은 선물도 하나 보내시어, 그녀로 하여금 그 일을 잊도록 하세요… 자기 나라에서는 그렇게 하는 것이 관례

라고 하였다. 한마디로 그녀는 내게 예의바른 방법을 권했지만, 그것이 실용적이지는 못했다.

    나는 그녀의 조언을 따랐다. 그렇게 태를 부리며 외교적인 접근을 시도하면서 겉치레를 하다보면, 결국에는 그 무엇보다도 재미있고 혁신적인 두 쌍이 새로 이루어질 가능성을 얼핏 포착했기 때문이다. 그 사실을 괴로운 마음으로 밝히거니와, 나의 우정은 사건들과 내 나이의 중압감 밑에서 엉큼하고 관능적으로 변하고 있었다. 분명 배신이었다. 그 순간 쏘피는 자신도 모르는 사이에 나의 배신을 돕고 있었다. 그녀는 조금 지나치게 호기심이 많아서 위험을 좋아하지 않을 수 없는 여자였다. 한 푼 때문에 싸움질을 하거나, 생이 제공하는 기회들을 덧없이 흘려보내지 않으며, 원칙적으로 사람을 의심하지 않는 훌륭한 천성을 가지고 있었다. 내 취향에 꼭 맞는 여자였다. 그녀는 한술 더 뜨고 있었다. 그녀는 꽁무니 유희^{성적인 유희}에 변화를 주어야 할 필요성을 이해하고 있었다. 여자 중에서는 정말 찾아보기 힘든, 모험을 좋아하는 기질이었다는 점은 인정해야 한다. 정말 우리들이 사람은 잘 골라서 채용했던 것이다.

    그녀는 내가 마들롱의 용모를 자기에게 상세히 일러주기를 바랐다. 자연스러운 일이었다. 친한 사람들끼리 어울리는 동안 혹시 프랑스 여자에게 서툰 모습을 보이지 않을까 두려워했기 때문이며, 특히 외국에서는 프랑스 여자들이 그러한 면에서 예술가적 명성을 얻고 있었기 때문이다. 게다가 동시에 로뱅송을 감내하는 일은, 나를 기쁘게 하기 위해서라면 쾌히 응낙하겠다는 것이었다. 그녀는 로뱅송이 자기에게 아무 감정도 유발하지 못한다고 하였다. 하지만 우리는 합의를 보았다. 그것이 가장 중요하다고 했다.

    나는 우리들이 모두 서로 화해하자는 계획을 로뱅송에게 알리기 위해 적당한 기회가 오기를 기다렸다. 어느 날 아침, 그가 경리

과에서 의료 관찰 기록을 커다란 노트에 옮겨 적고 있을 때, 나는 적당한 기회가 왔다고 판단하였다. 나는 그의 일을 중단시킨 다음, 최근에 있었던 일련의 격한 일들을 피차간에 잊도록 하기 위해, 내가 마들롱에게 접근해서 교섭을 해보는 게 어떻겠느냐고 물었다… 또한 이번 기회에 나의 새로운 연인 쏘피를 그녀에게 소개해도 좋겠느냐는 말도 덧붙였다. 그리고 이제 우리 모두가 모여 피차간에 흉금을 털어놓을 때가 되지 않았느냐고 하였다.

처음에는 주저하는 기색이 역력하더니, 그렇게 해도 나쁠 것이 없다고 시큰둥하게 대답하였다… 내가 믿기로는, 머지않아 내가 자기를 어떠한 명분을 내세워서라도 만나려 할 것이라는 말을, 마들롱이 이미 그에게 하였음이 틀림없었다. 그녀가 비니에 왔을 때 있었던 따귀 사건은 그에게 아예 비치지도 않았다.

그곳에서 녀석이 나에게 고함을 쳐대고, 또 사람들 앞에서 나를 상스러운 놈 취급하도록 하는 위험을 초래할 수는 없었기 때문이다. 비록 우리가 오래전부터 친구이기는 하지만, 여하튼 요양원에서는 그가 내 지시를 받는 입장이었다. 무엇보다도 권위가 우선이었다.

그 계획을 실행에 옮기는 데에는 일월이 좋을 것 같았다. 우리는 일요일을 택해 빠리에서 만나 함께 영화관에 갔다가, 혹시 날씨가 너무 춥지 않으면 우선 바띠뇰의 축제를 잠시 구경하자고 하였다. 바띠뇰은 빠리 제17구의 옛 명칭이다

그가 마들롱에게 이미 바띠뇰의 축제에 데려가겠다는 약속을 했다는 것이었다. 마들롱은 장터 축제를 몹시 좋아한다고 했다. 그러니 잘 된 일이었다! 오랜만에 처음으로 다시 만나는 것이니 축제를 기해서 만나는 것도 좋을 것 같았다.

축제가 우리의 눈에 가득했다고 말할 수 있을 것이다! 머릿속에도 가득히! 빙 그리고 붕! 그리고 다시 붕! 빙빙 돌리고! 휩쓸고! 뒤집어엎고! 어느새 우리들도 각종 빛과 연기, 온갖 잡동사니와 육박전을 하듯 뒤섞인다! 그리고 온갖 재주와 대담한 묘기, 웃음소리! 징! 각자 외투를 뒤집어쓴 채 자기를 뽐내려 하고, 약은 체하려 애들을 쓴다. 그러면서도 약간 냉랭한 태도를 보인다. 평소와는 다른 곳에서, 경비가 더 드는, 영어로 흔히 말하듯 '엑스펜시브'한 곳에서 즐긴다는 사실을 사람들에게 보이기 위해서다.

차가운 바람에도 불구하고 약삭빠르며 경쾌하게 즐기는 척하고들 있었다. 또한 그러면서 지나치게 즐기게 되지 않을까, 그리하여 다음날 혹은 일 주일 내내 후회하게 될 일이 생기지 않을까 하는 모욕적인 두려움, 소심증에 사로잡혀 있기도 하였다.

승마 연습장에서는 음악의 거대한 반향음이 들려온다. 서커스단의 연기 주임은 아무리 애를 써도 파우스트의 왈츠를 끝끝내 토해내지 못한다. 파우스트라는 전설적 인물을 주제로 슈만, 리스트, 베를리오즈, 구노 등이 많은 곡을 남겼다 왈츠가 내려가다가는 다시 올라가 수천 개의 파이 조각들 같은 전구들이 반짝거리고 있는 원형 천장에서 빙글빙글 돈다. 편안하지가 않다. 뱃속의 파이프에 가득 찬 음악으로 인해 오르간은 몹시 고통스러워한다. 누가를 하나 드릴까요? 아니면 과녁 사격 연습용을 한 장 드릴까요? 마음대로 고르세요…!

우리 중 사격에 있어서는, 모자를 이마 위로 추켜올리고 쏘는 마들롱이 가장 솜씨가 좋다. "이것 좀 봐요! 그녀가 로뱅송에게 소리친다. 나는 조금도 떨리지 않아요! 그렇게 술을 많이 마셨는데!"

우리들의 대화에서 오고 간 말들의 어조를 정확히 전하기 위해 그대로 옮겨 적는다. 우리들은 식당을 나서고 있었다. "또 하나!" 마들롱이 샴페인 한 병을 또 땄다! "펑! 그리고 펑! 그 다음 명중!" 내가 그녀에게 내기를 건다. 자동차 경기장에서 나를 따라잡아 보라는 것이다. "좋아요!" 그녀가 활기차게 대답한다. "모두 승차!" 그리고 어서! 그녀가 내기를 받아들여서 나는 매우 만족스러웠다. 내가 그녀에게 접근할 수 있는 좋은 방법이었기 때문이다. 쏘피는 질투를 하지 않았다. 나름대로의 이유가 있었다.

로뱅송은 마들롱과 함께 뒤에 있는 놀이용 자동차에 타고, 나는 쏘피와 함께 앞에 있는 것에 자리를 잡고 앉는다. 곧이어 놀이 자동차들 간에 일련의 심한 충돌이 벌어진다! 서로 악착같이 따라다니고! 타박상을 입고! 그러나 얼마 안 가, 나는 마들롱이 그렇게 서로 밀치는 것을 좋아하지 않는다는 사실을 깨닫는다. 레옹 역시 그 놀이를 좋아하지 않는 기색이다. 우리들과 함께 노는 것이 별로 편안치 않은 듯한 눈치다. 우리가 난간을 잡고 쉬는 동안, 어린 해병 녀석들이 우리들에게 접근해서 어거지로 밀어붙이며 같이 놀자고 한다. 우리는 몸을 덜덜 떨며 열심히 방어를 하고, 그러다가 모두 함께 웃어댄다. 사방에서 음악에 맞춰 피상적으로 몰려들어 우리들에게 부딪친다! 바퀴 달린 일종의 술통 안에 앉아서, 부딪칠 때마다 어찌나 심한 충격을 받는지 눈알이 튀어나올 지경이다. 그것이 즐거움이라니! 마구 웃어대며 가하는 폭행이다! 쾌락의 아코디언! 나는 축제장을 떠나기 전에 마들롱과 그 놀이를 다시 해보고 싶다. 내가 졸라댄다. 하지만 그녀는 나의 제안에 더 이상 응하지 않는다. 막무가내다. 심지어 못마땅한 표정까지 짓는다. 나를 피한다. 나는 어쩔 줄 몰라 당황한다. 그녀의 심기가 다시 상한 것 같다. 나는 잔뜩 기대를 했는데, 그녀의 용모도 그동안 많이 바뀌어 있었다.

쏘피와 나란히 놓고 보니 그녀가 너무 뒤처진다. 모습이 음울하다. 상냥함이 그녀에게는 더 잘 어울리련만, 이제는 자기가 고상한 것들을 알고 있다는 태도다. 그것이 내 성미를 돋운다. 요양원으로 또 찾아올지 안 올지 보기 위해, 혹은 자기가 알고 있는 고상한 것들을 나에게 이야기하도록 하기 위해, 다시 호되게 따귀를 갈겨주고 싶다. 하지만 미소를 지어야지! 우리는 축제에 와 있다. 질질 짜기 위해서 온 것이 아니다! 경축해야지!

그 다음 거리는 동안, 그녀가 쏘피에게 이야기하기를, 자기의 숙모댁에서 일자리를 구했노라고 한다. 로쉐 로에 사는, 코르셋을 만드는 숙모라고 한다. 그녀의 말을 믿을 수밖에.

그 순간에 벌써 우리의 화해를 위한 만남이 실패로 귀착되고 있다는 사실을 쉽게 깨달을 수 있었다. 또한 나의 술책도 실패했다. 중대한 실패였다.

만나려고 했던 것이 잘못이었다. 쏘피는 아직 상황을 잘 파악하지 못하고 있었다. 우리가 다시 만나 일만 더욱 복잡하게 만들었다는 사실을 그녀는 전혀 느끼지조차 못하고 있었다… 로뱅송만이라도 그녀가 그토록 완고해진 사실을 나에게 미리 말해주었어야 했다… 유감스러운 일이었다! 엎질러진 물이었다! 칭! 칭! 하지만 또다시! '캐터필러'무한궤도차로 가자! 그렇게 제안을 하며 내가 요금을 내겠다고 한다. 한번 더 마들롱에게 접근해보려는 속셈에서이다. 하지만 그녀는 계속 꽁무니를 빼고, 나를 피하며, 사람들이 몰려드는 틈을 타 로뱅송과 함께 앞에 있는 다른 의자에 자리를 잡는다. 내가 당한 것이다. 어둠의 파도와 소용돌이가 우리들을 얼떨떨하게 만든다. 할 수 없군! 나 혼자 중얼거린다. 쏘피도 드디어 나와 같은 생각이다. 내가 나의 멍청한 생각에 다시 희생되었음을 그녀도 깨닫는다. "보았지! 그녀가 심하게 토라졌어! 지금으로서는 그들을 내버려두는 편이 나을 것 같아… 우리들은 돌아가기 전에 샤바네나 한 바퀴 돌아보는 것이 좋겠어…." 샤바네는 빠리 중심부 샤바네 로 일대의 사창가를 말한다. 1882년 샤바네 로 12번지에 호화 사창이 들어서면서부터 각국 대사들, 장관들, 귀족들을 그곳에서 접대했으며, 그리하여 한때 세계적인 명성을 얻은 사창가다 쏘피의 마음에 드는 제안이었다. 그녀가 아직 프라하에 있을 때 샤바네 이야기를 여러 번 들었으며, 그리하여 자신의 눈으로 직접 샤바네를 보며 확인하고 싶었기 때문이다. 그러나 우리가 가지고 나온 돈에 비해 경비가 너무 많이 들 것이라는 계산에 봉착하게 되었다. 그리하여 다시 축제 쪽으로 눈을 돌릴 수밖에 없었다.

'캐터필러'를 타는 동안 로뱅송은 마들롱과 다툰 것 같았다. 그 두 사람은 그 회전목마에서 몹시 기분이 상해서 내려왔다. 그날 저녁 그녀는 정말 어찌 해볼 수 없을 만큼 심사가 틀어져 있었다. 그들 두 사람의 심기를 가라앉히고 또 거북스러움을 해소하기 위하여, 나는 비교적 정신을 집중해야 하는 게임을 제안했다. 병의 목을 포획하는 놀이였다. 마들롱은 상을 잔뜩 찌푸린 채 마지못해 게임에 응하였다. 그럼에도 불구하고 그녀는 원하는 대로 땄다. 그녀는 고리를 들고 병마개 바로 위에 이르러 작은 종소리를 내며 그것을 꿰었다. 찰칵! 빗나가는 일이 없었다. 놀란 상인의 눈이 휘둥그레졌다. 그는 부상으로 그녀에게 '말부와쟁 공작'이라는 반 리터짜리 포도주 한 병을 주었다. 게임에서 능란한 솜씨를 발휘하고서도 그녀는 전혀 만족스러워하지 않았다. 자기는 그 포도주를 마시지 않겠다고 즉시 우리에게 선포하였다. 그리하여 로뱅송이 자기가 마시겠다며 병마개를 뽑았다! 괴이한 일이었다. 그는 평소에 술을 마시는 일이 거의 없었다.

그 다음 우리는 아연으로 만든 인형들 행렬 앞으로 간다. 빵!

빵! 단단한 공을 던져 시합을 하는 곳이다. 나는 솜씨가 좋지 못해 처량할 지경이었다… 내가 로뱅송을 축하해준다. 그는 어떤 놀이에서건 나를 이긴다. 그 역시 자신의 능란한 솜씨에도 불구하고 미소를 지을 줄 모른다. 그 두 사람은 마치 오랫동안 강제노역에 시달린 사람들의 상판을 하고 있다. 그들에게 활기를 불어넣어 주고, 주름살을 펴게 해줄 방법이 없다. "우리는 지금 축제에 와 있어!" 내가 그렇게 버럭 고함을 쳤다. 나에게도 더 이상 묘안이 없었다.

그러나 아무리 내가 그들을 자극하고, 또 별 소리를 다 그들의 귀에다 지껄여대도 전혀 반응이 없었다. 아예 내 말을 알아듣지 못하였다. "그러면 그 젊음은 무엇에다 쓰지? 내가 그들에게 물었다… 이제 젊은이들은 즐기지도 않나? 당신보다 십 년이나 더 먹은 나는 무슨 말을 해야 하지? 말해봐, 나의 암탉!"*암탉이란 말은 귀여운 사람, 혹은 매춘 여성, 임질 등을 뜻한다* 그러자 마들롱과 녀석은 내가 마치 약물 중독자, 가스 중독자, 미치광이라도 되는 듯, 그래서 내 말에는 대꾸조차 할 필요가 없다는 듯이 물끄러미 바라보았다… 자기들이 나에게 무슨 설명을 하더라도 내가 알아듣지 못할 것이 뻔하니, 애써 나에게 무슨 말을 할 필요가 없다는 듯한 표정이었다… 아무 말도… 아마 그들이 옳을 수도 있겠지? 나는 혼자 그렇게 생각하며 불안스러운 마음으로 주위의 다른 사람들을 죽 둘러보았다.

그러나 모두들 즐기기 위해서 해야 할 짓들을 하고 있었으며, 우리들처럼 자질구레한 근심들을 뒤흔들어 우수수 떨어뜨리고 있지는 않았다. 전혀 그렇지가 않았다! 그들은 축제를 즐기고 있었다! 여기에 가서 일 프랑을 내고 즐기는가 하면…! 저기에 가서 오십 쌍띰을 내고 즐긴다…! 어디를 보나 불빛… 구변 좋은 사설, 음악, 그리고 각종 캔디… 파리들처럼 분주히 들끓는다. 게다가 팔에는 자기들의 애벌레들까지 안고서, 창백하고 희멀건 아기들, 너무나 창백하여 불빛과 혼동되어 그 속으로 사라져버리는 아기들까지 안고서 분주히 움직인다. 아기들의 얼굴에서 약간의 분홍빛이 감도는 곳은 감기가 걸리고 뽀뽀를 받는 부분, 즉 코 언저리뿐이다.

많은 사격장들 앞을 지나며 나는 '국제 사격증'을 첫눈에 알아보았다. 나의 추억을 간직한 사격장이었다. 다른 나머지 사격장들은 눈에 들어오지도 않았다. 벌써 십오 년… 나는 혼자 그렇게 중얼거렸다… 벌써 십오 년이 흘렀구나… 정말 오랜만이었다! 그동안 많은 친구들을 잃었는데! 나는 그 '국제 사격장'이 생-끌루의 진흙탕을 영영 빠져나오지 못할 줄 알았다… 그런데 이제는 완전히 손질을 하고, 음악과 모든 필요한 시설을 갖추어 거의 새것이 되어 있었다. 완벽하였다. 그 속에서는 한창 사격들을 하는 중이다. 사격장은 항상 장사가 된다. 계란 프라이 또한 나처럼 그 가운데로 다시 돌아와 탁 탁 튀고 있었다. 이 프랑이었다. 사격을 하기에는 너무 추워서 우리들은 그곳을 그냥 지나쳤다. 걷는 편이 나을 것 같았다. 물론 돈이 없어서 그랬던 건 아니다. 아직 주머니에는 동전이 가득하여 그 철컥거리는 소리가 들릴 정도였다. 주머니 속의 음악이었다.

나는 그 순간 우리들의 기분을 전환하기 위해서라면 무슨 짓이라도 시도했을 것이다. 그러나 아무도 협조를 하지 않았다. 만약 파라핀이 우리와 함께 있었다면, 분명 사태는 더욱 악화되었을 것이다. 다행히 그는 요양원을 지키기 위해 남아 있었다. 나는 온 것을 무척 후회하였다. 마들롱이 어쨌건 조금 웃기 시작했지만, 그녀의 웃음은 전혀 즐겁지 않았다. 다른 처신 방도가 별로 없었던지 로뱅송도 그녀 옆에서 킥킥거리며 웃고 있었다. 쏘피가 문득 우리들에게 농담을 하기 시작하였다. 점입가경이었다.

우리가 사진사의 가건물 앞을 지날 때, 사진사가 주춤거리는 우리들을 발견하였다. 혹시 쏘피는 어땠는지 모르지만, 나머지 사람들은 사진을 찍을 생각이 없었다. 그러나 입구에서 주춤거린 탓에, 우리는 결국 사진기 앞에 몸을 내맡기게 되었다. 우리는 말꼬리를 길게 끄는 사진사의 명령에 따라 '아름다운 프랑스'라는 가상적 배 위에서, 사진사 자신이 합판으로 만들었음직한 선교 위에서 고분고분 움직였다. 배의 명칭은 가짜 안전띠에 쓰여 있었다. 우리는 멀리 정면을 바라보며, 미래를 의심하면서, 그렇게 한동안을 서 있었다. 다른 손님들은 우리가 선교에서 내려오기를 조바심하며 기다리고 있었다. 그들은 벌써 앙심을 품고, 우리들의 꼴이 볼품없다고 큰 소리로 외쳤다.

우리가 움직여서는 안 된다는 상황을 틈타 그랬던 것이다. 그러나 마들롱은 전혀 겁내는 기색 없이 남부 프랑스 사투리로 그들에게 욕을 퍼부었다. 걸맞는 대꾸였다. 대답치고는 일류였다.

마그네슘이 터졌다. 모두 움찔했다. 모든 사람에게 사진 한 장씩이 돌아갔다. 사진 속에서는 우리의 모습이 더욱 추하였다. 천막 사이로 빗물이 새어 들어왔다. 발은 피로에 지쳐 늘어지고 꽁꽁 얼어 있었다. 포즈를 취하고 있는 동안 바람이 옷에 있는 구멍이란 구멍은 거의 다 드러냈고, 나의 외투는 하도 구멍이 많아 겨우 형체를 부지할 정도였다.

다시 가건물들 사이를 어슬렁거려야 한다. 나는 감히 비니로 그만 돌아가자는 제안을 할 수가 없었다. 너무 이른 시각이었기 때문이다. 서커스단의 정취가 담긴 오르간 소리가, 그렇지 않아도 이미 오들거리고 있던 신경을 자극하여 우리들은 후들후들 떨었다. 악기는 이 세상의 완전한 궤멸을 통쾌하게 비웃고 있었다. 악기의 은빛 피리들_{오르간의 파이프} 사이에서는 궤멸의 함성이 들리고, 음악의 가락은 뷔뜨 쪽에서 시작되는, 지린내 나는 길을 지나 그 옆 밤 속으로 가서 사라져버리고 있었다.

부르따뉴 출신의 귀여운 하녀들은 그녀들이 처음 빠리에 온 지 난해보다 기침을 더 한다. 그녀들이 타고 있는 목마들의 마구를 치장하고 있는 것은, 초록색과 남색이 대리석 무늬를 이루고 있는 그녀들의 허벅지다. 우체국의 신중한 정식 직원이며, 지금 그녀들에게 자기들의 비용을 들여 목마를 태워주고 있는 오베르뉴 출신의 애녀석들은, 그녀들과 관계를 가질 때 반드시 콘돔을 사용한다. 다시는 그 병에 걸리지 않으려는 것이다. 하녀들은 목마장의 귀청을 찢는 듯한 더러운 멜로디 속에서 사랑을 기다리며 몸을 꼬고 있다. 마음이 조금 상했지만, 그녀들은 추위 속에서 자태를 꾸미며 기다린다. 정복당해 꽁꽁 언 군중 속에 있는 멍청이들 사이에 이미 웅크리고 있을지도 모를 결정적인 연인에게, 자신들의 젊음을 과시하면서 행운을 기대해 볼 수 있는 결정적 순간이기 때문이다. 그 위대한 사랑은 아직 감히 나서지를 못할 뿐… 영화 속에서처럼 뜻밖의 사건이 행복을 대동하고 벌어질지도 모른다. 어느 지주의 아들이 어느 날 저녁, 단 한 번 자기의 몸을 찬미한 후에는 영영 자기 곁을 떠나지 못하게 될지도 모른다… 한 번 서로 보았노니, 그것으로 족하도다. 게다가 그 청년은 마음씨 착하고, 잘생겼으며, 부유하기까지 하다.

그 옆 지하철역 가까이에 있는 가두판매점의 여자 상인은 자신의 미래에 대해 전혀 관심이 없는 듯하다. 그녀는 결막염에 걸린 지 오래된 눈을 문질러대며 손톱으로 눈곱을 천천히 긁어낸다. 소박하고 경비가 한 푼도 들지 않는 훌륭한 도락이다. 그녀의 눈이 그러한 지 육 년이나 되었고, 점점 더 가렵다고 한다.

심한 감기에 걸린 구경꾼들은 무더기를 이루어 복권판매소 주위로 몰려들고, 어찌나 밀고 짜는지 금방이라도 녹아내릴 지경이다. 그런데 화로는 뒤쪽에 있다. 그리하여 그들은 다시 그쪽으로 줄달음을 친다.

　일자리를 잃을 지경에 있는 어느 땅딸막한 젊은이 하나가 남자용 공동변소에 은신한 채 지방에서 올라온 어느 부부를 대신해 그들의 몸값을 사람들에게 제시하고 있는데, 그 부부는 시종 얼굴을 붉히고 있다. 풍기를 단속하는 경찰관은 그 음모를 눈치챘지만, 그대로 내버려둔 채 아예 관심도 없다는 듯한 태도다. 지금 그가 눈독을 들이고 있는 곳은 미즈 까페의 출입구다. 그는 일주일 전부터 미즈 까페를 감시하고 있다. 그러한 짓을 할 만한 곳은 그 담배집^{까페와 담배집을 겸하는 경우가 많다}이나, 그 옆 음란서적을 파는 상점의 뒷방뿐이다. 여하튼 그러한 정보를 입수한 지 벌써 오래되었다. 사람들 말로는 그 둘 중 하나가 미성년 소녀들을 꽃 파는 소녀로 둔갑시켜 손님들에게 공급한다는 것이다. 익명의 투서가 많았다고 한다. 그 옆의 '군밤'^{군밤장수}도 독자적으로 소녀들을 '깨물어 먹는다'고 한다. 거리에 나도는 것은 모두 경찰의 것이다.

　미친 듯 쏘아대는 기관총 소리처럼 들리는 그 질풍 같은 소음은, '죽음의 레코드'^{상점의 명칭인 듯하다}에서 일하는 녀석의 오토바이 소리일 뿐이다. '탈옥수'라고들 하나 분명치는 않다. 여하튼 녀석이 자신의 경뇌막^{硬腦膜, 단순히 '머리'라고 읽어도 좋을 듯하다}을 터뜨린 것이 이곳에서만도 두 번, 또 이 년 전에는 뚤루즈에서도 그런 일이 있었다고 한다. 그 몹쓸 놈이 기계를 제발 좀 치워버렸으면! 그것으로 녀석이 자기의 상관과 척추를 좀 단단히 다쳐 더 이상 눈앞에 보이지 않았으면! 그 소리를 듣다보면 사람들이 사나워질 것 같다! 전차 역시 그 경적을 울리고 다니면서도 축제장 바로 옆에서, 단 한 달도 못 되는 기간에 비쎄트르에 사는 노인 둘을 으스러뜨렸다고 한다. 반면 버스는 조용하다. 버스는 아주 조심스럽게, 비척거리듯, 경적을 울리며, 숨을 헐떡거리며 삐갈 광장으로 들어온다. 승객 네 사람이 교회당 합창당원 아이들처럼 조심스럽게 또 천천히 버스에서 내린다.

무수한 진열대, 군중, 목마장, 복권판매소 등을 비집고 돌아다니다보니 우리들은 어느덧 축제장의 끝, 사람들이 몰려가 오줌을 깔기는 캄캄하고 거대한 공터에 도달해 있었다… 그러니 발길을 돌릴 수밖에! 돌아오는 길에 우리는 갈증을 자극하기 위해 밤을 먹었다. 그러나 갈증은 생기지 않고 입만 아팠다. 또한 밤 속에는 귀여운 구더기가 한 마리 있었다. 마치 누가 꾸민 장난처럼, 벌레 있는 밤이 하필 마들롱의 몫이 되었다. 그 순간부터 우리들 사이의 일이 결정적으로 악화되었다. 그때까지는 각자 조금씩 참고 있었는데, 그 밤 사건이 그녀를 격노케 하였다.

그녀가 구더기를 뱉기 위해 개울가로 내려가는 순간, 레옹이 제지하려는 듯 그녀에게 무슨 말을 했다. 그가 그녀에게 무슨 말을 했는지, 또 어떠한 생각으로 그랬는지는 모르겠으나, 그것을 뱉으러 가는 그녀의 행동이 레옹의 마음에 몹시 거슬렸던 모양이다. 그는 멍청하게도 혹시 밤 속에 씨가 있더냐고 그녀에게 물었다… 그것 역시 그녀에게 던질 질문은 아니었다… 그런데 이번에는 쏘피가 그들의 말다툼에 끼어든다. 그녀는 그들이 왜 그렇게 싸우는지 영문을 몰랐던 것이다… 그 곡절을 알고 싶었던 것이다.

쏘피가, 게다가 외국인인 그녀가 끼어드니 더욱 신경질들이 나는 모양이다. 바로 그때 떼거리 하나가 고함을 치며 우리들 사이를 헤집고 지나면서 갈라놓는다. 갖은 몸짓과 갈대 피리, 온갖 괴성을 동원해서 손님을 끌러 다니는 젊은이들이었다. 그들이 지나간 다음 우리가 다시 합류했을 때, 로뱅송과 그녀는 다시 싸움질을 시작하였다.

― 이젠 정말 돌아갈 때가 되었군…. 나는 혼자 그렇게 생각하였다. 저들을 몇 분만 더 이곳에 내버려두었다간, 이 축제 마당에서 우리 모두가 수모를 당하겠는 걸… 오늘은 이만하면 됐어!

모든 것이 실패로 끝났다. 그 사실을 솔직히 시인할 수밖에 없었다. "이곳을 떠날까?" 내가 그에게 제안했다. 그러자 녀석은 놀란 표정으로 나를 바라본다. 하지만 나로서는 그렇게 하는 것이 가장 현명하고 적합한 결정 같았다. "이쯤이면 축제는 충분히들 즐기지 않았나?" 내가 그렇게 덧붙인다. 그러자 녀석은 마들롱의 생각을 우선 물어보는 것이 좋겠다고 나에게 눈짓을 한다. 나도 마들롱에게 생각을 묻고 싶었지만, 현명한 일을 못되는 것 같았다.

― 하지만 마들롱도 함께 데리고 가도록 하자구! 나는 그렇게 말하고야 말았다.

― 그녀를 데려가자구? 도대체 그녀를 어디로 데려가겠다는 거야? 녀석의 대꾸였다.

― 물론 비니로!

실수였다…! 또 하나의 실수였다. 하지만 나는 번복할 수가 없었다. 이미 말을 해버렸기 때문이다.

― 비니에는 그녀에게 줄 빈 방도 하나 있어! 내가 덧붙인다. 방은 충분히 있어…! 뿐만 아니라 그곳에서는 잠자리에 들기 전에 간단한 밤참도 함께 들 수 있고… 두 시간 전부터 글자 그대로 그녀를 냉동시키고 있는 이곳보다는 그곳이 훨씬 안락할 거야! 어렵지 않은 일이야… 나의 이러한 제안에 마들롱은 아무 반응을 보이지 않았다. 내가 말을 하는 동안 그녀는 나를 쳐다보지도 않았으나, 그러면서도 내 말을 한 마디로 놓치지 않고 있었다. 여하튼 일단 꺼낸 말이니 어쩔 수가 없었다.

내가 다른 사람들로부터 조금 떨어져 있을 때 그녀가 곁으로 은근히 다가오더니, 비니로 초대하는 것이 혹시 자기를 또 속이려는 수작이 아니냐고 물었다. 나는 아무 대꾸도 하지 않았다. 그녀처럼 질투심에 사로잡혀 있는 여자에게는 말대꾸를 할 수가 없다. 그랬다가는 또다시 끝없는 사설을 늘어놓을 빌미를 주기 때문이다. 또한 그녀가 정확히 누구에 대해서, 혹은 무엇에 대해 질투를 하는지 나는 알 수가 없었다. 질투에서 비롯된 그러한 감정들은 대부분 명확히 규정하기가 어렵다. 내 생각으로는 그녀 역시 다른 많은 사람들처럼 모든 것에 대해 질투를 하고 있었던 것 같다.

쏘피는 어떻게 처신해야 좋을지 몰라 매우 당혹스러워하였다. 그러면서도 상냥하게 굴려고 애를 썼다. 심지어 마들롱의 팔짱을 끼기도 하였다. 그러나 마들롱은 너무나 속이 뒤틀려 있었을 뿐만 아니라, 자신이 그렇게 노해 있다는 사실에 만족감을 느끼고, 다른 사람들의 친절을 느긋이 즐기며 기분 전환을 하고 있었다. 우리는 힘들게 군중 사이를 헤치고 나아가 전차를 타기 위해 끌리쉬 광장에 도착하였다. 우리가 막 전차를 타려는 순간, 갑자기 광장 위를 덮고 있던 구름이 푹 꺼진 듯 비가 폭포처럼 퍼붓기 시작하였다. 하늘이 떨어져 흥건히 퍼져버렸다.

모든 자동차들이 순식간에 사람들의 공략을 받았다. "다른 사람들 앞에서 나에게 또 모욕을 주지는 않겠지요…? 말해봐요, 레옹?" 우리들 바로 옆에서 마들롱이 그에게 소곤거리는 소리가 들려왔다. 여전히 못마땅한 모양이었다. "벌써 나를 보기가 싫어요, 예…? 그렇다면 싫증이 난다고 말을 하시죠? 그녀가 다시 시작했다. 말해보세요? 하지만 나를 자주 만나지도 않으면서…! 당신은 그들 두 사람과 함께 있는 게 더 좋지요? 그렇지요…? 내가 없을 때는 모두 함께 침실에 들지요…? 나와 같이 있는 것보다 그들과 함께 있는 것이 더 좋다고 솔직히 말하세요…! 솔직히 말해봐요,

어디 한번 들어봅시다…." 그리고는 아무 말도 하지 않았다. 그녀의 얼굴은 심하게 굳어져, 코 주위가 온통 주름살로 일그러졌고, 코끝은 위로 잔뜩 치켜 올라간 채 입까지 끌어당기고 있었다. 우리는 보도에 서서 기다리고 있었다. "당신의 친구들이 나를 어떻게 대하는지 아시겠어요…? 말해봐요, 레옹?" 그렇게 다시 시작하고 있었다.

하지만 레옹은 —그 점은 인정해주어야 한다— 아무 대꾸도 하지 않았고, 그녀의 성미를 돋우지도 않았다. 다른 쪽으로 고개를 돌린 채 건물들과 거리, 자동차 들을 바라볼 뿐이었다.

하지만 레옹은 한창 시절에는 몹시 격렬한 사람이었다. 그녀는 그러한 협박이 통하지 않자 그를 다른 방법으로 몰아대더니, 그것 역시 여의치 않은 듯 이번에는 애정을 내세웠다. "나는 당신을 무척 좋아해요, 레옹, 내가 당신을 좋아한다는 말 이해하시죠…? 내가 당신을 위해서 한 일들은 최소한 알고 계시죠…? 오늘 내가 오지 말 걸 그랬지요…? 하지만 나를 조금은 사랑하시죠? 나를 전혀 사랑하시지 않는다는 것은 있을 수 없는 일이에요… 당신은 마음씨가 고와요, 조금이나마 고우시죠…? 그런데 왜 내 사랑을 거들떠보지도 않으시죠…? 우리 두 사람은 함께 아름다운 꿈을 설계하였어요… 그런데 나에게 어찌 이토록 잔인하실 수 있어요…! 레옹, 당신이 나의 꿈을 멸시했어요! 그 꿈을 더럽혔어요…! 당신이 나의 이상을 파괴했다고 할 수 있어요… 내가 더 이상 사랑을 믿지 않기를 바라세요? 말해보세요… 그리고 이제 내가 영영 떠나주기를 바라세요? 원하시는 게 바로 그거라구요…?" 까페의 발 틈으로 빗물이 줄줄 흘러내리는 동안에도 그녀는 질문을 퍼붓고 있었다.

그녀의 사설은 빗물처럼 사람들 사이로 방울져 떨어지고 있었다. 그녀는 그가 나에게 이미 말해준 그대로였다. 그녀의 성격을 나에게 이야기해주면서 그는 조금도 과장을 하지 않았던 것이다. 또한 나는 그토록 짧은 시간에 그들이 그러한 감정적 농도에 도달하였으리라고는 상상조차 못하고 있었다.

자동차들과 기타 모든 교통수단들이 우리들 주위에서 심한 소음을 내고 있었으므로, 나는 그 틈을 이용해 우리가 처해 있던 상황에 대해 그의 귀에다 몇 마디를 소곤거렸다. 그 자리에서 그녀를 따돌리고, 가능한 한 빨리 끝장을 보자는 제안이었다. 어차피 실패하였으니, 모든 것이 험악해져 서로 불구대천의 원수가 되기 전에 슬그머니 꼬리를 빼자는 제안이었다. 정말 두려워할 일이었기 때문이다. "내가 무슨 핑곗거리를 찾아줄까? 내가 그의 귀에 대고 물었다. 그리고 나서 각자 튈까? — 특히 그런 짓만은 그만둬! 그의 대답이었다. 그러지 말아! 이 자리에서 능히 발작을 일으킬 여자고, 그렇게 되면 그녀를 더 이상 제지할 수 없어!" 나는 더 이상 고집하지 않았다.

어떻든 사람들 앞에서 욕을 먹는 것이 로뱅송의 마음에 걸렸을 것이고, 또한 그가 나보다 그녀를 더 잘 알고 있었다. 소나기가 뜸해졌을 때 우리는 택시를 한 대 잡았다. 서둘러 택시 안으로 들어가 자리를 잡고 앉았다. 처음에는 서로 아무 말도 하지 않았다. 모두들 울적해 있었고, 특히 나는 나의 실수를 통감하고 있었기 때문이다. 그리하여 나는 잠시 동안 입을 다물 수 있었다.

나와 레옹은 앞쪽 보조의자에 앉았고, 두 여자는 뒷자리에 앉아 있었다. 축제가 있는 날 저녁에는 아르장뙤유로 가는 길이, 특히 도시의 경계 지점까지가 몹시 붐볐다. 그곳을 지나서도 비니까지 가려면 길에 자동차가 많기 때문에 한 시간은 잡아야 했다. 마주 앉아 서로 얼굴을 바라보면서도 한 시간 동안이나 아무 말도 하지 않는다는 것은 편치 않은 일이다. 특히 날이 어둡고, 또 피차 상대방으로 인해 마음이 불편할 때는 더욱 그러하다.

하지만 우리들이 그렇게 마음이 상한 채, 각자 자기 생각에만 잠겨 있었다면 아무 일도 생기지 않았을 것이다. 지금 그때의 일을 다시 생각해보아도 같은 견해다.

한마디로 우리들이 다시 이야기를 시작하고, 곧이어 더욱 심한 언쟁이 벌어지게 된 것은 전적으로 나 때문이었다. 우리는 도무지 말을 충분히 경계하지 못한다. 말들은 아무것도 아닌 것 같고, 전혀 위험스러운 것 같지도 않으며, 단지 몇 가닥의 미풍 혹은 뜨겁지도 차갑지도 않은 약한 입소리처럼 보인다. 우리는 그리하여 말을 경계하지 않으며, 그때 불행이 우리를 덮친다.

말 중에는 자갈처럼 다른 말들 속에 숨겨져 있는 것들이 있다. 그것들이 특별히 우리 눈에 띄지는 않지만, 어느 순간 우리의 생명을 송두리째, 그 약점이나 강점 할 것 없이 모두 뒤흔들어 놓는다… 그러면 까닭 모를 공포가 시작된다… 하나의 눈사태가… 우리는 심한 동요에 휩쓸려 교수형 당한 자처럼 그 위에 매달려 있게 된다… 그것은 우리를 휩쓸고 지나가는 폭풍우, 그것이 우리에게는 어찌나 강하고 맹렬한지, 오직 감정만으로 그러한 위력을 나타낼 수 있다는 사실이 믿어지지 않는다… 따라서 우리는 아무리 말을 경계해도 충분치 못하다. 그것이 나의 결론이다. 하지만 우선은 이야기부터 해야겠다…. 사방에 공사를 하고 있었기 때문에 택시는 앞에 가는 전차를 천천히 따라가고 있었다…. "부릉… 그리고 부릉…." 택시는 그런 소리를 내고 있었다. 일백 미터가 멀다 하고 도랑이 나타난다… 다만 앞서가고 있는 전차만으로 나는 직성이 풀리지 않았다. 항상 말하기를 좋아하고 어린애 같았던 나는 조바심이 났다. 장례 행렬처럼 느린 속도와, 끊임없이 주춤거리는 꼴을 나는 견딜 수가 없었다… 뒷자리에서는 어떻게 되어가고 있는지 알고 싶어서 나는 침묵을 깨트리려 서두르고 있었다. 나는 우선 관찰을 했다. 아니, 관찰해보려 애를 썼다. 마들롱이 앉아 있던 택시의 왼쪽 구석은 거의 보이지도 않았기 때문이다. 그녀는 얼굴을 밖으로, 바깥 풍경을 향해, 즉 밤을 향해 돌리고 있었다. 그 고집스러운 꼴을 확인하는 순간 울화가 치밀었다. 한편 나 또한 성가신 놈이었다. 내가 그녀를 불렀다. 오직 그녀의 얼굴을 내 쪽으로 돌리기 위해서였다.

— 말해봐요, 마들롱! 혹시 즐길 계획이 있는데도 우리들에게 말하지 못하는 것 아녜요? 돌아가기 전에 어디에든 들러서 더 놀다 갈까요? 그렇다면 서슴지 말고 말씀하세요….

— 즐긴다구요! 즐긴다구! 그녀는 마치 모욕을 당했다는 식으로 그렇게 대꾸하였다. 당신들은 항상 그 생각뿐이군요! 즐길 생각뿐…! 그리고 나서는 깊은 한숨을 길게 내쉬었다. 그렇게 가여운 한숨 소리는 일찍이 들어본 적이 없었다.

— 내가 할 수 있는 것을 할 뿐이에요! 오늘은 일요일이에요! 내가 그녀의 말에 대꾸를 하였다.

— 그리고 당신은, 레옹? 그러자 레옹에게 물었다. 당신 역시 할 수 있는 짓은 다해요? 말해보세요. 노골적이었다.

— 별 소릴 다하는군! 그의 대답이었다.

우리가 가로등 옆을 지날 때 나는 그들 두 사람을 바라보았다. 그녀는 노여움덩어리였다. 그녀가 그를 포옹하려는 듯, 녀석 쪽으로 몸을 기울였다. 분명 그날 저녁에는 무엇이든 실수로 귀착될 운명이었던 것 같았다.

택시는 우리들 앞에 길게 행렬을 이루고 있는 트럭들 때문에 다시 느릿느릿 가고 있었다. 그는 그녀의 포옹이 몹시 귀찮은 듯, 그녀를 상당히 거칠게 떼밀었다. 분명 그러한 행동은 커다란 결례였고, 특히 나와 쏘피 등 다른 사람들 앞에서였기 때문에 더더욱 그러하였다.

 우리가 끌리쉬 로의 끝에, 즉 시의 경계 지점에 이르렀을 때, 어두움은 벌써 상당히 짙어져 있었고, 상점들은 등불을 밝히고 있었다. 철교 밑을 지나는 순간, 기차 소리가 몹시 요란했음에도 불구하고 그녀가 그에게 졸라대는 소리가 들려왔다. "레옹, 포옹해주지 않겠어요?" 그녀가 다시 시작하고 있었다. 그는 아무 대꾸도 하지 않았다. 드디어 그녀가 나를 향해 얼굴을 돌리더니 노골적으로 퍼부었다. 도저히 모욕감을 견딜 수 없었던 모양이다.

— 도대체 레옹에게 또 무슨 짓을 했길래 저렇게 심술 사나워졌어요? 즉시 나에게 말해보겠어요…? 또 무슨 잡소리를 그에게 늘어놓았어요…? 그렇게 도발을 해왔다.

— 천만에, 아무것도! 그에게 아무 얘기도 안했어요…! 당신들의 싸움질에는 관심이 없어요…! 나는 그렇게 응수했다.

 내가 레옹에게 그녀에 대한 이야기를 하지 않은 것은 사실이었다. 그가 그녀와 함께 살든지 헤어지든지 그것은 그의 일이며, 그의 자유의사에 따라 결정할 일이었다. 나와는 아무 상관없는 일이었다. 하지만 나는 구태여 그녀를 납득시키려 하지 않았다. 그런 것쯤은 이해할 만큼 분별력이 있는 여자였기 때문이다. 그리하여 우리는 택시 안에 마주 앉은 채 다시 침묵을 지키기 시작하였다. 그러나 차 안 공기에는 심한 욕지거리가 잔뜩 실린 듯, 오래 지탱할 수가 없을 것 같았다. 그녀가 나에게 말할 때의 음성은 내가 그녀에게서 아직 들어보지 못하던 가는 소리를 냈고, 그것은 또한 어떤 결단을 내린 사람의 단조로운 음성이기도 했다. 그녀가 택시의 구석에 깊숙이 앉아 있었기 때문에 나는 그녀의 동작을 거의 볼 수 없었고, 그 점이 나에게는 몹시 거북하였다.

그러는 동안 쏘피는 시종 나의 손을 잡고 있었다. 그 가여운 아가씨는 몸 둘 바를 모르고 전전긍긍하였다.

우리가 생뚜앙을 막 지났을 때, 마들롱은 레옹에게 끝없는 질문을 퍼부으며, 또 이번에는 자기의 애정과 절개를 큰 소리로 내세우며, 또다시 불평을 털어놓기 시작하였다. 나와 쏘피 두 사람에게는 극도로 민망스러운 일이었다. 하지만 그녀는 하도 달아올라 있었기 때문에 우리가 자기의 말을 듣는다 해도 전혀 개의치 않는다는 투였다. 전혀 개의치 않았다. 그녀를 우리와 함께 그 상자^{택시} 속에 가둔 것은 분명 나의 실책이었다. 그 속에서는 청중의 반향이 있었고, 그리하여 우리들을 위해 거창한 무대 장면을 연출하고 싶은 욕구가 생겼을 것이다. 택시는 나의 또 다른 하나의 창안이었다.

레옹은 더 이상 아무 반응도 보이지 않았다. 우선 그는 우리와 함께 보낸 시간 때문에 지쳐 있었고, 또한 평소에도 그에게는 항상 잠이 부족했다. 그것이 그의 병이었다.

— 진정해요, 제발! 도착한 후에 두 사람이 시비를 가리도록 해요. 시간은 얼마든지 있으니까…! 내가 틈을 보아서 마들롱을 타일렀다.

— 도착한다구! 도착한다구! 그러자 도저히 상상조차 할 수 없는 어조로 내 말에 대꾸를 한다. 도착한다구요? 분명히 말해두지만, 절대 도착하지 못할 거예요…! 그리고 우선 나는 당신의 그 더러운 행동이 지긋지긋해요! 나는 깨끗한 여자예요…! 당신네들을 모두 합친 것보다 내가 더 나아요…! 돼지떼거리 같으니라구… 나를 아무리 조롱해도 소용없어요… 당신들은 나를 이해할 자격이 없어요…! 당신들 모두 너무 썩어서 나를 이해할 수 없어요…! 모든 순결한 것, 그리고 모든 아름다운 것을, 당신네들은 더 이상 이해할 수 없어요!

그녀는 이제 우리들의 자존심을 공략하고 있었다. 나는 내 자리에서 꼼짝도 하지 않고 앉아서 안간힘을 써가며, 그녀를 더 이상 자극하지 않기 위해 숨소리 하나 내지 않으려 최선을 다했건만 모두 소용이 없었다. 택시의 속도가 바뀔 때마다 그녀는 미친 듯 흥분했다. 그러한 순간에는 지극히 하찮은 것도 최악의 사태를 유발할 수 있다. 그녀는 우리들이 불행해지는 것만을 즐기려는 듯, 서슴지 않고 자기 천성의 밑바닥을 향해 달음질쳤다.

― 그리고 일이 그렇게 잘 될 것으로는 믿지 말아요! 그녀는 계속해서 우리들을 위협하였다. 그리고 이 계집을 그렇게 슬그머니 떨쳐버릴 수 있다고는 생각하지 마세요! 아! 절대 안 될 걸요! 당신들에게 서슴지 않고 말해두겠어요! 당신들이 바라는 대로는 되지 않을 거예요! 당신들은 모두 비열하기 짝이 없어서… 나의 불행을 초래했어요! 당신들이 아무리 구역질나는 인간들이라 하더라도, 내가 정신을 차리게 해주겠어요…!

동시에 그녀는 로뱅송 쪽으로 몸을 구부리더니, 그의 외투 자락을 움켜잡고 두 손으로 뒤흔들기 시작했다. 그는 몸을 빼내려고 하지도 않았다. 나 역시 끼어들 생각이 없었다. 로뱅송은 자기로 인해 그녀가 그토록 흥분하는 것이 즐거운 듯도 해보였다. 그는 킬킬거리고 있었다. 자연스럽지 못한 일이었다. 그녀가 고함을 쳐대는 동안, 그는 코끝이 바닥에 닿을 만큼 고개를 푹 숙이고 목의 힘을 뺀 채, 의자 위에서 꼭두각시처럼 흔들거리고 있었다.

그 상스러운 짓을 중단시키고 싶어, 내가 위험을 무릅쓰고 그녀에게 한마디 충고를 하려 하자, 그녀는 즉시 반발을 하면서 이번에는 나에게 한 덩어리를 쏟아냈다… 오래전부터 가슴속에 간직해오던 덩어리였다… 이번에는 내 차례였다! 그것도 모든 사람들 앞에서. "당신은 가만히 앉아 있어요, 싸티로스^{색마}! 레옹과 나 사이의 일이니 당신과는 상관없어요! 당신의 그 폭력, 선생님, 나는 더 이상 그것을 원치 않아요! 내 말 알아들으시겠어요? 예? 더 이상 원치 않아요! 만약 단 한 번만이라도 다시 나에게 손찌검을 했다간, 이 세상에서는 어떻게 처신해야 하는지를 이 마들롱이 당신에게 가르쳐드리게 될 거예요…! 친구들에게 오쟁이를 지우고 나서는 그 부인들에게 매질을 가하다니…! 이 더러운 놈이 뻔뻔스럽기 짝이 없군! 부끄럽지 않으세요?" 레옹은 그러한 진실을 듣는 순간 조금 정신을 차리는 것 같았다. 더 이상 킬킬거리지도 않았다. 나는 심지어 싸움이 일어나 서로 치고받게 되지 않을까 생각해보았다. 그러나 택시 안에 네 사람이 타고 있었기 때문에 격투를 할 자리가 없었다. 그 사실이 나에게 안도감을 주었다. 택시 안은 정말 너무 좁았다.

특히 그 순간에는 쎈느 대로의 포석 위를 상당히 빠른 속도로 달리고 있었기 때문에, 차 안에서 자리를 옮겨 앉기도 어려울 만큼 차체가 심하게 흔들리고 있었다….

— 와요, 레옹! 그녀가 이제는 그에게 명령을 했다! 당신에게 마지막으로 요청하는 거예요! 와요, 내 말 들려요? 그들은 내버려두어요! 내 말 들리지 않아요? — 진정한 희극이었다.

— 택시를 세워요, 레옹! 세우세요, 그렇지 않으면 내가 세우겠어요!

하지만 레옹은 자리에서 꼼짝도 하지 않는다. 아예 나사로 죄어놓은 것 같았다.

— 오지 않겠다는 거예요? 다시 시작이다. 오고 싶지 않아요?

그녀가 이미 나에게는 경고를 했던 바라, 나로서는 조용히 아무 말 하지 않고 앉아 있는 것이 좋을 것 같았다. 나는 이미 당할 만큼 당했던 것이다. "오지 않겠어요?" 그녀는 여전히 같은 말을 반복하고 있었다. 택시는 계속 속도를 내고 있었고, 앞에는 아무것도 걸리는 것이 없어 우리는 더욱 심하게 뒤흔들렸다. 우리는 보따리들처럼 이리저리 밀리고 있었다.

― 좋아요. 그가 아무 대답도 하지 않자 무슨 결론을 내리듯 그렇게 말했다. 그렇다면 좋아요! 됐어요! 당신이 원한 것이니까! 내일! 내 말 들리지요, 내일을 넘기지 않고 경찰서에 가겠어요. 그리고 서장에게 앙루이유 할머니가 어떻게 층계에서 떨어졌는지 설명해주겠어요! 이제 내 말이 들려요? 레옹, 말해봐요…? 만족해요…? 이제는 귀먹은 척하지 않겠지요? 지금 즉시 나와 함께 떠나든가, 그렇지 않으면 내일 아침 내가 서장을 보러 가겠어요…! 그러니 오시겠어요, 혹은 원치 않으세요? 말해봐요…! ― 협박치고는 노골적인 협박이었다.

그 순간에는 그 역시 몇 마디 대답을 하려 마음을 정하였다.

― 하지만 당신도 연루되어 있어! 당신은 아무 할 말이 없어…. 그의 말이었다.

그 말을 듣고도 그녀는 전혀 수그러들지 않았다. 그 반대였다. "나는 개의치 않아요! 연루되었다 해도! 우리 두 사람 모두 감옥에 간다는 뜻이지요…? 내가 당신의 공모자라고…? 그 말씀이지요…? 하지만 나는 더 이상 바랄 것이 없어요…!"

그리고는 히스테리 환자처럼 그것보다 더 기쁜 일은 일찍이 없었다는 듯, 문득 낄낄거리기 시작하였다…

― 다시 말하지만 더 이상 바랄 것이 없어요! 당신에게 말하건대 난 감옥이 좋아요…! 당신이 말하는 그 감옥 때문에 내가 쭈그러들 것이라고는 생각하지 마세요…! 원한다면 언제든지 감옥으로 가주겠어요! 하지만 나의 멍청이, 당신도 가시는 거죠…? 그러면 더 이상 나를 무시하지는 못하겠지요! 말해봐요…! 나는 이미

당신의 것이에요. 하지만 그렇게 되면 당신도 나의 것이에요! 감옥에서는 나와 함께 있을 수밖에 없을 거예요! 나는 사랑이 무엇인지 알아요, 신사 양반! 나는 창녀가 아니에요!

그녀는 그렇게 떠들어대면서도 동시에 나와 쏘피를 긁어댔다. 그녀가 하고자 하는 이야기를 절개와 품위였다.

그 소동 속에서도 우리는 계속 달렸고, 그는 여전히 택시를 세울 생각을 하지 않았다.

— 나에게로 정말 오지 않겠어요? 도형수들의 감옥으로 가는 편이 더 좋겠어요? 좋아요…! 내가 당신을 고발해도 개의치 않겠어요…? 내가 당신을 사랑한다는 것도…? 그것도 무시하겠어요…? 나의 장래도…? 당신은 모든 것을, 그리고 당신 자신부터 무시하지요? 그렇지 않아요? 말해봐요!

— 어떤 의미에서는 그래…. 그가 대꾸했다…. 당신 말이 맞아. 하지만 내가 당신을 다른 여자들보다 더 무시하는 건 아니야… 특히 그것을 모욕으로 생각하지는 말아…! 당신은 사실 착한 사람이야… 하지만 이제 나는 누가 나를 사랑하는 것이 싫어… 구역질이 나…!

그녀는 자기의 면전에서 누가 그러한 말을 할 수 있으리라고는 전혀 상상조차 못했던 것 같고, 그리하여 너무나 놀라서 자기가 이미 시작했던 욕지거리를 어디서부터 다시 시작해야 할지 갈피를 잡지 못했다. 그녀는 매우 당황하였다. 그러나 이내 정신을 수습하였다. "아! 그것에 구역질이 난다고…! 어떻게 구역질이 날 수 있는지 설명 좀 해주시겠어요…? 설명 좀 해봐요, 더러운 배은망덕자…!"

— 아니야, 당신이 그렇다는 게 아니라 모든 것이 역겨워! 그가 그렇게 대답하였다. 나는 아무 욕구도 없어… 그렇다고 해서 나를

탓해서는 안 돼….

— 뭐라구요? 어디 다시 한번 말해봐요…? 나와 모든 것이? — 그녀는 그의 말뜻을 이해하려 애를 쓰고 있었다 — 나와 모든 것이라구요…? 중국 말 하지 말아요…!^{알아들을 수 없는 말, 모호한 말을 하지 말라는 뜻이다} 이 사람들 앞에서, 이제 내가 왜 당신에게 구역질을 일으키는지 프랑스어로 말해보세요? 교접을 할 때 다른 사람들처럼 꼴리지가 않는다는 말인가요? 말해봐요! 꼴리지가 않아요…? 이곳에서 탁 털어놓고 말해보겠어요…? 꼴리지 않는다고 모든 사람 앞에서 말해보겠어요…?

비록 그녀가 격분해 있었지만 그녀의 지적 속에는 웃음을 자아내는 요소가 있었다. 하지만 나는 오랫동안 웃을 시간이 없었다. 그녀가 다시 돌격을 감행해왔기 때문이다. "그리고 저 인간, 저자는 어느 구석에서건 내가 자기 손에 걸려들기만 하면 즐기지 않던가요! 저 더러운 자! 닥치는 대로 주무르는 저 인간, 저자도 부인은 하지 않겠지요…? 차라리 당신들 두 사람 모두 여자를 바꾸고 싶다고 솔직히 말해요…! 고백해요! 당신들에게 필요한 건 새것이라고…! 혼음이라고…! 딱지 안 뗀 처녀는 왜 마다 하겠어요? 변태성욕자들! 돼지떼거리 같으니라구! 무슨 구차한 핑계들을 찾고 있지요…? 당신들은 싫증이 난 거예요, 그것뿐이에요! 당신들은 당신들의 그 못된 버릇을 시인할 수 있을 만큼의 용기도 없어요! 당신들의 그 못된 버릇이 두려운 거예요!"

그러자 로뱅송이 반격을 맡고 나섰다. 드디어 그 역시 달아오를 만큼 올랐고, 그리하여 이번에는 그녀보다도 더 강력하게 아가리질을 해댔다.

— 물론 있지! 그렇게 서두를 꺼냈다. 나에게도 용기가 있어! 그리고 너만큼은 있어…! 다만 나는 네가 그렇게 모두 알고 싶다

면… 반드시 모두 알고 싶다면… 좋아, 말하지, 이젠 모든 것이 혐오스럽고 모든 것이 역겨워! 너뿐만이 아니야…! 모든 것이…! 특히 사랑이…! 다른 사람들의 사랑이나 너의 사랑이나 모두…! 네가 그렇게도 하고 싶어 하는 그 감정놀음, 그게 무엇과 비슷한지 말해줄까? 똥뒷간 속에서 흘레하는 꼴이야! 이제 내 말 알아듣겠어…? 네가 그렇게 알고 싶어 하니 말해주겠는데, 나로 하여금 너에게 붙어살도록 하기 위해 네가 내세우는 모든 가상적인 것들이 나에게는 모욕감밖에 주질 않아… 그런데도 네가 그 사실을 짐작조차 못하는 이유는 네 자신이 구역질나는 년이기 때문이고, 아무것도 깨닫지 못하는 백치이기 때문이야… 그리고 너는 자신이 구역질나는 계집이라는 사실조차도 깨닫지 못하고 있어…! 너는 그저 다른 사람들이 게 침 흘리듯 멍청하게 내뱉는 말이나 빠짐없이 따라하는 것으로 만족하지… 너는 그게 정상이라고 생각하지… 너에게는 그것이면 족하지… 사랑보다 더 좋은 것은 없고, 사랑은 모든 사람에게 언제나 필요한 것이라고 씨부리는 얘기를 하도 들었기 때문이지… 그런데 내게는 사람들의 그 사랑이라는 것이 똥으로 보여…! 내 말 알아듣겠어? 차후로는 아가씨, 세상 사람들의 그 구역질나는 사랑 이야기는 내 앞에서 집어치워…! 너는 잘못 떨어졌어…! 너는 지진아야! 더 이상 통하지 않아, 바로 그거야…! 그래서 네가 화를 내는 거야…! 지금 벌어지고 있는 이 사태 속에서도 너는 교미할 생각만 하는 거야…? 우리들 눈앞에 보이는 이 모든 것들 속에서도…? 그렇지 않다면 너는 아무것도 못 보는 거야…? 내 생각에 넌 아예 개의치도 않는 거야…! 둘도 없는 짐승 주제에 감상적인 계집 행세를 하는 거야… 썩은 고기를 게걸스럽게 처먹고 싶어…? 애정으로 만든 소스를 발라서…? 그러면 만족이라고…? 나에겐 그렇지가 않아…! 혹시 네가 아무것도 느끼지 못한다면 너에게는 다행이야! 네 코가 꽉 막혔다는 증거이니까! 썩은 고기 앞에서 구역질을 하지 않으려면 다른 모든 사람들처럼 멍청해져야 해… 너와 나 사이에 무엇이 있는지 알고 싶어…? 좋아, 너와 나 사이에는 평생이 있어… 그거면 혹시 족하지 않을까?

— 하지만 나는 깨끗해요. 그녀가 반박했다…. 가난하면서도 깨끗할 수 있는 거예요! 내가 깨끗하지 않을 때가 언제 있었어요? 나를 모욕하면서 하는 말의 뜻이 그거였어요…? 내 궁둥이는 깨끗해요, 선생님…! 당신도 그렇다고는 아마 자신 있게 말할 수 없을 걸요…? 당신의 발성기를 가리키는 듯하다 역시 그렇지 못해요!

— 나는 그런 이야기를 하지 않았어, 마들롱! 전혀 그런 이야기가 아니야…! 네가 깨끗하지 않다고 말했다고…? 내 말을 전혀 이해하지 못했다는 증거야!

그녀를 진정시키기 위해 그가 찾아낸 답변은 그게 고작이었다.

— 아무 이야기도 하지 않았다고? 당신이 아무 이야기도 안했어? 나를 땅바닥보다도 더 심하게 모욕해놓고 나서, 이제는 아예 아무 말도 하지 않았다고 잡아떼는 저 꼴 좀 보세요, 여러분! 더 이상 거짓말을 못하도록 아예 죽여버려야겠군! 저따위 돼지는 영창 가지고는 안 돼! 썩어문드러진 더러운 뚜쟁이…! 그걸로는 안 되지…! 저자에게는 교수대가 합당해!

그녀는 아예 진정할 기미를 보이지 않았다. 택시 안에서는 그들의 싸움질을 더 이상 제대로 알아들을 수가 없었다. 자동차의 엔진 소리와, 자동차 바퀴와 빗물 간의 마찰음, 그리고 차창에 와서 부딪치는 질풍 속에 뒤섞여 심한 욕설만이 들려왔다. 우리들 사이로는 협박하는 말들만이 계속 감돌고 있었다. "비열한 것…." 그녀가 몇 번이고 그 말을 반복했다. 그녀는 다른 말을 찾지 못하는 모양이었다…. "비열해!" 그러더니 그녀가 큰 게임을 시도하였다. "오겠어요? 그녀가 그에게 말했다. 레옹, 오겠어요? 하나…? 오겠어요? 둘…?" 그녀는 잠시 기다렸다. "셋…? 그래도 안 오겠어요…?" "싫어!" 그가 단 한치도 움직이지 않고 그렇게 대답하였다. "하고 싶은 대로 해봐!" 그렇게 덧붙이기까지 하였다. 결정적인 답변이었다.

그녀가 자리 안쪽으로 조금 물러앉는 기색이었다. 그녀가 권총을 두 손으로 잡고 쏘았던 것 같다. 발사되는 순간 불빛이 그녀의 복부 근처에서 번쩍하였으며, 또 두 발씩 거의 동시에 두 번 연이어 발사되었기 때문이다… 그 순간 매캐한 연기가 택시 안에 가득했다.

차는 여전히 달리고 있었다. 로뱅송은 무어라고 중얼거리며 후들후들 내 옆구리로 쓰러졌다. "헉! 헉!" 신음소리가 멈추지 않았다. "헉! 헉!" 택시 운전사도 들었던 모양이다.

사태를 파악하려는 듯 그는 우선 속도를 늦추었다. 그 다음 가스등 아래에 차를 세웠다.

운전사가 차의 문을 여는 순간, 마들롱은 그를 격렬하게 떼밀며 밖으로 몸을 날렸다. 그녀는 경사가 급한 도로변 언덕을 구르듯이 뛰어 내려갔다. 그녀는 진흙투성이 들판의 밤 속으로 줄행랑을 놓았다. 내가 그녀를 불렀지만 소용이 없었다. 그녀는 이미 멀리 사라져버렸다.

나는 다친 사람을 어떻게 해야 할지 선뜻 결단을 내릴 수가 없었다. 그를 다시 빠리로 데려가는 것이 어떤 측면에서는 더 사리에 맞는 조처였을지도 모른다… 그러나 우리들은 이미 요양원에서 멀지않은 곳에 양도해 있었다… 빠리로 돌아갈 경우, 우리가 사는 지역 사람들이 낌새를 챌 것 같았다… 그리하여 쏘피와 나는 그를 외투로 단단히 감싸 준 다음, 마들롱이 권총을 쏘던 바로 그 구석에 앉혔다. "천천히 가세요!" 내가 택시 운전사에게 부탁을 했다. 하지만 그는 오히려 차를 더 빨리 몰았다. 마음이 급했던 것 같다. 차가 흔들릴 때마다 로뱅송의 신음소리가 더 심해졌다.

요양원 앞에 도착하고 나니 택시 운전사는 자기의 이름조차 밝히기를 원치 않았다. 증언을 하라는 둥, 훗날 경찰이 귀찮게 굴지 않을까 걱정이 되었기 때문이다….

그는 또한 택시의 좌석에 분명 핏자국이 있을 것이라고 하였다. 그리하여 지체하지 말고 돌아가야 한다고 했다. 하지만 나는 그의 차 번호를 기록해두었다.

로뱅송은 복부에 실탄을 두 발 혹은 세 발 맞았을 것 같았으나, 아직 정확히는 알 수 없었다.

그녀가 정면을 향해 발사하는 것은 분명히 보았다. 그런데 피가 밖으로는 흐르지 않았다. 쏘피와 내가 양쪽에서 부축하였지만 그는 몹시 비척거렸으며, 머리는 멋대로 흐느적거렸다. 그가 무슨 말을 하고 있었으나 알아듣기가 힘들었다. 이미 들뜬 헛소리였다. "헉! 헉!" 그 소리가 콧노래처럼 계속되었다. 도착하기 전에 죽을 것 같았다.

요양원 앞 도로는 새로 포장이 되어 있었다. 요양원 철책 앞에 도착하기가 무섭게 나는 여자 안내원을 파라핀의 방으로 보내, 급히 그를 데려오게 하였다. 그는 지체하지 않고 내려왔으며, 그와 또 다른 남자 간호사의 도움을 받아 우리는 레옹을 그의 침대까지 데려갈 수 있었다. 옷을 벗긴 다음에야 상처를 살피며 복부의 내막(內膜)을 손으로 짚어 볼 수 있었다. 짚어 보니 복부의 내막은 몹시 팽팽해져 있었으며, 심지어 몇몇 군데는 이미 굳어 있었다. 위 아래로 구멍 둘이 나 있었으며, 나머지 실탄들은 빗나간 모양이었다.

내가 레옹의 처지에 빠졌다면 나는 내출혈을 바랐을 것이다. 그러면 복부에 피가 가득 차 금방 끝난다. 복막이 가득 넘쳐서 아예 손을 쓸 필요도 없다. 반면 복막염이 될 경우, 인근 부위가 오염될 위험이 있고, 또 그러면 오래 끌게 된다.

우리는 여전히 일을 어떻게 처리해야 할지 단안을 내리지 못하고 있었다. 그의 배는 계속 부어오르고 있었으며, 그는 우리들을 뚫어지게 응시하며 앓는 소리를 내고 있었다. 그러나 앓는 소리가 심하지는 않았다. 일종의 적막감마저 감돌았다. 그가 앓는 것을, 또 여러 다른 부위가 아파서 시달리는 것을 많이 보아 왔지만, 이번 경우는 그의 한숨 소리나 눈 등 모든 것이 전과는 달랐다. 그를 더 이상 잡아둘 수 없을 것 같았으니, 그는 시시각각 우리들로부터 멀어져가고 있었기 때문이다. 그는 어찌나 굵은 땀을 흘리고 있었던지, 얼굴 전체가 울고 있는 것 같았다. 그러한 순간에는 우리가 그토록 빈약하고 무정하게 되어버린 사실이 민망스러워진다. 죽어가는 사람을 돕는 데 필요한 것을 아무것도 가지고 있지 못하다. 일상의 생활, 안락한 생활, 자신만을 위한 생활, 즉 치사한 짓에 유용한 것들 외에는 별로 가진 것이 없다. 우리는 중도에 신뢰를 잃었다. 또한 우리들에게 남아 있던 연민은, 그것이 마치 더러운 환약인 양 못살게 구박을 하다가 우리의 몸 깊숙한 속으로 쫓아버렸다. 우리는 연민을 똥과 함께 창자 끝으로 밀어버렸다. 그리고는 그것이 아직 건재하다고 스스로에게 말한다 믿는다.

그런데도 나는 그를 동정하기 위해 레옹 앞에 남아 있었으며, 내가 일찍이 그때처럼 민망스러웠던 적은 없었다. 나는 도저히 뜻을 이루지 못하고 있었다… 그 역시 나를 발견하지 못하고 있었다… 몹시 애를 쓰고 있었다… 좀더 편안히 죽기 위해서는, 나보다 더 위대한 또 다른 훼르디낭을 찾아야 했다. 그는 혹시 이 세계가 진보를 하지 않았는지, 확인하기 위해 애를 쓰고 있었다. 그 불행한 인간은 잠깐 정신이 들 때마다 재고를 정리하고 있었다… 사람들이 변하여 혹시 나아지지 않았는지, 혹은 자기가 살아오는 동안 자신도 모르는 사이에 다른 사람들에게 부당하게 굴지는 않았는지… 그러나 그의 곁에는 오직 나, 다른 사람이 아닌 나, 하나의 인간을 그의 단순한 삶보다는 더욱 위대하게 만들어주는 것이 결여된, 즉 다른 사람들의 삶에 대한 사랑이 결여된, 진정한 훼르디낭이 홀로 있었을 뿐이다. 그 사랑, 나에게는 그것이 없었다. 아니 혹시 좀 있었을지는 모르되, 그것이 너무 적어 그것을 내보일 필요조차 없었다. 나는 죽을만큼 위대하지 못하였다. 나는 훨씬 왜소했다. 나에게는 위대한 인간의 개념이 없었다. 나는 지금도 그렇게 믿거니와, 로뱅송 앞에서보다는 죽어가는 한 마리 개 앞에서 오히려 더 슬픔을 느꼈을 것이다. 개는 간악하지 않은 반면, 레옹은 어떻든 조금이나마 간악하였었다. 나 역시 간악했고, 우리는 모두 간악한 자들이었다… 나머지 모든 것은 중도에 떠나버렸고, 죽어가는 사람들 곁에서 유용하게 써먹을 수 있는 그 짐짓 꾸민 표정마저 나는 몽땅 잃어버렸다. 나는 중도에 정말 모든 것을 잃어버렸으며, 사람들이 죽을 때 필요로 하는 것이라면 아무것도 없었다. 남은 것이라곤 악의밖에 없었다. 나의 감정은 휴가 때에나 가끔 찾아가는 별장 같았다. 그 별장은 사람이 겨우 살 수 있을 정도다. 또한 임종을 맞는 자는 요구 사항이 많다. 죽어가는 것만으로는 만족할 줄 모른다. 죽어가면서도 동시에 즐겨야겠단다. 생명의 저 밑바닥에, 즉 동맥 속에는 요소(尿素)가 가득 차 있는데, 마지막 딸국질을 하면서도 즐겨야겠단다.

    죽어가는 사람들은 더 이상 충분히 즐길 수 없기 때문에 그 경황에도 눈물을 질질 짠다… 항의를 한다… 반항을 한다. 삶에서 죽음으로 넘어가려고 하는 불행이 연출하는 희극이다.

파라핀이 모르핀 주사를 놓아주자 그는 의식을 조금 되찾았다. 그는 심지어 조금 전에 일어난 사건과 관련된 것들에 대해 우리들에게 이야기를 하기도 하였다. "이렇게 끝나는 것이 나아…." 그렇게 말하고는 "내가 생각했던 것만큼은 고통스럽지 않아…." 정확히 어느 부분이 아프냐고 파라핀이 그에게 물었을 때, 우리는 그가 이미 조금은 떠나버렸음을 깨달았다. 하지만 그는 아직도 우리에게 여러 가지 일들을 이야기하려 애를 쓰고 있었다… 그러나 그에게는 더 이상 힘이 없었고, 그 다음에는 수단도 없어졌다. 그는 울며 헐떡거리더니, 그 다음에는 웃었다. 평범한 환자와는 달랐고, 우리는 그의 앞에서 어떻게 처신해야 할지 당혹스럽기만 했다.

이제는 그가, 남아 있는 우리들이 살아가는 것을 도와주려 애를 쓰는 것 같았다. 우리가 이 지상에 남아 있으려면 필요로 할 기쁨들을 찾아주려 애를 쓰는 것 같았다. 그는 우리들의 손을 잡고 있었다. 양손에 우리 두 사람의 손 하나씩을. 내가 그를 포옹하며 그 뺨에 입을 맞추었다. 그러한 상황에서 실수 없이 할 수 있는 일은 그것뿐이다. 우리는 기다렸다. 그는 더 이상 아무 말도 하지 않았다. 조금 후, 한 시간 남짓 지나지 않아 출혈이 시작되었는데, 엄청난 내출혈이었다. 출혈이 그를 데려갔다.

그의 심장이 차츰 빠르게 뛰기 시작하더니, 그 다음에는 아주 빨라졌다. 그의 심장은 혈액을 따라 달리다가 동맥 끝에 이르러서는 기진한 듯 약해져, 그의 손가락 끝에서 파르르 떨었다. 목 부분부터 창백해지기 시작하더니 급기야는 얼굴 전체로 퍼져 갔다. 그는 질식하여 삶을 마감하였다. 그는 두 팔로 우리들을 힘껏 껴안으며 도약하듯 떠났다.

그 다음 거의 동시에 그는 다시 우리들 앞으로 돌아와, 경련을 일으키며 죽음의 무게를 몽땅 짊어지고 있었다.

우리는 서서히 일어나며 그의 손으로부터 우리의 몸을 빼냈다. 그의 두 손은 등불 빛을 받아 노랑색과 남색을 띤 채 허공에 뻣뻣하게 남아 있었다.

그 방 안에 있는 로뱅송은 이제 어느 혹독한 나라에서 온, 그리하여 감히 말을 붙여 볼 수조차 없는 이방인 같았다.

파라핀은 침착함을 잃지 않고 있었다. 그는 누군가를 파출소로 보내 사람을 불러오게 하였다. 달려온 사람은 귀스따브였고, 우리의 귀스따브는 마침 교통 정리 근무를 마치고 경비 근무를 하던 중이었다.

— 또 하나 불행한 일이 생겼군! 그가 방에 들어서서 그곳 장면을 보자마자 한 말이다.

그리고는 옆에 앉아 숨을 좀 돌린 다음, 아직 치우지 않은 채로 있던 간호사들의 식탁에서 술을 한잔 들이켰다. "이것은 살인 범죄 사건이니 시신을 파출소로 옮기는 것이 좋겠어요." 그렇게 제안한 다음 한마디 했다. "로뱅송은 친절한 사람이었는데. 파리 한 마리 해치지 못할 사람이었지요. 도대체 왜 그녀가 그를 죽였을까…?" 그러고 나서 다시 마셨다. 그러지 말았어야 했다. 그는 술을 잘 견디지 못하였다. 하지만 술 마시기를 좋아했다. 그것이 그의 약점이었다.

우리는 그와 함께 위층 창고로 들것을 가지러 갔다. 요양원 직원들을 깨우기에는 너무 늦은 시각이라, 시신은 우리들이 직접 파출소까지 운반하기로 하였다. 파출소는 그 구역 반대편, 건널목 다음에 있는 마지막 건물이었다.

그리하여 우리는 걷기 시작하였다. 파라핀이 들것 앞부분을 잡았고, 귀스따브 망다무르가 다른 끝을 잡았다. 다만 두 사람은 다 곧바로 걷지를 못했다. 작은 층계를 내려갈 때는 쏘피가 그들을 앞에서 안내해야 할 정도였다. 나는 그 순간 쏘피가 별로 동요하고 있지 않다는 사실을 발견하였다. 사건이 그녀 옆에서 벌어졌고, 또 너무나 가까이에서 일어났기 때문에 다른 미치광이 여자가 권총을 쏠 때 실탄 한 발쯤은 맞을 수도 있는 상황이었다. 하지만 쏘피가 정서적 동요를 일으키는 데에는 상당한 시간이 걸린다는 사실을, 나는 이미 다른 상황에서 간파한 적이 있었다. 그녀가 냉정했다는 말은 아니다. 오히려 그녀는 극도의 고통에 사로잡힌 것 같았다. 다만 그러한 현상이 나타날 때까지 시간이 소요되었을 뿐이다.

나는 일 처리가 완결되는 것을 확인하고 싶어서, 시신을 운반해 가는 그들의 뒤를 조금 따라갔다. 그러나 그들과 시신을 당연히 따라가야 했음에도 불구하고 나는 도로에서 시종 좌우로 어슬렁거리며 걸었고, 급기야 건널목 옆에 있는 학교를 지나서는 두 울타리 사이를 지나 급경사를 이루며 쎈느 강으로 이르는 소로로 빠져들고야 말았다.

철책 너머로는 들것을 들고 멀어져가는 그들의 모습이 보였다. 그들은 마치 그들의 뒤를 천천히 감싸고 있던 안개의 너울 속으로 들어가 스스로 질식하려는 것 같았다. 강변에 이르니, 강의 범람에 대비해서 한 곳에 집결시켜 놓은 거룻배들을 물결이 세차게 밀어붙이고 있었다. 주느빌리에 평원으로부터는 강을 뒤덮고 있는 바람에 실려 아직도 심한 추위가 몰려오고 있었으며, 바람으로 인해 아치형 교각들 사이의 물결이 번쩍이고 있었다.

저쪽, 아주 멀리에는 바다가 있을 것이다. 그러나 그 순간에는 바다에 대해 상상할 것이 아무것도 없었다. 나에게는 다른 할 일들이 있었다. 나의 삶 앞에 다시 서지 않기 위하여 나 스스로 길을 잃으려 애를 썼지만 모두 허사, 어디를 가나 그 삶을 다시 만날 뿐이었다. 나는 나 자신에게로 다시 돌아올 뿐이었다. 나의 방랑은 돌이킬 수 없이 끝나 있었다. 방랑은 이제 다른 사람들의 몫이었다…! 세계는 내 면전에서 그 문을 다시 굳게 닫았다! 우리들은 그 끝에 도달해 있었다…! 마치 축제의 마지막 순간에 이르듯…! 슬픔을 가지고 있다는 것이 전부는 아니다. 다시 음악을 시작할 수 있어야 하고, 더 많은 슬픔을 찾아 나설 수 있어야 한다… 하지만 이제는 다른 사람들의 일이다…! 다시 시작하려는 것은 곧 시치미를 떼면서 젊음을 다시 요구하는 일이나 마찬가지다… 염치도 없이…! 우선 무엇보다도 나는 더 이상 시련을 견딜 준비가 되어 있지 않았다…! 그렇지만 나는 삶에 있어서 로뱅송만큼도 멀리 가보지 못하였다…! 나는 결국 성공을 거두지 못하였다. 그가 자신의 녹을 벗기기 위해 얻었던 것과 같은 그 단단한 사상을 나는 단 하나도 획득하지 못하였다. 나의 커다란 머리통보다 더 크고, 그 속에 있는 두려움보다 더 큰, 아름답고 찬연하며 죽는 데 편리하게 사용할 수 있는 사상을 하나도 얻지 못하였다… 이 세상의 그 무엇보다도 강한 사상을 하나 만들어 가지려면 도대체 나는 몇 개의 생이나 거듭 살아야 할까? 알 수가 없었다! 틀려먹은 일이었다! 사념이란 것들은 나의 머릿속에서 제각기 흩어져 우왕좌왕하고 있었으며, 그 꼴이란 무시무시하고 더러운 세계 속에서 시종 파르르 떨고만 있는 약하고 초라한 촛불들 같았다….

이십 년 전에는 좀 나아서, 그 시절에는 내가 약간의 진보를 했다고도 할 수 있을 것이다. 그러나 내가 로뱅송처럼 단 하나만의 사상으로 나의 머리를 가득 채운다는 것은 영 글러버린 일이었다. 죽음보다도 훨씬 강한 당당한 사상, 그리하여 그 사상 하나만 가지고 다녀도 어디를 가나 기쁨과 태평스러움, 용기를 과즙처럼 뿌릴 수 있는 그런 사상은 영영 틀린 것 같았다. 그러한 과즙이 풍성한 영웅이 되기는 이미 틀린 일이었다.

내가 그런 영웅이 되었더라면 나에게는 용기가 풍성할 텐데. 심지어 용기를 사방에 흘리고 다녀 삶 자체마저도 지상과 하늘 사이에 있는 모든 사물과 인간을 움직이게 하는 용기 그 자체에 지나지 않을 텐데. 또한 그 위에 사랑 역시 동시에 풍부해져서 죽음마저도 애정에 넘쳐 그 사랑 속에 들어앉아 아예 다시 나올 생각을 하지 않으며, 그 속이 어찌나 편하고 따뜻한지 그 잡년^{죽음}마저도 그 속에서 즐거워하게 되고, 결국 모든 사람들과 함께 사랑을 즐기게 될 텐데. 그렇게 되면 진정 아름다울 텐데! 진정한 성공일 텐데! 나는 내가 수행해야 할 온갖 일들, 나 자신을 무한한 결심들로 부풀게 해줄 그 잡동사니 일들을 생각하며, 강변에 서서 홀로 웃었다… 공상에 사로잡힌, 영락없는 한 마리 두꺼비였다! 결국 열병에 사로잡혀 있었던 것이다!

   그동안 친구들은 적어도 한 시간 전부터 나를 찾아 헤매고 있었다! 더구나 그들은 내가 자기들과 헤어질 때 안색이 좋지 않은 것을 보았다는 것이다… 내가 가스등 밑에 서 있는 것을 처음 발견한 사람은 귀스따브 망다무르였다. "이봐요! 의사 선생님!" 그가 소리쳐 나를 불렀다. 망다무르의 목소리는 실로 더럽게 요란하다고 할 만하였다. "이리 오십쇼! 소장께서 뵙겠다고 하십니다! 진술을 해주셔야겠어요! 의사 선생님, 안색이 좋지 않으십니다!" 내 귀에다 대고 그렇게 덧붙였다. 그가 나와 동행해주었다. 걷는 도중 나를 부축해주기도 하였다. 귀스따브는 나를 매우 좋아했다. 그의 술버릇을 나는 단 한 번도 나무라지 않았기 때문이다. 나는 모든 것을 이해하고 있었다. 반면 파라핀은 조금 까다로운 편이었다. 그는 그의 술버릇을 지적하며 그에게 가끔 무안을 주곤 하였다. 귀스따브는 나를 위해서라면 무슨 일이든 할 사람이었다. 심지어 그는 나를 숭배하고 있었다. 자기 입으로 나에게 그렇게 말했다. 자신도 왜 나를 숭배하는지는 모른다고 하였다. 나 역시 몰랐다. 하지만 그는 나를 숭배하고 있었다. 오직 그 사람뿐이었다.

함께 길을 두셋 돌아가니 파출소 앞의 등불이 보였다. 이제 길을 잃을 염려는 없었다. 귀스따브를 괴롭히고 있던 것은 보고서였다. 그는 차마 그 이야기를 나에게 하지 못하였다. 그는 벌써 보고서 하단에 다른 사람들의 서명을 받아놓았지만, 그의 보고서에는 아직 많은 것들이 누락되어 있었다.

귀스따브의 머리는 내 머리처럼 매우 컸고, 그래서 그의 경찰모가 나의 머리에도 맞을 정도였지만, 그는 세부 사항들을 잘 잊곤 하였다. 그는 무슨 생각을 하려면 무척 힘들어했으며, 그리하여 말이 굼떴고, 특히 글을 쓰려면 고역을 치르곤 하였다. 파라핀이 그를 도와 보고서를 작성할 수도 있었겠지만, 파라핀은 비극의 현장을 전혀 보지 못했다는 것이다. 따라서 많은 내용을 꾸며낼 수밖에 없는데, 소장이 보고서 내용을 꾸며대는 것은 원치 않는다는 것이다. 그는 오직 진실만을 원한다고 했다.

파출소 앞 계단을 오르는데, 온몸이 오들오들 떨렸다. 나 역시 소장에게 별로 할 이야기가 없었다. 몸이 정말 좋지 않았다.

그들은 로뱅송의 시신을 나란히 놓여 있는 커다란 서류함들 앞에 안치하였다.

긴 의자들 주위에는 '멍청이들^{경찰관들}을 죽여라!'라는 낙서가 아직 제대로 지워져 있지도 않았고, 각종 인쇄물과 담배꽁초가 흩어져 있었다.

"의사 선생님, 길을 잃으셨던가요?" 내가 도착하자 서장의 비서가 나에게 친절히 말을 걸었다. 모두들 너무 지쳐 있었기 때문에 각자 조금씩은 횡설수설하였다.

결국 실탄의 방향과 진로에 대해서도 의견의 일치를 보았다. 실탄 한 발은 척추에 박혀 있었다. 그것을 끄집어내지는 않기로 했다. 그대로 매장하기로 했다. 다른 실탄들도 찾아보았다. 그것들은 택시에 박혀 있을 것이라는 결론을 내렸다. 사용된 권총은 강력한 리볼버였다.

쏘피가 다시 돌아와 우리와 합류했다. 그녀는 나의 외투를 가지러 갔었다. 마치 나도 곧 죽어 날아가버릴 것으로 생각하는 듯, 그녀는 나를 포옹하여 자기 몸 쪽으로 당기며 꼭 껴안았다. "하지만 나는 떠나지 않아요! 나는 열심히 그 말을 반복해주었다. 진정해 쏘피, 나는 떠나지 않아요!" 그녀를 안심시키기가 불가능했다.

우리는 들것 주위에 둘러앉아 소장의 비서와 잡담을 하기 시작했다. 그는 범행에 의해 희생된 사람들, 그렇지 않은 원인으로 죽은 사람들, 혹은 재난에 희생된 사람들을 수없이 보아왔다고 하면서, 자기가 겪은 일들을 한꺼번에 이야기하고 싶어 했다. 혹시 그의 마음을 상하게 하지 않을까 저어하여, 우리는 차마 자리를 뜨지 못하였다. 그는 지나치리만큼 친절하였다. 불량배들이 아닌 교양 있는 사람들과 모처럼 이야기를 하는 것이 무척이나 기쁜 모양이었다. 따라서 그가 노여워하지 않도록, 우리는 파출소에서 미적거렸다.

파라핀은 외투조차 입고 있지 않았다. 귀스따브는 우리의 이야기를 듣고 있으려니 지적 호기심이 잔뜩 동하는 모양이었다. 그는 시종 입을 헤벌리고 있었으며, 마치 수레라도 끄는 듯 그 실한 목덜미를 우리들 쪽으로 잔뜩 길게 빼고 있었다. 파라핀이 그토록 말을 많이 하는 것을 나는 여러 해 만에, 사실은 내가 학생이었던 시절 이후 처음으로 보았다. 그날 일어난 모든 일들로 인해 그는 취한 사람 같았다. 하지만 우리는 요양원으로 돌아가기로 했다.

우리는 망다무르와, 또 아직도 가끔씩 나를 포옹하고 있던 쏘피도 함께 데리고 나섰다. 그녀의 몸에는 불안과 애정의 힘이 넘쳐 사방으로 퍼지고 있었다. 내 몸은 그녀의 힘으로 가득했다. 나는 거북하였다. 나의 힘이 아니었기 때문이다. 어느 날 레옹처럼 멋있게 죽을 수 있으려면 나 자신의 힘이 필요할 것 같았다. 하지만 상을 찌푸리고 있을 시간이 없었다. 열심히 노력하자! 나는 그렇게 스스로에게 다짐을 하였다. 그러나 힘은 생기지 않았다.

그녀는 내가 다시 한번 시신을 보기 위해 발길을 돌리는 것조차 원치 않았다. 그리하여 나는 고개도 돌리지 않고 떠났다. 출입구에는 '문을 꼭 닫으시오!'라고 쓰여 있었다. 파라핀은 아직도 갈증이 난다고 하였다. 분명 말을 너무 많이 했기 때문일 것이다. 운하 근처에 있는 작은 술집 앞을 지나다가 우리는 그 집 덧문을 한동안 두드렸다. 그렇게 덧문을 두드리고 있으려니, 문득 전쟁 중 누와르쉐르로 가는 길에서 겪었던 일이 생각났다. 출입문 위에서 금방 꺼질 듯 깜박거리던 바로 그 불빛이었다. 이윽고 술집 주인이 와서 손수 문을 열어주었다. 그는 사건 소식을 모르고 있었다. 우리가 그 비극적 사건을 전하며 자세한 이야기를 해주었다. 귀스따브는 그 사건을 '사랑의 비극'이라 칭하였다.

운하의 술집은 사공들 때문에 먼동이 트기 직전에 연다. 밤이 끝날 무렵이면 운하의 수문이 천천히 움직이기 시작한다. 그 다음에는 모든 것이 활기를 띠며 일을 시작한다. 수문의 양 둑은 강으로부터 서서히 분리되고, 다시 위로 솟아오른다. 어둠으로부터 노역이 불쑥 튀어나온다. 단순하고 힘든 모든 것들이 다시 보이기 시작한다. 이쪽에는 기중기들, 저쪽에는 화물 저장소들의 판자 울타리들, 그리고 저 멀리 도로 위에는 더 멀리로부터 사람들이 다시 돌아온다. 그들은 꽁꽁 얼어 움츠러든 작은 무더기를 이루어 더러운 낮 시간 속으로 스며든다. 그들은 다시 시작하기 위하여 여명 앞을 지나며 얼굴 가득히 햇빛을 바른다. 그들은 더욱 멀리 간다. 그들의 창백하고 단순한 얼굴만 선명하게 보일 뿐, 나머지는 아직 밤 속에 있다. 그들도 어느 날엔가는 죽어야 할 것이다. 그들은 어떻게 처신할까?

그들은 다리를 향해 간다. 그 다음에는 조금씩 조금씩 평원으로 사라진다. 그리고 사방에 낮이 더욱 밝아지면서 더욱 창백한 사람들이 끊임없이 몰려온다. 무슨 생각들을 하고 있을까?

술집 주인은 비극이 벌어진 상황을 자세히 알고 싶어 했다. 그에게 모두 이야기해주었다.

주인은 북쪽 지방 출신의 말쑥한 남자로, 이름은 보데깔이라 하였다.

귀스따브는 그에게 한없이 과장한 그 비극 이야기를 해주었다.

귀스따브는 비극이 벌어진 상황에 대해 끝없이 되풀이하여 이야기했다. 하지만 중요한 건 그것이 아니었다. 우리는 말 속으로 다시 빠져 들어가고 있었다. 취해 있었던 터라 그는 다시 이야기를 시작했다. 정말, 그가 더 할 이야기는 없었다. 나야 그의 이야기를 잠자듯 잠시 더 들어줄 수도 있었으련만, 문득 다른 사람들이 이론을 제기했다. 그러자 그는 몹시 화를 냈다.

홧김에 그가 화덕을 후려친다. 연통이며, 쇠살 받침, 이글거리는 숯 등, 모든 것이 흩어져 구른다. 망다무르는 힘이 굉장히 셌다.

그는 그것으로 만족하지 않고 우리에게 이름 그대로 불춤을 보여주려 하였다. 신발을 벗어던지고, 흩어져 있는 불 위를 마구 겅둥겅둥 뛰어다니려는 것이었다.

그는 검인을 받지 않은 '동전 도박기' 때문에 술집 주인과 다툰 적이 있었다… 보데깔은 음흉한 자였다. 항상 지나치도록 말쑥한 셔츠를 차려입는 그자의 정직성을 당연히 의심해야 했다. 항상 앙앙불락하는 밀고자였다. 운하의 부두에는 그러한 자들이 득실거리고 있었다. 파라핀은 망다무르가 술을 마셨다는 사실을 빌미로 삼아서, 술집 주인이 그를 파면당하게 하려 획책하고 있음을 눈치 챘다.

파라핀이 그 불춤을 제지하며 그에게 무안을 좀 주었다. 우리는 망다무르를 테이블 끝으로 등 떠밀어 보냈다. 결국 그는 한숨 소리와 술 냄새를 내뿜으며 얌전히 그곳에 나뒹굴어져 있었다. 그리고는 곯아떨어졌다.

멀리서 예인선이 고동을 울렸다. 그 부름은 다리를 지나 다시 아치, 수문, 그리고 또 다른 다리를 지나서 멀리, 더 멀리까지 퍼져 가고 있었다… 예인선은 강에 있는 모든 거룻배들, 그리고 도시 전체, 하늘, 들판, 우리들, 또 쎈느 강까지, 그가 끌어가는 모든 것, 그리하여 사람들이 더 이상 화제에 올리지 않을 모든 것들을 부르고 있었다.

옮긴이의 말

물론 '밤'은 우리의 인생 그 자체를 가리킨다. 불가사의하고 어처구니없으며, 갖은 함정이 혀를 널름거리는 곳, 그 공간과 시간이 곧 인생이라는 기나긴 밤이다. 그 밑바닥을 알 수 없는 한없이 깊은 수렁, 그것도 한 번 빠지면 영영 헤어날 길 없는 더러운 수렁, 온갖 부유물과 배설물, 온갖 거짓, 위선, 비열함, 광기가 뒤섞여 썩고 있는 아수라, 그것이 쎌린느가 그리고 있는 밤, 즉 우리의 인생이다. 그 밤 속에 던져진 우리 각개의 생명은 잠시 반짝이다가 어둠 속으로 사라지는 가냘픈 한 가닥 빛일 뿐이다. 따라서 희망이라는 것은 없다. 하지만 한 개인이나 사회는, 또 어느 시대이건, 장밋빛 희망이 그것들을 지탱해준다. 희망이라는 최음제가 인간들의 온갖 법석에는 필수품이다. 특히 어설픈 사람들일수록 그 장밋빛 희망을 쉽사리 만들고, 또 그것에 도취하거나 도취한 척한다. 그들은 '희망에 찬 미래'나 '멋진 신세계'를 염치없이 뇌까린다. 그러나 인간의 숙명이란 본질적으로 비참하며, 따라서 맑은 정신으로는 희망이라는 말을 차마 입에 담을 수 없다.

새로운 사회나 이상향 혹은 구원을 뇌까리는 행위 자체가, 마약 중독자들의 수선스러운 호들갑이며 외설스러운 노래다. 각종 무당들의 장광설 같은 유언비어다. 우리 모두 똥통 같은 암흑 속에 빠져 갸륵한 유대를 맺으며 애틋하게 꿈틀거리는 구더기들에 불과하지만, 다만 그 꿈틀거리는 꼴이 각양각색일 뿐이다. 그 속에 처박혀 덩어리를 감싸고 꿈지럭거리는 놈들, 똥물에 빠져 허우적이는 놈들, 공연히 뒤엉키는 놈들, 서로 들러붙어 경련하는 놈들, 화를 펄펄 내는지 혹은 잘난 체하는지, 여하튼 고개를 꺼떡거리는 놈들, 벽을 기어오르는 놈들, 그러다가 급기야는 아예 밖으로 나와 뙤약볕에 말라비틀어지고, 밟혀 터지고, 혹은 쪼아 먹히는 놈들, 마당 가득히, 이 지상에 가득히 퍼져 굼실거리며 가끔 창공을 바라보는 놈들… 오! 저 하늘이 나의 고향, 저 낙원을 향해! …할렐루야! 아멘! …아 더러운 것들!

이상이 작품의 저 깊은 밑바닥에서 들려오는, 침을 탁 탁 내뱉으며 웅얼거리는, 그러나 구슬프기도 한 두 주인공, 바르다뮈와 로뱅송의 음성이다. 자신의 백일몽을, 혹은 자기 눈에만 보이는 신기루를 목청이 터져라 떠들어대는 버릇, 그것도 부족하여 떼거리를 이루어 다 함께 이상향을 노래하고 운명의 변덕을 찬양하자고 야단들을 하는 그 비굴하고 염치없는 버릇, 그 뻔뻔스럽고 수치스러우며 우둔한 행태, 그 불경스러움 등에 대한 야유가 이 작품 구석구석에서 발견되는 라이트모티브다.

주인공이 술회하고 있는 전쟁, 식민 아프리카, 식민지 왕복선 브라그똥호나 기타 선박들, 뉴욕이나 디트로이트, 빠리 근교의 빈민촌… 등으로 이어지는 그 기나긴 암흑의 터널은 비단 주인공이나 그의 분신 로뱅송만의 길이 아니다. 그 터널은 모든 인간에게 씌워진 굴레 즉 삶이며, 그 삶은 일종의 '혹독한 노동'이다. 물론 우리들 각개는 예외 없이 모두 비참한 도형수들이다. 또한 그 고역에 상응하며, 그 고단함을 위로해줄 만한 보상은 없다. 그 기나긴 '밤'의 끝에서 우리를 기다리는 것은 희망에 찬 여명이 아니다. 창백한 얼굴들, 지옥에 끌려온 영혼들처럼 무기력하며 근심에 찌든 서글픈 얼굴들, 새벽 지하철에 보따리처럼 실려가는 가여운 노예들, 그 유령들이 아무 뜻 없이 오가는 회색의 아침만이 우리를 기다린다. 따라서 '여행'은 〈퀴테라 섬으로의 출범〉일 수 없다. 흔히들 '시대적 고뇌'라고 하는 것들도 실은 인간의 영원한 질곡과 부조리의 한 변조

變調에 불과하다. 쎌린느가 이 작품에서 그리고 있는 허망한 인간의 숙명은, 이십세기 초의 프랑스나 유럽 혹은 아프리카나 아메리카만의 아픔이 아니라 모든 인간의 영원한 모습이다. 그가 그리고 있는 인간은, 번번이 다시 굴러 떨어지는 바위를 산의 정상을 향해 밀어 올리는 씨쉬포스, 절벽에 묶인 채 날마다 새로 돋아나는 간을 독수리에게 쪼아 먹히는 프로메테우스, 밑 빠진 독에 물을 퍼부어 채우라는 명령을 받은 다나이데스 등의 운명을 걸머진 인간이다. 즉 삶 자체가 이미 혹독한 형벌이다. 주인공이나 로뱅송의 그 기나긴 여로가 얼핏 보기에 오뒷세우스의 귀환길처럼 여겨질 수도 있겠으나 오뒷세우스에게는 그를 돕는 여신 아테네와 그를 기다리는 페넬로페, 그리고 고국 이타케가 있다. 반면 주인공 훼르디낭 바르다뮈의 '여행' 끝에는 아늑한 고향도 구원도 없다. 오직 순순히 죽음을 받아들여야 할 그의 결단을 요구하는 요지부동의 침묵과 공허가 있을 뿐이다. 따라서 그의 방랑은 돈끼호떼의 방랑에 더 가깝다. 작가의 말대로, 인간에게 부족한 것은 결코 악착스러운 노력이 아니다. 우리 모두에게 결핍되어 있는 것은 오히려 조용한 죽음에 이르는 '진정한 길'이다.

하지만 쎌린느의 작품이 가지고 있는 가장 큰 특색은, 작품에 이야기되고 있는 그 엄청난 존재적 숙명 그 자체에 있지는 않다. 중요한 것은 그 대상들을 느끼거나 인식하는 과정 내지 방법, 즉 작가의 시각이며, 그것들의 본질에 다가가기 위해 동원한 언어이다. 그의 언어는 악착스러운 예수교도들에 의해 쫓겨난 갈리아의 토착 신앙이나 계모에게 박해받는 쌍드리옹(신데렐라)과 유사하다. 또한 궁정이나 쌀롱, 아카데미, 교회당 등에서는 거지처럼 쫓겨난 언어이기도 하다. 하지만 그것은 프랑스의 농촌과, 도시의 뒷골목, 장바닥에서 항상 꽃을 피워 온 힘찬 생명 그 자체이며, 프랑스의 유구한 정서를 간직한 노래이다. 그의 폭발적 비어나 속어는 단순한 카타르시스적 횡포가 아니다. 그것은 일종의 혁명이다. 1932년에 발표된 이 작품 속에서 그가 이루어낸 언어적 내지 문학적 혁명은, 라블레 이후 사백여 년 동안 점점 앙상한 뼈다귀로 혹은 창부들의 교태로 전락해 온 언어, 라틴적 혹은 데까르뜨적 합리주의의 시녀로 전락한 언어, 또는 지배 계층의 협박과 사기 수단으로 전락해 온 언어에 대한 노골적인 반감과, 기층민의 정서에 뿌리내린 순박한 언어에 대한 사랑의 소산이다. 그리하여 그의 언어는 질박할 수밖에 없다. 태깔을 부리지 않는 지극히 자연스러운 노래다. 그는 라블레도, 몰리에르도, 심지어 1789년의 대혁명도 이루어내지 못한 지각변동을 시도하였으며, 따라서 이 작품은 무수한 사상적 유행이 퇴조한 후에도 『빵따그뤼엘』이나 『가르강뛰아』 『여우 이야기』 혹은 『트리스탄과 이즈』처럼 프랑스의 영원한 고전으로 남을 것이다.

끝으로 다시 한번 환기시키고 싶은 것은, 어휘의 배열이 곧 새로운 인식 체계, 즉 새로운 세계관을 드러낸다는 사실이다. 따라서 우리말의 일상적 어휘 순서, 즉 통사적 습관에 비추어 조금 부자연스럽다고 여겨지는 경우라 할지라도, 작가의 독특한 호흡이나 기질, 시각 등을 반영하는 특이한 어순이라 여겨지는 부분은, 가능한 한 원문에 가깝도록 번역하였음을 밝혀둔다.

이 책을 번역하는 동안 시종여일하게 조언과 도움을 주신 필립 티에보 교수님께 깊은 감사를 드린다.

2004년 10월 이형식

작품 연보

쎌린느(Louis-Ferdinand Céline, 1894-1961)의 본명은 데뚜슈(Louis-Ferdinand-Auguste Destouches)이며, 의사였던 그가 남긴 주요 작품들은 다음과 같다.

1932년 『밤 끝으로의 여행 Voyage au bout de la nuit』(éd. Denoël) 기 마즐린 Guy Mazeline의 『늑대들 Les loups』과 함께 공꾸르상 후보에 올랐으나, 『늑대들』이 선정되고 『여행』은 같은 해 12월 르노도 Renaudot상 수상.
1936년 『외상 죽음 Mort à crédit』『내 잘못 Mea culpa』
1937년 『학살을 위한 광대 수작 Bagatelles pour un massacre』
1938년 『시체들의 학교 L'Ecole des cadavres』
1941년 『아름다운 천 Les Beaux draps』
1944년 『꼭두각시 떼거리 Guignol's Band』
1948년 『전쟁 La Casse-pipe』
1952년 『먼 훗날의 몽환 Féerie pour une autre fois』
1954년 『노르망스 Normance』
1957년 『이 성에서 저 성으로 D'un château l'autre』
1960년 『북쪽 Nord』
1961년 6월 30일에 『리고동 Rigodon』 탈고. 다음날(7월 1일) 작고.
1964년 유작 『런던의 다리 Le pont de Londres』 출간.
1969년 유작 『리고동』 출간.

지은이 **루이-훼르디낭 쎌린느**(Louis-Ferdinand Céline)

프랑스의 작가, 의사. 본명은 데뚜슈(Louis-Ferdinand-Auguste Destouches), 1894년 5월 27일 파리 교외의 쿠르브부아에서 태어났다. 파리의 파사주 쇼아쐴에서 유년 시절을 보내며 학교에 다녔고, 졸업 후에는 파리와 니스에 위치한 여러 보석상에서 수습생으로 일했다. 1912년 프랑스군에 입대해 1914년 플랑드르 지방에서의 교전 중 부상을 입어 무공훈장과 함께 몸에 장애를 얻었다. 1916년에 카메룬의 옛 독일 식민지 지역에 무역 중개인으로 지원했지만 말라리아 양성 판정으로 인해 1917년 프랑스로 돌아와야만 했다. 그때부터 대학 입학을 준비하여 1924년에 의학박사 학위를 받고 1924년에서 1928년 사이에는 국제연맹에서 활동하며 미국과 서아프리카에 파견되기도 하였다. 1932년 어머니의 성에서 따온 '쎌린느'란 필명으로 발표한 자전적 첫 소설 『밤 끝으로의 여행(Voyage au bout de la nuit)』으로 르노도(Renaudot)상을 수상했다. 전쟁과 식민지를 제국주의의 심장부, 일선에서 경험하고, 뒤늦게 학업을 마친 후 의사로 활동하는 등 자신의 파란만장했던 실존적 경험이 풍성하게 투영된 이 데뷔작에서 그는 각종 비속어를 포함, 당대 프랑스의 농촌과 도시의 뒷골목, 시장바닥에서 건져올린 날것의 언어를 거침없이 활용한 독특한 문체를 선보여 후대의 작가들에게 커다란 영향을 끼쳤으며 이 충격적 데뷔작으로 일약 주목받는 작가의 반열에 올랐다. 1936년에는 자본주의에 대한 비판적 태도를 드러낸 두 번째 소설 『외상 죽음(Mort à crédi)』을, 같은 해 러시아 여행을 다녀와서는 공산주의 체제를 신랄하게 비판한 소설 『내 잘못(Mea Culpa)』을 발표하는 등 평생 당대의 모든 이념과 체제에 비판적이고 냉소적인 태도를 견지하였지만 반유대주의, 나치 부역 혐의 등으로 인해 제2차세계대전 후에는 상당 기간 프랑스 문단과 강단으로부터 외면받기도 하였다. 마지막 작품 『리고동(Rigodon)』을 탈고한 다음날인 1961년 7월 1일 영면하였다.

옮긴이 **이형식**

서울대학교 불어교육과를 졸업하고 프랑스 파리 대학교에서 마르셀 프루스트에 대한 연구로 석사, 박사 학위를 받았다. 지은 책으로 『프루스트의 예술론』 『작가와 신화-프루스트의 신화 세계』 『프랑스 문학, 그 천년의 몽상』 『그 먼 여름』 등이, 옮긴 책으로는 『레 미제라블』 『쟈디그, 깡디드』 『모빠상 단편집』 『웃는 남자』 『93년』 『미덕의 불운』 『사랑의 죄악』 『중세의 연가』 등이 있다.

밤 끝으로의 여행
_Voyage au bout de la nuit

신판 1쇄 발행 2020년 5월 4일

지은이   루이-훼르디낭 쎌린느
옮긴이   이형식
펴낸이   신동혁
편 집   안희성

펴낸곳   최측의농간
출판등록 2014년 12월 31일 제25100-2017-000014호
주 소   서울특별시 동작구 만양로 19, 707-907
전자우편 choicheuks@gmail.com
블로그   blog.naver.com/choicheuks
대표번호 0507-1407-6903
팩스번호 0504-467-6903

ⓒ 이형식, 2020, printed in Korea
이 책의 판권은 역자와 최측의농간에 있습니다.
이 책 내용의 전부 또는 일부를 재사용하려면
반드시 양측의 서면 동의를 받아야 합니다.

ISBN 979-11-88672-27-1 (03860)
이 도서의 국립중앙도서관 출판예정도서목록(CIP)은
서지정보유통지원시스템 홈페이지(http://seoji.nl.go.kr)와
국가자료공동목록시스템(http://www.nl.go.kr/kolisnet)에서
이용하실 수 있습니다.(CIP제어번호: CIP2020015569)